세레나데

SERENAD

by Ömer Zülfü Livaneli

대산세계문학총서

185

세레나데

Serenad

쥘피 리바넬리   오진혁 옮김

문학과지성사

대산세계문학총서 185

세레나데

지은이   쥘리 리바넬리
옮긴이   오진혁
펴낸이   이광호
주간   이근혜
편집   박김문숙 김은주
마케팅   이가은 허황 최지애 남미리 맹정현
제작   강병석
펴낸곳   ㈜문학과지성사
등록번호   제1993-000098호
주소   04034 서울 마포구 잔다리로7길 18(서교동 377-20)
전화   02) 338-7224
팩스   02) 323-4180(편집) 02) 338-7221(영업)
전자우편   moonji@moonji.com
홈페이지   www.moonji.com

제1판 제1쇄 2023년 9월 27일

ISBN 978-89-320-4204-6 04830
ISBN 978-89-320-1246-9(세트)

이 책은 대산문화재단의 외국문학 번역지원사업을 통해 발간되었습니다.
대산문화재단은 大山 慎鏞虎 선생의 뜻에 따라 교보생명의 출연으로 창립되어
우리 문학의 창달과 세계화를 위해 다양한 공익문화사업을 펼치고 있습니다.

차례

일러두기

1. 이 책은 Zülfü Livaneli의 *Serenad*(Istanbul: Doğan Kitap, 2011)를 우리말로 옮긴 것이다.

2. 본문의 주석은 모두 옮긴이의 것이다.

3. 인명과 지명 등 고유명사의 표기는 국립국어원의 외래어표기법에 따랐으며 일부는 관용적 표현에 따라 표기했다.

세레나데

1

비행기로 편안하게 여행을 다니는 사람들은 자신이 8천 미터 허공의 금속 상자 속에 있다는 사실을 잊고 있는 게 분명하다. 그들은 의심의 여지 없이 와인의 품질이나 기내식의 맛, 좌석의 넓이 같은 것에만 집착하는 사람들이다. 사실 나도 그런 사람 중 한 명이라고 말하고 싶다.

나는 프랑크푸르트에서 보스턴으로 향하는 안락한 비행기 좌석에서 화이트 포트와인을 마시며 제트엔진의 부드러운 소음을 듣고 있다.

기내식 서비스가 끝나자, 비행기는 벌써 어둠 속으로 빨려 들어가 있었다. 승객 중에는 기내 파우치 안에 있던 남색 안대를 쓰고 잠들어버린 사람이 있는가 하면, 파우치에서 두꺼운 기내 양말을 꺼내 신고 영화를 보는 사람도 있다. 코미디 영화를 시청하던 사람들은 이어폰 때문에 자신의 목소리를 듣지 못한다는 걸 잊은 채 큰 소리를 내며 웃기도 한다. 내 앞에 앉은 백발의 노인은 하지불안증후군이 있는 게 분명했다. 그는 쉬지 않고 다리를 떨었다.

기내식 트레이를 회수하고 나서 승객들의 취침을 유도하던 푸른색의 유니폼과 모자를 착용한 독일 항공사 승무원들이 창문 덮개를 내렸다. 밤인데도 덮개를 내리는 건 아마도 해가 뜨면 승객들이 잠에서 깰까 봐서겠지.

아침 식사를 거르고 더 자고 싶다면, 자기 좌석의 머리 받침에 본인의 의사를 표시하는 스티커를 붙이면 된다. 하지만 난 잘 생각이 조금도 없다.

나는 앞에 놓인 노트북을 펼쳐 이 글을 쓰기 시작했고, 보스턴에 도착할 때까지 계속 쓸 생각이다. 보스턴에 내리기 전까지 이 글을 마무리할 참이다.

무엇 때문에 이 글을 마무리 지어야 하는지는 알 수 없지만, 그래야만 할 것 같다. 이 이야기를 끝내야 할 것만 같고, 이 일을 마무리 지어야만 할 것 같다. 더 이상 아무 말도 남지 않았으면. 그래야만 지난날의 원한과 아픔, 인간의 잔혹함을 묻어버릴 수 있으니까. 칼 세이건은 인간이 여전히 자신들의 조상인 파충류의 공격성을 지니고 있다고 했다. '뇌간은 수백만 년 전 조상이었던 파충류로부터 물려받은 것으로, 시간이 흐르면서 진화된 공격적 행동, 종교의식과 지역적 또 사회적 서열을 만들어내는 영역'이라고 설명했다.

내 생각에도 그가 아주 정확하게 본 것 같다. 우리 모두는 겉모습을 비밀스럽고 공손한 태도로 포장했지만 위험을 느끼면 바로 날카로운 이빨을 드러내는 악어를 내면에 품고 있다.

나는 모든 걸 다 털어놓을 셈이다. 이렇게 다 이야기하고, 내가 목격한 사실을 만천하에 알려야 내 고통도 극복될 테고, 삶도 단순해질 테니까.

나는 오늘 아침 이스탄불에서 프랑크푸르트행 비행기에 올랐다. 프랑크푸르트에서 환승을 위해 라테 한 잔을 마시며 잠시 대기했다. 그러고는 모든 것이 비행에만 맞춰진 이 거대한 청사의 복잡한 미로를 통과해 출국장에 도착했다. 비유럽인 출국 라인에서 차례가 오기를 기다렸다. 얼음장 같은 시선으로 쳐다보는 출입국 심사관에게 튀르키예 여권을 내밀었다. 심사관은 여권의 모든 기재 사항을 꼼꼼히 컴퓨터에 입력했다.

이름: 마야

성: 두란

성별: 여

생년월일: 1965년 1월 21일

내 나이를 서른여섯으로 생각했겠지.

다행히도 여권에는 '종교'란이 없어서 '종교: 이슬람'이라는 기록은 없다. 하지만 튀르키예 여권을 소지한 것만으로도 독일 심사관은 분명히 확신했을 거다. 그럼 어떤 종교라고 생각했겠어! 하지만 내 안에는 다른 세 여자가 더 존재한다. 내면에 마야만이 존재하는 것이 아니라, 아이셰, 나디아, 마리도 함께 있다.

난 이 네 명의 여자로 미국에 입국할 생각이다. 그리고 보스턴의 로건 공항에서 택시를 타고 매사추세츠 종합병원으로 갈 예정이다.

종교에 대해서 질문하는 사람도 없겠지만, 혹시라도 궁금해한다면 대답은 준비되어 있다. 이슬람, 유대교, 가톨릭이라고. 간단히 말해 그냥 사람이다.

기내 승무원들은 모두 큰 키에 금발에다 아름다웠다. 모든 독일 사람이 그렇듯이 유니폼이 정말 잘 어울렸다. 나는 살면서 독일인들처럼 금방 다림질을 했거나, 세탁소를 막 거친 옷처럼 주름 없이 옷을 입는 사람들을 본 적이 없다. 체형이 그런 건지, 정자세로 서 있어서 그런 것인지는 알 수 없지만. 나처럼 매일 아침 옷에 신경 쓰며 깔끔한 차림으로 집을 나서는 사람도 퇴근 무렵이면 엉망진창이 되는데, 독일인들에게서는 그런 모습을 찾아볼 수가 없었다.

오랫동안 이스탄불 대학교에서 외국인 손님을 맞이하는 일을 했기에 라브뤼예르*만큼은 아니지만, 외국인들을 보는 안목이 있다. 이 눈만큼은 크게 틀린 적이 없었다.

그 단정한 용모의 승무원들 중 한 명이 비워진 내 화이트 포트와인 잔을 들고는 한 잔 더 원하는지 영어로 물었다.

나는 "땡큐!"라고 대답하면서 한 잔 더 달라고 했다. 필리즈가 포르투갈에서 열린 학회에 다녀오는 길에 화이트 포트와인 한 병을 사다 준 뒤로, 난 이 와인을 좋아하게 됐다. 자주 마실 수 있는 건 아니었지만⋯⋯

사실 나는 술을 그렇게 좋아하는 편은 아니다. 내게 처음으

---

* 장 드 라브뤼예르(Jean de La Bruyère, 1645~1696): 프랑스의 변호사이자 수필가.

로 와인을 알려준 사람이 아흐메트였다. 그 와인은 전혀 마음에 들지 않았지만, 아흐메트를 사랑하고 있었기에 딱히 말은 하지 않았었다. 그러고 보니 한참 세월이 흐른 뒤에야 와인 맛을 알게 된 것 같다. 아, 우리가 막 사귀기 시작했던 그 시절! 완전히 다른 남자인 줄 알았던 아흐메트의 내면에 잠자고 있던 괴물이 아직 깨어나기 전, 늘 내가 꿈꿔왔던 것처럼 여성스러운 섬세함을 지닌 동시에 건강한 남자라고 생각했었던 그 시절.

내 말에 두서가 없다면, 이 화이트 포트와인 때문이 아니라, 그간 겪었던 혼돈의 영향 때문일 것이다.

아흐메트는 큰 키에 모발이 적갈색인 미남 축에 드는 남자였다. 작은 두 눈 사이 미간은 좁았지만, 남자들한테는 여자들만큼이나 못나 보이게 하는 흉은 아니었다. 큰 키와 근육질 몸매가 약점을 덮어주었다.

그는 더 이상 내 남편이 아니다. 우린 8년 전에 헤어졌다.

타륵이라는 애인, 더 정확히 말하자면 애인이 아니라 요즘 유행하는 말로 보이프렌드가 있었지만, 그 사람도 지난 과거일 뿐이다. 그냥 이스탄불에서의 추억들 중 하나로 남겨뒀다. 난 자유로운 사람이고, 어떤 구속이나 관계로 인해 상처를 받고 싶지 않다.

한 승무원이 자고 있는 승객들 사이로 소리 없이 미끄러지듯 다가와서 고급 포트와인을 따랐다. 난 와인을 한 모금 넘기고 눈을 감았다. 그러고는 남색 파우치에서 두꺼운 양말을 꺼내 신었다. 하이힐을 벗으니 살 것 같았다. 장시간 비행을 하면

발이 부어서 하이힐을 다시 신을 때 엄청 힘들 줄은 알지만 하는 수 없다. 그 정도 힘든 거야 이렇게 편안한 걸 감안한다면 감당해야 할 일이었다.

보스턴에 도착해서 매사추세츠 종합병원에 당도하면 마침표를 찍게 될, 내 삶을 송두리째 바꿔놓은 이 이야기는 석 달 전인 2월의 어느 날 시작되었다.

그날 대학 본관 건물을 나와 차에 오르는데 전화벨이 울렸다. 타륵이었다. "지금 일하는 중이야, 타륵. 행정 일이라는 게 끝이 없네! 기자들 상대해야지, 총장 연설문도 준비해야지, 언론 보도도 챙겨 봐야지. 이렇게 일이 많은데, 그 와중에 공항에 외국 손님도 마중 나가야 해! 멀기도 멀고, 길도 막힐 텐데 말이야. 게다가 날씨도 엉망이잖아. 이놈의 비가 나까지 축 처지게 만드네." 나는 그에게 투덜댔다.

이렇게 말하고는 곧바로 입을 다물었다. 긴장된 대화로 이어질 수도 있을 거라는 걱정이 앞섰다. 타륵의 머리가 복잡하거나, 짜증이 났을 수도 있으니까 말이다.

근데 아니, 말다툼이 시작될 것 같지는 않았다. 사실 상황은 더 안 좋았다. 휴대전화 너머에서는 그냥 "음"이나, "그래" 같은 단지 대화를 이어가는 외마디 소리만 들릴 뿐이었다.

수화기 저편에서 뭘 하고 있는지, 내가 알 방법은 없었다. 어쨌건 확인해볼 수 있는 상황은 아니니까. 내가 뭐라고 하든, 그가 신경 쓰지 않는다는 걸 숨기려고 뭔가를 해야 할 필요는 없으니까. 뭘 생각하고 있는지 누가 알겠어! 어쩌면 다른 한 손은 키보드를 두드리면서 컴퓨터나 하고 있을지.

전화하지 않았더라면 오히려 더 나았을 텐데. 그런데 나도 이 통화를 기회 삼아 투덜대고 있었다. 말을 어떻게든 이어가서 불쾌하지 않게 통화를 끝내야 한다고 생각하니 정말 짜증이 일었다.

"자기도 알겠지만, 이스탄불의 2월은 사람을 피폐하게 만들잖아." 나는 부드러운 목소리로 계속 말을 이어갔다. "몇 날 며칠씩 내리는 비 때문에 으스스하게 춥고, 몸은 늘 비에 젖어 있는 것 같잖아. 손을 대는 곳은 다 물에 젖은 것 같기도 하고. 북풍이 불다가 남풍으로 바뀌고. 파도치는 바다에, 낮에도 어두침침한 것이……"

그는 "그래서? 뭐 안 좋은 일이 또 남았어?"라고 물었다.

난 짜증이 나서 휴대전화를 마주 봤다.

"다 이야기했어! 걱정 마, 남은 거 없어. 내가 도와달라고 할까 봐 나한테 짜증 내는 거지?"

물론 모든 걸 다 말하진 않았다. 3일 전 시작된 생리통이 전혀 잦아들지 않는 것도, 아침에 출근할 때 탐폰을 챙기지 않아서 약국에 도착할 때까지 얼마나 악몽에 시달렸는지 같은 이야기는 할 수조차 없었다.

그는 좋은 사람이었다. 괜찮은 사람이었고. 하지만 아직 그런 말을 할 정도로 가까운 사이는 아니었다.

"누구야?"

아마도 침묵이 더 이상 길어지지 않았으면 하는 마음에 그가 질문을 던진 것 같았다.

"누가 누구야?" 내가 되물었다.

"외국 손님이라고 했던가? 공항에 마중 간다면서."

난 손에 들고 있던 종이를 훑어봤다.

"막시밀리안 바그너. 하버드 정교수라고 되어 있네. 독일인 이름 같은데 미국인인가 봐."

"왜 오는 거야, 세미나에 오는 거야?"

"내 손에 서류가 있긴 한데, 제대로 읽어보질 않아서. 어쨌든 한 시간 내로 공항에 도착하긴 힘들 거야. 가는 길에 읽어볼 시간은 충분해."

"그럼 잘됐네. 자기 고생해. 나중에 봐."

"나한테 왜 전화한 거야?"

"저녁때 시간 되면 만나자고 하려고 했지."

뚝…… 그가 전화를 끊었다. '얘도 똑같아.' 난 속으로 생각했다. 내가 에둘러 한 말이 아니라, 내가 하고 싶은 말을 알아주는 남자는 나타나지 않는 건가! 내가 날씨가 나쁘다고 하면, 단지 날씨만 이야기하는 게 아님을 알아채는 게 그렇게 어려워? 이렇게 사는 데 지쳤어, 식의 말을 꼭 해야만 하는 거야? 일이 많아, 하면 날 책임져줄 남자를 필요로 한다는 걸 알아챌 누군가…… 네가 내 곁에 있었으면 좋겠다는 말을 직접 하지 않았다고 해서, 이 비가 나까지 축 처지게 만든다는 말을 어떻게 못 알아먹는 거지? 단도직입적으로 "날 안아줘"라고 말하고 나서 날 안아주는 게 무슨 의미가 있어! 난 이뤄지지도 않을 기도에 염원을 담는 것 같은 마음으로 계속 살아갈 뿐이다.

체구가 작고 왜소한 운전기사 쉴레이만은 총장의 검은색 공무 차량을 재빨리 몰아 고속도로로 진입했다. 정말 다행스럽게도 가다 서기를 반복하지 않아도 됐다. 적어도 여기는 갓길이 있으니 말이다. 대부분의 검은색 대형 세단처럼 우리도 일반 차량엔 금지된 뻥 뚫린 갓길을 이용할 수 있다. 유럽 횡단 고속도로는 꼼짝달싹도 못 하게 막혔다. 세상에 뭔 도시가 이렇게도 복잡해, 하는 말이 저절로 나왔다. 어디를 가도 사람들로 넘쳐났다. 저녁 비행기를 타려면 아침에 나서야 된다는 거야, 뭐야?

중간에 한두 명 약삭빠른 녀석들이 우리가 속도를 내는 걸 보고는 갓길로 머리를 들이밀려고 시도했지만, 단속이 무서웠는지 바로 포기했다. 천박한 기회주의자들! 됐어, 나도 운전기사 덕에 금지된 갓길로 가고 있잖아. 하지만 내가 그러고 싶어서 그러는 것도 아닌데 뭐. 1,500만 명을 이렇게 겹겹이 쑤셔 넣은 이 도시에서 이런 특혜마저 없으면 어떻게 살란 말이야?

"왜 웃으세요?"

'이놈의 운전기사가 나만 지켜보고 있는 거야, 뭐야.' 나는 속으로 중얼거렸다. 그 처진 눈으로 백미러 그만 쳐다보라고 이 자식아! 넌 앞이나 제대로 봐!

"아무것도 아니에요, 그냥 생각난 게 있어서……"

뭔 생각을 했겠어! 오른쪽 이 갓길 타는 걸 생각했지. 어쩌면 '총장님 차를 타고 있지 않았어도 내가 이 갓길로 갈 수 있었겠어'라고 혼자 생각하는 순간 웃음이 나왔겠지.

"언제쯤 도착할까요?"

"20분 내로 도착할 겁니다. 정말로 갓길이 없다면 자정이 되어도 도착하지 못할걸요."

차가 빠른 속도로 공항을 향하는데, 갓길을 차단하던 경찰이 우리를 주시하고 있었다. 경찰은 갓길을 이용했다며 호통치고 차를 세워서 과태료를 끊을 수 있는 일반인인지, 아니면 경례를 해야 할 주요 인사인지를 살피는 모양이었다. 그러다가 차량 번호판 앞으로 깜박이는 파란색의 경광등을 보더니, 국가의전 서열에 포함된 고위 인사가 탔다고 생각했는지 우리 차에 경례를 했다.

세상에, 이런 천국 같은 내 나라! 모든 게 이렇게 수월하다니. 물론 총장 차를 타고 있을 때 가능한 이야기지만 말이야.

음, 이걸 읽어보려 했었지. 법학 교수, 독일인, 싱글…… 싱글이라고? 이 나이에 싱글이라고?

'아, 이제 알겠다.' 나는 속으로 중얼거렸다. 약력에서 맨 처음 읽었어야 할 부분을 빠트린 것이다. 막시밀리안 바그너라는 이름 아래에 생년월일이 적혀 있었다. 1914년 8월 19일. 그러니까 87세. 엄청 고령이잖아. 여기까지 어떻게 온다는 거지? 아마도 부인은 돌아가셨을 테고, 아니면 이혼했겠지. 이분들 시대에는 지금처럼 이혼이 그리 많지 않았을 텐데. 같이 살기 위해서 결혼했지 이혼하려고 결혼하지는 않았을 거니까.

나보고 어쩌라는 거야? 이 말을 내뱉고 싶었다. 3일 동안 이 노인네의 아픈 곳을 돌봐주고, 약이나 챙겨주면서 보내야 할 것 같았다. 그건 아니잖아 막시밀리안 바그너! 이 재수 없는 2월에 이스탄불에 꼭 와야겠냐고!

서양인 할아버지가 내게 뭘 물어볼지는 뻔하다! 아아, 이스탄불이 이렇게 추워요? 난 사막 기후에 맞게 옷을 챙겨 왔는데. 음, 고속도로는 있나요? 미안합니다만 당신은 왜 차도르를 쓰지 않아요? 여자들이 대학에서 근무할 수 있나요?

난 이런 질문들에 이골이 났다. 외국인 손님을 마중하러 나가기 전에 보통은 내가 먼저 답을 준비해둔다. 이 늙은이에게도 히죽거리며 다른 손님들에게 했던 대답을 할 생각이다. 튀르키예는 공화국이라고 먼저 말을 하고, 개혁들에 대해서도 언급해야겠지. 여성의 선거권과 피선거권이 유럽의 대부분 나라보다 빨리 허용되었고, 대학교수의 40퍼센트가 여자라고 알려줘야겠지. 튀르키예에서 여자들은 반세기가 넘게 두건을 쓰지 않았으며, 남자가 네 명의 부인을 두지도 않을 뿐만 아니라, 튀르키예인은 아랍인이 아니고, 이스탄불에는 사막도 낙타도 없으며, 겨울에는 추워서 엉덩이가 얼어붙을 정도라고. 이런 대답들을 줄줄이 읊어줄 생각이다. 진심으로 거칠게 욕을 퍼붓고 싶다. 당신이 직접 찾아볼 수 있는 수많은 자료가 있잖아. 좀 펼쳐서 읽어보라고. 자신이 방문하는 나라에 대해 공부 좀 하란 말이야! 우리가 미국을 아직도 깃털 꽂은 인디언들과 카우보이들의 나라라고 생각하냐고? 교수 같은 교수가 돼. 그렇게 아무것도 모르고 어떻게 다른 나라를 방문할 수가 있어?

그렇지만 모든 법적인 권리에도 불구하고, 튀르키예의 많은 여자가 여전히 가정폭력에 시달리고, 가정폭력 피해자 보호시설이 피해자들로 넘쳐나는 데다, 동부에서는 젊은 여성들이 가족회의 결정으로 명예 살인의 피해자가 되고 있다는 사실은 당연히 덮어둘 생각이다. 왜냐하면, 이 모든 걸 이야기하는 건 민족의 자존심을 건드리는 일이니까. 게다가 이 모두는 진실의 본체가 아니라 단지 일부에 불과하니까.

자주 맞는 외국인 손님들에게 튀르키예에 대해 좋은 이야기나 들려주고, 그랜드 바자르,* 블루 모스크** 관광에, 가죽점퍼, 애플 티, 푸른색의 나자르 본주우***와 튀르키예 젤리나 쇼핑하도록 데리고 다니는 일이 내가 하는 일 중 가장 고된 일이다. 취업이 쉽지 않은 이 시기에, 원치 않아도 바보 같은 질문에 대답해야 하고, 나이 든 교수들이 던지는 추파를 못 본 척하면서 잘 넘어가야 한다. 공항에서 환송할 때는 40년 지기를 보내는 것처럼 포옹과 볼 키스로 튀르키예인의 손님 접대에 대한 명성에 보탬이 돼야 하고……

어쩌겠어, 모든 일에는 어려움이 따르기 마련이니. 내가 하는 일에는 이런 힘든 면이 있는 걸. 이혼한 전남편이 법원의 판결에도 불구하고 양육비를 내놓지 않는다면, 열네 살 아들에 대한 모든 책임과 학비를 혼자 어깨에 짊어져야 한다면, 애 여럿을 둔 할리우드 스타들처럼 사치를 부릴 수 없는 건 당연한 거 아니겠어.

---

* 이스탄불 구시가지 안의 1,200여 개 점포가 자리한 옥내 시장. 튀르키예어 명칭은 '카팔르 차르싀Kapalı Çarşı'로 '지붕이 있는 시장'이라는 뜻이다.

** 술탄 아흐메트Sultan Ahmet 사원의 별칭. 성소피아 성당 맞은편에 위치하며 이스탄불을 대표하는 회교 사원이다.

*** 나자르 본주우Nazar Boncuğu: 푸른색을 띠는 눈동자 모양의 유리 공예품으로 액운을 막아준다는 뜻에서 '제3의 눈'이라 불리기도 한다.

이른 아침부터 집에서 서둘러 나와야 하고, 지랄 맞은 그놈의 직장에 가기 위해 발 디딜 틈 없는 돌무쉬*에 몸을 실어야 하며, 삶의 목적이 플레이스테이션 게임인 아들을 먹여 살려야 하니까. 뒤늦게 이 세상에 온 여자 시시포스처럼 매일 같은 일을 되풀이해야 겨우 살아갈 수 있다.

주말이 되면 눈 밑 다크 서클이 까맣게 두드러진다. 친구 한두 명과 만나 재미있는 시간을 보내거나, 이스탄불의 새로운 성지가 된 대형 쇼핑몰에 가는 걸로 그나마 위안을 삼을 뿐이다.

나는 할리우드의 로맨틱 코미디 영화를 보고 나서, 그 설레는 감정이 사라지기 전에 비스트로에서 한두 잔의 와인을 마시는 걸 좋아한다. 주위를 둘러보면 대부분의 테이블을 여자들 무리가 차지하고 있다. '여자들과 남자들이 언제부터 이렇게 따로 놀게 되었을까?'라는 생각이 들 때가 많다. 여자들은 솔로와 독립이 여자에게 더 메리트가 있다고 주장은 하지만, 쉬지 않고 남자 이야기를 한다.

그 여자들의 주장은 항상 똑같다. 여성은 수 세기 동안의 종속에서 해방되어 자립하기 시작했으며, 그로 인해 결혼이라는 제도가 무너졌다는 거다. 여자들이 더 많이 배웠고, 더 우월하며, 이런 상황이 남자들을 극도로 긴장하게 만든다고 주장한다. 200년 후엔 남자들이 사라질 것이며, 여자들은 남자들 없이도 세포분열을 통해 2세를 낳게 될 것이라는 등등.

나도 주위의 여자들이 이런 대화를 할 때 맞장구를 쳤었다.

---

* 돌무쉬dolmuş: 튀르키예의 마을버스.

능력 있는 여성이 현대사회에서 겪는 비극이 바로 이런 것이라고. 남자가 결혼할 여자를 선택하는 것이 아니라, 여자가 결혼할 남자를 선택하게 될 때까지 비극은 계속될 거라고. 여자가 남자를 선택하는 행복의 날이 찾아온다면, 여자들이 반지를 들고 남자에게 구혼하고, 여자의 가족들이 '청혼'하러 남자의 집으로 가겠지. 며느리를 맞이하는 것이 아니라, 사위를 들이는 거지. 하지만 이런 풍습이 생긴다고 해도, 가장 나중에야 튀르키예에서 그 광경을 보게 될 것이다. 여자가 아무리 강해진다고 해도 여기 이 나라는 '남자'의 나라니까.

난 국가를 남성과 여성으로 구분하곤 했다. 예로, 스칸디나비아 국가들, 프랑스, 이탈리아는 여성이고, 독일, 에스파냐, 미국은 남성……

앞 좌석 백발의 남자는 의자를 뒤로 한껏 젖힌 채, 잠시도 쉬지 않고 움직였다. 피해를 주는 건 아니었지만, 틀림없이 정서가 불안한 사람이었다. 날 기준으로 통로 왼편에 앉은 젊은 커플은 시도 때도 없이 입을 맞추고 있다. 비즈니스 클래스 좌석은 완전히 뒤로 젖혀지기 때문에 마치 침대에 누워 있는 것처럼 보였다. 게다가 담요까지 덮었으니, 담요 밑에서 분명히 서로를 탐닉하고 있을 거다. 쇼펜하우어가 말했듯이, 자연은 인간이 종족 유지에 헌신하도록 음모를 꾸민다. 사랑이라는 건 정말 번식으로 결론지어지는 속임수란 말인가?

손님을 맞이하기 위해 공항으로 향하는 동안, 운전기사 쉴레이만은 중간중간 백미러로 나를 훔쳐봤다. 이 바보조차도 날 '이혼한 여자'로 보는 게 분명했다. 모든 남자가 그랬다. 여자가 이혼했으면 틀림없이 '남자'를 찾을 테고, 꼭 '남자'가 필요할 거야! 이 바보 같은 자식이 무슨 상상을 하는지 누가 알겠어. 난 차 유리창에 머리를 기대고 한참 동안 내리는 비를 바라봤다.

우리 차는 마침내 아타튀르크 공항의 검문 바리케이드를 통과해 공항으로 진입했다. 관용 대형 리무진이 이번에도 권위를 발휘했다. 다른 차량에는 금지된 구역인 청사 출구 바로 앞까지 들어갔다. 사실 이 차는 아주 오래된 메르세데스 벤츠로 고물차였다. 어느 총장 때부터 사용했는지 알 수도 없는 데다가, 어쩌면 그 총장은 벌써 유명을 달리했을지도 모른다. 그래도 이 고물 메르세데스가 쉴 새 없이 정비사를 귀찮게 한 덕에 제몫은 계속해내고 있었다.

공항이 사람들로 미어터지는 모습은 전혀 놀랍지 않았다. 이놈의 나라는 어딜 가도 복잡하니까. 도로, 버스 정류장, 쇼핑몰, 영화관, 식당, 광장…… 복잡한 데다 소란스럽지. 이 거대한 도시에서는 단 2분만이라도 혼자서 조용히 머리를 식힐 만한 곳이 없다. 에미뇨뉴 광장*의 미어터질 듯한 행렬, 야바위꾼에 모여든 군중, 쿵작대는 아랍풍의 음악 테이프를 파는 사람, 좌판에서 고래고래 소리 지르며 시미트**와 껍질을 벗긴 오

---

* 에미뇨뉴 광장Eminönü Meydanı: 이스탄불 유럽 사이드 구시가지 근처의 선착장 광장.
** 시미트simit: 튀르키예에서 아침 식사나 간식용으로 먹는 둥근 고리 모양의 빵.

이와 키위를 파는 상인, 뱀으로 쇼를 하는 사람, 짝퉁 시계를 늘어놓은 사람, "천국의 입구에서 당신을 보호해줍니다!"라며 방생해줄 새들을 새장에 가둬놓고 팔고 있는 꼬마 상인까지. 그러니까 간단히 말해서, 냄새나고, 시끄럽고, 이리 밀리고 저리 밀리는 군중 틈을 겨우 빠져나와야 그나마 머리를 식힐 만한 이스탄불해협 해안가의 조용하고 아늑한 구석을 찾아볼 수 있다.

나는 이런 생각을 하면서 공항 청사 출구에서 시간을 보냈다. 눈은 출구 위 대형 전광판에 고정한 채였다. 프랑크푸르트발 비행기가 착륙했다. 얼마 후면 그 교수가 나온다는 뜻이다. 나는 이제 '막시밀리안 바그너'라고 쓰인 종이를 들고 기다렸다. 승객들이 무리를 지어 나왔다. 독일에서 일하는 튀르키예인들, 관광객들, 승무원이 데리고 나온 열 살 남짓한 금발의 여자아이……

그러다가 그를 발견했다. 큰 키에, 새파란 눈동자로 눈에 띄는 외모에 검은색 외투를 입고 중절모를 쓴 모습이었다. 오른손에는 바이올린 케이스, 다른 한 손에는 중간 크기의 여행 가방을 들고 있었다. 그는 출구에 멈춰 서서 마중 나온 사람들을 훑어보았다. 그러고는 내가 든 종이를 보더니 미소를 지으며 다가왔다. 그는 승객과 마중 나온 사람들을 구분하는 바리케이드 벨트까지 오자, 여행 가방을 내려놓았다. 모자를 벗은 다음 손을 내밀면서 영어로 "안녕하세요. 막시밀리안 바그너입니다!"라고 인사했다.

그 순간 앞에 서 있는 이 남자가 너무나 미남이라는 사실을 깨달았다. 백발의 잘 빗어 넘긴 머리, 작은 코와 그에게 무척이

나 잘 어울리는 얼굴 주름으로 인해 너무 멋져 보였다. 난생처음으로 남자가 앞에서 모자를 벗고 인사하는 모습에 난 더더욱 놀랐다.

"환영합니다, 교수님! 저는 마야 두란이에요!"

우리는 바리케이드 벨트가 끝나는 곳으로 가서 다시 만났다.

"타고 가실 차가 출구 바로 앞에 있습니다, 교수님."

우리는 발걸음을 옮겼다. 마음으로는 그의 가방을 들어주겠노라 말하고 싶었지만, 그렇게 하지 않았다. 젊은이가 나이 든 노인을 돕는 것이 아니라, 무슬림 여자 내면에 자리한 노예근성에서 나온 수발처럼 보이긴 싫었다. 그리고 그는 나이에 비해 꽤나 정정하고, 건강했고, 꼿꼿한 자세로 걸었다.

다행히도 약삭빠른 운전기사 쉴레이만이 바로 우리 옆에 와 있었다. 쉴레이만은 활짝 웃으면서, 튀르키예어 억양에 늘어지는 말투로 "웰커어어엄, 웰커어어엄"이라며 교수의 손에서 가방을 받아 들었다.

청사 밖으로 나오자 그는 다시 모자를 쓰고, 캐시미어 목도리를 목에 둘렀다.

"쉽게 아프거나 그러지는 않지만, 이 계절 이스탄불은 꽤 춥지요"라고 말하며 그는 미소를 지었다.

"잘 준비해서 오셨네요. 대부분의 외국 손님은 중동 국가에 간다고 생각하시고 얇은 옷만 챙겨 오시거든요."

그는 웃었다.

"내가 이스탄불을 잘 아는 편이라오. 이 추위를 여러 번 겪어봤거든요."

지금 비행기의 안락한 좌석에 앉아 이 글을 쓰니까 그런 생각이 드는 건지, 아니면 그날 내가 바로 알아챘는지는 확실치 않지만, 그의 웃는 얼굴에 슬픔이 묻어났다.

쉴레이만이 검은색 메르세데스의 문을 열자, 그는 "오오 올드 맨, 올드 카!"라고 했다.

우리는 다 같이 웃었다. 이스탄불에 대해 이야기할 때 그는 웃음을 보였지만, 웃는 얼굴에도 여전히 슬픔의 그늘이 드리워졌다.

난 사실 그렇게 사교성 있는 사람이 못 된다. 대부분의 사람은 날 보고 차갑다고 말한다. 그런데 왠지 모르겠지만, 이 노교수를 처음 본 순간부터 연민의 감정을 느끼기 시작했다.

호텔로 이동하는 동안 그는 지치고 슬픔에 잠긴 듯한 눈빛으로 주위를 둘러보았다. 그의 존재가 차 안을 가득 채웠고, 묘하게 날 흔들어놓는다는 걸 깨달았다. 존경심과 뒤섞인 이상한 연민. 어떤 것이 더 강한 감정인지 몰랐다. 어쨌든 그는 정말 흥미롭고, 이전의 손님들과 다른 사람인 것은 분명했다.

"몇 년도에 이스탄불에 계셨었나요?"

"1939년부터 1942년까지라오."

"세상에나, 아주 오래전이네요. 교수님께서는 여기가 낯설 것 같아요."

"그래요. 그때는 이렇게 차도 많지 않았고, 건물도 없었다오. 이 고속도로도 없었고."

그리고 그는 침묵했다. 나도 입을 열지 않았다. 쉴레이만은 우리 두 사람의 침묵에 개의치 않고, 호기심에 찬 눈으로 백미러를 통해 힐끗 쳐다보곤 했다. 돌아가는 길도 많이 막혔다. 이번에도 우리는 샛길을 이용해 빠르게 달렸다.

"혹시 온도를 좀 낮춰줄 수 있겠소?"

그의 말을 듣고서야 차 안이 얼마나 더운지 깨달았다. 쉴레이만이 차 안을 사우나로 만들고 있었다. 온도를 좀 낮춰달라고 쉴레이만에게 말했다. 나는 바그너 교수가 회색 목도리와 검정 외투를 벗는 걸 도왔다. 그는 좁은 옷깃의 흰색 와이셔츠와 팔꿈치 부분에 가죽을 덧댄 커피색 벨벳 재킷을 입고 있었다. 어딜 봐도 미국에서 여기까지 비행기를 타고 온 사람 같지 않았다.

"시차 때문에 힘드시죠, 바그너 교수님?"

이 질문을 내뱉고 곧바로 나는 '아, 뭔 바보 같은 질문이야!'라는 생각을 했다. 이 나이대 사람이라면 당연히 시차 때문에 힘들겠지.

"아직은 괜찮아요. 근데 밤엔 시차를 느끼겠지요." 그가 답했다.

"오늘 저녁에는 일정이 하나도 없습니다. 교수님을 바로 호텔로 모실 거예요. 내일 아침까지 쉬시면 됩니다."

"어느 호텔에서 묵게 되나요?"

"페라 팔라스 호텔입니다."

그의 얼굴에 드러나듯 드러나지 않는 미소가 번졌다.

"반가운 소식이군."

"예?"

"그 호텔을 알고 있다오. 전에 묵은 적이 있거든요."

"1895년에 완공된 호텔입니다. 애거사 크리스티가 그 호텔에서 소설을 집필했었답니다."

"오늘날까지 그대로 남아 있는 것만으로도 큰 행운이군요. 이스탄불의 많은 고건축물이 없어졌다는 걸 어디서 읽은 적이 있어요."

"페라 팔라스는 그나마 살아남은 몇 안 되는 건물들 중 하나입니다. 그때 튀르키예를 떠나신 이후로 지금까지 다시 방문한 적이 없으셨나요, 교수님?"

"그렇다오."

"그러면……" 나는 속으로 헤아려봤다. "59년 만이시네요."

그는 아무 말도 하지 않았다. 차 안에 침묵이 감돌자 나는 편치 않았다. 궁금해서라기보다는 그냥 침묵을 깨고 싶어서 질문을 던졌다.

"그 당시 어느 동네에 사셨습니까?"

"베야즈트*에서 살았다오. 대학에서 가까운 곳이면 좋겠다는 생각에서 그 동네에 집을 구했지요."

"튀르키예 말은 하실 수 있으세요?"

그는 웃음을 지으며, 튀르키예어로 말했다.

"조금"이라고 답하고, 이어서 "아주 조금"이라고 덧붙였다. 잠시 침묵이 흐른 뒤, 그는 영어로 대답했다.

"여기서 강의할 때 배웠죠. 제법 잘했었는데, 다 잊어버렸소. 이스탄불을 떠난 이후로는 튀르키예어로 대화한 적이 없었다오."

---

* 베야즈트Beyazıt: 이스탄불 대학교 정문 앞 광장 일대.

"이제 기억이 돌아올 거예요. 튀르키예어도 생각나기 시작할 겁니다."

그의 얼굴에 그늘이 드리워졌고, 다시 침묵이 흘렀다. 나는 '튀르키예어가 생각날 거라는 말에 불쾌하진 않으셨어야 할 텐데'라는 생각이 들었다. 그의 얼굴에 그늘이 진 건 어쩌면 여기서 겪었던 일 때문이거나, 기억이 돌아올 거라는 내 말 때문일 거라고 생각했지만, 더 깊게 헤아릴 필요는 없을 것 같았다.

저녁 시간대라서 시내에 가까워질수록 교통 혼잡이 더 심해졌다. 자동차 정글, 미친…… 나는 그를 호텔에 내려준 다음 어떻게 집에 가야 할지를 심각하게 고민했다. 비가 오는 날이면 택시 잡는 것도 불가능했다. 택시 기사들은 평소엔 택시를 타지 않는 사람들에게 복수라도 하듯 서지 않고 그냥 지나쳐 버린다. 택시를 잡으려 손을 들어봤자 헛수고다. 돌무쉬를 타면 적어도 한 시간은 걸리고. 휴, 그가 말한 것처럼 대학 가까이에 집을 구할 수도 있었지만, 그 동네는 살 만한 곳이 못 됐다.

케렘은 벌써 학교에서 돌아와 컴퓨터 앞에 앉아 있겠지. 케렘한테 저녁도 차려줘야 하는데. 냉장고에 인스턴트 음식이 있던가? 있다고 한들 달라지나. 식탁에 앉을 생각도 않을 테고, 내가 갖다 바쳐야 하는데. 접시에 담긴 음식도 내 얼굴도 보지 않은 채, 모니터에서 눈을 떼면 큰 난리라도 나는 것처럼 그렇게 끼니를 때우겠지. 컴퓨터 키보드가 마치 그 녀석 손의 일부가 된 지는 오래되었다. 밤에 잠잘 때나 키보드에서 겨우 손을 떼니까.

쉴레이만에게 날 집까지 데려다주고 가라고 부탁하면 뭐라고 답할까? 이 자식은 보상 없이 어떤 일도 하지 않는 데다, 지금 하는 일에서 뭘 챙길 수 있을까만 생각하는 놈이다. 똑똑하지는 않지만 이런 부류가 대부분 그렇듯이 교활하다.

어쩌면 지능과 교활함은 반비례하는지도 모르겠다. 한쪽이 내려가면 다른 한쪽이 올라가니 말이다. 이치가 차 운전을 잘한다거나, 갓길 운행을 하다가 우리 앞으로 끼어들려는 차량이 있으면 경고 사이렌을 울려서 쫓아내는 행동에서도 교활한 일면이 드러난다.

이런 생각에 빠져 있는 동안, 나는 우리를 따라오는 차가 있다는 걸 알아챘다. 보통의 흰색 르노 승용차였다. 그런데 이상하게 갓길로 운행 중인데도 경찰이 제지하지 않았다. 우리 차를 경호하는 차량으로 알았거나, 아니면 다른 사정이 있는 것 같았다. 꽉 막힌 도로에서 몇 시간째 기다리던 수많은 운전자가 분노의 눈빛으로 우리를 쏘아보고 있었다.

"보스턴도 이렇게 교통이 막히나요, 교수님?"

그는 깊은 생각에서 빠져나와 부드러운 목소리로 말했다.

"다행히 아니라오. 왜냐하면 거기 대학엔 이런 특혜가 없으니 말이오."

"뉴욕은 여기 같겠네요!"

"그렇죠, 거긴 막히긴 하지요. 그래도 이 정도는 아니라오. 이렇게 많은 차가 도대체 어디서 온 건지 이해가 안 되는군요. 내가 있었을 때만 해도, 도로에 한두 대 보이는 게 다였소. 직장은 트램이나 배로 출근했다오."

"물론 다리도 없었으니까요."

"갈라타 다리* 말이오? 있었지."

"아니요, 이스탄불해협의 다리를 말씀드리는 거예요. 유럽과 아시아 대륙을 연결하는 두 개의 다리 말입니다."

"아, 그래요. 들어본 적이 있어요. 그 시절에는 여객선이나 보트를 타고 반대편으로 건너다녔다오."

갑자기 나는 호기심이 발동해 이렇게 물었다.

"교수님은 독일인이세요, 아니면 독일계 미국인이세요?"

그의 표정이 굳었다. 거리감이 생겼다는 느낌이 들었다. 그는 내가 알아듣지 못하는 무슨 말을 중얼거렸다.

나는 사과했다. "죄송합니다. 미국에서 오신 교수신데 독일 이름이시라. 그냥 궁금해서 여쭤본 겁니다."

"괜찮소! 당신 잘못은 아니오. 나랑 관련된 특수한 상황 때문이라오. 정체성에 대한 질문은 불편하거든요. 그래요, 독일인이오. 그렇지만……"

"말씀 안 하셔도 돼요, 안 하셔도 됩니다, 교수님. 도착하시자마자 괜한 질문을 했습니다. 죄송합니다."

그는 인자한 미소를 보였다.

"첫 만남인데 간단한 질문 하나 때문에 거북한 상황을 만들고 싶지는 않군요. 나의 이런 이상한 성격은 신경 쓰지 말아요. 난 바이에른 출신 독일인이라오. 하지만 1942년 이후로 미국에서 살고 있소. 미국 국적이고, 1939년 이후로는 독일을 다시 가보진 못했소."

---

* 갈라타 다리Galata Köprüsü: 이스탄불 구시가지의 골든 혼을 가로지르는 다리.

"그러니까 모국이 독일이시네요."

"독일 사람들은 모국이 아니라 부국이라고 한다오. 하지만 난 그 단어를 절대 쓰지 않소."

그는 긴장했고, 가볍게 몸을 창 쪽으로 틀었다. 더 이상 이 이야기를 하고 싶지 않아 한다는 느낌을 받았다. 무엇이 그를 화나게 했는지는 알 수 없었다. 비밀로 가득 찬 사람이라는 생각이 들기 시작했다.

그러는 동안에 우리가 탄 차는 고속도로를 빠져나와 베이오울루*로 향하고 있었다. 우리 뒤에 있던 차도 계속 우리를 따라오는 걸로 봐선 같은 방향으로 가는 것이 틀림없었다. 난 공상하기를 워낙 좋아하는 데다, 이 각박한 세상에서 공상하는 재미로 살아가는 사람이라 곧바로 상상의 나래를 펼쳤다. 이 교수가 스파이라고 생각해봐! 우리 뒤를 쫓고 있는 건 정보국 소속 차량! 어느 한 모퉁이로 우리를 몰아붙인 다음, 뒤에 있던 차에서 뛰쳐나온 요원들이 권총을 뽑아 들고 교수를 납치하는 거야. 나도 손발이 묶인 채 지하 감옥으로 던져지고⋯⋯ 신나는 모험이 될 텐데. 하지만 이 악마 같은 쉴레이만은 무슨 수를 써서라도 도망치겠지. 아니면 처음부터 그쪽 사람이었을 수도.

이런 습관은 문과대를 다니던 시절과 졸업한 뒤 문학에 관심이 많아지면서 최근 몇 년 동안 새로 생겼는데, 바로 머릿속에 공상의 세계를 만들고 삶을 소설처럼 인식하는 버릇이었다.

---

* 베이오울루Beyoğlu: 이스탄불 구시가지의 중심가.

그래도 요 근래에 들어서는 이런 습관을 버린 참이었다. 소설을 써보려고 작문 기술에 관한 책 몇 권을 읽었는데, 혹시 이렇게 기술적으로 보기 시작하면서 문학에 대한 열정이 식어버린 건가?

아니, 어쩌면 문학에서 조금 멀어진 까닭이 그처럼 이해하기 힘든 이유 때문만은 아닐 거다. 내 상황이 작가가 되는 길을 가로막은 것이다. 이렇게 단순한 이유일 뿐. 겉만 번지르르한 저 '자기 계발' 서적들이 주장하는 '원하면 할 수 있다'라는 말은 완전한 속임수다. 사람은 할 수 있는 것을 원한다. '원하다'라는 개념은 '소원하다' 또는 '상상하다'와는 다르다. 원한다는 건 대가를 치를 준비와 해야 할 일을 하는 필요와 관련이 있다.

맞아, 최근 몇 년간 소설을 쓰고 싶지는 않았지. 그럴 여력이 없었으니까. 상황이 허락하지 않았어. 하지만 적어도 공상을 하거나, 상상으로 상황극을 만드는 습관은 남아 있었다. 사실 이것만으로도 괜찮았다. 재미도 있었다.

"웃는 걸 보니 내게 화가 난 건 아니군!"

바그너 교수의 목소리에 정신을 차렸다. 정말로 내가 웃고 있었다.

"화가 나다니요, 선생님!"이라고 하자마자, 부끄러워서 입술을 깨물었다. 입버릇 탓에 그에게 튀르키예어로 선생님이라고 했기 때문이다. 모든 강사진에게 "선생님"이라고 호칭을 하기에, 하루에도 몇백 번이나 이 단어를 썼다.

이번에는 바그너 교수가 웃었다.

"그래요, 맞아." 그는 흥분하며 말을 이었다. "선생님, 선생님! 이스탄불에 있었을 때 모두들 내게 '선생님'이라고 했었소. 반백 년 동안 이 단어를 듣지 못했었군. 감사해요. 이제야 내가 이스탄불에 와 있다는 걸 실감하네요."

오랜 역사를 자랑하는 페라 팔라스 호텔에 도착했을 때, 우리 사이의 냉랭한 기운은 사라지고 없었다. 좁은 골목길에 자리한 호텔은 빗속에서 반짝이는 전등과 입구에 있는 장식 철문의 아치로 인해 동화 속 세상 같았다.

8천 미터 상공, 어둠이 내린 비행기 속에서 얼굴을 비추는 노트북 액정의 불빛이 느껴졌다. 왜인지는 몰라도 지금 페라 팔라스를 생각만 해도 기분이 좋아졌다. 오리엔트 특급열차의 귀족 승객들을 위해 1895년 열차 개통 전야제를 개최한 이 호텔은 내가 보기에 여전히 이스탄불에서 가장 개성 있는 건물이었다.

우리가 비를 피해 재빨리 페라 팔라스 호텔 로비에 들어섰을 때, 쉴레이만은 벨보이에게 바그너 교수의 짐을 건네주고 있었다. 하지만 바이올린은 바그너 교수가 직접 들었다. 그는 바이올린 케이스를 손에서 절대 놓지 않았다.

회전문을 통과한 후, 뒤에 남은 쉴레이만을 본 순간, 우리를 뒤쫓아 오던 흰색 르노도 가까운 곳에 주차한 것이 눈에 띄었다. 우연치고는 좀 심한 것 아닌가. 정부에서 바그너 교수를 위해 경호원이라도 보낸 걸까? 그렇게 중요한 인사란 말인가? 어쩌면 정말 우연일 수도. 공항에서 페라 팔라스로 온 일행이 우리뿐만은 아닐 테니까.

호텔에 들어선 순간부터 교수는 표정이 누그러졌다. 그의 푸른 눈동자는 초점을 잃은 것 같았다. 창백해 보였지만, 어쩌면 천장에 매달려 있는 대형 샹들리에의 불빛 때문에 그렇게 보였을지도 모른다.

"교수님, 잠시 앉아 계세요, 체크인을 하고 오겠습니다." 나는 그를 로비에 있는 낡았지만 근사한 안락의자로 모시고 갔다.

"여권을 제게 주시겠어요? 혹시 커피나 술을 한잔 드시겠습니까?"

그는 "체크인 끝내고 위스키나 한 잔씩 할까요?"라는 질문으로 날 놀라게 했다.

"예, 물론이죠!"라고 답했지만, 한편으로는 그럼 집에 늦을 거고, 케렘의 저녁 식사는 어쩌나 하는 걱정이 앞섰다.

로비에 있던 무스타파 씨가 "또 손님이 오셨나 봐요?"라고 인사했다.

"그래요. 어쩌겠어요, 제 일이 이건데. 고령이시고 여행으로 지쳐 계세요. 조용한 방으로 주시면……"

"걱정 마세요, 마야 씨."

"고마워요."

나는 바그너 교수에게로 향하면서 호텔 직원에게 JB 위스키 더블과 화이트 포트와인을 주문했다.

"JB는 얼음과 물을 함께 주세요. 견과류도 좀 주시고."

하지만 바그너 교수는 앉은 자리에서 잠들어 있었다. 머리를 안락의자 모퉁이에 기댄 채 깊고 규칙적인 숨을 내쉬었다. 순진한 표정을 떠올린 얼굴로.

사실 나로서는 다행이었다. 기회가 왔을 때 한시라도 빨리 집에 가고 싶었다. 주문을 취소하고 직원에게 손님을 깨우지 말 것을 부탁했다.

"일어나시면 방으로 모셔주세요."

그러고는 리셉션에 놓여 있는 페라 팔라스 호텔의 화려한 로고가 찍힌 메모지에 짧은 글을 남겼다.

"선생님, 깊이 잠드셔서 깨우지 않았습니다. 저는 먼저 가겠습니다. 내일 오전 11시에 모시러 오겠습니다."

호텔을 나와 차로 향하면서 나는 쉴레이만에게 웃는 표정을 보이려고 애썼다. 더군다나 말을 시작하기 전에 그의 팔을 툭 건드리기까지 했다.

"오늘 많이 늦었네요." 나는 말을 건넸다.

마치 얼굴을 들이밀면 목소리가 더 친근하게 들리겠지, 싶은 생각에 나는 쉴레이만을 향해 얼굴을 조금 내밀면서, "케렘이 저녁을 못 먹고 있어요. 집에 날 떨궈주면…… 많이 힘들까요?"라고 물었다.

세상에나! 이 이야기를 쓰고 있는 지금도 약간 얼굴이 붉어진다. "집에 날 떨궈주고!"라니 이게 무슨. 귀여워 보이려고, 무슨 말까지 했던 거지. 사실 말한 그대로였을 뿐 당연히 다른 뜻은 없었다. 이 글을 쓰면서 몇몇 단어를 기억나는 그대로가 아니라 다른 단어로 바꿔 써도, 그러니까 더 걸맞은 단어를 골라 쓴다고 해도, 내가 거짓말하는 건 아니잖아. 됐어, 오해의 소지가 있더라도 거리낌 없이 마음 가는 대로 써 내려갈 생각이다.

어차피 난 작가가 아니니까. 내 글의 가치는 오직 나의 진실함에 달렸다. 사실 하늘 위의 주위 모두가 잠든 어둠 속에서 자기 검열의 필요성을 그리 느끼지 않기도 하고.

쉴레이만은 잠시 생각에 잠겼다. 아마 말을 들어주면 어떤 이익이 생길지 계산하고 있었을 거다. 그러더니 "자 어서 타보세요"라면서 움직이기 시작했다. "데려다드리죠."

차에 오르는데 흰색 르노 차량이 눈에 들어왔다. 차 안에는 세 명의 남자가 있었다. 운전석에 있는 남자는 웃으며 담배를 피우고 있었다. 우리를 주시했던 걸까, 아니면 내가 그렇게 느꼈던 걸까?

그럴 리가, '뭐 하러 우리를 관찰하겠어?'라고 나는 생각했다. 그렇긴 한데, 우릴 보고 있잖아! 그렇다, 상황이 아주 묘해지고 있었다. 호텔에 도착하고도 왜 내리지 않고 차에서 기다리고 있지? 어쩌면 경호원일 수도. 미국 대사관이나, 튀르키예 정부에서 바그너 교수를 경호하는 게 틀림없어. 그러니까 그가 중요한 학자인 거지. 그렇다 해도 그는 법학 교수잖아. 핵물리학자나 그런 분도 아닌데……

메르세데스의 뒤쪽 창문으로 보니 그 사람들도 눈을 떼지 않고 음흉한 시선으로 날 살피고 있는 게 보였다. 누구지 저 사람들, 저 이상한 유의 사람들은?

쉴레이만은 계속해서 차 키를 돌렸고, 차는 시동이 걸리는 소리를 내다가 꺼져버렸다. 덜덜거리는 엔진의 요동 때문에 차가 흔들렸다. 쉴레이만은 화난 듯이 키를 돌리면서 한편으로는 액셀을 밟고 있는 것 같았다. 결국 포기했다는 걸 알리듯 차 키에서 손을 떼더니 어깨 너머로 뒤를 보며 말했다. "죄송합니다, 선생님. 차가 퍼졌어요!"

난 의심스러운 눈으로 그의 얼굴을 바라봤다. 메르세데스는 정말 오래되기는 했다. 자주 이런 고장을 일으켰지만, 혹시나 쉴레이만이 나를 집에 데려다주기 싫어서 핑계를 대는 건가? 내가 알 도리가 있나.

"그래요"라고 말하며 차에서 내리고 나니, 갑자기 길 한가운데에서 어찌할 바를 몰랐다. 그런 상태로 밖에 있고 싶지 않아서 다시 호텔로 들어갔다. 뒤돌아서 밖을 보니 빗속에 노란색 등을 켜고 정차해 있는 택시들이 보였고, 내가 왜 저 택시를 잡지 않았나 하는 생각이 들었다.

입구에서 날 맞이한 유니폼 차림의 호텔 도어맨은 로비로 들어와 우산을 접으면서 이상하다는 듯 내 얼굴을 바라봤다. 바그녀 교수는 여전히 곤하게 잠들어 있었다. 순백의 피부가 더더욱 하얗게 보였다. 입은 살짝 벌린 채, 무방비 상태의 아이처럼 자고 있었다. 잘 빗어 넘긴 백발의 머리카락은 푸르스름하게 반사광을 발했다. 나는 조심스럽게 팔을 건드리며 부드러운 목소리로, "교수님…… 교수님!"이라며 그를 깨웠다.

그는 천천히 눈을 뜨더니 당황한 듯 먼저 주변을 둘러봤다. 자신이 어디에 있는지 확인하는 것 같았다.

"미안해요." 그가 중얼거리듯 말했다. "내가 여기서 잠들었나

보군요. 미안해요."

"미안해하실 필요 전혀 없으세요." 난 웃어 보였다. "열네 시간이나 비행하셨고, 밤낮이 바뀌었으니, 너무 당연한 거죠!"

그가 정신을 차릴 때까지 기다렸다가, 나는 말을 이었다.

"방이 준비됐습니다. 제가 방까지 모실게요."

팔짱을 끼듯 부축해서 쇠약한 그의 몸을 일으켰다. 당시에 유럽에서 가장 유명했던, 원목과 철재로 만들어진 '귀족' 엘리베이터를 타고 4층으로 그를 안내했다. 벨보이 한 명도 우리와 함께 올라왔다. 벨보이가 손에 든 커다란 열쇠로 방문을 열자, 곰팡냄새가 코로 밀려왔다. 오래된 건물에서 나는 오래된 냄새. 올드 맨, 올드 호텔!

책을 사랑하는 대부분의 튀르키예 독자들처럼 나 또한 원하든 원하지 않든 애거사 크리스티의 작품을 떠올렸다. 그녀는 이 호텔에서 『오리엔트 특급 살인』을 저술했고, 열하루 동안 사라진 적이 있었다. 사라진 동안 그녀가 어디에 있는지 아무도 찾지 못했었다. 나중에 호텔 방 나무 바닥 밑에서 열쇠만 찾았다고 한다.

내 생각에 애거사 크리스티의 행방불명은 모든 여자가 할 수 있는 사랑의 도피였으리라. 미스터리 같은 건 없었을 거다. 하지만 이스탄불, 오리엔트 특급열차, 페라 팔라스 그리고 애거사 크리스티가 화두에 오르면 사람들의 상상력은 날개를 달게 된다. 벨보이가 여행 가방을 내려놓는 동안, 바그너 교수는 바이올린을 마호가니 옷걸이에 걸쳤다. 나는 그가 외투 벗는 걸 도와주면서 말했다. "저는 가보겠습니다, 교수님. 내일 오찬은 총장님과 함께하실 예정입니다. 11시에 교수님을 모시러 올 게요.”

“아니, 같이 술 한잔하기로 했었는데. 내가 잠들어버리는 바람에 그 기회는 놓쳤지만, 저녁 식사를 같이하면 어떨지……”

“교수님, 저도 그러고 싶습니다만 아들이 집에서 기다리고 있어서요.”

그는 내 사정을 이해한다는 듯이 고개를 끄덕였다.

로비로 내려갔더니 우리가 타고 왔던 차가 여전히 그곳에 있었다. 쉴레이만이 입이 찢어질 듯 활짝 웃으며 말했다. “결국엔 고물차 시동을 걸었습니다. 자 선생님, 타세요. 태워다드릴게요.”

빗속을 뚫고 이동하는데 문득 생각이 나 뒤를 돌아 차창 밖을 살폈다. 흰색 르노는 보이지 않았다. 잘됐다는 생각이 들었다. 간 것 같았다. 마음이 놓였다. 달리는 차의 부드러운 요동에 몸을 맡기고 집에 도착할 때까지 머리를 식힐 수 있어 좋았다.

편안하게 자리를 잡고 쉬려던 참에 의문이 생겼다. 그 흰색 르노가 진짜 간 걸까? 아직 그 주변에 있으면 어쩌지! 어쩌면 그 사람들이 호텔 안으로 들어갔을 수도 있잖아. 바그너 교수에게 나쁜 짓을 꾸미거나 그러면 안 되는데! 오늘 밤 그가 납치되는 바람에, 내일 호텔에 모시러 갔을 때 안 계시거나 그럼 안 된단 말이야! 그러다 또 다른 생각이 들었다. 몰래 우리를 미행하는 건 아니겠지! 소름이 끼쳤다.

‘정신 차려 마야!’ 나는 속으로 외쳤다. ‘공상에나 빠져 있으

면 넌 미쳐버릴 거야. 이제 그만 좀 해!'

쉴레이만은 차를 타를라바쉬로路*에서 탁심 방향으로 몰았고, 나는 중간중간 뒤를 돌아보지 않을 수 없었다. 길에 수많은 흰색 르노가 보였다. 하지만 그들이 탄 차는 보이지 않았다. 나는 흰색 르노가 이렇게 많다는 사실에 놀랐다. 이렇게나 많은 흰색 르노가 있다는 걸 전에는 알지 못했다는 점이 의아했다. 인지 능력과 관련된 문제로 보였다.

그렇다면, 다른 색상과 종류의 차들도 마찬가지로 내 예상보다는 많겠지. 같은 맥락에서 내 생각보다 더 많은 고급 승용차가 도로를 실제로 달리고, 이 나라의 부자들도 내 생각보다 더 많을 것이다. 빈곤과 가난을 얼마나 흔하게 목격할 수 있는지도 마찬가지 문제가 아닐까.

똑같은 방식으로, 얼마나 많은 남자가 무례하고 혐오스러운가를 생각했을 때, 이런 평가도 사실에 근거한 것이 아니라, 나의 편협한 시선에서 나온 것임을 인정해야만 한다. 또는 어떤 남자가 신뢰할 만하다거나, 잘생겼다고 생각하는 것도…… 아니지, 어떤 남자가 잘생겼다고 생각하는 것과 내 견해가 뭔 상관이 있단 말이지? 심리 상태에 따라 같은 사람을 다르게 볼 수는 없잖아! 아니면, 내가 진짜 그렇게 봐왔었나? 그러니까 대상을 평가하는 중요한 요소 중 하나가 그 당시 내가 놓인 상황이었지 않은가? 그렇다면, 사고라는 것을 믿을 수는 있는 건가? 내 사고를 사실이 규정하는 거야? 아니면, 내 심리 상태가 규정

---

* 타를라바쉬로Tarlabaşı bulvarı: 이스탄불 구도심의 대로.

하는 거야? 근데 솔직히, 이 두 가지가 서로 연관된 것 아닌가?

그렇다면, 사고가 먼저야, 인지가 먼저야? 아니면, 사고와 인지 사이에 다른 연결 고리가 있는 건가? 앞뒤 문제를 넘어선 연결 고리 같은 것 말이지.

그래, 어차피 이 문제로 고민을 했었다면 왜 직접 조사해보고 책을 찾아보진 않는 거지? 이런 접근은 학구적인 직업 환경 때문에 생긴 버릇인가? 어느 교수든 이 질문에 답을 해준다면 속이 시원하겠다. 지식을 습득하는 게 목적이 되어버리다니. 질문하고, 질문의 답을 찾고, 질문이 질문을 낳는 것을 두려워하지 않는……

내가 나 자신에게 잘못하는 건가? 내가 책 읽고, 연구하기를 좋아한다는 걸 주변 사람들도 인정하곤 했었다. 그게 아니라면, 왜 지금도 수많은 질문이 머리를 복잡하게 하겠어?

아니면, 질문하고 답을 찾으려는 것이 머리를 복잡하게 만들기보다는 오히려 머리를 쉬게 하는 건가? 페라 팔라스까지 우리를 미행한 흰색 르노를 생각하지 않고 다른 주제로 관심을 돌리게끔……

어, 벌써 도착했네! 이 비 내리는 날씨에, 그 혼잡한 길을 뚫고, 적어도 한 시간은 걸렸을 텐데. 좋다, 좋아. 오늘도 하루가 지났다. 내일까지는 생각하지 말자. 흰색 르노도, 바그너 교수도, 학교도, 일도……

난 정말 편하게 늘어져 있던 뒷좌석에서 내릴 준비를 했다. 나른한 상태에서 쉴레이만에게 감사를 표하고 차에서 내렸다. 내리는 비조차 문제 되지 않았다. 나는 아파트로 들어가면서 시계를 봤다. 9시가 넘었다! 케렘이 걱정했을 거라는 생각이 들었다. 아냐, 무슨 걱정을 했겠어! 장담하는데 내가 없는지도 모를 거야. 난 이제 엘리베이터를 타고 5층으로 올라갈 거고, 열쇠로 9호 문을 열겠지. 현관에서 비에 흠뻑 젖은 외투와 부츠를 벗는 동안 케렘의 방에서 비치는 불빛 말고는 온 집 안이 깜깜한 걸 보게 될 거고. 이웃집의 얇은 문은 제대로 덧대지를 않아서 텔레비전에서 나는 소음과 여자 한두 명의 웃음소리, 애 울음소리가 들릴 거야. 아파트 복도에 뒤섞인 음식 냄새가 코를 찌르겠지. 집 안으로 들어가 불을 켜고 난 뒤 케렘의 방으로 향할 거고, 케렘은 척추가 튀어나올 정도의 깡마른 몸을 컴퓨터 화면을 향해 구부리고 있겠지.

"안녕, 아들 오늘 어땠어?"라고 나는 물어볼 테고.

케렘은 날 쳐다보지도 않고 "좋았어요" 같은 말을 중얼거릴 거다.

난 부엌으로 가서 냉장고에 있는 어제 먹다 남은 피자를 찾은 다음, 그걸 데워서 콜라와 함께 방으로 가져갈 거고. 책상 위에 피자를 놔두면, 케렘은 화면에서 눈을 떼지 않은 채 손을 뻗어 피자를 먹을 테고, 난 방에서 나와 욕실로 가겠지. 따뜻한 물속에서 오늘 있었던 일을 떠올릴 테고. 데니즐리* 특산품인 목욕 가운을 걸치고, 젖은 머리카락 그대로 부엌으로 간 다음, 치즈 샌드위치를 만들어 거실의 텔레비전 앞에 앉겠지. 한 손에 든 샌드위치를 먹으면서 정치나 경제 위기, 서로에게 욕을

---

* 데니즐리Denizli: 섬유산업이 발달한 튀르키예 서부 내륙의 도시.

퍼붓는 정치 지도자들, 폴짝폴짝 뛰는 가수들, 오늘 일어난 살인 사건에 대한 상세한 뉴스를 보게 될 거고. 잠들기 전에 영화를 보려고 영화 채널을 뒤질 테고, 보통 그렇듯 최근 유행인 영화제 수상작들 중 하나를 선택하겠지. 한 남자가 집에 들어서면서 "안녕"이라고 인사하면, 여자는 한참 뒤에 "어서 와"라며 답을 할 거다. 이렇게 해서, 미어터지는 혼잡으로 숨 쉬기도 힘든 이 땅에서 외로움과 단절의 메시지를 또 한 번 보게 되지 않을까.

듣지 않을 걸 뻔히 알면서도 "케렘, 그만하고 자!"라고 소리친 다음 난 잠자리에 들 거다. 머리에 둘렀던 수건이 젖은 머리카락의 물기를 빨아들이는 동안, 다른 인생과 다른 세상을 꿈꾸면서 말이다. 베개에 머리를 대고 눈을 감는 순간 나는 마야가 아닌 완전히 다른 사람이 되겠지. 어쩌면 사랑에 빠진 젊은 여자로, 어쩌면 사회 활동가, 또 어쩌면 탐험가로…… 이들 중 하나가 되거나 또 다른 누군가가 되겠지만, 마야라는 정체성에선 분명히 빠져나올 것이다.

대학 시절 처음 읽었고, 오래전부터 적어도 매일 한 번은 되뇌었던 데다, 밤마다 기도처럼 날 잠으로 이끌었던 에밀리 디킨슨의 「또 다른 하늘이 있네」를 마음속으로 다시 암송할 테지. 물론 또 다른 하늘을 그리워하면서 말이야.

아파트 앞에 도착해 차에서 내린 이후의 일들은 머릿속을 지나갔던 예상들에서 조금도 빗나가지 않았다. 모든 게 그대로였다. 난 머리에 수건을 두른 채 침대로 들어갔다. 하지만 그날 밤 잠들기 직전에 나 자신도 놀랄 정도로 바그너 교수의 존재에 동요했고, 다음 날 이 노인네를 보고 싶어 조바심을 내고 있다는 걸 알았다. 당연히 작은 변화는 아니었다.

몇 시간 뒤, 힘들게 새벽잠에서 깼을 땐 머릿속에 다른 생각이 자리했다. 이 녀석을 어떻게 해야 하지? 내가 잘못 키운 걸까, 아니면 모든 애가 다 이런 걸까? 얼마 전 한 신문에서 아이들이 컴퓨터를 끌 생각을 안 하기 때문에 자동으로 컴퓨터를 끌 수 있는 프로그램이 나왔다는 기사를 읽은 적이 있다. 그걸 사야 하나? 케렘은 나랑 전혀 대화를 하지 않는다. 나와만 대화를 하지 않는 게 아니라, 어느 누구와도 대화를 하지 않았다. 모든 소통을 온라인으로만 했다.

빌고 빌어, 억지로 케렘을 데리고 심리 상담사에게 간 적이 있었다. 그는 케렘에게 '사회공포증'이라는 진단을 내렸다. 또 "이런 아이들이 얼마나 많은지 들으시면 크게 놀라실 겁니다"라고 설명했다. "세상이 아주 거칠고 험난해졌습니다. 대도시는 더더욱 그렇고요. 학교는 폭력의 온상이 되어버렸지요. 예민하고 똑똑한 아이들이 자기 정체성에 손상을 입을까 봐 두려워 스스로를 외부와 차단하고, 온라인으로 소통합니다."

난 엎드려서 자고 있다가 눈을 떴다. 솔직히 고백하자면, 며칠 전 케렘이 어쩌다 제 아빠랑 외출을 한 일요일, 케렘의 컴퓨터를 켰었다. 케렘이 뭐에 관심이 있는지 보고 싶었다. 하지만 경악스러운 세계와 마주하고 말았다. 사춘기 남자아이가 볼 수 있는 포르노가 얼마나 많은지를 직접 확인하고는 큰 충격에 빠졌다. 대부분의 포르노 동영상에서 여자는 무서울 정도로 모멸을 겪었고, 남자를 즐겁게 해주기 위해 신체를 학대당하고 있었다.

불쌍한 여자들은 별짓을 다 하고 있었다. 이 동영상들에 나오는 남자들은 여자를 학대하고, 눈물 흘릴 때까지 고통을 가했다. 여자들을 토하게 만들고, 피까지 흘리게 하는가 하면, 기절 직전까지 목을 조르는 짓도 서슴지 않았다. 여자 입에는 재갈이 물렸고, 몸은 쇠사슬에 묶였다. 짐짝처럼 묶여서 채찍을 맞기도 했다. 말과 개, 원숭이, 뱀과 수간을 강요당했다. 한 무리의 거구들이 어린 여자를 윤간하는 동영상도 있었다. 그들도 물론 개인적으로 원해서 한 일은 아니었겠지만, '시장'이 그런 것들을 원했다. '시장'이라고 하는 것이 얼마나 추악하고, 많은 폐해를 낳는지를 포르노에서 구체적으로 보여주고 있다는 생각이 들었다.

포르노 속에는 사랑이나 스킨십, 애정의 자리가 없다. 인간성의 기본 원칙들에 어긋나는 폭력만이 존재하는 환경이다. 내아들이 세상을 그리고 여자들을 그런 식으로 알고 커가는 건 아닌가 하는 생각이 들었다. 혹시 이 녀석도 여자들을 그렇게 대할 생각인가? 엄마가 그렇게 천대받는 여자들과 같은 성별이라서 예의 없이 행동하는 걸까? 병든 세상이야, 이건. 포르노를 보는 사람들은 마약중독자처럼 매번 더 강한 것을 찾을 테고, 그러다 결국 그 여자들을 토막 내서 죽일 건가?

나는 아들이 회원으로 등록한 몇몇 사이트에 들어가 봤다. 비밀번호가 필요해서 모든 사이트를 볼 수는 없지만, 경악을 금치 못했다. 청소년들에게 쉽게 자살하는 방법을 알려주는 곳부터, 사제 폭탄 제조법에 이르기까지 모든 게 다 있었다. 우리가 '가치'라고 알고 있는 모든 것이 조롱당하고, 허무주의와 공허하고 살아갈 의미가 없는 세상을 추종하게끔 유도하고 있었다.

컴퓨터를 끈 뒤, 나는 잠시 정신이 나갔다. 그러니까, 내 아들이 중독된 인터넷 세상이 이런 곳이었다니. 우리가 전혀 몰랐고, 알 수 없었던 지옥이었다. 선생들과 가족들이 교육이라는 이름으로 몇 가지 지식 조각을 알려주고 있을 때, 청소년들은 이런 사이트에서 사실상의 '교육'을 받은 것이었다.

이런 걸 어떻게 모르는 척하는 거지? 인간의 권리를 이 정도로 짓뭉개는 데다가, 케렘 같은 수백만의 아이들에게 비정상적인 자살을 부추기거나 하고, 사회적으로 배척당하게 만드는 이런 시스템과 어째서, 어느 누구도 싸우려 들지 않는 것일까?

이런 사실을 아흐메트에게 이야기하면, "남자아이잖아, 그럴 수도 있지. 사춘기니까 심각하게 생각하지 마" 같은 말로 날 속이려 들었다. 그리고 더 이상 이야기하지 않으려고 했다. 내 근본적인 고민을 해소할 수 있는 방법은 날 짓누르는 양육 책임에서 벗어나 새 남자 친구와 시간을 보내는 것일지도 모른다.

이런 생각들로 머리가 복잡해지면서 피곤했는지, 나는 다시 잠이 들었다. 새벽에 또다시 잠에서 깼을 때, 흰색 르노 차량이 떠올랐다. 내가 이 일을 지나치게 확대해석하고 있는 건가? 어쩌면 이 모든 일이 우연일지도 모르는데.

이렇게 생각하면서도, 창 쪽으로 가서 골목을 살폈다. 이 시간대에는 보이는 모든 곳이 조용하고, 적막했다. 가로등 아래에 주차된 흰색 르노가 있었지만, 차 안에 누가 있는지 없는지는 보이지 않았다. 흰색 르노 승용차는 너무 흔했다. 저녁때 집에 오면서 생각했잖아…… 부자도 넘치고, 가난한 이들도 넘치고…… 난 다시 침대로 돌아왔다.

두 시간 후, 알람 소리에 잠에서 깨어 한편으로는 서둘러 출근 준비를 하면서도 다른 한편으로는 케렘을 깨웠다. 여느 때와 같은 일상이었다. 내가 집에서 나설 때까지 빌지 않으면 케렘은 일어나는 법이 없었다. 텔레비전 소리를 크게 올리기도 하고, 창문도 열고, 불도 켰지만 아무 소용이 없었다. 내가 출근한 다음 일어날 거고, 학교엔 가지 않을 게 분명했다. 일어나자마자 컴퓨터 앞에서 똬리를 틀고 있을 것임을 난 안다. 어떤 날은 보통 때처럼 학교에서 돌아와, 제시간에 일어나기도 했다. 학교 갈 준비를 시켜서 통학 버스에 태우려고 부지런 떠는 내 말을 듣기도 했다. 하지만 어떤 날은 상태가 매우 안 좋았다.

케렘의 상태가 좋지 않았던 어느 날, 아흐메트에게 전화를 걸었다. "이 자식이 일어나질 않아. 학교에도 안 가고. 이젠 더 이상 못 하겠어. 당신 자식이기도 하잖아. 와서 데려가!" 하지만 그는 회의에 참석해야 한다면서 더 이상 통화하기 어렵다며 전화를 끊어버렸고, 난 너무 화가 나서 울었다.

또다시 그런 위험천만한 하루를 시작하면서, 지각하지 않으려고 나는 집에서 나오자마자 돌무쉬를 타기 위해 뛰기 시작했다. 가다가 시미트 빵을 사서 학교에 도착한 뒤 홍차를 곁들여 아침을 대충 때울 생각이었다. 따로 아침을 챙겨 먹을 시간이 없었다.

내 방으로 들어가려는데 쉴레이만이 문 앞에서 기다리고 있었다.

"좋은 아침입니다, 선생님. 말씀드릴 게 있어요."

"그래요, 들어와요."

그는 활짝 웃으며 "괜찮으시죠. 선생님?"이라고 물었다.

"좋아요. 뭐 말하려고 했죠? 내가 좀 바빠서요. 총장님께 결재를 받으러 가야 해서."

"저도 그 말을 하려고 했어요."

"뭐 말이에요?"

"총장님께 부탁드릴 게…… 제 사촌 동생이 있는데요, 휴세인이라고. 그러니까 총장님께 그 녀석에게 자리를 하나, 차 나르는 일이라도 한 자리 부탁하려고."

어제 편의를 봐준 이유를 이제야 알 것 같다는 생각이 머릿속을 스쳤다.

"그런 걸 총장님께 어떻게 요구해요. 쉴레이만 씨가 해도 되잖아요. 직접 이야기해봐요."

그는 실망과 분노가 섞인 표정으로 내 얼굴을 쳐다봤다.

난 화제를 바꿨다.

"11시까지 호텔로 가야 해요." 부드러운 톤으로 말을 이어갔다. "몇 시에 출발할까요?"

"10시가 좋을 것 같습니다."

그의 목소리는 차가웠다. 실망했다기보다는 분노한 목소리였다. 그렇지만 목소리에서 분노가 그렇게 크게 드러나지는 않왔다.

이런 숨겨진 분노가 사실 더 위험하다는 건 나이가 어려도 배우게 된다. 드러내는 분노는 보통의 경우 일시적인 문제를 낳는다. 그렇지만 상대방이 분노를 감추고 있다면, 그리고 그걸 내가 알아차렸다면, 조심해야만 한다. 억눌린 분노는 나중에 위험한 상황을 초래할 수 있으니까.

나는 쉴레이만에게 원하는 걸 도와줄 수 없다고 딱 부러지게 답하는 실수를 저지른 것 같았다. 중동 지역에서는 나처럼 행동하지 않는다. "그래, 당신 사촌이라면 취직하는 걸 알아봐 주죠"라고 했다면, 전혀 문제가 되지 않았을 거다.

총장님에게 이 문제를 이야기할 필요도 없다. 쉴레이만을 오랫동안 속일 수도 있었을 거다. 그가 희망을 품고 결과를 기다리는 동안, 내게 더 아부를 하고, 더 존중하는 태도를 보이도록 할 수도 있었다. 매일 저녁 날 집까지 태워다 줄 수도 있었는데.

결국 자기가 원하는 결과를 얻지 못할 게 기정사실화된다고 해도, 자기를 위해 노력을 다한 사람으로 내 가치를 매겼을 텐데. 게다가 그 기간 동안 호의적인 태도 중 일부는 습관처럼 계속 이어질 것이고.

실제로 중동에서는 적의와 호의가 순식간에 바뀌곤 한다. 하지만 모든 튀르키예 사람이 그렇듯 쉴레이만은 단지 중동 사람일 뿐만 아니라, 서양 사람이기도 했다. 쉴레이만이 어떤 경우에는 중동인, 또 어떤 경우에는 서양인의 특성을 드러낼 때, 난 그걸 잘 이용할 수 있었다.

오늘은 이런 상황을 유리하게 잘 이용하지 못했기에, 서구와 중동의 혼재된 문화 속에서 나는 또 한 번의 곤란을 겪게 된 거다. 더 정확히 말해 내가 서양 사람처럼도 중동 사람처럼도 하지 못해서……

나는 바빴기 때문에 쉴레이만을 지나쳐 책상으로 갔다. 쉴레이만은 화를 누른 채 등을 돌리고 가버렸다.

나는 뉴스 제공 업체가 보내온 조간 뉴스들을 빠른 속도로 훑어보기 시작했다. 이 일이 매일 아침 첫 업무였다. 학교 특히 총장과 관련된 뉴스를 검색하고, 뉴스가 있으면 출력해서 총장이 봐야 할 내용을 정리해 파일로 보고하는 일이었다.

신문 보도 중에는 바그너 교수에 대한 짧은 기사도 있었다. 오후에 학교에서 강연을 한다는 내용이었다.

거의 속삭이듯 원하는 게 있는지를 묻는 승무원의 목소리에 고개를 들었다. 비어 있는 내 잔을 잡고서 가벼운 미소와 함께 바라보고 있다, 대답을 기다리며. 훤칠한 키에 파란색 유니폼을 입은 이 금발의 여자가 내 곁으로 온 것도, 잔을 집어 든 것도 보지 못한 모양이다. 그녀의 행동과 질문은 이전보다 더 공손하다. 난 고맙다고 답하고, 원하는 게 없다고 했다. 포트와인을 더 마실 상황은 아니다. 발도 저려온다. 글 쓰는 걸 잠시 중단하고 일어나서 좀 움직여야겠다. 화장실 다녀와서 물 한 잔 마시는 편이 더 나을 것 같다.

2

대학 본관에서 나오니 비는 그쳤고, 도로에는 빗물이 고여 있었다. 하늘에는 여전히 구름이 끼었지만, 중간중간 구름을 비집고 나온 햇살이 사원의 돔 지붕과 여객선의 굴뚝, 바닷속으로 잠수했다가 나오는 갈매기의 날개를 비추었다.

나는 호텔에 도착하자마자 흰색 르노가 있는지 주의 깊게 살폈다. 눈에는 띄지 않았지만 그래도 마음이 편치 않았다. 멀리 주차를 했을 수도 있고, 아니면 곧 올지도 몰랐다.

나는 리셉션 데스크로 가서 바그너 교수가 방에 있는지 물었다. 젊은 직원은 뒤에 있는 열쇠 보관함을 보더니, "열쇠가 여기 있네요! 확실치는 않습니다만 외출하신 것 같습니다"라고 답했다.

11시 5분 전이었다. 일찍 일어나서 산책 중일 거라고 생각하고 로비에서 기다렸다. 미국인으로 보이는 노부부가 테이블 위에 이스탄불 지도를 놓고 갈 곳을 표시하고 있었다.

몇 분 뒤 바그너 교수가 호텔로 들어왔다. 꽤나 건강해 보였고, 걸음걸이도 반듯했다. 어제의 피곤함은 보이지 않았다. 잘 쉰 것 같아 보였다. 앞을 여미지 않은 검은색 외투 안에 회색 남방을 입었고, 밝은 청색 넥타이를 매고 있었다. 그는 이번에도 모자를 벗고 인사를 했다. 그의 인사가 너무 마음에 든다는 걸 보여주기라도 하듯, 나도 웃으며 인사를 했다.

"기다리셨나요?" 그가 물었다. 목소리는 어제보다 더 밝았다.

"아닙니다, 교수님. 이제 막 왔습니다. 아직 11시도 안 됐고요."

"아침 식사 뒤에 조금 돌아다녔어요." 그는 해명이라도 하듯 말했다. "그래도 오래전에 머물렀던 곳인데, 페라*는 바뀌었더군요. 완전히 다른 곳이 됐어요. 알아보기 힘들었다오."

어제보다는 그가 대화에 더 적극적인 것 같았다.

"제가 대학 다닐 때에 비해서도 변했는걸요, 교수님 때에는 어땠었나요?"

"이스티크랄 거리**를 이스탄불에서 가장 번화한 곳으로 기억하는데…… 솔직히 지금은 유흥 중심가가 된 것 같군요."

"유흥 중심가라고 좋게 이야기하셨습니다만, 사실 망쳐놨다고 하셔도 맞는 말씀이세요."

"아 아니에요, 그렇게 말하려고 한 게 아니오. 도시는 변하고, 동네도 사람도 변하지요. 이런 것 정도는 이해할 만큼 많이

---

* 페라Pera: 이스탄불의 한 구획. 골든 혼 북부에 위치하며, 주로 유럽인이 거주했다.

** 이스티크랄 거리İstiklal caddesi: 이스탄불 구시가지의 중심가인 베이오울루를 가로지르는 거리.

경험했다오."

"그래도 역행한다고 해야……"

"우린 그 단어를 별로 좋아하지 않는다오. 누구 기준에 그리고 무슨 기준에 따라 역행이지요? 이건 상대적인 거예요."

난 이의를 제기하지 않았다. 논쟁 없이 대화를 이어가며 몇 마디 더 나눈 뒤, 이 주제에서 벗어나는 게 더 나을 것 같았다.

"아스말르메스지트를 지나서 이스티크랄 거리로 가셨습니까?"

"맞아요."

"그 골목도 많이 발전했습니다. 카페와 술집 들이 들어섰어요. 교수님께서도 보셨을 겁니다."

"봤어요. 아주 좋더군요."

그가 차에 오르기 전에 차 문을 잡고 있던 쉴레이만에게 팁을 주었다. 팁을 받은 쉴레이만은 좋았던지 두 번이나 허리를 굽혀 감사를 표했다.

차가 출발하자 그는 어느 하나도 놓치지 않으려는 사람처럼 집중해서 차창을 통해 밖을 바라봤다. 어제도 그다지 많이 피곤해 보이지는 않았지만, 오늘 활기찬 모습을 보니 어제는 정말 피곤했었던 모양이라는 생각이 들었다.

그는 감탄하며 시내를 바라보았다. 갈라타 다리로 진입할 때, 나는 맞은편 언덕 위에서 엄청난 위용을 자랑하며 번쩍이는 술레이마니예 사원*을 가리켰다.

---

* 술레이마니예 사원Süleymaniye Camii: 오스만제국의 건축을 대표하는 사원으

"그래, 이거!" 그는 흥분하며 더 큰 소리로 이야기했다. "대단한 작품이지요. 단지 구조만이 아니라, 영혼까지 있는 작품. 가끔씩 사원 마당에 앉아서 내 마음의 평온을 찾기도 했었다오."

독일계 미국인이 마음의 평온을 찾기 위해 사원에 간다는 말이 아주 생소하게 들렸다. 하지만 그런 내색도 하지 않았고, 질문도 하지 않았다.

이 노인의 눈에는 어린아이와 같은 집중력이 번뜩였다. 바깥 풍경을 보는 동안 관심을 넘어선 뜨거운 호기심이 느껴졌다. 접안했다가 출발하는 여객선들, 소형 선박에서 고등어 케밥을 파는 상인들, 갈라타 다리 위의 수많은 사람, 낚시하는 사람들, 골든 혼*과 예니 사원** 앞의 비둘기들……

그는 차창 밖을 계속 바라보면서 생각에 잠긴 듯한 목소리로 말했다.

"이스탄불은 바람둥이 애인 같아."

이 말 속에 큰 아픔이 내재되어 있다는 걸 느꼈다. 하지만 아무 말도 하지 않았다. 그가 주위를 둘러보면서 내가 아닌 마치 자기 자신에게 하는 말 같았기 때문이다. 짧은 침묵 뒤 그는 말을 이었다.

로 제10대 황제 술레이만 1세의 명으로 건설되었다.

* 구시가지 중심을 가로지르는 협만이자 수로. 튀르키예어 명칭은 '할리츠 Haliç'이다.

** 예니 사원Yeni Camii: '새로운 사원'이라는 뜻으로 골든 혼을 가로지르는 갈라타 다리 인근에 자리한 사원.

"매번 당신을 배신해도 계속 사랑할 수밖에 없는."

이번엔 나도 그의 독백에 끼어들었다.

"이스탄불이 교수님도 배신했었나요?"

그는 대답하지 않고 주위만 바라봤다. 잠시 뒤 그는 "이 도시는 정말 아름답군요"라고 말했다. 아마도 화제를 바꾼 것 같았다. "비잔티움, 오스만제국, 왕궁들과 사원들…… 동화 같군. 뭐라고 해야 좋을까. 향료의 도시 같아."

"하지만 그건 관광객들이 보는 이스탄불이잖아요, 교수님. 저의 이스탄불은 완전히 다르답니다. 이런 아름다움을 바라볼 시간이 없거든요."

"잊어버리면 안 되는 게, 나도 이스탄불의 관광객이 아니었다오. 2년 동안 대학에서 일했었소."

"하지만 그때는 달랐을 겁니다. 사는 게 덜 힘들었을 거예요."

그는 창밖을 바라보던 눈길을 거두고 고개를 돌리더니 쓴웃음을 지었다.

"모든 시대는 그 시대의 고난이 있지만 어떤 것도 전쟁 기간과는 비교할 수 없다오. 당신은 어떤 전쟁도 겪지 않길 기도하겠소."

"인샬라!"*

그도 웃으면서 내 말을 따라 했다. "인샬라!"

---

* 인샬라inşallah: '알라신의 뜻대로 하소서'라는 뜻의 관용구로 대화 상대의 말에 맞장구를 치며 기원의 의미로 사용하는 말.

그가 중간중간 한 번씩 뒤를 돌아본다는 걸 알았다. 혹시 그도 미행당한다고 생각하는 걸까? 더 정확히 말해 미행당한다고 생각하는 이유라도 있는 걸까? 나도 뒤를 돌아봤지만 교통 체증 외에 다른 건 눈에 띄지 않았다.

"시간 여유가 있다면 잠시 차에서 내리고 싶소만!"

시간이 없다고 해도 안 된다고 할 수는 없었다.

그는 차에서 내려 우리 대학의 유서 깊은 정문과 오스만제국 시대의 화재 감시탑을 바라보았다.

"굉장하군. 마치 시간이 멈춰버린 것 같아."

그는 속삭이는 듯 떨리는 목소리로 말했다.

나도 마치 처음 보는 것처럼 그가 보는 곳들을 함께 바라보았다. 학교 정문은 정말 눈에 띄도록 만들어진 데다, 금박의 글씨까지 새겨진 기가 막힌 구조물이었다. 난 오랫동안 이렇게 이 주변을 자세히 둘러본 적이 없었고, 이렇게 의미를 두고 보지도 않았다.

베야즈트를 입에 올리지 않은 지 몇 년이나 됐는지 모르겠다. 어떤 사람들은 이스탄불 대학교의 역사가 1300년대까지 거슬러 올라간다고 본다. 여기 이 언덕에 있었던 동로마 시대의 기관을 오늘날 이스탄불 대학교의 모태로 보기 때문이다. 또 다른 학자들은 대학 설립 시기를 오스만제국이 이스탄불을 정복한 직후인 1453년으로 보기도 한다. 술탄 메메트 2세가 이스탄불을 정복한 직후 이곳에 학교를 세운 것으로 알려져 있다.

"좀 전에 전쟁에 대해서 이야기하셨는데요, 이 건물은 한동안 오스만제국 전쟁성 건물로 사용되었습니다."

"그래요, 대학들도 전쟁터와 크게 다르지는 않지요."

그가 걸어서 이동하기를 원했기에, 나는 쉴레이만을 보내고 정문을 걸어서 통과했다. 학교 안 큰 정원을 지나 본관 건물로 향했다. 학교 정원은 수백 명의 남녀 학생으로 가득 차 있었다. 바그너 교수는 이 생동감 넘치고 활기찬 공간을 조용히 걸어갔다. 그는 차에서처럼 유심히 주변을 바라보았다.

"정문에 왜 경찰이 있는 거죠?" 그가 물었다.

"아주 오래전부터 경찰들이 학교를 학생들로부터 보호하고 있습니다."

대답을 들은 바그너 교수의 얼굴에 의아한 빛이 더욱 짙어졌다. 이런 아이러니하고, 비판적이며, 혼란스러운 말을 들을 수 있는 상황이 아니었다. 그의 머리가 더 복잡해지기 전에 당장 제대로 답을 해야 했다.

"최근에는 경찰이 두건을 착용한 여학생들 때문에 학교에 와 있습니다. 여학생들이 히잡이라고 하는 이슬람 여성의 두건을 쓰고 등교하는 것이 금지되어 있어서……"

그는 손을 들어 잠깐 말할 게 있다는 제스처를 보였다. 내가 말을 마치고 나자 잠시 기다렸다 다시 물어왔다.

"그럼 히잡을 쓴 학생들은 어떻게 하지요?"

"히잡을 벗고 모자를 쓰는 학생들도 있고, 집으로 돌아가는 학생도 있는가 하면, 학교를 그만두기도 합니다. 진짜 자기 머리카락을 보이지 않게 하려고 가발을 쓰는 학생도 있고요."

"내가 여기서 일할 때는 이런 문제를 전혀 보지 못했다오. 여학생들이 히잡을 쓰지도 않았죠."

"제가 말씀드렸잖아요, 교수님. 튀르키예가 많이 변했다고요."

총장이 바그너 교수를 맞이하기 위해 건물 입구에서 기다리고 있었다. 총장은 독일에서 유학했기 때문에 바그너 교수와 독일어로 대화를 나눴다. 무슨 말을 하는지 난 알지 못했다. 접견실까지 동행을 한 뒤, 두 분만 남겨두고 자리를 떴다.

내 방으로 돌아와서는, 밀려 있던 일을 시작하기 전에 휴대전화를 봤다. 두 통의 부재중 전화가 와 있었다. 바그너 교수와 함께 있는 동안 무음으로 해놓는 바람에 타륵으로부터 온 두 통의 전화벨 소리를 듣지 못했다. "왓스 업 허니?"라는 문자도 와 있었다.

영어 문자…… 많은 사람이 이제 더는 이상하게 생각지도 않는 현상이었다. 신세대 특히 조금 더 나은 여건에 있는 사람들, 사업가, 은행원 들이 그랬다. 이들은 영어를 반반 섞어서 이야기했다. 그레이트, 와우, 드래스틱, 카리스마, 트렌디, 벤치마킹, 석세스 스토리, 퍼스트 클래스 같은 단어들을 입에 달고 살았다.

잠시 머뭇거리다 휴대전화의 통화 버튼을 눌렀다.

좀 전에 머릿속을 스쳐 갔던 생각들은 흔적도 없이 사라진 채로 통화하기 시작했다.

타륵은 "노인네 어때?"라고 물었다.

"멋지고 예의 바르셔. 아주 미남이기까지 해."

"독일인이라고 하면." 그는 껄껄대며 웃었다. "80대도 쳐다보는 상황이 된 거야, 이제?"

"그런 뜻이 아니잖아, 상스러운 소리 좀!"

"농담이잖아, 농담. 너한테 항상 세상사를 그렇게 심각하게 생각하지 말라고 말 안 했어?"

"그래도 세상일이 심각한 문제들뿐인데, 어쩌라고?"

"신경 꺼. 네 일만 신경 써. 내가 지난번에 유머도 중요한 거라고 이야기 안 했었나?"

"그렇긴 한데, 타륵. 신경 끄고 내 일에만 신경 쓰는 거랑 유머랑 뭔 상관이 있다는 거야?"

"알았어, 알았어. 우리 저녁때 볼까?"

"안 될 것 같은데."

"왜?"

"그 교수가 여기 있는 동안 혼자 두면 안 될 것 같아."

"그래, 자기가 잘 알겠지." 타륵은 우리가 못 만나는 상황에 대해서는 더 이상 이야기하지 않고 다른 주제로 넘어갔다. "조만간 내가 자기한테 좋은 소식을 전하고 싶다."

"어떤?"

"자기 돈 벌겠어."

전혀 좋은 소식 같아 보이지 않았다. 믿을 만하게 들리지도 않았다. 왜냐하면, 그의 돌아이 기질 때문에……

"미쳤어? 총리는 튀르키예 역사상 가장 심각한 경제 위기가 시작됐다고 이야기하는데. 주식은 폭락했고, 튀르키예 리라는 바닥을 치고 있어. 다들 울상인데 내가 어떻게 돈을 번다는 말이야?"

킥킥대며 웃는 소리가 전화기 너머로 들렸다.

"알게 될 거야!"

그러고는 전화를 끊었다. 아마 저녁을 같이 보낼 다른 여자를 찾느라 바쁘겠지. 그런 생각을 하니 부아가 치밀었다.

입에서 새어 나온 소리가 내 귀에도 들렸다. "싸가지 없는 새끼!" 다행히 그때 옆에는 아무도 없었다.

꽤 오랫동안 타륵과 만나지 않았다. 사실 이 남자와는 좋은 일이 없으리라는 걸 첫 만남에서부터 알았지만, 그래도 계속 만나왔었다. 만남을 그다지 원치 않으면서, 관계를 끊지 못하고 계속 만나는 상태였다.

타륵은 나를 보고 싶어 안달하지도 않았다. 어떤 이유에서든 내가 자주 만나주니 무심한 태도를 보이는 게 분명했다. 단지 이 이유만은 아닐 거다. 어쩌면 주식으로 돈을 벌었을지도 모르는 일이었다. 주식이 오를수록 그의 자신감은 끝없이 치솟았다. 주변 사람들도 우습게 보기 시작했다. 증권 투자 상담사라는 이들은 자기들만큼 수익을 내지 못하는 다른 모든 사람을 바보로 여겼다.

내가 어쩌면 잘못 생각하고 있었을지도 모르겠다. 아흐메트와의 아픈 경험으로 인해 남자에 대한 반감이 생겼고, 그걸 일반화하고 있는지도. 그 순간에 저승사자가 책상 앞에 나타나 내가 직접 본 타륵의 잘못을 말하라고 했다면, 아무 답도 하지 못했을 거다. 부드러운 사람이냐고 묻는다면, 행동만 보면 그렇다. 도움을 주는 사람인가, 힘들 때 의지가 되는가, 묻는다면 그렇다. 잘생기고 매력적으로 다가오는가? 그렇다. 그럼 뭐 때문에 그러는 거야, 물어본다면. 답을 모르겠다. 정말로 알 수가 없었다. 길고도 긴, 죽을 때까지 계속되는 속박을 찾고 있었던 건가? 타룩에게 이유를 알 수 없는 분노를 느꼈고, 이 분노를 설명하지도 못했다.

이런 생각을 하면서, 한편으로는 책상 위에 놓아둔 휴대전화를 검지와 중지 사이에 끼워서 돌리고 있었다. 신경질과 짜증의 증상! 몇 바퀴를 돌면서 휴대전화의 속도가 느려지면 다시 두 손가락으로 돌리기를 반복했다.

'이걸 그만 돌리는 게 좋겠는데.' 나는 머릿속으로 머뭇거렸다. 마음속으로는 휴대전화를 들고 타룩에게 문자를 보내고 싶었다. '다시는 연락하지 마!'라고. 아니면, 문자를 하는 대신에 이렇게 계속 전화기나 돌릴까?

사실 한동안 이렇게 문자를 보내고 싶었지만, 마음의 결정을 하지 못했다. 용기를 낼 수가 없었다. 게다가 푼푼이 모은 돈도 그에게 맡겨둔 상태였다.

그때 전화가 울렸고, 휴대전화 돌리는 걸 멈췄다. 비서실의 예심 씨 전화였다. 오찬을 위해 나가야 한다고 알려주었다.

이번에는 검은색 관용차에 총장과 바그너 교수가 탔다. 나는 다른 차를 타고 그 차를 뒤따랐다.

점심 식사는 톱카프 궁전 내에 있는 콘얄르 레스토랑에 준비되었다. 궁전 외벽의 거대한 정문을 통과할 때, 옛날에는 처형당한 사람의 머리를 정문 외벽에 매달았었다는 사실을 바그너 교수에게 꼭 말해줘야겠다고 생각했다. 오랫동안 외국인 손님을 접대하다 보니 관광 가이드처럼 자연스럽게 그런 생각이 튀어나왔다. 식사에는 몇몇 교수가 더 참석했다. 나는 사라이부르누*에서 바다를 향하는 식당의 직사각형 식탁에 앉은 총장과 교수들로부터 멀리 떨어진 가장 구석진 자리에 앉았다. 독일어를 못하니 대화 내용을 알아듣지도 못할 거고, 어제부터 영어로 이야기하다 보니 피곤하기도 했기 때문이다.

하지만 한구석에서 조용히 식사하는 건 불가능했다. 이번에는 나를 보기만 하면 쫓아다니는 젊은 부교수가 그냥 두지 않았다. 기회만 생기면 성가시게 하고, 성적인 의도를 드러내는 이 남자 때문에 예전부터 짜증이 났었다. 이혼녀들에게 집착하는 사람 같았다. 그는 외로운 밤에 대한 이야기를 또 계속해서 꺼냈다. 나는 조금 순진한 척, 이해 못하는 척 행동했다. 다행히도 잠시 뒤, 주문했던 훈카르 베엔디**가 나왔고, 나는 고개를 숙인 채 음식에만 집중할 수 있었다.

압뒬아지즈 황제***의 귀빈으로 이스탄불을 방문한 프랑스 황후 외제니****가 아주 좋아해서 이 음식의 이름이 유래했다고 바그너 교수에게 알려주고 싶었다. 그는 새하얀 피부에 잘 빗어 넘긴 머리를 하고 꼿꼿한 자세로 멀리 떨어진 곳에 앉아 있었다.

그가 가까이 있었다면, 그러니까 바로 옆에 앉는다는 게 아

---

* 사라이부르누Sarayburnu: 톱카프 궁전 안의 마르마라해를 향해 뻗어 있는 돌출부.

** 훈카르 베엔디hünkar beğendi: 간 고기와 양념을 가지에 올려 오븐에 구운 요리. 술탄(hünkar)이 좋아한(beğendi) 요리라는 뜻이다.

*** 압뒬아지즈(Abdülaziz, 1830~1876): 오스만제국의 제32대 황제.

**** 외제니 드 몽티조(Eugénie de Montijo, 1826~1920): 나폴레옹 3세의 황후이자 프랑스의 마지막 황후.

니라, 대화할 수 있는 거리만 됐다면, 황후와 황제 사이의 슬픈 사랑의 모험에 대해서도 이야기해줬을 텐데. 황제가 자살한 것처럼 죽음이 위장된 후, 외제니가 이스탄불로 조문을 온 것도. 그는 이런 사랑 이야기를 좋아할 것 같은 유형이었다. 이 또한 쉽게 알 수 있었다.

"왜 웃으세요?"

"아뇨." 옆에 앉은 부교수에게 답했다. "웃지 않았는데요."

"자, 자. 나한테 숨기지 말아요. 뭔가 좋은 생각을 했죠, 그렇죠? 혹시 황홀한 일탈 같은. 나는 다 이해해요."

이런 말을 내뱉을 때, 그는 이상한 표정을 하고 검지를 요술쟁이처럼 휘돌렸다. 심각한 주제를 이야기하는 것 같기도 하고 농담을 하는 것 같기도 했다. 사실 그는 대부분 이런 식의 태도를 보였다. 내가 부정적으로 반응할 가능성에 대비해, "난 농담이었어요!"라고 말할 준비 같은…… 젠장, 이런 재수 없는 놈 같으니라고!

후식으로 커피가 나오자 평온함이 느껴졌다. 좋은 커피 향이 풍겼다. 평온함은 커피의 맛과 향 덕분만은 아니었다. 커피를 마신 다음 자리에서 일어날 생각을 하니 좋았다. 옆에 있는 성가신 놈으로부터 해방되는 것도.

학교로 돌아오니 바그너 교수의 강연 준비가 다 되어 있었다. 우리는 곧바로 학생들과 교수들로 꽉 찬 강의실로 이동했다. 총장이 먼저 연단에 올랐다. 흥분된 목소리로 바그너 교수를 환영한다고 강조하면서 연설을 시작했다. 대학 구성원들을 대표해서 환영한다는 말도 덧붙였다.

다음으로 총장은 학크 교수를 소개했다. 학크 교수도 바그너 교수처럼 법학 교수였다. 그는 초청받아서 온 바그너 교수를 칭송하는 말들을 했다. 튀르키예에서의 연구 활동과 그가 양성한 학자들을 언급하면서, 현대 튀르키예 대학교육의 기초를 다진 분들 중 한 분이라고 소개했다. 그리고 학크 교수 본인을 포함한 많은 학생을 가르쳤던 바그너 교수를 "교수들의 교수"라고 칭하며 그를 연단으로 안내했다.

바그너 교수는 강건해 보이는 걸음걸이로 연단에 올랐다. 그는 한동안 강의실에 있는 청중을 훑어봤다. 그러면서 작은 웅성거림도 사라졌다. 청중의 모든 주의가 그에게 집중됐다.

"메르하바!"*

강의실에서 큰 박수 소리가 터져 나왔다. 나는 주위를 둘러봤다. 청중의 마음을 움직인 게 확실해 보였다. 그는 아무것도 하지 않았지만, 연단을 향한 걸음걸이, 강의실을 훑어보는 시선만으로 충분했다. 물론 연단에 오르기 전의 칭송 가득한 소개와 그가 인사말을 튀르키예어로 건넨 것도 사람들의 마음을 움직였으리라.

바그너 교수는 튀르키예어로 연설을 계속 이어갔다. 완벽하지는 않았지만, 귀여운 억양으로 중간중간 멈춰가며.

"59년 만에 이스탄불 대학교에 돌아오게 되어 매우 영광입니다."

그는 튀르키예어를 구사하는 데 조금 힘들어했고, R 발음을

---

* 메르하바merhaba: 튀르키예 인사말로 "안녕하세요!"라는 뜻.

굴렸다. 가끔씩 정면을 바라보는 걸로 봐선 사전에 연설문을 준비한 것 같았다. 다시 박수가 쏟아졌다.

이후부터는 영어로 이어갔다. 이스탄불 대학교에서 보낸 2년 동안의 추억에 대해 이야기했고, 법학 교육에 서구의 기준을 적용하기로 결정한 당시 튀르키예 정권을 칭송했다. 그리고 그는 연설 중에 사람들이 아주 관심을 보일 만한 말을 했다.

"표도르 도스토옙스키는 인간은 고통을 겪으면서 성숙한다고 했습니다. 고통이라는 측면에서 이스탄불은 제 인생에서 아주 큰 부분을 차지하고 있습니다. 저는 이 도시에서 성숙했기 때문입니다."

이스탄불에서 큰 고통을 겪었음을 강조하는 말이었지만, 더 이상의 설명은 없었다. 그러고는 다음 말을 이어갔다.

"저는 여러분에게 과거가 아니라 오늘을 말씀드리기 위해 왔습니다. 그 시대의 세상과 오늘날의 세상은 다르지만, 기본적으로 모두 같은 문제들이 존재합니다. 제 친구인 헌팅턴 교수는 이 문제들을 바로 '문명의 충돌'이라고 정의합니다. 저는 이 견해에 동의하지 않습니다. 어떤 사람들은 이 충돌에 '종교 전쟁'이라는 이름을 붙이기도 합니다. 모두 중동 지역에서 발원했고, 같은 교리를 가진 유일신 종교가 이 충돌의 원인이라고 저는 생각지 않습니다. 저의 또 다른 친구인 에드워드 사이드는 이 정의를 반대하면서 이 문제들을 '무지의 충돌'이라고 이름 붙였습니다. 이 견해가 헌팅턴의 견해보다 더 적절하다고 할 수 있습니다. 최소한 제 사고방식에 더 가깝습니다. 그 이유는 대강 동양과 서양이라고 이름 붙여진 문명의 양식은 서로를 알지 못하기 때문입니다. 소통이 이렇게 발달한 세상에서 여전히 우리는 '자힐리예'* 시대를 살고 있습니다."

그는 '자힐리예'를 '쟈힐리야'라고 아랍어로 말했다. 나는 바로 강의실을 둘러봤다. 어쩌면 이 말에 어떤 반응을 보일지 궁금했는지도 모르겠다. 아주 짧은 침묵의 순간이 지나고 그는 계속 말을 이었다.

"솔직히 말하면, 균등하게 나뉜 '자힐리예'가 아닙니다. 서양이 동양을 아는 것보다 동양이 서양을 조금 더 안다고 할 수 있습니다. 그렇지만 저는 이런 문제를 제대로 정의해야 한다고 생각합니다. 제가 보기에 이 문제는 '문명 간' 또는 '무지'의 충돌이 아니라, '선입견의 충돌'입니다. 이 개념을 처음 들으셨을 테니 제가 조금 설명을 드려야 할 것 같습니다. '바르바르'라는 단어의 의미를 알고 계십니까?"

이 질문에 몇몇 사람이 웃음소리를 냈다. 서구에서 튀르키예인들을 야만인이라고 부르는 걸 떠올리면서 심기가 불편해진 청중 중 일부가 신경질적으로 웃은 것이었다.

바그너 교수는 설명을 계속했다.

"바르바르는 고대 그리스어에서 외부인을 표현하는 단어였습니다. 즉 '외국인'이라는 의미가 있습니다. 그리스인이 아닌 모든 사람, 특히 페르시아인들과 아시아인들이 바르바르였습니다. 이 단어를 유럽인들이 사용했고, 유럽인이 아닌 사람들에게 쓰기 시작했습니다. 처음에는 이 단어에 나쁜 의미는 없

---

* 자힐리예Cahiliye: 이슬람 이전 시대, 무지의 시대.

었습니다. 예를 들어, 여러분처럼 튀르키예에서 태어난 보드룸 출신인 헤로도토스의 책은 이와 같은 호의적인 문장으로 시작합니다. '이 글은 할리카르나소스 출생의 헤로도토스가 대중에게 제출하는 보고서다. 이 보고서는 인간의 행적들이 시간과 함께 망각되고, 그리스인과 외부인(바르바르)의 위대하고 놀라운 업적들이 사라지는 것을 막고자 함이며, 무엇보다 그리스인과 외부인(바르바르)이 서로 전쟁을 벌인 원인을 밝히는 데 있다.' 보세요, 외부인의 놀라운 업적에 관해 언급하고 있습니다. 그 시대의 외부인에 대한 이해는 이런 것이었지만, 시간이 흐르면서 선입견으로 인해 그 단어에 야만인이라는 의미가 더해진 겁니다. 아시다시피, 그 의미에 적합한 사건이자, 20세기의 가장 큰 야만적인 사건도 서구 문화 또는 서구에서 발원한 문화로 인해 발생했습니다."

이렇게 많은 청중 앞에서 강의하고, 발표하는 게 너무도 익숙한 모습이었다. 그는 강의실을 한 번 더 짧게 둘러보고 연설을 이어갔다.

"제가 세운 명제는 모든 민족과 모든 문화는 서로에 대해 선입견이 있다고 정의합니다. 만약 어느 날 선입견이 섞인 단어, 그러니까 유럽의 언어에서 바르바르, 일본어에서는 가이진, 무슬림들은 캬피르, 독일어의 니히트아리쉬* 같은 예단적인 표현을 없애버린다면 우리는 목표에 도달할 수 있을 겁니다. 그 목

---

* 가이진がいじん은 '외인', 캬피르kâfir는 '비회교도', 니히트아리쉬nichtarisch는 '비아리아 인종'을 뜻하는 말로 쓰인다.

표가 뭐냐고 물으신다면, 바로 이것이 아닐까 생각합니다. 인간의 가치는 인간 본연에 있습니다. 종교, 민족, 성별, 피부색, 성적 취향, 정치적 견해와 같은 것들로 차별을 받지 않는 것이 인류애적인 사고입니다."

강의실의 청중은 바그너 교수에게 박수를 보내기 시작했다. 좋은 말이 사람에게 미치는 영향이 크다고는 하지만, 강의실 밖으로까지 옮겨지지는 않는다. 모든 차별적인 행동을 서슴지 않는 사람들도 명연설에 거리낌 없이 박수를 보내다가도, 잠시 뒤 일상으로 돌아가면 여전히 '사람을 사람으로 보지 않는' 모든 종류의 차별과 증오를 부추기곤 한다. 왜 이런 행동을 하는가를 변명하기 위해 계속 '그렇지만'이라고 덧붙일 것이다. '맞아, 그렇지만'이라고 시작해서, 자기가 주장했던 원칙들에 어긋나는 모든 행동에 대한 변명을 늘어놓는다.

바그너 교수의 손짓에 박수 소리가 멈췄고, 그는 중단된 곳에서부터 다시 강연을 이어갔다. 무엇 때문인지 나는 이때부터 얼어붙어 버린 것 같았다. 무슨 이야기를 하는지 알아들을 수가 없었다.

바그너 교수의 목소리가 마치 두꺼운 벽 뒤에서 울리는 것처럼 들리기 시작했다. 소리는 들리지만 무슨 말인지 알 수가 없었다. 솔직히 들리지가 않았다. 강의실과 그 안에 있는 사람들이 흐릿한 사진처럼 느껴졌다. 어떤 동작도 알아챌 수 없었고, 어떤 말도 알아들을 수 없었다. 하지만 사진의 한 모퉁이에 있는 세 명은 명확하게 보였다. 나는 그 사람들만 보고 있었다. 그래 분명히 그들이 보였다! 흰색 르노를 타고 있던 세 남자!

의자에 앉아서 바그너 교수의 말을 집중해서 들으며 메모하고 있었다.

백 번 정도 스스로에게 "누구야 저 사람들?"이라고 물어본 것 같다. 어쩌면 "바그너는 뭐 하는 사람이지?"라고 물어야 할 것 같았다. 이 강연에서도 확인된 것처럼 그가 저명한 법학자라면, 이 남자들은 왜 그를 뒤쫓는 거지? 일이 갈수록 묘해졌다!

'당신 누구야, 막시밀리안 바그너?' 차 뒷좌석에 앉은 채 학교를 출발해 호텔로 향하면서 나는 계속 이런 생각을 했다. 바그너 교수와 어떤 이야기도 나누지 않았다. 쉴레이만은 호기심에 차 백미러를 통해 우리를 살폈다. 이동 중에 바그너 교수의 눈이 감겨 있는 걸 보았다. 그 나이대에 꽤나 힘든 하루였을 것이다. 그래도 잘 버티고 있었다.

나는 바그너 교수를 호텔에 내려주면서, "피곤하시겠습니다, 교수님. 좀 쉬시고, 주무시는 게 좋을 것 같은데요"라고 말했다.

그는 그러겠다는 듯이 고개를 끄덕였다.

"그런데 나중을 위해 부탁 하나 하겠소."

"그러세요!"

"완전히 사적인 일이라…… 오늘 저녁 식사를 같이할 수 있을까요, 마야?"

예상치 못한 상황에서 받은 요청이었다. 그리고 처음으로 내 이름을 불렀다.

"잘 모르겠어요…… 집에 아들이 있어서……"

내 말이 끝나기 전에 그는 이해한다는 목소리로, 내가 다른 대답을 찾는 수고를 덜어줬다.

"그렇다면 더 이상 강요하지 않으리다. 전부 다 고맙군요."

그는 가볍게 고개를 숙이면서 모자를 벗고는 뒤돌아서 걷기 시작했다. 그가 정문을 통과하려던 순간 나는 소리쳤다.

"교수님!"

그는 뒤를 돌아봤다. 얼굴은 여전히 내 입장을 이해한다는 표정이었다. 내가 무슨 말을 할지 궁금해하는 것이 아니라, 좋은 마음으로 이야기를 들으려는 사람의 분위기 같은…… 정말 예의 바른 사람이었다. 그는 부드러운 목소리로 대답했다.

"네?"

"몇 시에 식사할까요?"

그는 아주 잠깐 생각하더니, "8시가 어떻소?"라고 물었다.

"좋습니다. 호텔에서 드시겠어요, 아니면 다른 곳에서?"

"당신만 괜찮다면 호텔에 있죠."

나는 차에 타면서 버릇처럼 주변을 살폈다. 그 사람들은 보이지 않았다.

차가 출발하자 피곤이 몰려왔다. 다시 학교로 가야 하고, 한 시간 정도 이런저런 일을 해야 하고, 등의 말이 속에서 나왔다. 그리고 나면 퇴근길의 지옥이 시작되겠지. 그다음 호텔로 와야 한다. 어찌나 생생하게 눈앞에 그려지던지! 지금 바로 집으로 가서 샤워를 하고 쉬었다가, 저녁 식사 약속을 위해 준비해서 나오면 얼마나 좋을까. 사람은 이렇게 살아야 하는데, 숨도 못 쉬고 뛰어다니는 게 아니라.

속으로 내뱉던 불평을 그만두고 운전대를 잡고 있는 쉴레이 만을 봤다. 아직도 화가 나 있을까? 드러내지 않는 분노를 여전히 품고 있는 걸까? 전혀 그렇게 보이지 않았다. 어쩌면 아침에 이야기한 걸 잊어버렸을지도 모르지. 팁을 받은 영향으로 조금 누그러졌을 수도.

"내가 생각해봤는데, 어쩌면 사촌 동생을 총장님께 슬쩍 말해볼 수도 있을 것 같아서."

쉴레이만은 백미러를 통해 나를 쳐다봤다. 무슨 이야기인지를 이해하는 데 1, 2초가 걸렸다. 그리고 갑자기 얼굴에 미소가 번졌다.

"오, 선생님께 알라신의 가호가 있기를." 기쁨에 찬 목소리가 투덜거리는 목소리로 변하더니 덧붙였다. "그 녀석 애가 셋이나 있어요, 직업도 없고. 정말로 복 받으실 겁니다."

"그래요, 내일 봐서 총장님께 말씀드리든지 아니면 다음에, 그러니까 기회가 되면 바로 말씀드리죠."

나 자신에게 죄를 짓는 것 같았지만, 다른 생각을 하기로 했다. 한동안 아무 말 없이 차를 타고 갔다.

타를라바쉬로路에 진입했을 때, 나는 "쉴레이만"이라고 그의 이름을 불렀다. "저녁에 교수님을 위해 다시 나와야 해서요, 지금 날 집에 데려다주면 좋겠는데!"

쉴레이만은 "그러죠, 선생님"이라고 밝은 목소리로 대답했다. "말씀만 하세요. 언제든지 모셔다드리겠습니다. 말씀만 하시면 됩니다."

"퇴근 시간도 얼마 안 남았는데, 학교로 갔다가 다시 집으로 가느라 시간을 낭비하지 않는 게 좋을 것 같아요. 어쨌든 집에서도 일을 해야 하고……"

내 말이 채 끝나기도 전에 쉴레이만은 "당연하죠!"라고 말했다. "말씀하신 대로 하겠습니다."

집 앞 골목에 내려서 나는 곧바로 케밥 식당으로 들어갔다. 케렘이 좋아하는 아다나 케밥* 곱빼기를 주문했다. 주문한 음식이 준비되면 다시 올 생각으로 옆에 있는 과일 가게를 들렀다. 재빨리 과일을 조금 산 뒤, 상점에 들어가서 초콜릿 아이스크림을 샀다.

시간에 여유가 생기면, 사람들은 자유로운 시간을 보내기 위해 더 많은 노력을 한다. 그러면 사람에게서 생기가 돈다. 삶의 의무에서 탈출했다고 느낄수록 알차게 살고자 하는 마음이 커지는 것이다.

집에 도착했을 때 놀랍게도 케렘은 자고 있었다. 졸음을 견디지 못하고 쓰러져 자는 것 같았다. 자고 있는 아들을 잠시 바라봤다. 잘생긴 얼굴을 보니 마음이 풀렸다. 이마로 흘러내린 아들의 머리카락을 쓰다듬었다. 깨어 있을 때는 허락하지 않을 행동이기에, 나는 아들 녀석이 잘 때 애정 표현을 하곤 했다.

아들 녀석이 하는 행동을 보면 마음이 찢어졌지만 내가 할 수 있는 일이 없었다. 세 명의 의사를 찾아갔지만 헛수고였다.

---

* 아다나 케밥Adana kebap: 튀르키예 동남부의 해안 도시 아다나 지방의 매운 맛이 특징인 케밥 요리.

더욱더 고통스러운 건, 케렘이 날이 갈수록 내게서 조금씩 멀어지고 있다는 사실이었다.

먹을 걸 놔두려고 부엌으로 향했다. 몸놀림이 다시 빨라지기 시작했다. 사막을 걷고 있는 사람 앞에 샘이라도 나타난 것처럼, 피곤과 무기력함에도 불구하고 있는 힘을 다해 생기를 불어넣고 있었다. 당장이라도 샤워를 하고 싶었다.

잠시 후, 샤워기 아래에 선 나는 기대했던 것처럼 위에서 쏟아지는 물과 함께 피곤함도 같이 쓸려 나가는 걸 느꼈다.

흰색의 목욕 가운을 걸치고 다시 케렘의 곁으로 갔다. 케렘은 여전히 자고 있었다. 컴퓨터의 검은 화면이 눈에 들어왔다. 케렘은 틀림없이 컴퓨터를 켜뒀을 거고, 컴퓨터가 절전 모드로 바뀌었을 거라 생각하고 키보드를 눌렀다.

켜진 화면을 보고 나는 속이 상했다. 이런 문제와 마주하고 싶은 생각은 전혀 없었다. 보고 싶지 않았던, 적어도 미루고 싶었던 문제가 어둠에서 양지로 그 실체를 드러냈다. 화면에는 크게 한 줄 한 줄 적어 내려간 문장이 보였다.

나는 살고 싶지 않다
나는 살고 싶지 않다
나는 살고 싶지 않다
나는 살고 싶지 않다
나는 살고 싶지 않다
나는 살고 싶지 않다

커서를 아래로 내렸다. 수백 개의 '나는 살고 싶지 않다'가 이어졌다. 수백 개의 비명! 수백 개의 충격!

"내 컴퓨터를 뒤지는 거야?"

케렘의 목소리가 얼마나 소름 돋던지, 심장이 터질 것 같았다. 몰래 뭔가를 하다가 발각된 사람처럼 두 손이 가슴으로 올라왔다. 깊은 숨을 들이쉰 다음에야 말을 할 수 있었다.

"아니, 화면이 켜져 있어서 끄려고 했어."

내 두 손은 가슴에 둔 채 얼어붙은 것 같았다. 케렘은 쑥스러운 듯 마우스를 향해 손을 뻗었다. 중얼거리는 듯 "내가 끌게요"라고 말했다.

케렘은 빠르고 익숙한 동작으로 몇 번 마우스를 클릭했다. 그리고 문서의 저장을 묻는 창에서 '아니요'를 눌렀다.

나는 마치 덮치기라도 하듯이 케렘을 안았다. 날 밀치고 도망가려 했지만, 놓아주지 않았다.

"이 세상에서 널 제일 사랑하는 사람이 나야, 이거 알고 있지? 널 가장 사랑한다고 엄마가!"

케렘은 대답하지 않았다.

"언제든지 널 위해 죽을 준비가 되어 있어. 그것도 전혀 주저하지 않고."

"날 놔줘."

"안 놔줄 거야. 네가 필요해."

무슨 말이야, 네가 필요하다니! 내가 뭐라고 한 거야! 그 순간 생각나는 말을 속에 담아두지 않고 입 밖으로 뱉어버리기 시작했다.

"나 힘들어. 네가 필요하단 말이야."

케렘은 날 밀어내는 걸 그만두고는, "무슨 일이야?"라고 작은 소리로 물었다.

"날 미행하고 있어."

"누가?"

"누군지는 몰라. 흰색 르노를 타고 있는 세 명의 수상한 남자가."

"왜?"

"그것도 모르겠어. 미국에서 교수 한 분이 오셨는데, 그 사람이랑 관련이 있나 봐. 무서워죽겠어."

사건을 과장하고 지어내고 포장해서 이야기할수록 케렘의 관심이 커지고 있음을 그때 알았다.

"오늘 저녁에 그 교수님과 저녁 식사를 해야 돼. 문 잠그고, 아무도 열어주지 마. 가끔 창문 밖을 내다보고. 흰색 르노가 있는지 말이야."

케렘은 "알았어"라고 대답하고는 등을 똑바로 펴고 바른 자세로 앉았다. 목소리만 들어도 케렘이 이 문제를 중요하게 생각하고 말하고 있다는 게 분명히 느껴졌다.

"집에 침입할 수도 있겠지만, 그래도 네가 있잖아. 힘세고 건장한 남자잖아. 합기도도 배웠으니 네가 전부 상대할 수 있을 거야."

케렘은 서랍에서 줄지어 달린 큰 반지들을 닮은 금속 물체를 꺼냈다. 그러고는 손가락을 그 큰 반지들 사이에 끼웠다.

"이게 뭐야?" 내가 물었다.

"너클이야."

내가 이해를 못했다고 생각했는지 케렘은 설명하기 시작했다.

"이렇게 때리면 상대의 턱을 날려버릴 수 있어. 박살이 나!"

기분이 좋지 않았다. 아들의 서랍에 왜 이게 있는 거야?

"이걸 왜 샀니?"

"학교에서 애들 상대하려고."

여전히 이 놀이에 빠져 있는 아들은 진지함과 흥분으로 가득
찼다. 흰색 르노를 탄 남자들 놀이가 케렘에게 잘 먹혔다. 하지
만 저 너클 이야기는 내 가슴을 찢어놓았다. 왜 저런 것이 필
요하단 말이지? 불쌍한 내 새끼. 그러니까 케렘이 학교에서 맞
고 다니는 것이었다. 이 놀이에도 같은 이유로 푹 빠져버린 것
이다. 불쌍한 내 강아지, 아마도 현실에서 겪고 있는 문제들이
없는, 그런 문제들을 넘어선, 현실이 아닌 상상의 세계로 들어
가고 싶은 게 틀림없었다.

"또 생각난 게 있어!"라며 난 자리에서 일어섰다.

침실로 뛰어가서 항상 휴대하는 호신용 스프레이를 가방에
서 꺼내 왔다.

"만약 그들이 들어오면 이걸 눈에다 뿌려!"

케렘은 너무 좋아했다.

"이거 내가 계속 가지고 다녀도 돼?"

케렘은 분명히 이걸 학교에 가져갈 거다.

"금지라는 건 알고 있지?"

"뭐가?"

"이런 걸 학교에 가져가는 건 안 돼!"

"괜찮아, 아무에게도 안 보여줄 거야."

"좋아!"라며 나는 케렘에게 손을 뻗었고, 케렘의 볼에 입을 맞췄다. 이번에는 케렘이 아무 말도 하지 않았다.

그러고 보니, 오늘은 주위 사람들에게 뇌물을 뿌리며 호감을 얻은 하루였다.

나는 집에 왔을 때처럼 재빨리 부엌으로 향했다. 식어버린 아다나 케밥을 전자레인지에 집어넣었다. 식사를 준비하는 동안, 부엌을 가득 채운 식욕을 돋우는 냄새가 집 안 구석구석으로 퍼져나갔다. 아들 녀석을 위해 작은 만찬을 준비하는 일이 즐거웠다.

"케레에에엠!"

저녁 식사 준비를 마치고 단 한 번 불렀을 뿐인데 케렘이 식탁으로 왔다.

"전부 다 먹어야 돼. 우리는 전쟁을 대비해야 하니까."

군소리 없이 케렘은 먹기 시작했고, 나는 종종걸음으로 내 방으로 향했다. 옷장에서 어깨가 드러나는 검은색 옷을 꺼냈다. 조금 노출이 있는 옷이었지만 가슴 쪽을 목걸이로 가리면 문제없으리라는 생각이 들었다.

목걸이? 좋기는 하지만, 몇 년 동안 안 했었는데…… 목걸이는 옷장 안 잠긴 금고 속에 있었다. 어째서 지금 이 목걸이가 생각난 걸까? 나는 '뭔 상관이야'라고 스스로에게 답했다. 이유야 어쨌든 목걸이를 하고 싶었다.

금고를 열고 나자 조급했던 행동에 조금 여유가 생겼다. 의식을 치르듯 싸여 있던 보라색의 벨벳 천에서 목걸이를 꺼냈다. 벨벳 천에 함께 있던 십자가도 꺼냈지만 십자가는 다시 금고에 넣었다. 목걸이의 다이아몬드와 루비 들이 햇살처럼 빛났다. 거울 앞에서 목걸이를 건 모습을 바라봤다. 목걸이가 얼마나 큰지 가슴골이 다 가려졌다. 사실 이렇게 화려한 보석을 두르면 목걸이 자체에 눈길을 주는 사람은 없을 것이다. 목걸이가 마술처럼 날 바꿔놓은 것 같았다.

상기된 기분으로 눈에 짙은 색 화장을 하고, 마스카라로 속눈썹을 세웠다. 입술에는 루주를 발랐다. 거울 속 피사체는 완전히 다른 여자처럼 미소를 지었다.

이 방에 들어온 잠깐 사이에 내가 동화의 세계로 옮겨진 것 같았다. 검은색 드레스와 목걸이로 동화 속 인물이 되었다.

집을 나서기 전, 밥을 다 먹어가는 케렘에게 아이스크림을 건넸다. 그리고 마지막으로 주의를 줬다.

"창밖 골목에서 눈을 떼지 마! 중간중간 문밖 소리에도 귀 기울이고. 무슨 일이 생기면 바로 전화해!"

케렘이 이 게임에 빠져드는 걸 보니 좋았다. 어쩌면 이런 일로 컴퓨터에서 조금이나마 떼어놓을지도 몰랐다.

골목 모퉁이에 있는 택시 정류장에 전화해 택시를 불렀다. 택시 정류장이 가까이 있었지만, 이런 옷을 입고 거기까지 걷고 싶지는 않았다. 나는 몇 시간 전에 빠른 걸음으로 들어왔던 집을 천천히 그렇지만 행복한 마음으로 나섰다. 자신감이 넘치는 걸음걸이로.

이제 좀 일어나서 저려오는 다리를 움직여야 할 것 같다. 이류 직전에 보여준 안내 영상에서 장시간 비행 동안 피가 굳어지는 걸 막기 위해 다리를 움직여야 한다고 당부했다. 발 스트레칭을 하고, 다리를 움직여야 된다고.

하지만 이륙한 지 두 시간이 지나도록 어느 누구도 이렇게 움직이는 걸 나는 보지 못했다. 아마 다들 잠들어서 이런 동작이 필요 없을지도 모른다. 사람들은 매일 밤 침대에 누워 자다 보니 누운 자세에서는 피가 굳지 않는가 보다. 하지만 비행기에서는 앉은 자세다 보니 피가 다리로 쏠린다. 그러니 일어나서 움직여야겠다. 잠도 깰 수 있겠지. 나는 보스턴에 도착할 때까지 자고 싶은 마음이 조금도 없다.

내가 마주했던 이 대단한 이야기를 글로 남기는 작업을 계속 이어가야만 한다.

3

바그너 교수는 검은색 이브닝드레스를 알아채지도 못한 것 같았다. 솔직히 적어도 "오늘 저녁은 눈부시군요!" 같은 신사다운 한마디 칭찬 정도는 기대했었는데.

반대로 그는 무척 진지하고, 예의 바르며, 거리를 두었다. 저녁 식사를 위해 내가 특별히 신경 써서 옷을 차려입은 걸 모를 리가 없었지만, 전혀 중요하게 생각하지 않는 것 같았다. 희한하게도, 이 상황이 잠시 뒤 좋은 분위기를 이끌었다. 페라 팔라스 호텔의 근사한 식당에 자리를 잡은 다음 주위를 돌아봤다. 테이블의 대부분은 비어 있었다. 다른 손님들은 더 트렌디 한 곳을 선호하는 것 같았다.

"이 호텔에서 여러 번 묵으셨나요?" 내가 물었다.

"이스탄불에 처음 도착했을 때 이 호텔에 있었다오. 친구의 도움을 받아 집을 구할 때까지 있었지. 아마 한 달 정도였을 겁니다."

"이스탄불에 친구분이 계셨던 거예요?"

"그래요, 독일인 친구가 있었다오. 그 당시에는 이스탄불에 꽤 많은 독일인이 살고 있었거든요."

"그러니까 1930년대, 1940년대에는 그랬다는 말씀이시죠? 전 전혀 몰랐어요."

"그랬다오. 영사관 직원들, 상인들, 통번역사들. 대학에 있는 독일 교수와 유대인 교수 들까지."

"유대인 교수들은 히틀러 정권으로부터 탈출했었던 겁니까? 그런 이야기를 들었던 걸로 기억하는데요."

"맞아요."

"그럼, 교수님도 그분들 중 한 분이신가요?"

그는 웃었다.

"아니, 아니오. 사실 난 히틀러가 좋아할 아리아계 혈통이라오."

"그런데 왜 이스탄불로 오셨죠?"

"그건 다른 이야기지요."

나는 대화를 너무 사적인 이야기로 이끌지 않는 게 좋을 것 같다고 생각했다.

"다른 독일 사람들과는 이 호텔에서 종종 만나곤 하셨던 거예요?"

"가끔…… 대부분의 독일 사람들은 여기서 그리 멀지 않은 토이토니아-하우스에서 모이곤 했다오. 일요일이면 그곳은 독일인들로 붐볐지. 내가 말했던 것처럼 영사관 직원과 상인, 게다가 스파이까지."

"스파이라고 하셨어요?"

"그럼요. 전쟁을 하던 시기라 이스탄불은 모든 나라의 스파이로 가득했었지. 히틀러의 스파이도 물론 있었고. 이 호텔은 스파이들의 소굴이었다오. 모두들 그 사실을 알고 있었지요."

여기까지 들으니 아주 흥미로웠다. 혹시 바그너 교수가 뭔가를 털어놓으려고 하는 걸까? 그를 미행하던 남자들, 그리고 지금은 이상한 스파이 이야기까지. 케렘을 즐겁게 해주려고 부풀려 말했던 사건이 생각보다 더 심각한 일 같았다.

바그너 교수는 내가 이야기에 보이는 관심을 분명하게 알아챘다. 그는 하다 만 이야기를 계속 이어가듯, "치체로를 못 들어봤나요?"라고 물어왔다.

"당연히 들어봤습니다. 튀르키예의 킬리키아 지역에서 로마제국의 속주 총독을 지냈지요.* 그런데 아까 이야기와 무슨 관련이 있는지 모르겠습니다."

"그 치체로가 아니라오. 앙카라에 있었던 치체로.** 제2차 세계대전 당시 최고의 스파이였지. 치체로는 일리야스라는 알바니아계 튀르키예인의 암호명이라오."

치체로는 제2차 세계대전 당시 앙카라 주재 영국 대사 내치벌 허거슨***의 측근으로 튀르키예에서 일했으며, 모든 비밀을

---

* 로마의 정치가이자 학자인 키케로(Marcus Tullius Cicero, B.C. 106~B.C. 43)의 튀르키예식 발음과 표기가 치체로이다.

** 치체로Çiçero: 일리야스 바즈나(Elyesa Bazna, 1904~1970)의 코드명. 제2차 세계대전 중 나치 독일의 비밀요원으로 활동했다.

*** 휴 내치벌 허거슨(Hughe Knatchbull-Hugessen, 1886~1971): 영국의 외교관이자 공무원 및 작가. 일리야스 바즈나가 허거슨에게 비밀을 훔쳐 나치 독일에 넘긴 사건으로 유명하다.

알고 있었다고 한다. 대사와 얼마나 친밀했냐면, 욕실에서 노래를 흥얼거리며 대사의 등에 비누칠을 해줄 정도였다고 한다. 대사의 눈에 비눗물이 들어갔을 때, 대사 목에 걸려 있던 비밀 금고의 열쇠를 본뜬 다음 모든 기밀서류에 접근했고, 이런 방법으로 독일을 위해 스파이 짓을 하기 시작했다는 것이다. 그때 나치 독일의 튀르키예 주재 대사는 그 유명한 프란츠 폰 파펜*이었다. 치체로는 복사한 모든 기밀문서를 폰 파펜에게 넘겼고, 이 문서들이 곧바로 베를린으로 보내진 것이었다.

이런 이야기는 예전에 영화나 소설로 본 적이 있었다. 아니면 어디서 들었던지.

"전부 진짜인가요, 교수님? 아니면 소문인가요?"

그는 자기 이야기를 믿지 못하는 내가 당연하다는 듯, 이해한다는 표정으로 미소를 지었다.

"사실이오. 물론."

"동화 같아요."

노인의 피부에다, 세월이 앗아간 눈동자의 총기에도 불구하고, 그의 얼굴에는 생기가 돌았다. 자기 이야기에 관심을 보이며 듣는 모습이 그에게 에너지를 불어넣은 모양이었다. "잠깐"이라고 하듯 그는 손을 들었다.

"잠시만, 아직 끝나지 않았다오. 치체로는 연합군이 노르망디에 대규모 상륙작전을 벌일 것이라는 정보를 보냈었지. 이건

---

* 프란츠 폰 파펜(Franz von Papen, 1879~1969): 독일의 귀족이자 참모 장교, 정치인. 나치를 회유하여 국정의 권위주의적 개혁을 기도했지만 모두 실패하고 실각했다.

나중에 밝혀진 역사적 사실이라오. 그런데 히틀러가 그를 믿지 않는 바람에 전쟁의 운명이 뒤바뀐 거요. 그러니까 히틀러가 치체로를 믿었다면 모든 게 더 나빠졌을 거라는 말이죠. 다행히도 독일이 패했으니 망정이지."

"영화 같아요."

"그렇다오. 할리우드도 치체로에 대한 영화를 만들었소.「다섯 손가락」이라는 영화에서 제임스 메이슨이 치체로를 연기했었지."

나는 그의 이야기를 들으면서, 한편으로는 법학 교수가 스파이 이야기에 왜 이렇게 관심이 많을까 의아했다. 독일에서 도망쳐 나왔지만 유대인이 아닌 아리아계 독일인. 혹시 그도 히틀러의 스파이였나? 치체로를 개인적으로 알고 있었나? 스파이 이야기를 어떻게 이처럼 자세히 알고 있지?

흰색 르노도 이 일과 관련된 걸까? 하지만 히틀러의 스파이라고 해도 반세기가 지났는데. 그를 미행하는 게 누구한테 도움이 되겠어?

"그렇군요. 치체로는 어떻게 됐나요?"

"치체로는 정보를 넘겨줄 때마다 그 대가로 독일로부터 2만 파운드를 받았다오."

"엄청난 부자가 됐겠네요!"

바그너 교수는 웃었다.

"아니지, 아니야. 독일은 영국 경제를 침몰시키려고 그에게 위조지폐를 줬어요. 그래서 치체로의 손에는 아무짝에도 쓸모없는 종이 쪼가리만 남게 된 거라오. 한때는 오페라 가수로 돈을 벌어볼까 했지만, 실력이 형편없어 그것도 실패했지. 그러다가 가난하게 죽었다오."

"굉장한 이야기네요."

"그래요, 정말로 굉장한 이야기지요."

한동안 테이블에 침묵이 흘렀다. 나는 먼저 말을 꺼냈다.

"교수님, 아주 흥미로운 이야기네요. 사실 저는 교수님께 궁금한 게 있어요. 왜 튀르키예로 오셨던 거예요, 그리고 왜 떠나셨고요? 수십 년간 어떤 이유 때문에 다시 오지 않으신 겁니까? 59년이에요, 말이 쉽지! 59년 만에 이번 방문은 어떤 연유에선가요?"

이 정도로 숨김없고 직접적인 질문은 예상치 못한 것 같았다. 그는 적잖게 당황했고, 얼굴에는 근심의 그림자가 드리워졌다. 혹시 스파이 이야기와 관련해서 숨긴 게 있었나? 그렇다면 왜 그 이야기를 이렇게 거리낌 없이 한 거지? 아니면 튀르키예에서 살았을 때의 개인적 추억이 감상에 젖게 만들었나?

그는 잠깐 주위를 둘러보더니 갑자기 물었다. "당신 목에 걸린 목걸이는 정말 예술작품이군요. 아주 오래된 것인 데다 굉장한 걸작이에요. 사연이 있나요?"

그의 질문에 나는 미소로 답했다. 대답을 듣기 위한 질문이라기보다는 이야기 주제를 바꾸려는 의도임이 분명했다. 나는 '그럴 수 있지'라고 생각하고 식사를 계속했다. 그런데 그는 대답을 기다리고 있음을 내색하려는 듯 말을 이었다.

"이런 물건들은 반드시 사연이 있을 거요."

내가 삐져 있지 않다는 걸 알릴 수 있게 다시 미소를 지어 보였다.

"교수님뿐만 아니라 모든 사람은 비밀이 있답니다."

이번에는 '그럼요'라는 뜻으로 그가 고개를 끄덕였다. 나 또한 한마디쯤이라도 답을 해야 할 필요를 느꼈다.

"할머니의 유품이라는 것만 말씀드릴게요."

그는 웃으며 화이트 와인이 든 잔을 들었다.

"그렇다면 우리의 비밀을 위하여!"

그는 "위하여"를 튀르키예어로 했다.

그러고는 친절하게 "와인을 아주 잘 고르셨네. 고마워요"라고 덧붙였다.

"아직 이틀이 더 남아 있습니다. 내일 뭘 하고 싶으세요, 교수님? 블루 모스크, 성소피아 성당, 이스탄불해협 투어…… 아니면 그랜드 바자르에서 쇼핑을 원하세요?"

"괜찮다면 내일 일정을 비우면 어떨까요. 혼자서 좀 돌아다니고 싶소만. 그리고 다음 날, 그러니까 2월 24일은 당신께 특별히 부탁할 일이 있어요."

"말씀만 하세요!"

"가능하다면 아침 일찍 날 데리러 와줘요."

"얼마나 일찍 와달라는 말씀이신지?"

"4시에 가능할까요?"

나는 깜짝 놀랐다. 이 사람이 새벽 4시에 어디를 간다는 거지? 많이 놀란 마음을 표정으로 드러내지 않기 위해 가슴을 진정시켰다.

"가능합니다, 어디로 가고 싶으세요?"

"그건 그날 이야기해드리죠."

그 순간 두려움이 밀려왔다. 케렘에게 전화해서 잘 있는지 물어봐야겠다는 생각이 들었다. 내가 어떤 사건에 휘말린 건지 알고 싶었다. 이번 방문은 일반적인 대학교수의 행차를 넘어선 사안이 분명했다. 의혹의 눈으로 바그너 교수의 얼굴을 바라볼 수밖에 없었다. 그런데 그는 너무나 편안해 보였고, 앞에 놓인 오리 요리를 먹느라 정신이 없었다. 나는 위경련이 일어날 지경이었다.

남은 음식은 이 대화로 인해 생긴 긴장과 냉랭한 분위기 속에서 삼켜야 했다. 더는 이 이야기를 꺼내지 않았다. 사실 대화를 많이 나누지 않았다고 하는 게 맞겠다. 이 분위기를 끝내고 싶어 하는 것처럼 우리는 서둘러 식사를 했다. 식사를 마치자마자 나는 케렘을 핑계로 자리에서 일어났다.

택시를 타고 집에 도착하니, 케렘이 흥분한 채로 골목에서 한두 번 흰색 르노를 목격했지만, 집에는 아무도 오지 않았다고 했다. 손가락에는 너클을 끼고, 손에는 스프레이가 쥐어 있었다. 컴퓨터에는 날 놀라게 할 어떤 글도 보이지 않았다. 아들 녀석의 신이 나 있는 얼굴을 보자 나도 안심이 되었다. 게다가 내가 "잘 자"라고 하면서 머리를 쓰다듬는데도 화를 내지 않았다.

"자, 자야. 아침에 지각하지 마."

케렘은 전혀 반항하지 않았다.

"예!"

아마도 케렘은 모험의 세계로 발을 내디뎠다고 생각하는 것 같았다. 게다가 스프레이가 내일 학교에 갈 용기를 불어넣은 것 같기도 했다. "모든 일에는 반드시 좋은 면이 있기 마련이란다"라고 하시던 할머니의 말이 떠올랐다.

나는 부엌에 있던 물병을 들고 거실로 가 전나무 묘목에 물을 줬다. 같은 화분에 심은 세 개의 가느다란 가지 중 하나만 살아남았다. 카프카쇠르 고원*에서 꺾어 온 전나무 가지는 우리 집 거실을 그리 좋아하지 않았다. 나는 이 전나무만은 꼭 살릴 생각이었다. 커다란 화분이 자리를 많이 차지했지만, 거실은 오히려 넓어 보였다. 그리움이라는 감정이 해소되고 마음이 편안해졌다.

나는 업무용 노트북을 켰고, 바그너 교수가 온 뒤로 쓰기 시작한 메모를 계속 써나갔다. 뭘 써야 할지 모르면서도, 쉬지 않고 이렇게 빨리 써 내려가는 걸 보고 나 또한 놀랐다. 화면의 커서는 마치 뛰듯이 움직였고, 그 뒤를 따라 글자들이 쫓아가고 있었다. 메모를 써나가고 있는 사람이 나 자신이 아닌 다른 사람인 것처럼 느껴졌다. 노트북 앞에 앉은 마야를 누군가가 몰래 지켜보고 있는 것 같았다.

그날 밤, 침대에 누워서는 다른 인격체로 변신하거나 타인이 되는 놀이를 하지 않았다. 「또 다른 하늘이 있네」도 암송하지 않았다. 잠이 쏟아져서 그랬을까, 아니면 그날 겪었던 일을 메모하는 걸로 대신해서였을까? 그냥 잠시 동안 바그너 교수와 그의 비밀에 대해 생각했다. 정말로 그의 얼굴은 순수함 그 자체였다.

---

* 카프카쇠르 고원Kafkasör Yaylası: 튀르키예 동북부 아르트빈주에 있는 고원.

4

2월 23일 아침에는 더 많은 비가 내렸고, 날씨도 믿기 힘들 만큼 추웠다. 나는 양모 스웨터 위에 두꺼운 망토를 걸치고 연보라색 양모 목도리도 둘렀지만, 학교까지 가는 동안 추위로 떨었다. 그래서 모자에 우산까지 써야 했다.

나는 사무실로 들어가자마자 총장님 비서에게 전화해서 당장 총장님을 봬야겠다고 말했다. 오래된 본관 건물의 널찍한 복도를 지나 비서실로 들어갔다. 전화 통화 중이던 예심 씨가 고갯짓으로 안으로 들어가라고 신호를 보냈다. 그녀에게 인사를 건네고 호두나무로 만든 육중한 총장실의 문을 열었다.

"좋은 아침입니다, 총장님!"

나는 총장님을 향해 발걸음을 옮기다 깜짝 놀라 얼어붙어 버렸다. 이틀 동안 우리를 미행했고, 어제 강연회에서 봤던 세 남자가 총장 맞은편에 앉아 있었다. 특히 그날 담배를 피우면서 날 훑어보던 남자의 얼굴과 비웃는 듯한 미소는 아직도 눈앞에 생생했다.

갑자기 귀에서 맥박이 뛰는 게 느껴졌다. 이 사람들 여기에 무슨 일로 온 거야? 총장님과 무슨 관련이 있는 거지? 그러니까, 우리를 미행했다는 내 추측이 틀리지 않았던 거야. 정말로 바그너 교수와 관련된 복잡하고, 어쩌면 위험한 상황이 벌어지고 있는 건 아닐까.

이렇게 내가 놀라움을 감추지 못하자 총장도 당황하는 눈치였다.

그는 "무슨 일이에요, 마야 씨? 얼굴이 창백해졌어요. 어서 앉아요, 무서워할 거 없어요!"라면서 비어 있는 의자를 가리켰다.

나는 멍한 상태로 겁에 질린 채 그 자리에 앉았다. 세 남자는 모두 넥타이를 하고 있었다. 한 명은 회색, 나머지 둘은 군청색 양복 차림이었다. 내가 얼굴을 잘 기억하는 남자는 얇은 콧수염이 있었다. 마른 체형이었고, 그은 얼굴에 당장이라도 성깔을 부릴 것 같은 표정으로 다리를 꼬고 앉아 있었다. 이유는 몰라도 그 남자가 가장 눈에 띄었다. 다른 한 명은 대머리였다. 콧수염이 있는 남자와 그 옆에 앉은 남자는 40대로 보였다. 다른 한 명은 더 젊었다.

총장은 곧 침묵을 깼다. "이분들은 정보기관에서 오셨어요. 마야 씨한테 말할 게 좀 있나 봐요."

이 말에 나는 대답을 할 수 없었다. 웃는다기보다는 고통스러운 표정에 가까운 미소를 지으며 알겠다는 의미로 고개를 끄덕였다.

총장은 자리에서 일어났고, 세 남자도 일어났다. 당연히 나도 따라서 일어섰다.

총장은 "저는 교수 회의를 주재해야 합니다. 여러분은 여기서 편하게 이야기 나누세요"라며 문을 닫고 나갔고, 나는 세 남자와 그 방에 남았다. 잠깐의 침묵 뒤에 콧수염이 있는 남자가 "마야 씨, 안녕하십니까?"라고 말을 건넸다.

이 의미 없는 질문에 나는 "예"라고 답했다. 하지만 목이 잠겨 쉰 목소리가 나왔다. 실수를 바로잡기 위해 다시 한번 "예"라고 대답했다.

"좀 전에 총장님께서 말씀하셨듯이 우리는 정보기관 소속입니다."

"그런데요."

"선생님을 이렇게 귀찮게 한 이유는 중요한 사안에 선생님의 도움이 필요해서입니다."

"제 도움요?"

"예, 선생님의 도움요."

"말씀하세요, 그렇다면."

콧수염이 있는 남자는 말을 멈추더니 담배에 불을 붙였다. 그리고 길게 한 모금 빨았다. 전혀 거리낌 없는 행동이었다.

"선생님은 조국을 사랑하는 여성이시지요, 그렇지 않나요, 마야 씨?"

"무슨 말씀인지?" 내가 물었다.

"이해 못할 게 없는데요. 마야 씨가 조국을 위해 봉사할 준비가 되었는지를 물어보는 겁니다."

"어떤 봉사를 말씀하시는 겁니까?"

"먼저 대답을 해주시죠, 조국을 사랑하세요, 사랑하지 않으세요?"

"왜 그걸 물으시는 겁니까?"

상황에 조금씩 적응되면서 내가 좀 더 거리낌 없이 말을 하기 시작하자, 그 남자는 짜증이 난 것 같았다. 그는 거칠게 자리에서 일어났다.

"질문은 제가 합니다, 마야 씨! 대답을 하세요!"

"제 애국심을 왜 심문하시는지 이해할 수가 없네요."

그는 잠시 꼼짝 않고 있더니, 다른 남자들의 얼굴을 쳐다봤다. 그러고는 다시 앉아서 담배를 재떨이에 짓이겨 껐다.

"이 질문이 왜 불편하신 겁니까?"

"왜냐하면, 잘못된 질문이니까요. 누가 더 애국심이 있는지를 측정하는 방법이라도 있나요? 어째서 몇몇의 사람이 자기들이 나라를 더 사랑한다고 주장하면서 특권을 받으려고 하죠?"

그는 턱에 손을 갖다 대고 머리를 앞으로 숙이더니 잠시 생각에 잠겼다. 그러고는 재빠른 동작으로 몸을 세웠다.

"그럼 선생님께 다른 질문을 하겠습니다." 그가 말을 이었다. 목소리 톤으로 보아하니, 협박조로 나올 태세였다.

"학교에서의 일은 마음에 드시나요?"

그래도 나는 어조를 전혀 바꾸지 않은 채 대답을 이어갔다.

"예."

"이스탄불 대학교 같은 중요한 기관 소속으로 총장님과 아주 가까운 자리에서 일하시는데, 그에 걸맞은 이력을 가지고 계신가요?"

"제가 볼 때는 그래요. 이 학교를 졸업했고, 일에 대한 경험
이나……"

"아니, 아니, 그런 걸 말한 게 아닙니다. 가족들의 과거에 대
해서 말해주세요. 예를 들면, 할머니에 대해서. 성함이? 세마하
트 부인이시던가?"

그 순간 이 작자가 이야기를 어디로 몰고 가려고 하는지 알
것 같았다.

"그 문제로 제가 튀르키예 사람이 아니라는 말씀이신가요?"

그는 자신에 찬 거만한 웃음을 지었다.

"아니, 아니요. 그런 말을 하자는 게 아닙니다. 그냥 질문하
는 겁니다. 학교 관계자들이 사실을 알고 있나요?"

나는 질문에 대답하지 않았다. 그는 잠시 기다리더니 대답을
강요했다.

"알고 있나요?"

나는 낮은 목소리로 "아니요, 몰라요"라고 답했다.

"이 비밀을 털어놓을 생각이 있으신가요?"

"아니요."

"부인, 잘 못 들었습니다. 속삭이시는군요."

"아니요."

"그래서 물어보는 겁니다. 조국을 위해 봉사할 준비가 되셨
습니까?"

"하지만 저는 당신들 일에 도움이 안 될 텐데요."

"그건 우리가 결정합니다."

분명히 확신컨대 그는 자신이 이 나라와 모든 국민의 주인이라도 되는 양 착각하고 있었다.

"좋아요, 제가 뭘 하면 되죠?"

방에 있던 가장 젊은, 회색 양복 차림의 남자가 대답했다.

"이틀 전에 독일인 교수 마중을 나가셨죠?"

"미국인요. 독일계 미국인이에요."

"알아요, 걱정 마세요, 다 알고 있습니다. 바그너 교수는 나흘 동안 이스탄불에 있을 예정이고, 그 기간 동안 선생님이 그분을 수행하시죠?"

"예, 총장실로부터 그렇게 지시를 받았어요."

"우리가 선생님께 요구하는 국가를 위한 임무는 바그너 교수의 모든 말과 행동을 우리에게 보고하는 것입니다."

이런 걸 원할 거라는 예상은 했지만, 그래도 당황스러웠다.

"노령의 교수가 이 일과 무슨 연관이 있는 거죠?" 내가 물었다.

콧수염이 있는 남자가 "그건 우리가 알아서 할 테니 상관 안 하셔도 됩니다"라고 답하며 말을 이었다. "숨 쉬는 것까지 보고하셔야 합니다. 전화 통화, 만나는 사람들, 메모하는 것까지 말입니다."

"그러니까 일종의 스파이 활동을 하는 건가요?"

"아니에요, 그렇게 과장하진 마시고. 몇 가지 정보만 주시는 정도입니다."

"그럼 보고는 어떻게 하면 되나요?"

"걱정 마세요, 우리가 선생님을 찾을 겁니다. 선생님은 눈과

귀를 열고 계시면 됩니다. 애국심을 증명해 보이실 수 있는 모든 기회를 잘 활용하세요."

그들은 방을 나갔고, 나는 혼자 충격을 받은 상태로 총장실에 남았다.

할머니에 대한 비밀을 어디서 알아냈는지 생각해봤다. 그러다 스스로 깨달았다. '바보 같기는.' 그 남자들은 정보기관 사람들이잖아, 그 사람들이 모르면 누가 알겠어! 그런데 어느 정보기관에서 나온 거지? 국가정보원인가, 치안군 정보처, 아니면 다른 기관에서? 오빠인 네즈뎃이 군에서 정보장교를 맡고 있었기에 이런 지식은 어느 정도 알았다.

나는 방으로 돌아왔다. 창문에 기대서서 빗속의 고목들과 외투로 꽁꽁 싸맨 채 우산을 들거나 우산 없이 다니는 학생들, 내리는 비에 아랑곳 않고 꼭 붙어서 걷고 있는 연인들을 한참 바라봤다. 10시 5분 전이었다.

언론 보도를 검색해서 우리 학교와 관련된 기사들 중에 정리와 회신이 필요한 서류를 분류해야 했다. 보통은 좋아서 하던 일이었는데, 오늘은 전혀 하고 싶지 않았다. 손가락도 까딱하기 싫었다. 마음속에 크나큰 고민이 자리했다. 무엇 때문인지 몰라도, 오늘 혼자 있고 싶다고 한 바그너 교수가 원망스러웠다. 왜 혼자 있겠다고 한 거지? 누구랑 만날 거였나?

나는 호텔로 전화해서 바그너 교수가 방에 있는지를 물었다. "방으로 연결하겠습니다"라는 대답이 들려왔다. 사실 연결을 바라고 한 전화는 아니었다. 곧바로 바그너 교수의 "헬로!"라는 말소리가 들렸고 나는 바로 전화를 끊었다.

언론 보도를 확인하는 것뿐만이 아니라, 오늘은 아무 일도 하고 싶지 않았다. 조용히 사라져버리면 되잖아! 사실 아무 문제도 없을 거야. 총장이 이번 주에는 손님을 수행하라고 지시했으니까. 오늘 바그너 교수가 혼자 있고 싶어 했다는 걸 알고 있는 사람은 없잖아. 사실 내가 없어져도 아무도 모를 거야. 단지 쉴레이만이 여기저기 쓸데없는 소리를 하고 돌아다닐 가능성이 있지만, 그에게 둘러댈 핑계는 있었다. 바그너 교수가 베이오울루를 관광하고 싶어 했고, 그 좁은 골목길에는 차가 필요 없었다고 하면 된다. 이스티크랄 거리는 어차피 트램만 다닐 수 있는 길이니.

더 생각할 것도 없이 나는 망토를 잘 여미고 학교에서 빠져나왔다. 바깥 날씨는 정말로 끔찍했다. 비가 천천히 진눈깨비로 바뀌고, 갈수록 하늘에서 눈송이가 더 많이 떨어지고 있었다. 습기가 배어든 찬 공기가 폐로 스며들었다. 베야즈트 광장에서 택시를 타고 집으로 향했다. 택시 운전사는 운전하면서 "알라신이여 노숙자들과 집 없는 아이들, 길짐승들을 살피소서!"라고 기도했다.

이 말에 가슴이 아려왔고 눈물이 날 것 같았다.

집에 들어서자 라디에이터로 데워진 건조한 온기가 천국처럼 느껴졌다. 단번에 망토와 머플러, 모자를, 그다음에는 입고 있던 모든 옷을 벗어 던졌다. 곧바로 따뜻한 물을 틀었다. 며칠 동안 일어난 이상한 일들을 생각하느라 얼마나 샤워기 밑에 있었는지 알지는 못했지만, 나올 때 보니 욕실이 수증기로 가득 차 있었다. 거울에는 아무것도 비치지 않았다. 목욕 가운을 걸치고 머리를 수건으로 감쌌다. 부엌으로 가 얼그레이 차를 준비했다. 차 맛이 너무나 환상적이었다. 두 잔을 마신 뒤, 나는 이불 속으로 들어갔고 바로 잠들었다.

중간에 깨지 않고, 꿈도 꾸지 않은, 아주 깊은 잠을 잤다. 잠에서 깼을 때 디지털 시계는 오후 3시 53분을 가리키고 있었고, 입에서는 쇠 맛이 느껴졌다. 오늘 내가 아무것도 먹지 않았다는 게 생각났지만, 뭘 먹고 싶은 마음은 없었다. 다시 옷을 챙겨 입고 밖으로 나왔다. 날씨는 더 추워졌고 나는 떨면서 케렘의 학교로 향했다. 대리석으로 된 널찍한 학교 건물 입구에서 케렘을 기다렸다.

얼마 지나지 않아 종이 울렸다. 학생들이 묶어놓은 쇠사슬에서 풀려난 것처럼 교실에서 뛰쳐나왔다. 잠시 후 케렘을 발견했다. 케렘은 다른 아이들처럼 뛰지 않았다. 혼자 교실에서 나와 생각에 잠긴 사람처럼 걷고 있었다. 케렘은 나를 보자 엄청 놀랐고, 불안해하며 주위를 살폈다.

"학교에서 오라고 한 거야?"

"아니! 너 데리러 왔어."

"왜?"

"그러고 싶었답니다, 신사분. 모자지간에 함께 뭐라도 하면 어떨까 해서요."

"뭘?"

"함께 맛있는 밥 먹고, 이야기도 좀 하고, 그리고 영화 보러 가자."

케렘은 얼굴을 찌푸렸다.

"제에에에발, 그만해. 집에 가고 싶어."

'집'이라 함은 컴퓨터를 말하는 것이고, 조금이라도 빨리 온라인에 접속하고 싶어 안달이 나 있다는 걸 물론 나도 알고 있었다.

컴퓨터는 2년 전에 샀다. 처음 몇 달간 케렘은 게임을 했다. 계속해서 새로운 게임을 사달라고 졸랐다. 그러다가 몇 달이 지난 후, 인터넷에 빠져들더니 이젠 내가 긴장해야 할 지경에 이르렀다.

집에 컴퓨터가 있다는 건 정보와 연구를 중요시한다는 의미로 통했다. 검색 엔진을 포함한 다양한 도구들과 정보 소스들에 대해서 세상은 늘 긍정적으로 평가했다. 하지만 지난해 우리 대학에서 이 문제와 관련한 대화를 나누던 중에, 교수님들 중 한 분이 우려를 나타냈다. "여러분은 곧 보시게 될 겁니다. 아무리 늦어도 10년 이내로, 인류가 도달했던 연구와 사고 수준이 인쇄술 이전 선사시대의 소문과 뒷담화 같은 수준 이하로 떨어진 지금의 신세대들을 말입니다."

우리는 그 의견에 동의하지 않았다. 오히려 반대의 의견을 냈다. 정보에 쉽게 접근하는 점이 연구에 편이성을 제공한다고 반박했다. 그렇지만 그 교수님은 인터넷이 연구에 편이성을 제공하는 만큼, 연구에 대한 사고방식을 파괴하고 출처의 신빙성 및 증빙 자료 조사 등을 소홀히 하게 될 것이라고 주장했다.

케렘의 진짜 문제는 인터넷에 많은 시간을 쓰는 것이 아니다. 케렘의 근본적인 문제는 소통에 있다. 아빠와의 소통이 심각할 정도로 부족했고, 관계는 문제투성이였다. 마음이 아프지만, 나와의 관계도 그렇게 좋은 편은 아니었다.

"너 날 도와주기로 했었잖아?" 나는 대화를 이어갔다. "엄마가 이번엔 정말로 큰일 났어. 이 일에 연관된 스파이가 한둘이 아냐."

"정말?"

"그래!"

"그러면, 내가 어떻게 도와주면 돼?"

"인터넷으로 조사하는 것부터 시작하면 돼."

"그럼 어서 집으로 가자."

"아니, 먼저 우리끼리 이야기부터 해야 해."

나는 케렘의 반항을 꺾었고, 아이는 순순히 따라왔다.

우리는 학교에서 나와 근처에 있는 큰 쇼핑몰로 갔다. 내부는 화려했다. 세계적인 유명 브랜드들이 쇼핑몰을 환하게 밝혔다. 쇼핑몰의 정중앙에 있는 비스트로에 자리를 잡았다. 큰 화분에 나무들을 심어 마치 열대지방의 분위기를 자아내는 곳이었다. 야자수까지 있었다.

"난 먼저 따뜻한 수프를 먹을 거야. 그리고 양갈비와 레드와인 순서로 먹을래. 너도 이렇게 먹을 거지, 안 그래?"

케렘의 얼굴이 반항기로 일그러지는 걸 보고 나는 웃으며 말했다. "농담이야, 바보야. 네가 뭘 먹을지 내가 다 알고 있지."

"좋아, 내가 뭘 먹을 건데?"

"아주 특별한 거!"

케렘은 기대하는 대답을 듣기 위해 내 얼굴을 빤히 쳐다보았다.

"햄버거, 감자튀김, 콜라 같은 특별한 음식들."

케렘이 미소를 지었다. 케렘이 웃으니 내 마음도 기쁨으로 가득 차올랐다. 아들 녀석을 데리고 오길 잘했다는 생각이 들었다. 월말이 가까웠지만, 이번 달 가계부는 흑자일 것 같았다. 한동안은 저축 같은 걱정은 하지 않아도 될 것 같았다. 사실 경제 위기 때문에 얼마 되지도 않는 저축마저 별 의욕이 들지 않았고, 최소 한두 달만이라도 가계부를 보지 않고 살았으면 싶기도 했다.

케렘이 웃는 걸 오랜만에 봤다. 마음속에 연민의 감정이 일었다. 나는 케렘의 머리를 쓰다듬었다. 하지만 케렘은 곧바로 몸을 빼더니 내 손을 세게 밀쳤다. 그러던 와중에도 케렘은 긴장하며 주변을 살폈다.

"알았어, 알았어. 미안하다. 반 통이나 바른 헤어 젤한테 미안할 뻔했네. 다시는 안 그럴게."

식사를 하면서 케렘에게 몇 가지 검색어를 알려줬다. 특히 바그너 교수, 제2차 세계대전, 독일과 이스탄불 대학교에 관해 검색해보라고 했다. 그리고 오늘 아침 대학으로 찾아온 남자들에 대해서 이야기했다.

"이거 진짜야? 나랑 장난하는 거지?" 케렘이 물었다.

"맹세하건대 진짜야. 이런 일에 농담하겠니? 뒤죽박죽으로 얽힌 사건의 정중앙에 엄마가 있는데."

이 말에 케렘은 흥분했고, 가방에서 공책을 꺼내더니 내가 말한 모든 검색어를 기록했다.

"네 눈은 할머니를 닮았구나." 케렘에게 말했다.

"나랑 뭔 상관이래?"

"언젠가 너한테 이 특별한 분에 대해 이야기해줄게."

케렘은 어깨를 으쓱했다. 아무 관심이 없는 게 분명하게 드러났다.

식사를 마친 뒤, 우리는 맨 위층에 있는 영화관으로 갔다. 일곱 편의 영화가 상영 중이었다.

"네가 골라!"

케렘은 당시 가장 많이 언급되던 영화를 골랐다. 이왕 시작한 거 제대로 해보자 하는 마음에 팝콘과 콜라도 샀다. 우리는 영화관으로 들어가 붉은색 벨벳 좌석에 몸을 기댔다.

영화 끝부분에 눈물이 너무 많이 나서 힘들었지만, 나만이 아니라 영화관에 있던 많은 여자가 울었다. 주인공이 사랑하는 사람을 구하기 위해 죽는 장면이 모두를 울렸다. 이런 사랑이 유행이 아닌 시대에 태어난 게 슬플 따름이었다.

잘 알면서도 이 값싼 감정의 늪에 푹 빠졌다가, 영화관을 나와 집으로 돌아왔다. 케렘은 곧바로 검색을 하기 위해 컴퓨터를 향해 뛰어갔다.

"내일 새벽같이 나갈 거야. 혼자 알아서 할 수 있지?"

"응!"

"이상한 걸 보면 연락해."

"일찍 나가는 게 그 독일 사람 때문이야?"

"그래!"

"어디로 가는데?"

"이상하겠지만 나도 몰라. 나한테 말 안 해줬어."

"엄마는 무섭지 않아?"

사실 무섭지는 않았는데 "무서워"라고 대답했다.

케렘은 아무 말도 하지 않았다. 케렘의 손이 키보드 위에서 계속 움직이고 있었다.

"잘 자!"

"엄마도."

대답을 들었다는 행복감이 밀려와 케렘을 뒤에서 안아주고 싶었지만, 그렇게까지 용기를 내지는 못했다.

나는 침실로 가서 알람을 3시에 맞추고 잠자리에 들었다.

5

꿈에서 나는 울고 있었다. 잠에서 깼을 때, 볼에 물기가 느껴져 실제로도 울었다는 걸 알았다. 눈물이 베개로 흐른 모양이었다. 아직 꿈속에 있는 것 같았다. 머리맡에 있는 디지털 시계를 보니 2시 35분이었다. 집은 조용했고, 케렘은 자고 있을 게 분명했다.

이불을 꽁꽁 싸매고 몸을 웅크렸다. 다시 꿈으로 돌아가고 싶었다. 눈물은 꿈에다 두고 깼어야 했는데. 아직은 따뜻한 이불 속에서 나올 준비가 안 됐다.

어릴 적 할머니 품에서 잘 때 이와 같은 비몽사몽을 겪곤 했다. 나는 이런 순간을 무척 좋아했다. 내 머리를 쓰다듬는 할머니의 손, 작은 분홍색 꽃무늬가 새겨진 커피색의 무명 드레스에서 나던 비누 냄새, 머리에 쓴 스카프의 끝자락이 흔들리며 볼에 닿는 느낌과 할머니가 조용한 목소리로 들려주시던 옛날이야기들까지. 너무나 좋았다!

모든 게 꿈같았지만 실제였다. 사실 그 순간에 나는 잠들어 있었지만 할머니의 모든 손길과 말씀은 생생했다.

할머니의 눈동자는 검은색이었고, 매우 인상적이었다. 집배원이었던 할아버지는 아들 둘과 딸 하나를 남기고 돌아가셨는데, 그중 딸이 막내였고, 둘째가 아버지였다.

나는 엄마와 아빠, 나보다 여덟 살 많은 오빠 네즈뎃 그리고 할머니와 함께 어린 시절을 보냈다. 우리는 위스퀴다르*의 한 아파트에서 살았다.

아빠는 은행원이었고, 엄마는 교사여서 아침에 출근하면 저녁에나 집에 돌아오셨기 때문에 우리를 돌보고 집안일을 하는 건 할머니의 몫이었다.

오후에 학교에서 돌아오면 버터를 바른 프란잘라**가 우리를 기다리고 있었다. 그때는 빵이라고 하지 않고 프란잘라라고 했었다. 할머니는 "가서 마을 모퉁이에 있는 화덕에서 프란잘라를 가져오거라"라고 했었다. 지금은 이 프란잘라라는 말은 사라지고 없다.

일요일이면 오빠와 함께 요리 준비가 끝난 것들을 쟁반에 담아 들고 마을 화덕으로 가져가곤 했다. 쟁반에는 피데*** 토핑과 튀르키예식 파이 또는 스튜 등이 있었다. 튀르키예식 파이나 스튜는 있는 그대로 화덕에 집어넣으면 됐다. 하지만 피데는 먼저 밀가루를 뿌려놓은 테이블 위에 전문가의 솜씨로 밀가

* 위스퀴다르Üsküdar: 이스탄불의 아시아 대륙에 위치한 동네.
** 프란잘라Francala: 튀르키예식 바게트.
*** 피데pide: 튀르키예식 피자.

루 반죽을 펼치고, 준비해 간 토핑을 골고루 올려야 했다. 그리고 그 위에 달걀 푼 것을 솔로 바른 다음, 장작은 타고 숯만 남은 화덕에 피데를 넣었다.

마을 아이들은 일요일이면 모두 마을의 화덕으로 모여들었다. 아이들은 나를 그냥 마야가 아니라, 모두들 즐겨 봤던 애니메이션 때문에 꿀벌 마야라고 불렀다. 나도 그렇게 사랑스러운 꿀벌과 이름이 같아서 스스로 특별하다고 느꼈고, 이 애니메이션을 보고 할머니가 이런 이름을 지었다고 생각했었다. 나는 화덕 관리인들이 들고 있던 긴 노처럼 생긴 화덕 삽과 밀가루의 하얀색 그리고 뜨거운 화덕에서 풍기던 식욕 돋우는 냄새를 정말 좋아했었다. 우리는 쟁반을 전해주고 나서 골목에서 놀았고, 다시 오라고 일러준 시간이 되면 화덕으로 갔다. 우리가 받았던 작은 표에는 번호가 적혀 있었는데, 같은 번호가 적힌 번호표의 반쪽이 쟁반에 있는 음식과 빵 밑에도 붙어 있었다. 모든 빵 밑에도 이 작은 번호표를 붙였다. 뜨거운 쟁반에 손을 데이지 않도록 할머니가 주신 천으로 오빠와 함께 쟁반을 잡고, 사람을 미치게 만드는 황홀한 냄새를 겨우 참아가며 집으로 뛰어가곤 했다.

다시 시계를 봤다. 3시가 다 되어가고 있었다. 일어나서 준비를 해야 했지만, 여전히 조금 전의 꿈에서 덜 깬 것 같았다. 더 솔직히 말하면, 꿈에서 깨어나 이 추운 이스탄불의 밤으로 돌아오고 싶지 않았다.

이 이상한 사람은 새벽 4시에 날 어디로 데려가려는 거야? 어떤 혼란 속으로 날 끌고 가려는 거지? 게다가 이스탄불에서 흔히 볼 수 없는 이런 추운 날에 말이야.

꿈에 나타난 할머니는 그 사람이 성소피아 성당의 지하실로 날 데려갈 거라고 했다. 1,500년 동안 누구도 들어간 적이 없는 벽으로 둘러싸인 지하실로. 거기서 뭘 찾는다는 거지?

정신을 차려야겠기에 스스로 잠에서 깨어났다. 할머니가 그런 말을 하신 게 아니야. 꿈에서 할머니가 그렇게 말씀하시도록 네가 만든 거지. 성소피아 성당 밑의 지하실은 어디서 나온 거야! 어디서 읽었던지, 다큐멘터리를 봤던지, 아니면 친구가 이야기했는지도 모르지!

그렇지만 꿈에서 할머니가 하신 마지막 말씀은 진짜였다. 왜냐하면 살아 계실 때도 종종 그런 말씀을 하셨기 때문이다.

"살다 보면 네게 나쁜 짓을 하려는 사람들이 앞에 나타날 거야. 하지만 잊지 말아야 할 건, 네게 선행을 베풀려는 사람도 나타날 거라는 거야. 어떤 사람의 마음은 암흑과 같지만, 어떤 사람은 밝은 빛과 같단다. 밤과 낮처럼 말이야! 세상이 악으로 가득 차 있다고 화내지 말고, 모두가 좋은 사람이라고 생각했다가 실망하지 말거라! 스스로를 지켜야 한단다. 사람들로부터 스스로를 지켜야 해!"

할머니는 이 말씀을 돌아가시기 직전에도 해주셨다.

어느 날 밤, 할머니가 내는 이상한 소리를 듣고 걱정이 되어 할머니 곁으로 갔었다. 내가 이스탄불 대학교 문과대에 다니고, 오빠는 사관학교를 졸업해 장교로 임관했을 때였다.

할머니는 숨을 제대로 쉬지 못하셨다. 헉헉 소리를 내며 몸을 뒤트셨고, 내 손을 으스러뜨릴 듯 꽉 잡았다. 나는 아래층에 살고 있던 의사를 불렀다. 그는 할머니에게 진정제를 주사했고, 혈압을 체크했다. 그러고는 할머니는 조금 진정됐지만 아침에 반드시 병원으로 모셔야 한다고 일러줬다.

할머니는 다음 날 아주 지쳐 있었고, 얼굴빛은 창백했지만 호흡은 안정적이었다. 할머니는 집을 나서서 병원으로 가기 전 슬픈 눈으로 집을 돌아보셨는데, 마치 다시는 보지 못할 거라고 생각하시는 것 같았다. 실제로도 그렇게 되어버렸고 다시는 집으로 돌아오지 못하셨다.

할머니는 장교인 오빠 덕에 군 병원에서 치료를 받으실 수 있었다. 병원에서는 1인실인 작은 병실을 내줬고, 심전도 검사와 혈액 채취를 했다. 우리는 모두 병실에 있다가, 나중에는 다들 돌아가고 나만 보호자로 병원에 남게 되었다. 할머니의 팔에는 링거가 꽂혀 있었다.

그날 저녁 무렵, 의학박사인 장군이 병실에 들어왔다. 그의 옆에는 다른 의사들이 함께 있었다. 짙은 눈썹에, 진지하고, 권위적이며, 매우 존경을 받는 사람처럼 보였다. 그는 할머니를 정성스럽게 진찰한 뒤, 혈관에 문제가 있고 치료를 진행할 계획이라고 말했다.

그다음 나는 내 인생에서 잊을 수 없는 장면을 목격했다. 의사는 심혈관 질환이 유전 때문인지를 알아보기 위해 할머니에게 기본적인 질문을 했다.

"어머니와 아버지는 어떤 병으로 돌아가셨습니까?"

할머니는 침묵했다.

군의관은 듣지 못하신 걸로 생각하고 더 큰 소리로 또 한 번 물었다.

"할머니의 어머니와 아버지 이야기를 하는 겁니다. 어떻게 돌아가셨습니까?"

할머니는 여전히 침묵했고, 대답하지 않았다. 병실에는 아주 묘한 분위기가 감돌았다.

이번에는 내가 "할머니, 의사 선생님께 대답해!"라고 채근했다.

할머니는 어찌할 바를 몰라 하며 나를 쳐다보더니 울기 시작했다.

의사는 '참아야지!'라고 하는 것처럼 신경질적으로 고개를 저었다.

"부인, 어머니와 아버지께서 얼마 전에 돌아가신 것도 아닌데, 왜 울고 그러십니까!" 의사가 나무라듯 말했다.

의사의 그 말도 평생 내 머릿속을 떠나지 않았다. 의사는 무의식적으로 아주 심각한 말을 내뱉은 것이었다. 나도 나중에야 알게 된 것이지만, 어떤 죽음으로 인한 고통은 늘 처음처럼 다가온다.

병실에는 한동안 침묵이 흘렀다. 할머니의 조용한 흐느낌만 들릴 뿐이었다. 의사는 목소리를 가다듬으면서, 한편으로는 호의적이면서 다른 한편으로는 약간 강요하는 듯한 목소리로 재차 물었다.

"그래요…… 자, 어머니와 아버지는 어떻게 돌아가셨습니까?"

또 짧은 침묵이 흘렀고, 뒤이어 할머니의 대답이 들려왔다.

"어떤 병으로 돌아가신 게 아니오!"

책망이 섞인 목소리였다. 모두들 정신 나간 사람을 보듯 할머니의 얼굴을 쳐다봤다. 고통스러워하고 충격을 받은 데다 울고 있었지만 미친 사람의 모습은 아니었다.

의사는 "무슨 말씀을 하시는 겁니까?"라고 물었다.

할머니의 눈에 갑자기 불꽃이 일었다. 핏기 없는 얼굴에 고통스러워하는 두 눈이 마치 말을 하는 것 같았다.

"어머니와 아버지는 살해당했다고요, 의사 선생. 병으로 돌아가실 만큼 살지 못했단 말이오."

다시 침묵이 찾아왔다. 의사가 이번에는 좀 더 낮은 목소리로 말했다.

"그건 우리 관심 밖의 일입니다. 그러니까 저는 단지 심혈관과 관련된 유전 정보를 알고 싶었을 뿐입니다."

할머니는 그 순간 앞으로 수백 번 내 귓가에 울리게 될 말씀을 하셨다. 의사에게가 아니라, 마치 자기 자신에게 하는 말처럼 천장을 보면서 외쳤다. "그래도 무슨 병인지 알고 싶다면 답하지요. 그분들을 죽인 건 다름 아닌 인간의 잔인함이었어!"

모두들 놀랐다. 의사는 무슨 말을 하려다가, 뭔가 생각하더니 입밖으로 꺼내지는 않았다. 그러고는 병실을 나갔다. 다른 의사들도 그의 뒤를 따라 조용히 문을 닫고 나갔다.

할머니와 나 단둘만 남았다. 나는 침대에 걸터앉아서 할머니 쪽으로 몸을 기울여 목을 끌어안았다. 할머니는 감정에 북받쳐 울음을 터뜨렸다. 나는 아무 말도 하지 않았다. 그냥 할머니의 가녀린 어깨를 감싸고 얼굴을 맞댄 채 그냥 그렇게 있었다. 내

볼이 눈물로 젖었지만, 할머니의 눈물 때문에 그런 것인지, 아니면 나도 할머니와 함께 울었던 것인지 알 수 없었다.

병실에 어둠이 깔렸다. 병실 문을 연 간호사에게 "조금만 있다가요!"라고 말하고 돌려보냈다.

나는 아무것도 알 수 없었다. 하지만 물어볼 생각도 없었다. 그 순간 중요한 건 궁금증을 해결하는 게 아니라, 할머니 곁을 지키는 것이었고, 내가 곁에 있다는 걸 할머니가 느끼는 것이었다.

"네게 말해주마." 할머니는 말씀하셨다. 내 귀에 속삭이듯 하신 말이었다.

"지금까지 어느 누구에게도 말하지 않았던 걸 네게 이야기해줄게."

난 아무 말도 하지 않고 할머니의 손을 잡았다. 짧은 침묵 뒤 할머니는 쉰 목소리로 이야기를 시작하셨다. 이야기의 사연만큼이나, 십수 년 동안 알고 있던 할머니의 목소리가 다른 사람의 목소리처럼 들렸다. 놀라운 이야기가 아닐 수 없었다.

듣고도 믿을 수 없었다. 충격이었다. 한 여자가 이렇게나 고통을 받았다는 게 믿어지지 않았다. 할머니에 대해 모든 걸 다 알고 있다고 생각했는데, 그런 할머니가 완전히 다른 사람이었다는 걸 알고 나는 충격에 빠졌다.

할머니는 에인* 출신이라고 하셨다. 부유한 가정에서 자랐고, 형제들도 있었으며, 큰 저택에서 살았다고 하셨다. 할머니

---

* 에인Eğin: 케말리예의 옛 이름으로, 1922년 이전까지 통용되었다.

의 할아버지가 바이올린을 켜시던 것도 기억하고 있으셨다. 할머니가 여섯 살 때 군인들이 들이닥쳐서 할머니의 어머니, 아버지, 할아버지, 삼촌들과 숙모들을 데려갔다고 하셨다.

이유는 아르메니아인 가족이기 때문이었고, 당시엔 모든 아르메니아인을 강제 이주시키는 상황이었다. 이 소식을 들은 할머니의 어머니는 할머니와 할머니의 형제들을 무슬림 이웃에게 맡겼다. 강제 이주 중에 무슨 일이 발생할지 몰랐다. 이동하던 중에 강도 떼를 만나 물건을 빼앗기고, 학살당하고, 여자들의 가슴이 도려내지는 일을 당하는가 하면, 젊은 여자들은 강간을 당했고, 팔찌를 빼앗기 위해 팔을 자르기까지 한다는 말이 돌자, 아이들을 숨기려고 하신 것이었다.

당시 튀르키예에 살고 있던 아르메니아인들은 무슬림 이웃들과 사이가 무척 좋았다. 사실 무슬림 이웃들은 매우 가난하고 자신들도 먹고살기 힘든데도, 전혀 주저하지 않고 아르메니아 아이들을 책임졌다. 더욱이 아르메니아 사람들을 숨겨주는 건 금지된 일이었지만, 이웃들은 그런 위험을 감수했다.

아르메니아 아이들은 창문으로 엄마와 아빠, 모든 친척이 끌려가는 걸 봐야 했다. 아이들은 그들의 새 가족과 함께 눈물만 흘릴 뿐이었다.

하지만 얼마 지나지 않아 강제 이주를 당한 아르메니아인들의 남겨진 아이들을 숨기면 아주 위험해지는 상황이 되었다. 그래서 이웃들은 아르메니아 아이들을 튀르키예 정부에 넘겨줘야 했고, 정부는 이 아이들을 여러 보육원으로 보냈다. 여섯 살밖에 되지 않았던 할머니 마리도 세마하트라는 이름으로 이스탄불에 있는 한 보육원으로 보내졌다.

할머니는 아주 지친 듯 깊은 숨을 들이쉬며 한동안 말을 잇지 못했다. 그사이 나도 충격에서 조금이나마 벗어날 수 있었다.

"그럼 할머니 형제들은 어떻게 됐어요?"

"소식을 전혀 듣지 못했지. 어디로 보내졌는지 누가 알겠어."

"할머니의 엄마랑 아빠가 돌아가신 건 어떻게 알았어요?"

"한참이 흐른 뒤 에인에 갔었단다. 우리를 보호해줬던 가족들을 찾았고. 서로 마주 보며 눈물을 쏟았었지. 내 어머니와 함께 떠났던 사람들의 행렬을 한 무리가 마을 입구의 다리에서 멈춰 세웠다더구나. 모두를 난도질해서는 강에 던져버렸다고 했어. 아무도 살아남지 못했다고 말이야. 전쟁 중이었고, 겨울인 데다, 떼강도들이 길을 막아선 거지. 수백 명의 아르메니아인 행렬에 겨우 몇 명의 인솔 군인만 있었다더구나. 그 인솔 군인들은 물론 떼강도에 맞서 아무런 행동도 하지 않았다는 걸 나중에야 알게 되었지. 어머니와 아버지도 그 야만인들한테 희생당하셨단다."

난 할머니의 손을 다시 잡았다. 말이 필요치 않았다. 할머니의 고통을 진심으로 함께 느꼈다. 오랜 세월 동안 할머니에겐 생생한 기억으로 남아 있었을 테고, 내가 처음 알게 된 할머니의 고통스러운 상처였다. 할머니는 온 힘을 다해 계속 말을 이어가셨다. 할머니의 목소리에 조금 더 생기가 돌았다.

"그 야만인들, 떼강도들 말이야…… 왜인지 몰라도 난 단 한 번도 그놈들을 진짜 범인이라고 생각하지 않았단다. 어쩌면 내가 전혀 알지 못하는 놈들이라서, 아니면 다 크고 난 뒤에 들어서 그럴 수도 있겠지. 진짜 범인은 강제 이주 명령을 내린 놈들이지. 엔베르* 장군과 그 측근들 말이야. 한순간도 그자들을 용서한 적이 없단다. 그자들에 대한 분노도 결코 사그라진 적이 없었지. 게다가 그자들도 인간으로서의 권리가 무엇보다 우선한다고 하던 무슬림이었잖아! 그자들이 믿고 있는 그대로 되겠지. 난 곧 죽을 거야. 저세상에서 내게 꼭 물어봤으면 좋겠구나. 그럼 나는 이렇게 소리칠 거야. 그놈들을 절대 용서 못해!"

내 뺨에서 갑자기 뜨거운 물줄기가 흘러내리는 걸 느꼈다. 나는 할머니의 손을 더 꼭 쥐었다. 마음속으로는 '그래 할머니, 말하지 마, 이제 그만해도 돼'라는 말을 하고 싶었다. 고통을 이런 식으로 되살아나게 하고 싶지는 않았다. 그래도 이야기를 할지 말지는 할머니의 선택이었다. 어쩌면 문제를 덮고 넘어가려는 문화 속에서 자란 까닭에 이런 생각을 하는 것일지도 모른다. 이 모든 걸 솔직하게 하나하나 이야기하는 것이 정답일 거라는 생각이 들었다.

"할머니는 할머니의 어머니와 아버지가 기억나세요?"

"어떻게 기억이 나지 않을 수가 있겠니? 사진이 없어서 얼굴은 기억나지 않지만, 다른 식으로, 다른 의미로 그분들을 아주 잘 기억하지. 아주 생생하게 기억해."

---

* 엔베르 파샤(Enver Paşa, 1881~1922): 오스만제국의 친독일 성향의 장군. 제1차 세계대전 당시 오스만제국의 전쟁성 장관으로 오스만제국의 독일 동맹 가담에 큰 역할을 했다.

할머니가 그날 이야기해주신 내용을 통해 알게 된 건, 할머니가 보육원에서 자랄 때 이스탄불의 한 가정에서 할머니를 입양했고, 그 집의 딸로 자랐으며, 성인이 돼서 할아버지와 결혼했다는 것이었다.

"할아버지는 할머니가 아르메니아인인 걸 알고 있었어?"

오랜만에 할머니 얼굴에 작은 미소가 나타났다.

"알고 있었지. 모를 수가 없었어. 내 주민등록증에 '개종'이라고 되어 있었거든."

"개종이 무슨 말이야?"

"종교를 바꿨다는 말이지."

"진짜 종교를 바꾼 거야?"

"어느 누구도 내게 그렇게 물어보지 않았단다. 기독교인으로 태어났지만, 무슬림으로 살아온 것이지."

"그런데 할머니는 예배도 보고, 라마단 금식도 하잖아?"

"모두 같은 신에게 기도하는 거 아니니? 교회에서나 이슬람 사원에서나. 뭐가 다르겠니?"

이후 나는 할머니와 다시는 이 주제로 이야기하지 않았다. 말도 꺼내지 않았다. 다음 날 병실에 둘만 남게 되었을 때, 할머니는 날 곁으로 불러서는 마치 주변에 누구라도 있어서 우리를 보고 있기라도 한 것처럼 몰래 열쇠 하나를 건넸다.

"내 옷장 서랍 열쇠란다. 가서 열어봐, 그 안에 네게 줄 선물이 있어. 어머니가 쫓겨 가시기 전에 내 품에 넣어주신 거란다. 평생 누구에게도 보여주지 않고 숨기고 있던 것이지. 선조들이 물려준 유산이라고 생각해."

할머니는 일주일 후 그 병원에서 심정지로 돌아가셨다.

장례식은 사원에서 치렀고, 이맘*은 "독실한 신자 세마하트 두란 부인에게"라며 기도를 했다. 이맘은 "어떤 분이셨습니까?"라고 물었고, 장례식에 참석한 사람들은 한목소리로 "좋은 분이셨습니다"라고 외쳤다.

나는 집으로 돌아와 할머니의 서랍을 열었다. 그곳엔 목걸이가 있었다. 아주 오래된 것이었지만, 엄청나게 귀한 것임을 바로 알 수 있었다. 할머니가 이 귀한 걸 어린 시절부터 어느 누구에게도 보여주지 않고 숨겨왔다는 사실에 놀랐다. 같은 상자 안에는 오래된 신분증과 작은 십자가도 있었다. 십자가는 아주 값진 보석이 들어간 것은 아니었다. 오래되어 녹도 조금 슬어 있었다. 나는 할머니의 유품을 잘 닦아서 숨겨두었다. 그리고 의미 있는 날에 이 목걸이를 하겠다고 마음먹었다.

할머니는 자신의 비밀을 누구에게도 말하지 말라고 하셨고, 나도 말하지 않았다. 단 한 사람만 빼고.

오빠에게 말했지만, 오빠는 믿지 않았다. 그래서 할머니의 옛날 신분증에 기록된 '개종'이라는 글귀를 보여주었다. 당황스러움과 분노가 뒤섞인 얼굴이었다. 그 표정은 나를 정말로 실망시켰고, 오빠는 우리의 관계가 소원해지는 계기가 된 말을 내뱉었다.

"그러니까 우리들 피도 더러운 거였네."

"뭐라는 거야? 할머니, 아빠, 오빠, 나. 이렇게 모두가 우리

---

* 이맘imām: 이슬람 성직자.

야. 우리 피가 더럽다니? 더러운 피라는 게 말이 돼?"

"아살라*가 얼마나 많은 우리 외교관을 죽였는데!" 오빠가
대꾸했다. "넌 신문도 안 보는 거야? 이젠 전 세계의 모든 아르
메니아인이 튀르키예인을 상대로 전쟁을 벌이고 있어."

"할머니랑 테러 조직이랑 무슨 상관이 있는데?"

"할머니를 말하는 게 아니잖아."

"할머니도 아르메니아 사람이야, 그러니까 우리도 절반은 아
르메니아 사람인 거라고. 이제부턴 이 사실을 오빠의 머릿속에
새겨두는 게 좋을 것 같네."

너무 화가 나서 나는 오빠를 자극하는 말을 했다. 오빠는 "여
하튼"이라고 하더니, "너한테 부탁한다. 어느 누구에게도 말하
지 마. 제발 입을 꼭 다물고 있어. 아르메니아인 피가 섞였다는
게 밝혀지면, 더 이상 위로 올라갈 수도 없고, 진급도 안 될 거
고, 장군도 못 될 거야. 어쩌면 소령에서 전역해야 할 수도 있
어. 내 미래는 끝나는 거야. 너 아르메니아인 장군을 본 적 있
어?"라고 말했다.

"더러운 피라는 말을 취소한다면 입을 닫고 있지."

다시는 이 문제를 언급하지 않는 조건으로 오빠는 조금 전에
한 말을 취소했다. 그리고 그날 이후로 결혼식과 조카의 할례
때처럼 어쩔 수 없이 참석해야 하는 몇 번의 가족 행사를 제외
하고 우리가 만나는 일은 없었다.

---

* 아살라ASALA(Armenian Secret Army for the Liberation of Armenia): 1975년부
터 1990년대까지 활동한 아르메니아 극우 무장 단체.

대령으로 진급했을 때 축하해주기 위해 오빠네 집에 간 적이 있었다. 오빠는 내가 살던 곳에서 가까운 우착사바르 동네로 이사 왔었다.

어머니와 아버지는 그 당시 정부가 선거용 선심 공약으로 내놓은 46세와 48세 정년퇴직의 기회를 놓치지 않으셨다. 위스퀴다르의 집을 팔고 보드룸*의 귐벳** 근처 해변에 주택조합이 지은 별장을 사셨고, 여름, 겨울 할 것 없이 그 별장에서 머무셨다. 부모님에게는 할머니의 비밀에 대해 한마디도 꺼내지 않았다. 오빠 집에 간 그날도, 오빠와 나는 할머니와 관련해서 그전에 한 이야기를 다 잊어버린 것처럼 행동했다. 어쩌면 오빠는 정말로 다 잊었는지도 모를 일이었다.

그렇지만 어제 총장실에서 만난 그 남자들…… 사실을 아는 사람들, 기억하고 있는 사람들이 분명히 존재했다. 갑자기 엄청난 불안감이 엄습해왔다. 더 정확히 말하면, 존재하고 있던 불안감의 이유를 알게 되었다. 불안감의 근원은 바그너 교수가 아니라, 우리를 미행해서 학교까지 찾아와 나를 협박한 그 세 남자였다. 특히, 그 회색 양복에 마른 체구인 남자의 늑대 같은 미소를 결코 잊을 수 없었다. 나에 대해 알고 있는 걸로 봐서는 오빠에 대해서도 분명히 알고 있었을 거다. 그런데도 오빠의 일에는 개입하지 않는 것 같았다. 오빠는 진급해서 대령이 되었고, 머지않아 장군 진급도 앞두고 있었다. 내가 듣기로는

---

* 보드룸Bodrum: 튀르키예 서부 에게해 연안의 휴양 및 관광 도시.

** 귐벳Gümbet: 보드룸 내 해안가 휴양지.

118

정보 부서에서 잘나가는 인사였다.

이런 소식도 소문으로 들은 것이었다. 어느 누구도 대놓고 이야기하지는 않았다. 목소리를 낮추고, 눈짓을 해가며 "정보 쪽에서 일하나 봐"라고들 했다.

마침 그 순간 울린 알람 소리에 벌떡 일어났다. 새벽 3시였고, 나는 알람을 껐다. 소리 없이 그렇지만 재빨리 준비를 마쳤다. 케렘은 컴퓨터 앞에서 잠들어 있었다. 침대로 데려와 눕히는데도 깨지 않았다. 이때다 싶어 케렘의 이마에 입을 맞췄다. 애들은 잘 때 참 예쁘다. 계속 자기만 한다면, 엄마들이 그렇게 잘 때 예뻐해 주고, 쓰다듬어줄 수 있다면…… 컴퓨터 화면에 막시밀리안 바그너와 관련된 정보들이 보였다. 아들이 제대로 조사를 한 것 같았다. 케렘이 정리한 걸 너무 보고 싶었으나, 시간이 부족했다. 그래도 몇 줄이라도 읽어보지 않을 수가 없었다. 겨우 화면에서 눈을 떼고 현관으로 향했다.

가장 두꺼운 망토를 걸치고, 목에는 초록색 스카프를 두른 후, 집을 나와 소리 나지 않게 현관문을 닫았다.

소리 하나 들리지 않는 아파트의 텅 빈 복도와 입구는 등골을 오싹하게 했다. 나쁜 짓을 한 것도 아닌데 적절한 시간대가 아니면 내 집을 드나들면서도 늘 죄책감이 들었다. 한때 남편이었던 아흐메트도 이런 말을 했었다. "당신이 없는데도 집에 늦게 들어올 때면 죄책감이 든다니까."

날 사랑해서 한 말이라고 생각했기 때문에 그의 말에 전혀 신경 쓰지 않았었다. 하지만 얼마 지나지 않아 그가 결혼이라는 것을 단지 지속적인 책임감과 죄책감으로 받아들이고 있다는 걸 깨닫게 되었다. 더 정확하게 말하자면, 그가 이렇게 고백했다. "못 견디겠어. 제발 날 이해해줘. 이건 자기와는 상관없어. 나는 결혼을 해서는 안 되는 사람인가 봐, 내가 실수한 거야. 결혼이 내 목을 졸라. 평생 징역을 사는 것 같아."

나는 "결혼하면 한 가정을 꾸리고 인생을 공유하기 위해 자유를 포기해야 한다는 걸 몰랐단 말이야?"라며 그를 다그쳤었다.

그는 "그래, 이론적으로는 알고 있었지. 난 준비가 됐다고 생각했었어. 하지만 아는 것과 행동으로 옮기는 건 다른 것이었어. 날 용서해줘!"라고 대답했었다.

밖으로 나서니 매서운 추위가 온몸을 휘감았다. 비는 멈췄지만 무서운 북풍이 사정없이 몰아쳤다. 이렇게 추웠던 날은 없었다. 할머니가 계셨더라면, "눈을 끌어모으는 날씨네!"라고 했을 거다. 어쩌면 얼마 지나지 않아 비는 눈으로 바뀔 수도 있었다. 어쩌면 할머니는 "눈은 좋은 거란다"라고도 말씀하셨을지 모르겠다. 눈이 오면 북풍이 잦아들고, 추위가 조금이나마 누그러지게 된다고 말이다. 게다가 할머니는 아나톨리아반도의 원주민답게 이런 명언도 남기셨다. "눈은 아나톨리아반도의 이불이란다."

검은색 메르세데스가 골목 가로등 아래에 정차해 있었다. 쉴레이만이 날 기다리게 하지 않고 제시간에 와줘서 고마웠지만, 차 문을 열고 타자마자 숨이 막힐 것 같은 담배 연기에 참지 못하고 언성을 높이고 말았다.

"이게 무슨 일이야! 마구간도 아니고, 이렇게 담배를 피우면 안 되는 거 아닌가요? 좋은 것도 아닌데 밖에서 피우든지. 창피한 줄 알아요, 쉴레이만!"

차 안을 가득 채운 담배 연기 때문에 눈물이 났고, 코가 매웠다. 내 말과 톤이 너무 지나치다는 걸 알았지만 이미 늦어버렸다.

쉴레이만은 "너무 추워서요"라고 중얼거렸다.

나는 "창문을 내리는 것도 생각 못 해요?"라고 다그치고는 차창을 내렸다.

쉴레이만은 필요 이상으로 차를 험하게 몰며 출발했다. 위험할 정도로 차를 빨리 몰았다. 튀르키예 남자들의 첫번째 특징이 바로 화가 나면 차를 빠르게 몬다는 것이다. 그래서 어떤 남자와도 운전 중일 때 싸워서는 안 된다. 나는 매년 7천 명이 목숨을 잃는 교통사고에서 부부 싸움이 매우 중요한 원인으로 작용한다고 생각한다. 여자가 잔소리를 하면 남자는 속도를 올리고, 여자가 잔소리를 더 하면 남자는 속도를 더 낸다. 그리고 가족을 반고의적으로 자살로 몰아가는 것이다. 누가 피해를 보냐면, 뒷좌석에 앉아서 다른 차를 향해 손을 흔들던 아무것도 모르는 죄 없는 애들이다.

나는 쉴레이만을 향해 "천천히! 시간 충분해요"라고 목소리를 높였다.

열어둔 창문에서 들어오는 찬바람은 마치 얼굴을 베는 면도날 같았다. 정말 끔찍한 날이었다.

이 끔찍한 날에 바그너 교수는 우리를 어디로 데려가려는 걸까?

추워서 몸이 떨리기 시작했다. 쉴레이만의 바보 같은 행동 때문이었다. 지난번에 약속한 사촌 동생 건을 총장에게 부탁하지 않아서 앙심을 품고 있는 거다. 총장에게 말씀드렸다고 할 걸 그랬다. 얼마 있다가 다시 말씀드렸는데 잘 안 됐다고 할 수도 있었는데. 이렇게 해서 적을 만들어버린 것이다. 그렇지만 이렇게 된 바에야 전혀 물러설 생각은 없었다.

"쉴레이만! 왜 난방을 틀지 않는 거죠?"

"그야 고장 났으니까요."

저편 멀리서 무슨 소리가 들렸다. 영어로 말하는 남자의 목소리였다.

"늘 이렇게 글을 쓰세요?"라고 묻는 소리가 들려왔다.

놀라서 잠시 무슨 말을 해야 할지 몰랐다. 그 남자의 얼굴을 쳐다봤는데, 전혀 모르는 사람이었다. 나는 웃었다.

"아마도요." 내가 대답했다.

"이륙한 뒤로 계속 글을 쓰고 계시는군요."

머리가 하얗게 세기 시작한 중년의 미국인이었다.

"사실 글쓰기 시작한 지는 오래됐어요." 나는 말했다. "써뒀던 글들을 모으는 작업이에요. 조금 추가하고, 고쳐 쓰기도 하고요."

"다들 자는데 당신만 계속 쓰고 계셔서요. 작가이신가요?"

그는 주위에 방해되지 않게 아주 낮은 소리로 물었다.

"작가는 아니에요, 그렇지만 책을 쓰고 있어요."

"무슨 말이신지, 이해가 안 되네요."

"전업 작가는 아니에요. 글 쓰는 걸 계속할 생각도 없고요. 하지만 제가 겪은 일에 대해서 쓰고 있어요."

"글로 옮기실 만큼 중요한 사건이겠군요."

"물론이죠." 나는 웃으며 답했다.

"그래요, 그럼 그만 방해할게요."

그가 간 뒤에 내가 얼마나 굳은 자세로 있었는지 깨달았다. 팔과 어깨, 목이 뻣뻣했다. 아마도 같은 자세로 앉아서, 어쩌면 내가 쓰고 있는 이 사건을 또다시 겪는 기분이라서 그럴지도 모르겠다.

나는 일어나서 비행기의 앞쪽을 향해 걸었다. 물을 마시고, 몇 가지 체조도 했다. 그러고는 비행기의 끝에서 끝까지 두 차례 왕복했다. 오른쪽 복도에서 한 번, 왼쪽 복도에서 한 번.

대형 여객기인 에어버스 340은 승객들로 만원이었다. 좌석에는 다양한 사람들이 자고 있었다. 여자, 남자, 노인, 아이 등. 서로 알지 못하는 사이지만 모두가 운명 공동체라는 건 모를 거다. 비행기가 추락하면 같은 순간에 죽을 거고, 그 죽음은 모든 승객을 영원히 하나로 만들겠지. 저 할머니와 할머니에게 기대어 자는 손자, 다른 좌석에 앉은 젊은 남자, 비즈니스석에 있은 사업가들, 조종사, 이 밤에도 주름 하나 없는 유니폼의 승무원들. 그들을 보면서 나는 생각했다. '모든 승객은 같은 운명이지만, 사람들은 이걸 알지 못해.'

게다가 이는 어떤 측면에서 보더라도 사실이다. 예를 들어, 지구라는 행성에서 벌어지는 인류의 모험도 하나의 여정이라고 볼 수 있지 않을까? 생태적 균형을 파괴하는 일련의 여정

말이다. 그리고 이 균형의 파괴는 모든 인간을 하나의 운명 공동체로 만드는 것이지 않나? 서로를 알든 알지 못하든, 모든 개인의 운명은 하나가 되지 않는가? 어떤 의미의 여정이라 하더라도 이는 결국 운명 공동체가 된다는 말이다.

사람들은 직접 겪지 않으면 상황을 제대로 판단하지 못한다. 모든 여정에서도 마찬가지다. 사람들은 서로를 결박하고 있는 운명을 인식하지 못한다. 어쩌면 이 말이 이상하게 들릴지도 모르겠다. 하지만 조금만 더 참고 기다려주시길. 앞으로 들려줄 이야기가 내가 하려던 말을 잘 설명해줄 테니.

비행기 복도를 두 차례 왕복해서 걸은 다음 자리로 돌아오면서 사실 눈을 좀 붙여야겠다는 생각을 했다. 기억을 순서대로 정리하고 질서정연하게 글로 전달하기 위해서는 재정비할 필요가 있었다. 30분이라도 눈을 좀 쉬면 더 잘 이어갈 수 있을 것 같았다. 나는 좌석을 뒤로 완전히 젖히고, 눈에 안대를 했다. 담요를 덮고 한동안 눈을 붙이는 게 가장 좋은 선택일 것 같았다.

근데 노트북을 덮기 전에 한두 문장을 더 써둬야 자고 난 뒤 다시 시작하는 부분이 더 흥미롭지 않을까. 헤밍웨이도 가장 급진전되는 부분에서 쉬었다는 말이 있으니까.

굳은 표정으로 말 한마디 없이, 내게 정말 화가 난 게 분명한 쉴레이만이 텅 빈 이스탄불의 도로로 차를 몰았다. 페라 팔라스 앞에 도착하니 3시 52분이었다.

바그너 교수는 로비에 있었다. 어깨에 검은색 망토를 두르고, 중절모를 쓴 모습이었다. 그는 모자 벗는 걸 잊지는 않았지만 아주 굳은 얼굴을 한 채 인사를 건넸다.

"굿 모닝!"

그러고는 옆 테이블에 놓인 검은색 바이올린 케이스와 그 시간에 텅 빈 로비에 어울리지 않는 낯선 뭔가를 들었다. 작은 화환이었다. 하얀색 꽃으로만 만든 원형의 화환. 화환에는 뭔가가 쓰여 있었다. 허리를 숙여서 보니 '나디아에게'라는 글이 적혀 있었다. 하루 전에 만든 화환이 분명했다.

우리는 호텔 밖으로 나갔다. 바그너 교수는 쉴레이만이 열어준 오른쪽 문으로 차에 올랐다. 나는 그의 왼편에 앉았다.

웃음기 없고 드라마틱한 데다 인상까지 쓰고, 전혀 친근하게 대하지 않는 모습이 사실 이상했다. 솔직히 조금 화가 났다. 아까는 쉴레이만이 그러더니 이제는 이 사람까지. 새벽부터 재수 없는 일이 줄줄이 이어지는 것 같았다.

얼음장 같은 목소리로 "어디로 가시겠습니까, 교수님?"이라고 물었다.

"쉴레!"

나는 소스라치게 놀랐다.

"어디라고요?"

"쉴레!"

내가 잘못 들었던지 아니면 바그너 교수가 지명을 헷갈린 것 같았다.

"교수님, 쉴레는 흑해 해안의 휴양지예요. 알고는 계시죠?"

"알고 있소."

"그러니까 거기엘 가고 싶으시다는 말씀이시죠?"

"그래요. 부탁해요."

"새벽 4시, 겨울에, 쉴레로…… 착각하시는 건 아니겠죠?"

바그너 교수는 짜증을 참고 있다는 걸 누구나 알 수 있는 톤으로, "그래요 숙녀분!"이라고 했다. "쉴레에 가고 싶소. 이스탄불해협을 연결하는 다리에 대해서 내게 설명해줬잖소. 그 다리들 중 하나를 이용해 아시아 쪽으로 건너가서, 쉴레에 있는 내가 원하는 곳으로 데려다주시오. 다른 질문 있으신가요?"

"없습니다."

뒤를 돌아보면서 우리가 무슨 이야기를 하는지 이해하려고 애쓰던 쉴레이만에게, "쉴레에 가고 싶어 하시네요"라고 말했다.

"뭐라고요?"

"그래요, 제대로 들은 거예요. 어디 이 화창한 2월의 새벽에 쉴레로 가봅시다. 수영복이라도 챙겨 오는 건데."

그리고 우리는 출발했다. 파티흐 술탄 메흐메트 대교*를 지나 앙카라 방향으로 들어섰다. 고속도로에는 트럭들만 다니고 있었다. 쉴레 표지판을 따라 좁고 상태가 좋지 않은 숲길로 접어들자 트럭마저도 보이지 않았다. 도로에는 우리밖에 없었다.

차 안에서는 어느 누구도 입을 열지 않았다. 추워서 모두들 외투를 여몄다. 다들 서로에게 화가 난 것 같았다.

---

* 파티흐 술탄 메흐메트 대교Fatih Sultan Mehmet Köprüsü: 유럽과 아시아를 가로지르는 보스포루스해협에 위치한 현수교.

쉴레에는 아흐메트와 두 번 간 적이 있었다. 어촌의 항구와 식당들, 길고 긴 모래사장 쪽으로 환상적인 별장촌이 있을 만한 곳이었는데 전혀 그렇지 않았다. 뭔가 부족했다. 포악한 장사꾼들 때문이었는지 아니면 불친절한 마을 사람들 때문인지 몰라도, 다시는 오지 않겠다고 맹세했었다. 어쩌면 나만 그렇게 느꼈을 수도 있겠지. 아니면 돌아오는 길에 아흐메트와 크게 싸운 기억 때문일 수도. 우리는 항구 근처에 있는 흔한 식당에서 생선 요리와 화이트 와인을 먹었다. 우리 옆에는 똑같은 운동복을 입은 부부가 있었다. 뚱뚱한 체형에, 일요일이면 식당을 꽉 채우고는 '잘 봐, 우리가 얼마나 재미나게 노는지!' 하는 표정으로 주위를 훑어보는 꼴불견 유형의 사람들이었다. 라크* 잔이 깨져라 부딪치는 행동에서마저도 그들의 무례함이 묻어났다.

낮술 뒤에는 매번 그렇듯이, 아흐메트와 쉴레에서 보낸 그날도 편두통이 밀려왔다.

그 꼬부랑길을 운전해서 돌아오는데, 나는 토할 것 같았고, 속으로 '너도, 쉴레도 토할 것 같아!'라고 저주를 퍼부었다. 사실 그날도 아흐메트가 엄청 졸라서 간 여행이었다.

여름에도 좋아하지 않던 곳인데 겨울에는 어떨지. 흑해 바다는 위험했다. 매년 여름마다 익사 사고가 발생했다. 파도가 수영하는 사람들 발밑의 모래를 한순간에 쓸어가 물속에 웅덩이를 만들었다.

---

* 라크Rakı: 튀르키예 전통술로 아니스 향이 첨가된 포도 증류주.

그건 그렇다 치고 이 알 수 없는 사람은 겨울날 쉴레에 무슨 볼일이 있는 거지? 이 시간에 누굴 만난다는 거야? 그나저나 반대편이 러시아니까, 냉전 시대였다면 이런저런 공상의 나래를 펼쳤을 텐데. 예컨대, 흑해에 갑자기 나타난 소련의 잠수함이랄지, 배에서 보내는 깜박이는 불빛 같은 것 말이야.

옛날에는 이 흑해 지역에서 트랜지스터라디오를 소지한 많은 좌파 교사가 러시아와 교신한다는 이유로 체포되어 인생을 망치곤 했었다. 나토의 대형 레이더 기지와 바다를 향해 뚫려 있는 거대한 동굴 속에서 대기하던 잠수함들도 흑해에 주둔하고 있었다.

나는 눈을 감았다. 할머니의 말이 생각났다. "살다 보면 네게 나쁜 짓을 하려는 사람들이 앞에 나타날 거야. 하지만 잊지 말아야 할 건, 네게 선행을 베풀려는 사람도 나타날 거라는 거야. 어떤 사람의 마음은 암흑과 같지만, 어떤 사람은 밝은 빛과 같단다. 밤과 낮처럼 말이야! 세상이 악으로 가득 차 있다고 화내지 말고, 모두가 좋은 사람이라고 생각했다가 실망하지 말거라! 스스로를 지켜야 한단다. 사람들로부터 스스로를 지켜야 해!"

'지킬 거야 할머니, 내 걱정은 마!' 나는 되뇌었다.

꼬불꼬불한 길을 덜컹거리며 두 시간을 달렸다. 쉴레에 가까워질 무렵, 잿빛 하늘 아래에 먼동이 터오기 시작했다.

6

두 시간을 내리 달리고 있었다. 난방이 되지 않는데도 불구하고 세 사람의 체온과 엔진에서 나오는 열기 덕분에 차 내부는 그래도 견딜 만했다.

바그너 교수는 주머니에서 지도를 꺼냈다. 슬쩍 보니 지도 위에 뭔가 표시되어 있었다. 그는 지도를 유심히 보더니, "조금 천천히 갈 수 있겠소?"라고 말했다.

나는 쉴레이만에게 그 말을 통역해줬고, 차는 느리게 달렸다.

우리는 아주 좁은 길을 통과하고 있었다. 양쪽 모두 숲이었고, 바그너 교수는 길을 찾는 것처럼 왼쪽을 주의 깊게 살폈다.

얼마 지나서 그는 "차를 세워보세요. 후진해서 갑시다"라고 말했다.

차가 후진하며 100미터에서 150미터를 지나니 옆으로 난 길 쪽으로 입구가 보였다. 약간 위로 향하는 비포장 길이었다. 바그너 교수는 그 길로 들어가자고 했다.

"쉴레로 가는 게 아니었습니까, 교수님?" 내가 물었다.

"그래요. 쉴레에서 가까운 어떤 곳으로 가는 거라오."

그 순간 덜컥 겁이 났다. 만약 마을로 가는 게 아니라면, 어느 구석으로 우리를 데려가는 거지? 게다가 이 사람이 여기를 어떻게 아는 거야? 59년 만에 찾은 나라의 이 좁은 길을 어떻게 아는 걸까? 쉴레이만이 옆에 있어서 다행이었다. 내게 화가 나 있지만, 그럼 어때, 그래도 믿을 만한 구석이었다.

바그너 교수는 나의 불안함, 더 나아가 분노를 알아채지 못할 만큼 자신의 세계에 빠져 있었다. 나는 한 번씩 그의 균형 잡힌 얼굴 윤곽과 살짝 솟은 작은 코, 우아한 턱선을 바라봤다. '이 사람이 나쁜 짓을 할 사람은 아냐!' 나는 속으로 이렇게 되뇌었지만, 갈수록 일이 꼬이고 내가 틀렸다는 생각이 들 정도로 상황은 정반대의 방향으로 흘러갔다.

그와 나 사이에는 바이올린 케이스와 화환이 놓여 있었다. 사실 이것들도 이상했다. 한 번 더 화환에 쓰인 '나디아에게'라는 글귀를 봤다. 나디아를 위해 준비한 화환이다!

그렇다면, 나디아는 누구지? 새벽같이 쉴레 근처에 온 것과 무슨 관련이 있는 거야? 생각할수록 머리가 더 복잡해졌고, 질문에 대한 답을 찾을 수 없었다.

집에서 나선 순간부터 계속 뒤를 살폈지만 우리를 미행하는 차는 없었다. 미행을 했다면, 그 좁고 인적 드문 쉴레 도로에서 틀림없이 봤을 거다. 말하자면, 내게 첩보원 임무를 부여함으로써 그들은 더 이상 미행할 필요가 없게 된 것이었다. 바그너 교수에 대한 모든 정보를 내게서 받을 셈인 것이다.

얼마 뒤 숲길이 끝났고, 언덕에 다다랐다. 언덕에 올라서자,

갑자기 우리 앞에 바다가 나타났다. 성난 바다는 낭떠러지 밑의 바위를 때리고 있었다. 검은 바위들 위로 하얀 물거품이 터졌다. 우리가 달려온 흙길은 작은 언덕을 지나면서 모래와 자갈이 깔린 길로 바뀌었다. 우리는 해변 쪽으로 이동했다.

밝아오는 회색빛 여명과 바다는 같은 색을 띠었고, 우리 앞에 있는 수평선은 뚜렷이 구분되지 않았다. 하늘과 바다가 회색으로 뒤섞인 것 같았다. 군데군데 먹구름이 낀 잿빛의 하늘이 바다와 하나를 이루었다. 풍경을 바라보는 것만으로도 냉혹한 한기가 느껴졌다.

바그너 교수는 아주 흥분한 상태로 우리 앞에 펼쳐진 모래 해변을 뚫어지게 바라보고 있었다. 마치 빙의된 사람처럼. 내가 뭐라고 해도 듣지 못할 것 같았다. 실눈을 뜬 채 그곳에 대한 기억을 떠올리고 있는 것 같았다.

우리는 바다까지 20미터 남짓 접근했다. 길은 여기서 끝이 났다. 인적 없는 해변이었다. 왼편의 약간 높은 지대에 석회 반죽을 칠하지 않아서 붉은색 벽돌이 그대로 드러난 2층 건물이 하나 있었다.

사실 건물이라기보다는 짓다 만 건설 현장 같았다. 1층 유리로 된 곳은 카페로 사용하는 것 같았다. 자세히 보니 현관문에 붙은 '블랙시 모텔'이라는 간판이 보였다. 이런 곳에 있는 모텔에 누가 온단 말이지? 내연녀랑 주말에 불륜을 저지르려고 사람들의 눈을 피해 오는 자들이라면 모를까. 그런 사람들도 이 계절에는 오지 않겠지. 건물 뒤편으로는 해변 위에 다 쓰러져가는 오두막이 하나 있었다. 버려진 오두막 같았다. 지붕 한쪽도 내려앉아 있었다.

바그너 교수는 바이올린과 화환을 품에 안았다. 그는 조금 머뭇거리는 것 같았다. 몸을 완전히 뒤로 돌려 차창으로 100미터 정도 뒤에 있는 작은 언덕을 주시했다.

"저기까지 돌아갈 수 있을까요?"

쉴레이만은 조용한 소리로 짜증을 삭히는 기도문을 내뱉더니 후진 기어를 넣었다. 뒤를 돌아보면서 막 후진하려던 순간 엔진이 멈춰버렸다. 쉴레이만은 짜증 난 얼굴을 한 채 전방으로 몸을 돌리더니 시동을 다시 걸었지만, 차는 움직이지 않았다. 서너 번 더 시도했지만 소용이 없었다. 어떻게 해야 할지 몰라 서로를 바라볼 뿐이었다. 그리고 다시 한번 더 키를 돌렸는데 이번에는 시동이 걸렸다. 차는 뒤쪽으로 움직였다.

뒤에 있는 언덕까지 절반 정도 이동했을 때, 바그너 교수는 차를 멈추라고 했다. 또 뭘 원할까, 생각하며 나는 그를 바라봤다. 쉴레이만은 바그너 교수가 하는 말을 알아듣지 못해서 보통의 경우 바그너 교수가 이야기해도 그를 쳐다보지 않았다. 하지만 이제는 그가 뭘 원할지 너무 궁금했는지 몸을 돌려 그의 눈치를 살피고 있었다.

"여러분께 양해를 구하고 싶소만." 바그너 교수가 말을 꺼냈다. "두 분은 계속 가세요. 저기서 기다려주세요. 난 잠시 뒤 언덕 뒤로 가서 여러분과 합류하겠습니다."

"그리고는요?" 내가 물었다.

"그리고…… 음…… 그리고, 아마 돌아가야겠지요."

그는 안고 있던 바이올린과 화환을 들고 차에서 내려 한동안 차 옆에 그렇게 서 있었다. 그가 내리려고 차 문을 열었을 때, 오싹할 정도의 찬 공기가 들어왔다. 그는 어서 우리가 갔으면 하는 눈빛으로 기다리고 있었다. 쉴레이만이 가속페달을 과하게 밟았는지 차가 시끄러운 엔진 소리를 내며 움직였다. 화가 나서 그렇게 밟았는지, 아니면 다시 엔진이 멈추지 말라고 그랬는지는 알 길이 없었다.

차가 후진하는 동안, 나는 전면 유리를 통해 바그너 교수의 뒷모습을 보았다. 바그너 교수는 추위와 강풍을 맞으며 걷고 있었다. 그는 바다로 가고 있었다.

언덕을 넘어서자 쉴레이만은 차를 멈췄다. 나는 바로 차에서 내렸고, 다섯 발자국 정도 걸으니 언덕 꼭대기에 닿았다. 바그너 교수는 계속 걷고 있었다. 찬바람 때문에 숨을 쉬기도 힘들었다. 바다에서 불어오는 바람은 마치 온몸으로 파고드는 것 같았다. 집에서 나온 이후로 한 번도 따뜻한 곳에 있질 못했다.

바그너 교수는 파도가 밀려오는 곳까지 걸어갔다. 몇 발자국 더 내디디면 밀려드는 높은 파도에 기어이 휩쓸리고 말 것 같았다. 그는 거기서 멈췄다. 회색 배경에 검은색 망토와 중절모를 쓴 모습이 아주 이상해 보였다. 그는 몸을 숙여 바이올린 케이스를 땅에 내려놓았다. 화환은 아직 손에 있었다. 그는 몇 발자국 더 나아간 뒤, 앞으로 몸을 숙였다. 손에 들고 있던 화환을 바다에 던진 것 같았다. 그가 허리를 폈을 때는 빈손이었기 때문이다.

그리고 그는 뒤로 돌아 몇 걸음을 더 옮긴 뒤 멈춰 섰다. 아무래도 내가 보고 있는 것이 불편한 모양이었다. 사실 나도 이 정신 나간 사람 때문에 병나고 싶은 생각은 없었기에, 뒤로 돌아서 차로 향했다.

차 옆으로 오니 쉴레이만이 차 보닛에 기대서서는 손을 비비며 담배를 피우고 있었다. 나는 팔을 보닛으로 뻗어 손을 녹여보려고 했다.

"저기서 뭐 하는 겁니까?" 쉴레이만이 신경질적인 목소리로 물었다.

나는 뭐라고 말해야 할지 몰랐다. 어깨를 으쓱 올리고, 입술을 아래로 내밀어 '몰라'라는 제스처를 보였다. 차 엔진의 열기 덕에 우리는 조금 몸이 풀렸고, 한동안 거기서 그렇게 기다렸다.

잠시 후 내가 차에 타려고 할 때, 쉴레이만이 다 피운 담배를 땅에 버리고 언덕을 향해 걸어가는 게 보였다. 혹시라도 이상한 짓을 하면 안 되는데 싶어 걱정스러운 마음에 나도 차에 타지 않고 쉴레이만의 뒤를 따라 걸었다.

쉴레이만은 언덕 정상으로 가더니, 팔꿈치를 살짝 굽히고 두 팔을 옆으로 펼쳐 보이며, 황당하다는 몸짓을 했다. 내가 쉴레이만 옆에 다다르자 그가 황당해하던 광경이 눈앞에 나타났다. 이젠 어떤 것도 날 놀라게 할 수 없을 거라는 생각마저 들었다.

갯바위에 부딪치는 미친 듯한 파도가 흰 포말을 일으켰다. 포말을 제외하곤 모든 것이 회색이었다. 회색 바다와 회색 하늘에, 우리 쪽을 향해 펄럭이는 바그너 교수의 검은 망토 자락이 강풍을 받아 춤을 추었다. 바그너 교수는 그렇게 거기 서서 바이올린을 켜고 있었다.

쉴레이만은 팔을 옆으로 벌려 아까와 같은 동작을 해 보이더니 이번에는 큰 소리로 기도를 했다. 그러고는 돌아서 차를 향해 걸어갔다. 나는 바다 쪽으로 걷기 시작했다.

바그너 교수와 나의 거리가 좀 전의 절반 정도로 줄어들자 나는 걸음을 멈췄다. 음악 소리가 희미하게 들려왔다. 더 잘 들을 수 있도록 그가 있는 쪽으로 좀더 걸어가다 그와 15미터쯤 떨어진 곳에서 발걸음을 멈췄다.

바그너 교수는 아주 아름답고 서정적인 곡을 연주하고 있었다. 슈베르트의 세레나데를 연상시키는 곡이었다. 파도 소리에도 불구하고 맞바람을 맞아서 바이올린 소리는 얼마든지 들을 수 있었다. 흑해 해변에서 바이올린을 켜는 망토 두른 남자를 바라보며 나는 그의 연주를 듣고 있었다.

살면서 이보다 더 해괴한 장면을 본 적이 없다는 생각을 하던 와중에 메르세데스가 내 바로 뒤까지 와서 멈춰 선 것을 알았다. 기침 소리 같은 소음을 내더니 시동이 멈춘 차에서 내린 쉴레이만에게 낮은 목소리로 물었다.

"왜 시동을 껐죠?"

"제가 끈 게 아니랍니다. 저절로 꺼진 거예요." 쉴레이만은 못마땅한 목소리로 답했다. "엔진이 과열됐을 때 가속페달을 밟으면 안 좋거든요. 조금 있다 시동을 걸면 되겠죠."

음악이 멈췄다. 바그너 교수는 어떻게 계속 연주해야 할지 모르는 사람처럼 몇 개의 음을 켜보다가 그마저도 그만뒀다.

쉴레이만은 지겹다는 표정으로, 목소리 크기에도 전혀 아랑곳하지 않고는 "젠장!"이라고 투덜대면서 등을 돌려 차 안으로 들어갔다.

모든 행동이 마치 날 화나게 하기 위한 것 같았다.

바그너 교수는 잠시 후 다시 끊김 없이 연주를 해나갔다. 그러다 또다시 같은 곳에서 자신이 없는 듯 이런저런 음을 켜보다가 멈췄다. 그러니까 곡을 처음부터 연주하다 같은 곳에서 막혀서는 더 이상 이어가지 못하는 것이었다.

보닛의 열이 식자 더 이상 도움이 되지 못했다. 참을 수 없어 차 안으로 들어갔다. 차 내부도 그다지 따뜻하지 않았지만, 바깥의 추위에 비하면 천국처럼 느껴졌다.

잠시 후, 앞 유리에 눈송이가 떨어지기 시작했다. 처음에는 조금씩 내리더니, 얼마쯤 지나자 많이 내리기 시작했고, 눈보라로 바뀌기 직전이었다. 차 내부도 추워지는 걸 보니 추위가 더 심해지고 있는 게 분명했다.

해변에 있는 정신 나간 늙은이는 여전히 바이올린을 연주하려고 안간힘을 쓰고 있었다. 만약 이 사람이 이 추위에 죽기라도 한다면 내게 무슨 일이 벌어질지 예상해봤다. 이 상황에 대한 책임을 내게 묻겠지. 이른 새벽, 쉴레 부근의 해변에 뭐 하러 갔는지 알고 싶어 할 거고, 나는 이 질문을 한 사람들에게 단 한마디의 대답밖에 해줄 수 없을 거다. "모르겠습니다."

나는 차에서 내렸다. 스카프로 머리를 감싸고 스카프의 끝자락으로는 입을 막았다. 눈보라를 버티며, 모래에 빠져가면서, 해변을 향해 걸어갔다. 어쩌자고 하이힐을 신고 온 거지? 근데 여기 올 걸 내가 무슨 수로 알았겠냐고!

바그너 교수 옆에 도착하자 갑자기 소름이 돋았다. 그의 얼굴은 보랏빛인 데다 말이 아니었다. 죽은 사람의 얼굴 같았다. 입술에는 핏기가 없었다. 눈에서는 눈물이 흘렀는데, 볼에 닿자 얼음이 되어 굳어버렸다. 새하얀 뼈마디가 떠오르는 그의 손가락은 바이올린의 현에 경직된 채 붙어 있었다. 만약 그가 서 있지 않았다면 얼어붙은 시체를 보았다고 맹세할 수 있을 정도였다. 교수의 어깨와 모자에 눈이 쌓이기 시작했다.

"교수님!" 난 소리쳤다.

그는 내 목소리를 듣지 못했다.

"교수님, 교수님, 바그너 씨! 이러다 돌아가시겠어요, 제발 이리 오세요."

나는 그의 팔을 잡고 흔들었다.

"교수님!"

파도가 미친 듯이 우리 쪽을 덮치고 있었다. 바그너 교수가 가져온 화환에서 떨어진 하얀 꽃들이 격랑을 따라 위로 솟구쳤다 아래로 곤두박질치며 회색 바다 위에서 물거품과 함께 사라져버렸다.

바그너 교수를 부르기 위해 입을 연 순간, 찬바람이 입안을 가득 메우는 바람에 숨을 쉴 수가 없었다.

꽁꽁 언 그의 두 손을 잡았다. 그의 손가락을 떼어내고 대신해 바이올린을 잡으려 했다. 그러나 그의 손가락은 펴지질 않았다. 바이올린은 관두고, 바그너 교수를 온 힘을 다해 끌어서 차로 데려가려고 했다.

하지만 그는 계속해서 뒤를 돌아보려 했다. 그는 내게 잡힌 팔을 무기력하게 빼내려 했고, 난 완력을 쓰고 싶지 않아서 그를 놔줬다. 그는 뒤로 돌아 바다를 바라봤다. 마치 저 먼 바다에 잘 보이지 않는 뭔가가 있는 것처럼 실눈을 뜨더니, 그곳을 향해 달려갈 것처럼 움직였다. 당연히 난 그의 팔을 잡으며 막아섰다. 내가 막아서지 않았더라면 두세 걸음 걷다가 넘어졌을 거다. 나는 다시 그를 돌려세워서 차 쪽으로 데리고 갔다. 그는 겨우 걸음을 옮기면서도 뭔가를 말하려 했다. "수투르…… 수트마…… 수투우마……" 같은 소리를 내뱉었다. 잠꼬대하듯이 웅얼거린 단어가 무슨 뜻인지는 알 수 없었다. 단지 중간중간 "왔어, 멈췄어, 온다, 폭발했어" 같은 말은 알아들을 수 있었다. 하지만 그 순간 중요한 건 차가 있는 곳까지 그를 데려가는 것이었다. 그가 갑자기 팔을 또 빼더니 뒤로 돌아서려고 했다. 어쩔 수 없이 나는 그를 놓아주었다. 그 짧은 거리를 돌아오는 동안 이런 일이 서너 번 반복됐다.

그는 자기가 무슨 행동을 하는지 알지 못했다. 의식을 잃은 사람 같았다. 저항하지도 못했고, 그를 끌고 가는 나를 제지하지도 못했다. 그런데도 그를 데리고 가기가 매우 힘들었다. 추위와 강풍은 모든 것을 아주 힘들게 만들었다. 다행히도 얼마 뒤 밖의 상황을 지켜본 쉴레이만이 차에서 내리는 수고를 마다하지 않고 도우러 왔다. 쉴레이만과 둘이서 그를 차 안에 밀어 넣었다.

차 내부도 꽤나 추웠다. 바람만 불지 않았을 뿐, 추운 건 마찬가지였다. 나는 속으로 '이런 바보 같은 자식!'이라고 내뱉으며, 쉴레이만에게 "자 빨리 시동을 걸어요!"라고 했다.

쉴레이만은 바로 키를 돌렸지만 엔진은 덜덜거리는 소음만 낼 뿐, 시동이 걸리지 않았다.

나는 당황했다. "큰일 났네! 신이시여 이렇게 빕니다. 이건 아니에요, 이건 아니야! 하필 이럴 때!"

몸이 접힌 것처럼 옆에 앉아 있던 노인네가 덜덜 떨기 시작했다. 이빨이 부딪치는 소리가 들렸다. 죽기 직전인 것처럼 보였다. 그는 눈도 제대로 뜨지 못했다. 그의 손을 가져와 입김을 불어서라도 녹이려 했지만 아무 소용이 없었다.

쉴레이만은 시동을 걸려고 계속 시도했으나 실패했다.

"자 쉴레이만, 뭐라도 해봐요, 사람이 죽어가고 있다고!" 내가 소리쳤다. "우리에게 책임을 물을 거야."

쉴레이만은 내 말에 흥분해서 "비스밀라히르라흐마니라힘!"*이라고 기도했고, 차 키를 돌리면서 가속페달을 힘껏 밟았다. 이렇게 여러 차례 반복했지만, 끝내 우리의 희망은 완전히 사라져버렸다.

빌어먹을 차가 다시 퍼져버린 것이었다. 나는 미치기 일보 직전이었다. 사람이 죽는 것도 모자라, 이젠 우리도 위험한 처지에 놓였다.

유일하게 할 수 있는 일이 떠올랐다. 쉴레이만에게 도움을 청해 바그너 교수를 밖으로 옮겼다. 우리는 바그너 교수의 양쪽 팔을 어깨에 걸치고 끌다시피 이동했다. 이제 그는 두 발로

---

* 비스밀라히르라흐마니라힘Bismillahirrahmanirrahim: '자비롭고 자애로운 신이시여!'라는 뜻으로 기원을 담은 기도문.

서지도 못하는 상태였다. 그렇다 보니 죽은 사람을 질질 끌면서 옮기는 기분이었다. 죽은 사람을 옮겨본 적은 한 번도 없지만, 아마도 이런 느낌일 것 같았다.

블랙시 모텔과 우리 사이는 약 300미터 정도 되는 거리였다. 게다가 길도 험했다. 아무리 말랐다고 해도, 이 큰 노인네를 이런 식으로 옮기는 건 쉽지 않았지만, 다른 방도가 없었기에 모텔까지 이렇게 이동했다. 우리는 전면이 창으로 된 입구로 가서 문을 열고 안으로 들어갔다. 아무도 보이지 않았고, 건물 안도 춥기는 마찬가지였다.

내부에는 대여섯 개의 더러운 테이블과 싸구려 의자 들이 있었고, 벽에는 바다 풍경사진이 초라하게 걸려 있었는데, 그 모습을 보니 마음이 짠해왔다. 형편없는 곳이었다. 나는 인기척을 냈다.

"아무도 안 계세요?" 내가 소리쳤다.

잠시 뒤, 안에서 어깨에 파카를 두른 연약해 보이는 소년이 나왔다. 소년은 이상하게 생긴 얼굴을 하고 있었다. 얼굴, 눈썹, 턱이 모두 뾰족했다.

"얼른! 사람이 죽어가. 여기 라디에이터 없어?" 내가 소년에게 물었다.

소년은 놀란 눈으로 날 보며 "없어요"라고 답했다.

"그럼, 난로는!"

"없어요."

"넌 여기서 무슨 일을 하는 거니?"

"관리인이에요. 여긴 겨울에 영업을 안 해요. 닫는 거죠. 전이 건물을 지켜요."

소년이 하는 말은 알아듣기가 힘들었다. 튀르키예어도 어눌했고, 꽤나 추위에 떤 모양이었다. 주변을 둘러봤다. 가스레인지나 벽난로를 찾았지만 보이지 않았다.

"그럼, 넌 어떻게 난방을 하니? 어떻게 여기서 사난 말이야?" 나는 소리쳤다.

소년은 안쪽에 있는 낡은 문을 가리켰다.

"저 방에서 지내요. 작은 방이죠. 전기난로가 있었어요. 차나 음식도 만들고 난방도 했고요."

왜 과거형으로 말하는지 알 수가 없어 소년의 얼굴을 빤히 보고 있으니, 소년이 말을 이어갔다.

"난로가 고장 났어요. 오늘 아침에 수리하려고 가져갔어요. 쉴레로요. 저녁에 다시 오래요. 저녁까지 못 고치면 내일에나 찾을 수 있을 거예요. 오늘 저녁까지 못 고치면, 오늘 밤 얼어 죽어요, 저는!"

그토록 짧은 시간 동안 이렇게 믿기 힘든 많은 일을 겪다 보니 이젠 모든 게 아무렇지 않게 느껴지기 시작했다. 난로가 불과 몇 시간 전에 고장 났다는데 나는 놀랍지 않았다. 어쩌면 놀랄 시간조차 없었을지도 모른다. 그런 일로 시간을 끌지 않고 바로 말했다.

"좋아. 객실 문을 열어줘."

"어떻게 하지…… 압둘라 아저씨가 화낼 수도 있는데." 소년이 답했다.

"압둘라 아저씨는 누구야?"

"이 모텔 주인요."

"어디에 있는데?"

"이스탄불에요. 여름이 되면 와요."

이번에는 위압적으로 굴면서 강한 어조로 말했다. "넌 방이나 열어! 돈 줄 거야. 방을 안 내놓으면 압둘라 아저씨가 오히려 너한테 화를 낼 거야."

소년은 잠시 주저하더니, 빠른 걸음으로 반대편 벽으로 가서 서랍을 열었다. 소리로 봐서는 열쇠를 고르는 게 분명했다.

이런 대화를 나누는 동안 바그너 교수는 의자에 앉혔다가 쉴레이만과 함께 시체 같은 그를 들고는 좁은 계단을 어렵게 통과해 2층으로 갔다. 소년은 방문을 열었다. 방은 예상했던 대로 최악이었다. 더블베드에, 침대 양쪽에 놓인 단순한 서랍장, 벽에는 금이 간 거울. 이게 전부였다. 바그너 교수를 침대에 눕히고 이불을 덮었다.

쉴레이만에게 물었다. "차를 움직이게 할 수 있겠어요?"

"정비소로 가져가기 전엔 불가능해요. 견인차가 오면 혹시나 모를까······"

나는 소년을 돌아보며 물었다.

"쉴레까지 돌무쉬가 있어?"

소년은 손가락으로 먼 곳을 보라는 듯이 가리켰다.

"저기 큰길을 지나가요, 드물게요."

쉴레이만이 말했다. "지금 나가서 쉴레로 가볼게요. 정비사를 찾아서 데려와야죠. 수리를 하면 그 사람을 다시 데려다주면 되고요. 그리고 다시 와서 차에 타면 되죠."

어찌할 도리가 없어서 그의 얼굴만 쳐다봤다. 쉴레이만은 좀 더 낮은 목소리로 말을 이었다.

"정비사가 못 고치면, 그 사람이 알고 있는 견인차가 있을 거예요. 견인차를 부르죠. 어떻게든 반드시 고쳐봐야지요, 저 고물을."

"미치겠네! 쉴레이만, 얼마나 걸릴까?"

"서너 시간 정도요. 그러니까 모든 게 예상대로만 된다면요."

"그때까지 이 사람이 죽지 않으면 좋겠네. 이스탄불에서 누구라도 불러야 하나!"

쉴레이만은 마치 모든 책임이 나한테 달렸다는 듯 단호하게 말했다. "필요 없어요! 이스탄불에서 온다고 해도 여기서 차 수리하는 것보다 일찍 도착하지 못할 겁니다."

"그럼, 서둘러요!"

소년과 쉴레이만은 재빨리 방에서 나갔다. 나가면서 소년이 쉴레이만에게, "저도 같이 갈게요"라고 하는 말이 들렸다.

방에는 망토를 입은 채로 침대에 눕혀져 홑이불을 덮고 있는 바그너 교수와 나 이렇게 단둘이 남게 되었다. 난 공황 상태에 빠졌다. 이불 아래로 틈이 생기지 않도록 서둘러 잘 눌렀다.

하지만 홑이불, 망토 그리고 바그너 교수의 얼굴, 이 모든 게 다 얼음장이었다. 이렇게 덮어주는 것만으로는 소용이 없을 것 같았다. 이불을 젖히고 바그너 교수의 망토와 재킷, 스웨터, 신발, 바지를 벗겼다.

조금 전부터 누워 있었는데도 침대보는 얼음같이 차가웠다. 이번에는 그를 옆으로 뉘고, 무릎이 가슴께로 오도록 했다. 목도 눌러서 몸 쪽으로 굽혀놓았다. 침대와 닿는 면적을 최대한 줄일 생각이었다. 그리고 그 위를 이불로 잘 덮어주었다.

아흐메트와 결혼하고 처음 살았던 집에서 보내던 겨울밤이 생각났다. 거실에 난로를 놓은 그 집에서는 추위에 떨면서 잠자리에 들어야 했다. 잘 시간이 되면 침실 문을 열어둬서 공기는 따뜻했지만, 요와 이불은 차가웠다.

요와 이불에 몸이 최소한만 닿도록 우리는 꼭 껴안았고, 찬바람이 들어오지 못하게 이불 끝을 잘 여몄다. 그러면 얼마 지나지 않아 이불 속에 갇힌 공기가 따뜻해졌다.

바그너 교수의 이불 속으로 찬 공기가 들어가지 않도록 다시 한번 확인했다. 잘 덮여 있었다. 그렇지만 내 손이 닿는 모든 곳이 얼음장이었다. 그의 몸에 체온이라고는 없으니, 이불 속이 더워질 리가 있나! 당장 뭐라도 해야 할 것 같았다. 망설이는 순간마다 그를 구할 수 있는 시기를 놓치고 마는 기분이었다. 이유가 어떻든 이 사람은 내 책임이었다. 우리 학교의 이름을 걸고 잘 수행해야 하는 사람인데. 지금 눈앞에서 죽는다면 총장에게 뭐라고 하나. "쉴레로 모셨는데, 동사하셨습니다"라고 말할 수나 있겠어! 말이나 되는 소리야! 언론은! 이렇게 죽는다면 무슨 이야기가 나오겠어! '난방도 되지 않는 총장의 차를 타고 쉴레로 갔던 미국 교수가 동사하다!' 이 정도면 총장이 해임될 수도 있다. 게다가 하버드 대학교에는 뭐라고 해야 하나, 이 소식을 어떻게 전한단 말이지? 쉴레에서 죽었다는 게 말이나 돼?

난 주저하지 않고 외투를 벗었다. 외투 밑에 입고 있던 옷도 벗고, 침대 뒤쪽으로 가서 이불을 들춰 속옷만 입은 채 이불 속으로 뛰어들었다. 차가운 바다에 천천히 들어가는 시간이 고문처럼 느껴져 단번에 뛰어드는 바로 그 순간처럼.

침대의 냉기로 인해 한순간 눈앞이 깜깜해졌다. 이러다 기절할까 봐 무서웠다. 이가 서로 부딪치자 막을 방법이 없었고, 몸이 덜덜 떨리기 시작했다. 바그너 교수를 뒤에서 힘껏 꼭 껴안았다. 그가 입고 있던 면 티셔츠는 추위 때문에 얼어붙은 빨래 같았다. 입으로는 가능한 한 따뜻한 숨을 내뱉으려 했다. 이불 속으로 그의 목덜미와 어깨를 향해 따뜻한 공기를 불어넣었다.

이가 아파오기 시작했다. 아마도 이가 맞부딪치는 걸 멈출 수가 없다 보니 그런 것 같았다. 다행히 얼마 지나자 침대에 그렇게 누워 있어도 견딜 만한 정도가 되었다. 그래, 이 긴급 처방이 최소한의 효과는 보인 것이었다. 나는 조금 따뜻해지기 시작했는데, 바그너 교수에겐 아무 변화가 없었다. 그의 상태는 아주 나빴다. 자신의 상태도 모르고, 어찌할 방법도 없이 잠들어 있었다. 아니면 모든 게 너무 늦어버렸나?

너무 주저했던 것이 아닌가 하는 생각이 들어 나 자신에게 화가 났다. 재빨리 침대에서 일어났다. 그의 남은 옷을 벗겼다. 양모 내복도 벗겼다. 뼈가 다 드러나는 그의 몸은 보랏빛이었다.

이 이불이 조금 더 두꺼웠더라면 하는 생각이 거듭 들었다. 주위를 둘러봤지만 검은색 망토를 덮어주는 것 외에는 다른 방법이 없었다. 얇은 이불과 망토만으로 버틸 수밖에 없었다. 즉시 그를 옆으로 눕힌 다음, 그의 등 쪽으로 갔다. 다시 한번 뛰어들듯이 이불 속으로 들어갔다. 이불을 꼭 싸매고 등 뒤에서 그를 꼭 안았다.

속옷만 겨우 입은 내 몸이 마치 얼음 덩어리에 닿는 것 같았다. 소름이 돋았고, 떨리기 시작했지만 정신은 멀쩡했다. 추위를 느낄수록 그를 더 꼭 안았다. 그러면서 따뜻한 숨결을 그의 목덜미에 불어넣었다.

그는 얼마나 말랐던지 엉덩이뼈까지 느껴졌다.

그를 끌어안고 누워 있으면서 며칠 동안 일어났던 일들을 생각하니 마음이 저려오기 시작했다. 도대체 내가 무슨 일에 엮인 거야.

바다에는 선박도, 어선도 보이지 않았다. 사실 이런 날씨에 바다에 나가는 건 미친 짓이나 다름없다. 아마 지금은 쉴레 방파제에서 그물이나 손보고 있거나, 어부들 쉼터에서 따뜻한 난로 앞에 모여 홍차나 마시고 있겠지. 아니면 카페에서 게임이나 하고 있을 수도 있고.

바그너 교수가 이 텅 빈 해변에서 누군가를 찾는다는 건 말도 안 되는 일이었다. 이 해변에 숨겨진 뭔가가 있는 게 아니라, 다른 무슨 일이 있는 게 분명했다.

그럼 무엇 때문에 정보기관에서 이 불쌍한 사람을 쫓고 있는 걸까? 이렇게 충격에 휩싸여 비참한 상황에 놓인 사람에게 왜 관심을 보이는 거지?

왜? 왜? 왜?

난 어떤 의문에도 답을 찾지 못했다. 의문은 돌고 돌아 같은 지점으로 되돌아왔다.

게다가 중간중간 처음 아흐메트와 함께 살았던 그 난로가 있는 집에서의 기억이 떠올랐다. 그러나 생각하고 싶지 않은 일이라 곧바로 지워버렸다. 현재 상황과 그 기억이 무슨 관련이 있다고? 무엇보다도 그때는 이불 아래에서 몸이 뜨거워지면 옷을 벗었지만, 여기서는 몸을 덥히려고 벗었잖아. 뭣 때문에 스스로 이런 이상한 해명을 하는 걸까?

내 따뜻한 몸으로 바그너 교수의 몸을 데우려다가 오히려 내 체온이 내려가고 있음을 깨달았다. 내 몸의 모든 온기가 그에게로 전달됐다. 좋은 현상이었다. 그의 등과 엉덩이에 온기가 조금씩 돌기 시작했다. 그를 더 꼭 안았다. 그 순간 그의 어깨가 이상하리만큼 사랑스럽게 느껴졌다. 가와바타 야스나리의 『잠자는 미녀』*라는 소설이 떠올랐다.

그런데 뒤에서 안고 있다 보니, 그의 가슴과 몸의 앞쪽은 여전히 얼음장 같았다. 그래서 그의 위를 미끄러지듯 넘어와 앞쪽으로 몸을 옮겼다. 나의 더 따뜻한 등과 엉덩이, 허벅지 뒷부분을 그의 몸에 밀착시켰다.

조금 전과 정반대 위치가 되었다. 이번에는 그의 사타구니가 내 엉덩이에 닿았다. 겹쳐진 숟가락 같았다. 그의 모든 곳을 덥히기 위해 최선을 다했다.

시간이 지나면서 내 등이 차가워지고, 가슴 쪽이 따뜻해졌다. 다시 위치를 바꿔서 그의 등 쪽으로 갔다. 그러다 다시 앞으로. 이러는 동안 이불 속은 꽤 견딜 수 있을 만큼 따뜻해

---

* 1960년 작품으로 노인의 심리와 행동을 그린 중편소설.

졌다.

그러다 잠이 든 모양이었다. 갑자기 문이 열리는 소리에 잠에서 깼다. 밖에는 저녁 어둠이 내리고 있었다. 아마 쉴레이만이 차를 고쳤다는 말을 하려고 방에 들어온 모양이었다. 쉴레이만은 우리가 그러고 있는 걸 보자 경악했고, 의자 위에 던져진 내 옷을 보더니, "퉤, 천벌 받을!"이라고 소리쳤다.

그러고는 내가 말도 꺼내기 전에 방에서 뛰쳐나갔다. 복도에서 "저질들!"이라고 소리치는 게 들렸다. 나는 "쉴레이만!"이라고 불렀지만 그는 듣지 않았다. 잠시 후 모텔 앞에서 메르세데스의 엔진 소리가 들렸고, 그 소리는 계속 멀어지다가 나중에는 완전히 사라졌다.

그렇게 우리는 그곳에 남게 되었다. 쉴레이만이 학교로 가서 무슨 소리를 할지 예상이 됐다. 늙은 노인네랑 왜 침대에 같이 있었는지를 설명하는 건 내 몫으로 남겠지. 대부분의 사람들이 진실을 받아들이지 않을 것임을 난 잘 안다. 나를 늙은이들과 잠자리나 함께하는 변태로 보겠지. 하지만 지금은 그런 생각보다 더 중요하게 할 일이 있다. 여기서 어떻게 나가지? 바그너 교수는 몸에 온기가 조금 돌았고 호흡도 안정되었지만, 여전히 의식은 없었다. 사실 그를 얼른 병원으로 데려가야 했다.

나는 일어나서 옷을 입었다. 옷이 얼음장 같았다. 오히려 잘된 일이라는 생각이 들었다. 내 몸에 온기가 있다는 뜻이고, 이불 속도 따뜻하다는 의미니, 바그너 교수도 틀림없이 조금이나마 체온이 올라갔을 것이다. 나는 가방에서 휴대전화를 꺼냈다. 무음으로 설정된 휴대전화에 전화가 여러 통 걸려와 있었다. 모두 케렘에게서 온 전화였다.

걱정이 되어서 아들 녀석에게 전화를 했다. 혹시 무슨 일이라도 생긴 거 아냐?

휴대전화를 무음으로 바꾸다니 정말 바보짓을 했다. 케렘이 전화를 받자마자, "무슨 일이야 케렘? 괜찮아?"라고 물었다.

케렘은 흥분한 목소리로, "여기에 있어요!"라고 말했다.

"누가 거기 있다고?"

"그 사람들."

"그 사람들이라니, 케렘?"

"엄마가 이야기했었잖아, 세 남자!"

순간 현기증이 났다. 세 남자가 내 집에 왔고, 아들 녀석이랑 함께 있다니. 우리한테 뭘 원하는 거야, 빌어먹을 놈들, 뭘 원하는 거야!

"콧수염이 있는 사람도 거기 있니, 케렘?"

"응."

"그 사람 바꿔줄래?"

그 남자가 "여보세요"라고 하는 소리를 듣자마자 속사포처럼 쏟아붓기 시작했다. 무슨 권리로 내 집에 들어오고, 아들과 이야기하는지 물었다. 내 말이 끝나자, 그가 대꾸했다.

"당신이 우리한테 아무런 정보도 주지 않았잖소. 우리도 그저 친구 집이나 방문하자고 했지."

"당장 내 집에서 나가요!" 나는 소리쳤다.

"먼저 당신이 이야기해봐요. 뭘 하셨나?"

"아무것도 안 했어요. 당장 내 집에서 나가라니까요!"

"아무것도 안 하셨다? 거기서 무슨 일이 있으신가, 그럼?"

"거기라니요?"

"음, 거기요, 쉴레."

어안이 벙벙했다.

"당신들이 어떻게 알아요?"

"당신 전화가 쉴레에서 신호를 보내고 있소." 그가 웃으며 말했다.

'아, 머저리.' 나는 깨달았다. 이 사람들은 정보 요원들인데, 모르는 게 어디 있겠어.

"아들을 바꿔줘요."

그가 아들을 바꿔줬다.

"아들, 무서워?"

"아니, 재미있는데."

"좋아, 엄만 지금 멀리 있어."

"응 들었어. 쉴레에 있다면서."

"나중에 이야기해줄게. 지금 당장 집에 가지는 못하지만, 전화해서 누굴 집으로 보낼게."

"아빠?"

난 잠시 생각에 잠겼다.

"지금은 모르겠어."

사실 나도 제일 먼저 아흐메트가 떠올랐다. 어쨌든 케렘은 자기 자식이고 상황을 잘 정리할 수 있을 것 같았다. 하지만 그러다가 아흐메트가 얼마나 이기적이고 뺀질이인지에까지 생각이 미치자, 나는 포기할 수밖에 없었다. 지금 전화하면 전화를 아예 안 받거나, 거짓말로 둘러대거나 둘 중 하나일 것이다. 더구나 얼마나 심각한 일인지 인식조차 못 할 게 뻔했다. 설령, 당장 도움이 된다고 해도 평생 이 일을 비난거리로 삼겠지.

나는 수년 만에 처음으로 오빠에게 전화를 했다. 연결음이 네 번 울리고 나서 오빠는 전화를 받았다.

"마야?"

"그래 오빠, 나야."

놀라서 말을 잇지 못하는 것이 느껴졌다.

"어…… 잘 지냈어?"

"오빠, 급한 상황이라 전화했어, 오빠의 도움이 필요해."

"뭐야? 무슨 일이야?"

"나 지금 쉴레에 있어. 케렘이 집에 혼자 있는데, 집에 정보 기관 요원들이 갔나 봐."

"요원들이라고?"

"응."

"민간인이야, 군인이야?"

"민간인 복장인데 모르겠어."

"근데, 무슨 일로 너희 집에 간 거지?"

"설명할게 오빠. 지금 우리 집으로 가서 케렘을 좀 돌봐줄 수 있어?"

잠시 침묵이 흘렀다.

"근데 손님이 와 있어." 오빠가 대답했다.

"오빠! 중요한 일이야. 정보국 요원들이 우리 집에 있다고. 이해 안 돼? 이 일이 어디까지 갈지 누구도 모르는 일 아냐?"

의미가 담긴 이 말에, 오빠는 "알았어. 지금 갈게"라고 대답했다.

나는 숨을 크게 들이쉬었다. "고마워 오빠." 눈물이 왈칵 쏟아질 것 같았다.

"나도 가도록 해볼게." 나는 덧붙였다.

"'해볼게'라니, 그게 무슨 말이야? 이 겨울 저녁에 쉴레에서 뭐 하는 거니?"

"손님으로 오신 미국 교수님이 계셔. 그분이 원해서 왔는데, 차가 고장 났어. 어쩔 수 없이 쉴레 근처 모텔에 있긴 한데, 모텔에 아무도 없어."

"그럼 내가 거기로 차를 한 대 보낼게."

"오빠, 정말 고마워, 고마워. 블랙시 모텔이라는 곳에 있어."

"걱정 마, 찾아낼 거야. 찾아갈 사람들한테 네 전화번호를 알려줄 테니까."

나는 전화를 끊고 난 후, 홑이불과 망토를 덮은 채 깊고 깊은 잠에 빠져 있는 바그너 교수를 깨우기 위해 그의 곁으로 갔다. 얼굴색은 조금이나마 제자리를 찾았고, 체온도 올랐지만 폐는 어떤 상황일지?

가볍게 그를 흔들면서 말했다.

"교수님, 괜찮으세요? 일어날 수 있으시겠어요?"

그는 눈을 잠깐 뜨더니 다시 감았다. 그의 손을 꺼내서 꼭 잡았다. 그가 해변에서 했던 말을 또 하기 시작했다.

"수투우마, 왔어, 수투마아아, 멈췄어. 나디아, 수투루마, 폭파됐어……"

"교수님, 들리세요? 누가 왔어요? 수투우마가 누구예요? 교수님, 일어날 수 있으시겠어요?"

그는 다시 눈을 떴다. 이번에는 바로 눈을 감지 않았다. 주변을 어리둥절하게 바라봤다.

"어딘가요?" 그가 내게 물었다.

그러더니 이를 부딪치며 몸을 떨기 시작했다.

"여전히 그 해변에 있습니다. 그 해변에 있는 모텔이라고 하는 게 맞겠죠. 저체온증으로 쓰러지셔서 교수님을 모텔로 모셨습니다. 누군가 우리를 데리러 올 겁니다. 옷을 입으세요."

그 순간 자신이 옷을 벗고 있다는 걸 알아차렸지만, 왜 그렇게 벗고 있는지는 깨닫지 못했다. 그는 천천히 옷을 입으면서 궁금한 듯 내 얼굴을 바라봤다.

"맞습니다, 교수님. 제가 교수님의 옷을 벗기고 침대에 눕혔습니다. 교수님을 살리기 위해서는 뭐든지 해야 했거든요."

"뭐든지?"

그러고는 내 대답을 기다리지 않고 힘없는 목소리로, "고마워요"라고 말을 이었다.

나는 그가 옷 입는 걸 옆에서 도왔다. 그리고 걷는 걸 도와주기 위해, 사실 돕는다기보다는 그를 거의 옮기다시피 하며 아래층으로 데려갔다. 모텔을 관리하던 소년은 입구 근처에 작게 불을 피워놓고 손을 녹이고 있었다.

우리를 보자 소년은 몸을 일으켰다. 우리가 소년에게로 움직이려는 순간, 빠른 속도로 검은색 차량이 도착했고, 차에서 내린 한 남자가 "마야 씨!"라고 나를 불렀다.

"네?"

"마야 씨, 당신을 모시러 왔습니다."

운전석에 있던 남자도 차에서 내렸다.

"정말 빠르시네요! 이스탄불에서 아무리 빨라도 두 시간은 걸릴 거라고 생각했거든요."

"이스탄불에서 오는 게 아닙니다. 아주 가까운 곳에서 왔습니다. 대령님의 지시를 받고 바로 출발했습니다."

나는 감사의 인사를 건넸다. 그리고 그들의 도움을 받아 바그너 교수를 차에 태웠다.

"이 사람들은 누구요?" 교수가 물었다.

"우리를 도와주는 분들이에요. 이스탄불로 데려다줄 겁니다."

"메르세데스가 기다리는 거 아닌가요?"

"차가 고장 났습니다, 교수님. 그래서 다른 사람들이 우리를 데려다주는 거예요. 걱정 안 하셔도 됩니다."

차가 막 출발하려는 순간, 뭔가 잊었다는 걸 알았다. 나는 차에서 내려 소년에게 방값이 얼마인지 물었다.

소년은 "몰라요"라고 답했다.

나는 소년에게 5천만 리라*를 건넸다. 그리고 그 짙은 색의 차를 타고 출발했다. 차 안은 따뜻했다. 한참 만에 바그너 교수의 따뜻해진 얼굴을 볼 수 있었다. 차가 출발하자 그는 다시

---

* 당시 환율로 미화 40달러, 한화로는 5만 원쯤에 해당하는 금액이다. 소설의 배경이 되는 시기는 연간 물가 인상률이 30~70%에 이를 정도로 경제가 불안정한 상황이었다.

잠들었다. 나도 창문에 머리를 기대고 하루 동안 일어난 일에 대해 생각했다.

오빠는 지금쯤 우리 집에 갔을 것이다. 모든 상황을 정리했을 게 분명했다. 오빠는 능력 있는 사람이었다.

자식이 곤경에 처했는데, 그 아빠에게 연락을 못 하는 이런 말도 안 되는 경우가 있을까 싶은 생각이 들었다. 먼저 아이의 아빠에게 연락을 해야지. 아니 아빠에게만 해야지, 외삼촌이 아니라. 하지만 아흐메트를 아는 사람들은 내가 왜 아흐메트에게 전화를 하지 않았는지 바로 이해할 것이다. 겉으로는 말끔하고, 큰 키에, 가늘고 적갈색인 머리카락이 이마를 가리는 미남이라고 할 수 있는 남자였다, 내 전남편은. 그렇지만 얼굴에 드러나는 겁먹고 의심 많은 표정은 모든 매력을 없애버리기에 충분했다. 신뢰가 가지 않는 그런 사람이었다. 어쩌면 너무도 강한 남자였던 그의 아버지 영향이 컸다.

전 시아버지는 튀르키예에서 꽤나 알려진 정치인이었고, 인종주의자였다. 중앙아시아에서 아나톨리아반도로 이주해 온 튀르키예인의 조상들이 세상에서 가장 우수하고 영웅적인 민족이라는 것을 증명하는 데 일생을 바친 사람이었다. 그는 한때 독일 나치즘을 지지했던 튀르키예 민족주의자들과 맥을 같이했다. 아마도 그의 강한 성격이 아들의 영혼을 파괴했을지도 모른다. 아흐메트는 어떤 위험도 감수하려 들지 않았고, 어떤 사건에서든 최대한 빨리 발을 빼려고 하는 사람이었다. 여자와 자식, 친구, 간단히 말해서 어떤 누구에 대해서도 책임을 다하지 못하는, 언제든지 배신할 준비가 되어 있는, 연체동물 같은 사람이었다. 상대가 덤비면 겁먹고, 물러나면 덤비려 했다. 미간이 좁은 두 눈에 드러나는 의심에 가득 찬 눈초리는 항상 이런 성격을 잘 보여주었다.

나는 피곤했다. 아주 긴 하루였다. 당장이라도 집에 가서 케렘을 안아주고, 따뜻하게 목욕하고 싶은 것 말고는 원하는 게 없었다. 일이 제대로 꼬여버렸다. 쉴레이만…… 휴…… 하지만 지금은 이런 걸 생각할 상황이 아니었다.

휴대전화를 꺼냈다. 우리 학교 부속의 차파 의과대학 병원에서 의사로 일하는 친구 필리즈에게 전화를 걸었다.

나는 총장의 초청으로 온 교수가 강추위에 노출되었고, 치료를 받아야 할 수도 있다고 설명했다. 필리즈는 그 나이대의 노인은 폐렴에 걸리기 쉬우니까 바로 병원으로 데리고 오라고 했다. 자기는 병원에 없지만, 당직 의사에게 전화해서 필요한 환자 정보를 이야기해놓겠다고 했다.

나는 바그너 교수의 팔을 흔들어 깨웠다.

"잠시 후면 이스탄불에 도착합니다. 이 사람들이 교수님을 병원으로 모실 거예요."

"병원으로?"

"네. 추위에 많이 떠셨어요. 폐를 진찰할 겁니다."

"알겠소, 그럼 당신은?"

"집으로 갈 겁니다. 저도 많이 피곤하고 지쳤거든요. 내일 교수님을 뵈러 가겠습니다."

"이 남자분들은 누군가요?"

내가 대답하려는 순간 앞에 앉은 두 남자 중 한 명이 유창한 영어로 말했다. "걱정 마십시오, 교수님. 우리는 교수님의 친구들입니다."

거리가 더 가까운 관계로 차는 먼저 우리 집으로 향했다. 나는 바그너 교수의 귓가에 가까이 다가가 되도록 낮은 목소리로 물었다.

"교수님, 수투우마가 누구예요?"

그는 매우 의아하다는 듯 내 얼굴을 쳐다봤다. 그는 내가 무슨 말을 하는지 이해하지 못했다. 게다가 두 눈이 힘없이 감기면서, 잠에서 완전히 깨어나지 못하는 것 같았다. 하지만 난 고집스럽게 물었다. 그가 잠이 들지 않게끔 가볍게 흔들기도 했다. 해변과 모텔에서 그가 중얼거렸던 단어들을 기억하는 순서대로 말했고, 다시 질문했다.

"교수님, 수투우마가 누굽니까?"

그의 입술이 양옆으로 살짝 늘어났다. 미소인지 아니면 고통스럽다는 표정인지 알 수 없었다. 그가 중얼거리듯 대답했다.

"그건 배 이름이오. 루마니아에서 온……"

마치 전에 여러 번 와봤던 것처럼, 차는 정확히 우리 집 앞에 멈췄다. 앞에 앉은 두 남자에게 감사의 인사를 하고 차에서 내리는 순간에도 바그너 교수는 자고 있었다. 두 남자는 정중했다. 조수석에 앉은 남자는 차에서 내려 차 문도 열어줬다.

집에 도착한 나는 깜짝 놀랐다. 오빠도 정보국 요원도 집에 없었다. 케렘은 내가 오랫동안 보지 못했던 활기와 즐거움으로 가득했다. 커다란 과자 봉지를 들고, 나를 보며 웃었다. 얼마나 기분이 좋았던지, 내가 자기를 끌어안는데도 아무 소리도 내지 않았다.

"외삼촌은 어디 있니?"

"갔어. 엄마보고 내일 전화하래."

"그럼, 그 남자들은?"

"외삼촌이 그 사람들이랑 잠깐 이야기했어. 뭐라고 했는지는 못 들었어. 그리고 갔어. 외삼촌도 나보고 무서워할 거 없다고, 아무 일도 아니라고, 엄마가 곧 올 거라고 하고 갔어. 엄마 무슨 일이야? 그 사람들 누구야?"

"내일 이야기하면 안 될까, 케렘? 피곤해죽을 것 같아. 그나저나 그 감자칩 봉지 좀 줘 봐."

24시간 가까이 아무것도 먹지 못해서 속이 쓰렸다. "먹지 마, 이런 안 좋은 건"이라며 늘 빼앗았던 감자칩을 미친 듯이 먹고 있는 나를 보고 케렘은 놀란 것 같았다. 나는 감자칩을 한 주먹씩 입에 가져갔다. 정말 맛있었다. 평생 이보다 더 맛있는 건 없었다고 맹세할 수 있을 정도였다. 케렘이 웃으며, "엄마, 내 것도 좀 남겨"라고 했다.

나는 입안에 감자칩이 가득한 채로 말했다. "미안, 이번만은 안 돼."

그렇게 먹고 욕실로 향했다. 따뜻한 물을 맞으며 비누칠을 하고, 머리도 감았다. 그런 다음 습기 가득한 거울을 손으로 닦아내고 그 앞에 잠시 머물렀다. 갈라진 입술에 립글로스를 발랐다. 찬바람을 맞은 얼굴과 볼, 목에 보습 크림을 바르자 피부가 크림을 단번에 흡수했다. 나는 목욕 가운을 걸치고 욕실에서 나와서는 바로 침실로 향했다.

굻아떨어지기 전 마지막으로 든 생각은 바그너 교수에 관한 것이었다. 그 가냘픈 몸이 오늘 겪은 일들을 견뎌낼 수 있을까? 정말 얼마나 가냘프던지! 차디찬 뼈마디가 지금도 몸에서 느껴지는 것 같았다.

그러다 잠이 들었고, 아침까지 널브러진 나무토막처럼 꼼짝하지 않았다.

7

아침에 눈을 뜨니 7시였다. 자는 동안 꿈을 전혀 꾸지 않은 모양이었다. 이른 저녁 시간에 잠들어 중간에 깨는 일 없이 자고 일어나서 좋았다. 케렘이 간혹 말하던 '말 한 마리도 먹어치울 정도'로 배가 고팠다. 속이 쓰렸다.

단지 쉬어서가 아니라, 모든 면에서 컨디션이 좋았다. 마음속에 원인 모를 행복감이 느껴졌다. 내가 가벼워진 것 같았다. 하지만 사실 기뻐할 일은 없었다. 오히려 정반대의 상황이 기다릴 뿐이었다.

쉴레이만이 학교에서 무슨 험담을 얼마나 하고 다닐지. 나를 처음부터 싫어했던 총장 비서실의 늙고 뚱뚱한 여자들이 손으로 입을 가려가며 이야기하겠지.

"세상에! 완전히 다 벗고들 있었어?"

"그 나이에도 그 양반 그걸 할 수 있나 보네!"

"대단하네, 정말."

"사실 이 마야라는 여자 말이야, 난 정말 맘에 안 들었어."

"우리한테 콧방귀나 뀌고, 잘난 척에, 비서실은 무시하고 총장한테 바로 가고……"

"대학 졸업했다고 잘난 척은……"

"어딜 봐도 헤프다니까!"

"영어를 그렇게 잘하고, 책도 많이 읽는다고 그러더니……"

"남편도 그 여자를 감당 못해서 떠났잖아."

"총장이랑 어떻게 이런 좋은 관계를 유지할까?"

"그 여자는 업무 시간이라는 게 없어! 원하는 시간에 나가버리잖아."

"거기다가 우리가 쓰는 말을 싫어해!"

"유행에도 따르지 않고! 그래도 매일 치장하고 다니면서."

"외국인 손님이라도 오면 말이야……"

"나이가 90이래도 손님이기만 하면!"

"보자고, 이제 어떻게 변명하는지!"

학교에 있는 할망구들은 이런 말들을 지껄이면서 신나게 호호 불어가며 아침 차를 마시겠지. 바그너 교수는 병원에, 요원들은 집에, 나는 알 수 없는 사건들의 한가운데에 놓여 있었지만, 이유 없이 마음속에 평온함이 자리했다.

아마도 매일 같은 일로 시달린 데다, 의미 없는 일상에 병들어 지쳐 있던 무의식이 새로운 흥분으로 활기를 되찾다 보니, 쉴 새 없이 엔도르핀과 세로토닌이 뿜어져 나오는 모양이었다. 그와 같은 활기가 케렘에게서도 보이자 기뻤다. 오랫동안 보지 못했던 케렘의 보조개도 눈에 띄었다.

나는 부엌으로 향했다. 먼저 찻주전자에 늘 빠뜨리지 않고 마시던 얼그레이 홍차를 넣었다. 물 주전자가 데워지자 그 위에 찻주전자를 올렸다. 냉장고에서 달걀 네 개와 카이세리 지방의 발효 소시지를 꺼냈다. 발효 소시지를 썰어서 프라이팬에 가지런히 놓고, 약한 불 위에 올렸다. 식용유는 넣지 않았다. 어차피 조금만 있으면 소시지의 지방이 프라이팬에 녹아 흐를 거다. 그러는 동안 다 끓어가던 물 주전자의 물을 찻주전자에 부었다. 할머니에게서 배운 차 끓이는 기술에서 가장 중요한 순간이 바로 지금이다. 물은 뜨거워졌지만 끓으면 안 된다. 물이 끓으면 차 안의 산소가 다 날아가 버리고 만다.

북아프리카에 대한 다큐멘터리에서 베르베르인들이 찻주전자를 높이 들어 차를 따르는 걸 보고 할머니께 이유를 여쭤본 적이 있었다. 할머니도 그 이유는 모르셨다. 나중에야 아랍인들도 같은 방식으로 차를 따르며, 차에 산소를 공급하기 위한 방법임을 알게 되었다. 그러니까 아주 고급 와인을 천천히 디캔터에 따르면서 공기와 접촉하게 만드는 것과 같은 원리였다. 아흐메트랑 에스파냐로 휴가 갔을 때, 식당 종업원이 디캔팅을 한 일이 있어 그때 본 적이 있었다.

얼마 지나지 않아 프라이팬에서 지글거리는 소리가 나기 시작했다. 발효 소시지가 구워지면서 식욕 돋우는 냄새와 함께 기름이 흘러나왔다. 그 위에 달걀을 깨서 올렸다. 흰자가 프라이팬 위로 퍼져나갔지만 노른자는 터지지 않은 채 모양을 유지하고 있었다. 참기 힘든 냄새가 퍼졌다. 유리 찻잔에 차를 두 잔 준비해서 식탁으로 가져갔다. 그리고 프라이팬을 그대로 들고 케렘의 방으로 갔다. 케렘은 세상 순진하고 예쁜 모습으로 자고 있었다. 숨소리조차 들리지 않았다. 나는 속으로 '불쌍한 내 아들!'이라고 생각하면서 아들의 볼에 뽀뽀를 했다. 하지만 케렘을 깨운 건 내 뽀뽀가 아니라, 프라이팬에서 퍼지는 정신을 혼미하게 만드는 냄새였다.

케렘은 한두 번 냄새를 맡더니 그 예쁜 눈을 서서히 떴다. "엄마?"라고 하면서 두 팔꿈치로 몸을 일으켰다.

"자, 어서. 어제저녁에 너한테 빌렸던 감자칩에 대한 보답으로 계란 프라이와 소시지가 있는 아침을 준비했어. 빨리 세수하고 와. 식지 않게."

아들과 가까워진 게 최근에 내가 행복을 느끼는 가장 큰 이유임이 분명했다. 케렘의 상황은 내 가슴을 계속 짓누르는 바위 같았다. 케렘이 이렇게 행복해하는 모습을 볼 수 있다면 내가 못 할 일이 어디 있겠어. 심리 치료사도, 의사도 해내지 못한 것을 바그너 교수 그리고 잇따라 내게 벌어진 사건들이 해냈잖아. 케렘을 행복하게 만들었어. 단지 이것만으로도 교수에게 감사해야지. 근데 그의 상태는 어떨까? 아무 일 없이 잘 넘어갈 수 있을까?

그날 나는 아들과 함께 인생에서 가장 즐거운 아침 식사를 했다.

"그 사람들이 놀랐어, 엄마." 케렘이 흥분해서 이야기했다. "내가 하나도 안 무서워했거든. 그 사람들을 보고 '아, 엄마가 이야기한 사람들이 아저씨들인가 보네요. 어서 들어오세요'라고 했지. 처음에는 서로 쳐다만 보다가 집 안으로 들어왔어."

케렘은 아침을 맛있게 먹으면서 이야기를 계속했다.

"그 사람들이 집을 좀 둘러봐도 되느냐고 묻더라고. 나는 법원의 영장을 가져왔느냐고 물었지. 나보고 그런 걸 어떻게 다 아느냐고 묻더라. '오, 다 알죠'라고 했지. 「앨리 맥빌」*「CSI: 마이애미」!'라고 하니까 웃었어. 머리를 좌우로 흔들면서 말이야. 나도 웃었지. 원하는 곳을 얼마든지 둘러봐도 된다고 했어, 우리는 숨길 게 전혀 없다고 말이야."

이야기하느라 밥 먹는 걸 중단하는 모습을 보고 나는 케렘에게 주의를 줬다.

"어서, 달걀이 식어!"

케렘은 급히 한입 가득 넣더니, 계속 말을 이었다.

"근데 진짜 중요한 건 그다음이었어. 컴퓨터가 내 건지 엄마 건지 묻더라. 내 거라고 했지. 아마도 그래서 중요하게 생각 안 했나 봐. 게임이나 한다고 생각했겠지. 내가 중요한 자료를 조사 중이라고 했거든. 비웃듯이 무슨 자료를 찾느냐고 해서, 독일계 유대인 교수, 특히 막시밀리안 바그너에 대해서 찾는다고 했지. 또 놀라서 서로 쳐다보더라. 콧수염 있는 남자가 그런 걸 어떻게 아느냐고 물어봤어. 엄마가 알아보라고 했다고 했지. 그리고 나서 엄마한테서 전화가 왔고, 그리고 외삼촌이 왔어. 그 사람들이 외삼촌을 보더니 기가 죽더라고. 죽여주는 저녁이었어. 아 몰라, 영화 같았어."

내 눈에 환영처럼 콧수염 있는 남자가 보였다. 얼굴을 자세

---

* 「앨리 맥빌Ally McBeal」: 법률 사무소를 배경으로 한, 변호사 앨리 맥빌의 로맨틱 법정 드라마.

히 보니, 검고 짙은 눈썹과 검정 올리브색의 눈동자가 할머니와 많이 닮은 것 같았다.

"그래, 넌 인터넷에서 뭘 찾았니?"

"못 찾은 게 없을 정도야. 엄마의 그 교수는 독일에서 도망쳐서 튀르키예로 온 사람들 중 한 명인가 봐."

"그건 알고 있어. 다른 거."

"꽤 많은 자료를 찾았거든. 그 시대 역사를 몰라서 어떤 의미가 있는 자료인지는 모르겠지만 모두 한 장씩 프린트해서 파일로 만들고 있어. 저녁에 와서 봐."

"그래 볼게. 그리고 하나만 더 찾아봐 줘. 수투우마 또는 그거랑 비슷한 이름의 배."

"근데 엄마, 그것만으로 어떻게 조사하라고? 더 많은 정보가 있어야 해."

"다른 정보는 없어. 아, 그 배가 루마니아에서 왔다는 건 알아."

"루마니아에서 온 배. 수무타…… 뭐였지……"

"나도 정확하게는 몰라. 수투우마라고 기억하는데."

"수투우마, 수투우마……" 케렘은 외우려고 몇 번을 반복했다. "수투우마, 수투우마……"

나는 케렘에게 뽀뽀를 하고, 외투를 입혔다. 안 하겠다고 버티는데도 불구하고 털실 목도리를 목에 꼭 둘러줬다. 주머니에 200만 리라를 넣어주고는 학교로 보냈다.

식탁을 치운 다음, 접시를 식기세척기에 넣었다. 얼마나 깨끗이 먹었던지 헹굴 필요도 없을 것 같았다. 환기를 시키기 위해 창문을 열었다. 차고 깨끗한 공기가 집 안을 채웠다. 나는 창밖으로 머리를 내밀었다. 날은 추웠지만 어제와는 다른 날카롭지 않은 추위였다. 내린 눈이 아마도 날씨를 포근하게 만든 모양이었다. 나는 '쉘레에 오늘 갔으면 됐잖아요, 교수님!'이라고 속으로 외쳤다. '아니면 그 전날 가든가. 1년 중 가장 추운 날을 꼭 선택했어야 했나요? 교수님도 말이 아닌 상태이시고, 저도 그렇고요.'

나는 병원으로 전화를 걸었다. 교환원에게 필리즈 윈알드 박사랑 통화하고 싶다고 말했다. 의사들은 병원에 있는 동안 휴대전화를 꺼놓는다는 걸 나는 잘 알고 있었다. 적어도 필리즈는 그랬다. 내 귀에도 들리는 스피커 호출 방송에서 필리즈를 찾았다.

나는 필리즈에게 "상태는 어때?"라고 물었다.

"야, 살아 있는 시체를 여기로 보냈더라. 벌써 죽었어야 하는 사람인데, 몸이 튼튼한 사람이었나 봐, 잘 버티고 있어."

"어디가 안 좋아?"

"폐렴 같아. 검사하는 중이야. 이 정도 추위에 떨었으면 여러 장기에 손상이 갔을 수도 있어. 그래서 여러 과에서 개별적으로 진찰하는 중이야. 지금은 감염내과에 계셔."

"그래, 고마워 필리즈. 귀한 학자시고, 총장님의 특별한 손님이기도 하고…… 그러니까……"

"알아, 알아"라며 그녀는 내 말을 끊었다. "근데 그 나이에도 얼마나 미남인지. 영화배우 같더라. 젊었을 때는 대단했을 거야."

"네가 관심이 있는 것처럼 이야기한다, 필리즈."

"아니야. 알라신이여 주인에게 축복을 내리소서."

"그 나이 남자에게 주인이 어디 있겠어. 어쨌든, 너한테 갈게. 그럼."

필리즈는 내가 싫어하는 말로 전화를 끊었다.

"그럼 바이!"

많은 사람이 이젠 이런 식으로 말한다. "그럼"은 튀르키예어로, "바이"는 영어로 말하면서, 이때 "바이"는 장음으로 소리를 낸다.

미국 드라마의 영향은 이게 전부가 아니다. 새로 등장한 유행어들 중 하나가 "스스로 잘 챙겨!"다. 아마도 영어 표현인 "테이크 케어 유어셀프"를 그대로 번역했겠지.

젊은 친구들은 전화를 끊을 때도 "너한테 다시 걸게, 다시 걸게!"라고 한다. 그러니까 "아월 콜 유 백!"을 직역한 것이다.

간혹 내 주변 사람들도 이런 식으로 말했다. 내가 이의를 제기하면 마치 이런 식의 말들이 너무나 정상인 것처럼 반응했다. 내가 남들과 달라 보이려고 그런다는 식으로 오히려 날 이상한 사람 취급을 했다.

지난여름, 보드룸으로 휴가를 갔을 때, 케렘이 할아버지에게 "스스로 잘 돌봐야 돼, 할아버지!"라고 했었다. 그 소리를 듣고 아버지는 당황해하셨다. 아버지는 "아무 일 없단다, 손자야. 내 걱정은 하지 마. 스스로를 잘 돌보마"라고 했었다.

스스로를 잘 챙긴다는 말씀은 맞았다. 어머니와 아버지는 매일 해변을 산책하셨다. 생선을 많이 드셨고, 보드룸 장에서 시골 사람들이 파는 신선한 채소를 드셨다. 점심 식사를 마치면 매일 최소 30분간 낮잠을 주무셨다. 그리고 그 천국 같은 자연 속에서, 에게해의 모든 축복을 받으며, 남들의 부러움을 살 만한 삶을 살고 계셨다.

대도시의 세계적인 부자들조차 두 분의 생활 수준을 따라가지 못했다. 그 공기와 바다의 향기 그리고 그런 식자재들은 돈으로 살 수 있는 게 아니었다. 보드룸은 어머니의 류머티즘 치료에도 아주 좋았다. 해안에 위치하면서도 보드룸반도에는 습기가 없어 공기가 아주 건조했다. 그리스 신화에서 제우스가 입으로 불어서 만들었다는 그 유명한 키클라데스* 바람이 습기를 없애버리고, 공기를 건조하게 만든다. 간단히 말해, 두 분은 환상적인 삶을 살고 계셨다. 매년 여름이면 적어도 한 달 동안 케렘과 함께 부모님 댁에서 휴가를 보냈었다. 한때는 케렘을 보드룸의 학교로 전학시키고, 이사를 할까도 생각했었다.

하지만 내 친구들, 특히 필리즈가 이런 내 생각을 돌려놨다. 보드룸의 또 다른 모습이 청소년기 아이에게 그렇게 좋지만은 않다는 것이었다. 보드룸이 '베드룸'이라는 별명을 얻게 된 광란의 밤 문화가 그것이었다. 클럽에서의 거품 파티, 마약 중독자들 그리고 대부분이 취해서 돌아다니는 길거리에서 아이를 키우는 건 적당치 않았다.

부모님이 사시는 큠벳은 나이트클럽들로 유명한 곳이다. 여

---

* 그리스 본토의 남동쪽에 위치한 군도. 튀르키예 남서쪽에서 에게해 지방으로 불어오는 바람을 키클라데스 바람이라고 한다.

행사들은 매년 수천 명의 영국 젊은이들을 귬벳으로 데려왔다. 그들은 일주일 동안 밤낮 없이 마시고, 길에서 밤을 보낸다. 그러고는 보드룸 시내도 보여주지 않고 다시 데려간다.

집 안을 환기하는 동안 옷장에서 군청색의 정장을 꺼냈다. 안에는 흰색 실크 블라우스를 입었다. 눈에는 보라색의 아이라인을 그렸고, 마스카라를 칠했다. 입술에 붉은색 루주를 바르고 나니 화장은 마무리되었다. 나는 가장 높은 하이힐을 신었다. 마치 전사처럼 준비를 했다. 나에겐 정말로 전쟁 같은 하루가 시작되었기 때문이다.

나쁜 인간들을 상대하기 위해 채비를 해야만 했고, 그렇게 준비를 마쳤다.

먼저 마슬라크에 있는 군부대로 갔다. 위병소 근무자들에게 네즈뎃 두란 대령을 만나러 왔다고 했다.

"대령님께서 알고 계십니까?" 그쪽에서 물었다.

"예! 동생이에요."

그들은 내게 예의를 갖춰서 행동했지만, 그래도 전화로 확인을 거쳤다.

"잠시만 기다리시겠습니까. 인솔자가 와서 모실 겁니다." 근무사가 알려줬다.

기다리면서 앞에 펼쳐진 잘 정돈된 정원, 근사한 건물, 깨끗한 길, 발 맞춰 걷는 군인들을 구경했다. 모두 키가 비슷했고, 동작은 일사불란했다. 마치 한 분대가 각각 다른 사람들로 구성된 것이 아니라, 한 사람의 수족이 움직이는 것 같았다.

이렇게 걷기 위해서 얼마나 많은 훈련을 해야 할까, 하는 생각이 들었다. 세계에서 세번째로 많은 병력을 소유한 군대의 어마어마한 훈련이 사람을 이렇게 변하게 만들었겠지. 단지 직업군인에게만 아니라, 의무 복무를 위해 복무 맹세한 사병들에게도 더 중요한 건 복종임을 가르친다. 발걸음만큼이나 말투, 경례, 사고방식도 똑같은 사람으로 만드는 게 목적이다 보니, 개개인의 특성은 서로 동일해지고, 모두 어깨와 팔에 새겨진 표식만큼의 가치를 부여받는다. 이 군대라는 기계에 사람으로 들어가서, 군인이 되어 다른 쪽으로 나오게 된다.

튀르키예의 군 시설들은 시내 중심가의 가장 좋은 곳에 위치해서 여기까지 찾아오는 길은 아주 쉬웠다. 이스탄불에서 가장 멋진 건물 중의 하나인 힐튼 호텔 바로 옆에 어쩌면 그 힐튼 호텔보다 더 멋져 보이는 건물인 국방 호텔이 들어섰다. 보스포루스해협과 마르마라해 해변에도 군 시설과 식당, 국방 호텔 들이 즐비했다. 큰 규모의 국방 호텔에는 전역한 장군들을 위해 지어진 최고급의 별장과 5성급 호텔, 식당 들이 있었다.

오빠한테 들은 바로는 이런 시설들의 이용 가격은 아주 저렴했다. 군인 가족이 없는 민간인은 출입할 수 없었다. 오빠가 장군이 되기 위해 그렇게 노력하는 게 어찌 보면 당연했다. 한번 그 타이틀을 손에 쥐면 죽을 때까지 아주 고급스러운 생활을 누릴 수가 있으니 말이다.

잠시 후, 젊은 장교가 오더니 공손하게 길을 안내했다. 연병장을 지나, 뒤편 건물 중 하나로 날 데려갔다. 우리는 3층으로 올라갔다. 복도에는 여러 계급의 장교들로 가득했다. 이 사람들을 어디에서 선별해 데려오는 건지 아니면 군복이 그렇게 보이게 만드는 건지 몰라도 모두 날렵하고 스마트해 보였다. 세계 모든 군대가 군복에 민감한 게 어쩌면 이런 이유 때문인지도 모르겠다. 문득 나치 장교들의 가죽 군복이 떠올랐다.

문을 두 번 노크하고 "들어와!"라는 명령을 조심히 기다리던 젊은 장교는 나를 정중하게 방으로 안내하고는 내 뒤에서 문을 닫았다. 오빠는 커다란 마호가니 책상에서 일어나 가까이 다가왔다. 내 볼에 자기 볼을 맞추고는 책상 앞에 마주 보고 놓인 두 개의 의자 중 하나에 날 앉혔다. 오빠는 맞은편에 앉았다. 우리 사이에 놓인 작은 탁자 위에는 싱싱한 꽃이 꽂힌 조그만 푸른색 화병이 있고, 그 꽃이 근사한 향기를 사무실에 퍼뜨렸다.

책상 위에는 새언니 그리고 두 명의 조카와 함께 찍은 행복한 가족사진이 은테를 두른 액자에 들어 있었다. 사진은 책상 모서리에 대각선으로 놓여서 내가 앉은 자리에서도 볼 수 있었다. 사무실이 어찌나 잘 정돈되어 있던지 '파리 한 마리도 허락 없이는 못 들어오겠는걸' 하는 생각이 들었다.

오빠도 정복을 입었는데 아주 깔끔해 보였다. 오빠가 우리처럼 평범한 사람임을 보여주는 유일한 표식은 목 오른쪽에 난 면도힐 때 베인 상처 자국뿐이었다.

오빠는 사무실로 들어온 병사에게 말했다. "여기 손님에게는 설탕을 적당히 넣은 튀르키예 커피를 가져오도록. 나는 괜찮아."

웃음이 났다. 그사이에 십수 년이 흘렀는데도 내가 커피를 어떻게 마시는지 오빠는 잊지 않고 있었다.

"고마워 오빠. 어제 쏜살같이 와줬더라."

"케렘이 정말 많이 컸더구나." 오빠는 가벼운 미소를 띠며 말했다. "남자가 됐어. 어제도 아주 어른처럼 행동했어."

"오빠, 그런데 그 남자들은 도대체 누구야?"

"네가 말한 것처럼 정보기관 요원들이야."

"그럼, 국가정보원 소속이야?"

"아니!"

"군 정보사야?"

"아니야!"

"그럼 뭐야?"

"그냥 뭐…… 특수 조직이야."

"그럼, 우리한테 뭘 원하는 거지?"

"너랑은 관련이 없어. 그 독일 교수에게 관심이 있는 거지!"

"독일계 미국인!"

"어쨌든. 그러니까 그들이 정말 관심이 있는 건 그 사람이야."

"그 사람한테서 뭘 원하는 거지?"

"그건 말할 수 없어."

"59년 전에 이스탄불에서 살았던 모양인데. 그때 무슨 일이 있었던 건가?"

"가능하지!"

"죄라도 지은 거야?"

"그렇다고도 할 수 있지."

그때 병사가 노크하고는 커피를 가져왔다. 흰색의 우아한 커피 잔에 거품이 가득 담긴 커피였다. 커피를 만드는 것에도 어쩌면 특별한 지침이 있지 않을까 하는 생각이 들었다. 커피 가루는 어느 정도 넣고, 물을 어디까지 담아야 하며, 몇 도까지 끓여야 하는……

모든 게 완벽한 커피였다.

병사가 나간 뒤 커피를 한 모금 마셨다. 오빠가 지겨워하면서 대화를 빨리 끝냈으면 하는데도 나는 아랑곳하지 않고 연이어서 질문을 했다.

"어떤 죄?"

"말할 수 없어."

"오빠! 날 이렇게 곤란하게 만든 문젠데, 나도 알 권리가 있다고."

"너 이제 이 일은 잊고, 바그너 교수와도 관계를 끊는 게 좋을 것 같다."

"알았어, 약속할게. 안 만날게, 근데 내 궁금증을 조금이라도 풀어주면 안 돼?" 나는 조건을 달았다.

"안 돼!"

"도둑질?"

"아니."

"살인이야?"

오빠는 잠시 주저하더니, "그렇다고도 할 수 있어!"라고 나지막이 말했고, 내 몸에는 소름이 돋았다.

59년 전 살인이 이 모든 문제의 원인인 거야? 살인을 누가 저질렀지? 바그너 교수? 혹시 바그너 교수가 그 나디아라고 하는 사람을 죽인 걸까? 어쩌면 그 여자가 쉴레 근처 그 해안에서 익사했는데, 세월이 지나 양심의 가책을 견디지 못하고 바그너 교수가 그곳을 다시 찾은 건지도 몰라. 책에서 살인자들은 반드시 사건 현장을 다시 찾는다고 읽은 적이 있었다.

"오빠, 바그너 교수가 살인자야?"

"아니!"

"그럼 문제가 뭐야?"

"어휴, 마야!"

오빠는 짜증을 내며 의자에서 일어나더니, 몇 걸음 옮겨 자신의 책상 뒤로 갔다. 서서 두 팔로 책상을 짚은 채, "더 이상 보채지 마! 정말 네게 말 못 해. 이 사건은 네가 감당할 수 있는 게 아니야. 국제적인 중요한 사안이라는 것만 말해줄 수 있어. 너와 케렘을 위해서 이제 그만 잊어버려"라고 말했다.

"좋아, 오빠가 말한 대로 할게. 마지막으로 질문 하나만. 그렇게 눈썹 치켜세우지 말고. 진짜 마지막이야. 바그너 교수가 살인자가 아니라면 왜 그 사람을 조사하는 거야?"

오빠는 잠시 생각에 잠겼다. 어떻게 말해줘야 할지 정리하는 것 같아 보였다. 마침내 조용한 목소리로 이렇게 답했다. "바그너 교수가 지난 일을 파헤쳐서 어떤 범죄행위가 세상에 밝혀질까 봐 우려하는 거야."

그러나 이 대답은 이전보다 더 많은 의혹을 불러일으켰다. 만약 바그너 교수가 죄인이 아니라면, 정반대로 살인 사건의 범인을 찾아내려고 하는 거라면, 그게 왜 문제가 되는 거지?

사실 바그너 교수가 죄를 지은 게 아니라는 사실을 듣고는 마음이 편안해지는 걸 느꼈다. 그러니까 나디아라는 여자를 죽이지 않은 거다. 그게 아니라면, 그 여자를 죽인 자들을 찾아내려는 걸까?

오빠는 날 배웅하기 위해 곁으로 다가와 내 어깨를 붙잡았다. 오빠의 키는 나보다 머리 하나만큼 더 컸는데, 나를 뚫어지게 내려다봤다.

"봐, 마야. 네가 이해해줘야 해. 어제저녁엔 네가 나한테 전화를 하는 바람에 어쩔 수 없이 내가 바로 갔었어. 하지만 이게 마지막이었으면 해. 아이의 아빠가 있잖아. 그 사람이랑 이야기를 해. 너도 성인이잖아, 네 아이는 네가 돌봐야지. 너와 나는 각각의 삶이 있고, 나를 이 일과 연관시키지 않았으면 좋겠어. 부탁할게, 다시는 이런 일로 엮이지 않게 해줘."

"그래도 오빠는 내 오빠잖아?"

"네 오빠인 건 맞지만 우리는 살아가는 방식이나 세계관이 완전히 다른 사람들이야. 제발 각자의 길을 가자고."

오빠의 표정과 찡그려진 눈에서 나오는 차가운 시선 그리고 속삭이듯 낮은 목소리로 입술을 거의 벌리지 않은 채 말하는 그 모든 태도가 오빠의 말보다 더 큰 상처를 주었다.

앞에 있는 이 사람은 어린 시절 내가 알고 있던 네즈뎃이 아니었다. 마치 다른 사람이 되어 있는 것 같았다. 난 어릴 때, 일정 나이가 되면 아이들을 어딘가로 데려간 다음 그 자리에 어른을 대신해서 데려다 놓는다고 생각했었다. 그러니까 성장이라는 것은 그렇게 갑자기 찾아오는 거라고. 지금의 네즈뎃은 이런 내 어린 시절의 상상이 옳았다는 걸 증명한 셈이었다.

오빠는 매우 겁먹은 게 분명했다. 시선, 자세, 내 어깨를 꽉 쥔 두 손에서도 강한 두려움으로부터 나온 분노를 느낄 수 있었다. 하지만 그렇다고 해서 내게 상처를 줘도 된다는 말은 아니잖아. 갑자기 나도 오빠에게 상처를 주고 싶다는 생각이 들었다.

"오빠. 이야기할 게 있어. 그 사람들이 할머니를 알더라."

오빠는 당황했고, 놀라서 눈이 휘둥그레졌다.

"정말이야?" 오빠가 물었다.

"그래, 그걸로 날 협박했어."

오빠는 얼굴을 찡그린 채 "빌어먹을! 젠장맞을, 빌어먹을!" 이라고 중얼거리고는, 내 눈을 뚫어져라 바라보며 말했다. "알았어, 잘 가 마야."

"오빠, 슬퍼하진 마. 그자들은 오래전부터 알고 있던 게 분명했어. 지금까지 아무 짓도 안 한 걸로 봐선, 오빠의 애국심을 의심하지는 않는 거야."

"그렇게 생각하니?"

"그래, 확실해. 아니라면 벌써 오빠를 내쫓았겠지. 그런데 뭐하러 내쫓겠어? 자기 할머니에게도 더러운 피라고 말할 정도로 민족주의자인 오빠한테."

"그 말을 아직도 안 잊었구나?"

"절대 못 잊지. 그리고 궁금한데, 아직도 그렇게 생각해?"

"내가 태어나기 전에 일어난 일은 나랑 상관없어. 공화국이 수립되기 전에 일어난 일이라면 더욱더 그렇고. 난 튀르키예인 이고, 내 임무는 조국을 지키는 거야."

"미안해 오빠, 나는 그런 튀르키예인이 되느니 차라리 우리 선조들을 구해주고, 그들과 함께 눈물 흘린 튀르키예인이 될래."

"너는 나한테 그런 식으로 감사를 표시하는 거니?"

"오빠 마음을 상하게 할 생각은 없었어. 이 문제는 다시 꺼내지 않는 게 좋겠어. 다시는 이야기하지 말자. 어쨌든 도와줘서 고마워."

내가 비꼬는 것인지 아닌지 살피려고 오빠는 불안한 듯 내 얼굴을 바라봤다.

나는 손을 뻗어 오빠의 팔을 잡았다. 오빠가 날 안아줬으면 하는 마음이 들었지만 군복 속의 오빠 팔은 아무런 반응도, 움직임도 없었다.

"오빠, 케렘과 날 도와준 걸 내가 갚지는 못할 거야. 진심으로 고마워. 새언니랑 조카들에게도 안부 전해줘."

오빠는 어떻게 해야 할지 몰라 하는 듯 잠시 머뭇거렸다. 할머니에게 더러운 피라고 했던 것을 내가 기억하고 있다는 사실이 오빠를 당황하게 한 것 같았다. 오빠는 이 사건을 기억의 저 밑으로 밀어내 버렸던 게 분명했고, 오랫동안 다시 떠올리고 싶지도 않았을 거다. 그런데 내가 과거에서 온 혼령처럼 갑자기 오빠의 인생에 개입했고, 오빠의 과거와 대면하도록 강요하고 있었다.

"너희들은 몰라. 너희들은 모른다고!" 오빠는 닫은 입술 사이로 말했다.

"무슨 말이야, 오빠?"

"너희들은 아무것도 몰라. 유행 따라가며 생각 없이 행동을 하는 거야."

"누가, 나랑 케렘이?"

"아니, 너랑 네 친구들."

"어떤 친구들을 말하는 거야?"

"지식인이라고 하는 친구들."

"오빠, 무슨 말을 하는지 이해가 안 돼, 그 친구들이 누구야, 내가 뭘 모른다는 거야?"

오빠는 항상 같은 이야기만 늘어놓는 사람들의 지루한 표정으로 말했다.

"너희들은 아르메니아 문제를 물고 늘어지더니, 아르메니아인 강제 이주 문제에서는 그들의 꼭두각시가 돼버렸어."

"오빠, 난 그냥 할머니 이야기를 한 거야."

"그래, 외할머니에 대해서는 왜 말 안 하는 거니?"

"무슨 관련이 있다고?"

"당연히 있지, 근데 너희들한테 불리하니까 안 하는 거지."

이 말에 내 인내심은 한계에 다다랐다.

"오빠, 부탁인데 수수께끼처럼 이야기하지 마! 외할머니한테 무슨 일이 있었는데? 내가 뭘 모른다는 거야? 게다가 너희들, 너희들 하면서 복수로 이야기하지 마. 말해봐, 무슨 일이 있었는데? 왜 이렇게 화내는 건데?"

정말로 오빠는 눈에 띄게 화를 냈고, 눈 밑이 떨리기 시작했다. 턱도 경직되었다.

"그럼 이리 와서 앉아봐." 오빠는 다시 내 어깨를 붙잡더니,

178

내가 방금 전에 일어선 그 의자로 데려가서는 강제로 앉혔다.

"너희들이 모르는 것, 이 나라의 근대사, 무슨 일이 벌어졌는지, 무슨 일을 당했는지……"

"그럼 이야기해. 내가 들을게!"

"최근 지식인들 사이에 유행이 번지기 시작했지. 아르메니아인, 아르메니아인. 마치 이 나라에서 그 사람들만 고통받은 것처럼, 마치 그 사람들만 살해당한 것처럼!"

"난 그냥 할머니에 대해서 이야기한 거야, 이건 유행이랑 관련이 없어……"

오빠의 인내심이 극에 달한 것 같은 표정이 얼굴에 드러나는 걸 보고, 난 입을 다물었다. 내가 뭐라고 하든 의미가 없을 게 뻔했다.

"넌 고통에 특권이라는 게 있을 수 있다고 생각하니?"

"아마도 있을 수 없겠지."

"그럼 너희들은 어째서 아르메니아인들은 두둔하면서 발칸반도의 튀르키예인들, 아나톨리아반도의 튀르키예인들, 죽어간 수백만의 사람과 쫓겨난 사람들의 고통은 못 본 척하는 거니? 서구 국가들이 오스만제국의 영토를 강제 분할할 때, 이 땅의 모든 국민이 고통받았어. 아르메니아인, 그리스인, 유대인. 그래 맞아, 하지만 죽은 500만의 오스만제국 무슬림은 잊혀버렸지. 이건 부당한 게 아니야?"

"그래 그럴 수 있어. 하지만 그게 할머니에 대한 기억을 가로막진 못해."

"하지만 외할머니에 대한 기억은 가로막고 있지!"

"왜 가로막는다는 거야? 외할머니한테 무슨 일이 있었어?"

외할머니인 아이셰 부인은 할머니처럼 자주 뵙지는 못했다. 할머니처럼 우리랑 같이 살지 않았으니 당연한 일이었다. 외할머니는 안타키아*에 사셨다. 여름 방학이면 우리는 가끔 외할머니 댁에 가곤 했었다. 아주 인정 많은 분이셨지만 늘 우울해 보였고, 말수가 없으셨다. 알리 외할아버지도 그랬다. 마치 우리에게 아주 잘 대해주는 마음씨 좋은 낯선 사람 같았다.

외가에서는 정말 맛있는 안타키아 음식을 먹은 기억이 난다. 특히 외할머니는 통밀과 간 고기로 '오룩'**이라는 음식을 만드셨는데, 정말 맛있었다. 어떤 음식들은 내가 먹기엔 너무 매웠다. 2층으로 지어진 집의 정원에는 굉장한 석류나무들이 있었다. 외할머니는 이 나무에서 딴 석류를 짜서 주스를 만들어 우리에게 주셨다. 알리 할아버지는 어느 날 나무에서 딴 커다란 석류를 자랑스럽게 보여주시고는, 이웃에 있는 가게에서 무게를 재어보셨다. 석류 하나가 980그램이나 되자 엄청 기뻐하셨다. 외할머니 댁에서 돌아올 때면, 우리 가방에는 석류 농축액, 오룩, 내 입에는 너무 매운 고춧가루, 집에서 만든 고추 소스와 다양한 잼이 가득 담겼다.

한번은 엄마에게 외할머니의 음식은 왜 이렇게 매운지 물어본 적이 있었다. "여기는 시리아와 국경을 맞대고 있단다. 알레

---

* 안타키아Antakya: 튀르키예 동남부 시리아 국경에 위치한 도시.
** 오룩oruk: 안타키아 음식으로 핫도그 모양의 긴 미트볼에 매운맛을 가미해 구운 음식.

포와 아주 가깝지. 그래서 아랍 음식이랑 비슷해." 엄마가 이야기해주셨다. 외할머니는 아주 아름다웠고, 피부는 부드러운 크림 같았다. 그에 반해 할아버지는 뺨이 쑥 들어갈 정도로 말랐었다. 할아버지는 줄담배를 피우셨다. 한 대를 끄시면 그다음 담배가 바로 이어졌다. 두 분 다 일찍 돌아가셨다.

사실 엄마가 아빠보다 열한 살 아래여서 외할머니와 외할아버지도 친가보다는 당연히 더 젊으셨다.

"아, 혹시 외할머니도 아르메니아인이야?" 내가 오빠에게 물었다.

오빠는 "아니, 크림반도에 정착한 튀르키예인 후손이야. 할아버지는 너도 알다시피 안타키아 분이시고"라고 답했다.

"그럼, 그 두 분에게 어떤 숨겨진 이야기가 있는 거야?"

"그래, 말해줄게."

오빠가 이렇게나 깜짝 놀랄 이야기를 들려줄 거라고는 전혀 생각지 못했었다. 오빠 이야기를 들을수록, 내가 잘 알고 있다고 생각한 사람들을 정작 전혀 알지 못했다는 사실을 다시 한번 알게 됐다. 얼마나 이상한 나라에서 우리는 살고 있는 거지. 비밀 없는 집이 없고, 사정 없는 집이 없으니 말이다.

오빠의 이야기에 따르면, 외할머니는 크림반도에서 태어나 자랐는데 처녀 시절 전쟁이 났다. 그 당시 크림반도 튀르키예인들은 스탈린 정권의 어마어마한 학대를 겪고 있었다. 전쟁이 시작되자 남자들은 붉은 군대*로 징집을 당했다.

---

* 러시아어로는 크라스나야 아르미야Красная армия. 1918년에서 1946년까지

얼마 뒤, 히틀러가 소련을 공격했고 독일군이 소련으로 진군하기 시작했다. 그 당시 튀르키예 정부는 크림반도 튀르키예인들에게 독일군에 가담하도록 설득했다. 그렇게 하는 쪽이 더 유리할 것이라는 이유에서였다. 히틀러는 전쟁에서 승리할 거고, 그러면 스탈린으로부터도 해방될 것이라고 했다.

그 당시 튀르키예는 참전하지 않았음에도 불구하고, 비밀리에 독일을 지지했다. 게다가 전쟁에 필요한 크롬 광석을 독일에 공급하고 있었다. 튀르키예 정부의 세뇌로 크림반도 튀르키예인들은 편을 바꿔 히틀러의 군대로 들어가게 되었다. 이들은 '푸른 연대'라는 이름으로 불렸다. 하지만 얼마 뒤 상황이 반전되어 독일군은 후퇴하기 시작했고, 푸른 연대도 함께 철수할 수밖에 없었다. 결국 푸른 연대의 군인들은 그들의 가족과 함께 산악 지대인 북부 이탈리아에 배치되었다.

여기까지 이야기를 듣고 나서 나는 오빠에게 질문했다.

"그러니까 외할머니도 그 사람들과 같이 있었다는 거야?"

"그럼. 지금 네게 외할머니 이야기를 하는 거야. 외할머니는 어머니와 함께 푸른 연대의 군인이었던 아버지를 따라 러시아인들을 피해 도망가야 했었지. 만약 떠나지 않는다면 붉은 군대에 학살당할게 뻔했으니까. 스탈린이 복수할 것이라는 두려움에 수천 명의 튀르키예인 민간인들도 함께 떠나게 된 거야."

"오빠는 이런 걸 어떻게 안 거야?"

오빠는 '이 무슨 바보 같은 질문이야'라고 하듯 내 얼굴을 바

구소련 육군의 명칭이었다.

라보고는 대답도 않고 하던 말을 이어갔다.

"연합군이 이탈리아를 점령하자 푸른 연대는 거기에서도 철수했지. 오스트리아 드라바강 근처의 오버드라우부르크 지역에 다시 배치되었어. 하지만 고난은 여기서 끝나지 않았지. 영국 제8군이 오스트리아를 점령하면서 전부 포로가 되었고, 이번에는 델라흐 수용소로 이송됐어. 영국군 포로가 되면서 어쩌면 풀려날 수도 있다는 생각을 했었지. 최악의 경우, 튀르키예로 돌아가서 새로운 인생을 살 수 있을 거라는 꿈을 꿨지만, 그렇게 되진 않았어."

오빠의 이야기를 듣고 너무 놀랐다. 표정에 슬픔이 서리긴 했지만 차분하고 사랑스러운 외할머니가 바로 그 일을 겪으셨다고? 왜 아무도 이런 이야기를 안 해준 거지?

"1945년 런던으로부터 수용소에 있는 포로들을 소련으로 보내라는 명령이 전보로 도착했어. 소련이 수용소 인원 전원을 총살하겠다고 발표를 했는데도 불구하고, 영국은 포로를 보내버렸어. 빌어도 보고 무릎도 꿇어봤지만 아무도 들어주지 않던 거야. 그래서 그곳에서는 끔찍한 일이 벌어졌지."

"무슨 일이 벌어졌어?"

"3천 명이 소련으로 가느니 죽는 것이 낫다고 생각하고 드라바강의 그 얼음장 같은 물로 뛰어들어 자살을 선택했어. 먼저 여자들이 아이들 손을 잡고 강으로 뛰어내렸고, 그다음 남자들이 뛰어내렸지. 뒤에 남은 4천 명은 죽어가는 사람들의 비명을 들어야 했어. 남은 사람들은 전부 열차 화물칸에 실렸지. 화물칸 문을 걸어 잠근 뒤 열차는 떠났어."

"외할머니도 그 열차에 있었네, 그럼."

"그래. 외할머니의 어머니와 아버지도 함께 열차에 있었지. 외할머니의 형제 두 명은 강으로 뛰어내려 자살했어. 며칠을 걸려 열차는 튀르키예 국경을 통과했지. 포로에 대한 감시를 소련 국경까지 튀르키예군이 맡았어."

"얼마 동안 튀르키예군이 포로들을 감시한 거야?"

"최소 3일. 열차 안에 있는 사람들은 튀르키예 정부가 도움을 줄 거고, 화물칸을 열고 자신들을 구해줄 거라는 데 모든 희망을 걸었지. 하지만 그런 일은 일어나지 않았어."

오빠는 잠시 숨을 고르더니 말을 이었다.

"화물칸은 발 디딜 틈도 없었어. 그 안의 상황은 최악이었지. 문은 밖에서 걸어 잠갔어. 산소 부족과 병으로 죽는 사람들이 생겨났는데, 그 시체마저 밖으로 내보내지 못했어. 튀르키예 군인들에게 문을 열어달라고 며칠 동안 간청했지만, 그 군인들은 명령을 받아서 어쩔 수 없다고 눈물만 흘렸어."

오빠는 목소리를 조금 낮추고, 침착하게 말을 계속 이어갔다.

"외할머니는 알리라는 군인에게 쉬지 않고 간청을 했었나 봐. 소련군이 우리를 다 총살할 거라고, 차라리 튀르키예 군인들이 쏴달라고 말이야."

"그럼…… 그럼 알리 외할아버지가 그 군인이었던 거야?"

"기다려봐. 그렇게 소련 국경까지 왔어. 추운 겨울날, 튀르키예와 소련의 국경에 있는 크즐착착 댐 수원지 부근에 도착한 거야. 튀르키예 군인들은 열차에서 내리고, 열차는 국경을 넘어 소련으로 갈 예정이었지. 소련 군인들은 국경 너머에서 무장을 한 채 대기하고 있었어. 그때 포로들은 문을 부수고 크즐착착 호수로 뛰어들었어. 2천 명의 크림반도 튀르키예인들이 자살을 했고, 남은 사람들은 국경에서 대기하던 소련 군인들 총에 맞았지. 푸른 연대 소속 군인들과 그들의 가족들 중 아무도 살아남지 못했어."

"그렇다면 외할머니는?"

"여기서부터 흥미로운데, 외할머니도 크즐착착 호수로 투신한 사람들 중 한 분이셨는데, 튀르키예 군인 한 명이 나중에 뛰어들어 외할머니 목숨을 구했던 거야."

"외할아버지!"

오빠는 입술을 깨물면서 '그래'라는 의미로 고개를 끄덕였다.

"안타키아 출신의 알리! 젊은 여자의 목숨을 구했고, 안타키아로 데려갔어. 그러고는 아이셰라는 이름으로 허위 신분증을 발급받아 결혼까지 했지."

"왜 허위로 신분증을 발급 받아?"

"당시 정부가 이런 비극적인 사건에서 살아남은 누군가가 있다는 걸 알게 되면, 그 사람을 소련으로 보냈을 테니까."

나는 경악했다. 소름이 끼쳤다.

"오빠, 지금 이야기한 게 정말이야?"

"그래! 한마디 한마디 다 사실이야."

"그럼, 외할머니의 어머니와 아버지는?"

"국경에서 사살당하셨지."

"머리가 복잡해." 나는 솔직하게 말했다. "너무 우연의 일치

아냐? 할머니도 신분을 숨겼고, 외할머니도. 한 집안에 이렇게 많은 비밀이 있다니. 믿기지가 않아."

"튀르키예에서는 어느 가족 할 것 없이 이런 비밀이 다 있어. 한 나라 인구의 절반 이상이 사라졌는데 어느 가족이 이런 일을 안 당했겠어? 가족들 대부분이 자기 가족의 비밀을 모르고 살아가는 거야. 오스만제국이 멸망하자 어떤 사람들은 발칸반도에서, 어떤 사람들은 캅카스에서, 또 어떤 사람들은 중동에서 왔어. 모두들 학살에서 살아남은 사람들이야. 아홉 곳이나 되는 전선에서 싸웠던 사람들이지. 그래서 가족이나 가문이 뒤죽박죽이 된 거고."

"맞아, 그래도 우리는 이 모든 사람을 튀르키예인이라고 부르잖아!"

"민족의 개념이 아니라, 튀르키예인이라는 단어는 학살에서 살아남아 아나톨리아반도로 피신해 온 사람들의 공동체를 말하는 거야. 새로운 인생, 새로운 국가, 새로운 국민. 중앙아시아에 정착한 튀르키예 민족을 이야기하는 게 아니야."

"오빠, 궁금한 게 있는데. 푸른 연대를 처음에는 부추겼다가 나중에는 그들의 죽음을 보고만 있었던 건 튀르키예 정부의 잘못 아냐?"

"이미 벌어진 일이야, 국가를 비난할 순 없어."

"아르메니아인 학살도 그렇게 생각하는 거야?"

"그래, 내 임무는 국가를 비난하는 게 아니라 국가의 이익을 보호하는 거야."

"하지만 두 사건 모두 국가의 잘못이잖아."

"다른 시각으로 봐봐. 아르메니아인도 크림반도의 튀르키예인도 전시 상황에서 점령해 온 적들에게 협조한 거야. 아르메니아인들은 자신의 국가였던 오스만제국에 맞서 러시아 군대에 협조했고, 크림반도의 튀르키예인들은 독일군에 가담했어. 세상 어느 곳에서도 이 죄에 대한 벌을 피할 수는 없어."

"하지만 오빠! 두 사건 모두 여자랑, 애들한테는 무슨 죄가 있어?"

"그게 뭐. 전쟁이 그런 거야. 죄 없는 사람들도 당하는 게 전쟁이야."

"믿을 수가 없네, 오빠! '죄 없는 사람들도'라고 말한 그들이 바로 할머니와 외할머니야. 오빠는 양심의 가책이나, 그분들이 받은 고통은 생각지도 않는 거야? 오빠가 어렸을 때 같은 일을 겪었다면 이렇게 덤덤하게 이야기할 수 있겠어? 전혀 공감이 안 돼?"

"또 그 유행어 중의 하나를 들먹이네! 이런 사람, 저런 사람들한테 공감하느니 자기 민족에 대한 동정심을 가져!"

"하지만 민족이라는 게 없다고 한 사람은 오빠야."

"우리는 민족을 새롭게 구성했어. 게다가 고난 속에서. 이걸 지식인들이 무너뜨리는 걸 보고만 있지는 않을 거야."

"아, 오빠! 두 분 다 살아 계셔서, 지금 이 이야기를 할머니와 외할머니 앞에서 오빠가 했어야 했는데. 알리 외할아버지는 그냥 사병이었지만 훨씬 더 훌륭한 사람이었네."

오빠가 우리 둘 사이에 놓인 탁자를 세게 쳤다.

"지나치구나, 마야!" 오빠가 소리쳤다.

"시작도 안 한 거야. 우리 둘 사이의 기본적인 차이가 뭔 줄 알아? 오빠는 사람을 볼 때 군복, 국기, 종교로 봐!"

"좋아. 그럼 넌 뭐가 보이는데."

"사람, 그냥 사람. 고통 받고, 굶주리고, 떨고, 무서워하는 사람."

사무실 밖에서 기다리던 젊은 장교가 위병소까지 안내하는 동안 나는 방금 들은 이야기로 충격에 빠진 상태였지만, 오빠의 책상에서 본 파일이 계속 생각났다. 노란색 관공서용 파일 위에는 '1급 비밀' 도장이 찍혔고, 그 밑에는 두 단어가 쓰여 있었다. 막시밀리안 바그너.

8

위병소를 나왔을 때, 머릿속은 뒤죽박죽이었다. 나는 집에 가자마자 가족 앨범에서 외할머니와 알리 외할아버지의 사진들을 꺼내 액자에 넣어 걸어둘 생각이었다. 오빠가 들려준 이야기에 큰 충격을 받았다. 이 사건들을 우리는 왜 몰랐었지? 푸른 연대에 대해 왜 듣지 못했던 걸까? 결국 이 나라에서 자행된 탄압은 튀르키예인, 아르메니아인, 쿠르드인, 그리스인, 유대인을 가리지 않았던 것이다.

마슬라크 주변은 늘 그랬듯 차가 많이 막혔다. 넓은 도로 맞은편에는 이스탄불에서 최근 유행처럼 짓고 있는 근사한 고층 빌딩이 늘어서 있었다. 오늘은 해가 구름들 사이로 잠시 고개를 내밀었다가 금방 사라졌다. 날씨는 그다지 춥지 않았다.

나는 택시를 잡아타고는 "차파 의과대학"이라고 행선지를 말했다.

학교에서 날 어떻게 볼까, 하는 생각이 들었다. 어떤 처벌을 내릴까? 일을 그만둬야 하는 걸까? 그자들이 총장에게 할머니에 관해 이야기했을까? 총장은 바그너 교수가 누군지, 무슨 목적으로 여길 왔는지 알고 있는 걸까? 살인에 대해서는 알고 있을까?

내 머릿속에는 답을 찾지 못한 수백 가지의 질문이 벌통 속의 벌처럼 날아다니고 있었다. 그 살인은 뭐였을까?

택시를 타고 가는데 엄청나게 큰 천둥소리가 들렸다. 비가 내릴 것 같았다. 어쩌면 진눈깨비가 내릴지도. 그렇지 않아도 습한 이스탄불의 저녁 날씨가 더욱더 습기로 가득 차서 마치 젖은 수건을 덮어쓰고 있는 것처럼 되어버릴 모양이었다.

나는 혼잡한 차파 의과대학 병원의 정문을 통과해서 내과 병동으로 향했다. 내과 병동으로 가는 길은 환자들과, 흰색 앞치마에 커피색 망토를 두르고 너스 캡을 쓴 간호사들로 북적였다. 건물 안도 마찬가지였다. 환자들은 대부분 빈곤층이었다. 벤치에 앉아 있거나, 복도 구석에 쭈그리고 앉아서 자기 순서가 오기를 기다리고 있었다.

없는 사람들이 있는 사람들보다 더 많이 아픈 걸까, 아니면 없는 사람들의 인구가 더 많아서 병원에서 더 많이 보이는 걸까?

대형 엘리베이터를 타고 4층으로 올라갔다. 접수대 뒤에 있던 간호사에게 필리즈를 찾는다고 말했다. 간호사가 자기 앞에 있는 마이크로 필리즈 윈알드 선생을 찾는 음성이 복도에 나지막이 울렸다. 주위는 약품 냄새로 가득했다. 잠시 뒤, 필리즈가 빠른 걸음으로 오는 모습이 보였다. 우리는 양 볼을 맞대며 인사를 나눴다. 필리즈는 날 자기 방으로 데려갔고, 차를 가져와

달라고 주문했다.

바그너 교수가 누구인지 필리즈는 설명을 듣고 싶어 했지만, 난 그냥 총장의 특별한 손님이라고만 말해줬다.

병원이 갖춰야 할 청결은 북적이는 환자들로 인해 여기서는 찾아보기 힘들겠다는 생각이 들었다. 모든 곳이 깨끗하지 못하게 느껴졌고, 홍차마저도 마시고 싶지 않았다. 마치 밖에 있는 수천 명 환자들의 병균이 옮겨 올 것 같은 느낌이었다. 나는 최대한 어느 것에도 손대지 않으려고 애썼다.

필리즈는 옷깃에 푸른색 실크 실로 이름을 수놓은 흰색의 의사 가운을 입고 있었다. 아주 근사하고 우아해 보였다. 꽃송이 같은 얼굴에 진짜 금발인 필리즈는 모든 루멜리* 사람들처럼 몸에 비해 두상이 작았다. 그래서인지 유럽인들처럼 키가 더 커 보였다. 바그너 교수의 비율도 그랬다. 그에 반해 아나톨리아 사람들 대부분은 머리가 커서 원래 자신의 키보다 더 작아 보였다.

나는 "어디가 안 좋은 건데?"라고 물었다.

"검사를 계속하고 있어. 근데 상태는 좋아 보여. 아침 식사도 하셨어. 호흡, 맥박, 혈압도 정상으로 돌아왔어. 단지 열이 조금 있어. 폐 엑스레이 결과가 나올 거야."

"괜찮네. 아주 좋은 소식이네."

난 정말로 기뻤다. 왠지 몰라도 바그너 교수와 아주 가까워진 느낌이었다.

---

* 루멜리Rumeli: 오스만제국의 유럽 지역을 가리키는 역사적 명칭.

"아침부터 너에 대해서 묻더라." 필리즈가 말했다. 그녀의 얼굴에 음흉한 미소가 비쳤다. "마치 네가 곁에 없으면 안 될 것처럼 말이야. 며칠 사이에 어떻게 저 양반을 홀렸어! 조금만 젊은 사람이었더라면 내가 할 말이 있었을 텐데……"

"야, 필리즈. 엉뚱한 소리 그만해. 내가 그렇게 모신 손님이 몇 명인데. 교수님을 뵐 수 있을까?"

"너 아직 차도 안 마셨잖아……"

"사실 별로 마시고 싶지 않아. 어서 가자."

복도를 걷는 중에도 환자들과 환자의 보호자들은 특별한 사람을 보듯 필리즈를 바라보았다. 병원에 온 많은 사람의 행동이 뭔가 부자연스러운 데 반해, 필리즈는 아주 자연스러웠다. 여기 있는 사람들 눈에 가장 특별한 존재가 바로 지금 복도를 빠른 걸음으로 지나가는 의사임은 당연했다.

우리는 같은 층의 344호 병실로 갔다. 정원을 내려다보는 큰 창문이 있는 좋은 방이었다. 중앙에 있는 병상에 바그너 교수가 누워 있었다. 환자복을 입고, 팔에는 링거를 꽂고 있었다. 오른손 위에는 거즈로 감긴 링거 호스가 보였다. 머리는 헝클어졌고 얼굴에는 핏기가 없었다. 그는 날 보더니 금세 환한 표정을 지었다.

"오오, 당신을 다시는 못 보는 줄 알고 아주 걱정했다오."

나도 미소를 지었다.

"왜요, 교수님?"

"어제 당신한테 그토록 많은 폐를 끼쳤으니 나한테 화가 났을 수도 있겠다고 생각했거든요."

"아니에요 교수님, 교수님께 화가 나다니요. 그저 무슨 일인지 알 수가 없어서 좀 걱정했어요."

우리가 대화를 나누는 동안 필리즈는 다른 환자들을 보기 위해 방을 나갔다. 나가면서 병실의 문도 닫았다. 병실에는 바그너 교수와 나 단둘이 남았다. 나는 침대의 창가 쪽에 있던 의자를 그의 곁으로 옮겼다. 서로 얼굴을 가장 편하게 볼 수 있게 자리를 잡았다.

"좀 어떠세요, 교수님?"

그의 얼굴은 웃고 있었지만 목소리에는 힘이 많이 없었다.

"좋아요, 나쁘진 않아요. 어젯밤에는 계속 잤다오."

"낮에도 주무셨어요."

바그너 교수는 면목 없다는 듯이 말을 이었다.

"그래요, 어렴풋이 생각이 나는군요. 그 모텔 방이 아니었던가? 깨어났을 때 내가 반나체였소."

"맞습니다!"

"내 옷을 당신이 벗겼냐고 내가 물어봤었소?"

"물어보셨고, 저도 그렇다고 대답했었어요."

"미안해요."

"미안해하실 필요 없으세요, 교수님. 만약 그대로 뒀다면 돌아가셨을 겁니다."

"거의 그랬겠지요…… 내 생명을 구해주셨소."

그리고 침묵이 흘렀다. 이야깃거리를 찾지 못한 사람들 사이에 오가는 숨 막히는 정적이 병실 안에 내려앉았다.

서로 눈길을 피하고 있었다. 그는 나와 눈이 마주치자 바로 다른 곳으로 시선을 돌렸고, 나도 그랬다. 아주 불편한 상황이었다.

나는 자리에서 일어나고 싶었다.

"전 이제 가야 할 것 같아요, 교수님! 나중에 다시 오겠습니다."

"그래요, 다시 한번 감사드리오. 그런데 뭐 하나 물어봐도 되겠소?"

"예, 교수님."

"내 바이올린은 어디에 있나요?"

나는 잠시 멍해졌고, 그걸 생각해내려고 기억을 되살렸다.

"해변에서 제가 바이올린을 챙겼고, 교수님을 부축할 때도 제 손에 있었어요. 아니, 아니다. 교수님 손에 있었어요. 지금 차에 있을 겁니다."

"바이올린을 잘 챙겨주시면 고맙겠소."

"걱정 마세요. 가자마자 제 방으로 가져와서 잘 보관하겠습니다. 교수님께서 퇴원하시면 제가 가져올게요."

나는 병실 문으로 향했고 막 문을 열고 나가려는데, "어제 이상한 일이 벌어졌어"라고 하는 말소리를 들었다.

나는 뒤돌아서 그를 쳐다봤다.

"자는데 마치 나디아가 곁에 있는 것 같았소. 날 안고 있었어. 그녀가 살아 있는 것같이 느껴졌소. 그녀의 향기도 맡을 수 있었소."

그는 고개를 돌려 창밖을 보면서 말을 계속 이어나갔다.

"마치 그 많은 세월이 흐르지 않기라도 한 듯 젊디젊었다오.

그녀의 육체로 내 몸을 덥혀주었지. 게다가 내 어깨에 입을 맞췄던 것 같기도 해요."

"교수님, 나디아가 누군가요?"

그는 다시 나를 향해 고개를 돌렸다. 내 얼굴을 한참 동안 보더니 말했다. "나중에 이야기하리다. 당신은 들을 자격이 있으니까."

나는 병실을 나와 천천히 문을 닫았다. 필리즈는 보이지 않았다. 나는 느린 걸음으로 정원으로 향했고, 생각에 잠긴 채 정원을 거닐었다. 나를 내가 알지도 못하는 나디아로 착각했다고 하니 이상한 감정이 들었다. 외국인 남자의 나체를 껴안고 있었던 것도 그만큼 이상한 일이었지만.

지금까지 두 명의 남자와 한 침대를 썼다. 남편이었던 아흐메트와 타륵. 세번째 남자가 바그너 교수였는데, 나는 이상하리만큼 그와 한 침대에 있는 동안 평온함을 느꼈다. 성적인 것과는 전혀 관련이 없는 묘한 평온함. 그의 등과 골반, 가슴, 다리를 내 몸으로 느끼면서 깊은 연민의 감정이 들었다. 그를 품에 안았을 때는 마음속에 평화가 찾아왔었다. 쉴레이만을 미치게 만들었던 그 장면이 어쩌면 내 인생에서 가장 솔직했던 순간들 중 하나였다. 바그너 교수의 순백의 나체에서 뿜어져 나오는, 내가 깊고 깊게 들이마셨던 그 좋은 향기가 여전히 남아 있는 것 같았다. 하얗고, 실크 같은 머리카락이 내 얼굴을 감쌌었다. 어제 그를 안았던 긴 시간이 어떻게 지나갔는지 알 수 없을 정도였다.

사람이 서너 시간 동안 한 사람을 안고 있을 수 있을까? 어제 이전까지는 아니라고 대답했겠지만, 이젠 그럴 수 있다는 걸 알게 되었다. 게다가 아주 만족스럽게. 그리고 어차피 여기까지 이야기했는데, 솔직히 말하면 그를 안고 있는 동안 그의 어깨에 잠깐 뜨거운 입맞춤을 했었다.

그곳에서 그와 함께 누워 있던 순간 가와바타 야스나리의 『잠자는 미녀』라는 소설을 떠올렸었다. 소설에서는 노년의 남자들이 사창가에 가서 죽은 듯이 잠들어 있는 어린 여자를 바라본다. 사실 우리는 소설 속 이야기와 정반대의 상황이라 할 수 있지만 그래도 이상하리만치 그 소설과 닮아 있었다.

전에 함께 잠자리에 든 두 남자와는 성관계가 있었지만, 이런 순수한 연민과 평온은 없었다. 그들과는 서로가 합쳐지지 않은, 어쩌면 신뢰가 없는 두 육체의 결합만 있는 것 같았다. 솔직히, 남성성을 증명해 보이려는 그 두 남자로부터는 대단한 성적 만족을 얻지 못했었다. 필리즈를 포함한 대부분의 친구는 마초 같은 남자를 선호했지만, 난 단 한 번도 그런 남자를 원한 적이 없었다. 사실 일상생활에선 신사인 남자가 침대에서 가끔 마초처럼 행동하기도 한다.

나는 병원 정문까지 걸어가서 택시를 잡았다. 아침부터 밀려 있던 업무를 보기 위해 학교로 향했다. 며칠 동안 낸 택시비 때문에 짜증이 났지만 다른 방법이 없었다. 일상의 리듬은 깨졌고, 이리저리 뛰어다닐 수밖에 없었다.

본관 건물에 있는 사무실에 갈 때까지 만난 사람들 중 이상한 반응을 보인 사람은 없었다. 차를 배달하는 하산, 부총장 수아트 씨, 수나 교수, 모두들 정중하게 웃으며 인사를 했다. 이

196

상한 분위기는 없었다. 내 방에 쌓여 있던 서류와 신문을 훑어봤다. 그러고는 수화기를 들어 총장 비서실장에게 전화를 했다. 총장님을 만나고 싶다고 했다. 정말 놀라운 건, 그 심술궂은 사람도 이상한 말을 하지 않았다는 거다. 목소리에서 어떤 다른 점도 발견할 수 없었다. 자기 책상 앞을 지날 때엔 미소까지 지어 보였다.

총장은 책상에 앉아서 전화 통화를 하고 있었다. 그는 손으로 책상 앞에 있는 의자를 가리켰고, 난 그 의자에 앉았다. 총장은 58세의 의대 교수였다. 뚱뚱하고, 머리가 많이 빠진 귀여운 사람이었다. 주위의 평판은 좋았다. 외과 의사로서의 재능과 그가 키워낸 제자들 그리고 어떤 불미스러운 일에도 연루되지 않은 점 등으로 존경을 받고 있었다. 나도 그를 좋아했다. 다른 모든 사람에게 그러듯이 내게도 예의를 갖춰 대했다. 베이지색 정장을 입었는데 가로로 파랗고 노란 두꺼운 줄이 있는 특색 없는 넥타이를 하고 있었다. 늘 그렇듯이 사다리꼴 넥타이 매듭은 풀어서 다시 매어주고 싶은 생각이 들게 했다. 전화 통화가 끝나자 그가 내게로 고개를 돌렸다.

"잘되고 있죠?" 총장이 물었다.

"교수님이 아프십니다, 총장님. 차과 의과대학 병원에 입원 조치했습니다."

총장은 순간 당황해서 자리를 박차고 일어났다.

"심각한 건 아닙니다, 총장님. 그냥 추위에 많이 떠셨습니다. 근데 나이가 있으시다 보니 예방 차원에서 입원하시는 편이 좋을 것 같았습니다."

총장은 다시 뚱뚱하고 노련한 사람의 모습으로 돌아와서는 느린 동작으로 자리에 앉았다.

"오. 다행이군요! 지금은 어때요?"

"상당히 호전됐습니다. 단지 언제 퇴원할지는 모르겠습니다. 그래서 돌아가시는 일정이 연기될 수도 있겠습니다. 계획된 일정은 내일 미국으로 돌아가셔야 하는데, 아무래도 이번 방문이 며칠 더 연장될 것 같습니다."

"저런, 건강만 괜찮으시다면 다른 건 문제가 아니지. 장거리 비행 전에 회복하시고 쉬어야 될 텐데 말이오."

"제가 말씀드릴 게 있어서요……"

"말해봐요, 마야 씨."

"최근 들어 바그너 교수를 수행하느라 여기저기를 다녀야 했는데, 매번 택시로……"

내가 무슨 말을 하려는지 총장은 바로 이해했다.

"맞는 말이야. 쉴레이만은 메르세데스를 정비소에 맡겼어요. 이번엔 시간이 좀 걸릴 것 같다고 하네요. 나도 얼마나 걸리든 거기서 해결하라고 했어요. 최근 들어 차가 문제를 많이 일으켰잖아요."

"차가 너무 오래됐습니다, 총장님. 거의 골동품이라, 새로 하나 사셔도 될 텐데요."

"맞는 말이에요. 학교 기부금으로 새 차를 살 수 있지. 어느 누구도 반대하지 않을 테지만 내가 이런 걸 별로 원치 않아서. 솔직히 말하자면 이런 일로 말이 돌 테니까. 이 자리는 아주 위험한 자리거든요. 이제 2년 남았어요. 그냥 이렇게 끝내고 싶어요. 그리고 비서실장에게 말해요, 다른 차 하나를 배차하라고."

"많이 배려해주셔서 대단히 감사합니다, 총장님."

총장실에서 나오려고 이중으로 된 출입문 중에서 모로코산 가죽으로 장식된 첫번째 문을 막 여는 순간 총장이 나를 불러 세웠다.

"하마터면 깜빡할 뻔했네! 일이 많다 보니 머리가 복잡해서. 이리 와보세요."

나는 "네 총장님"이라고 대답하고, 다시 그에게로 갔다. 총장은 장식이 되어 있는 크고 두꺼운 봉투를 손에 들고 있었다.

"오늘 저녁 영국 영사관에서 행사가 있다더군. 나는 사전에 약속해둔 곳이 있어서. 그러니 여기 좀 다녀와요."

나는 총장이 내민 봉투를 받았다.

"근데 총장님, 부총장님들 중 한 분이 가거나, 비서실장이 가는 게 맞지 않을까요?"

"내 생각에도 그런데, 내가 참석 못 한다고 하니 당신이 왔으면 좋겠다고 하네."

"제가요?"

"그래요, 이름까지 말하면서 말이죠."

"저를 알지도 못할 텐데요. 뭔가 잘못된 것 같습니다."

"아니, 아니었어!" 총장이 말했다. 그는 내가 받아 든 봉투를 손가락으로 가리키며, "이브닝드레스라고 적혀 있네요. 서둘러요"라고 덧붙였다.

나는 황당했다. 처음 있는 일이었다. 총장은 당연히 여러 곳으로부터 초청을 받았다. 하지만 총장이 갈 수 없는 상황이면, 아까 말했듯이, 우리 학교를 대표할 위치에 있는 사람들 중 한 명을 그 대신 보내곤 했었다. 어째서 나 같은 이름도 모르는 하찮은 계약직 공무원을 초청한다는 거야? 부총장들이나 비서실장이 이상하게 생각할 수 있는 일이었다.

나는 방으로 돌아와 아주 근사하게 캘리그래피로 장식된 두꺼운 봉투를 열어봤다. 영국 왕실 문양 아래에 오후 7시 30분에 시작되는 리셉션에 참석을 부탁한다는 공손한 초청의 글이 쓰여 있었다. 참석 여부 회신란 밑에는 '검은색 넥타이'와 '만찬 정장'이라고 적혀 있었다. 평생 이런 초청을 받아본 적이 없고, 이런 곳에 가본 적도 없었다. 불안해졌고, 공황 상태가 고조됐다. 아는 사람도 전혀 없고, 어떻게 행동해야 할지도 모르는 초청을 받으니 어찌할 바를 몰랐다.

학교에서 따돌림당하고 수모의 대상이 되리라는 예상과는 달리 정반대의 상황을 맞았다. 어쨌든 쉴레이만이 아무에게도 말하지 않은 것이다. 물론 지금까지는. 무슨 꿍꿍이가 있는지 누가 알겠어. 나중에 협박할 생각인가? 그 자식은 무슨 일이든 할 놈이니까. 인정사정도 없고, 자기 말고는 어느 누구도 생각하지 않는 놈인 걸 잘 알고 있었다.

나는 한참 동안 책상에 앉아 있다가 갑자기 자리를 박차고 일어났다. 저녁에 해야 할 일이 많은데, 벌써 3시가 지나고 있었다. 먼저 비서실장실로 향했다. 손님을 위해 총장님이 차를 한 대 배차하라고 했다는 말을 전했다. 그는 늘 그랬듯이 활짝 웃으면서 내 가슴을 쳐다봤다. 대부분의 남자는 몰래 훔쳐보지만, 비서실장만큼은 전혀 개의치 않고 대놓고 보는 걸 즐겼다.

나는 "급합니다!"라고 했다.

그는 어딘가로 전화를 했다. 10분 뒤 본관 앞으로 내려가니 청색 포드 포커스가 기다리고 있었다. 운전기사는 전에 나를 한두 번 태운 적이 있는 일리야스라는 점잖은 청년이었다.

"일리야스, 자 빨리 우리 집으로 가요. 레벤트에 있는 우리 집으로."

퇴근 시간이 되려면 아직 멀었고 수만 대의 통근 버스가 아직 도로로 쏟아지기 전이라 적절한 시간에 레벤트에 도착했다. 일리야스에게 우리 집 위치를 자세히 설명하려던 찰나 생각을 바꿨다. 집에는 나중에 가기로 하고, 다른 주소를 말했다.

평일 근무 시간대 약속에 익숙하지 않던 미용사 메흐메트는 처음엔 날 보고 놀라더니, 곧이어 기뻐하며 반겼다. 이 게이 미용사와는 잘 지냈다. 착한 사람을 누가 싫어할까. 메흐메트도 그런 착한 남자였다.

"자, 내가 많이 바쁘거든. 저녁에 영사관 행사에 가야 해."

"그럼 올림머리를 해보자, 마야 언니!"

"원하는 대로 해봐. 너의 취향을 믿어."

미용실은 염색에 매니큐어, 페디큐어, 제모하는 사람들로 붐볐다. 그 사람들 사이에서 검은 머리는 나뿐인 것 같았다.

미용사들 중 한 명이 내가 앉아 있는 의자를 돌린 다음, 뒤로 눕히더니 작은 세면대에서 쓰다듬듯 머리를 감겼다.

머리를 하는 동안 나는 커피를 마시면서 병원에 있는 필리즈에게 전화를 걸었다. 바그너 교수는 좀 더 회복됐고, 내일까지 입원 치료를 받은 다음 모레면 퇴원할 수 있다는 사실을 필리즈로부터 확인했다.

메흐메트는 정말로 마음에 쏙 드는 올림머리를 만들었다. 한편으로는 목이 훤하게 드러나서 마치 벌거벗은 것처럼 느껴졌지만, '목걸이가 해결해주겠지'라고 생각했다. 나는 부잣집 사모님들처럼 대기 중인 승용차와 운전기사를 향해 걸어갔다. 날은 어두워지고 있었고, 진눈깨비가 다시 내리기 시작했다. 미용실이 위치한 시장에서는 사람들이 장을 보고 있었다. 구석에 있는 뵤렉* 전문점에서 뵤렉 1킬로를 샀다.

집에 도착하니 케렘은 늘 그랬던 것처럼 컴퓨터 앞에 앉아 있었지만, 이전처럼 절망에 빠진 모습은 아니었다.

"오오, 엄마. 내가 뭘 찾았는지 봐, 믿지 못할 거야."

프린터는 쉬지 않고 작동하고 있었다. 프린트된 것만 해도 벌써 한 뭉치나 되었다.

"봐봐. 아인슈타인이 아타튀르크에게 편지를 보냈다는 거 알고 있었어?"

"아니, 몰랐는데. 근데 그거랑 우리 일이랑 무슨 상관이야?"

"우리랑은 상관이 없는데, 막시밀리안 바그너랑은 상관이 있어."

입이 다물어지지 않았다. 내 아들이 뭘 찾은 거야. 나는 갔다 와서 전부 다 읽어보겠다고 아들에게 약속했다. 그러고는 사온 뵤렉을 접시에 올려놓고 샤워를 했다. 멋지게 꾸민 머리가

---

* 뵤렉börek: 튀르키예식 파이의 일종.

헝클어지지 않게 조심해서 씻었다. 침실로 가서 이틀 전 바그너 교수와의 저녁 식사 때 입고 간 검은색 이브닝드레스를 조심스럽게 입었다. 화장도 했고 금고에서 할머니의 목걸이를 꺼내 목에 걸었다. 거짓말이 아니라 거울에 비친 내 모습이 정말 마음에 들었다.

전혀 익숙하지 않은 케렘의 칭찬까지 듣자 더욱더 자신만만해졌다.

"엄마, 연예 프로그램에 나오는 여자들 같아, 진짜로."

"이젠 그만 찾아봐도 돼. 내가 읽어야 할 것도 많이 쌓였잖아. 공부를 좀 하든지, 아니면 텔레비전이나 봐."

케렘은 눈을 비볐다. 정말로 피곤해 보였다. 내 말에 반항하지 않는 것만 봐도 피곤한 게 분명했다. 케렘은 천천히 컴퓨터를 끄더니 갑자기 뭔가 생각이 났는지, 옆으로 손을 뻗어 다른 자료들과 분리해둔 종이 몇 장을 건넸다.

"봐, 이건 그 배랑 관련이 있는 것들이야."

난 그 종이들을 받았다. 첫 장에 아주 호기심이 발동하는 제목이 보였다.

비밀
내무부
경찰청
문서번호: 55912-S/1941년 9월 13일

"이게 뭐야?" 케렘에게 물었다. "그러니까 네게 찾아보라고 했던 루마니아에서 온 배랑 관련이 있는 거니?"

자랑스러운 듯 케렘의 얼굴에 미소가 번졌다.

케렘이 그 짧은 시간에 이렇게 많은 자료를 찾은 것이었다. 하물며 제대로 된 정보도 안 줬는데. 놀랄 일이었다. 인터넷이 이젠 주요 정보의 출처가 됐거나, 아니면 내 아들이 그동안 아주 빨리 성장한 것이다. 어쩌면 둘 다일지도.

그 프린트 자료에 뭐가 있는지 무척 궁금했지만, 읽을 시간은 없었다. 프린트된 것들을 침실에 있는 작은 협탁 위에 놓고 나왔다. 그러고는 다시 부잣집 사모님들처럼 문 앞에서 기다리고 있던 차에 올랐다.

영국 영사관은 페라 팔라스 호텔에서 아주 가까웠다. 석조로 된 크고 웅장한 건물이었다. 돌마바흐체 궁전*을 지을 때, 대영제국과 오스만제국은 영사관과 돌마바흐체 궁전을 두고 경쟁을 했고, 석제 광산과 석공을 두고도 꽤나 싸웠다는 내용을 읽은 적이 있었다. 나는 영사관 정문의 경비원에게 초청장을 내밀었다. 경비원은 공손하게 문을 열었다. 웅장한 건물의 대리석 계단을 올라가 거대한 샹들리에들이 환하게 밝히고 있는 홀 안으로 들어서자, 검은 옷을 입은 웨이터가 내 외투를 받아 들고는 앞장서 날 위층으로 안내했다.

위층에는 사람들이 많았다. 총영사와 부인이 홀 입구에 서서 손님들과 악수를 나누며 "웰컴"이라는 환영 인사와 함께 호

---

* 돌마바흐체 궁전Dolmabahçe Sarayı: 이스탄불 보스포루스해협 연안에 위치한 오스만제국의 초호화 궁전.

의가 담긴 인사말을 한두 마디 보탰다. 친근한 행동과 마주 보며 웃는 모습에서 어떤 손님들은 전부터 알고 지내던 사이임을 알 수 있었다. 앞에 있는 짧은 줄 뒤로 나도 줄을 섰다. 악수를 나누며 총영사에게 내 이름을 말했다. 그는 당연히 별로 할 말이 없었다. 난 이스탄불 대학교 총장을 대신해서 왔노라고 했다. 그 말에 붉은색이 도는 머리카락에 살집이 두둑한 총영사의 얼굴에 미소가 번졌고, 악수한 손을 더 꽉 쥐었다. 곁에 있는 아내에게 "이 교수님은 이스탄불 대학교에서 오셨어요"라고 설명했다. 총영사의 부인도 웃으며 내게 악수를 청했다. 그 순간에 교수가 아니라 계약직 대외 협력과 공무원이라고 바로 잡으면 이상할 것 같아서 그냥 조용히 있었다. 그들이 미소 짓는 것처럼 나도 미소로 답했다.

홀에 있는 모든 사람이 검은색 옷을 입고 있었다. 남자들은 대부분 턱시도를 입었고, 여자들은 패션 잡지에 나올 것 같은 차림새였다. 그들은 삼삼오오 짝을 지어 이야기를 나누었다. 어떤 웨이터들은 둥근 쟁반에 올려놓은 술을, 다른 웨이터들은 핑거 푸드, 작은 소시지, 꼬치를 꽂은 미트볼 등을 손님들 사이를 지나다니며 제공하는 중이었다. 나는 레드 와인 한 잔과 미트볼을 받아 들었다. 그 순간 아침에 발효 소시지와 달걀로 포식한 이후로 아무것도 먹지 않았다는 게 생각났다. 꽤나 배가 고팠다. 날 아는 사람이 아무도 없을 거라고 생각하며 웨이터가 지날 때마다 뭐든 집어 먹었다. 네모난 한입 크기의 파이, 칵테일 소시지, 새우…… 마지못해 온 리셉션이 신나는 만찬장으로 변하고 있었다.

내가 벽에 걸린 거대한 벽걸이 양탄자를 유심히 보고 있을 때, 총영사의 축사가 시작됐다. 첫 문장은 튀르키예어로 했고, 나머지는 영어로 했다. 축사가 끝나자 모두 박수를 쳤다.

술과 음식이 다시 제공되기 시작했다. 몇 번 사람들 사이에 끼여보려고 시도했지만, 아무도 내게 관심을 보이지 않았다. 나는 샴페인 한 잔을 들고 벽에 걸린 그림과 벽걸이 양탄자를 둘러봤다. 트라팔가르 전투*를 묘사한 대형 액자 앞에 서 있는데 오른쪽 뒤에서 누군가가 다가와서는 같은 그림을 보는 게 느껴졌다.

그는 내 어깨 위로 고개를 숙이더니, "지루하신가요?"라고 물었다.

고개를 돌려보니, 큰 키에 마르고 안경을 낀 영국인이 서 있었다.

"아니요, 모든 게 아주 맘에 드네요."

그는 주변을 훑어보더니 "여기 당신을 아는 사람이 많지 않은 것 같네요"라고 했다.

"맞아요. 아무도 없다고 할 수 있죠."

그는 고상하게 미소 지었다.

"아무도 없지는 않죠. 제가 당신을 아니까요."

"제가 학교에서 왔다는 건 아실 수 있죠."

"아닙니다. 직책에 대해서 말씀드리는 게 아니에요. 당신을

---

* 트라팔가르Trafalgar 전투: 1805년 영국의 해군과 프랑스, 에스파냐 연합군 간에 벌어진 해전으로 영국이 크게 승리했으나 넬슨 제독이 사망했다.

안다고 말씀드리는 겁니다.”

나는 웃었다. “자 그럼, 내 이름을 말해보세요.”

그는 인사하듯 가볍게 고개를 숙였다.

“미세스 마야 두란!”

온몸이 굳어버렸다. 얼굴에서 미소가 사라졌다.

“날 어떻게 아시죠?”

“최근에 당신을 아는 사람들이 늘었습니다. 모르고 계셨나요?”

“그게 무슨 말이죠?”

그는 양손으로 품위 있게 ‘잠시만’이라는 제스처를 했다.

“화내지 마세요, 당신께 샴페인 한 잔을 대접하고 싶은데요.”

그는 내 손에서 거의 비어가는 잔을 받은 다음, 웨이터로부터 시원한 샴페인을 받아서 건넸다. 그리고 자기 잔과 내 잔을 부딪치며, “유명하신 마야 두란을 위하여”라고 말했다.

“당신은 누구세요?”

“오, 죄송합니다. 실례했네요. 저는 영사관 주재관인 매슈 브라운입니다.”

그는 턱시도 주머니에서 명함을 한 장 꺼내더니, 격식 있는 태도로 건넸다.

“전 교수나 뭐 그런 사람이 아니에요.” 내가 말했다.

“압니다.”

“부총장도 아니고요. 그냥 평범한 공무원이에요.”

“알고 있습니다.”

그의 얼굴에서는 미소가 떠나지 않았다. 그러니까 자신감에 전혀 흐트러짐이 없고, 감정을 드러내지 않는 전형적인 영국 사람, 그런 부류에 속하는 사람이었다. 예전에 '영국인들은 겉으론 행복하지만 내면은 불행하다'라는 글을 읽은 기억이 떠올랐다. 잘생긴 남자였다. 휴 그랜트 같은 분위기도 띠었다.

"그런데 왜 날 초대한 거죠?"

"당신과 이야기를 나누고 싶어서요."

"어떤 이야기요?"

그는 하마터면 내가 손에 들고 있던 잔을 떨어트릴 만큼 놀라운 이야기를 꺼냈다.

"막시밀리안 바그너 교수에 대해서요."

세상에, 이 사람 누구야? 튀르키예 사람만으로도 모자라서 이제는 영국인도 날 쫓아다니고 있어. 이 젊은 영국인도 주재관이라는 탈을 쓴 스파이가 분명했다. 브라운이라는 이름도 이런 경우를 위해서 지어낸 이름이 아닐까?

영어 교재 개튼비*의 첫 문장이 생각났다. '미스터, 미세스 브라운은 해변으로 갔어요.'

"바그너 교수와 관련해서 뭘 이야기하고 싶으신가요?"

"뭘 했는지, 이스탄불에 왜 왔는지 그런 이야기들이죠."

"내가 그런 걸 당신한테 왜 이야기해야 하죠?"

"물론 꼭 하셔야 하는 건 아닙니다. 그냥 리셉션에서 나누는 잡담이라고 생각하세요."

---

* E. V. 개튼비Gatenby가 1949년에 처음 출판한 영어 교재. 1950~1970년대 중반까지 튀르키예 공립학교의 유일한 영어 교과서였다.

"우리 학교에서 강연을 하기 위해 오셨어요."

그가 눈썹을 추켜올렸다가 다시 내렸다.

"그게 전부는 아닐 텐데요." 그가 말했다.

"이게 다예요. 다른 건 모르겠네요."

"그럼 어제 쉴레에서는 뭘 하셨나요?"

빌어먹을! 이 사람도 쉴레에 대해서 아는구나! 우리는 우리만 있었다고 생각했었는데.

"저도 그럼 당신께 물어볼 게 있어요. 그 사람이 왜 그렇게 중요한 거죠?"

처음으로 그가 심각해졌고, 내 얼굴을 한참 동안 바라봤다.

"모르시는 게 더 나을 것 같군요."

이 말을 얼마나 단호하게 내뱉던지, 그 사람 입에서 다른 말은 결코 들을 수 없다는 확신이 느껴질 정도였다. 황당한 질문들 때문에 머리가 아파왔다. 메흐메트가 해준 올림머리와 섞어 마신 술도 두통을 부추긴 것 같았다.

나는 "전 가볼게요. 그럼 안녕히"라고 말했다.

"제가 안내해드리죠." 그가 답했다.

소란스러운 인파 사이를 지나 계단을 통해 아래층으로 내려갔다. 웨이터 한 명이 외투를 가져왔다. 매슈는 매너 있게 내가 외투 입는 걸 도와주더니 함께 차가 있는 곳까지 동행했다. 그는 내가 차에 오르기 전에 심각한 말투로 말했다. "미세스 두란, 그 사람의 활동에 대해 정보를 제공해주신다면, 영국 정부에 많은 도움이 될 겁니다. 그리고 우리 사이의 친목도 돈독해지는 것이고요."

내가 아무 말도 하지 않고 그의 얼굴만 쳐다보자 그는 계속 말을 이었다.

"사람은 늘 친구가 필요하다는 건 알고 계실 겁니다. 제 명함은 있으실 테고. 제게 연락 주세요, 부탁드립니다."

그는 날 차에 태운 후 점잖게 문을 닫았고, 튀르키예어로 "안녕히 가세요!"라며 배웅했다.

차는 영사관을 떠나 불빛 가득하고 반짝이는 이스탄불 밤의 혼잡한 도로로 접어들었다. 나는 올림머리를 풀어헤쳤다. 하이힐도 벗어버리고, 차창을 내리고 차가운 바람에 얼굴을 내밀었다. 혼란스러웠고 공황 상태에 빠진 것 같았다. 이 일은 이제 내가 감당할 수 있는 선을 넘었고, 곁에는 아무도 없었다. 오빠도, 남편도, 총장도 그리고 친구도. 오직 열네 살 먹은 아들만 곁을 지킬 뿐이었다. 컴퓨터 앞에서 날 위해 자료를 찾고 있는 어린 아들만이.

사실 이 일에 대해서는 직접 바그너 교수와 이야기를 해야 했지만, 병원에서는 그럴 수가 없었다. 차가 페라 팔라스 호텔 앞을 지날 때, "아!" 하는 탄식이 입에서 터져 나왔다. 지금 그가 이 호텔에 있다면, 그의 방으로 올라가서 '당신 누구야, 막시밀리안 바그너'라고 물었을 텐데. '이야기해봐요, 당신 누구야? 왜 모두들 당신을 감시하지?'

이 일로 내가 얼마나 지쳤는지 느껴졌다. 집으로 가서 아들이 수집한 자료들을 읽는 것 말고는 달리 방법이 없었다. 이마 오른쪽 위에서 시작된 두통을 가시게 하려고 그곳을 천천히 손으로 눌렀다.

일리야스가 "마야 부인, 괜찮으세요?"라고 물었다.

"아무것도 아냐, 일리야스. 머리가 조금 아파서 그래."

"원하시면 야간 당직 약국을 찾아보겠습니다."

이 친구는 쉴레이만과는 다르게 선한 사람임이 분명했다.

"고마워, 집에 약이 있어. 고마워, 일리야스. 당신은 참 좋은 사람이야."

"감사합니다."

집에 들어서면서 나는 하이힐을 벗어 손에 들었다. 케렘은 여전히 컴퓨터 앞에 있었다.

"엄마, 뭐가 이래. 끝이 없어."

"전부 다 필요한 건 아니란다. 바그너 교수가 누군지만 알면 충분해."

"엄마, 이 사람 지금 어디 있어?"

"병원에. 추위에 심하게 떨어서 치료를 받고 있어."

"언제 미국으로 돌아가?"

"아마 이틀 내로 갈 거야. 왜 물어보는 거니?"

"엄마한테 부탁이 있어."

나는 웃으며 아들에게 물었다.

"네가 조사한 것에 대한 보상으로?"

"그게 아니라, 그래도 내가 이 사람에 대해서 이렇게까지 노력했는데, 가기 전에 한번 만나게 해줘."

케렘의 요구에 난 당황스러웠다.

"왜 만나고 싶은데?"

"살면서 이 사람보다 더 중요한 사람은 못 본 것 같아서!"

"중요하다는 걸 네가 어떻게 알아?"

"아휴, 엄마아아! 중요한 사람이 아니면 이렇게 요원들이 감시를 하겠어? 그 사람이 스파이들의 대부니까 그러겠지."

"스파이들의 대부"라는 말을 머릿속에서 이리저리 굴려가며 나는 주방으로 향했다. 서랍에서 알카셀처*를 꺼냈다. 물잔 속에 넣고 녹는 걸 지켜봤다. 그러고는 전부 다 마셨다. 편두통이었다면 렐팍스**를 먹었겠지. 세월이 흐르면서 나는 어떤 두통이 편두통이고, 어떤 두통이 일반적인 두통인지 구별할 수 있게 되었다. 이번 두통은 스트레스, 흥분, 머리를 쪼이는 올림머리 그리고 빈속에 마신 술로 인한 두통이었다. 나는 알카셀처가 30분 내에 두통을 가라앉힐 것을 알고 있었다.

따뜻한 물 아래서 샤워를 했다. 따뜻한 물로 목 뒤를 한참 동안 풀어줬다. 머리도 감았다. 더 이상 올림머리는 필요가 없었다. 샤워를 하면서 매슈 브라운에 대해 생각해봤다. 이제 이런 사람까지 나타나다니. 그는 나보고 영국 정부에 도움을 달라고 했다. 내가 누군데 여왕의 정부에 도움을 준단 말이야!

나중에 어떤 지원을 해주겠다는 거지? 돈을 주겠다는 건가, 일자리를 주겠다는 건가? 아니면 아들이 영국에서 공부할 수 있도록 도와주겠다는 말인가? 어쩌면 아주 나쁜 제안도 아니었다. 바그너 교수가 말한 몇 마디를 전해주고, 그다음에 매슈

---

* 물에 녹여 마시는 발포 소화제 및 진통제로, 가벼운 감기 또는 두통에 효과가 있다.

** 편두통 치료제.

와 저녁 식사 그리고 영국 정부의 보호 아래 들어가는 것까지. 바그너 교수가 들려줬던 독일 스파이 치체로가 떠올랐다. 치체로 때처럼 위조지폐로 사기를 치려는 걸까?

따뜻한 샤워와 약이 효과가 있었는지 두통이 나아지는 것 같았다. 나는 샤워를 끝낸 후, 부르사*산 수건으로 몸을 닦고, 샤워 가운을 걸치면서 낮게 허밍 소리를 냈다. 너무도 놀랍게도 바그너 교수가 연주하던 세레나데의 도입 부분을 그대로 따라 하고 있었다. 그가 그 멜로디를 얼마나 반복해서 연주했던지 머릿속에 박혀버린 모양이었다. 그가 멈췄던 부분에서 내 허밍도 멈췄다. 더 이상 연주를 하지 않았었기에 뒷부분은 알지 못했다.

연주를 왜 멈췄을까? 추워서 손이 얼어버렸나? 하지만 그랬다면 처음으로 다시 돌아가서 연주하지 않았을 텐데. 뒷부분을 잊어버렸을 가능성이 컸다. 이것도 그에게 꼭 물어볼 질문 중 하나였다.

케렘에게서 프린트된 자료 한 무더기를 건네받았다.

"나한테 이 자료들이 있는 웹사이트 주소도 주겠니?"

"당연하죠."

나는 케렘에게 "잘 자!"라고 말하고 침실로 갔다. 자료 뭉치들을 살펴보기 시작했다. 자료들 중에서 아인슈타인과 관련된 내용이 가장 궁금했다. 상대성 이론에 정신이 팔려 있던 물리학자가 아타튀르크와 무슨 상관이 있었다는 거지? 게다가 바

---

* 부르사Bursa: 튀르키예 서부의 공업도시로 섬유공업이 발달한 곳.

그녀 교수와는?

나는 프린트된 자료들을 읽기 시작했다. 읽을수록 눈이 번쩍 뜨였다.

이렇게 긴 시간 동안 글을 쓰느라, 솔직히 말하면 써두었던 글을 복사해서 붙이고 편집하며 정리하고 있자니 목이 뻣뻣해졌다. 목 원편이 아파오기 시작했다. 자리에서 일어나 다시 운동을 해야 할 것 같았다. 앞에 놓인 화면에 비행기가 대서양을 지나는 표시가 들어왔다. 보스턴에 착륙하기 전까지 이 이야기를 마무리해야 한다는 조바심이 들었다. 이제부터 복사해서 붙일 부분들에는 추가할 내용이 거의 없다. 전에 노트북에 써서 저장해둔 글들이 대부분이다. 목격한 것과 대화한 내용들이라서 더 쉬울 것 같았다.

노트북 배터리가 얼마 남지 않았다. 어떻게든 배터리를 먼저 해결해야 하는 상황이었다.

나는 앞쪽에 앉은 승무원 곁으로 가서 몇 마디 질문을 던졌다. 미국에는 얼마나 있을 거며, 언제 돌아오는지, 평소 시차는 어떻게 극복하는지 등을 물어봤다. 승무원도 지루했던지 질문에 기꺼이 대답했다.

승무원은 해외 비행의 경우 평균 3일 정도 도착한 국가에서 머문다고 했다. 앞선 비행으로 그곳에 당도해 쉬고 있던 승무원들이 이번에 온 비행기를 타고 돌아간다고 말했다. 이제는 이런 스케줄에 적응했다는 말도 덧붙였다. 미국으로 갈 때보다는 올 때 시차를 더 많이 느끼는 모양이었다. 어떤 조종사와 승무원 들은 시차를 극복하기 위해 멜라토닌*을 복용하기도 하지만, 그녀 그러니까 레나타는 약을 먹고 싶지 않아서 이런 생활 리듬에 적응하려는 중이라고 했다. 레나타는 원하는 게 있는지 묻고는, 시원한 과일을 준비해주겠다고 했다. 그녀는 내가 작가인 것 같다며, 이륙한 뒤로 계속 작업을 하고 있어서 눈에 띄었다고 했다. 자주 볼 수 있는 광경은 아닌 모양이었다.

나는 작가라고 소개했다. 그녀는 내가 어떤 주제에 관해서 쓰고 있는지를 물었다. 나는 제2차 세계대전 당시 튀르키예로 망명 온 독일 교수에 대해서 쓰고 있다고 답했다. 그녀는 놀란 듯 그런 사실은 들어본 적이 없다고 말했다. 나는 이해한다는 미소를 지어 보이면서, 아무도 모르는 사실이라고 했다. 그러고는 레나타에게 고맙다고 인사하고, 시원한 과일을 주면 아주 감사하겠다고 말했다. 그리고 작은 부탁이 있다고 덧붙였다.

"혹시 노트북 배터리를 충전할 수 있을까요?"

"물론입니다."

우리는 함께 6C 좌석으로 가서 노트북을 가져왔다. 그녀는 노트북을 승무원들이 사용하는 칸으로 가져가 전원에 연결했다. 나는 이제 과일을 먹고 좀 자두어야겠다. 레나타, 고마워요.

---

* 불면증 치료를 위한 호르몬제.

9

대통령 각하

OSE* 세계연합 명예회장의 이름으로, 40명의 독일 교수와 박사 들이 튀르키예에서 학문적, 의학적 연구를 계속해나갈 수 있도록 허가해주실 것을 각하께 간곡히 요청드립니다. 위에서 언급한 사람들은 독일 법률로 인해 직업적 활동을 영위하지 못하고 있습니다. 이들 대부분은 많은 경험과 지식, 학자로서의 능력을 보유한 사람들입니다. 어느 국가에 정착하게 되든 그 국가에 많은 도움이 될 것이며, 이를 본인들이 증명해 보일 것입니다.

이들이 귀국에 정착해서 연구 활동을 계속 이어갈 수 있도록 허가해주실 것을 각하께 부탁드립니다. 이 40명의 숙련된 전문가와 우수한 학자 들은 수많은 신청자 가운데 선발된 사

---

* OSE: 아동원조협회(Œuvre de Secours aux Enfants). 제2차 세계대전 전후, 나치의 학살에서 유대인 아동을 구한 프랑스계 유대인 인도주의 단체.

람들입니다. 이 학자들은 1년 동안 귀국 정부의 지침에 따라 대가 없이 귀국 기관에서 근무할 각오가 되어 있습니다.

저의 이 요청을 귀국 정부가 승낙한다면 이는 단지 최고의 인도적 구원 활동일 뿐 아니라, 귀국에도 이익이 될 것이라는 저의 믿음을 감히 말씀드리고자 합니다.

각하의 충실한 신하 됨을 영광으로 여기며.

교수 알베르트 아인슈타인

케렘이 인터넷 검색으로 수집한 자료들 가운데 가장 먼저 이 편지를 읽었다. 한 무더기의 자료를 품에 안고 침대에 앉았을 때, 내 옆에는 전원에 연결된 노트북이 놓여 있었다.

학교에 있던 데스크톱을 노트북으로 교체하길 잘한 것 같았다. 경우에 따라 노트북을 집으로 가져오는 날도 있었다. 노트북을 가져올 수 있어서 겨우 2분 케렘의 컴퓨터를 쓰려고 두 시간을 기다리는 일은 없어졌다.

케렘이 준 자료의 두번째 장을 보니, 알베르트 아인슈타인의 편지는 1933년 9월 17일에 작성된 것이었다. 수신처는 튀르키예공화국 총리실이었다. 이 편지를 읽자마자 아인슈타인이 명예회장으로 있었다는 OSE가 궁금했다. 노트북을 열고 OSE를 검색하기 시작했다.

화면에는 꽤 많은 OSE 관련 자료가 떴다. 그중에는 오사카 증권거래소(Osaka Securities Exchange)부터 임베디드 운영 체계(Operation System Embedded)에 이르기까지 없는 게 없었다. 약자를 아인슈타인과 연결 지은 다음에야 겨우 제대로 된 정보를

세레나데 217

찾을 수 있었다. 인터넷에서 검색 엔진을 사용하는 건 전혀 어렵지 않았다. OSE는 나치가 집권할 당시 파리에 설립된 유대인 구원 단체였는데, 명예회장이 정말로 알베르트 아인슈타인 교수였다.

베를린 대학교에서 강의하던 아인슈타인은 나치의 영향력이 커지자, 더 이상 독일에 있을 수 없다고 판단했다. 그리고 파리로 건너갔다. 편지는 칼리지 드 프랑스에서 교수로 재직할 무렵에 쓴 것이었다. 1933년 9월 17일 독일에 있던 유대인 교수들을 구출할 목적으로 이 편지를 아타튀르크에게 보낸 것이다.

바그너 교수는 사실 이보다 훨씬 뒤에 튀르키예로 왔지만, 그래도 이 편지가 모든 것의 시작이었다.

인터넷 사이트를 둘러보면, 아인슈타인이 아타튀르크에게 보낸 이 편지를 두고 굉장한 흥분과 민족적 자긍심을 드러내는 글이 많았다. 사실 그럴 만도 했다. 어찌 됐건 독일 나치즘에 대항하는 일종의 연대였기 때문이다. 그러나 다른 자료들을 찾아보니, 케렘이 그렇게 흥분했던 이 사건에 다른 면이 있었다.

먼저 그 편지는 아타튀르크에게가 아니라, 튀르키예공화국 국무회의 앞으로 보낸 것이었다. 게다가 글 말미에 친필 서명이 있긴 했지만, 편지를 쓴 사람은 알베르트 아인슈타인이 아니라 OSE 집행부였다. OSE 관계자에 따르면, 알베르트 아인슈타인은 9월 17일이 포함된 열흘간 파리에 없었다. 아인슈타인은 OSE 압인이 찍혀 있는 빈 종이에 서명을 남겨, 필요한 경우

OSE 집행부가 사용할 수 있도록 해두었던 것이었다.

이런 경우에 이 편지를 아인슈타인의 편지로 볼 수 있을까?

내 생각에는 가능한 일이다. 많은 정치인의 연설문도 '유령 작가'에 의해 작성되는데도 불구하고 그 정치인의 말로 받아들여지지 않는가? 이 편지도 그런 것이었다. 아인슈타인 자신이 파리에 없었다고 해도, 편지에 들어갈 내용은 틀림없이 알고 있었을 것이다. 알베르트 아인슈타인의 서명이 날인된 이 편지는 개인적인 메시지가 아니라 공식 서한이었다.

나는 검색을 계속했다. 그 당시 튀르키예 총리는 이스메트였다. 성을 사용하도록 하는 법률이 국회를 통과하기 전이라 이뇨뉴라는 성을 사용하지 않을 때였다. 총리는 이 편지를 받고는 친필로 편지 구석에 지시 사항을 남긴 다음 교육부장관 레싯 갈립 박사에게 보냈다.

하지만 그 이후에 내린 결론은 부정적인 것이었다.

총리 이스메트는 아인슈타인의 요청을 거부하며 1933년 11월 14일 자 공식 서한에서 이렇게 밝혔다.

존경하는 교수님

귀국 집권당 정부의 정책으로 인해, 독일에서 학문적, 의학적 연구를 계속할 수 없는 40명의 교수 및 의사 들이 튀르키예에 망명할 수 있도록 허가를 요청한 서한을 접수하였습니다. 그분들이 우리 정부기관에서 1년 동안 무보수로 일할 의사를 표명한 것도 확인하였습니다. 제안하신 내용이 매우 건설적이기는 하나, 우리의 법률과 법령에 의거, 귀하에게 긍정적인 답변을 드릴 수 없어 유감입니다.

존경하는 교수님, 아시다시피 우리 정부는 현재 40명 이상의 귀국 교수와 의사 들을 이미 고용하고 있습니다. 대부분 유사한 자격과 능력을 보유한 분들로, 이분들도 동일한 정치적 상황 아래에 있습니다. 이 교수와 의사 들은 우리나라의 관련 법률과 조건에 따라 근무하기로 하였습니다.

우리 정부는 다양한 문화와 언어, 민족으로 구성된 균형 있는 조직을 꾸리기 위해 노력하고 있습니다. 따라서 우리가 직면하고 있는 현 상황에서 더 많은 귀국의 인원을 고용하기는 불가능하다는 사실을 유감스럽게 전하는 바입니다.

존경하는 교수님,

귀하의 요청을 수용하지 못하는 것에 대해 유감을 표명하며, 진심을 담아 이해를 구합니다.

총리의 이 편지만 보면 독일 학자들의 망명을 막은 것처럼 보이겠지만, 결과는 그렇지 않았다. 튀르키예 정부는 아인슈타인이 요청한 40명뿐만이 아니라, 총 190명 학자들의 망명을 받아들였다. 먼저 독일에서 학자들이 망명을 했고, 1938년 오스트리아 병합 이후에는 오스트리아에서, 그리고 1939년 나치 침략 이후에는 프라하에서 망명을 했다.

나는 바로 노트북에 새 폴더를 만들었다. '조사할 내용'이라는 제목을 붙이고, 첫번째 항으로 '오스트리아 병합'을 적었다. 그리고 케렘의 자료를 다시 읽기 시작했다.

이 당시 튀르키예 정부의 도움은 효과가 있었다. 9개월 동안의 수용소 생활 뒤 구출된 치과 의사 알프레트 칸토로비치*를 포함한 많은 뛰어난 인사가 이스탄불에서 자신과 가족을 위해 새로운 삶을 영위할 기회를 얻을 수 있게 되었다.

총리와 국무회의의 부정적 의견에도 불구하고, 이 학자들을 튀르키예로 올 수 있게 만든 힘은 무엇이었을까? 몇몇 문헌은 당시 대통령을 지냈고, 튀르키예의 빠른 현대화를 소망했던 케말 아타튀르크에게서 그 이유를 찾는다. 이 문제를 연구했던 연구원들에 따르면, 아타튀르크는 직접 개입해서 학자들의 입국을 전면적으로 허용했다.

귀빈 자격으로 방문한 이란의 왕을 위해 준비한 돌마바흐체 궁전 환영 만찬에 첫 망명자 그룹을 초대한 사람도 아타튀르크였다. 아타튀르크는 망명자 모두와 일대일 면담을 하면서 환영 인사를 건넸다고 한다. 게다가 치과 의사 알프레트 칸토로비치 박사는 이때 방문한 이란 왕의 치아를 치료했고, 안과 의사 요제프 이거스하이머**는 이란 왕의 안경 처방전을 써줬다고 한다.

이 자료들에는 내가 이해할 수 없는 수많은 용어가 보였다. 모든 용어의 개념을 찾아서 뜻을 이해하기 위해 나는 나름 애를 썼다. 몇몇 용어를 노트북의 '조사할 내용'에 포함했다. 그

---

* 알프레트 칸토로비치(Alfred Kantorowicz, 1880~1962): 프로이센 태생이며 독일로 이주 후 나치를 피해 튀르키예로 망명하여 현대 치의학 발전에 중요한 역할을 했다.
** 요제프 이거스하이머(Joseph Igersheimer, 1879~1965): 독일 태생으로 나치를 피해 튀르키예로 망명하여 현대 안과 의학의 기초를 세웠다.

리고 자료 읽는 걸 잠시 중단하고 인터넷 검색을 시작했다.

내가 이해하기로 '오스트리아 병합'은 독일이 오스트리아를 침략한 사건을 말하는 것이었다. 1806년 신성로마제국이 해체된 이후, 독일 민족의 통합이 새로운 이념으로 떠올랐고, 아돌프 히틀러도 오스트리아 병합으로 독일 민족 통합의 첫걸음을 내디뎠다.

이 내용을 제대로 숙지하기 위해 역사적 사실을 잠깐 참고해야 했다. 튀르키예는 제2차 세계대전에 참전하지 않았기에 내 지식에는 한계가 있었다. 솔직히 말하면 할리우드 영화를 통해 알게 된 내용 정도가 전부였다.

1932년 가을, 독일 총선에서 아돌프 히틀러가 당수였던 국가사회주의 독일 노동자당이 승리했다. 그리고 히틀러는 1933년 독일의 수상이 되었다.

이후 나치의 목표는 독일에서 살고 있는 유대인의 씨를 말리는 것이었다. 사실 나치의 반유대인 행위는 이보다 더 먼저 시작되었지만, 집권과 동시에 유대인에 대한 탄압이 크게 증가했다. 이로 인해 많은 수의 유대인이 독일을 떠나기 시작했다.

나는 갑자기 쏟아지는 잠 때문에 눈이 따가웠다. 오늘도 길고 긴 하루였고, 피곤했다.

게다가 자료 조사를 케렘에게 떠넘긴 게 얼마나 큰 실수였는지 깨닫기 시작했다. 나도 소화해내기 힘든 역사적 사실을 열네 살짜리 아이가 어떻게 알겠어? 하지만 그래도 아들의 인생에 의미 있는 일이 되었을 거라는 생각이 들었다. 내일 학교에서 아인슈타인이 아타튀르크에게 편지를 보냈다는 일화를 이야기하면서 분명히 우쭐댈 것이다. 선생님도 이 사실을 모르고 있을 가능성이 크니 말이다.

잠들기 전 마지막으로 나는 불쌍한 외할머니를 생각했다. 끔찍한 일을 당했지만 결코 내색하지 않으셨던 분이다. 사실 많은 튀르키예 가정에 이런 말 못하는 비밀이 존재했지만, 과거에 대해서는 다들 언급을 피했다. 마치 그 끔찍한 사건을 입 밖으로 꺼내면, 모든 사건이 또다시 일어나기라도 하는 것처럼……

튀르키예에서는 대부분의 문제를 정부가 해결하고 청산하기보다는 우선 덮어버린다. 어쩌면 이런 관행이 낳은 결과가 아닐까?

이 나라에선 쿠르드족부터 빈곤까지, 거의 모든 문제를 못 본 척하거나 무시해버리곤 한다. 이를 반대하는 사람이 문제를 제기하면, 마치 반대하는 사람이 그 문제를 만들어낸 것처럼 그 사람에게 분노한다. 다른 생각은 대부분의 경우, 적으로 간주되는 이유였다.

사회적 무언의 약속으로 사건에 대해 침묵하기로 결정하고는 결코 젊은 세대에게 알려주지 않는다. 나는 이것이 좋은 것인지, 나쁜 것인지 모르겠다. 우리는 어느 누구의 적도 되지 말아야 한다는 교육을 받고 자랐다. 긍정적인 면도 있겠지만, 그 대가로 과거에 대해 끔찍할 정도의 무지가 자리 잡았다.

혹시라도 외할머니랑 아주 가까웠더라면, 외할머니도 할머니처럼 당신이 겪은 일을 내게 이야기해주셨을 것이다. 하지만 두 분 모두 자신의 과거를 숨기셨고, 다른 신분으로 살아오셨다.

　의식이 흐려지면서 깊은 잠에 빠지려던 순간, 이 존경하는
두 명의 여인을 위해 기도했다. 기도를 끝까지 마쳤는지는 기
억나지 않지만.

10

다음 날 아침, 프린트된 자료들과 노트북 속에서 눈을 떴다. 자료들, 정보들, 내가 찾고 있는 주제들이 일상을 가득 채웠다. 내가 알지 못했고, 이해할 수 없는 것이 너무 많았다. 바그너 교수, 나디아, 스파이, 살인, 외할머니……

불현듯 그 흰색 르노 차량이 생각났다. 세 명의 정보요원도 최근 들어 전혀 볼 수가 없었다. 이유가 뭘까? 혹시 날 감시하는 걸 포기했나? 오빠가 그들에게 감시하지 말라고 부탁이라도 한 걸까? 총장도 다시는 그 이야기를 꺼내지 않았고, 전혀 묻지도 않았다. 이유야 어떻든 그들에게서 해방되었다. 어쩌면 이 사건에 대한 조사권이 오빠에게 넘어간 것일지도 모르겠다. 오빠가 우리를 감시하고 있는 걸까?

그래서 그날 아침 오빠가 막시밀리안 바그너 파일을 가져오라고 한 걸까? 아니면 처음부터 조사하고 있었던 걸까? 근데 쉴레에서 내가 전화를 했을 때 오빠는 전혀 모르는 것처럼 행동했었는데. 놀라기까지 했잖아.

주변에서 일어나는 사건과 머릿속을 들고 나는 화제가 빠르게 바뀌고 있었지만, 일상은 변함없이 계속됐다. 언제나처럼 또다시 하루가 시작되었다. 케렘을 깨우고, 아침을 먹인 다음 학교에 보내고, 출근하는……

그날은 근사한 아침을 준비할 여력이 없었다. 왠지 모르겠지만 몸이 무거웠다. 관절에 통증을 느꼈다. 해야 할 일이 없었다면 하루 종일 집 밖에 나가지 않고 텔레비전이나 보며 책이나 읽었을 그런 하루였다. 아침 식사로 콘플레이크를 먹었는데 난 발효유를, 케렘은 그냥 우유를 부어서 먹었다.

케렘은 매일 아침 내가 자기를 통학 버스에 태우기 위해서 동동거리는 것을 알고 있었기에 서두르지 않았다. 내가 어떻게든 버스에 태울 것을 알고 있으니 늦어도 상관하지 않았다. 내가 쉬지 않고 "자, 아들. 자, 아들. 늦었어, 버스 놓치겠어!"라고 소리치면서 등 떠미는 것에 케렘은 익숙해져 있었다. 하지만 그날은 케렘이 당황했다. 내가 채근하는 말을 전혀 하지 않았기 때문이다.

케렘은 느긋하게 아침을 먹었고, 오히려 장난까지 쳤다. 잠시 후, 분위기가 이상하다는 걸 눈치챘는지, 아빠한테서 생일 선물로 받은 카시오 잠수부 시계를 확인했다. 그러고는 미간을 찡그리더니 날 뚫어져라 쳐다봤다. 난 관심을 주지 않고, 계속 손에 펼쳐 든 신문만 읽었다. 속으로는 웃음이 나왔지만 전혀 내색하지 않았다. 케렘은 점점 안절부절못했지만 내게 뭐라고 하지는 못했다.

케렘은 한두 번 더 시계를 보더니, "엄마, 오늘 무슨 요일이야?"라고 물었다.

나는 신문에서 눈을 떼지 않은 채 "금요일!"이라고 대답했다. 그리고 변함없는 자세로 "무슨 일이라도 있니?"라고 물었다.

"그러니까 주말이 아니잖아. 학교 가야지."

난 대충 "그래!"라고 답하고, 신문을 한 장 넘겼다.

케렘의 속은 타들어 갔지만, 난 지난 몇 년간의 복수라도 하듯이 즐거웠다. 결국은 참지 못하고 케렘이 식탁에서 뛰쳐나갔다.

"엄마, 뭔 일이 있는 거야? 통학 버스를 놓치겠어. 2분 남았어."

"그래? 난 몰랐네."

케렘은 현관으로 뛰어가서 외투를 입기 시작했다. 화난 사람처럼 행동하려고 했지만, 그럴수록 더 어린애 같았다. 아직은 귀여운 꼬마였다. 나는 케렘의 곁으로 가서 웃었다.

"서두를 필요 없어. 오늘 내가 널 학교에 데려다줄 거야."

"엄마가?"

"그래."

나는 창문으로 가서 밖을 내다봤다. 예상한 대로 일리야스가 와 있었다. 케렘을 곁으로 불러 아파트 입구에서 기다리고 있는 포드 포커스를 가리켰다. 일리야스는 차에 기대 담배를 피우고 있었다.

"자, 우리 차야. 저 아저씨가 운전사고."

케렘이 "와 존나!"라고 했다. 나는 케렘이 내뱉은 말을 잡기라도 하려는 듯 아이의 입을 막았다.

"그럼 부잣집 애들처럼 나도 운전기사가 있는 차로 학교에 가는 거야?" 케렘이 물었다.

"그래!"

"엄마, 대학에서 왜 엄마한테 차를 보낸 거야? 바그너 때문에?"

"응!"

"이 사람 갈수록 마음에 드네!"

케렘을 놀라게 할 일이 하나 더 있었지만 그 순간에는 이야기하지 않았다.

우리는 밖으로 나가 차에 올랐다. 공손한 일리야스는 차 문을 열어줬다. 내 왼쪽에 앉은 케렘은 이웃들 중에서 우리를 지켜보는 사람이 있는지 이웃집 창문을 살폈다. 이렇게 차를 타고 가는 게 아주 마음에 든 것처럼 보였다. 웃지는 않았지만 케렘의 얼굴에 자리 잡고 있던 불행의 흔적은 찾아볼 수 없었다. 오히려 학교가 가까워질수록 얼굴에 웃음기가 보였다. 나도 이런 기회를 틈타, 케렘이 내리기 전에 볼에다 뽀뽀를 했다. 케렘도 거부하지 않았고, "그래 잘 가!"라고만 했다.

나는 학교 사무실로 와서 며칠 동안 제쳐두었던 업무를 처리했고, 며칠 치의 일간신문을 훑어봤다. 우리 대학과 관련해서 해명을 해야 하거나 관심을 두어야 할 뉴스는 없었다. 그렇지만 그런 일은 자주 생겼다. 언론은 통제받지 않는 파급력 큰 뉴스가 필요했고, 우리는 이런 일로 종종 골치를 썩었다. 이런 종류의 뉴스와 사설에는 개인적인 욕망이 개입되는 경우도 있었다. 유급된 학생의 아버지나, 세탁 또는 주차장 관리권 입찰에서 떨어진 업체, 총장을 꿈꾸는 경쟁자들 또는 정치적인 이유로 총장에게 화가 난 사람들이 총장을 비난하기 위해 언론을 이용하곤 했다.

우리는 이런 뉴스를 보도한 기자들을 학교로 초청해서 정확한 정보를 제공했고, 그들의 자존심을 치켜세워 줬다. 우리의 해명을 듣지 않는 사람들에게는 소송을 통해 반박하기도 했다. 하지만 내가 직접 이런 일에 관여하지는 않았다. 일단 법적으로 해결하기로 결정되면, 그 일은 더 이상 내 업무가 아니었다. 내 기본적인 업무는 문제가 될 만한 것을 파악하는 것이었다. 그래서 신문 보도를 절대 놓쳐서는 안 됐다.

나는 일을 끝내놓고 학교 식당에서 점심을 해결했다. 사실 배가 고파서 학교 식당을 간 것은 아니었다. 진짜 이유는 네르민 부인을 만나기 위해서였다. 몸집이 통통한 중년의 여성인 네르민 부인은 점심 식사를 거르는 법이 없었다. 그는 우리 대학의 기록물 보관소 책임자였고, 괜찮은 여자였다. 전공은 문헌정보학이었다. 그날은 그녀를 꼭 만나야만 했다.

내 생각은 틀리지 않았다. 식사를 하기 전에 그녀를 만날 수 있었다. 운 좋게도, 내가 말을 걸기 전에 그녀가 먼저 친근하게 다가왔다.

"오오오, 마야, 얼굴 보니 반갑네."

우리는 자연스럽게 식사를 같이하게 됐다. 대화 중 적당한 때에 총장님의 손님이 와 계시고, 그 손님 때문에 몇 가지 자료가 필요하다고 설명했다.

"바그너 교수 말이야?" 그녀가 물었다.

"예!"

"물론이지! 우리 대학에서 근무하신 외국인 교수들에 대해서는 별도의 자료들이 있어. 원할 때 언제든지 와서 봐."

나는 "식사 후에 가도 될까요?"라고 물었다.

입에 음식이 가득 차 있는 바람에, 그녀는 눈과 고개로 '응'이라고 답했다.

30분 후 수십만 개의 파일이 분류되어 있는 기록물 보관소로 갔다. 네르민 부인은 자료 수집과 분류에 관해 새로운 일이 생겼다고 설명했다. 새로운 자료들은 바로 디지털화하고, 기존 기록물은 디지털화 과정을 거치기 위해 많은 작업을 하고 있다고 했다.

"혹시 외국인 학자들에 대한 자료도 디지털화됐나요?" 그녀에게 물었다.

"아니! 안타깝게도 아직 순서가 안 됐어. 여기에 얼마나 많은 자료가 있는지 못 믿을 거야."

그녀는 공간 절약 방식에 알맞게 놓인 자료 보관대 사이를 통과해서 나를 어떤 곳으로 데려갔다.

"자, 원하는 자료는 모두 여기 있어. 미안해, 자기 혼자 있어야겠다. 난 일이 많아서."

나는 혼자 있게 해줘서 정말 고마웠다. 곧이어 서류철에 적힌 이름들을 읽어나가기 시작했다.

에른스트 로이터, 프리츠 노이마르크, 파울 힌데미트, 알프레트 브라운, 루스 셀로, 로버트 안헤거, 막시밀리안 루벤, 에른스트 프레토리우스, 루돌프 벨링, 카를 에버트, 마가레테 슈테-

리호츠키, 율리우스 슈테른, 브루노 타우트, 한스 보드란더, 에두아르트 추크마이어, 조지 타보리, 알프레트 요아힘 피서, 클레멘스 홀츠마이스터, 마르틴 바그너, 구스타프 욀스너, 에르나 에크슈타인, 에른스트 엥겔베르크…… 리스트는 이렇게 계속 이어졌다. 이 학자들의 대부분은 이스탄불에, 소수는 앙카라에 거주했었다.

기록물 중에는 이런 글이 있었다.

독일 나치 정권으로부터 탈출해서 튀르키예로 온 학자들은 이스탄불 대학교의 기초를 완성하였다. 스위스인 학자 알베르트 말체가 계획한 대학 개혁은 1933년 실행에 옮겨졌다. 오스만제국 시대의 과학원은 이스탄불 대학교로 그 명칭이 바뀌었다.

튀르키예공화국은 수립 10년을 맞이했다. 새로운 공화국 정권은 서구화를 갈망하였기에 법학, 의학 등 학문 분야에서 도서관과 교육 시스템의 구축 및 고고학자 양성과 관련하여 독일 학자들을 신뢰했다. 이 독일 학자들은 의학, 식물학, 지리학, 화학, 생화학 분야에서도 활약하였다.

이 외국인 교수들은 한동안은 수업을 하며 통역을 거쳤으나, 3년 내에 튀르키예어를 배워서 튀르키예어로 수업하는 것이 조건이었다.

독일 교수들은 튀르키예 교수들보다 다섯 배나 많은 보수를 받았다.

자료를 통해 알게 된 건 다섯 배나 많은 보수에도 불구하고 이들 교수의 삶이 그리 편안하지만은 않았다는 사실이었다. 이스탄불에서도 그리스인, 아르메니아인, 유대인에 대한 반감이 생겨났다. 나치를 지지하는 사람들은 히틀러의 교수들을 다시 독일로 보내야 한다고 튀르키예 정부에 압력을 가했다. 교수들은 튀르키예어를 배우는 데 어려움을 겪었고, 몇몇 교수의 경우에는 튀르키예에 대해 선입견이 있었다. 튀르키예 교수들은 자신들보다 더 많은 보수를 받는 외국인 교수들을 고운 눈으로 보지 않았다. 이런 많은 이유가 손님이었던 외국인 학자들의 삶을 힘들게 했다.

그럼에도 불구하고, 그들의 업적은 튀르키예 교육 시스템의 초석이 되었고, 그중 몇몇 교수는 수십 년 동안 튀르키예에 남았다. 유언에 따라 튀르키예에 묻힌 사람들도 있었다.

보스포루스해협에 있는 아시얀 묘지에는 쿠르트 코스비히*와 에리히 프랑크** 박사의 묘가 나란히 있다. 저명한 건축가 브루노 타우트는 에디르네카프 묘지에, 고고학자 클레멘스 보슈는 페리쾨이 묘지에서 영면에 들었다.

플리츠 노이마르크 교수는 경제대학을 설립했고, 튀르키예에서 19년 동안 살았다. 그 뒤 독일로 돌아갔고, 프랑크푸르트

---

* 쿠르트 코스비히(Curt Kosswig, 1903~1982): 독일의 동물학자이자 생물유전학자로 1937년에서 1955년까지 이스탄불 대학교에서 교수로 재직했다.

** 알프레트 에리히 프랑크(Alfred Erich Frank, 1884~1957): 유대계 독일인 의사이자 교수. 나치의 박해를 피해 1934년 이스탄불로 이주, 이스탄불 대학교에서 교수로 재직했다.

대학교에서 두 차례나 총장으로 선출되었다.

얼마나 귀중한 사람들인가. 나는 기록물을 볼수록 놀라움을 금치 못했다.

에른스트 로이터는 주택 도시 연구소를 설립했고, 독일로 돌아간 뒤 베를린의 첫 시장이 되었다.

저명한 경제학자 빌헬름 뢰프케 교수, 로마 대학교 교수 움베르토 리치, 바우하우스 학교 설립자 브루노 타우트 교수, 도시공학자 클레멘스 홀츠마이스터, 고고학자 쿠르트 비텔…… 이렇게 리스트는 계속되었다.

그러니까 한때는 튀르키예가 세계적인 석학들을 불러 모았던 것이다. 그런데 튀르키예에서는 이런 학자들에 대해 언급하지도 않을뿐더러, 세상 어디에서도 회자되지 않았다.

거기에 수백 명의 이름이 있었다. 그 사람들 중에서도 특히 에른스트 히르슈에 대한 자료가 아주 많았다. 자료에 따르면, 저명한 법학자인 에른스트 히르슈의 『법률 실무 방법론』이라는 책은 여전히 법률가들의 지침서였다. 히르슈는 1934년 튀르키예 국적을 취득했다.

문학비평 분야의 거장들 중 한 명인 에리히 아우어바흐는 『미메시스』라는 저서를 튀르키예에서 집필했다.

읽을수록 흥분은 더해졌고, 눈앞에 완전히 새롭고 전혀 알지 못했던 세상이 열렸다. 어떤 보물 창고인지도 모른 채 나는 이 학교를 오갔던 것이다. 몇몇 교수를 제외하고는, 어느 누구도 이 어마어마한 자료들의 존재조차도 몰랐다.

이 교수들과 관련된 파일에는 '아리아계' '혼혈 아리아계' '혼혈' 그리고 '유대인'이라는 표시가 있었다.

모든 게 완벽했지만 아직 막시밀리안 바그너와 관련된 파일은 찾지 못했다. 그래서 수많은 흥미로운 파일을 제쳐두고 바그너라는 이름을 찾는 데 집중했다. 파일들로 꽉 찬 책장을 하나하나 뒤지다 마침내 그의 파일을 찾을 수 있었다. 하지만 파일을 찾은 순간 뭔가 이상하다는 생각이 들었다. 다른 파일들은 두껍고, 정보와 서류가 많았던 것에 비해 바그너 교수의 파일은 비어 있는 것 같았다. 실제로 파일을 열어보니 단 두 장의 서류만 남아 있었다. 첫번째는 경찰 조사서였는데, 이스탄불 대학교 교수인 독일 국적의 아리아계 막시밀리안 바그너가 튀르키예 경찰에 체포되어 추방되었다는 기록이었다. 그 서류에는 각료 회의 결정에 의거 페르소나 논 그라타(기피인물)로 지목되었으며, 관련 서류는 경찰청으로 넘겨졌다는 내용도 있었다.

두번째 서류는 제3제국의 수상 아돌프 히틀러의 특사였던 스쿠를라가 이스탄불 대학교로 와서 바그너 교수에 대한 정보를 수집했다는 내용이었다. 바그너 교수는 영국 스파이로, 악보를 암호화해서 연락을 주고받은 사실을 총장에게 전달했다는 내용이 기록되어 있었다.

악보라니! 머리가 멍해졌다.

그렇게 많은 학자 중에 하필이면 내가 만난 사람이 스파이라고? 스파이에게 내가 연민을 느끼고, 침대에 같이 누워 있었단 말이야?

나는 두 장의 서류를 복사한 다음 파일을 원래 자리에 꽂아

두었다. 주위에 있는 학생들에게 뭔가를 설명하고 있던 네르민 부인에게 멀리서 감사의 손 인사를 했다. 그리고 속으로 어쩌면 백 번은 했을 질문, "당신 도대체 누구야, 막시밀리안 바그너?"라고 되뇌며 기록물 보관실을 나왔다.

나는 차 접대를 담당하는 하산에게 설탕을 적당히 넣은 튀르키예 커피를 주문했다. 잠시 후 하산이 커피를 가져왔다. 나는 커피를 마시며, 복잡한 생각을 정리하기 위해 자리에서 꼼짝하지 않았다. 나 자신을 진정시키고 싶었다. 아까 본 서류에 따르면 바그너 교수가 스파이라는 점에는 의심의 여지가 없었다. 그렇지만 내가 알고 있는 사람과 그 서류에 적힌 사람이 같은 사람이라는 사실을 받아들이기가 힘들었다. 마치 전혀 다른 사람의 이야기 같았다.

케렘은 집에 돌아왔을 거다. 나는 일리야스에게 전화를 걸었다. "우리 집이 어딘지 알지, 집으로 가서 케렘을 데리고 와줄 수 있겠어?"

일리야스는 "그럼요, 선생님"이라고 했다.

그리고 일리야스가 바로 출발하는 걸 사무실 창문을 통해 확인했다. 난 케렘에게 전화를 걸어 "일리야스가 널 데리러 갈 거야. 준비하고 있어"라고 했다.

진지하게 말하는 목소리가 이상했던지 "무슨 일이야 엄마? 뭔 일이 생긴 거야?"라고 케렘이 물었다.

"아니."

나는 팔꿈치를 책상에 괸 채 두 손을 모았고, 그 손 위에 머리를 올렸다. 그리고 눈을 감았다. 불안했다. '내게 무슨 일이 일어나고 있는 거야'라는 생각이 들었다.

어째서 이 나라에선 이렇게 비밀스럽고 감춰진 일들이 많은 거야? 뭘 들추든, 어떤 사람을 만나든, 무슨 서류를 펼치든, 비밀을 마주해야만 하나? 나는 조금이라도 마음의 평온을 찾기 위해, 늘 그랬던 것처럼 아르트빈에 있는 카프카쇠르 고원을 떠올렸다.

그 순간 마음이 편안해지는 걸 느꼈다. 나는 기분 좋게 눈을 떴다. 그리고 다시 천천히 눈을 감았다. 이제 난 그곳에 서 있었다. 아르트빈의 카프카쇠르 고원에. 나는 눈 덮인 봉우리를 돌아다녔다. 차가운 설원에서 발을 눈에 빠뜨려가며 걸었고, 폐를 얼어붙게 만들 것 같은 찬 공기를 들이켰다. 흑해 지방의 새 신부들처럼 보이는 흰 눈 덮인 전나무와 소나무를 넋을 잃은 채 바라보았다. 그러고는 눈밭에 몸을 던졌다. 눈 위를 뒹굴었다. 볼은 얼어버릴 것 같았다. 팔이 저려왔다.

어쩔 수 없이 다시 눈을 떴다. 책상 위에 엎드려 있었기에 팔이 아파왔다.

짜증이 날 때면 종종 그 기적 같은 고원을 떠올렸다. 2년 전, 카츠카르산맥에서 트래킹 투어에 참가한 적이 있다. 밤에는 텐트에서 지냈다. 잘생긴 가이드가 우리에게 이 기적 같은 지역에 대해 설명해줬다. 여름에는 산에서 콸콸 쏟아져 내리는 계곡물이 겨울에는 얼어붙어서 멋진 얼음 조각상이 된다고. 산 정상과 정상 사이에는 꽤 거리가 있었고, 드문드문 통나무로 지은 오두막들도 보였다. 난 그곳을 떠나고 싶지 않았다. 카프카쇠르 고원에서 꺾어 온 전나무 가지를 흙에 꽂아서 이스탄불로 가져왔고, 화분에 심었다. 그중 두 그루는 죽었지만, 한 그루는 아직도 살아 있다. 우리 집 거실에서 천천히 자라고 있다. 볼 때마다 멀리서 온 손님처럼 마음에 생기를 되찾아주었다.

외할머니의 비밀을 알고 난 뒤로, 집에 있는 전나무의 의미가 갑자기 더 크게 다가오기 시작했다. 그리고 카프카쇠르 고원을 향한 그리움도 커졌다. 그곳은 외할머니를 떠올리게 했다. 그 산맥의 시원한 바람이 그리웠다.

스쿠를라!

이 이름이 아름다운 나의 상상과 설원의 명상을 한순간에 깨버렸다. 히틀러의 특사 스쿠를라! 우리 학교에 왔었고, 막시밀리안에 관심을 가졌다고? 조금 전에 네르민 부인의 도움으로 기록물 보관실에서 봤던 그 이름이 지금 갑자기 머릿속에 훼방이라도 놓듯 떠올랐다.

관심을 두어야 할 이름이 하나 더 나타난 것이다. 스쿠를라라는 사람은 누구지? 게다가 바그너 교수가 악보로 스파이 암호문을 보냈다는 게 무슨 말이지? 그가 들고 다니던 바이올린이 그것과 관련이 있는 건가? 해변에서 연주했던 그 멜로디가 그럼 스파이 활동의 한 부분이라는 거야? 악보와 암호? 이런 이야기는 들어본 적이 없었다. 하지만 이번 주에 얼마나 많은 이상한 일이 벌어졌던지, 이젠 뭐든지 믿을 수 있을 것 같았다.

책상에 있던 노트북으로 검색 사이트를 열었다. 사이트 검색란에 스쿠를라를 쳤다. 이번에도 똑같았다. 내가 감당할 수 없을 만큼 많은 스쿠를라가 화면에 나왔다. 그래서 스쿠를라 히틀러라고 검색했는데, 그런 스파이가 존재했음을 보여주는 내용이 쏟아졌다. 물론 대부분이 영어로 된 자료였다.

나는 즉시 이 자료들을 복사해서 저장했고, 음악과 수학에 관해서도 검색을 했다. 이 주제를 다루는 정보도 무진장했다. 피보나치 수와 음악, 파이 값과 음악 같은 내용도 나중에 찾아봐야 할 리스트에 포함했다. 스쿠를라가 한 말은 진짜였고, 음악으로 다양한 암호를 만들 수가 있었다.

그러고 있는 동안 본관 수위가 내 사무실로 우편물을 가져왔다. 모든 우편물을 열어보지는 않았다. 대충 훑어보니 중요한 우편물은 없는 것 같았다.

그때 책상 위의 전화가 울렸다. 나는 수화기를 들었다. 총장 비서실에서 이제 막 일을 시작한 기쩜이라는 여자 인턴이었다.

"러시아 대사관에서 선생님을 찾습니다. 연결하겠습니다."

당연히 나는 조금 당황했지만, 크게 놀라지는 않았다. 슬라브계 억양으로 튀르키예어를 하는 남성이 "마야 부인, 안녕하세요"라고 인사했다.

"안녕하세요!" 나는 답했다.

"저는 러시아 총영사관 문화 담당관인 아르카디 바실리예비치입니다."

"예, 말씀하세요."

"괜찮으시다면 제가 찾아뵙고 싶은데요."

"무엇 때문에 오신다는 거죠?"

"대학과 관련된 문제로 면담을 하고 싶습니다."

"담당관님의 방문이 저희 학교에 재직하셨던 막시밀리안 바그너 교수님과 관련된 것인가요?"

이젠 바그너 교수와 관련된 문제에 적응이 되었고, 가벼운 농담도 던질 수 있었다.

수화기 너머로 잠시 침묵이 흘렀다. 아르카디 바실리예비치가 이런 질문을 예상치 못한 게 분명했고, 당황해하는 것 같았다.

"에…… 파잘루스타*…… 학교와 더 관련이……"처럼 튀르키예어와 러시아어를 섞어 쓰더니, 바로 정신을 차린 것 같았다.

"허락하시면 그 이유를 제가 방문하여 대면 상태에서 설명하겠습니다."

아르카디 바실리예비치는 모스크바의 외국어대학에서 나이 많은 선생으로부터 튀르키예어를 배운 게 분명했다. 그는 요즘 잘 쓰지 않는 표현을 구사했다.

"월요일 오후 3시면 적당하신가요?"

"좋습니다. 찾아뵙겠습니다."

나는 전화를 끊었다. 갑자기 내가 엄청나게 중요한 사람이 되어버린 것 같았다.

한 시간 후, 건물 입구로 내려가서 차를 기다렸다. 케렘과 일리야스가 올 때가 된 줄 알았지만 예상은 빗나갔다. 20분이 지난 뒤에야 차가 왔고, 나는 그 차에 올랐다.

차파 대학 병원에 도착했을 땐 오후 5시가 넘어가고 있었다. 우리는 바로 3층의 344호 병실로 갔다. 노크를 하니, 튀르키예

* 파잘루스타пожалуйста: '천만에요' '부탁합니다'라는 뜻의 러시아어.

어로 "들어와요"라는 말이 들렸다. 나는 병실 문을 열었다. 바그너 교수가 혼자 누워 있었다.

"교수님, 튀르키예어를 잘하시는데요"라고 내가 말하자, 그는 "아니오. 내가 아는 몇몇 단어를 즉흥적으로 하는 거라오"라고 답했다.

나는 "손님을 한 명 데리고 왔어요"라고 말하고, 케렘을 병실로 밀어 넣었다.

교수는 침대에서 몸을 약간 일으키더니 손을 뻗어 케렘과 악수를 했다.

"당신 아들이죠! 기분 좋은 서프라이즈군. 영어를 할 줄 아나요?"

그러고는 "왓츠 유어 네임?"이라고 케렘에게 물었다.

"케렘"이라고 아들이 대답했다.

케렘은 분명히 영어로 대화하는 걸 부끄러워했다. 학교에서 영어 성적은 좋았고 문법도 잘 알았지만, 대부분의 튀르키예 학생들처럼 외국인들과 대화하는 건 주저했다. 사실 케렘은 말이 많은 아이가 아니었다. 케렘은 무슨 말을 해야 할지 몰라서 그렇게 서 있는 것 같아 보였다.

교수는 케렘에게 학교에서 영어를 배우는지 물었다.

"예스!"

그러고는 또 대화가 끊어졌다.

"오늘 몸은 좀 어떠세요?" 내가 물었다.

"아주 좋군요. 친구분인 필리즈 박사가 날 건강하게 만들었다오. 오히려 전보다 더 나아졌다고 할 정도요. 저 링거로 수혈도 했고, 비타민도 링거로 넣어주었지." 그가 답하면서 팔과 연결된 링거를 가리켰다.

정말로 아주 좋아 보였다. 양 볼에 선홍빛이 돌았다.

"내일은 여기서 나가야지!" 그가 말했다.

"제가 교수님을 호텔까지 모시겠습니다. 항공권은 언제로 예약해드릴까요?"

"자리가 있으면 일요일에 가고 싶소만."

"알겠습니다. 여행사에 알아보겠습니다, 교수님."

잠시 우리는 서로를 바라봤고, 그는 밝은 미소를 보였다. 나는 케렘에게로 몸을 돌려, "자 교수님께 인사드려야지, 우리는 가야 해"라고 말했다.

케렘은 바그너 교수와 악수를 했고, 잘 들리지도 않는 목소리로 "바이, 바이!"라고 했다. "그럼, 바이!"라고 하지 않은 것만으로도 다행이었다. 하지만 뭔가 이상했다. 케렘이 바그너 교수의 손을 놓지 않았고, 뭔가 할 말이 있는 것처럼 주저했다.

"어서 케렘!" 나는 그만 나가자고 재촉했다.

케렘이 갑자기 바그너 교수에게 튀르키예어로 물었다. "스파이세요?"

나는 머리를 얻어맞은 것처럼 멍했고, 얼굴이 달아올랐다. 아마도 그때 얼굴이 새빨개졌던 걸로 기억한다. 난 황급히, "교수님, 케렘이 작별 인사를 드리네요"라고 말했다.

바그너 교수는 웃었다.

"무슨 말인지 알아들었다오. 미안해하지 말아요, 이 아이에게도 물어볼 권리가 있으니까."

그러고는 케렘에게 튀르키예어로 "아니!"라고 했다. 마지막 R 발음은 굴리면서.*

나는 케렘의 손을 잡고 밖으로 끌어냈다. 케렘의 생각 없는 행동에 화가 났지만, 아무 말도 하지 않았다. 최근 며칠 동안 좋아졌던 우리 관계를 다시 망치고 싶지 않았다. 어찌 되었건 케렘은 내 아들이었고, 바그너 교수보다는 중요했다.

접수창구 앞을 지나는데 병원 전화벨이 울렸다. 간호사가 전화를 받았고, 급한 듯이 내게 손을 뻗었다.

"교수님께서 못 하신 말씀이 있다고 하십니다. 선생님을 찾으시네요."

나는 놀라 발걸음을 돌려 병실로 다시 갔다. 바그너 교수는 "바이올린은 찾았나요?"라고 물었다.

세상에! 까맣게 잊고 있었다.

"바로 찾아보겠습니다, 교수님. 걱정 마세요." 나는 그를 안심시켰다.

돌아가는 길에 일리야스에게 바이올린 이야기를 꺼냈다.

"쉴레이만의 전화번호를 알고 있어?" 나는 일리야스에게 물었다.

"예, 있습니다!" 일리야스가 대답했다.

"메르세데스에 바그너 교수님의 바이올린이 있는데, 내일 그걸 좀 가져다주면 좋겠는데."

"그러죠. 제가 챙기겠습니다."

---

* '아니'를 뜻하는 튀르키예어는 Hayır이며, '하이으르'라고 발음한다.

나는 머릿속에 남아 있던 질문들의 답을 찾지 못한 채, 서둘러 각자의 집으로 향하는 사람들을 차창을 통해 멍하니 바라봤다. 승용차가 줄줄이 늘어섰고, 운전하는 사람들은 짜증을 내며 매연 속에서 길이 뚫리기를 기다리고 있었다. 버스 정류장은 발 디딜 곳이 없었다. 버스를 탈 수 있을 거라고 기대하며 기다리던 서민들은 승객들로 꽉 찬 버스를 그냥 보내야 하는 이 힘든 상황에 진절머리가 난 것 같았고, 지쳐 보였다. 마치 어깨를 짓누르는 무거운 짐을 지고 있는 것 같았다.

바그너 교수는 왜 그렇게 바이올린의 행방을 줄기차게 물어보는 걸까? 과거에 대한 기억 때문일까? 아니면…… 아니면 뭐지? 음악과 수학을 연계한 암호 때문일까?

나는 집에 돌아와 냉장고에 있던 음식을 꺼내서 데운 다음 식탁에 올렸다. 케렘과 나는 말 한마디 하지 않은 채 식사를 마치고 각자의 방으로 갔다. 우리 둘 사이에 또다시 긴장감이 흘렀다.

나는 노트북을 가져와서 먼저 스쿠를라에 관한 자료를 읽어봤다. 헤르베르트 스쿠를라에 대해 몇몇 자료는 제3제국의 교육부 차관이었다고 기록했고, 또 다른 자료에서는 히틀러의 특사라고 되어 있었다. 인터넷에서 본 걸 그대로 믿을 수는 없다는 사실은 다들 잘 알고 있을 거다. 하지만 그 사람의 진짜 직책이 뭐였든, 나치 독일에서 중요한 역할을 맡았던 적이 있는 그 사람이 존재했다는 점은 명확했다.

한 인터넷 사이트에서 나는 다음과 같은 내용을 찾았다.

헤르베르트 스쿠를라는 1905년 코트부스에서 출생했다. 베를린에서 법학과 경제학을 공부했다. 1933년 나치당에 가입했다. 1930~1940년대에 대학 간 교환 프로그램 업무를 담당했다. 1937~1939년 사이 튀르키예에서 거주했다. 이후 베어마흐트*에서 복무했다.

스쿠를라의 인생에 관해 상세히 기록된 수많은 자료가 있었지만, 정말 놀라운 사실은 이 나치 전위대였던 자가 전후에 재판을 받지 않았을 뿐만 아니라, 소련 지역에서 어떠한 어려움도 겪지 않고 살았다는 것이다. 책까지 집필했는가 하면, 작가로서도 명성을 떨쳤다. 어떻게 이게 가능했던 거지? 아니면 스쿠를라는 히틀러에게까지 접근했던 소련의 스파이였나?

어느 튀르키예 사이트는 이런 흥미로운 내용을 싣고 있었다.

히틀러는 제2차 세계대전 초기에 독일과 오스트리아에서 나치의 박해를 피해 튀르키예로 망명한 학자들이 튀르키예에 정착하는 것에 불만을 가졌고, 불안해했다. 독일 외교부 차관 헤르베르트 스쿠를라가 1939년 튀르키예를 방문해 교육부 차관 하산-알리 유젤과 면담을 갖고, "학자들을 우리에게 돌려주면 독일에서 가장 명석한 두뇌들을 보내드리리다"라는 메시지를 전달했다.

하지만 튀르키예는 히틀러의 제안을 거부했고, 독일에서 온

* 베어마흐트Wehrmacht: 1935년에서 1945년 사이 독일에 존재했던 국방군.

교수들은 계속 기존의 직책을 지켰다. 스쿠를라가 복귀한 다음 히틀러에게 보고한 내용은 1987년에야 나치 기록물 중에서 발견되었다.

그러니까 막시밀리안 바그너에 관한 모든 것도 그 보고서에 남아 있을 테고 나치 기록물 보관소에 보고서가 있다는 말이었다. 그런데 나치 기록물 보관소는 어디에 있는 거야? 인터넷이 있어서 참 다행이었다. 잠깐의 검색으로 이 물음에 대한 답도 찾았다.

기록물 보관소는 독일의 카셀이라는 도시 인근의 바트 아롤젠이라는 곳에 있었다. 정식 명칭은 ITS였다. 인터내셔널 트레이싱 서비스, 그러니까 국제 기록 보관소.

당장이라도 찾아보고 싶은 스쿠를라의 보고서도 분명히 이 기록 보관소에 있을 것이다. 이 보고서를 어떻게 하면 볼 수 있을까?

막시밀리안 바그너의 비밀과 그가 누구인지, 왜 추방되었는지 튀르키예 정부기관은 알려주지 않을 게 분명했다. 영국이나 러시아에서도 이런 정보를 받을 수 없을 게 뻔했고. 그렇다면 남은 건 스쿠를라의 보고서뿐이었다. 바그너 교수의 과거를 밝힐 사람은 스쿠를라였다.

나는 노트북을 덮고 침실에 있던 호두나무 함에서 가족 사진첩을 꺼냈다. 이 오래된 함도 할머니께서 주신 것이었다. 가족 사진첩은 갈색이었다. 음각으로 모양을 낸 겉표지가 있고, 페이지 사이의 아트지가 누렇게 변색된 사진을 덮고 있는 꽤 좋은 사진첩이었다. 나는 어릴 때부터 이 사진첩을 뒤적이거나, 테두리가 울퉁불퉁한 옛날 사진을 보는 걸 엄청 좋아했다.

외할머니와 외할아버지가 함께 있는 사진을 한참 동안 바라봤다. 이렇게 시간이 지난 뒤 다시 보니 그분들의 얼굴에는 엄청난 비밀과 말하지 못한 이야기가 있는 것처럼 느껴졌다. 아니면 내가 진실을 알게 되어서 그렇게 느꼈을 수도 있겠지.

외할머니는 엄마와 나도 조금은 물려받은 것 같은 넓은 얼굴에, 반짝이고 팽팽한 피부 그리고 광대뼈가 돌출한 모습이셨다. 검은 눈동자의 눈은 아주 조금 찢어진 듯했는데, 그래서 더 아름다워 보였다. 볼은 조금 패여 그늘이 져 있었다. 외할아버지는 마른 체구였고 뺨은 쏙 들어갔으며 코가 컸다. 군인이었던 20세의 외할아버지 모습을 떠올렸다. 명령에 따라 열흘 넘게 감시해왔던 여자를 짝사랑했고, 그 여자가 얼음장 같은 물로 뛰어들자 조금의 망설임도 없이 뒤따라 물로 뛰어드는 장면도 머릿속으로 그려봤다.

외할머니, 엄마와 나 그리고 오빠도 외할아버지의 용감한 행동 덕분에 존재하는 셈이었다. 외할머니께서 그때 돌아가셨더라면 우리 중 어느 누구도 태어나지 못했을 테니까. 갑자기 삶의 고통이 가슴에서 떨어져 나와 머리로 옮겨 갔다. 사람이 세상에 태어나는 운명이 우연에 달린 것이었다니. 만약 할머니가 가족들과 함께 학살당하셨더라면, 그리고 외할머니가 크즐착착 호수로 뛰어들지 않으셨다면, 우리는 존재할 수 없었던 것 아닌가. 모든 것이 이렇게 간단명료했다. 이 외에도 내가 모르는 수많은 일이 있을 것이다.

누군가의 할머니와 외할머니 두 분 모두가 죽음을 간신히 모면한 적이 있고, 모두 신분까지 세탁했던 경우가 얼마나 될까? 이 정도의 우연이라면 소설이라고 해도 작가가 과했다고 할 것이다. 하지만 오빠는 할머니와 외할머니의 일이 사실이라고 확언했다. 당연히 그걸 증명할 근거까지 있을 것이고.

튀르키예의 근대사가 그랬던 것이다. 세상이 뒤집어졌던 그때에 민족, 종교, 언어, 학살, 가짜 신분, 이 모든 것이 뒤죽박죽 섞였고, 집집마다 비밀을 품게 되었다. 우리 가족도 예외는 아니었다. 패망의 길을 걷던 오스만제국 말기의 전형적인 이야기였다.

족보를 찾기 위해 주민등록 기록을 뒤지다 보면, 조부모 이전의 기록을 찾을 수 없었던 이유가 이 때문이었다. 국가에서 만든 주민등록은 부모와 조부모만 포함되었다. 그 이전의 기록은 없었다.

나는 왜 그런지 이상하다고 생각만 했었다. 하지만 이제야 이유를 알 것 같았다. 오빠는 "이런 기록들은 공개할 수 없어"라고 말하며 덧붙였다. "왜냐하면 정부 요직에 있는 많은 사람의 뿌리가 드러날 테고, 세상이 뒤집어질 테니까."

오스만제국처럼 다양한 문화, 종교, 언어로 구성된 국가 공동체에서 서로 다르지 않은 하나의 튀르키예 민족을 만들어내야 했던 노력이 이런 현상도 낳았으리라. 그래서 국가가 튀르키예인이라는 정체성에 대해서 그토록 민감했던 것이다. 오빠의 말을 빌리자면, 우리는 다른 민족들처럼 우리의 나라를 건설한 것이 아니었다. 그러니까 정확하게는 민족국가가 건설된 것이 아니라, 국가가 민족을 만들어낸 것이었다. 새로이 건설된 튀르키예공화국은 국가민족이라는 표현이 더 맞는 말 같았다. 이 때문에 국가를 비판하는 것은 민족을 공격하는 것이나 다름이 없었고, 용서받을 수 없는 행위였다.

우리가 얼마나 순진하고 무지한 교육 속에서 자라왔단 말인가. 근대사를 제대로 배우는 건 둘째 치고라도, 가족사도 제대로 모른 채 자라온 것이었다.

매일 아침, 수백만의 학생이 "나는 튀르키예인이다"로 시작해서, "나의 존재가 튀르키예 민족의 존재에 일조하기를"이라고 끝맺는 집단 맹세를 반복해왔던 게 무의미한 행동은 아니었던 것이다. 하지만 매일 아침 그 맹세를 외칠 때 우리는 소리를 크게 내지르는 것 외에는 관심이 없었다. 단어 하나하나가 무엇을 의미하는지는 생각지도 않았다. 학교에 함께 다녔던 아르메니아, 그리스 친구들도 목청껏 이 맹세를 외쳤었다.

외할머니는 튀르키예인이었다. 튀르키예인이었지만 외할머니도 할머니처럼 국가의 폭압에서 벗어날 수 없었다.

"아, 외할머니. 당신이 얼마나 소중한 분인지 몰랐어요. 절 용서해주세요." 난 중얼거렸다.

그러고는 사진 속 외할머니의 고운 얼굴에 입을 맞췄고, 당신의 비밀을 영원히 지켜줄 사진첩에 사진을 다시 넣은 다음 함을 잠갔다.

나는 월요일부터 내 삶을 통째로 뒤흔들어놓은 막시밀리안을 떠올렸다. 그가 외할머니를 알 리는 없었지만, 내가 이 모든 진실을 알게 된 이유는 그의 방문으로부터 시작된 일련의 사건 때문이었다. 내일은 금요일이었다. 그를 병원에서 퇴원시켜 호텔로 데려가야 했고, 약속한 대로 그가 자신의 이야기를 들려줄 거라고 기대하고 있었다. 날 이렇게나 곤란하게 만들어놨으니 당연히 이야기를 해줘야만 했다. 그리고 그가 "당신은 이야기를 들을 자격이 있소!"라고 하지 않았던가? 기다리던 그날이 바로 내일이었다.

그런데 내 나라 근대사에 대해서도 이렇게 무식한 내가 그의 이야기를 앞뒤가 맞게 제대로 알아듣고 이해할 수 있을까? 이것과는 별도로 그토록 학식 있는 사람 앞에서 무식해 보이고 싶지 않다는 욕심이 슬금슬금 고개를 내밀었다. 그래서 조금이라도 준비를 하고 가야 할 것 같았다. 이제 겨우 9시였고 자료를 찾아볼 시간은 충분했다.

인터넷에는 나치 집권기와 관련해서 수백만 건의 자료가 넘쳐났다. 하나의 주제로 이보다 더 많은 정보를 찾기는 힘들 거라는 생각이 들었다. 이 정보들을 어떻게 분류해야 할지, 수백만 건의 세부 정보들 사이에서 진실을 어떻게 골라낼 것인가가 가장 큰 문제였지만, 해낼 수 있을 것 같았다. 내일 그를 만나러 갈 때에는 이 주제에 관한 한 지식인이어야 했다. 그리고 과거에 읽은 몇 권의 책에서 배운 지식도 아직 머리에 남아 있었다.

인터넷에서 접한 내용의 일부는 기억을 되살렸고, 일부는 새로운 정보라 습득이 필요했다. 내가 읽은 자료들은 히틀러의 집권과 그보다 더 거슬러 올라가 독일의 경제 위기와 정치적 위기에 관한 내용부터 다루었다. 1922년~1923년 독일의 엄청난 인플레이션 과정에서는 미화 1달러가 4조 2천억 마르크에 달했다. 이 내용을 보고는 혹시 잘못 본 건가 하는 생각이 들어 다른 자료를 찾아봤다. 제대로 된 기록이었다. 이 믿기 힘든 환율은 사실이었다. 미화 1달러가 4조 2천억 마르크.

우리도 인플레이션의 고통을 받아왔고, 지금도 엄청난 경제 위기에 빠져 있지만, 독일의 그것과는 비교가 되질 않았다.

사실 나의 삶에서 매우 중요한 시기가 된 이 일주일 동안 튀르키예는 경제적으로 중요한 때를 맞고 있었다. 내 문제에 집중하는 바람에 온 나라와 신문, 방송을 뒤흔드는 너무나도 심각한 뉴스들을 흘려듣고 지나쳤다.

바그너 교수가 도착한 날, 총리는 대통령과 언쟁 뒤 대통령궁을 나서면서 "공화국 역사에서 가장 심각한 위기"가 시작됐다고 기자들에게 말했다. 나도 이 소식에 놀랐다. 대부분의 총리는 위기가 오면 그걸 덮으려고 하지 않는가. 그런데 우리 총리는 "위기가 시작됐다"라고 했다니. 그리고 정말로 총리의 그 말에서부터 어마어마한 위기가 시작됐다. 나는 이런 사건에 관심을 둘 여유가 없었다. 하지만 그중에 눈에 들어온 뉴스가 있었다. 튀르키예 리라가 달러화 대비 급속한 가치하락이 일어났고, 미화 1달러가 170만 리라에 달했다는 소식이었다. 외국으로 자금이 유출되고, 대기업과 은행의 부도 소식이 이어졌다. 많은 기업인이 체포되었고, 어떤 기업인은 자살을 했다. 주식 시장은 바닥을 쳤다. 독일에서 히틀러가 등장하기 이전의 상황과 비슷한 일이 벌어지고 있었다.

그동안 모아둔 돈을 주식 투자를 위해 타륵에게 맡겼다.

그렇다 보니 내 속도 타들어 갔다. 타륵은 정반대로 이야기했지만, 맡긴 돈의 대부분은 아마 증발했을 것이다. 그 돈이 얼마나 중요한 돈인데. 아흐메트는 양육비를 줄 의사가 없었고, 매번 핑계를 댔다. 매달 나가야 하는 할부금이 있다느니, 친구에게 빌려준 돈을 못 받았다느니⋯⋯ 만날 때마다 수만 가지의 핑계를 댔다. 그래서 케렘의 학비를 포함한 모든 지출을 혼자 책임져야만 했다.

"이런, 젠장!"이라는 소리가 터져 나왔지만, 다시 인터넷 자료에 집중했다.

당시 독일에서도 인플레이션 탓에 저축한 돈의 가치가 증발되었고, 이런 상황에 화가 나고 희망을 잃은 사람들은 국민의 분노를 촉발하는 신생 정당의 민족주의 슬로건을 추종하기 시작했다. 정당명은 국가사회주의 독일 노동자당, 즉 약자로 나치였다. 전쟁과 인플레이션으로 희망을 잃은 사람들은 당 총재인 아돌프 히틀러에게 쉽게 놀아났다.

시간이 흐른 뒤, 많은 학자는 히틀러와 나치의 위험성을 아주 소수의 사람만이 예견했다는 점에 의견을 모았다. 히틀러가 1933년 집권한 후에도, '행동'의 진짜 의미에 대해서는 대부분 관심을 두지 않았다. 히틀러는 선거로, 그러니까 민주주의적인 방법으로 집권했다. 한때 자신을 '보헤미아 상병'이라고 멸시했던 대통령 힌덴부르크로부터 총리직을 임명 받았다. 히틀러가 독재로 향하던 시기에도 다른 나라들은 "우리에게는 이런 일이 벌어지지 않아!"라며 안주하고 있었다.

아돌프 히틀러가 각료를 구성한 이후 처음으로 제정한 법률

중 하나가 '직업 공무원 제도 재건법'이었다. 이 복잡한 이름의 법률이 가진 목적은 공직에서 유대인을 추방하고, 아리아 혈통에만 공직을 맡기는 데 있었다. 여기서 한발 더 나아가, 국가를 나치당의 충실한 당원들의 손아귀에 넘기려는 수작이었다. 튀르키예로 망명 온 교수들의 운명도 이 법률이 갈라놓았다. 이 법률이 제정된 이후 교수, 판사, 법무사와 같은 모든 공직에서 유대인들이 한순간에 배제되었기 때문이다.

여기서 이해되지 않는 점이 있었다. 바그너 교수에게 꼭 물어보고 싶었다. 막시밀리안 바그너, 당신은 유대인도 아니고 순수 독일인인데 왜 독일을 떠나기로 결심한 겁니까? 이 질문에 대한 답은 다음 날 듣기로 하고, 나는 인터넷에서 찾은 자료를 계속 읽어나갔다.

불안한 분위기가 감돌자 대다수의 부동층이 나치 정당에, 그러니까 권력을 쥔 자들에게로 몰렸다. 과거 정권에 대한 실망과 복수의 감정을 품은 사람들도 이런 조류에 편승했다. '줄 대는 사람'이라고 불리던 많은 부류가 나타났다. 과거에는 다른 사상을 주장했고 사회에서 존경을 받던 사람들조차 지인들의 황당한 시선을 받으며 나치 배지를 옷깃에 달았다.

우리가 공포의 독재자로 알고 있던 아돌프 히틀러는 모든 걸 법전에 따라, 그러니까 민주주의 시스템에 의거해서 실행했고, 자신의 제국을 서서히 건설해나갔다. 대부분의 국민, 기업인, 기관이 그를 지지했다. 히틀러의 의도에 대해 전혀 의문을 품지 않은 채 온 힘을 다해 그를 지원했다. 지금 이런 사실들을 확인하면서도 그 큰 나라가 어떻게 이 정도로 마취되고 진실에 눈을 감았는지 믿을 수가 없었다. 히틀러는 의회마저 해산할 수 있는 방법을 찾았다. 히틀러는 집권하고 두 달이 채 되기도 전인 1933년 3월 24일, 의회의 감사 권한을 없애고 정부에 무제한 권한을 보장하는 '전권위임법'을 의회에서 통과시켰다. 이로써 히틀러를 통제할 수 있는 어떤 권력도 남겨두지 않았다. 항상 그래왔듯이 지옥으로 가는 길은 선의의 돌들로 다져진다.

그 순간 잠이 쏟아졌다. 마치 비행기 안에서 이 글을 쓰고 있는 지금처럼.

이 비행기는 바다 한가운데에 있을 텐데. 눈이 감겼다. 30분 정도 잔다고 남에게 폐가 되는 것도 아니고. 나는 좌석을 완전히 뒤로 젖혔다.

눈을 감으니 두 개의 시간이 겹쳐졌다. 마치 케렘의 컴퓨터 키보드 위로 손가락이 움직이는 소리가 들리는 것 같았다. '내일 바그너 교수의 비밀을 알아낼 거야.' 잠에 빠져들 무렵 마지막으로 든 생각이었다.

"잘 자요 막시밀리안." 나는 중얼거렸다. "안녕히 주무세요, 할머니. 안녕히 주무세요, 외할머니. 안녕히 주무세요, 알리 할아버지. 잘 자요 세상의 선한 마음을 가진 사람들이여, 모두들 잘 자요."

11

꿈속에서 나는 에게해의 코발트색 바닷물에서 헤엄을 쳤다. 팔다리를 저을수록 해변에서 점점 멀어져 갔다. 끝없이 헤엄칠 수 있을 것 같은 에너지가 느껴졌다. 하늘과 바다는 새파랬다. 구름 한 점 없었다. 햇볕이 내 어깨를 뜨겁게 내리쬐었다. 바닷물이 어찌나 기분 좋게 몸을 휘감던지 한번 팔을 뻗을 때마다 살랑거리는 비단을 만지는 것 같았다. 한편으로는 '지금이 내 인생에서 가장 행복한 순간이야. 더 이상 행복할 순 없을 거야'라고 생각했다. 몸의 무게가 거의 느껴지지 않았다. 마치 날아다니는 기분이었다. 얼마나 속도를 냈던지 맞은편에 있는 그리스 코스섬까지 헤엄쳐 가는 데 겨우 몇 분이면 될 것 같았다.

마침 그때 다리에 뭔가 닿는 느낌이 들었다. 어떤 것이 발목을 휘감더니 나를 바다 밑 깊은 곳으로 끌어당겼다. 거대한 문어일 수도 있다는 생각이 들었지만, 마음속에는 두려움이 전혀 없었다. 나는 저항하지 않고 그 강한 뭔가가 날 바다 밑으로 끌고 가도록 내버려 뒀다. 형형색색의 물고기와 문어, 해초 들이 눈앞을 지나쳐 갔다. 마침내 발이 바닥에 닿았다. 나는 해저의 암석들 사이에 있었다. 그제야 무엇이 날 여기까지 데리고 왔는지 살폈고, 외할머니를 보았다. 외할머니는 머리카락이 물속에서 흩어져 물결을 이루었고, 짓궂은 미소를 지으며 날 바라보고 있었다. 그러더니 손가락을 입술에 갖다 대고는 '조용'하라는 제스처를 보였다. 난 외할머니의 목을 끌어안았다. 외할머니는 차가웠고 끈적거렸다. 순간 우리 외할머니가 아니라는 생각이 들었고, 나는 잠에서 깨어났다.

시계를 보니 9시가 다 되어갔다. 오늘은 휴일이라 평일로 설정한 알람이 울리지 않았다. 드디어 기대하던 날이 왔다고 생각하면서 즐거운 마음으로 기지개를 켰다. 이제 개운하게 샤워를 하고 아침밥을 잘 챙겨 먹은 다음, 쇼핑몰에 가서 아직도 세일 중인 옷을 살 계획이었다. 어쩌면 쇼핑몰에서 점심을 먹을지도 모르겠다. 그런 다음 병원으로 가서 바그너 교수를 호텔로 모셔다드릴 작정이었다. 내가 세운 계획은 이랬고, 학교로 출근하지 않아서 너무 좋았다. "자." 나는 스스로에게 외쳤다. "움직여, 활기차게. 오늘은 중요한 날이야."

커튼을 젖히니 햇살이 눈을 가득 채웠다. 아무리 불평불만을 해도 이스탄불은 역시 이스탄불이다 며칠 동안 비와 폭풍 그리고 추위로 사람을 힘들게 했지만, 이렇게 힘들게 한 것을 후회라도 하듯 봄의 사랑스러운 기운으로 사람을 홀려버린다. 겨울철에 여름 같은 날을 보낼 수 있다는 것도 이 도시의 장점 중 하나라고나 할까.

휴일인 오늘, 반짝이는 햇살을 볼 수 있는 기회를 잡은 수십만의 사람이 거리로 나서겠지. 보스포루스해협과 마르마라해 해변, 베오그라드 숲길을 걸을 것이고, 수천 개의 낚싯대가 바다에 드리워질 것이다. 어떤 이들은 악기를 들고 배에 올라 인근 섬으로 갈 테고, 또 어떤 이들은 쇼핑몰에서 고급스럽고 화려한 조명에 둘러싸인 채 윈도 쇼핑을 하겠지. 저녁 무렵 바닷가 근처의 식당에서는 홍합 튀김과 생선 냄새가 퍼질 것이다. 사람들은 발을 담글 만큼 깨끗한 해협의 바닷물과 사원들 뒤로 넘어가는 붉은 석양을 바라보며 얼음을 넣은 라크도 한잔하지 않을까.

이스탄불은 이스탄불이다. 잔인하고, 위험하지만 그만큼 아름답다. "이스탄불은 항상 당신을 배신하지만, 그래도 당신은 이스탄불을 사랑하게 될 거요"라던 바그너 교수의 말처럼. 베흐체트 케말 차을라르*는 자신의 시에서 '이스탄불을 사랑하지 않고서 진심과 사랑을 어떻게 알겠는가?'라고 했었다. 이 시구를 영어로 번역해 들려주면 바그너 교수는 어떤 반응을 보일까? 난 어느 누구도 사랑하지 않았지만 그래도 이스탄불은 사랑했다.

케렘의 방을 살펴보니, 나의 새로운 동지이자 사랑하는 아들이 천사처럼 자고 있었다. 휴일이라 깨울 수가 없었다. 케렘을 깨우는 일은 씻고 난 다음으로 미뤘다.

사실 내겐 불변의 법칙이 하나 있다. 이렇게 환상적인 하루

---

* 베흐체트 케말 차을라르(Behçet Kemal Çağlar, 1908~1969): 튀르키예 근대사의 대표적인 시인.

를 시작하려 할 때면 이걸 망치고야 마는 누군가가 반드시 나타난다는 거다. 아니나 다를까, 10시에 현관문 벨이 울렸고 누군가가 아들 녀석과 함께하던 아침 식사를 방해했다. 마침 케렘이 이런저런 말도 안 되는 스파이 이야기를 늘어놓고 있을 때였다. 나는 케렘에게 나도 그 분야에서 일하게 될지도 모른다며 영국 정부로부터 제안도 받았고, 능력 있는 우리 아들을 국제 스파이로 키워야겠다고 말하던 참이었다.

벨을 누른 건 아흐메트였다. 주말에 케렘을 데려가려고 온 것이었다. 사실 놀랄 일도 아니었다. 그렇게 하기로 우리는 이미 합의했었다. 하지만 아흐메트는 주말에 거의 오지 않았다. 그래서 오늘 왜 왔는지, 게다가 이렇게 이른 시간에 왜 갑자기 들이닥쳤는지 알 수 없었다.

아흐메트는 겁먹은 듯한 표정으로 복도에 서 있었다. 가운데로 몰린 두 눈으로 날 바라보았다. 그가 건넨 "안녕"이라는 말에서조차 위선적이고 이기적인 데다 능글맞은 분위기가 풍겼다. 그는 끊임없이 존중받고 칭찬받기를 기대하는 10대 여자아이 같았다. 그는 잘생겼다는 것 하나만 믿고 자기의 속마음이나 약삭빠른 성격을 모르는 여자들과 어울렸다. 하지만 그건 단지 '봐, 내가 얼마나 인기가 있는지. 여자들이 날 얼마나 좋아하는지 보라고' 하는 자기만족의 감정일 뿐이었다.

아흐메트에 관해서는 책을 쓸 수 있을 만큼 나는 잘 알았다. 그는 아침이면 한 시간 이상 욕실에서 치장을 했고, 어쩌다 한 번씩 넋을 잃고 자기를 바라보곤 했다. 하지만 나이가 50에 가까워졌고 머리도 꽤나 하얗게 센 것이 많이 우울한 모양이었다. 젊은 시절, 언젠가는 엄청난 작품을 쓰는 철학가이자 시인이 될 거라고 그는 큰소리를 쳤었다. 와인 병 사이에 파묻혀서 종잇조각에 말도 안 되는 시나 끄적이고는, 억지로 내게 그 시를 낭송하게 하거나 자기가 큰 소리로 읽곤 했었다.

물론 그게 아무런 가치도 없는 짓임을 난 처음부터 알았다. 하지만 아무 내색도 하지 않고 마음에 드는 척을 했었다. 그렇지만 애석하게도 아흐메트는 거기에 만족하지 않고, 자기가 쓴 모든 시가 단테의 작품처럼 대접받기를 기대했다. 주변에서 흔하게 볼 수 있는, 애정을 갈구하는 사람이었다. 그래서 아흐메트는 자기 자신에게 칭찬을 아끼지 않았다. 어린 시절의 트라우마로 인한 자존감 결핍이 그 이유라고 난 늘 생각해왔다.

튀르키예 남자들은 엄마와 아빠한테 매를 맞고 자라고, 꼬마 때 성기의 끝을 면도칼로 잘리면서 성적 트라우마를 겪는다. 그 후에는, 학교와 군대에서 운동경기를 하다가 얻어맞는 경우가 많다. 그러다 보니 자존감이라는 게 남아 있을 리가 없었다. 대부분의 남자는 공격성을 띠게 되고, 자신보다 약한 상대를 짓밟는 쪽을 선호했다. 아흐메트는 그런 공격성조차 찾아볼 수 없을 만큼 겁쟁이였다.

아흐메트는 집 안으로 들어올 수 있을 거라는 희망을 보이며 말을 걸었다.

"요즘 무슨 일 하면서 지내?"

"아무것도!" 나는 답했다. "아들 학비랑 이 집 생활비를 벌려고 일하는 것 말고는."

그러고는 "케렘!"이라고 소리쳤다. "빨리 준비해, 아빠가 밖에 차에서 기다린대."

내가 막 문을 닫으려는 순간, 아흐메트가 얼굴을 내밀었다. 눈썹을 추켜올리며 뭔가를 말하려고 했지만 이미 늦었다. 무슨 말을 하려 했건 커피색 현관문에다 대고 해야 했다.

케렘이 준비를 마치고 나왔다. 막 나가려고 할 때 난 케렘의 주머니에 2천만 리라를 넣어줬다.

"이 돈 아빠한테 보이지 마. 뭐가 필요하면 아빠한테 말해서 사달라고 해. 이 돈으로는 절대 사지 말고, 다음 주에 용돈으로 쓰도록 해."

케렘은 아무 대답도 하지 않고 나갔다. 감사하다는 말도, 다녀오겠다는 말도 없이.

우리 가족은 이렇게 이상한 관계였다.

오늘 하루 일정을 생각하면서 빠뜨린 게 있었다. 집을 정리하고 좀 치워야 했다. 일주일에 한 번 엘마스 부인이 와서 집을 청소했지만, 한 번만으로는 당연히 부족했다. 일주일 만에 집은 엉망진창이 되었다. 나는 먼저 케렘의 방부터 청소를 시작했다. 여기저기로 던져놓은 티셔츠, 바지, 속옷 들을 모았다. 그중 어떤 것은 화장실 빨래 바구니에 넣었고, 어떤 것들은 개서 옷장에 넣었다.

침대를 정리하면서 침대보에 있는 얼룩을 발견했다. 당연히 그 얼룩이 뭔지 나도 알고 있었다. 인터넷의 수많은 성적 판타지로 상상력이 부풀어 있는 사춘기 남자아이에겐 정상적인 일이었지만, 그래도 소름이 끼쳤다. 최대한 얼룩에 손이 닿지 않게 더러운 침대보를 걷어서 바구니에 넣었다. 사실, 아이 아빠라는 사람이 아들과 이런 걸 이야기해야 하잖아. 근데 이게 뭐람! 엄마가 할 이야기는 아니잖아. 가당키나 한 소리냐고.

나는 집을 대충 정리한 다음, 나머지 청소는 엘마스 부인에게 남겨두고 옷을 챙겨 입었다. 걸어서 근처에 있는 대형 쇼핑몰로 갔다. 이젠 이런 곳들을 짧게 '쇼핑몰'이라고 불렀다.

내부는 근사했고, 휘황찬란했으며, 따뜻했다. 아직 정오가 되지 않았는데도 불구하고, 이미 사람들로 가득했다. 커피를 마시고 있는 젊은 친구들을 보니 나도 갑자기 커피 생각이 났다. 마치 저 헤이즐넛 커피를 마시면, 젊은 친구들의 근심 걱정 없는 유쾌함이 내게도 옮겨 올 것 같은 기분이 들었다. 요즘 들어 너무나 바뀐 젊은 세대들이 눈에 들어왔다. 옷차림이나 행동, 젊은 여자 친구들의 자신감은 우리 때와는 많이 달랐다. 검은색의 타이츠에 짧은 스웨터 그리고 가죽점퍼를 입었는데, 그 옷차림이 유행인 것 같았다. 여학생들은 다양한 이름으로 무리를 형성한다는 얘기도 들었다.

어찌 되었건 이제는 바그너 교수가 머물던 시대의 튀르키예가 아니었고, 이 나라는 세계적인 주요 국가 중 하나가 되었다. 나는 커피를 마신 뒤 매장 진열장들을 둘러보면서 돌아다녔다. 일을 하다 보면 다양한 종류의 옷이 필요했다. 이런 옷들을 최대한 싼 가격으로 샀던 습관이 몸에 배어서 나는 세일 때가 아니면 절대 옷을 사지 않았다. 어차피 한두 달이 지나면 4분의 1 가격으로 떨어질 거라는 생각에서였다. 특히 이렇게 연말이 지나고 겨울이 끝나갈 무렵이면 모든 옷가게에서 2차, 3차 세일을 했다.

팔릴 건 팔렸을 테고, 남은 물건들이 매장을 차지하고 있으면 안 되니 거의 공짜 수준으로 팔았다. 38사이즈라 맞는 옷을 고르는 건 어렵지 않았다. 실제로도 내가 들렀던 모든 가게의 종업원들은 점포 내 남은 물건을 다 팔아치우기 위해 안달이었다. 이제는 신용카드 할부로 구매하는 방법도 생겼다. 어떤 경우에는 12개월 할부도 가능했다. 치마 몇 장과 청바지 하나, 그리고 매일 편하게 입을 수 있는 종류의 점퍼 두 장을 샀다. 모두 싸게 샀고 12개월 할부를 해서 월초에 날 부담스럽게 할 정도도 아니었다.

쇼핑 중 아주 멋진 스카프가 눈에 들어왔다. 쉽게 보기 힘든 연보라색의 남성용 스카프였다. 많이 할인된 가격이었다. 그걸 골라 포장을 부탁했다.

그리고 서점으로 향했다. 이젠 거의 모든 쇼핑몰에 있는 대형 서점 중 한 곳으로 들어갔다. 영문 서적도 파는 곳이었다. 새로 출간된 책들이 얼마나 많던지, 읽는 건 제쳐두고 그냥 겉장만 다 훑어보는 것도 불가능해 보였다. 그 순간 불현듯 이런 생각이 스쳤다. 혹시 이스탄불로 온 독일 교수들과 관련된 책을 찾을 수 있을까? 나는 책 진열대를 정리 중이던 흰색 스웨터를 입은 여직원에게 문의했다. 그녀는 날 매장 안쪽 컴퓨터로 안내했다.

그러고는 "혹시 저자나 책 이름을 아세요?"라고 물어왔다.

"그건 모르겠어요. 그냥 이런 주제에 대한 책이 있는지 물어보는 거예요."

"그렇게 해서 찾기는 어렵습니다." 그럼에도 그녀는 어떻게

든 찾아보려고 애를 썼다. 얼마 뒤 여직원이 말했다. "한 권을 찾은 것 같네요. 저를 따라오시겠어요."

그녀의 뒤를 따라가다 '연구, 역사, 조사'라고 쓰인 책장에 도착했다. 젊은 여직원은 책장을 잠시 훑어보더니 "그렇지. 여기 있습니다"라고 말했다.

그러고는 내 손에 책 한 권을 쥐여주었다. 겉표지가 분홍색인 두꺼운 책이었다. 겉표지에는 이렇게 적혀 있었다. '나의 회상-황제 시대-바이마르 공화국-아타튀르크의 나라', 에른스트 E. 히르슈.

파트마 수피라는 사람이 번역했고, 튀르키예 과학기술연구원에서 출간한 책이었다. 이 책을 찾고는 얼마나 기뻤는지 이루 말할 수 없었다. 히르슈 교수의 이름과 그분의 업적이 얼마나 중요한지 잘 알고 있었기 때문이다. 지난주만 해도 아무 의미도 없을 이름이었지만 이제는 꽤 많은 걸 알게 되었다.

나는 계산대에서 책값을 지불했다. 지식이라는 것이 얼마나 희한한 것인지. 오랜 세월을 병 속에 갇혀 있던 유령처럼, 당신이 와서 마개를 열어주기만을 기다리고 있으니 말이다. 내가 살면서 들어보지도 못한 주제에 대해서 어떤 사람들이 어떤 연구를 했는지 어떻게 알 수 있겠는가. 어쩌면 튀르키예에 온 유대계 독일인 학자들에 대해 평생을 바쳐 연구한 사람도 있을 거다. 예를 들어, 파트마 수피 같은 사람처럼. 이 390페이지짜리 책을 얼마나 많은 노력을 들여 번역했을까.

나는 서점 내에 있는 근사한 카페에 자리를 잡고는 커피와 샌드위치를 주문했다. 그리고 흥분된 마음으로 책의 맨 마지막

페이지를 읽어보았다. 이런 글이 있었다.

히르슈 교수는 1933년 독일을 떠나 1933년에서 1943년까지 이스탄불 법과대학에서, 1943년에서 1952년까지는 앙카라 법과대학에서 초빙교수직을 역임했다. 나의 회상에서 다루고 있는 바이마르공화국의 멸망 시기, 히틀러의 집권에 대한 법학자들의 견해, 아타튀르크가 건설한 튀르키예의 첫 30년에 관한 그의 시각과 관찰은 법학자든 아니든 근대사와 공동체 및 정치에 관심이 있는 모두가 관심을 가질 만한 내용이다. 여러분 손에 있는 이 책의 또 다른 특별함은 튀르키예의 대학이 어떻게 발전해왔는지 궁금해하는 독자들에게 중요한 문헌 자료라는 점이다.

책의 첫 장에는 히르슈 교수의 커다란 사진이 실려 있었다. 시선을 정면이 아니라 대각선으로 두고, 뭔가를 기억해내려는 것처럼 손을 머리에 대고 있었다. 탈모가 시작된 잿빛 머리카락에 안경을 쓴 모습이었다. 짙은 색 양복에 넥타이를 한 노년의 남자였다. 사진 밑에는 '시간의 한계를 넘은 인생'이라고 적혀 있었다. 히르슈는 1902년에 출생하여 1985년에 사망했다. 그러니까 바그너 교수에 비해 꽤나 나이가 많은 셈이었다. 나는 곧바로 책 뒷장에 있는 수많은 참고문헌 중에서 막시밀리안 바그너의 이름이 있는지 살펴봤지만 그의 책은 없었다.

히르슈 교수는 책 서문에서 괴테의 시를 인용했다.

지나가리라 이 세상에서

가장 아름다운 축복마저도,

시간의 한계를 넘어선 우리의 상념과 함께,

우리가 주었던 감명을 생각하는 사람들에게

유일하게 그분이 계시니, 그분만이 영원히 남을지니

첫번째 장의 제목은 '과거를 절대 잊지 말라'였고, 히르슈의 어린 시절에 대한 내용이었다. 이 부분은 건너뛰고 나는 히틀러 시대를 찾아봤다. 그러는 동안 주문한 커피와 샌드위치가 나왔다. 책장을 뒤적이다 찾던 부분을 발견했다. 히르슈 교수가 책에서 이야기하는 모든 내용이 요 며칠간 내가 찾아본 자료들과 일치했다. 히틀러가 의회에서 전권위임법을 통과시키고 무한 권력을 손에 쥔 뒤 일어난 사건들과 그 사건들이 히르슈 교수에게 얼마나 깊은 상처를 남겼는지 이 책을 통해 알 수 있었다. 그는 이렇게 회상했다.

국가사회주의 독일 노동자당, 그러니까 국가기관이 아닌 정당이 1933년 4월 1일 유대인 소유 상점과 상인, 변호사, 의사 등에 대한 불매운동을 선언했다. "독일인들이여! 여러분은 절대로! 유대인들에게서 물건을 사서는 안 됩니다!"라고 쓰인 플래카드가 내걸렸다. 이 플래카드를 불매운동의 대상인 유대인들 스스로가 위협 속에서 자기 상점의 진열대와 작업장, 병원의 입구 등에 내걸어야만 했다. 그렇게 테러가 시작되었다. 이런 테러가 더욱더 효과적이었던 건 불매운동의 대상이 된 유대인 가게 앞을 나치 돌격대들이 지키면서 시민들의 가게 출입을 막았기 때문이었다. 극소수의 예외적인 상황을 제외하고는 독일 국민들은 이런 식의 테러를 묵인했고, 이에 맞서는 용기를 보이지 않았다.

1938년 11월의 '수정의 밤'*이 아니라, 1933년 4월 1일 '유대인 상점 불매운동의 날'이 진짜 '독일인의 수치의 날'이다. 이날은 독일 국민들이 국가사회주의 독일 노동자당의 전횡을 눈감아주고, 나치들이 더욱더 이런 만행을 저지를 수 있게끔 대담해진 계기가 되었다.

나치 독일에 대해 너무 집중하다가 가방 안에서 울리던 휴대전화 벨 소리를 나중에야 알아차렸다. 옆 의자에 두었던 가방을 열고 그 많은 소지품 속에서 휴대전화를 찾는 동안 벨 소리가 끊겼다. 전화번호를 보니 필리즈가 한 전화였다. 나는 바로 전화를 걸었다.

"미안해, 못 들었나 봐. 교수님을 몇 시에 모시러 갈까?"

"나도 그것 때문에 전화했어. 우리는 교수님께서 병원에 입원하신 김에 건강검진을 하는 게 좋겠다고 생각했거든. 오늘 저녁 무렵 결과가 나올 거야. 괜찮으면 그 시간에 와."

"그래. 6시에 갈게."

나는 일리야스에게 전화해서 물었다. "날 5시쯤에 집으로 데

---

* 독일어로는 '크리슈탈나흐트Kristallnacht'. 나치 돌격대와 독일인들이 유대인 상점과 시나고그를 공격한 사건. 당시 수많은 유리창이 깨졌다고 해서 붙은 명칭이다.

리러 올 수 있겠어? 병원으로 갈 거야."

"예, 알겠습니다." 일리야스는 대답했다.

"일리야스, 바이올린은 찾았어?"

"아니요."

"왜? 쉴레이만한테 안 물어봤어?"

"물어봤는데 차에 없답니다."

"알았어, 고마워." 나는 전화를 끊었다.

또 해결해야 할 문제가 생긴 것이다. 바이올린을 그 혼란스러운 상황에서 모래사장에 두고 왔거나, 아니면 쉴레이만이 거짓말을 하고 있는 게 분명했다. 바그너 교수를 차 쪽으로 끌다시피 모시고 가면서 바이올린을 챙기려고 했지만, 내가 직접 챙기지 못한 건 확실했다. 바그너 교수는 바이올린을 손에 꼭 쥐고 있었다. 어쩌면 바이올린 케이스가 거기 남겨졌을 수도 있겠지만, 바이올린은 그의 손에 있었다. 힘들게 그를 차에 태울 때 바이올린을 어떻게 했는지 그 부분이 기억나지 않았다. 바이올린도 차에 넣었을 가능성이 컸다. 내가 쉴레까지 달려가 확인할 상황은 아니었다.

나는 쇼핑몰을 나와 집까지 걸어갔다. 도로는 더욱 혼잡해지고 있었다. 집에 와서 외투를 벗고 침대로 가서 4시가 될 때까지 히르슈의 책을 읽었다.

이 대목이 그 당시 상황을 정확하게 말해주는 것 같았다.

히틀러는 유권자 과반수의 지지를 얻었다. 이는 우리가 받아들여야 할 분명한 사실이었다. 모든 종류의 세뇌와 선동 수

단, 뇌물, 부패를 일삼고 전통적인 모든 가치 기준을 발아래에 짓밟고 뭉개면서 새로운 가치를 내세워 국민들을 감언이설로 속였다. 하지만 국민들은 1933년 이전 거의 모든 언론의 저열함을 경험했고, 정치적 투쟁 양상의 폭력화를 지켜봤었다. 합법적인 방법의 집권이라는 것이 실질적으로는 정부의 쿠데타를 외적으로 정당화하려는 포장일 뿐임을 국민들도 충분히 알 수 있었다.

책을 덮고 잠시 생각해봤다. 높은 물가 인상률, 바닥에 떨어진 민족의 자존심과 높은 실업률의 대가가 5천만의 죽음이었던 것이다.

그리고 튀르키예의 9월 6일~7일 사건*이 떠올랐다. 마치 어제 겪은 일처럼 소름이 돋았다. 나치가 '유대인에게서 물건을 사면 안 됩니다'라면서 유대인의 가게와 집에 표식을 남겼던 것처럼, 튀르키예에서도 베이오울루에 있던 그리스인 상점에 표식을 남겼었다…… 그나마 우리는 잘 넘긴 편이었다.

자기 민족과 신앙이 타인의 그것보다 우월하다는 시각이 얼마나 무시무시한 사건들과 엄청난 고통을 안겨준단 말인가!

이제 일어나서 특별한 저녁을 위해 준비를 해야 할 것 같다. 오전에 산 검은색 재킷과 격자무늬 치마, 재킷 안에는 흰색 실크 블라우스를 입을 생각이었다.

---

* 1955년 9월 6일~7일 사이 이스탄불 내 그리스인들을 조직적으로 집단 공격한 사건으로 300여 명의 사상자가 발생했다.

잠시 뒤 나가려고 침대 주변을 살폈는데 머리맡 협탁 위에 프린트물이 놓여 있는 게 보였다. 전날 케렘에게 알아보라고 부탁했던 배와 관련된 자료였다. 그 자료들을 집어 들었다. 호기심을 자극한 첫 장의 제목을 보고는 왜 이걸 여태 읽어보지 않았는지 의아했다. 사실 정말 궁금했었는데.

비밀
내무부
경찰청
문서번호: 55912-S/1941년 9월 13일

1941년 9월 4일 자 신청과 관련, 스트루마호로 출국하기 위해 현재까지 신고하신 분들 및 이후 신고 예정인 분들에 대해서는 모든 이민 절차가 끝난 후 출국이 허가될 것입니다. 출국 신고를 하였으나 현재 수용소에 있는 유대인들의 경우에도 출국자 명단을 제출하여야 합니다.

그랬다, 배의 이름은 스트루마였다.

케렘은 두서없이 전혀 관련이 없는 내용까지 프린트해서 두꺼운 자료를 만들었다. 이 자료들이 케렘에게는 크게 중요하지 않았던 게 분명했다. 자료들은 전혀 관련 없는 역사적 사실들과 문서, 책에서 인용한 문구들까지 뒤죽박죽이었다.

예전에 읽은 책들과 오래전부터 알고 있던 사실들이 떠오르자, 손에 든 몇몇 자료가 비로소 이해되기 시작했다.

내가 이해한 바로는, 유대인들은 루마니아에서 나치에 의해 집단 학살을 당했다. 그들의 시신은 불태워지거나 식육점 쇠고리에 내걸렸다. 다른 한편에는 뇌물이 만연했던 모양이었다. 누군가의 도움이나 뇌물 등으로 희생당할 처지의 유대인들이 구출되기도 한 것 같았다. 하지만 어떻게 구출된다는 거지? 어디로 갈 수 있다고?

바로 스트루마호가 이 질문에 답을 주었다.

케렘이 준 자료를 보니, 1941년 9월부터 루마니아 신문에 스트루마호와 관련해서 연달아 광고가 게재된 사실이 있었다. 루마니아에서 팔레스타인으로 가는 승객을 태우기 위해 티켓을 팔았던 것이다.

하지만 파나마 선적의 이 배에 관한 광고에는 많은 속임수가 숨어 있었다. 광고에 사용했던 사진마저 실제는 다른 배의 사진이었다. 게다가 티켓도 1천 달러라는 아주 높은 가격에 팔리고 있었다. 그러니까 여행자를 위한 승선권이 아닌, 나치의 학살에서 탈출하고자 하는 사람들에게 거짓된 희망을 팔았던 것이다.

당시의 상황을 감안하면, 이 배를 타기 위해 얼마나 많은 사람이 몰렸을지 쉽사리 이해가 됐다. 표를 구매한 수백 명의 승객은 가축 운송용 열차에 실려 부쿠레슈티에서 콘스탄차로 이동했다. 그곳에서 며칠 동안 물과 음식도 없이 기다려야 했고, 세관은 그들의 짐을 압수했다.

자료에 따르면, 영국은 정보부 요원들을 통해 상황을 주시하고 있었다. 튀르키예 정부에 이 배가 이스탄불해협을 통과할 수 있게 해달라고 요청한 것도 영국 정부였다.

결국 임산부와 신생아, 어린이 들을 포함한 769명이 배에 올랐는데, 그들은 그제야 대서양 횡단선이라고 광고한 그 배가 사실은 다뉴브강에서 가축을 실어 나르던 화물선이라는 걸 알게 되었다.

스트루마호는 콘스탄차에서 갑판에 지붕을 씌우는 작업을 거쳤고, 화물칸에는 오렌지 상자로 만들어진 침상이 마련되었다. 어느 누구도 그 배가 그렇게 많은 승객을 태우고 큰 바다로 나갈 거라고는 믿지 않았다. 최대 250명을 수용할 수 있는 배였기 때문이다. 그렇다 보니 선박 회사는 출항 허가를 받기 위해 상당한 뇌물을 줘야 했다.

스트루마호가 콘스탄차항에서 출항할 때 많은 사람이 배웅을 했다. 그들 중에는 표를 살 돈을 구할 수 없어 자신은 남고 아이와 아내만 보낸 사람도 있었다.

어떤 사람은 모은 돈으로 아이들 표밖에 살 수 없었다. 아이들의 목숨만이라도 구할 수 있다는 희망으로 배를 탄 지인에게 아이를 맡기기도 했다. 이런 이유로 배에는 부모와 함께 타지 못한 아이가 많았다.

흑해에서 이스탄불해협을 향해 이동하던 배는 여러 가지 문제에 직면하게 되었고, 여러 차례 고장을 일으켰다. 그러다가 결국 엔진이 완전히 멈췄다. 그리고 튀르키예 예인선에 의해 1941년 12월 16일 밤 이스탄불로 예인되었다. 그 배가 이스탄불에 도착했을 때는 더 이상 배가 아니라 떠다니는 관이나 다름없는 상태였다.

루마니아는 배가 다시 돌아오는 걸 원치 않았고, 튀르키예는 승객이 육지에 내리는 걸 허락하지 않았다. 당시 법률에 따르면 최종 도착지 국가의 비자를 받은 승객만이 튀르키예 영토를 경유하는 허가를 받을 수 있었고, 경유 기간 동안 숙박이 가능했기 때문이었다.

당시 팔레스타인은 영국의 위임통치하에 있었다. 영국의 승인과 팔레스타인 입국 비자가 없이는 스트루마호 승객들이 육지에 내리는 것은 불가능했다. 튀르키예 외무부 관계자들은 앙카라에 있던 영국 대사 내치벌 허거슨에게 승객들이 팔레스타인 입국 비자를 받을 것이라는 보증을 요구했다. 튀르키예 외교부는 이런 방식으로 배를 수리할 동안 승객들의 하선을 허가할 용의가 있음을 내비쳤다. 그러나 영국은 어떤 형태의 보증도 거부했다.

국제기구의 개입에도 불구하고, 영국 정부는 팔레스타인에 있던 영국 고등판무관에게 보낸 전보에서 튀르키예 정부가 스트루마호를 흑해로 되돌려 보내는 것이 가장 적합한 해결 방법이라고 지침을 내렸다.

영국의 식민지 장관이었던 모인 경은 스트루마호를 타고 탈출한 사람들이 '다른 유대인들로 하여금 배를 이용해 탈출하도록 부추기는 매우 고통스러운 파급효과'를 낳게 될 것이라는 부정적인 말을 하기도 했다.

결국 스트루마호는 엔진 고장에 발전기도 작동하지 않는 채로 이스탄불 앞바다에서 운명에 내맡겨졌다.

나는 침대에서 벌떡 일어섰다. 늦을 것 같았다. 뒤죽박죽 여

러 내용이 섞인 자료들에 정신이 팔렸던 모양이었다. 급하게
격자무늬 치마와 흰색 실크 블라우스를 차려입었다.

12

일리야스는 5시가 채 되기도 전에 도착했다. 창문으로 내려다보니 오늘도 차에 기댄 채 담배를 피우고 있었다. 이 녀석도 엄청난 골초였지만 그래도 쉴레이만처럼 차 안에서 피우지는 않았다.

출발하면서 먼저 바이올린에 대해 물었다.

일리야스는 "쉴레이만이 없었다고 그럽니다"라며 조금 실망한 듯, 조금은 의심에 찬 목소리로 대답했다. "한 번 더 찾아봐 달라고 했습니다만 한사코 없었다고 하네요."

아주 심각한 상황이었다. 바이올린이 바그너 교수에게는 무척 중요한 것일지도 모른다. 어쩌면 과거 그 시절의 기억이 담긴 물건일지도 모른다. 나는 당장 쉴레로 돌아가 해변에서 바이올린을 본 사람은 없는지 바보같이 물어보고 다니든가, 아니면 쉴레이만을 다그쳐서 어떻게든 찾아내야 했다.

쉴레이만이 블랙시 모텔 방에서 교수님과 내게 "천벌 받을!"이라고 소리 지르고 나간 뒤에, 떠도는 말이 없다는 건 좋은 징조가 아니었다. 난 쉴레이만이 그런 사건을 써먹지 않으리라고는 생각지 않았다. 뭔가를 꾸미고 있거나, 불안해하도록 내버려 두면서 날 괴롭힐 작정으로 소문을 내지 않는 게 뻔했다. 아마 다음 주쯤엔 난리가 나지 않을까.

"차를 어디서 수리하지?" 일리야스에게 물었다.

"자동차 단지에 있는 르자 우스타 카센터에서요." 그가 답했다.

"거기 들렀다 갈 수 있을까?"

"물론입니다. 가까워요."

"좋아. 그럼 가보자."

일리야스는 첫번째 유턴 차선에서 차를 돌렸고 마슬라크에 있는 자동차 단지로 들어갔다. 젊은 청년들이 기름때 묻은 파란색 작업복 차림으로 볼트나 점화 플러그, 기름통, 드라이버 같은 것들을 들고 있었다. 타이어를 교체하거나, 리프트로 들어 올린 차 아래에서 뭔가에 열중하는 모습이었다.

또 다른 청춘의 삶이었다. 쇼핑몰에서 봤던 청춘들과 같은 나이대였지만 서로 너무나도 달랐다. 기름 묻은 더러운 얼굴에는 나이에 걸맞지 않은 삶의 고통이 배어 있었다. 가족들을 위해서 휴일인데도 중노동을 마다하지 않았다. 몇 푼 번 돈은 멀리 떨어진 무허가촌에 사는 가족들에게 가져가겠지.

누군가는 아버지가 병으로 누워 있을 테고, 또 누군가의 아버지는 교도소에 있을 거다. 아니면 실업자거나, 백수. 그게 아니면 의지할 곳 없는 고아겠지…… 다른 가능성이 있다면, 아버지라는 사람이 아이들을 엄마에게 맡기고 사라져버렸을지도.

274

딱 내 경우처럼. 저 굳은 표정의 불행한 아이들은 케렘과 나이가 비슷했지만, 그들의 불행은 다른 이유 때문이었다. 어떤 카센터에서는 울음을 토하는 듯한 아라베스크 음악이 들렸다.

르자 우스타 카센터에 도착하니 대형 메르세데스 세단이 리프트 위에 올라가 있는 게 보였다. 누구도 차를 고치고 있지는 않았다. 쉴레이만도 보이지 않았다. 유리창으로 된 2층 사무실에 있던 멜빵 작업복 차림의 남자가 내려왔다.

긴 콧수염에 푸근한 아버지 같은 모습이었다. 그에게 나를 소개하고, 총장실에서 왔다고 말했다. 명함도 잊지 않고 내밀었다. 나는 손님으로 오신 교수님의 바이올린이 차에 있으며, 그 교수님이 내일 떠나시기 때문에 바이올린을 찾으러 올 수밖에 없었다고 설명했다.

상황이 너무도 명확했기에 그도 바로 이해한 것 같았다. 모든 가게에서 그러듯이 그도 홍차를 대접하겠다고 했다. 나는 감사하지만 마시지 않겠다고 답했다. 곧 그는 "차를 내려!"라고 지시했다. 유압 장치로 들어 올려져 있던 대형 메르세데스가 내려오기 시작했다. 그 와중에 며칠째 읽고 있던 자료 가운데 우연히 본 내용이 떠올랐다. 메르세데스 벤츠의 회장이었던 에드자르트 로이터도 앙카라에서 성장했으며, 튀르키예어도 아주 잘했다고 한다. 그의 아버지인 에른스트 로이터가 앙카라에서 근무했고 아들 '에드지'는 친구들에게 인기가 많았었다고. '이 메르세데스도 어쩌면 그때부터 있었던 걸 거야' 하는 생각이 들었다.

차가 완전히 내려졌고, 천천히 바퀴 위로 차체가 내려왔다.

카센터 사장인 르자 우스타는 "자 살펴보세요, 부인"이라며 차 문을 열어주었다. 나는 차 내부를 뒤져봤다. 앞좌석에도 뒷좌석에도 바이올린은 보이지 않았다. 그래서 트렁크를 열어달라고 말했다. 널찍한 트렁크의 우측 안쪽 구석에는 걸레들 더미만 있을 뿐, 그 외에는 아무것도 없었다.

쉴레이만 말이 맞는단 말인가? 바이올린이 진짜로 해변에 있는 건가? 아니면 블랙시 모텔에? 하지만 모텔에 있을 가능성은 없었다. 부축을 해도 걷지 못하는 상황에서 교수님이 바이올린을 손에 들고 있을 수는 없었다. 나는 카센터에 있던 수리공들에게 물었다. "혹시 쉴레이만이 차에서 뭔가를 꺼냈나요?"

"아니요, 안 꺼냈어요!"라는 답이 돌아왔다.

르자 우스타에게 감사하다고 인사를 건넸다. 그대로 차를 타려다가 나는 다시 돌아갔다.

"괜찮으시다면 트렁크를 다시 한번 볼 수 있을까요?" 내가 부탁했다.

"물론입니다." 그가 답했다.

트렁크는 마찰음을 내며 열렸다. 나는 몸을 앞으로 숙여서 구석에 있던 걸레들에 손을 댔다. 손이 닿자마자 바이올린이라는 걸 알았다. 걸레를 치웠다. 바이올린이 정말로 거기 있었다. 더러운 천 조각들이 바이올린을 아기 감싸듯 말고 있었다. 걸레를 걷어내고 바이올린을 집어 들었다. 나는 르자 우스타와 조수들에게, "모두들 봤죠, 그렇죠?"라고 물었다.

그들은 "당연히 봤습니다!"라고 답했다.

나는 일리야스에게도 "너도 봤지, 쉴레이만이 한 짓을?"이라고 말했다.

일리야스는 고개를 숙이며 "예, 그렇습니다!"라고 답했다.

여전히 뭐라도 대접하고 싶은지 "차도 한잔 안 하시고 가시게요"라고 하는 르자 우스타와 인사를 나눈 뒤, 나는 다시 차에 올랐고 곧바로 출발했다.

바이올린을 찾아서 기뻤고, 또한 쉴레이만의 역겨운 음모에 대항할 비장의 카드를 쥐게 된 것 같아 좋았다. 어쩌면 이 사건으로 그 자식을 막을 수 있을 것이다. 나쁜 짓을 저지르기 전에 한 번 더 생각하게 되겠지.

내가 기억했던 것처럼 해변에서 바그너 교수를 부축해서 나와 차에 태울 때 바이올린도 그의 손에 있었던 모양이었다. 바이올린 케이스는 해변에 그대로 남겨졌다가 거친 파도에 휩쓸려 흑해 바닷속으로 사라졌을 가능성이 컸다. 어쨌든 바이올린을 찾았으니 케이스는 중요하지 않았다. 나는 일리야스에게 "스라셀빌레르를 거쳐서 갈 수 있을까?"라고 물었다.

예의 바른 일리야스는 늘 그랬듯이 내 질문에 바로 "당연하죠, 선생님!"이라고 했다.

"거기서 나란히 있었던 악기점 두 곳을 본 것 같은데. 거기 들러서 바이올린 케이스를 사야 할 것 같아."

탁심에 있는 유명한 토스트 가게 옆을 지나 복잡한 스라셀빌레르로路로 들어섰다. 날은 어두워지기 시작했고, 가로등이 켜졌다. 사원에서는 예배 시간을 알리는 에잔* 소리가 들려왔다.

---

* 에잔Ezan: 알라신에게 올리는 예배 시간이 되었음을 알리는 기도 소리.

젊은 친구들이 불이 환하게 밝혀진 간이식당에서 햄버거나 됴네르 케밥을 먹으며 환하게 웃고 있었다.

일리야스는 능숙하게 악기점 앞으로 차를 붙였다.

"여기서 기다리는 건 불가능할 것 같습니다. 길을 막을 것 같아서요. 가능하시다면 일을 다 보시고 독일 병원 주차장으로 올 수 있으시겠습니까?"

요즘 같은 시대에 누가 이렇게 예의 바른 청년으로 교육을 시켰을까 생각하면서 바이올린을 들고 차에서 내렸다.

가게 문을 닫을 준비를 하던 안경 쓴 남자에게 바이올린 케이스를 찾고 있다고 말했다. 그는 내게서 바이올린을 넘겨받고는 이리저리 돌려가며 살펴봤다.

"이 바이올린은 꽤 오래된 데다 값도 많이 나가는 겁니다, 부인. 독일제고요. 파시겠다면 관심 있는 사람들에게 보여드리죠."

"아니요, 팔려는 게 아니에요. 그냥 바이올린 케이스를 사려고요."

"예, 부인. 근데 여기는 그냥 평범한 악기점이라, 이 바이올린에 어울리는 특별한 케이스를 원하신다면……"

"아닙니다. 그냥 아무 케이스나 주셔도 돼요."

악기점 주인은 바이올린 케이스 세 개를 꺼내서 보여줬다. 사실 셋 다 비슷했다. 그중에 하나를 골라 바이올린을 넣었다. 그러고는 몇 발자국 떨어지지 않은 독일 병원 주차장으로 향했고, 차 문을 열고 기다리던 일리야스에게 고맙다고 한 뒤 차에 올랐다.

"이제 차파 병원으로 가면 될 것 같아." 일리야스에게 말했다.

세상에, 이제야 마음이 놓였다. 바이올린이 그 늑대 같은 쉴레이만에게 넘어가지 않아 다행이었다. 조금이나마 나 자신이 자랑스러웠다.

병원에 도착하니 7시가 다 되어갔다. 필리즈가 불평 섞인 말투로 맞이했다.

"어디 있었던 거야? 노인네가 너 오는 길만 바라보고 있어. 너 어디쯤 왔냐고 계속 물었단 말이야."

"미안해. 그분이랑 관련된 일을 해결하느라 늦었어. 휴일인데 널 병원에 묶어놨네. 어떡해, 미안해."

필리즈는 "괜찮아. 오늘 당직이야"라고 한 뒤, 갑자기 나직하게 말했다. "너 저 노인네한테 잘해줘."

필리즈가 보통 대화할 때와는 다르게 말하는 것 같아서 금방한 말이 무슨 뜻인지 궁금했다. 몇 번 오다 보니 적응됐다고 생각했던 병원이 다시 낯설게 느껴졌다. 여기저기서 약품 냄새가 진동했고 아무것도 손대면 안 될 것 같은 곳처럼 생각되었다.

"무슨 일이야? 무슨 일이라도 있는 거야?"

"교수님을 종합적으로 검진했다고 했었잖아."

"그래서?"

"CT 촬영을 했는데 췌장에서 종양이 발견됐어. 좋아 보이진 않더라고. 그래서 교수님과 이야기해서 정밀 검사를 하려고 했는데, 교수님이 원치 않으셨어."

필리즈는 더 이상 말을 잇지 못하고 '어쩌겠어!'라는 의미로 고개를 살짝 옆으로 기울이면서 날 바라봤다.

"어째서 정밀 검사를 안 받으시겠다는 거야? 이게 가벼운 일이 아니잖아?"

"당연히 아니지. 종양에 대해서는 이미 알고 계셨고, 보스턴에서 정밀 검사를 받으셨대. 악성 판정을 받았다고 하시더라고."

"악성이라니?"

"나쁘다고…… 그러니까 췌장암이라는 말이야!"

"말도 안 돼, 필리즈! 본인도 알고 계신단 말이지?"

"알고 계셔, 근데 별로 신경 쓰시지 않는 것 같아. 이 사실을 아무렇지도 않게 웃으면서, 나한테 고맙다며 말씀해주신 거야. 아주 의연한 분이시더라."

"그럼 얼마나 남으신 거야?"

"딱 잘라 말하긴 힘든데, 우리 병원 전문의들은 6개월을 넘기지 못할 거라는 소견이야."

"그러니까 이스탄불에 작별을 고하러 오신 거였네?"

"아마도 그런 것 같아. 더 이상 기다리시게 하지 마. 근데 교수님께서 말씀하시지 않으면 너도 먼저 아는 척하지 않는 게 좋겠어. 사실 의료 윤리 규정으로는 네게 이야기해주는 것도 금지야."

"걱정 마, 필리즈. 말 안 할게."

우리는 함께 교수님의 병실로 갔다. 나는 혼란스러웠다. 바그녀 교수가 시한부 선고를 받았다는 사실이 믿기지 않았다.

바그너 교수는 우리를 보자 눈에 총기가 살아났다.

"오오, 날 버리고 가더니, 다시는 안 올 줄 알았네." 그가 말했다.

그는 기분이 좋아 보였다. 퇴원할 준비를 하고 있었다. 이번에도 같은 검은색 양복에, 넥타이도 매고 머리도 잘 빗어 넘겨 단정했다. 너무나 멋있었다. 이런 분이 몇 달 후 이 세상에 없을 거라니 상상하기가 힘들었다.

교수님은 병원을 나서면서 자신을 돌봐준 모든 사람과 개인적으로 작별 인사를 나눴다. 간병인과 간호사들에게 팁까지 건넸다. 그러고 나서 우리 차에 올랐다.

"오, 차도 바뀌고 운전기사도 바뀌었군요."

"예, 그 메르세데스는 수리 중입니다. 운전기사도 차와 같이 있고요. 이 친구가 그전에 있던 운전기사보다 더 나을 겁니다." 나는 말을 이었다.

"이스탄불에서 마지막 저녁입니다, 교수님. 바로 호텔로 가시겠어요, 아니면 보고 싶으신 곳이 있으세요?"

"물론 보고 싶은 곳이 있지요. 있는데, 당신을 귀찮게 하는 것 같아서 망설였다오. 술탄 아흐메트 사원 앞을 지날 수 있으면, 마지막으로 그곳을 보면 좋을 것 같은데요."

이 '마지막으로'라는 말에 나는 가슴이 아팠다. 일리야스에게 그곳으로 가자고 말했다. 먼저 트램 길로 들어가 술탄 아흐메트 사원 광장으로 갔다. 우리는 차에서 내렸다. 날이 어두워지면서 불을 밝힌 술탄 아흐메트 사원과 성소피아 대성당 사이에 서니 아주 묘한 감정이 일었다. 마치 우리가 시간 여행을 하는 것 같았다. 바그너 교수는 생각에 잠긴 채 주변을 둘러보았다. 나는 성소피아 대성당 외벽 아래 군밤 장수에게서 종이봉투 가득 군밤을 샀고 바그너 교수와 함께 호호 불어가며 군밤을 먹었다.

잠시 뒤 바그너 교수는 "알고 있겠지만 여기가 그 유명한 비잔틴제국의 히포드롬*이지요!"라고 했다.

"알고 있습니다."

"니카 반란** 세력들이 성소피아 대성당에도 불을 질렀죠. 저 건물이 뭔지 아시나요?"

"예, 술탄의 사위 이브라힘 장군의 궁입니다. 지금은 박물관으로 사용하고 있고요."

"카누니 술탄***의 이 불운한 사위가 이 광장에 세 개의 동상을 세웠었다는 사실을 알고 있나요?"

"아니요." 나는 놀라움을 감추지 못한 채 대답했다. "제가 알고 있는 바로는 이슬람에서 조각상은 금지였는데요."

"그래요. 하지만 이브라힘 장군은 자신의 힘을 과신하고 있어서 여기 세 개의 긴 기둥 위에 디아나, 헤르쿨레스, 아폴로 동상을 세웠다오. 이스탄불의 임산부들은 디아나 동상을 찾아와 자식들이 디아나처럼 아름답고 건강하기를 빌었지요."

---

* 히포드롬hippodrom: 로마 시대의 대경기장 유적.

** 유스티니아누스 대제가 재위하던 시기 동로마제국에서 벌어진 대대적인 반란. 반란 세력이 '승리'를 뜻하는 '니카Nika'를 구호로 삼아 외쳤기 때문에 붙은 이름이다.

*** 카누니 술탄(Kanuni Sultan, 1494~1566): 오스만제국의 제10대 술탄으로 술레이만 1세로 불리기도 한다. 오스만제국 최전성기에 46년 동안 황제의 자리에 있었던 인물이다.

"나중에 그 동상들은 어떻게 됐습니까?"

"술탄 술레이만은 이브라힘 장군을 목매달았고, 그 후에 민중이 동상을 무너뜨리고 파괴했지요. 이브라힘 장군이 이교도였다는 말이 돌았다오. 오스만제국의 역사는 늘 이런 식이었어요. 하나가 만들면 다른 하나가 부수고. 모든 싸움은 이 두 세력 사이에서 일어났지요. 베네치아에 가본 적이 있나요?"

그는 이 주제에서 저 주제로 순식간에 넘어가며 이야기를 이어갔고, 생기가 넘쳤다.

"아니요!"

"그 도시의 가장 유명하고 제일 비싼 호텔이 그리티 팰리스라오."

이야기의 주제가 오스만제국에서 베네치아로 갑자기 바뀌는 바람에 놀랐지만, 난 아무 말도 하지 않았다. 술탄 아흐메트 광장에 내려앉은 어둠과 묘한 분위기가 그를 이렇게 말이 많은 사람으로 만든 게 아닐까, 하는 생각이 들었다. 기독교 정교와 이슬람교라는 거대한 두 종교의 상징물과 이 광장에서 일어났던 일을 상상하는 것만으로도 알 수 없는 분위기에 매료되기에 충분했다. 게다가 저녁 무렵 관광객을 태운 버스들이 사라지고 나니, 현대 문명을 떠올릴 만한 어떤 것도 우리 눈앞에 남아 있지 않았다.

나는 성소피아 대성당에 올 때마다, 성당을 지은 두 명의 건축가를* 항상 떠올렸다. 1,500년 전에 사망해서 이젠 그들의

---

* 밀레투스 출신의 그리스 수학자이자 건축가 이시도로스Isidoros와 트랄레스

유골도, 그들의 후손도 찾을 수 없지만, 그들의 작품은 그대로 남아 있지 않은가.

"그리티가는 베네치아의 명망 있는 집안이었지." 교수는 말은 이었다. "이스탄불 주재 베네치아 대사를 베네치아 도제라고 했었거든요. 당시의 베네치아 도제 안드레아 그리티에게는 아들이 하나 있었어요. 아들인 알비세 그리티와 그리스 파르가 출신의 이브라힘 그리고 술레이만 왕자는 아주 친한 친구 사이였지요. 밤낮으로 서로 떨어지질 않았어요. 이브라힘은 바이올린을, 그리티는 기타를 연주하면서 오스만제국의 후계자를 즐겁게 해줬어요. 혹시 베이오울루에 대해서는 알고 있나요?"

오늘 바그너 교수가 날 놀래려고 작정을 한 것 같았다.

"당연하죠. 지금 거기로 갈 겁니다. 교수님께서 묵으시는 호텔이 있는 지역을 외국인들은 페라, 튀르키예인들은 베이오울루라고 하죠."

"왜 베이오울루라고 하는지 생각해본 적 있나요?"

"아니요!"

"알비세 그리티의 저택이 페라에 있었고, 그가 안드레아 그리티의 아들이었다. 이 사실이 뭔가를 이야기하고 있는 것 같지 않나요?"*

내 얼굴에 미소가 번지는 게 느껴졌다.

출신의 그리스 기하학자이자 건축가 안테미오스Anthemios를 가리킨다.

* 베이오울루Beyoğlu는 베이Bey(남자에 대한 경칭, 시장, 도지사)와 오울루oğlu(아들)의 합성어로, 도제 안드레아 그리티의 아들이 살았다고 해서 붙여진 이름이다.

"무슨 말씀인지 알겠어요. 하지만 저는 술레이만 왕자가 어린 시절의 친구를 교수형에 처했다는 사실이 떠오르는데요. 왜 그랬을까요?"

"보통의 이유 때문이지요. 권력을 잡았으니까."

"모든 권력이 살인을 자행한단 말씀이신가요?"

"그럼요! 집권은 탄압이지요. 통제할 수 없는 권력이라면 더더욱."

"좋습니다. 그럼 좋은 사람들이 집권을 하면요?"

"그런 일은 없어요!"

"왜요?"

그는 고통스러운 미소를 지으며 이렇게 말했다.

"좋은 사람들은 권력을 잡을 수 없어요. 권력을 잡았다고 해도 권력이 그 사람들을 물들게 하고, 잔인하게 만드니까요."

나는 웃었다.

"죄송합니다만 교수님, 교수님께서는 히틀러 때문에 그러시는 것 같은데요. 모든 권력이 살인을 자행한다니요. 그러니까 이상하게 들리시겠지만, 제가 권력을 잡으면 사람을 죽일 거라는 말씀이신가요?"

그는 내 어깨를 잡고 눈을 똑바로 응시했다.

"물론! 당신도 죽일 거예요. 집권을 하기 위해서는 다른 방법이 없으니까. 옛날에는 더 공개적으로 했고, 지금은 더 비밀스럽게 하겠지요."

그는 내 어깨에서 손을 내리고는 좀 더 부드러운 목소리로 말을 이었다.

"간접적으로 죽이는 거지요. 어떤 형태로든 당신이 죽음의 원인이 되는 거라오. 당신 권력은 살인을 통해서 연장될 거요. 지금은 그런 짓을 할 사람이 아닐지 모르지만, 권력을 쥐게 되는 길은 험한 길이라오. 길고 긴 길이고, 사람을 바꿔놓는 길이기도 하지요. 하지만 당신이 권력을 잡을 준비가 되었을 때에는 당신도 이미 충분히 변했을 테니, 그 길을 끝낼 수 있게 될 거요."

순간 마음속으로 '어쩌면 맞는 말일지 몰라!' 하는 생각이 들었다.

그는 "당신한테"라고 운을 떼더니 말을 이었다. "왕자였던 셀림과 그 동생 코르쿠트에 대한 이야기를 해주고 싶소만. 두 왕자는 부르사에서 살고 있었지. 그들의 아버지가 승하하면 둘 중의 하나가 제국의 황제가 되는 거였소. 황제가 되는 왕자가 남은 형제를 암살하는 전통에 따라, 한 명은 황제, 다른 한 명은 희생양이 될 운명이었지요. 누가 황제의 자리를 차지하게 될지는 몰랐지. 그래서 그들은 맹세를 했다오. 누가 황제가 되든 다른 형제를 살려주기로 말이오. 결국 황제가 결정되었고, 셀림이 오스만제국의 황위에 올랐소."

"코르쿠트는 어떻게 되었나요?"

"어떻게 되기는, 살해당했지. 이 문제는 말이나 선의로 해결할 문제가 아니라오. 권력이라는 건 아주 철저한 감시로 통제하는 것일 뿐이오. 선지자가 집권을 한다고 해도, 그도 사람을 죽일 거요."

"그렇다면, 중요한 건 집권자가 아니라 반대편에 선 사람이겠군요.”

만족스러운 학생을 보는 선생님처럼 미소를 지으며 그는 “물론이죠”라고 말하듯 고개를 끄덕였다.

술탄 아흐메트 광장의 역사가 묻어나는 분위기 때문인지, 아니면 다른 무엇 때문인지 몰라도 이곳에 도착해서부터 우리는 죽음에 관해 이야기를 나누고 있었다. 주제를 바꾸려고 내가 말을 꺼냈다. “십자군도 1204년에 이 도시를 파괴했었죠.”

“그래요.” 그는 내 말에 수긍했다.

“콘스탄티노플에 진짜 피해를 입힌 건 오스만제국이 아니라 십자군이었죠. 닥치는 대로 약탈했으니까요. 베네치아의 산마르코 광장에 있는 네 마리의 말 동상도 여기서 훔쳐 간 것이라니까요!”

“그 말도 맞아요. 역사를 전공했나요?”

“아닙니다, 교수님. 문학을 전공했습니다. 아주 기초적인 지식이고 어딜 가도 알 수 있는 역사적 사실이거든요. 일간지에 실릴 정도로요.”

“서구 사람들 대부분은 이런 사실을 모르죠!”

“맞습니다. 교수님 시대의 사람들도 극소수만 알고 있을 뿐입니다.”

“어떤 시대를 말하는 거요?”

“제2차 세계대전 당시 튀르키예로 왔었던 어마어마한 학자들의 시대 말이에요.”

“어마어마한 학자들이라니?”

“예. 로이터, 노이마르크, 히르슈, 아우어바흐, 슈퍼처 그리고 교수님……"

"잠깐, 잠깐만! 그 사람들 다 내 친구들이오. 그걸 어떻게 알고 있는 거요?"

"저도 읽고 쓸 줄 압니다, 교수님. 게다가 호기심도 있고요."

"회고록 같은 걸 읽은 건가요?"

"조금요, 아직 시작 부분을 읽고 있습니다. 학교 기록물 보관소에서도 찾아봤습니다."

"기록물 보관소에서? 모든 친구의 기록물이 거기에 있는 거요?"

"있습니다. 모든 분에 대한 많은 기록이 있었습니다만, 교수님에 관한 기록물이 가장 적었습니다."

"왜죠?"

"교수님과 관련된 모든 기록물을 정보국에서 가져갔나 봐요. 거기엔 딱 두 장의 서류만 남아 있었습니다."

"어떤 서류가 남았던가요?"

"추방되었다는 내용이 적힌 서류와 스쿠를라가 교수님에 대해 조사를 했다는 내용이 담긴 서류 이렇게 두 개만 있었어요."

"스쿠를라라고 했소?"

"예!"

바그너 교수는 한동안 침묵했고, 생각에 잠겼다. 그러고는 "자, 차로 돌아가서 어서 호텔로 갑시다. 당신께 해줄 말이 많아요. 긴 밤이 되겠군요"라고 말했다.

13

호텔로 돌아가던 중에 조수석에 있던 바이올린 케이스를 바그너 교수에게 내밀었다.

"교수님의 바이올린을 찾았어요."

그는 내 말을 듣고 처음에는 좋아했지만 자신의 것보다 더 크고 볼품없는 케이스를 받아 들고는 "이건 내 바이올린이 아니오!"라고 했다.

"걱정 마세요, 케이스는 다르지만 바이올린은 같은 겁니다."

그는 케이스를 열고 바이올린을 꺼내 보고서야 내 말이 옳다는 걸 알았다. 그리움과 연민으로 가득 찬 눈으로 한동안 바이올린을 바라봤다.

나는 그를 해변에서 어떻게 부축해서 나왔는지, 그리고 그 혼란한 상황에서 바이올린은 챙겼지만 케이스는 잊어버리고 말았다는 걸 설명했다. 쉴레이만의 나쁜 짓에 대해서는 말하지 않았다.

그는 바이올린을 조심스럽게 품에 안았다.

"그날 내가 당신까지 위험하게 했군요. 그런데 무슨 일이 있었는지 정확하게 기억나지 않는다오."

"교수님, 여쭤보고 싶은 게 있습니다. 이젠 이야기해주세요. 나디아가 누굽니까?"

"이야기해주지요. 하지만 한 가지 조건이 있소!"

"조건이 뭔가요?"

"나를 교수님이라고 부르지 않는다면. 막시밀리안이라고 부르든지 아니면 짧게 막스라고 불러주시오."

"저도 이야기할 게 있어요, 막스."

그를 막스라고 부르자니 영 어색했다. 그는 만족한다는 듯 가볍게 미소를 지었다. 페라 팔라스에 도착한 뒤, 나는 일리야스에게 기다리지 말라고 했다. 자리가 길어질 수도 있고, 필요하다면 전화로 부를 수도 있었다.

호텔 로비와 바는 손님들로 붐볐다. 한때는 호텔 바에 스파이들이 가득했으리라. 하지만 이제는 미국식 호텔을 싫어하고 고풍스러운 분위기에 관심이 많은 중산층 이상의 이스탄불 사람들과 오리엔트 특급열차가 운행되던 당시 이스탄불의 향수를 느끼고 싶어 하는 외국인들이 앉아 있었다.

오는 길에 막스는 저녁 식사를 함께하자고 제안했다. 사실 그가 그런 제안을 하리라는 걸 예상하고 있었다.

그는 로비에서 방 열쇠를 받았다. 내가 로비에서 기다리는 동안 그는 방에 올라갔다가 내려올 참이었다. 난 그에게 선물 상자를 내밀었다.

"이스탄불의 추억이라고나 할까요."

그는 당황해하며, 얼굴을 붉혔다. 그러고는 내게 감사 인사를 하고 엘리베이터로 향했다.

나는 바의 작고 둥근 테이블에 앉아서 그를 기다렸다. 웨이터에게 화이트 포트와인도 주문했다. 그리고 레스토랑에 조용한 자리를 준비해달라고 부탁했다. 잠시 뒤에 듣게 될 이야기 때문에 와인을 마시는 동안에도 마음이 들떴다. 드디어 일주일 동안 풀 수 없었던 미스터리가 오늘 저녁이면 풀린다. 막스가 누구며, 나디아가 누구인지, 쉴레에는 왜 갔으며, 그 이해할 수 없었던 의식은 무얼 의미하는 것인지, 많은 외교관이 왜 그렇게 막스에게 관심을 보이는지, 왜 추방되었는지 알게 될 것이다.

이런 생각을 하면서 나는 포트와인을 순식간에 비웠다. 빈속에 마신 포트와인 때문에 아직 그가 내려오지도 않았는데 가볍게 취기마저 올랐다.

막스가 바에 들어서자 많은 사람이 그를 향해 고개를 돌렸다. 회색 콤비에 하얀 와이셔츠 그리고 목에 맨 군청색의 스카프까지 너무나 멋졌다. 이런 사람이 6개월 후에 세상을 떠날 것이라는 게 믿기지 않았다.

"선물 아주 고마웠어요, 마야. 아주 멋진 선물이더군요. 보스턴에 가면 항상 매고 다니리다. 맬 때마다 당신을 떠올리겠군요."

식사 시간이 다 되어서 그런지 그는 식전에 술을 마시고 싶어 하지 않았다. 우리는 바로 레스토랑으로 향했다. 그러고는 다른 손님들과 떨어져 있는 조용한 구석진 자리에 앉았다.

저녁 메뉴에는 오스만제국 시대의 요리도 있었다. 올리브유를 곁들인 아티초크* 그리고 으깬 가지 요리를 곁들인 양고기 케밥을 주문했다. 그리고 좀 전에 마시던 것과 같은 와인을 주문했다.

막스가 긴장하고 있는 게 느껴졌다. 고민에 빠진 모습이었다. 들려줄 이야기 때문에 주저하는 것 같았다. 그 오랜 세월 누구에게도 한 적이 없는 이야기를 꺼내는 것이니 이상한 일도 아니었다.

"지난주까지만 하더라도 당신이나 당신 친구에 대해 알지도 못했는데 말이오! 잘 지내고 있는 사람들에게 내가 큰 폐를 끼쳤지 뭐요."

"아닙니다. 저는 정말 좋았습니다. 제가 완전히 다른 세상을 보게 해주셨어요."

그는 동의하는 건 아니지만, 그렇다고 반대 의사를 밝히지 않는 사람들이 '그래요'라는 의미로 보이는 고갯짓을 했다. 그러니까 눈썹을 가볍게 치켜세우고 고개를 약간 옆으로 기울였다.

나는 웃으며 "그 시대 튀르키예 학생이 히틀러에게 감사하다고 적은 글을 읽었어요"라고 말했다.

그는 경악하며 내 얼굴을 바라봤다.

"어째서?"

"만약 히틀러가 없었다면, 그 정도로 훌륭한 교수님들을 튀

---

* 엉겅퀴과의 여러해살이풀로 꽃이 피기 전의 어린 꽃봉오리를 잘라 사용한다.

르키예에 모셔 오는 건 불가능했을 거라고 말이에요. 자기들이 이스탄불에서 그런 교육을 받을 수 없었을 거라고요. 에리히 아우어바흐의 제자였던 것 같아요."

"그렇다면 운이 아주 좋았군요. 정말로 아우어바흐는 굉장한 학자였소. 그 친구가 이스탄불에 있을 때 쓴『미메시스』는 물론 읽어봤겠지요?"

"불행히도 못 읽어봤습니다, 교수님. 아니, 미안해요, 막스."

"같은 대학에서 문학을 전공했잖소. 이런 걸작을 어떻게 놓친 거죠?"

"최근 읽은 자료들 중에서 우연히 그 책의 제목을 봤습니다. 안타깝게도 그 책은 아직 튀르키예어 번역본이 없어요. 근데 제가 이 사실을 알게 되었던 그때보다, 교수님의 이야기를 듣고 있는 지금 번역본이 없다는 게 더 이상하게 느껴지네요."

"『미메시스』는 문학비평 역사에서 가장 중요한 작품 중 하나라오. 내가 말했듯이 여기, 그러니까 이스탄불에서 당신의 대학에서 쓴 책이지요. 보스턴으로 돌아가자마자 당신께 영문본을 보내드리리다."

"영어로는 번역이 되었습니까?"

"물론이죠. 게다가 다른 책들도 저술했어요. 에리히는 이스탄불에 있다가 미국 대학들로부터 초청을 받았다오. 그가 유명을 달리했을 때엔 예일 대학교에 있었지. 그의 작품은 1953년 프린스턴 대학교에서 출판했죠."

"그러니까 미국은 상황을 빨리 파악하고 여기에 온 교수님들을 모두 모시고 간 거네요."

"내 경우는 달랐지만 말이오. 이제 당신한테 아주 중요한 임무가 주어졌소."

"어떤 임무를 말씀하시는 거죠?"

"『미메시스』를 튀르키예어로 번역해서 처음 책을 썼던 그 땅에 다시 돌려주도록 해봐요."

그의 제안에 솔직히 마음속에 흥분이 차올랐다. 정말 굉장한 일이기도 했다. 막스의 한마디 한마디가 날 흥분하게 만들었고, 단조로운 내 삶에 생기와 활력을 계속 불어넣었다.

"예. 아주 근사할 것 같아요."

"이 일이 얼마나 중요한 임무인지 그 책을 읽어보면 알게 될 거요. 당신의 조국에 역사적인 봉사를 할 수 있는 기회요. 내게 약속할 수 있겠소?"

"약속드립니다! 그런데 그 책이 그렇게 중요한 이유는 뭔가요, 막스?"

"간단히 말할 수 있는 게 아니라오."

"그럼 길게 이야기해주세요."

사랑스러운 미소가 그의 얼굴에 번졌다.

"사랑스러운 젊은 아가씨, 여기서 마주 보고 식사를 하는 건가요, 아니면 수업을 하는 건가요?"

"더 즐거운 식사를 위해서, 그리고 내일 미국으로 돌아가시는 저명한 교수님께 교양 있는 대화의 시간을 부탁드리는 겁니다, 신사분."

"좋아요, 번역에 대한 의욕을 높여볼까 하는 마음으로 짧게 이야기해보지요. 에리히 아우어바흐는 동료인 레오 슈피처와 함께 '벨트리테라투어Weltliteratur' 그러니까 세계문학의 개념을 체계화하고자 했었소. 사실 이 개념은 더 이전에 괴테가 제시했던 것이었다오. 철학자이기도 했던 괴테는 동일 문명에서 창조된 문학보다는 세계가 창조한 문학을 이해하려고 했었거든. 그래서 나이가 있는데도 이란어를 배웠고. 이란의 위대한 시인 하피즈*와 사디** 그리고 튀르키예인들과 이란인들의 공통 조상이기도 한 메블라나 루미***의 작품을 탐독했지요. 그리고 그 유명한 『베스트-외스트리허 디반West-Östlicher Divan』****을 썼다오."

"그러니까 서구와 동양의 평의회가 되는 겁니까?"

"그래요, 직역하면 그렇게 되지요."

"막스, 메블라나를 왜 공통 조상이라고 하셨죠?"

"왜냐하면 메블라나는 튀르키예의 콘야에 살았지만 작품은 이란어로 썼거든. 만약 튀르키예어로 썼다면, 미안하지만 세상에 거의 알려지지 않았을 거요. 잘 봐요, 튀르키예의 위대한 시

---

* 하피즈(Ḥāfiẓ, ?1325~?1389): 페르시아(이란)의 시라즈 출신 서정시인으로 신비주의를 추종했다.

** 사디(Sa'dī, ?1213~1291): 페르시아의 시라즈 출신 시인으로 30년간 각지를 유랑하며 신비주의를 수행했다.

*** 메블라나 루미(Mevlânâ Rūmī, 1207~1273): 페르시아의 신비주의자, 시인, 법학자. 본명은 루미 잘랄 아드딘 아르(Rūmī Jalāl ad-Dīn ar)로, 이름 앞에 붙은 메블라나는 튀르키예어로 '스승'을 뜻한다.

**** 괴테가 하피즈에게서 영감을 받아 집필한 시집. 우리에게는 『서동시집』으로 더 익숙한 작품이다.

인인 유누스 엠레,* 세이흐 갈립**은 문학적으로 부족하지 않음에도 세계적으로 알려지지 않았지요. 그렇지만 오마르 하이얌,*** 사디, 하피즈, 루미의 작품은 훨씬 많이 읽히고 있어요. 여기엔 이란어, 그리고 당연히 괴테의 공이 크다고 해야죠."

"맞는 말씀 같네요. 이런 시각으로는 전혀 접근해본 적이 없어요."

"너무 가까이서 보면 보이지 않거든. 그건 그렇고, 레오와 에리히는 '벨트리테라투어' 개념을 체계화하려고 노력했지요.『미메시스』는『토라』와『호메로스』그러니까 서구 문학의 근간이 된 두 문헌으로부터 시작해서 프루스트와 버지니아 울프에 이르는 광범위한 연구라오. 하지만 역시 서구 문학에 머물렀다고 할 수 있지. 그래서 정식 이름이『미메시스: 서구 문학에 나타난 현실 묘사』라오."

"잠깐만요, 이해가 안 돼서요. 세계문학이라는 이름으로 이스탄불에서 저술되었지만, 동양 문학은 제외됐다는 말씀이세요?"

"정확히 말하자면 서구 문학에 관한 책이라는 건 짚고 넘어가야 할 것 같군요. 에리히는 항상 자신이 가지고 있는 문헌 자료가 부족하다고, 원하는 책을 찾을 수 없다고 불평했었지."

---

* 유누스 엠레(Yunus Emre, 1238~1320): 튀르키예의 시인이자 신비주의자로 튀르키예 문학에 큰 영향을 끼쳤다.

** 세이흐 갈립(Şeyh Galip, 1757~1799): 튀르키예의 시인이자 신비주의자.

*** 오마르 하이얌(Omar Khayyām, 1048~1131): 페르시아의 수학자이자 천문학자, 철학자, 시인.

"그럼 동양 문학 중 책과 관련된 이야기 하나를 해드릴게요, 막스. 이런 이야기를 우화라고 하죠. 가잘리*를 아세요?"

"물론이죠!"

"가잘리가 바그다드에서 공부를 마치고 나서 대상 행렬과 함께 투스로 돌아오고 있었어요. 그런데 오던 중에 산적들에 의해 대상 행렬이 약탈당하게 됩니다. 모든 금과 은을 뺏어 가죠. 가잘리에겐 자루 하나가 있었어요. 그 자루도 빼앗기게 됩니다. 모두들 운명이라고 여길 때, 가잘리는 산적들을 찾아 나서요. 몇 달을 찾아 헤매던 중 산적들이 은신하고 있던 동굴을 찾아내고는 자신의 자루를 돌려줄 것을 요구합니다. 산적들은 이 미친 녀석을 죽여야겠다고 생각하고 준비를 해요. 두목이 그 소리를 듣고 무슨 일이냐고 물어요. 부하들은 미친 녀석이 찾아와서 자기 자루를 돌려달라고 한다고 말했죠. 두목은 그 녀석을 자기에게 데려오라고 합니다. 그리고 가잘리에게 다른 모든 사람은 재산을 뺏기고도 아무 소리 하지 않는데 너의 자루에는 얼마나 귀한 것이 들었기에 목숨을 내놓느냐고 물었어요. 가잘리는 자기 짐이 다른 사람들 것보다 더 귀중하다고 대답을 했죠. 그 속에는 바그다드에 있는 스승님의 강의 노트가 있다고 말이에요. 그 말을 들은 두목은 부하들에게 자루를 돌려주라고 명령하죠. 가잘리에게 먹을 것을 준 다음 내보내라고 합니다. 그러고는 가잘리를 돌아보며, 강의 내용은 돌려주겠지

---

* 가잘리(Ghazzāli, 1058~1111): 무함마드 이후 가장 위대한 무슬림이라고 일컬어지는 신학자이자 사상가.

만 학자가 되길 원한다면 한 가지는 절대 잊지 말아야 한다고 했지요. 그게 뭐냐는 가잘리의 물음에 두목은 이렇게 말합니다. '네게서 훔쳐 갈 수 있는 지식이라면 그건 네 지식이 아니야'라고요."

막스는 웃으며 말했다. "아주 재미난 우화군요. 사실 서구의 책은 동양의 우화지요. 그러니까 동양에서 『미메시스』의 작가에게 반기를 든 셈이군요."

나도 웃었다.

"그럴 수도요. 이스탄불에서 풍부한 동양 문학의 문헌들을 연구했더라면, 에리히도 괴테처럼 '세계문학'에 도달할 수 있었을 텐데. 제가 본 결론 그는 단지 '세계문학'에 대해서 연구만 한 것 같네요. 그래도 책을 보내주시면 번역해볼게요."

"서문에 이런 당신의 생각을 넣어봐요."

"물론이죠!"

"그건 그렇고 에리히의 편지들도 당신에겐 아주 중요한 자료가 될 거라고 믿어요. 왜냐하면 당신의 나라, 튀르키예공화국의 초창기와 아타튀르크에 대한 이야기가 있거든요."

"아타튀르크에 대해서 뭐라고 했는지 기억하세요? 요즘 들어 아타튀르크가 그 당시의 독재자들 중 한 명이었는지에 대해 많은 논란이 있거든요."

"아우어바흐는 아타튀르크를 당시의 독재자들과 분명하게 구분했다오. 재치 있고 명석하며 밝은 성격의 사람이라고 묘사했지요. 하지만 발터 벤야민에게 보낸 편지에서는 신생 공화국을 이슬람과 옛 문화들에서 분리하고, 글과 말을 개혁하려는 조급함에 대해 불만을 나타냈었다오. 그의 편지에는 '다른 이의 소금빵'에 대한 언급도 있어요. 그건 단테의 『신곡』「천국편」17곡에서 인용한 것이었지요. '다른 이의 빵이 얼마나 짠지, 다른 이가 오르는 계단이 얼마나 힘든지 알게 될 것이다'라는 문구를 말이오."

"소금빵이라고 하셨나요?"

"그래요, 여호수아가 바빌론 유배 시절 백성들과 함께 먹었던 소금빵에 비유를 한 것이지. 이런 식으로 자신의 망명 생활을 이야기한 것이라오. 단지 이런 예만 보더라도 아우어바흐가 구약에서 단테로, 단테에서 이스탄불의 망명까지 이어지는 심오한 세계관을 보여주고 있다고 생각하지 않나요?"

"그래요 막스, 동시에 당신 또한 얼마나 심오한 문화적 소양을 가졌는지도 알 것 같아요. 며칠이고 몇 주고 들을 수 있을 것 같아요."

이 말에 그는 얼굴이 붉어졌다. 그는 가벼운 헛기침을 하더니 주제를 바꾸고 싶어 했다.

이번에는 아우어바흐와 『미메시스』 번역을 위해 그가 건배를 제의했다.

"막스, 그 학생이 말한 게 맞는 걸까요? 정말로 히틀러가 아니었다면 튀르키예에 아무도 오지 않았을까요?"

"사실을 이야기하자면, 그 말이 맞아요. 왜냐하면 튀르키예는 우리에겐 너무 생소한 문화였거든. 우리는 튀르키예에 대해서 거의 몰랐어요. 오스만제국이 몰락하고 그 자리에 서구 스타일의 개혁을 내세운 공화국이 들어선 것 외에는 아는 게 없었으니까. 튀르키예어에 대해서는 전혀 알지 못했어요. 튀르키예로 온 사람들은 독일 학계의 주축이자 세계적으로 저명한 학자들이었소." 그는 웃으며 덧붙였다. "물론 나는 빼고. 생각해봐요, 그 당시 이 넓은 튀르키예 땅에 의대가 하나뿐이었소. 그의대도 너무 부실했지. 다른 학과는 어땠을지 생각해봐요. 아타튀르크는 빠른 속도로 서구화를 완성하고자 했소. 독일 학자들이 그 임무를 맡은 셈이었소. 한 국가의 엘리트 집단을 교육해서 세대에서 세대로 전승하는 전통을 만든 것이라고 봐야지요. 예를 들면, 음악 교육의 체계는 파울 힌데미트* 같은 세계적인 작곡가가 만들었다오. 일종의 기적이지."

"여기 오셨을 당시 튀르키예는 어떤 나라였나요?"

"나는 1933년에 온 사람들에 비해서 늦게 온 편이었지요. 1939년 초에 왔으니. 그때 튀르키예는 인구가 1,700만 명인 농업국이었지. 지금 인구가 얼마나 되죠?"

"7천만 명입니다. 막스, 제가 읽어본 바로는 1933년 독일에서 유대인 교수들이 쫓겨났어요. 유대인 거부 운동이 있었다고 하는데, 1939년까지 더 험악한 사건들을 보셨을 것 같아요. 그렇게 늦게 튀르키예로 오시게 된 이유가 뭔가요?"

이야기는 천천히 핵심을 향해 가고 있었다.

"이유야 간단하지요. 나는 유대인이 아니오. 가톨릭 부르주아 집안 출신이오."

---

* 파울 힌데미트(Paul Hindemith, 1895~1963): 독일 바이올린, 비올라 연주자이자 음악이론가, 지휘자. 앙카라 국립음악원과 앙카라 국립오페라 창립자 중한 명이다.

"그럼, 1939년에 왜 독일을 떠나신 겁니까?"

"그래요, 그걸 당신한테 이야기하려는 거라오. 그런데 어디서부터 시작해야 할지 모르겠군요."

"가능한 한 더 먼 과거에서부터 시작해주세요. 어린 시절, 청년 시절부터."

"좋아요, 하지만 긴 이야기가 될 테니 마음의 준비를 해요."

"준비는 됐어요. 단지 부탁이 하나 있습니다. 말씀하시는 걸 녹음해도 될까요?"

그의 눈썹이 살짝 치켜 올라갔다. 잠깐 주저하는 것이 보였다.

"어떤 목적도 없습니다. 단지 당신이 가시고 나면 공허해질 것 같아서요. 그 공허한 마음을 목소리라도 듣고, 그 시대에 대한 책을 읽으며 채울 수 있을 것 같아서요." 나는 웃으며 이 말도 덧붙였다. "당연히『미메시스』도 번역하면서요."

그도 웃으며 "좋소!"라고 했다. "녹음해요, 그럼."

나는 집에서 준비해 온 소형 디지털 녹음기를 꺼냈다. 흰색 식탁보 위에 녹음기를 놓고 그를 향해 내밀었다. 녹음기의 깜박이는 빨간색 불빛은 내가 듣게 될 이야기가 얼마나 중요한지를 강조하는 것 같았다.

토요일 저녁 식당 안은 붐볐다. 검은색 옷을 입은 능숙한 웨이터들이 유연한 동작으로 테이블 사이를 지나다녔다.

바그너 교수가 이야기를 시작했다.

"말했던 것처럼 난 부유한, 귀족이라고 할 수 있는 집안에서 태어났지. 아주 좋은 교육도 받았고. 아버지는 저명한 판사였소. 어머니는 피아니스트였고. 유년기와 청소년기엔 라틴어, 고대 그리스어, 철학, 문학, 역사, 음악을 배우면서 자랐지. 비정상적이라고 할 만큼 어린 나이에 대학에서 조교수가 됐죠. 행복한 시절을 보냈어요. 아무 문제도 없었고. 교수님들, 동료들, 학생들 그리고 일주일에 한 번 모여서 마음에 드는 작품을 연주하곤 했던 현악 4중주단도 너무 좋았다오. 우리 눈에는 세상이 아름다워 보였지. 뮌헨의 맥줏집에서 사고나 치고 경찰들과 싸움이나 하던 아돌프라는 예비역 상병이 사람들 입에 오르내리곤 했지만, 조롱 섞인 말이 대부분이었지요. 어느 누구도 심각하게 생각하지 않았다오.

얼마 뒤 나디아라는 여자를 만나게 되었소. 역사학과 학생이었지요. 처음에는 '아주 귀여운 여자!'라고 생각했었던 걸로 기억해요. 그러다가 며칠 뒤엔 '아주 아름다운 여자!'라는 말이 나오기 시작했다오. 그리고 일주일이 지난 뒤 내 생각은 '경이로운 눈동자를 가졌어'로 바뀌었지. 얼마 지나지 않아 '얼굴, 눈동자, 몸매 이 모두가 어느 화가의 걸작 같아'라는 말이 나올 정도였다오. 수업 시간 외에도 내가 그녀를 생각하고 있다는 걸 알았다오. 아침에 학교 갈 준비를 하는 게 그녀를 볼 거라는 행복한 부산스러움으로 바뀌었죠. 밤에 자려고 누우면 나디아가 생각났고, 주말에 연주할 때에도 생각은 온통 그녀에게 가 있었다오. 날아갈 듯 우아한 몸짓과 토라진 아이 같은 환상적인 입술이 눈앞에서 사라지지 않더군요. 그녀의 나에 대한 감정은 알 길이 없었지만, 난 한 달 만에 그녀에게 완전히 빠져버렸다오. 1934년이었지. 히틀러가 집권한 지 1년이 되던 해였고, 그 유명한 법이……"

"직업 공무원 재건법." 내가 말했다.

"어떻게 그걸 아는 거요?"

"제가 찾아봤다고 했었잖아요, 교수님. 어쨌든 계속 얘기해 주세요."

"경악스럽고 예기치 못한 충격이었소. 대학에 있던 유대계 교수들이 학교를 그만둬야만 했지. 게다가 유대계 학생들에 대한 탄압도 시작됐거든. 그 학생들도 학교를 다닐 수 없게 되었다오. 대학 내 나치 학생들은 테러나 다름없는 짓을 자행했지. 나디아는 굽히지 않고 학교에 계속 등교를 했죠. 하지만 어느 날 학교 운동장에서 나치를 추종하는 학생들이 그녀를 괴롭히는 걸 내가 보게 되었다오. 난 바로 막아섰소."

"네." 나는 그의 말에 끼어들었다. "그때는 주변에 험악한 일들이 많이 일어났었겠네요. 예를 들면, 유대인 반대 운동의 날이라든지요."

나는 아는 척을 했지만 진짜 목적은 그렇게 알고 싶어 했던 바그너 교수의 개인적인 이야기를 조금이라도 나중에 듣고 싶어서였다. 참을 수 없는 궁금증과 흥분이 일었지만, 나는 일부러 마음의 준비를 위해 시간을 끌었다.

"그래요. 맞는 말이오. 유대인 반대 운동의 날은 나치들을 부추긴 첫번째 야만적인 행동이었소. 나디아의 아버지가 운영하던 양복점에도 들이닥쳐서는 처참할 정도로 그를 폭행했지."

"그럼 독일 국민들은 그런 야만적인 행동을 막지 않았나요?"

바그너 교수는 미소를 지었다. "히르슈의 책을 읽어봤을 텐데요. 히르슈는 그날 침묵했던 독일 국민들을 결코 용서하지 않았죠. 하지만 내가 볼 땐 아주 옳은 생각은 아닌 것 같아요."

"어째서요?"

"왜냐하면 군중은 조직되었을 때 힘을 가지는 거라오. 조직되지 않은 개개인은 폭정 앞에 비굴할 수밖에 없기 마련이거든. 이건 일반적인 법칙이라오. 독일 국민들도 할 수 있는 게 없었소. 하지만 나치 당원들과 다른 조직에 속한 자들은 당연히 죄가 있지."

"그래도 이해할 수가 없어요. 자신들의 이웃에게 폭력을 행사하는데 어떻게 침묵할 수가 있죠?"

나는 바그너 교수의 눈을 똑바로 응시했다.

"1955년 9월 6일에서 7일 사이 이스탄불에서 무슨 일이 있었는지 기억해봐요. 그것도 여기 이 동네 페라에서. 모든 그리스인의 상점이 약탈당했고, 일부 야만적인 튀르키예인 무리가 무슬림이 아닌 주민들을 사냥하러 나서지 않았던가요? 그 또한 잔인한 폭력의 날이 아니던가요?"

"그런 것 같네요." 나는 대답했다.

"그럼 그때 자기 목소리를 낸 사람들이 있었던가요?"

"제가 알기로는 없었습니다. 단지 몇몇 튀르키예 사람이 그리스인과 아르메니아인 이웃들의 목숨을 구한 게 전부였습니다."

"그건 양심 있는 사람들의 개인적인 노력이었소."

"맞습니다."

"오해하지 말아요. 튀르키예 국민들을 비난하거나 사건을 나치의 야만적인 행동과 비교하기 위해서 하는 말이 아니라오. 모든 국가의 역사에는 이런 사건들이 있지만 보통의 국민은 자기 목소리를 낼 수 없다는 것이오. 아까 내가 말했지요. 모든 권력은 살인을 자행한다고! 어떤 정권은 적고, 어떤 정권은 더 많을 뿐이라오."

"이해했습니다, 교수님. 교수님의 이야기로 다시 돌아가죠."

"아니, 교수님이라고 하지 않기로 해놓고."

나는 그의 팔을 살짝 건드렸다.

"저도 모르게 입에서 나왔어요. 알겠어요, 막스. 계속 이야기해주세요."

그는 농담하듯 검지를 세우며 말했다.

"으음, 또 그러면 안 돼요!"

나는 웃었다. 이젠 편안해지면서 그의 이야기를 들을 준비가 된 것 같았다.

"그래요 막스…… 나치 당원들이 어느 날 학교 운동장에서 나디아를 위협했던 것까지 이야기하셨어요. 그러고 나서 어떻게 됐어요?"

그는 대답없이 시선을 하얀 테이블보 위의 어느 한 곳에 두었다. 한동안은 꼼짝하지 않은 채 그러고 있었다. 그러고는 마치 그곳에서 봤던 것들을 그대로 전달하듯이 같은 목소리 톤으로 쉬지 않고 이야기를 이어갔다.

녹음기의 붉은색 작은 불빛이 계속 깜박였다.

웨이터들이 와서 비워진 와인 잔을 채우고 앞접시를 새 걸로 바꿔놓고 갔다. 그는 웨이터들을 전혀 신경 쓰지 않고 이야기를 계속했다. 어떤 경우에는 웨이터들이 갈 때까지 기다렸는데, 와인으로 살짝 목을 축이거나, 다른 주제로 몇 마디를 하곤 했다. 그런 다음 다시 하얀 테이블보의 한 지점을 응시하고는 중단됐던 곳에서 이야기를 이어갔다.

차마 들을 수가 없는 이야기였다. 난 손으로 얼굴을 덮은 채 울고 싶었다. 어떤 부분에서는 자리를 박차고 일어나 고함치고, 목소리 높여 원망하고 싶었다. 하지만 가능한 한 침착해지려고 노력했다. 과한 행동으로 그의 주의를 분산시키지 않도록 조심했다.

도저히 견딜 수 없는 부분들에서는 그의 이야기를 듣는 시늉을 하면서 머릿속으로는 다른 생각을 했다. 그가 이야기하는 데 방해가 되면 안 된다고 생각했다. 내가 제대로 듣고 있지 않는다고 해도 어쨌든 테이블에 놓인 녹음기에 기록되고 있었다. 중간중간 쉬어가며 원하는 속도로 들으면 되는 거였다.

그런데도 도저히 듣고 있을 수가 없어 자리에서 벌떡 일어났다. 눈에는 눈물이 가득했고, 가슴은 미어졌다. 아무 말도 하지 않고 화장실로 갔다. 그 순간에는 어떤 말도 할 수 없었다.

내가 돌아왔을 땐 테이블에 그가 없었다. 두려웠다. 당황해하며 테이블을 살펴보니 녹음기는 그대로 있었다. 붉은색 불빛이 깜빡였다.

잠시 뒤 그가 돌아왔다. 마치 휴식을 취한 사람처럼 보였다. 웃는 얼굴이었다. 이 이야기를 솔직하게 털어놓는 일이 그의 마음의 짐을 덜어줬을 수도 있겠다는 생각이 들었다.

"죄송해요, 막스. 이야기하시는 중간에."

그는 세상의 모든 고통에 달관한 사람 같은 목소리로 "괜찮소. 중간에 쉬길 잘한 것 같군요"라고 말했다.

우리는 대화 없이 한동안 와인을 마셨다. 웨이터에게 테이블을 치우고 과일을 가져다 달라고 했다. 그는 또다시 테이블의 한 지점을 응시하고 조금 전과 마찬가지로 이야기를 이어가기 시작했다. 간간이 눈을 찡그렸고, 얼굴에는 고통스러움이 뚜렷하게 드러났다. 어떤 부분에서는 희망의 눈빛이 반짝이기도 했고, 어떤 부분에서는 두 눈동자가 페라 팔라스 호텔의 수많은 흐린 전등처럼 보였다. 그가 응시하고 있던 테이블의 한 점이 고통을 안겨줬다가 희망을 주는가 하면, 바로 뒤이어 비참함을 남긴 게 분명했다. 그렇지만 그의 목소리 톤에는 전혀 변함이 없었다.

이야기를 할수록 그의 얼굴에 활기가 되살아났다. 가슴속에 묻어두었던 짐을 다른 누군가와 함께 나누는 것만으로도 좋은 영향을 주고 있다는 생각이 들었다. 1년도 채 남지 않은 시한부 삶을 살고 있는 그의 입장에선 이 이야기를 들어줄 누군가가 필요했을지도 모를 일이었다.

레스토랑에서 천천히 사람들이 빠져나가기 시작했다. 주변이 조용해질수록 그의 목소리가 더 또렷하게 들렸다. 웨이터들은 구석진 곳에서 선 채로 졸며 마지막으로 남은 손님이 당장이라도 자리에서 일어났으면 하는 기색을 비추었다.

나는 조용히 그의 손 위에 내 손을 올렸다. 그는 전혀 개의치 않고 계속 이야기를 이어갔다. 그는 하던 이야기를 마무리

짓고 고개를 들어 내 얼굴을 바라봤다.

"죄송합니다만 이제 자리에서 일어나야 할 것 같아요, 막스." 나는 속삭이듯 말했다. "우리 말고는 아무도 없네요."

그는 생각에 잠긴 채 주위를 둘러봤다.

그러고는 "그래요, 그렇군요"라고 대답했다. 그는 손짓으로 계산서를 청했다. 계산서는 이미 지배인의 손에 있었고, 지배인은 바로 계산서를 테이블로 가져왔다. 막스는 자기가 묵는 방 번호를 적고 서명을 했다. 나는 자리에서 일어나기 전에 테이블 위에 팁을 놓았다. 우리는 호텔 로비로 나왔다.

"이야기의 끝을 꼭 들어야겠어요, 막스. 호텔 바도 곧 닫을 거예요. 밖에 있는 바들 중 한 곳으로 가시겠어요?"

"아니오! 이 시간에는 밖으로 나가지 않는 게 좋겠군요. 내 방으로 가죠. 미니바에 당신한테 대접할 만한 술이 있을 거요."

어쩌면 그게 가장 합리적인 방법 같았다. 케렘은 아빠랑 있을 거고, 정해진 시간에 집에 꼭 가야 하는 것도 아니었다. 이야기가 어떻게 끝나게 될지 정말 궁금했다. 한두 시간 그의 방에서 같이 있는다고 해서 문제가 될 건 없었지만, 이 시간 이후로 일리야스를 호출하는 건 옳지 않았다. 일리야스가 없다고 해도 택시를 불러서 집으로 가면 그만이었다.

막스와 함께 역사가 깃든 엘리베이터를 타고 호텔 야간 근무 직원의 시선을 받으며 위층으로 올라갔다. 그의 방에 도착해서는 편안한 소파에 자리를 잡았다. 막스는 미니바에서 코냑을 꺼냈다.

그는 코냑을 잔에 따르고 나서 이야기를 계속 이어갔다.

"당신한테 이스탄불에서의 생활이나 그 시대의 교수들과 대학에 관련해서 많은 이야기를 들려줄 수 있소만, 그런 이야기를 할 때는 아닌 것 같군요."

"맞는 말씀이세요. 나디아에 대한 이야기를 해주세요. 그녀를 찾으셨나요?"

그는 고개를 끄덕였다.

"정 그렇다면."

우리는 잠시 동안 침묵했고 따라놓은 술을 마셨다.

바그너 교수의 이야기는 1930년대 말 무렵에 이르렀다. 막스가 다시 이야기를 시작하려던 순간, 나는 불쌍한 외할머니를 떠올렸다. 외할머니가 겪은 고난도 그즈음에 있던 일이었다.

막스는 레스토랑에서처럼 이야기를 중단하는 일 없이 계속 이어가려고 에너지를 끌어모으는 것 같아 보였다. 멀고 힘든 여정을 떠나기 전의 여행자처럼, 그는 가장 편한 자세로 앉았고 기분을 전환해줄 수 있는 이야기를 꺼냈다.

술잔을 다시 채우는 데 코냑이 부족했다. 그는 주제를 바꿔서 다른 이야기를 할 수 있는 기회가 온 것이 만족스러운 것처럼 웃으며 자리에서 일어났다. 그는 전화기가 있는 곳으로 향하더니 마르텔 코냑 한 병을 주문했다. 우리는 한마디도 하지 않은 채 코냑이 오기만을 기다렸다. 침묵이 길어질수록 견디기 힘든 긴장감이 솟아났다. 웨이터가 노크하는 소리가 들렸고, 그는 코냑을 받아 와서는 잔을 채웠다. 그리고 또다시 변화 없는 톤으로 레스토랑에서 중단되었던 부분부터 이야기를 이어나갔다.

나는 작은 탁자 위에 놓여 있던 녹음기의 버튼을 바로 눌렀다. 작은 붉은색 불빛이 깜빡이기 시작했다.

한동안 꼼짝도 하지 않고 그의 이야기를 듣다가, 나는 뭔가를 해야 할 것 같았다. 당시 벌어졌던 사건에 직접 뛰어들고 싶은 마음이 꿈틀댔다. 나는 자리에서 박차고 일어나 서성이기 시작했다. 물론 60년도 더 된 사건이고, 내가 그 시절을 바꿀 수도 없었다. 하지만 도저히 받아들일 수가 없었다.

어찌 되었건 녹음기로 다시 들을 수 있으니 그가 하는 이야기를 놓치지 않으려는 수고까지는 할 필요가 없었다. 게다가 가끔은 다른 걸 생각하는 게 더 나을 때도 있었다.

나의 옛날, 주위 사람들을 생각해봤다. 이 정도의 대량 학살과 고통을 겪은 사람은 없었다. 그렇지만 여전히 인간들은 어떻게 하면 세상을 힘들게 할 수 있을까, 어떻게 하면 견딜 수 없는 상황으로 몰고 가서 불행을 잉태할 수 있을까를 쉴 새 없이 고민하는 것 같았다. 그나마 다행인 것이 교수님의 젊은 시절처럼 그런 일이 일어날 가능성은 낮다는 것이었다.

막스의 목소리가 갈라졌다. 잠시 침묵이 흘렀다. 그는 아주 지쳐 보였고, 얼굴은 창백했다. 주름진 손이 떨렸다. 육체적으로나 정신적으로 지쳐 보였다. 하지만 이야기는 결말로 향하고 있었다. 조금만 더 그의 이야기를 듣고 나서 그를 침대로 보내고 난 집으로 갈 생각이었다.

"많이 지치셨어요, 막스. 얼마 남지 않은 것 같은데, 좀 쉬세요."

그렇지만 깜짝 놀랄 대답이 돌아왔다.

"아니! 많이 남았소. 진짜 이야기는 지금부터라오."

그의 대답에 나는 이렇게 말했다. "그럼 침대에 좀 누우세요, 교수님! 주무시지 않으면 이야기를 계속하시면 되고요, 만약 주무시면 남은 이야기는 내일 해주시면 됩니다."

그는 처음에는 반대 의사를 보였지만 정말로 힘들었던지 내 말을 따르기로 했다. 나는 그가 옷을 벗고 파자마로 갈아입는 걸 도와주었고 그를 침대에 뉘었다.

막스는 침대 위에서 옆으로 돌아누웠고, 나는 그의 옆 의자에 앉았다. 그는 지쳤지만 분노가 섞인 목소리로 이야기를 이어갔다.

그는 나를 여러 등장인물들과 함께 루마니아, 독일, 이스탄불, 앙카라로 데리고 다녔다. 나는 그의 고통과 격앙된 감정을 그대로 느낄 수 있었다. 그러다 눈앞에 그려지던 그림들이 느려지고, 흩어지기 시작했다. 그리고 막스의 목소리도 들리지 않았다. 그는 부드럽고 규칙적인 숨소리를 내며 잠들었다.

나는 소리를 내지 않고 자리에서 일어났다. 한동안 창밖의 골든 혼과 타를라바쉬로路의 토요일 교통 혼잡을 보고 있었다. 그냥 방문을 열고 나가야 하나? 하지만 그가 잠시 뒤 잠에서 깨어나 남은 이야기를 하고 싶어 할 수도 있다는 생각이 들었다. 그러다가 갑자기 나도 윗옷을 벗고 침대 속으로 들어갔다. 블랙시 모텔에서처럼 그를 등 뒤에서 감싸 안았다. 피로가 몰려왔다. 처음에는 내가 자신을 안고 있다는 걸 그가 알지 못한 것 같았다. 하지만 잠시 뒤 그는 움직이지 않은 채 "고마워요"라고 말했다.

기내는 어두웠다. 창문도 내려져 있어서 밖이 밝은지 어두운지 알 수가 없었다. 지금을 살고 있는 사람들 대부분에게 해당되는 말이겠지만, 생각해보면 인간의 수명만큼도 되지 않는 가까운 과거의 일들이 너무도 멀게만 느껴졌다.

인류가 겪었던 수많은 피란의 역사, 그로 인한 고통 그리고 감춰진 사건들이 다음 세대에 아무런 영향을 미치지 못하리라는 걸 상상이나 했을까? 막스가 겪었던 일들을 직접 경험하지 않았다고 해도, 여기 있는 사람들은 그 일을 겪었던 사람들로부터 교육을 받았잖아? 광활한 하늘을 날고 있는 이 작은 비행기 안에서 사람들은 잠들어 있다. 눈을 가린 장막들 뒤에 펼쳐진 광활한 세상을 모르면 세상은 암흑 그 자체일 뿐이다!

내 주위에 앉은 몇몇 사람도 잠들어 있다. 화장실에 가는 사람들이 늘었는데 대부분이 중년 이상의 남자들이다. 아마도 전립선이 그들을 힘들게 하는 것 같았다. 생면부지 사람들의 한밤중 모습을 보는 것이 이상하게 느껴졌다. 막스가 온 뒤로 며칠간 써놓은 메모들을 복사해서 붙이고 문장 배열을 맞추다가 갑자기 자기들에 관한 이야기를 쓰고 있다는 것을 여기 있는 누구도 모르겠지.

내가 쓰고 있는 글 중 단지 이 페이지만 읽는다면, 침대에 누워 있는 외국인 남자의 등 뒤에서 그를 끌어안는 장면이 얼마나 이상하게 보일까. 그렇지만 막스의 이야기를 알게 된다면, 게다가 그 이야기를 그의 비통한 목소리로 듣는다면……

잠깐 쉬기 전에 이 부분은 끝내야 할 것 같다.

침대로 들어가 내가 등 뒤에서 그를 끌어안자, 그는 고맙다고 했다.

"뭘요?" 내가 물었다.

"다음 이야기할 부분은 이렇게 더 편하게 할 수 있을 것 같군요."

"이번이 처음 안은 건 아니에요, 막스."

"그래요, 알고 있어요. 그때 일도 고마워요. 당신이 내 생명을 구해줬어요."

이번에는 우리 둘 다 옷을 입고 있었지만, 나는 처음 그를 안았을 때처럼 아주 진한, 마치 손으로 만질 수 있을 것 같은 연민의 감정에 다시 빠져들었다. 난 머리를 그의 등에 기댔다. 그에게서 나는 좋은 향기를 들이마시며 그렇게 기대고 있었다.

그의 지친 목소리가 속삭임으로 바뀌었다.

등 뒤에 있는 협탁 위 녹음기의 붉은색 불빛이 깜박이고 있다는 사실에 편안함을 느끼며 나는 막스의 이야기를 들었다. 그의 이야기는 듣고 있을 수 있는 이야기가 아니었다.

이 불쌍한 사람에게 내 모든 회복의 기운을 전해주기 위해 꼭 껴안은 채 당시의 참상을 생각하다 나는 잠이 들었다.

내 휴대전화 벨 소리에 잠에서 깨어났다. 시간은 정오에 가까워지고 있었다. 일리야스가 언제 날 데리러 오면 되냐고 물었다. "집에 올 필요 없어, 일리야스. 2시에 페라 팔라스로 와. 거기서 만나서 교수님을 모시면 될 것 같아."

"알겠습니다, 선생님."

교수님은 내 곁에도 그리고 방에도 계시지 않았다. 욕실에서 물 흐르는 소리가 들렸다. 얼마 지나지 않아 교수님이 하얀 수건을 두른 채 욕실에서 나왔고 기운을 차린 것 같아 보였다. 그는 나를 보며 미소를 지었다.

"어쩌나 깊이 잠들었던지! 젊은 사람들의 그 달콤한 잠······"

나도 일어나서 샤워를 했다. 늦게 잠든 데다 술과 눈물 때문에 눈 밑에 다크서클이 생겼고, 얼굴도 부어 있었다. 얼음같이 찬물로 얼굴을 잠깐 마사지했다. 막스에게 추한 모습을 보이고 싶지 않았다.

룸서비스로 아침 식사를 주문했다. 우리는 골든 혼의 풍경을 바라보며 진한 드립커피에 각자 달걀 한 개와 치즈 조금으로 아침을 대신했다.

아침 식사를 마치고 나는 교수님이 짐을 싸는 걸 도왔다. 교수님은 미소를 보이며 보라색의 스카프를 목에 둘렀다. 그러고는 여행 가방의 한구석에서 편지를 꺼내 내밀었다.

"어제 내가 이야기했던 편지가 이거요."

나는 편지를 읽는 동안 무척이나 애를 썼는데도 불구하고 터져 나오는 울음을 막을 수 없었다. 막스는 돌아서 있어서 내 눈이 눈물로 가득한 것을 보지 못했다. 하지만 그래도 더 이상 편지를 읽는 건 불가능했다. 왜 막스는 나를 향해 돌아서지 않을까? 그도 내게 눈물을 감추고 싶었던 걸까? 그는 무거운 걸음으로 욕실로 향했다. 욕실에서 나온 지 얼마 되지도 않았는데.

나는 편지를 재빨리 베껴 썼다. 마지막 단어를 쓰고 있는데 그가 욕실에서 나왔다. 편지를 돌려주자 그는 받아서 여행 가방 주머니에 다시 넣었다. 나는 베껴 쓴 편지를 접어서 주머니에 넣었다. 손으로 주머니를 가볍게 누르면서, "이 편지 잘 보관할게요, 막스"라고 했다.

그는 웃었다. 우리는 다른 이야기를 나누지 않았다. 호텔 방에서 말없이 침묵하며 시간을 보내다가 로비로 내려갔다. 호텔 숙박비는 대학에서, 그 외의 비용 그러니까 식사와 주류 등은 교수님이 지불했다. 바이올린 케이스는 그의 손에 있었다. 벨보이 한 명이 교수님의 짐을 가지고 내려와서 일리야스에게 넘겨줬다.

우리는 차를 타고 호텔에서 출발했다. 공항까지 가는 동안 우리는 아무 말도 하지 않았다. 사실 아침 식사할 때도 아무말 하지 않았었다.

일요일이다 보니 도로는 꽤나 한산했다.

공항 청사에서 그를 배웅하는데 그가 볼을 맞대더니 낮은 목소리로 말했다. "고마웠소. 모두 다."

그러고는 뒤도 돌아보지 않고 검은색 망토, 중절모, 바이올린, 여행 가방, 목에 두른 보라색의 스카프와 함께 사라졌다.

14

그가 떠난 후, 내가 빠진 공허함에 대해서는 어떻게 설명할 방법이 없다. 한순간에 세상이 뒤바뀌어 전혀 다른 세상이 된 것 같았다. 이 도시에서 저 도시로, 이 나라에서 저 나라로 가기 위해 뛰어다니고, 짐을 옮기면서 늦지 않게 어딘가로 가려는 공항 속 많은 사람의 움직임이 마치 무의미한 행동 같아 보였다.

일리야스가 날 집까지 데려다줬다. 나는 차 뒷좌석에 앉아서 창밖만 바라봤다. 정말 많은 사람으로 북적였다. 그들 대부분은 서로 단절된 채, 다른 사람들이 무슨 일을 겪고 있는지 알지 못하고 살아간다. 삶이라는 건 다양한 목적을 좇아, 수많은 근심과 함께 흘러가는 것일 뿐. 어느 누구도 다른 사람의 속사정은 알지 못한다.

집에 들어서자 나는 바로 소파로 향했다. 일요일 오후를 되도록 꼼짝하지 않고 보내고 싶었다.

가방에서 녹음기를 꺼냈다. 막스가 어제저녁부터 오늘 아침까지 들려준 이야기들이 이 작은 기계 안에 저장되었다. 나는 손에 엄청난 이야기를 쥐고 있었다. 스스로 인생의 숨겨진 비밀을 곧 밝혀낼 것 같은 기분이 들었다.

나는 그동안 몰랐던 너무 많은 것을 며칠 새 배우게 되었다. 몇 세대 이전, 이 땅에서 얼마나 믿을 수 없는 일이 벌어졌는지, 세상에는 상상조차 할 수 없는 일을 겪은 사람들이 있었다. 나는 불과 지난주만 해도 전혀 알지 못했던 수많은 사건에 대해 알게 되었다. 60년 전에 일어난 일들이 이젠 남의 일이 아니었다. 그리고 나 자신이 부족하다고 느꼈다. 더 연구하고, 배워야 할 것이 너무도 많았다.

생각은 그랬지만, 관심 있어 하는 모든 지식에 도달하는 것만으로는 아무런 의미가 없다는 것도 알고 있었다.

당시에 일어났던 사건들과 더불어 할머니가 어떤 일을 겪었는지 내가 안다고 해서 뭐가 달라질까? 60년 전, 100년 전, 600년 전 어느 날에 무슨 일이 일어났는지를 내가 안다고 해서 뭘 어쩌겠어? 교수님이 어제 나디아에 관해 이야기하면서 언급한 수많은 사람이 여기 이스탄불에서 살았다는 걸 내가 안다고 한들? 그 사람들에게 무슨 사건이 있었으며, 어떤 일을 겪었는지는 그들의 이야기로 들어야 의미가 있는 것 아닐까.

공항에서 정신없이 이리저리 오가던 사람들, 돌아오는 길에 마주친 바빠 보이던 버스 승객들, 학교에서 만났던 뚱뚱한 여자들, 상점에서 물건을 사던 사람들, 이 모든 사람에게 내가 관심을 보이는 유일한 부분이 있다면 그들 개개인의 살아온 이야기일 것이다.

우리는 자신이 직접 겪은 만큼 타인의 살아온 이야기에 관심을 보인다. 자신의 현실에서 타인의 이야기를 이해한다는 것이다. 모든 삶의 이야기는 결론적으로 인간의 존재에 관한 이야기고, 지나가는 세월이 남긴 기록이 아니었나?

나는 손에 든 녹음기를 다시 바라봤다. 배터리를 바꾼 다음 처음부터 다시 들어봐야 할 것 같았다. 반복하고 또 반복해서 들어야만 하는 이야기 같았다. 이 일을 꼭 누군가에게 들려줘야 하고 글로 남겨야 한다는 생각이 들었다. 막스의 이야기를 누군가에게 들려주다 보면 그제야 내가 이해할 것 같았다. 내가 들었던 그대로를 전달하지 않아도 된다. 필요하다면 내가 들었던 것과 조금 다른 형식으로 이야기를 풀어나가야 할 것 같다. 한 사람의 살아온 이야기가 모든 사람에게 마치 자신이 살아온 이야기처럼 느껴지게 말이다.

하지만 이 일은 내일 시작해야겠다. 일요일 오후와 저녁에는 아무것도 하지 않은 채 그냥 앉아 있고만 싶다. 며칠을 정신없이 보냈다. 이젠 조금 제자리를 찾아야 할 것 같았다.

소파에 앉은 채 눈을 감았다. 내가 막 사춘기로 접어들었던 때가 떠올랐다. 내겐 일요일이 무미건조하고 지겨운 데다 무의미하게 느껴졌었다. 아빠는 일요일이면 축구 중계를 보셨다. 햇빛 때문에 선명도가 떨어진 흑백텔레비전 중계를 보시고는 흥분하셨다. 엄마는 부엌에서 음식을 준비하시거나 식탁에서 심각한 표정으로 신문의 낱말 퀴즈를 풀고 계셨다. 나는 할 일을 찾지 못했고, 그로 인한 지루함은 내 몫이었다. 나는 소설책을 들고 내 작은 방에 들어가서는 얼마 지나지 않아 잠들곤 했다. 오빠는 밖에 나가 있었다. 나는 밖으로 나가봐야 갈 곳이 없었다. 아파트는 세월과 함께 쌓인 석탄가스와 음식 냄새가 뒤섞인 냄새로 진동을 했다.

오늘도 옛날의 그런 무미건조한 지루함을 느낀 날 같았다. 일주일 만에 내 삶을 완전히 뒤흔들어놓고, 호기심에 채찍질을 가했던, 그리고 나를 깨우고 생기를 불어넣은 모든 것이 막스와 함께 가버렸다. 잠시 후엔 아흐메트가 케렘을 데리고 오겠지. 케렘과 함께 매일 똑같은 하루를 다시 살아갈 테고, 매일 내가 해야 할 업무를 처리하겠지. 밤이 되면 자고, 다음 날 아침이면 똑같은 일을 반복하기 위해 일어날 것이다.

학교에 출근했다가 집으로 올 거고, 밥 먹고 자고, 다음 날 다시 학교에 가고, 또 먹고 자고, 다음 날 다시 학교로 가겠지. 먹고 자고 다시 학교로 가…… 이런 식으로 어쩌면 30년을 계속 살아갈지도 모른다.

똑같은 길, 똑같은 사람, 똑같은 뒷이야기들……

그래, 내가 교수님의 인생에 끼어들었지만, 그 덕분에 나는 인생의 탈출구를 찾은 것 같았다.

쉴레이만과의 문제가 남아 있었다. 내가 바이올린을 찾아서 가지겠다는 사실을 알게 되면 더더욱 분노할지도 모른다. 그 바이올린을 팔아먹으려고 숨겼는지, 아니면 우리에게 복수하려고 그랬는지는 알 수가 없었다.

케렘은 집에 오자마자 곧바로 컴퓨터 앞에 앉았다. 내일 학교에 가야 하고, 일찍 일어나야 하니 늦지 않게 자야 한다고 일러줬다. 케렘은 반항도 하지 않고 "응, 그래"라고 대답했다.

듣기 싫은 소리에 건성으로 대답하는 게 분명했다.

케렘을 컴퓨터에서 떨어트려 놓을 에너지가 내게 남아 있지 않았다. 질질 끌 듯이 발걸음을 겨우 옮겨 침대로 갔다. 무엇 때문인지 침대에 누웠는데도 잠이 오지 않았다. 사실 육체적으로 힘든 건 없었다. 보통은 이렇게 이른 시간에 잠자리에 들지 않을 뿐이었다.

이리저리 뒤척이는데 침대 옆 협탁에 놓인 프린트물이 보였다. 의욕은 없었지만 프린트물을 집어 들었다. 루마니아를 출발해 이스탄불 해상에서 운명에 내맡겨진 스트루마호와 관련된 몇 가지 자료를 더 읽어보기로 했다. 내가 궁금해하던 것과 관련된 뭔가를 읽으면서 잠이 올 때까지 시간을 보내면 된다는 생각으로 기분 좋게 읽어 내려갔다.

그런데 이스탄불 해상에서 대기하던 스트루마호에 대해 읽다 보니 마음이 아파왔다.

갑판 아래 양쪽으로 있던 선실은 공간이 턱없이 부족했다. 잠을 잘 수 있는 충분한 공간도 없었다. 게다가 승객들이 낮에 움직일 수 있는 공간도 매우 제한적이었다. 화장실과 샤워장도 없었다. 유아들을 씻길 곳을 찾는 것도 무척 어려웠다. 빨래를 할 수도 없었다. 배에 탄 사람들은 옷도 갈아입지 못한 채 살아야 했다. 더욱더 비참한 것은 769명을 위한 화장실이 단 한 곳이었다는 것이다. 화장실 문 앞에는 줄이 끝이 없었다. 그렇다 보니 승객들은 대소변을 갑판에서 해결했다. 갑판 모든 곳이 대소변으로 가득 차서 미끄러웠고, 갑판 주변에는 견디기 힘든 악취가 풍겼다.

위생 상태는 최악이었다. 승객으로 탑승했던 스무 명의 의사는 밤낮으로 이질 환자들과 씨름해야 했다. 약품이 부족해서 환자들에게 최소한의 약을 투여했다. 이런 악조건에서 두 명의 청년이 정신병 증세를 보였다.

배 안의 상황은 그보다 더 최악이었다. 승객들이 잠을 자지 못하다 보니 하루가 새벽 4시나 5시부터 시작되었다. 사전에 선정된 몇몇 사람이 갑판으로 나와 다른 승객들이 세수라도 할 수 있도록 바닷물을 양동이로 퍼서 올렸다.

연료도 부족해서 홍차도 3일에 한 번 지급되었다. 어떤 날은 차를 끓이기 위해 채소 상자를 부숴서 땔감으로 쓰기도 했다. 음식으로는 개인당 오렌지 한 개, 견과류 조금과 약간의 설탕이 배급되었다. 따뜻한 음식은 며칠에 한 번 겨우 먹을 수 있었다. 빵은 가장 귀한 음식이어서 승객들에게는 배급되지 않았다. 아이들에게는 가루우유를 물에 타서 만든 우유 반 컵과 비스킷 한 개씩이 주어졌다.

튀르키예와 팔레스타인 그리고 미국에 거주하는 유대인 정치인들은 뭐라도 해보려고 발버둥 쳤다. 이스탄불의 유대인 단체 대표였던 시몬 브로드와 리파트 카라코는 스트루마호의 승객들을 구해내기 위해 모든 노력을 아끼지 않았다. 승객들이 배를 떠나 육로로 팔레스타인에 갈 수 있도록 허락을 받기 위해 여러 형태의 보증을 약속했지만, 이 모든 노력은 수포로 돌아갔다.

영국 정부와 정보기관은 스트루마호 문제가 더 이상 커지지 않고, 배에 있는 유대인들이 팔레스타인으로 가지도 못하도록 모든 노력을 쏟았다.

그러는 동안 스트루마호에서의 삶은 계속되었다. 모든 악조건에도 불구하고 스트루마호에서의 삶이 계속되었다는 것은, 그토록 고통스러운 상황에서조차도 인간은 희망을 버리지 않는다는 증거라고 역사는 기록했다.

두 청춘 남녀는 스트루마호 승객이었던 유대교 랍비의 주례로 결혼식을 올렸다. 아무 일도 하지 않는 무료한 날들을 보내던 승객들은 나서서 행사를 준비했다. 객실 중 한 곳에 묵고 있던 두 명의 음악가는 매일 밤 연주회를 개최했다. 히브리어 문학과 유대인 역사 수업도 열렸다.

그해 이스탄불은 유례 없는 겨울을 맞이하고 있었다. 한파로 온 사방이 얼어붙었다. 이스탄불에서 거주하던 유대인들은 배에 있는 승객들의 사기를 높여주기 위해 해변에서 모닥불을 피웠다. 그들은 스트루마호에서 볼 수 있도록 불이 꺼지지 않게 해변으로 장작을 날랐다.

스트루마호에서의 수많은 참상과 가슴 섬뜩한 자료를 보다가 이런 따뜻한 글을 접하니 마음이 훈훈해지는 것 같았다. 몸에 긴장이 풀렸고 그 때문인지 잠이 들었다.

다음 날 아침 학교에 가니 쉴레이만이 뭔가를 저질렀다는 게 느껴졌다. 비서들과 비서실장, 청소부들이 이상한 눈으로 쳐다보며 자기들끼리 귓속말을 주고받았고, 내가 가까이 가면 하던 말을 끊고는 입을 닫았다.

남자들의 욕망에 찬 눈과 여자들의 적개심으로 번쩍이는 시선이 느껴졌다. 여든일곱 살 먹은 남자와 잤다고 생각지는 않을 거다. 하지만 그들의 행동은 스스로 이런 황당한 생각을 믿고 있음을 보여주는 것 같았다. 마치 이 사건이 총장실에서 일하는 사람들에게 새로운 에너지를 불어넣은 것 같았다. 내가 힘들었던 한 주 동안 그들은 신나 있었다는 셈이다. 총장님은 지금 이 상황을 알고 계시는 걸까? 그러니까 이 소문을 들은 걸까?

보통의 경우, 이런 말도 안 되는 일이 벌어지면 바로 대응했 겠지만, 이번엔 그러지 않았다. 견뎌낼 힘이 없었다. 희망도 없 었고, 실망한 데다, 지겨웠고, 무서웠다.

이 모든 무력함은 단지 막스가 내 일상에서 빠져나간 것 때 문만은 아니었다. 나디아에 관한 이야기와 외할머니 그리고 할 머니의 이야기가 서로 뒤섞여서 내 마음을 끝없는 고통으로 채 워놓았다. 서로를 알지 못했던 유대인, 아르메니아인, 튀르키 예인, 이 세 명의 여자가 겪어야 했던 일들은 세상과 인류애에 대한 모든 희망을 무너뜨렸고, 살고 싶은 욕구마저도 앗아가 버렸다.

나는 그동안 인간의 악행에 맞서 무기력하게 살았다. 그 일 주일 동안에도 학교 업무와 소문 그리고 끊임없이 욕정을 느끼 며 악행을 일삼는 교활한 쉴레이만을 상대할 힘이 없었다. 도 망치고 싶었다.

나는 한순간 마음의 결정을 내렸고, 자리에서 일어나 밖으로 나갔다. 최소한 일주일은 학교에 나오지 않겠다고 마음먹었다. 어떤 식으로든 의사의 진단서를 받으면 병가는 가능했다. 화를 내는 사람도 있겠지만 이젠 될 대로 되라는 생각이 들기 시작했다.

최근 일주일 동안 나는 엄청난 변화를 겪었다. 그저 마지못해 살고 있던 삶을 스스로 객관적으로 바라보게 되었고, 다시 생각할 수 있는 기회가 되었다. 베야즈트 광장까지 걸어가서 택시에 올랐다. 비나 눈이 내리지는 않았지만 구름 낀 하늘은 회색빛이었다.

나는 집으로 향했다. 총장 비서에게 전화를 했다. 아파서 며칠 출근하지 못할 것 같다고, 의사 진단서를 보내겠다고 말하고서는 대답할 시간도 주지 않고 전화를 끊었다.

집은 엉망이었다. 욕실은 더러웠고, 침대보도 갈아야 했으며, 가구들에 쌓인 먼지도 털어야 했다. 케렘의 방은 더 말이 아니었지만, 난 어느 한 곳에도 손을 대지 않았다.

잠시 동안 꼼짝 않고 앉아 있다가 타륵에게 전화를 했다.

"저녁에 만날까?"

타륵은 "오오"라고 신나 하며, "너의 그 영감은 갔어?"라고 물었다.

"그래!"

"좋지. 7시 반에 집으로 데리러 갈까?"

"아니, 내가 거기로 갈게."

"좋아. 그럼 바이!"

나는 내 방의 커튼을 쳤다. 방은 컴컴해졌고 나는 침대로 가서 죽은 듯이 잤다.

저녁 무렵 현관문 벨 소리에 잠에서 깼다. 케렘은 열쇠를 가지고 다니면서도 벨을 누르곤 했다.

"학교 잘 다녀왔어?" 내가 물었다.

케렘은 "응!"이라고 답하고서는 제 방으로 가버렸다.

가늘고 가는 선으로 이어져 있던 우리의 관계가 다시 끊어진 것 같았다.

욕조에 따뜻한 물을 채운 다음 그 안으로 들어갔다. 욕조의 온수 꼭지를 아주 조금 틀어놓았다. 조용한 욕조에 있는 것보다는 물이 떨어지는 소리를 듣는 편이 나았다. 따뜻한 물과 거품이 고단한 몸과 만신창이가 된 마음을 치유하는 데 효과가 있었다. 눈을 감았다. 동정하듯 몸을 감싸 안는 따뜻한 물에 모든 것을 맡겼다. 최근 일주일 동안 있었던 일을 순서대로 나열해보려 했지만 불가능했다. 머리가 너무 복잡했다.

나는 욕실에서 나와 옷을 입었다. 외출 준비를 하면서 가볍게 화장을 했다. 케렘의 식사로 닭 날개 튀김을 시킨 다음 식탁에 현금을 조금 놓고 밖으로 나왔다. 8시였다.

타릭은 고층의 고급 아파트에 살고 있었다. 건물 입구에서는 출입자 통제가 엄격했다. 타릭이 경비원에게 내가 올 거라고 말해둔 모양이었다. 경비원이 날 엘리베이터까지 안내했다. 엘리베이터로 올라가서 현관 벨을 누르니 타릭이 직접 문을 열었다. 그는 혼자 있었다. 도우미는 돌려보낸 모양이었다.

타릭은 그렇게 잘생긴 편은 아니었지만 몸은 아주 탄탄했다. 젊어서 그런 것도 있었지만, 일주일에 세 번 가는 피트니스 센터의 영향이 컸다. 그는 최소한의 가구를 배치하고 차가운 느낌이 나도록 집을 인테리어 했다. 목재나 무늬가 들어간 직물, 커튼 같은 따뜻한 느낌을 주는 건 하나도 없었다. 모든 곳이 흰색이었다. 벽에 걸린 장식물들도 대부분 금속 재질이었다. 하지만 27층이라, 이스탄불해협의 아름다운 풍경을 볼 수 있었다. 바닥까지 닿는 거실의 창 너머로 이스탄불해협 주변의 불빛들이 보석처럼 빛나는 것이 보였다. 아시아 대륙 쪽의 이스탄불해협을 낀 해안 도로를 지나는 차들과 이스탄불 대교의 불빛, 쿨렐리 군사고등학교의 조명, 해협을 통과하는 배들이 황홀한 풍경을 자아냈다.

다시 마음속 근심이 조금씩 되살아나는 것 같았다. "와인이나 마시자." 나는 말했다.

"널 위해 화이트 포트와인을 준비했지."

"고마워. 근데, 자기야, 오늘은 레드 와인을 마시고 싶네."

그의 집에는 늘 좋은 와인들이 있었다. 그는 아주 좋은 이탈리아 와인인 아마로네를 땄다. 커다란 와인 잔에 와인을 따랐다. 그는 첫 잔을 빨리 비우더니 내게 입을 맞췄다. 나는 그를 밀어냈다. 그는 왜 그러냐고 물었고, 나는 기분 나쁜 목소리로, "하고 싶지 않아!"라고 대꾸했다.

그는 강요하지 않고 단지 궁금한 듯 물었다. "무슨 일이야?"

"모르겠어." 대답을 하며 조금 창피한 기분이 들었다.

사실이 그랬다. 내게 무슨 일이 있었는지 잘 모르겠다. 우리는 이스탄불해협을 바라보는 유리와 금속으로 된 식탁에서 저녁을 먹었다. 타록은 초밥이라고 하면 환장하는 남자라, 이스탄불에서 제일 잘하는 일식당인 모리에서 초밥을 배달시켰다. 초밥은 모두 신선했고 맛있었다. 이스탄불의 젊고 유능한 사업가의 삶, 그에게는 포기할 수 없는 생활 방식이었다.

"그러니까 너의 그 늙은 영감은 갔단 말이지."

"어째서 내 영감이야?"

"말이 그렇다는 거지."

"그래, 그렇다면야."

"어떤 사람이었어?"

"설명하자면 길어."

"왜?"

"자기가 아는 것처럼 외국인 교수들 중 하나야, 그냥." 나는 이야기를 마무리 지었다.

타륵에게 막스에 관한 이야기는 하고 싶지 않았다. 왠지 몰라도 그 이야기를 꺼내는 것이 고통이었고, 막스에게 예의 없는 행동 같았다.

"자기가 이야기해봐, 어떻게 이렇게 기분이 좋을 수가 있는 거야?"

"왜 안 좋아야 하지?" 그는 내게 되물었다.

"가장 큰 경제 위기를 맞았잖아. 1달러가 단숨에 170만 리라가 됐어. 부도에 자살에, 구속된 기업가들에, 파산한 은행에…… 자기도 금융권에 있잖아. 어떻게 이토록 편안할 수가 있어?"

"왜냐하면 난 똑똑하거든."

"그게 무슨 소리야?"

"브라운 대학교에서 공부할 때, 그리고 졸업한 뒤에 증권회사에서 일할 때 제대로 배운 게 하나 있지."

"뭐야 그게? 말해봐, 나도 좀 배우게."

"배우는 거야 쉬운데, 뚝심이 있어야 해."

"짜증 나게 하지 말고!"

그의 얼굴에 잘난 척하는 미소가 번졌다. 그는 이런 주제로 이야기하는 걸 즐겼다.

"다수의 대중처럼 공황에 빠져서 행동하면 안 돼."

"그렇다면?"

"모두가 살 때 팔아야지, 모두가 팔 때 사고. 패닉에 빠져서 행동하면 안 된다는 거지."

"이 위기에 그렇게 했다는 거지? 주식으로 우리 모두 망한 거 아냐?"

타륵은 큰 소리를 내며 웃었다. 그는 팔걸이 의자에 완전히 등을 기대더니, 와인을 크게 한 모금 들이켰다.

"아니, 정반대로 우리 둘 다 벌었어."

"나도?"

"당연하지. 내 인생에 가장 돈을 많이 버는 시기가 바로 요즘이야. 자기는 외국인 교수 데리고 관광을 시켜주는 동안에도 다른 한편으로는 부자가 된 거라고."

솔직히 나는 흥분됐다. 누가 흥분하지 않겠어. 여기로 오면서 나는 망했다는 말을 들을 것이고, 그 말에 억장이 무너지겠지만 그를 원망하지는 않겠다고 다짐했었다.

"이런 기적이 어떻게 가능해?"

"봐봐, 모두들 겁먹었다고. 자기들 손에 뭐가 있든 간에 전부 달러로 바꿔서 외국으로 나가려고 했지."

"자기는 어떻게 했는데?"

"한 푼도 달러로 환전 안 했지. 튀르키예 리라로 가지고 있었어."

"자기 미친 거 아냐? 튀르키예 리라가 바닥을 치고 있는데……"

독일에서 1달러가 4조 2천만 마르크까지 이르렀던 시기가 떠올랐다. 얼마 지나지 않아 독일 지폐는 불을 때는 데 사용했을 정도였다고.

"숨겨진 비밀은 여기에 있지. 간단하게 설명할게. 튀르키예 리라가 한순간에 가치를 잃어버리니까 하루 이자가 9천 퍼센트까지 올라갔어."

"그래서?"

"당신 돈까지 포함해서, 모든 투자자의 돈과 내 돈을 이 이자로 은행에 예탁을 했지. 매일 9천 퍼센트의 이자라고. 매일 밤 돈이 돈을 낳는 거야."

"하지만 달러에 비해서……"

"이런 상황이 계속되지는 않아. 자기도 보게 될 거야, 외환시장도 정상을 되찾을 거야. 자기는 나만 믿어. 게다가 지금 달러로 환산해도 자기는 많이 벌었어!"

"얼마나?"

"지난달 있던 돈에 최소 두 배. 하지만 참아, 몇 배 더 벌게 해줄게. 사실 경제 위기 시기가 돈을 가장 많이 벌 수 있는 때인데, 대부분의 사람은 그걸 몰라."

머릿속으로 계산을 해봤다. 내 돈이 세 배로 뛴다면, 앞으로 일을 할 필요가 없을 것 같았다.

타륵은 "신흥 부자, 마야 부인을 위하여"라며 잔을 들었다.

"세상에, 그 말만큼은 하지 마, 내가 혐오하는 단어야." 내가 말했다.

"어떤 단어?"

"신흥 부자. 자기는 '누보 리치'라고 들어본 적 없어?"

"못 들어봤어. 프랑스어는 몰라."

"신흥 부자라는 소리야. 벼락부자를 말하는 거지, 나중에 부자가 됐다는 뜻으로 써."

"제발, 말도 안 되는 소리 그만해. 부자면 부자인 거야. 옛날 부자, 신흥 부자 따로 있겠어!"

미국 대학에서 공부한 사업가들은 이렇다. 인생을 '위너'와 '루저'로 구분한다. 이런 구분의 기준은 돈이다. 조금 전에 내가 그에게 왜 막스와 막스가 겪었던 일에 대해서 이야기하고 싶은 마음이 들지 않았는지 알 것 같았다. 어차피 이해하지도 못하겠지. 그가 살았던 세상은 너무나도 먼 세상이었다. 이젠 더 이상 할머니, 외할머니, 나디아 그리고 막스를 이해할 사람이 세상에 남아 있지 않았다. '살아온 인생 이야기'라고 하는 것은 타륵의 관심 밖이었다.

나는 고개를 돌려 이스탄불해협의 풍경을 보면서 생각에 잠겼다. 이유는 알 수 없었지만, 이 세 여자가 머릿속에서 뒤엉켰다. 모두가 한자리에 모여 서로 아는 사이인 양 대화를 나누는 것 같았다. 나디아가 푸른 연대와 함께 있었고, 외할머니와 함께 크즐착착 호수로 뛰어들었다. 그리고 할머니는 스트루마 호에 계셨다. 세 개의 다른 종교, 세 명의 여인, 하지만 공통의 운명.

학교에서 이븐할둔*이 말한 '지리적 운명'이라는 용어를 배운 적이 있었는데 그 용어가 오랜 세월 머릿속에 남아 있었다. 이 세 여인의 운명 또한 태어난 지리적 환경과 시기에 의해 결정되었다.

그래도 타륵을 만나서 고민을 조금이나마 덜 수 있었다. 지난 과거의 일들을 한꺼번에 짊어져야 하는 상황에 놓이고 보니 많이 힘들었다. 이 고통을 이겨내지 못할 것 같았다. 솔직히 조금 이기적인 생각이긴 하지만, 이 잘난 젊은 남자가 나를 소중하게 생각하고 있다는 것을 확인하고 싶었다. 그리고 이 남자의 물질적이고 흥에 넘치는 세상을 조금이나마 건드려보는 것만으로도 기분이 좋아질 것 같았다. 내 생각이 옳았다. 정말로 기분이 좋아졌다. 게다가 부자가 된 것도 알았으니. 더 뭐가 필요하겠어!

타륵은 끝까지 날 집에 데려다주겠다고 했다.

유일하게 케렘의 방에서만 불빛이 새어 나오는 어두운 집에 들어서자 기분이 조금 나아졌다. 마음속에 자리하던 번뇌의 먹구름이 옅어지는 것 같았다.

'지금 막스는 뭘 하고 있을까' 하는 생각이 머릿속을 스쳤다. 아마도 자고 있겠지. 그도 어젯밤에 제대로 자지 못했으니까. 그의 나이와 앓고 있는 병을 고려하면, 그는 건강한 사람임이

---

* 이븐할둔(Ibn Khaldūn, 1332~1406): 이브니 할둔 또는 이븐 칼둔으로 알려진 중세 이슬람 지역을 대표하는 역사가이자 사상가, 정치가.

틀림없었다. 나는 이 나이에도 그의 입장이 된다면 견디지 못했을 테니.

낮에 푹 자서 그런지 전혀 졸리지 않았다. 노트북을 켜고 에리히 아우어바흐의 『미메시스』라는 책에 관한 서평을 읽어보았다. 모든 비평가가 이 책에 찬사를 아끼지 않았다. 문학비평 분야에서 가장 탁월한 책이라고 했다. 그는 이 책을 집필하기 전에 단테에 관해서도 책을 저술한 적이 있었다. 그 책에 관한 비평도 읽어보았다.

막스가 말한 대로, 아우어바흐의 책들을 튀르키예어로 번역하는 게 삶의 목표가 될 수도 있을 것 같았다. 그리고 스트루마호에 관한 이야기를 글로 남기는 것도. 그리고 푸른 연대의 감춰진 비극을 세상에 알리는 것도. 이 시간 이후로 삶을 이런 일들에 맞춰 바꾼다면 어떨까? 이런 질문을 할수록 마음속 공허함이 줄어드는 것 같았다. 내겐 무언가 목적이 필요했다. 타륵의 그 거짓된 세상도 가끔은 나쁘지 않았다. 재미도 있었지만, 삶에 의미를 더하지는 못했다.

내가 들은 내용을 정리해 막시밀리안과 나디아의 이야기를 쓰는 것부터 시작해야 할 것 같았다. 녹음기의 재생 버튼을 눌렀다. 이번에는 녹음할 때 들어오는 붉은색 불빛이 아니라 재생을 의미하는 녹색불이 켜졌다.

막시밀리안과 나디아에 관한 이야기

1934년 뮌헨. 큰 키에 마른 체형의 젊은 조교수가 법과대학 운동장을 가로질러 큰 걸음으로 한 무리의 사람들에게로 향했다. 언제나처럼 그의 품위 있는 행동을 갈무리하는, 몸에 딱 맞는 정장 차림이었지만 평소보다 더 불안한 듯 보였다.

이렇게 한곳을 향해 작심한 듯 걸어가는 모양새만으로도 그때 비교적 조용한 학교 운동장에 있던 사람들의 주의를 집중시키기에 충분했다. 그렇지 않아도 이목을 집중시키는 청년이었다, 막시밀리안 바그너는.

그는 여학생들 사이에서 호감의 대상이었다. 잘생겼고 예의 발랐다. 나치들도 그에게 관심을 보였다. 체형만 보더라도 그들이 우등 인종으로 자랑스러워할 만한 그런 아리아계 독일인이었다. 니체의 '위버멘쉬'*라는 개념의 살아 있는 예시 같았다.

---

* 위버멘쉬Übermensch: 초인이라는 뜻으로 니체 철학의 철학 용어. 인간의 한계를 극복한 초월적인 존재를 뜻한다.

교수들도 그를 유심히 보고 있었다. 성실한 데다 자유로운 사상을 지닌 젊디젊은 학자였다.

운동장에 모인 수백 명의 학생 사이를 지나, 아홉 내지 열 명쯤 되는 무리가 있는 곳에 다다르자, 그는 끝에 있던 한 남학생을 땅에 메다꽂으면서 걸음을 멈췄다. 무리를 이룬 나치 학생들은 그들이 둘러싸고 있던 여학생을 뒤로하고, 조교수에게로 시선을 돌렸다.

1934년 독일에서는 교수가 학생들 곁으로 다가가면 학생은 최상의 예의를 보여야 했다. 겨우 스무 살이었든, 아니면 학생들보다 기껏해야 한두 살 위였든, 어찌 됐건 그는 조교수였다. 게다가 모두가 잘 알고 있듯이 앞으로 매우 유능한 정교수가 될 사람이었다. 머지않아 전 세계를 정복할 대독일제국이 필요로 하는 그런 유의 사람이자, 자신의 분야에서 세계적인 지위를 거머쥘 저명한 학자가 될 사람이었다.

한 여학생을 둘러싼 채로 가하던 폭력을 중단한 나치 학생들은 막시밀리안 바그너를 향해 돌아섰다.

가운데 있던 여학생은 한 손은 머리에, 다른 한 손은 목으로 가져가서는 웅크리듯 그렇게 서 있었다. 머리카락을 잡아채던 손들과 어깨와 목을 누르던 거친 손가락들로부터 자신을 지키려던 몸짓 그대로 멈춰 있었다. 헝클어진 검은색 머리카락과 붉게 상기된 얼굴, 분노와 공포로 가득 찬 눈이 그들을 바라보았다.

젊은 조교수는 이 유대인 여학생에게 손을 내밀었다. 여학생은 주위를 둘러싼 학생들을 밀쳐내고 스스로 길을 만들어 빠져

나갔고, 막시밀리안이 내민 손은 잡지 않은 채 그의 등 뒤로 돌아갔다. 그리고 이제야 상체를 제대로 펴고 섰다. 그녀의 두 눈이 젊은 조교수의 어깨높이께에 닿았다. 운동장에서 모두의 관심을 한몸에 받아 창피했는지 주변을 돌아보지도 못한 채, 조교수의 바로 뒤에서 그의 어깨 위 한 지점만 응시하며 서 있었다.

나치 학생들 중 한 명이 "교수님은 아리아계 독일인이십니다. 왜 저 유대인을 보호하시는 겁니까?"라고 물었다.

막시밀리안은 대꾸했다.

"나는 내 학생에게 자행되는 부당한 행위를 막는 중이야." 그는 자신 있는 말투로 답했다. "여기는 법과대학이야, 여러분들은 그걸 잊었나?"

이 말에 학생들은 중얼대며 흩어졌다.

잠시 뒤, 모든 시선이 집중되던 운동장 한가운데에는 두 사람만 남았다. 그가 돌아서자 두 사람의 눈이 마주쳤다. 그는 수줍어하면서도 조금쯤은 자신에게 반한 듯한 여학생의 시선을 마주했다.

"나디아, 괜찮아요?"

"정말 감사합니다. 지금은 괜찮아요."

막시밀리안은 손으로 길을 안내하며 말했다.

"자, 커피나 한잔합시다."

두 사람은 걷기 시작했다. 사실, 어떻게 그렇게 확신에 차고 냉정하게 행동할 수 있었는지 스스로도 놀라고 있었다. 몇 달 동안 가까워지려고 노력했던 여자 옆에서 어떻게 전혀 흥분하지 않은 채 절제된 행동을 할 수 있었을까? 아마도 인간적인 도리를 다하려고 했을 뿐, 사적인 의도는 보이지 않아서였을 것이다.

사실 그는 몇 주, 몇 달, 매일, 매시간 나디아를 생각했었다. 그녀와 몇 미터 거리로 가까워지기라도 하면, 온 몸과 마음이 갑자기 동요했고, 스스로 통제가 불가능할 것 같은 상태에 이르곤 했다.

그녀와 함께 법과대학 건물로 향하면서, 막시밀리안은 인생에 새로운 장이 열렸다는 환희에 차 있었다. 그날 저녁 무렵, 두 사람은 처음으로 마주 앉아 커피를 마셨다. 비넨슈티히* 케이크도 주문해서 함께 먹었다.

나디아와 가까워지는 것 외에 어떤 것도 눈에 들어오지 않았던 그는 신이 났지만, 사실 학교 분위기는 썩 좋지 않았다. 상황은 갈수록 악화했다. 나디아는 더 이상 학교에 다닐 수 없을 것 같았고, 매우 상심해 있었다.

"내가 당신에게 따로 강의를 하죠." 막시밀리안은 그녀의 기분을 풀어주려고 했다. "제발 그렇게 하게 해줘요. 이런 말도 안 되는 상황을 견딜 수 없단 말이에요."

나디아는 고개를 숙이고 있었다. 그녀는 가볍게 입술을 깨물었다.

"나치들이 말한 것처럼 당신은 아리아계 독일인이에요. 왜 이런 위험을 감수하시려는 거예요?"

"난 독일인이기 이전에 법학자예요." 그는 대답했다. "지금은

---

* 비넨슈티히Bienenstich: 발효한 밀가루 반죽에 얇게 썬 아몬드를 토핑해 구운 독일식 디저트의 일종.

나라가 위기에 처해 있지만, 제정신인 독일인들이 나올 겁니다. 독일 국민들이 이런 폭주를 멈추라고 할 거예요. 곧 보게 될 겁니다."

나디아는 희망을 잃은 표정으로 그의 얼굴을 바라봤다. 뭔가를 말하고 싶지만 말하지 못하는 것 같았다. 고마움과 애정을 담은 눈길이었으나, 부정적인 대답을 준비하는 사람처럼 고개를 천천히 좌우로 흔들었다.

"제발." 그가 간청했다. "당신을 위해서가 아니라도 내 양심의 책임 때문에라도 따로 수업을 할 수 있도록 해줘요. 머지않아 이 광기가 끝날 거고, 그때 시험을 봐서 계속 학교에 다니면 돼요."

"모르겠어요."

"당신이 학교에 나와 이런 위험을 감수하는 걸 내가 원치 않아요. 나치 이데올로기에 빠진 학생들이 갈수록 더 폭력적으로 변하고 있어요. 며칠 전에는 동료 교수님이 나치 학생들로부터 받은 협박 편지를 보여주셨어요. 무시무시한 말을 써놨더군요. 매일 제가 당신 때문에 걱정하는 걸 원치 않는다면 나의 이 제안을 받아줘요, 제발."

나디아의 얼굴에 드러난 불안한 표정과 그녀가 숨기려고 했지만 감출 수 없었던 공포를 막시밀리안도 감지했다. 잠시 뒤 그녀의 고집이 처음으로 조금 누그러지는 듯했다.

"제가 학교에 가는 게 위험하다고 하셨으니 그럼 학교에서 수업을 받지는 못하겠네요."

"아니…… 그러니까 그렇죠, 학교에서는 안 될 거예요."

"그렇다면?"

그의 얼굴에 행복한 미소가 번졌다. 처음으로 자기 손을 여학생의 손 위에 올리는 용기를 냈다.

"당신은 걱정 말아요. 어디서 할지는 걱정 안 해도 돼요. 가장 안전한 곳에서 수업할 겁니다. 누구도 당신을 귀찮게 하지 못할 거예요."

며칠 후 저녁 무렵, 막시밀리안은 한껏 들뜬 상태로 집에서 누군가를 맞을 준비를 하느라 바빴다. 서재에 준비된 과일 주스 잔은 냅킨으로 덮여 있었다. 같은 냅킨이 비스킷 위에도 올라갔다.

어머니가 서재 앞을 지나가자, 그는 뛰어가 어머니를 붙잡았다.

"이 재킷 색깔이 바지와 어울려요?"

"그래 막스, 좀 전에도 이야기했잖니, 옷은 아주 멋져."

"네, 말씀하셨죠…… 재킷을 벗으면 어떨까 물어보려고 했죠. 날씨가 좋으니까…… 그냥 와이셔츠에 바지만 입으면 어떨까 해서요…… 좀 더 진한 색의 와이셔츠를 입는 게 나을까요?"

"으음, 그래, 이 와이셔츠 중에 진한 색이 있잖아, 그 와이셔츠를 입는 게 제일 좋겠다."

그는 뛰는 걸음으로 침실로 향했다. 어머니가 뒤에서 소리쳤다.

"막스! 수업하기로 한 여학생의 이름이 뭐였지?"

"나디아예요! 곧 도착할 거예요, 제가 방에 있을 때 도착하면 어머니가 맞이해주실 거죠?"

"물론이지." 그녀가 대답했다.

어머니는 복도에 있는 시계를 봤다. 수업이 예정된 시간까지 30분도 더 남아 있었다. 얼굴에는 사랑이 가득한 미소가 떠올랐다.

그날 저녁 이후, 막시밀리안은 일주일에 이틀 나디아를 위한 수업을 했다. 수업 외에도 두 사람은 갈수록 더 자주 만나기 시작했다. 둘은 기회만 있으면 만났다. 나디아는 막스를 만나기 위해 어떤 시도도 하지 않았지만, 막스의 제의를 받아들이는 데 주저하지는 않았다.

어느 주말 오후, 네 대의 악기가 내는 조화로운 소리가 실내에 울려 퍼졌다. 바이올린 두 대, 비올라와 첼로였다. 막시밀리안과 친구들은 매주 모여서 연주를 했다. 최근 들어서는 이 실내악 연주 연습에 청중이 한 명 참석하기 시작했다. 나디아였다.

그날 그들은 슈베르트의 세레나데를 연주하고 있었다. 감동 어린 음악이 연주되는 동안, 나디아는 자리에서 일어나 문을 열고 발코니로 나갔다. 학교 건물 중 하나였던 그 건물의 뒤편 발코니에서는 텅 빈 운동장이 보였다. 막스와 친구들은 휴일이니까 나디아가 학교로 와도 문제가 없을 거라고 생각했다. 나디아는 발코니에 서서 세레나데를 연주하는 그와 그의 친구들을 등진 채 꼼짝도 않고 그렇게 서 있었다.

곡이 끝나자 막스도 발코니로 나갔다. 막스는 그녀의 어깨를 잡고 부드럽게 자기 쪽으로 돌려 세웠다. 순간 막스의 가슴이 미어졌다. 그녀의 아름다운 눈에 눈물이 가득했다. 그녀는 아무 말도 하지 않고 그의 눈을 바라봤다. 그러다 그의 목을 껴안고는 흐느끼며 울기 시작했다.

막스는 그녀의 흐느낌이 조금 잦아들기를 기다렸다가 물었다.

"뭐가 당신을 슬프게 한 거죠?"

대답을 듣지 못한 그는 질문을 이어갔다.

"작곡가가 히틀러처럼 오스트리아인이라서?"

나디아는 말을 할 수 없는 상황이었고 겨우 이렇게 답했다.

"나중에 말할게요."

며칠 뒤, 그의 집에서 수업을 하던 도중에 막스는 그때 일을 기억하고는 왜 그랬는지 다시 한번 물었다. 이번엔 그녀가 대답을 망설이지 않았다.

"제가 하는 말이 어쩌면 당신에게 무의미하게 들릴지도 몰라요. 하지만 그 음악이 얼마나 아름다웠던지, 제 마음속에 환희와 고통을 함께 주었답니다. 어쩌면 인간의 한계를 초월한 것처럼 느껴졌는지도 몰라요. 존재의 공허함 속에 빠져버리는 것 같았어요. 사람이 어떻게 이런 소리를 만들어낼 수가 있을까요? 어떻게 말이에요? 그건 신의 소리예요!"

그 주 실내악 연습에는 나디아가 오지 않았다. 막스는 친구들에게 어떤 사람들은 음악 작품에서 더 많은 감정적 영향을 받는 것 같다고 운을 띄우면서 대화를 시작했다.

그는 친구들과 함께 다른 이들에 비해 음악을 들으면 더 많이 흥분하고 더 많이 감동을 받는 사람들에 관해 이야기를 나눴다. 『크로이처 소나타』*의 작가 톨스토이도 작품을 쓰는 민감한 시

---

* 『크로이처 소나타Kreutzer Sonata』: 톨스토이가 1890년에 발표한 중편소설. 베토

기에는 음악을 듣지 못했다는 이야기가 나왔다. 대문호인 톨스토이는 음악으로부터 영향을 많이 받았다고 했다. 음악을 들으면 폭풍 속의 낙엽처럼 감정이 요동치고, 존재의 근간이 흔들렸기에 집필 중에는 음악을 듣지 않았다는 것이다.

막스는 친구들에게 나디아도 그런 사람들 중 하나인 것 같다고 이야기했다. 자신들처럼 음악을 단순히 '훌륭한 작품'으로 인식하지 않기 때문에 그녀는 음악을 들으면 존재의 토대가 흔들려버리는 것 같다고 말했다.

연습을 끝내고 헤어지면서 막스는 친구들에게 자신의 결심을 밝혔다. 나디아를 위해 세레나데를 작곡하겠다는 것이었다. 그는 모든 음악적 재능과 마음을 담은 세레나데를 작곡하겠다고 선언했다. 그날 이후, 그의 목표는 세레나데 작곡이 되었다.

막스와 나디아는 더 자주 함께하기 시작했다. 같이 식당에 가고, 공원에서 손을 잡고 걷기도 했다. 겉으로 보면 아주 이상한 광경이었다. 키 큰 금발 남자 옆에 마르고 연약한 데다 검은 긴 머리와 녹색 눈동자를 가진 젊은 여자. 나디아는 어느 누구와도 닮지 않은 외모였다. 마치 북부 사람인 것 같으면서도 남부 사람 같았다. 두 사람이 함께 가지 못하는 유일한 곳이 공연장이었다. 어느 저녁, 저명한 지휘자가 이끄는 오케스트라의 베토벤 교향곡 제5번 연주를 듣기 위해 둘은 공연장으로 갔었다. 나디아는 내내 구슬 같은 땀을 흘렸고, 두 손이 객석 의자의 팔걸이에서 떨어지지 않았다. 결국 나디아의 호흡이 가빠지자 막스

벤의 바이올린 소나타 제9번을 모티프로 한 작품이다.

는 관객들의 뜨거운 시선을 뒤로하고 공연장에서 그녀를 데리고 나와야만 했다. 두 사람이 함께하는 날이 계속될수록 그녀에 대한 막스의 사랑은 더욱더 열정적으로 타올랐지만, 막스가 알게 된 사실이 하나 더 있었다. 나디아는 신경조직이 너무나 연약했고, 감정적 동요가 자주 일어나 가을날 나뭇잎처럼 온몸을 떨었다.

막시밀리안은 그 무렵 괴테의 『젊은 베르테르의 슬픔』을 다시 읽고 있었다. 청년기로 접어들 무렵, 이 책을 읽고 마음에 들어했지만, 이 책이 왜 당시 젊은이들 사이에 전염병처럼 자살을 번지게 했는지는 이해하지 못했었다. 하지만 이제는 이해할 수 있었다. 그 소설의 심오한 의미를 이해하기 위해서는 깊은 사랑에 빠져야 했던 것이다. 그는 그렇게 사랑에 빠져 있었다. 밤과 낮, 하루의 모든 순간 그의 머릿속에는 나디아가 있었다. 수업을 하는 중에도 그녀를 생각했고, 바이올린을 연주하면서도 그녀의 얼굴을 떠올렸다. 매일 밤, 잠자리에 들 때도 "잘 자요 내 사랑"이라고 독백을 했고, 아침에는 "안녕, 나디아"라고 인사하며 일어났다. 그녀 없이 지내는 모든 순간이 힘들게 견뎌야 하는 시간 낭비일 뿐이라고 생각했다. 그럴 때 유일한 위안이 세레나데를 작곡하는 것이었다. 슈베르트 같은 거장이 음악사에서 가장 유명한 세레나데를 남긴 후에 다시 세레나데를 작곡하겠다고 나서는 것이 미친 짓일지 모르겠지만, 그는 포기하지 않았다. 거실에 있는 어머니의 뵈젠도르퍼* 피아노 앞에 앉아 멜로

---

* 뵈젠도르퍼Bösendorfer: 오스트리아의 피아노 제조사로 세계 3대 명품 피아노

디와 하모니를 치고 그걸 악보에 옮겨 적었다.

슈베르트가 세레나데를 작곡한 때는 1826년이었다. 어느 여름 일요일 아침, 그는 친구들과 산책을 하다가 친한 친구인 티제가 비어슈타크라는 카페의 정원 탁자에 앉아 있는 것을 보고는 가까이 다가갔다. 티제의 앞에는 책이 한 권 펼쳐져 있었다. 슈베르트는 그 책을 넘겨보다 한 페이지에서 멈췄고, 거기에 있던 시를 보더니 말했다. "아주 아름다운 악상이 떠올랐어, 오선지 노트가 있으면 좋겠는데." 슈베르트의 친구 도플러가 기차표 뒤에 오선을 그어 오선지를 만들라고 했다. 슈베르트는 카페에서 흐르던 바이올린 소리와 지나다니는 종업원들 그리고 휴일을 즐기던 많은 사람 사이에서 이 불후의 멜로디를 작곡했다. 이 작품은 원래 가곡을 위해 작곡되었다고 한다.

막시밀리안에게는 불운이었다. 그가 작곡하려는 작품은 원하든 원하지 않든 슈베르트의 작품과 비교가 될 테고, 그 비교가 좋은 영향을 미치지는 않을 것이었다. 그럼에도 불구하고, 그는 여전히 작품의 이름을 세레나데로 고집했다. 그 이유는 그도 정확히 몰랐다. 왜 소나타 같은 이름이 아니라 세레나데일까? 음악 작품의 유일한 형식이 세레나데도 아닌데 말이다. 스스로에게도 물어봤지만, 유일한 답은 "그러고 싶었어!"였다.

(여기서 마야의 입장으로 개입할 수밖에 없는데, 왜냐하면 막스가 들려준 내용이 어찌나 다른 세상 이야기 같은지, 실제 있었던

브랜드 중 하나이다.

일이라는 사실이 믿기지 않았다. 그렇게 존경과 고통을 받아온 사람의 입을 통해 듣지 않았더라면 허풍이라고 생각했을지도 모른다. 소설 하나 때문에 자살을 하는 사람들, 사랑하는 이의 꿈을 위해 열정을 다 바치는 젊은이들, 세레나데 작곡. 요즘 세상에서는 생각도 못 할 일이다. 아흐메트가, 타룩이 그리고 케렘이 자라서 이럴 수 있으리라고 생각하는 것만으로도 웃음이 나왔다. 어쩌면 로맨스라는 것도 전염되는 것일지 모르겠다. 이런 일은 단지 시대 배경과 함께 설명할 수밖에 없다. 시대정신이라는 것은 실제 존재할지도 모르겠다. 어쨌든, 이야기로 다시 돌아가자.)

막시밀리안의 어머니인 한넬로레는 재능 있는 피아니스트였다. 당시 부유한 집안에서는 자녀 교육에서 음악이 빠지지 않았다. 한넬로레도 어린 시절부터 가장 유능한 선생들의 교육을 받으며 완벽한 피아니스트로 자라났다. 어느 날 오후, 막시밀리안은 작곡을 끝낸 악보를 어머니에게 들고 가서 함께 연주해줄 것을 부탁했다. 템포와 하모니에서 한두 가지 문제를 어머니와 함께 풀어나갔다.

그날 저녁 나디아를 저녁 식사에 초대했다. 긴 식탁에 앉아 즐거운 저녁 식사 시간을 보냈다. 모두들 정치와 나라 전체로 퍼지는 긴장 상태에 대해서는 언급하지 않도록 주의했다. 유대인 문제는 어느 누구도 입에 담지 않았다. 식사 후에 모두 거실로 자리를 옮겨 커피를 마시는 동안, 한넬로레가 "막스가 아주 아름다운 곡을 썼어요"라고 말했다.

막시밀리안은 어머니가 먼저 말을 꺼내버렸다고 하면서, "나도 막 이 곡을 같이 연주하자고 어머니께 부탁하려고 했죠"라고 덧붙였다.

한넬로레는 피아노 앞에 앉았다. 막스는 바이올린을 피아노 음에 맞춰 조율했다. 그리고 함께 연주를 시작했다. 아주 감동적이고 서정적인 음악이 거실에 울려 퍼졌다. 어느 누구도 다른 소리를 내지 않았다.

막스의 아버지 알베르트는 매우 만족해하며 곡을 감상하고 있었지만 사실 꼭 주의 깊게 봐야 할 사람은 나디아였다. 그녀는 가슴이 뛰기 시작했고, 울지 않기 위해 입술을 깨물었다. 숨이 가빠오고 얼굴은 새빨개졌다. 감정이 북받쳐 올랐지만 그의 가족들 앞에서 쓰러지지 않기 위해 부단한 노력을 하고 있었다. 마침내 곡이 끝났고 모자는 박수를 받았다. 그리고 막시밀리안이 자리에서 일어났다.

"아마 지금까지 어느 누구도 어머니의 도움을 받아 청혼을 하지는 않았을 겁니다. 하지만 저는 그렇게 하려고 합니다." 그는 이렇게 말한 뒤 나디아를 향해 돌아섰고, 그녀에게 물었다. "나디아, 나랑 결혼해주겠소?"

나디아는 감당할 수 없었다. 그녀는 자리에서 일어나 눈에서 쏟아지는 눈물을 감추기 위해 두 손으로 얼굴을 감싼 채, 정원으로 뛰쳐나갔다. 갑작스러운 아들의 청혼에 놀란 가족들은 나디아를 뒤따라 정원으로 뛰어나가는 아들을 바라보는 것 말고는 할 수 있는 게 없었다.

막스는 날이 저무는 정원의 나무 밑으로 도망가 있던 나디아의 곁으로 갔다. 그는 울고 있는 그녀를 안았고 자신의 어깨에 머리를 기대게 했다.

"진심이야 나디아. 나랑 결혼해줘, 제발." 그리고 처음으로
그녀의 입술에 키스를 했다.

다음 날 저녁 바그너 집안에는 근심에 찬 침묵이 흘렀다. 막
시밀리안은 2인용 소파에 혼자 앉았다. 그는 간간이 짧게 이야
기하는 어머니와 아버지 말을 듣고만 있었다. 부모님이 염려하
는 것에 대해 막스는 어떤 반응도 보이지 않았다.

서로 나란히 붙은 1인용 소파에 각각 앉아 있던 중년의 여자
와 남자는 무엇보다 아들의 행복이 우선임을 분명히 하면서도
걱정을 토로했다. 두 사람은 자유 사상을 신봉했고, 막스가 유
대인 여자와 결혼하는 것에 원칙적으로 반대하지 않았다.

"이 결혼을 포기하는 것이 너에게 얼마나 큰 고통을 안겨다
줄지 안단다." 어머니가 말했다.

이 말이 끝나고 긴 침묵이 흘렀다.

"그렇지만, 그래도." 알베르트는 말을 이었다. "너희들이 결
혼해서 오랜 세월 겪어야 할 고통에 비한다면야 이런 문제쯤은
우리가 감당할 수 있지만……"

막시밀리안은 마치 어머니와 아버지 사이의 대화가 끝나기를
기다리는 것처럼, 어떤 대답도 하지 않고 그냥 듣기만 했다.

이 괴로운 가족회의는 며칠 간격으로 집에서 몇 차례 더 열렸
다. 알베르트는 아들에게 다음과 같은 말로 주의를 당부했다.

"네 아내가 될 사람을 그냥 두지는 않을 거다. 그녀의 어머니
와 아버지도 그냥 내버려 두지 않을 거고. 아리아게 독일인과

결혼한 대가를 치르게 하려고 기회가 있을 때마다 덤빌 거야."

어머니도 바로 뒤이어 덧붙였다.

"너희의 아이들이 어떤 나라에서 살게 될지도 확실치 않잖니. 어쩌면 평생 불행하고 위험한 상황 속에서 살아야 할지도 몰라."

그날 저녁 막시밀리안은 처음으로 어머니와 아버지에게 대답했다.

"나디아와 결혼할 겁니다. 어제저녁 그녀도 제 청혼을 받아들였어요."

어머니는 꿀 먹은 벙어리가 되어버렸다. 아들에게 무슨 말을 해야 할지 몰랐다. 그녀는 도움을 청하듯 남편을 바라봤다. 아버지도 마치 새로운 소식인 양, 생각지도 못한 사실을 마주한 것처럼 심각하게 고민했다. 팔꿈치가 허벅지에 닿을 정도로 몸을 숙였고, 손으로 턱을 받친 채 한동안 생각에 잠겼다. 그러고는 갑자기 몸을 곧게 폈다.

"그렇다면, 가장 좋은 방법은 결혼식을 올리는 거야!"

막스의 어머니는 눈이 튀어나올 것처럼 놀라며 남편을 바라봤다. 막스는 웃기 시작했다. 아버지도 그 웃음에 동참하자, 막스의 웃음은 폭소로 바뀌었다. 결국 어머니도 웃기 시작했다. 세 사람 모두 한동안 웃었다. 그러다 어머니는 눈에 눈물을 머금으며 말했다.

"나는 사실 네가 포기하지 않으리라는 걸 알았단다. 왜냐하면 너도 바그너 집안사람이 아니더냐. 내가 이 집안사람들을 잘 알지. 뭔가를 하겠다고 생각하면……"

그녀는 웃는 것도 우는 것도 아니었다.

얼마 뒤, 알베르트는 가족들을 조용히 시킨 다음 진지하게 다음과 같은 조건을 내걸었다.

"다른 도시로 이사를 해서, 나디아가 유대인인 사실을 가능한 한 숨겼으면 한다. 바그너 부인이라고 하면 어느 누구도 의심하지 않을 거다."

그가 말한 조건은 즉시 받아들여졌다. 그리고 막스의 가족은 나디아의 가족을 찾아갔다. 재단사였던 그녀의 아버지는 루마니아 출신의 유대인이었다. 그녀의 가족은 마을 외곽의 복층 목재 가옥에서 지냈다. 가족은 2층에서 살았고, 아버지인 이삭은 아래층에서 오래된 옷을 손보고 사이즈를 줄이거나 늘리는 수선 가게를 했다. 가게 입구 위에는 '슈나이더'라고 적혀 있었다. 유대인 불매운동 이후 가게를 찾는 사람은 없었다.

나디아의 가족 또한 기쁨과 그보다 더 큰 근심 속에서 결혼을 허락했다.

몇 주 후, 바그너 집안의 대저택 정원에서 작은 결혼식이 거행되었고, 그들은 가톨릭 의식을 따랐다. 결혼식에는 랍비 대신 신부님이 참석했지만, 식이 끝나고 대부분의 하객이 돌아간 뒤, 양가는 유대인 결혼 관습에 따라 식을 또 한 번 올렸다.

나디아와 막시밀리안은 후파* 아래에 자리했다. 양가 가족은

---

* 후파Huppah: 사방이 뚫린 천막으로 유대인은 후파 아래에서 결혼식을 올리는 전통이 있다.

유대인의 축복 의식에 따라 신랑과 신부가 들고 있던 와인 잔에 와인을 따랐고, 그 잔을 깼다. 두 사람은 구약과 신약의 구절을 인용해서 읽었고, 키파*를 썼으며, 결혼 증명서인 케투바를 낭송했다. '일곱 가지 축복 기도'와 같은 모든 유대인의 전통을 따라 식을 치렀다.

잠시 후, 신랑이 자리에서 일어나자 모두들 그가 중요한 뭔가를 준비했다는 걸 눈치챘다. 정원에서 유심히 바라보는 사람들의 시선을 받으며 막시밀리안은 미리 준비해둔 바이올린을 들었다. 한넬로레도 정원으로 내놓은 피아노 앞에 앉았다. 뵈젠도르퍼 그랜드피아노의 양쪽 끝에 있는 촛대에서는 촛불이 타올랐다.

막스와 한넬로레의 연주가 계속될수록, 나디아의 얼굴 위로 보석 같은 눈물이 한 방울씩 떨어졌다. 곡은 끝이 났고, 음악은 멈췄다. 막시밀리안은 박수 소리가 끝나기를 기다렸다. 그러고는 연주한 곡의 곡명을 발표했다.

"나디아를 위한 세레나데입니다!"

나치 통치하에서는 있을 수 없는 결혼식이었다. 나디아의 가족들은 매우 만족했다. 가톨릭인 바그너 집안은 그들을 호의적으로 대했고, 모든 것에 동의했다.

유대인들은 오래전부터 차별을 받았던 터라, 그녀의 부모는 나디아에게 기독교인들과 공통으로 사용하는 이름을 하나 더 지어줬었다. 카타리나였다.

---

* 키파Kippah: 유대인의 전통 모자.

막스와 나디아는 이제부터 다른 사람들 앞에서 카타리나라는 이름을 사용하기로 했다고 모든 가족에게 다시 한번 상기시켰다.

결혼식을 하고 얼마 지나지 않아, 막시밀리안은 하이델베르크 대학교에서 근무하기 시작했고, 두 사람은 이 아름다운 도시로 이사했다. 이곳에서 처음 얼마 동안 두 사람은 행복하게 지냈다.

카타리나 바그너 부인, 괜찮은 독일 이름이었다.

막스가 근무하기 시작한 하이델베르크 대학교에는 유대인이 한 명도 없었다. 그전에 살던 유대인들도 남아 있지 않았다. 몇몇은 이스탄불로 떠났다. 마르세유를 거쳐서 몇 달 만에 도착한 편지에는 이스탄불 생활의 긍정적인 측면에 대해 쓰여 있었다.

신혼부부인 바그너 씨와 바그너 부인은 주위의 존경을 받으며 살았다. 이렇게 몇 달 그리고 몇 년이 흘렀지만, 밤이면 두 사람은 걱정과 공포에 떨며 국내 상황에 관해 이야기를 나눴다. 두 사람은 상황이 이렇게까지 악화된 것을 믿기 힘들었다. 대부분의 사람처럼 그들도 잘못 생각했던 것이다. 제3제국은 그들이 생각했던 것처럼 몇 년 내에 몰락하지 않았고, 반대로 더더욱 강해졌다. 유대인들을 수용소로 보낸다는 말까지 들려왔다.

나디아의 가족은 아버지의 갑작스러운 결정에 따라 급히 루마니아로 이주했다. 두 사람은 좋은 소식이라고 생각했다. 적어도 목숨은 구했으니까. 사전에 아무런 낌새도 드러내지 않고, 나치들이 막아서지 않을 때 행동으로 옮긴 것이었다.

나치들은 비인간적인 그들의 정책을 이제 더 공개적으로 주장하고 나섰다. 그들을 지지하는 사람들 대부분이 착각을 하거나 실수로 행동하는 것이 아니기 때문이었다. 나치의 주장을 정확히 알고 의식적으로 그들의 정책을 수용하면서 지지하는 사람들의 수가 갈수록 늘어갔다.

반면, 나치의 정책을 비판하는 사람들 목소리는 거의 들리지 않았다. 나치들은 다양한 방법으로 능숙하게, 민주적인 것처럼 위장해서 반대파의 영향력을 차단했다.

나치들은 파리에서 들려온 암살 소식을 기다리던 사건인 양 적절하게 이용했다. 17세의 폴란드 청년이 부모의 죽음에 항의하면서 독일 대사관 직원에게 총격을 가한 사건이었다.

나치는 이 사건을 독일인을 향한 유대인의 공격이라는 식으로 이용했다. 긴장은 계속 고조되었다. 이 사건을 독일 민족에 대한 공격이라고 확대해석했다. 이런 공격은 반드시 막아야 하며, 꼭 복수해야 한다는 말까지 돌았다.

막시밀리안과 '카타리나 바그너'는 이런 상황을 걱정스럽게 지켜보았다. 1938년 11월 9일 밤, 그들이 우려하던 사회적 폭발이 일어났다. 다음 날 오후까지 계속된 대혼란은 독일과 인류에 치욕적인 날로 기록되었다.

유대인을 향한 공격은 유대인 소유의 수천 곳에 이르는 사업장에 대한 약탈과 수백 명의 부상으로 이어졌다. 그리고 유대인 91명이 사망했다. '크리슈탈나흐트'라고 이름 붙여진 그 밤이 지나고 동이 트자, 햇빛과 화재의 불꽃으로 인해 바닥에 흩어진 유리 조각이 반사되며 수정처럼 빛났다. 이런 이유에서 공포로 가득했던 그 밤을 '수정의 밤'이라고 불렀다.

그날 유대교 회당도 불타 없어졌고, 심지어는 유대인들의 묘지도 훼손되었다.

막시밀리안 바그너 교수는 이브닝드레스를 입은 우아한 아내의 손을 잡고 학교를 향해 걸어가고 있었다.

"여보, 지금 그만둘 수도 있소. 당신이 원하지 않으면 돌아갑시다. 내가 집까지 데려다주리다."

"오, 막스, 이번에는 제가 가야 해요. 내가 행사에 너무 참석하지 않았다고 지난번에 당신도 말했잖아요. 다른 행사에도 어쩌다 참석하는데, 당신 일인데도 가지 않으면 변명할 수도 없을 거예요."

바그너 교수는 대학에서 유명했다. 단시간에 부교수 그리고 정교수로 승진했다. 부여되는 기회도 많아졌고, 대학에서의 지위가 계속 높아졌다. 교수들이 승진하거나 학문적으로 성과를 거두는 경우, 함께 즐기고 샴페인을 터트리며 축하할 수 있는 자리가 마련되었다. 이런 축하의 자리는 반은 사적이고 반은 공적인 형식으로 진행되었다.

그날 밤 행사는 새로 출간한 막시밀리안의 저서가 거둔 성공을 축하하기 위한 자리였다. 칵테일 파티 형식으로 모임이 마련되었다. 참석한 사람들은 점잖게 인사를 나누었고, 서로 의례적인 말을 주고받았다.

교직원인 여자가 연단에 올라 행사에 대해 설명했다. 준비된 식순은 꽤 짧았다. 축하 연설을 위해 총장이 무대에 올랐다.

총장은 정형화된 인사말을 몇 마디 하고, 참석자들에게 막시밀리안 바그너의 연구에 대해 설명했다. 연설이 끝나갈 무렵, 그는 늘 그렇게 해왔다는 듯이 목소리를 높였다. 그러고는 감동한 것처럼 조금 과장하며 독일 출신 학자들의 유능함에 대해 말했고, 그 실제 예가 되는 막시밀리안 바그너에게 축하의 말을 전했다.

그 순간 연회장 중앙에서 샴페인 병을 들고 서 있던 웨이터가 샴페인을 터트렸다. 병에서 뿜어져 나오는 샴페인과 함께 연회장에는 박수 소리가 울려 퍼졌다. 총장도 다른 교수들 곁으로 가 샴페인을 마시기 시작했다.

모두들 기회가 생기면 막시밀리안의 옆으로 왔고, 축하의 말을 건넸다.

행사를 마치기 위해 다시 연단에 오른 교직원은 교육부에서 보낸 메시지를 낭독했다. 낭독이 끝나자마자, 연회장에 있던 모두가 오른손을 힘차게 뻗으며 각자 서 있던 자리에서 소리쳤다. "하일 히틀러!"

카타리나는 가슴이 조여왔다. 자기가 이 경례를 하지 않은 것을 사람들이 봤을까? 사실 최근 들어 어떤 소문이 돈다는 걸 알고 있었다. 연단에 있던 여자 교직원은 교육부의 메시지 중 몇 마디를 다시 외쳤다. 연회장에 있던 사람들은 잔을 한 번 더 왼손에 들었다. 그리고 서로 같은 말을 주고받으며 외치기 시작했다. "하일 히틀러!"

이번에는 카타리나도 손을 힘차게 뻗었다. 얼마나 세게 뻗었던지 어깨에 통증이 느껴졌다. 그녀는 온 힘을 다해 외쳤다.

"하일 히틀러!"

그녀는 팔꿈치를 굽혀 팔을 상체로 당겼다. 그리고 갑자기 다시 팔을 뻗었다. 좀 전의 동작보다 더 힘차게 한 번 더 팔을 뻗고는 목이 아플 정도로 큰 소리로 외쳤다.

"하일 히틀러!"

그녀의 눈에는 눈물이 흘렀다. 막시밀리안 바그너는 몸을 떨면서 긴장한 상태로 서 있는 아내의 곁으로 갔다. 그녀의 팔을 부드럽게 잡고 아래층으로 내려갔다. 그는 아내의 어깨에 손을 올린 다음 출구로 데리고 나갔다.

그는 어느 누구와도 작별 인사를 나누지 않고 밖으로 나왔다. 모두 이 두 사람이 인사도 없이 나가는 걸 이해했다. 행사로 인해 흥분해 있는 데다, 남편의 성공을 자랑스러워하는 독일 여자의 마음을 참석자들은 이해하고도 남았다. 두 사람 뒤에서 미소를 지으며 부인의 마음이 이해된다는 이야기를 나누었다.

집으로 들어설 때에는 나디아의 목소리가 평소와 똑같이 돌아왔다.

"미안해요, 여보."

막스는 몸을 숙여 아내의 젖은 볼에 연민의 감정이 담긴 입맞춤을 했다.

어느 날, 막스는 신문과 빵을 사 들고 집에 들어왔다. 그리고 문 앞에서 그를 맞이한 아내에게 입을 맞췄다. 두 사람은 빵을 부엌에 두고는 뒷방으로 갔다. 옆집에서 가장 멀리 떨어져 있는 방이었다. 저녁에 신문을 읽고 대화를 나눌 때는 신경 써서 이

방만을 사용했다.

두 사람은 유대인은 냄새만으로도 알 수 있다고 주장하는 한 칼럼니스트의 기고문을 읽었다. 이번에도 씁쓸한 미소를 지어 보였다. 이제 기사와 논평을 읽고 나면 헛웃음을 짓는 습관이 생겼다.

막스는 신문을 놓고 의자에서 등을 떼고는 바로 앉았다. 그는 열정과 사랑이 가득한 눈으로 아내의 신문 읽는 모습을 바라봤다. 그러고는 머리카락에서 시작해서, 자신의 손끝으로 천천히 아내의 몸을 훑어나갔다. 그녀의 목에 손이 닿자 일어나서 입을 맞췄다.

"그 사람 말이 어쩌면 맞을지도 몰라! 나도 당신을 향기로 알 수 있어. 이 향기만 있으면 다른 치료는 필요 없을 것 같아."

이번에는 나디아가 웃지 않았다.

"아리아계와 유대인의 혼인 사실을 조사하고 있나 봐요, 막스!" 그녀가 말했다. "다른 도시에서는 벌써 조사를 시작했대요. 더 이상 우리를 여기서 살지 못하게 하려나 봐요."

"모르겠소, 여보. 학교에서는 아직 그런 조사를 하는 사람은 없었소. 우리를 가장 신뢰할 수 있는 사람들로 분류하고 있잖소. 아직까진 위험하지 않아요."

나디아는 두통이 밀려드는 머리를 양손으로 감싸 쥐었다. 이젠 집에서도 시장에서도 여자들끼리의 대화마저도 조심해야 할 만큼 아주 위험한 상황이었다. 남편이 계속 자기를 즐겁게 해주려 하고, 험악하게 돌아가는 상황을 덜 보여주려 한다는 것도 알고 있었다. 그래도 날이 갈수록 올가미가 조여오는 상황을 숨길 수는 없었다. 이제는 통제할 수 없는 지경에 이르렀다.

나디아는 신분을 숨기면서 자신을 독일인이라고 말하고 다니는 다수의 사람이 있다는 소문을 들었다. 그뿐만 아니라, 독일인인데 실수로 수용소로 보내진 사람들이 있다는 이야기도 들려왔다.

그녀는 더 이상 견딜 수가 없었다. 더는 이런 식으로 살고 싶지 않았다.

그 수용소 중 어느 한 곳에 갇힌다는 건, 막스와 헤어져야 한다는 사실 하나만으로도 공포 그 자체였다. 남편을 하루라도 보지 못한다는 건 생각할 수도 없는 일이었다. 남편과 헤어지는 고통을 겪지 않기 위해서라도 붙잡히지 않도록 매우 조심스럽게 행동해야 했다.

더욱이 두 사람에겐 아이가 생겼다. 두 달 정도 되었고, 임신한 게 확실했다.

근심과 우려는 갈수록 커져만 갔다. 학교 동료들의 귀에 무슨 이야기가 들어간 것이 확실했다. 막스의 동료들이 하나씩 그와 관계를 끊기 시작했다. 막스가 '우리를 가장 신뢰할 수 있는 사람들로 분류하고 있어'라고 했지만, 실제로는 그렇지 않은 게 너무도 확실했다.

사실, 가장 신뢰할 수 있는 사람은 없었다. 모두들 서로를 의심했다. 총장이 며칠 전 막스에게 '히틀러에 대한 충성 서약'에 동참하라고 했지만, 그는 거부했다.

더는 독일에서 살기가 힘들어졌다.

두 사람은 몇 시간 동안 이 문제를 두고 이야기를 나눴다. 둘

다 떠나기로 벌써 마음먹었다는 걸 서로 잘 알았다. 그렇지만 결정을 내리기 위한 노력이 여전히 더 필요한 것처럼, 서로에게 떠나야 하는 이유를 설명하고 있었다. 막시밀리안은 며칠 전 이 문제에 관해 그의 어머니와 아버지에게도 상의를 했었다. 두 분 또한 아들 부부가 독일을 떠나는 것이 가장 좋은 방법이라고 생각했다.

"그럼, 어디로 가요, 어디서 살아야 할까요?" 나디아가 물었다.

"이스탄불로…… 거기서 새로운 삶을 시작할 수 있을 거요. 거기엔 내 친구들도 있소."

출국하기 위해서 필요한 여권과 비자 신청은 베를린에 사는 막시밀리안 아버지의 친구가 해결해줬다. 가구들은 시외 먼 곳에 있는, 자신들을 알지 못하는 고물상에 팔아버렸다. 바그너 교수는 가족 문제라고 밝히고 대학에 사직서를 제출했다.

어느 토요일, 두 사람은 기차를 타고 파리로 향하는 여행길에 올랐다. 떠나기 전, 막스가 마지막으로 한 일은 역에 있는 우체통에 편지를 넣는 것이었다. 그 편지는 총장에게 보내는 것이었다. 나디아가 한번 말렸지만, 막스가 편지를 보내는 것을 막지는 못했다.

막스는 이 편지를 쓰는 것이 역사적으로 중요하다고 믿었고, 피할 수 없는 자신의 임무라고 생각했다. 편지에서 막스는 제3제국을 비판하고, 아돌프 히틀러의 인종주의 정책을 거침없이 비난했으며, 유대인 아내를 둔 것을 자랑스럽게 생각한다고 밝했다.

 기차가 파리를 향해 출발하자, 두 사람은 일주일 동안 파리에 머물렀다가 심플론 오리엔트 특급열차를 타고 이스탄불로 이동하자는 이야기를 나누었다. 두 사람은 새로운 삶을 시작하는 행복감에 젖었다. 열차의 근사하고 세련된 식당 칸에 앉았고, 웨이터들은 나비넥타이를 하고 있었다.

 "다가올 아름다운 날들을 위하여!"

 막시밀리안은 샴페인을 마셨다. 축하하는 분위기였다. 나디아는 물로 샴페인을 대신하며 함께 축하했다. 임신하기도 했고, 어쩌면 긴장해서 그랬을 수도 있는데, 최근 들어 두통이 멈추지 않았다. 그날 저녁에도 두통이 시작되었다.

 국경에서 기차가 멈췄고, 역에는 나치들이 들끓었다. 창이 높은 모자에, 나치 문양의 완장, 가죽 바지를 입은 늑대 무리처럼 보였다.

 나디아는 열차에서 만난 한두 명에게 자신을 카타리나라고 소개했다. 국경이 얼마 남지 않았다. 머지않아 자신의 이름을 묻는 사람들에게 자랑스럽게 나디아라고 말해줄 생각이었다.

 막시밀리안은 나치들에게 자신과 아내의 여권과 비자를 건넸다. 모든 것을 완벽하게 준비했기 때문에 불안하지 않았다. 검사하는 나치를 제대로 쳐다보지도 않았다. 예상한 대로 나치는 무표정한 표정으로 여권에 도장을 찍고 다시 돌려줬다. 그러고는 같이 온 다른 군인과 함께 막시밀리안에게 좋은 여행이 되시기를 바란다는 인사를 하고 지나갔다. 모자 끝에 살짝 손을 올리면서 '바그너 부인'에게 예의를 갖췄다.

어쩌면 그 사람들이 인생에서 마지막으로 본 나치들이 될 것이었다. 뭐, 다시 마주치고 싶은 자들은 아니었으니. 그들의 뒷모습은 쳐다보지도 않았다. 두 사람은 중단되었던 곳에서부터 다시 이야기를 이어갔다. 그러는 동안 주문했던 디저트가 나왔다.

디저트가 나왔는데도 나디아는 관자놀이만 누르고 있었다. 막스는 물잔에 물을 따랐다.

"여보, 어서 더 심해지기 전에 약을 먹어요."

"지금 없어요, 가방에 있나 봐요. 좀 있다가 가서 먹을게요."

"아니오, 내가 가져오리다."

막스는 자리에서 일어나 아내의 관자놀이를 잠시 눌러줬다.

"당신도 보게 될 거야, 이스탄불에 도착하면 당신의 두통도 없어질 거야. 힘든 날들을 보내느라 당신에게 두통이 생긴 것이 분명해."

'기다려'라고 말하는 것처럼 아내의 어깨에 손을 잠시 올렸다가 자리를 떴다. 그들의 객실은 열차 세 량을 지나서 있었다. 열차가 아직 출발하지 않아서 통로를 걷기가 편했다.

막스는 객실로 들어가 나디아의 여행 가방을 열고 약을 찾기 시작했다. 그때 열차가 출발했다. 그는 화장품 파우치에서 겨우 약을 찾았다. 막스는 속도가 붙기 시작한 열차의 통로를 좌우로 부딪혀가며 식당 칸으로 돌아왔다. 그는 주문했던 음식들이 그대로 남아 있는 그들의 자리에 앉았다. 나디아는 자리에 없었다. 화장실에 간 것 같았다. 아내를 기다리면서 막스는 잔에 있던 샴페인을 한 모금 마셨다. 약은 좀 전에 채워두었던 나디아의 물잔 바로 옆에 놓았다.

열차는 밤의 어두움 속에서 속도를 내며 달리고 있었다. 나치독일을 나오면서 마치 열차의 덜컹거리는 소리도 바뀐 것 같았다. 경쾌한 소리가 울렸다. 나치들이 망하기 전에는 다시 그곳으로 가지 않을 것이라고 바그너 교수는 결심했다. 막스는 중립국에서 나디아와 함께 안정된 삶을 살면서, 그녀에게 걸맞은 행복을 안겨줄 생각이었다.

얼마의 시간이 더 지났다. 나디아는 여전히 보이지 않았다. 주위에 있던 사람들이 막시밀리안을 힐끔거리며 바라보는 시선으로 인해 분위기가 아주 이상하게 느껴졌다. 막시밀리안은 조금 더 기다렸다가 식당 칸 출구에 있는 화장실로 가서 문을 두드렸다.

"나디아, 괜찮아 여보?" 그가 소리쳤다.

잠시 후 문이 열렸다. 화장실에서는 나비넥타이를 한 신사가 나왔다. 막시밀리안은 웨이터에게로 갔다.

"나랑 같이 있던 여자분을 기억해요?"

웨이터는 "물론입니다, 바그너 씨!"라고 했다.

"어디에 있죠?"

"국경에서 게슈타포가 와서 바그너 부인을 내리게 했습니다."

"뭐라고?"

"예, 제가 말씀드린 그대롭니다. 선생님께서 자리를 뜨신 후에 바그너 부인을 데리고 갔습니다."

이 말을 하면서 그는 겉으로는 숨기고 있지만 재미를 느끼는 것 같았다. 거짓된 공손함 뒤에 잔인한 나치가 숨어 있는 게 분명했고, 이 상황에 아주 신이 난 것 같았다.

"그러니까 내 아내가 독일에 남아 있다는 거요?"

"예, 바그너 씨! 불행하게도 그렇습니다!"

"다시 돌아가야겠소."

"돌아가실 수는 없습니다, 바그너 씨! 다음 역까지 한참 가야 합니다."

막시밀리안은 놀라서 기관사한테 뛰어갔다. 기관사에게 간청했지만 받아주지 않자, 그는 막무가내로 통로에 있던 비상제동 레버를 내렸다. 열차 안의 모든 것이 흔들릴 정도로 열차는 급정거를 했다. 차장이 황급히 달려왔다.

"무슨 짓을 하신 겁니까, 바그너 씨? 한밤중에 열차를 평야 한가운데에 멈추셨어요! 여기서 내리신다고 해도 하실 수 있는 일은 없습니다."

그 순간, 막시밀리안은 바로 자기 뒤에 와 있던 의사를 보았다. 의사는 날쌘 동작으로 손에 들고 있던 주사기를 막스의 팔에 꽂았다. 그 순간이 그날 밤 막시밀리안이 본 마지막 장면이었다. 곧바로 팔에 큰 통증이 느껴졌고 기절했다. 미친 듯이 날뛰고 소리를 지른 데다가 급기야 비상제동 장치까지 내려 기차를 세우자, 기관사는 그에게 마취제를 주사하기로 결정했다.

막시밀리안이 정신을 차렸을 때는 객실의 침대에 누워 있었다. 머리가 아파왔다. 일어나려고 하다가 자신이 침대에 수갑으로 묶여 있다는 것을 깨달았다.

막스에게 일어난 일은 공포 그 자체였다. 믿을 수가 없었다. 그는 프랑스에 와 있었지만, 나디아는 게슈타포의 손안에 있었다. 그는 곧바로 돌아가려고 했다. 다시 그가 소리를 지르기 시작하자 객실 문이 열리면서 열차의 안전요원이 들어오는 것이 보였다.

"날 풀어줘!"

"걱정 마세요, 파리에 도착하면 풀어드리겠습니다. 열차와 승객들을 위험에 빠뜨리셔서 법적 권한에 따라 선생님을 진정시키고, 수갑을 채울 수밖에 없었습니다." 안전요원이 대답했다.

"날 풀어달라고!!!!"

막스는 파리에 내리자마자 바로 독일에 연락을 취했다. 하지만 그의 아버지는 통화 중에 이상한 말만 늘어놓았다. 마치 며칠 전 만났던 친구와 대화를 하는 것처럼 말을 이어갔다. 막시밀리안이 한 말에 전혀 다른 대답을 했다.

"아버지, 뭐라고 하시는 거예요, 이해가 안 돼요!"

"그래, 친구. 내가 최대한 빨리 전화하도록 하지."

"저는 지금 파리에 와 있어요, 아버지. 열차에서 있었던 일을 알아들으셨어요?"

"그래, 알아들었어. 좋아, 그럼 이렇게 하지. 넌 그리로 가는 게 좋겠어. 그래 거기가 제일 좋아."

"아버지 저보고 돌아오라고 말씀하시는 겁니까? 저는 못 돌아가요. 총장에게 뭐라고 편지를 보냈냐면……"

"게슈타포가 여기 있어!" 아버지는 속삭였다. 상황을 알려줄 수 있는 순간을 포착한 모양이었다. 그러고는 다시 큰 소리로 이야기했다. "그래 쿠어트, 자네는 내가 말한 것처럼 거기 도착하면 연락하자고, 알겠지?"

"알았어요, 아버지. 좋아요, 저는 이스탄불로 갑니다. 아버지! 나디아를 찾아주세요, 제발!"

파리에서 그가 할 수 있는 일이라곤 이스탄불행 열차를 기다리는 것뿐이었다. 막스는 자신을 아는 사람이 아무도 없는 이 도시의 길거리를 눈물로 헤매며 다녔다. 먹지도 마시지도 않았고, 어디 한곳에 앉아 쉬지도 않았다. 몸을 지치게 만들면 열차에서 잘 수 있을 것이고, 정상적인 상태로 이스탄불까지 난동을 부리지 않고 갈 수 있을 거라고 생각했다. 그는 살고 싶었다. 나디아를 위해서 살아야만 했다.

이스탄불 시르케 지역에서 대부분이 유대인인 한 무리의 사람들이 하차하는 승객들을 기다리고 있었다. 막시밀리안에 관한 소식은 그가 도착하기도 전에 친구들 귀에 들어갔고, 친구들은 그를 마중하기 위해 역으로 달려왔다.

여행의 피로와 고통에 빠진 한 남자가 내릴 것을 알고는 있었지만, 역에서 그를 본 친구들은 놀라움을 감출 수가 없었다. 이스탄불에 도착했을 때 막시밀리안은 피폐해진 산송장이 되어 있었다.

역 안의 모든 움직임이 갑자기 느려지는 것 같았다. 사람들은 마치 장례식에 온 것처럼 행동했다. 열차에서 내리는 그의 앞에 짧은 줄이 만들어졌다. 애도하는 분위기 속에서 차례대로 그를 포옹하며 "환영해"라고 인사를 했다.

막스는 나디아를 반드시 구해야 했다. 무슨 짓을 하더라도 구할 작정이었다. 만약 나디아에게 도움이 된다면, 독일로 다시 돌아갈 생각이었다. 필요하다면 자신의 목숨을 걸고라도 히틀러를 죽이고 싶었다. 사실, 매일 밤 각각 다른 방식으로 히틀러를 죽이고 있었다.

그러나 자신의 생각을 입 밖으로 내지 않았다. 막시밀리안은 어느 것에 대해서도 언급하지 않았다. 그럴 필요가 없었다. 모든 것이 명확했고 다른 관심사도 없었다. 그가 이스탄불에서 알고 지내는 사람들은 대부분 베벡 지역의 해안가에 살고 있었다. 친구들은 먼저 그를 자신들 집과 가까운 페라 팔라스 호텔에서 묵게 했다. 몇 주 뒤, 그는 이스탄불 대학교에서 가까운 작은 집을 구했다. 나디아가 올 때까지 큰 집은 필요 없었다.

집을 구하자 그는 먼저 나디아의 짐을 풀었다. 가방을 열고 아내의 옷을 다려서 정성스레 옷장에 걸었고 신발을 정리했다. 향수와 로션은 화장실 거울 앞에 놓았다. 그 망할 진통제도 침대의 나디아 자리 옆에 있는 협탁에 놓았다. 벽에는 결혼식 사진을 포함해 그녀와 함께 찍은 사진들을 걸었다.

모든 건 준비가 되었다. 오직 나디아만 없었다. 막시밀리안은 기계처럼 학교를 오가며 강의를 했고, 한편으로는 튀르키예어를 배웠다. 모든 노력을 다해 나디아의 소재를 파악하려고 했지만, 당시의 상황에서는 너무나 힘든 일이었다. 검열을 거쳐 편지가 도착하는 데만 6개월이 걸렸다. 힘을 썼는데도 불구하고 그의 아버지마저도 할 수 있는 일이 없었다. 나디아에게 접근할 수가 없었다. 게다가 유대인을 며느리로 맞아들인 바람에 엄청난 위험에 빠졌고, 사회적 지위도 위태로웠다.

바그너 교수는 튀르키예에서 새롭게 알게 된 사람이나 그전부터 알고 있던 사람들과 만나는 자리가 늘었다. 그런 자리에서 나디아 이야기만 하면서 관계를 이어갈 수는 없었다. 전쟁과 새로운 소식에 관한 대화가 가장 많이 오고 갔다. 이 주제에 튀르키예 전체가 관심을 집중했다.

튀르키예는 제2차 세계대전 당시 중립적 입장을 고수한 나라였다. 독일을 포함해서 다른 모든 국가와 우호 관계를 유지하려고 노력했다. 수정의 밤 다음 날 서거한 아타튀르크의 뒤를 이어 대통령이 된 이뇌뉘도 처칠의 참전 제안에 귀를 닫고 있었고, 어떻게든 튀르키예가 전쟁에 개입하는 일이 없도록 최선을 다했다.

하지만 튀르키예의 언론과 정치권, 정부 내에도 친독일파들이 존재했다. 히틀러 군대의 승리 소식이 전해질 때마다, 앙카라에서는 서로 부둥켜안고 승리를 축하하는 국회의원들도 있었다. 마치 자기 나라 군대가 전쟁을 하고 있는 것처럼 기뻐했다.

튀르키예는 독일에 전쟁에서 필요한 크롬을 공급했고, 이스탄불에는 '독일 홍보 사무소'가 마련되었다. 이 사무소는 독일의 주장을 전파하는 데 아주 성공적이었다. 하지만 막시밀리안과 그의 친구들은 독일에서 이주해 튀르키예에 살고 있는 독일인들 모임에 끼지 못했다.

튀르키예에 거주 중인 독일인들은 토이토니아-하우스에서 모임을 가졌고, 타라비야에 있는 관저 정원에서 파티를 열었다. 막스의 주변 사람들은 그곳에 갈 이유가 없었다. 정반대로 독일 정부는 막스와 친한 사람들을 독일로 송환하라며 튀르키예 정부를 압박했다. 아돌프 히틀러는 그들에 대한 보고서를 작성하고, 튀르키예 정부에 압력을 넣도록 특사를 파견했다.

그자가 스쿠를라였다!

이상한 자였다, 스쿠를라라는 작자는.

막스의 삶이 학교와 여러 모임에서 다양한 주제들에 대해 이야기를 나누며 그렇게 이어진다고 해도, 그에게 중요한 문제는 오직 하나였다. 나디아를 찾고, 그녀를 구해내는 것이었다. 그 목적을 위해 정신 나간 사람처럼 방법을 찾아다니고 방안을 모색하다가 노트르담 드 시온 고등학교를 찾게 되었다.

그곳은 이스탄불에 있는 유명한 학교였다. 하르비예*에 있는 아름답고 유서 깊은 건물들에서 프랑스어로 수업을 했다. 막시밀리안의 친구가 이 학교를 졸업했다. 이탈리아인과 결혼한 노트르담 드 시온 졸업생인 셰브넴의 결혼식 때문에 막스는 학교 안에 있는 생테스프리 교회에도 한 번 간 적이 있었다. 근사하게 지어진 교회에는 주로 성모마리아의 성화가 걸려 있었고 예수의 성화는 아주 적은 것이 눈에 띄었다.

막스가 이미 알고 있던 사실로, 기독교 기숙학교였던 이 학교의 설립자는 유대인이었다. 테오도르 라티스본느라는 한 유대인이 철학적인 이유로 기독교에 입문했고, 신부가 되었다. 그는 1850년 파리에 노트르담 드 시온 수도원을 세웠다. 수도원의 존재 자체를 성모마리아의 은혜라고 여기고 있었기에 이 교단의

---

* 하르비예Harbiye: 이스탄불 구도심 중 하나로 1834년~1936년 사이에 군사학교가 위치했던 곳이다.

이름은 노트르담 드 시온이 되었다.* 슬로건은 '하나의 심장, 하나의 영혼'이었다. 이런 이유들로 유대교와 친밀한 관계를 유지했다.

바그너 교수도 그들이 전쟁으로 고통을 겪는 유대인들에게 도움을 주고 있다는 사실을 알고 찾아간 것이었다. 그는 그들에게 모든 사실을 털어놓았다.

주교는 이야기를 듣고 매우 안타까워했고 나디아를 위해 기도하겠다고 말했다. 하지만 그녀를 구해내기 위해 할 수 있는 일은 없다고 했다. 막스가 희망을 잃은 채로 작별 인사를 고하려던 순간 주교는 문득 말했다.

"당신에게 그분만은 도움을 줄 수 있을 것 같군요, 바그너 씨! 론칼리 신부님 말이에요."

바그너 교수는 상기된 나날을 보냈다. 우선, 이름을 들어본 적도 없는 론칼리 신부가 누구인지 알아봤다. 주교의 말에 따르면, 론칼리 신부는 바티칸의 비공식 특별 대표였다. 튀르키예와 바티칸 간에 공식적인 외교 관계가 수립되지 않아, 비공식적으로 교황청을 대표하는 안젤로 론칼리 신부가 튀르키예로 파견된 상황이었다. 신부는 튀르키예인들로부터 큰 호감을 샀다. 튀르키예인들과 매우 좋은 관계를 맺었고, 가톨릭 기도문을 튀르키예어로 낭송토록 하는 데도 기여했다.

시간이 흐르면서 론칼리 신부는 아주 유명한 인물이 되었다.

---

* 프랑스어 노트르담Notre-Dame은 성모마리아를 뜻한다.

가장 중요한 사건이라면, 그가 나중에 요한 23세라는 이름으로 교황에 선출된 것이었다. 그는 이탈리아인들로부터 '훌륭한 교황'으로 칭송받았고, 사망 이후에는 '성인'으로 추대되었다. 이스탄불에서는 앉은뱅이를 걷게 만들었다는 등 그가 행한 수많은 기적을 목격했다는 사람들이 나타나기도 했다.

막시밀리안은 좀더 수소문했고, 론칼리 신부가 매우 훌륭한 사람이라는 것을 확인했다. 그는 인간의 형제애에 대한 신념으로 개신교인들과 유대인들 모두를 사랑했고, 이슬람마저도 수용하여 신께 가는 길에 모든 신앙은 하나라고 주장하는 사람이었다. 이런 사실을 여러 경로를 통해 알게 되면서 막시밀리안도 놀랐다.

사실 막스에게 론칼리 신부가 중요했던 것은, 그가 폰 파펜과 협력해서 발칸반도에 있는 수많은 유대인의 목숨을 구한 적이 있다는 사실 때문이었다. 이 일을 폰 파펜과 함께했다는 것에 막시밀리안은 의아했지만, 자신이 얻은 정보가 정확하다는 것에는 의심의 여지가 없었다.

폰 파펜은 앙카라 주재 독일 대사였다. 그러니까 나치 독일의 대사였다. 그뿐만 아니라, 1932년에는 독일 총리를 역임했다. 이후 1933년 당시 대통령이었던 힌덴부르크에게 아돌프 히틀러를 추천해서 그를 총리로 만든 사람이기도 했다. 폰 파펜 자신도 부총리가 되었지만, 나중에 그와 그의 추종 세력은 히틀러에 의해 숙청당했다.

폰 파펜은 먼저 오스트리아 대사로 임명되었다. 독일이 오스트리아를 점령하는 데, 그러니까 합병하는 데 주요한 역할을 맡았다. 그는 다음 부임지로 튀르키예를 원했지만, 아타튀르크의 반대로 무산되었다.

아타튀르크는 폰 파펜의 튀르키예 부임을 반대했다. 오스만제국의 군대가 독일군의 통제를 받은 제1차 세계대전 당시, 아타튀르크는 폰 파펜을 알게 되었다. 그는 폰 파펜이 믿을 수 없는 자라고 생각했다. 반면에 론칼리 신부는 매우 좋아했다. 아타튀르크가 사망한 후 폰 파펜은 앙카라에 대사로 부임하기도 했다. 그 당시 히틀러가 가장 원했던 것은 튀르키예가 프랑스와 영국 편에 서서 전쟁에 참전하지 못하도록 하는 것이었다. 거기서 그치지 않고, 가능하다면 튀르키예와 함께 소련을 공격하고 싶어 했다. 폰 파펜의 또 다른 비밀 임무는 아랍인들과의 관계를 구축하는 것이었다.

그런데 흥미롭게도 폰 파펜은 론칼리 신부와 함께 유대인의 생명을 구하는 일에 힘을 합쳤다. 그들이 구한 유대인이 2만 4천 명에 이른다고 전해진다.

히틀러가 임명한 대사가 왜 이런 일을 하는지 막시밀리안은 도무지 이해되지 않았다. 그는 이 모든 정보가 사실인지를 여러 경로로 확인했다.

이런 사실을 알고 있었기에, 막시밀리안은 제2차 세계대전이 종전된 후, 뉘른베르크 국제군사재판에서 폰 파펜이 무죄로 풀려났다는 보도를 접했을 때에도 전혀 놀라지 않았다. 론칼리 신부가 폰 파펜에게 유리한 증언을 했음이 분명했다.

막시밀리안은 전화를 걸어 론칼리 신부와 면담 약속을 잡았다. 그는 하르비예의 윌체크 거리에 있는 웅장한 건물을 찾았다. 론칼리 신부는 흰색의 사제복을 입었고, 중간 정도의 키에 둥근 얼굴 그리고 남유럽인의 분위기를 풍기는 사람이었다. 사람을 바로 감화하는 부드러운 말투에, 휴머니스트임을 알 수 있는 다정다감한 눈빛을 띠었다.

막시밀리안은 처음부터 끝까지 모든 이야기를 다 털어놓았다.

"저는 가톨릭 신자인 독일인입니다, 신부님. 제 아내는 유대인이고, 지금쯤 출산이 임박했을 겁니다. 하지만 어떤 환경에서 지내는지, 살았는지 죽었는지조차도 모릅니다. 신의 이름으로, 예수님의 이름으로, 성모마리아의 이름으로…… 형제애의 이름으로 간청합니다, 절 도와주세요. 전 미칠 것 같습니다."

론칼리 신부는 막스의 손 위에 자신의 손을 올렸다. 그러고는 막스의 눈을 바라보면서 말했다.

"이해합니다, 젊은이. 그 고통을 이해합니다. 그리고 당신을 위해서 최선을 다하겠습니다."

그는 낮은 목소리로 유럽으로 가는 신부들, 통역사들 그리고 상인들을 통해 몇몇 유대인에게 세례 증명서를 보내는 방법으로 수천 명의 사람을 구해냈다고 말했다.

막시밀리안은 론칼리 신부의 말을 듣자 가만히 자리에 앉아 있을 수가 없었다. 자리에서 일어나 한두 걸음 걷다가 다시 앉았다. 신부의 눈을 마주 보고 그의 손을 잡았다가 다시 일어났다. 가슴이 벅차올랐다.

신부가 말한 방법이 효과적일 것임을 바로 알 수 있었다. 바티칸에서 발행한 세례 증명서를 받은 사람은 가톨릭 신자임을 절대 의심받지 않았다. 론칼리 신부는 말했다. "단, 이 일을 위해서는 두 가지 조건이 있습니다. 첫번째, 당신은 당신의 아내가 어디에 있는지를 알아내야 합니다. 두번째, 이 증명서를 당신의 아내에게 전달할 방법도 찾아야 합니다. 이건 내가 할 수 없습니다. 하나 더, 당신의 아내가 이걸 받아들일지 말지에 대한 문제도 물론 남아 있습니다."

"그게 무슨 말씀이신가요, 신부님? 왜 안 받아들이겠습니까?"

"어떤 유대인들은 세례 증명서를 받느니 차라리 죽음을 선택합니다."

"그럴 가능성은 없습니다, 주교님. 나디아는 세례 증명서를 기뻐하며 받을 겁니다. 그녀는 아주 합리적인 여성입니다. 아이와 저를 생각할 겁니다. 제게 그 증명서를 주실 수 있으십니까? 반드시 나디아를 찾아서 전달하겠습니다."

막시밀리안이 가만히 앉아 있지도 못할 정도로 흥분한 데 비해, 신부는 목소리와 행동이 상당히 침착했다.

"이 모든 것은 비밀입니다!" 신부는 막시밀리안에게 주의를 당부했다. "나중에 우리가 구하게 될 수천 명의 생명이 위험에 처할 수도 있습니다."

막스는 어느 누구에게도 말하지 않겠다고 맹세했다. 두 사람은 함께 건물 아래층으로 내려갔다. 론칼리 신부는 수사들에게 지시를 내렸다. 수사들은 막스에게 나디아의 신상 정보를 물었고, 세례 증명서를 만들었다.

막시밀리안은 떠나기 전에 론칼리 신부의 팔을 공손하게 잡았다.

"어쩌면 과한 부탁일 수도 있습니다만, 혹시 폰 파펜에게 말씀해주시면 그가 제 아내를 찾을 수 있을까요?"

"불행하게도 그건 할 수가 없어요, 청년! 알라신의 가호가 있기를."

막스는 알았다는 듯이 고개를 숙였다. 그리고 공손하게 인사를 하고 작별했다. 건물을 떠나면서 막스는 나중에 그가 교황으로 선출되고 성인이 되리라는 건 상상도 못한 채, '이분은 성인이야'라고 생각했다.

적어도 이제 하나의 희망이 생겼다. 막시밀리안의 주머니에는 나디아 카타리나의 가톨릭 세례 증명서가 있었다. 그것도 바티칸 대표에게서 받은 것으로. 이제 무슨 수를 써서라도 나디아를 찾아야만 했다. 필요하다면 신분증을 위조해 독일로 가서라도 그녀를 찾아야만 했다.

이 문제를 혼자서 해결할 수는 없었다. 다행히 그에게는 많은 독일인 교수 친구가 있었다. 어느 점심시간 그는 에리히 아우어바흐와 함께 술탄 아흐메트 광장을 산책하고 있었다. 에리히는 1935년부터 이스탄불에서 살았다. 다른 사람의 일에 과하게 간섭하지 않는, 조용하고 진중한, 그렇지만 많은 존경을 받는 친구였다.

막스는 그를 매우 신뢰했다. 성격도, 남을 잘 도와주는 마음씨도 그리고 그의 생각과 비평에도 믿음이 갔다. 그래서 그에게 최근 상황에 대해 이야기를 했고, 어떻게 하면 좋을지를 물었다.

　에리히는 바로 대답하지 않았고, 잠시 생각에 잠겼다. 한동안 두 사람은 말없이 걸었다. 그러고는 에리히가 혼잣말하듯이 막스에게 고개도 돌리지 않은 채, "어쩌면 슘미가 자네에게 도움을 줄 수 있을 것 같은데"라고 말했다.

　확신에 차서 한 말이 아닌 것은 분명했다. 고개를 앞으로 약간 숙이고 자기 발끝을 바라보며 생각을 말한 것 같았다. 하지만 그가 헛말을 하지 않는다는 것을 막스는 알고 있었기에, 이 말만으로도 충분히 희망이 보였다.

　"어떻게?" 막스가 물었다. "어떻게 도와줄 수 있다는 거야, 뭘 할 수 있다는 거지?"

　에리히 아우어바흐가 말한 그 사람은 유명한 소아과 의사인 알베르트 에크슈타인이었다. 친구들은 그를 '슘미'라고 불렀다. 슘미는 독일 뒤셀도르프 대학교에서 해고당한 후, 튀르키예 보건부의 제의를 수락하고 1935년 가족과 함께 앙카라에 정착했다. 지금은 누무네 병원에서 근무하는 중이었다. 주변 튀르키예인들로부터 많은 존경을 받았으며, 그들의 아이들을 치료했다. 폰 파펜과 몇몇 독일인도 아픈 자녀들과 손주들을 데리고 그를 찾았다.

　아우어바흐는 막시밀리안에게 슘미와 관련된 재미난 이야기를 들려줬다. 그의 말에 따르면, 앙카라의 소문난 집안 출신인 샤키르 케세비르의 다섯 살 난 딸 틸린이 병이 나자, 그의 아내는 딸을 빈으로 데려갔다고 한다. 폐렴이 폐기종으로 악화하는 바람에 딸의 상태는 아주 위독했다. 샤키르 케세비르의 아내는 빈에서 남편에게 전화를 걸어 딸의 생명이 위독하다고 전했다. 샤키르 케세비르는 슘미에게 빈으로 가서 자기 딸을 치료해달라고 부탁했지만, 히틀러가 오스트리아를 합병한 뒤로는 입국이 불가능했다. 슘미의 가족들은 오스트리아로 입국해야 하는 위급한 상황에 대해 튀르키예 당국에 건의했고, 결국 아타튀르크가 직접 신원 보장을 했다고 한다. "우리 외교관이 한순간도 당신 곁을 떠나지 않을 겁니다. 가서 아이의 생명을 구해주세요"라고 말이다.

슘미는 기차를 타고 부다페스트로 향했다. 거기서부터 튀르키예 외교관이 동행했고 그들은 빈에 도착했다. 그가 병원에 도착해서 보니 정말 아이의 목숨이 위험한 상태였다. 아이는 얼굴빛이 보라색이었고 부어 있었다. 슘미는 아이를 즉시 수술해야 한다고 했으나, 그곳에 있던 외과 의사들은 "우리는 시체를 수술하지 않습니다"라고 답할 뿐이었다. 슘미는 끝까지 수술을 주장했고 결국 아이의 흉곽을 열어 염증 부위를 제거한 후에야 아이는 제대로 숨을 쉬기 시작했다.

슘미는 빈에서 매우 비통해하며 돌아왔다. 그곳에서 나치의 탄압을 직접 목격했기 때문이다. 빈 의사들이 튈린의 치료에 미숙했던 것에 대해서는 '생각이 딴 데 가 있어서'라고 평가했다. 그러니까 나치의 탄압 때문이라는 설명이었다. 그는 빈에서 돌아올 때 유대인 의사 한 명과 유대인 약혼자를 잃은 간호사 한 명을 데려왔다. 그들에게는 튀르키예 외교관 여권이 발급되었다.

사실 말수가 적은 에리히 아우어바흐가 이 이야기를 이렇게 길게 하는 것을 보고 막시밀리안은 놀랐다.

"아주 고맙네, 에리히! 많은 도움이 될 것 같네."

막스는 앙카라로 가서 슘미를 만나야겠다는 결심을 이미 하고 있었다. 에리히는 말했다. "잠시만, 아직 이야기가 끝나지 않았다네. 이제 말하려는 건 그냥 잡담이 아니네, 중요한 이야기라 자네에게 말하는 거야."

"빨리 말해주게."

"슘미의 명성이 앙카라에 얼마나 퍼졌던지 모든 튀르키예 정부 각료와 폰 파펜의 아내, 심지어는 나치의 지도급 인사들도 그에게 치료를 부탁했지."

"나치의 지도급 인사들이라고?"

"그래, 자네에게 도움이 될 사람들이 바로 그자들이야. 지난번에 슘미가 독일 상무관이라는 가짜 직함으로 일하는, 하지만 실제로는 이 나라에 있는 모든 나치의 우두머리 격인 마이트치히의 집에 불려 갔었다더군. 아이가 고열이었나 봐. 자네도 알다시피 마이트치히의 집은 독일 스파이들의 본부잖아."

"그래, 알고 있어. 그자에 관해 들어본 적 있어."

"슘미가 그의 아이를 치료하고는 집을 나서려는데 마이트치히가 그를 잡았다고 하더군. '대단히 감사합니다, 에크슈타인 박사. 독일에 친척이 있으신가요?'라고 물었다지. 슘미는 '전부 죽었소'라고 대답했다네. '덕분에 모두 죽었소'라고 말이야. 사례를 하려고 내민 돈에 대해서는 '당신 돈은 너무 더러운 것이오!'라며 받지 않았다는군."

에리히 아우어바흐가 들려준 이야기는 어쩌면 나디아가 구출

될 수도 있다는 기적을 의미했다. 막스는 몹시 상기되어서 그와 악수를 나누고 감사의 말을 전했다. 다음 날 막시밀리안은 대학에 허락을 구하고 슘미를 만나기 위해 기차를 타고 앙카라로 향했다.

에크슈타인 박사는 누무네 병원의 한 방에서 손님들과 커피를 마시고 있었다. 머리 양쪽으로 검은 머리카락이 남았지만 정수리 부분은 탈모로 머리카락이 빠지고 없었다. 그의 얼굴에는 늘 그랬듯이 현명함과 절제력이 묻어났다. 막시밀리안은 그를 보자마자 속으로 "영락없는 '교수님'의 풍모야"라고 말했다. 흰색의 의사 가운을 입은 에크슈타인은 사람들에게 신뢰감과 진정성을 불러일으켰다.

그의 주위에 있는 스태프들과 학생들은 자기들 표현으로 '교수 선생님'에게 최상의 존경을 표했다. 그는 바그너 교수를 다정하게 맞이하고는 금방 자기 방으로 자리를 옮겼다. 그는 바로 커피를 가져다 달라고 주문했다. 여러모로 확실히 시간 여유가 많지 않아 보였다. 그래서 막스는 자신의 이야기를 요약해서 들려줬다.

"현재 제 아내가 어느 수용소에 갇혀 있는지, 살아 있는지 죽었는지, 출산이 임박했는지 알 수는 없지만, 세례 증명서가 여기 있습니다. 교수님 제발, 한 가정의 생명이 교수님 손에 달렸습니다."

에크슈타인 박사는 방문객의 얼굴을 주의 깊게 바라봤다. 그의 눈은 물기에 젖은 듯 반짝였다. 권위 있는 외모와는 달리 부드러운 가슴으로 살아온 사람임이 분명했다.

"이 상황에서 당신을 돕지 않을 수는 없을 것 같습니다. 그렇지만 난 다시는 그 마이트치히라는 나치에게 가지 않을 겁니다. 뱉은 침을 다시 핥는 것과 다를 게 없습니다."

"제게 편지를 써주시면, 제가 마이트치히와 이야기해보겠습니다."

"아니! 그것도 같은 의미요." 에크슈타인 박사는 거절했다. 그러고는 막시밀리안을 신중히 바라봤다. "약속하리다. 어쩌면 방법을 찾을 수 있을 것 같습니다."

바그너 교수는 숨을 죽이며 그의 말을 기다렸다. 계속 질문을 하며 채근하는 건 의미가 없었다. 몇 개월을 기다려왔지만 지금의 이 기다림은 엄청나게 긴 시간처럼 느껴졌다.

"폰 파펜의 부인이 잠시 후에 병원으로 올 겁니다. 부인을 진료하면서 어쩌면 이 일을 부탁해볼 수 있을 것 같습니다만."

그가 선의로 뭐라도 해보려고 하는 것이 눈에 보였다. 그리고 정말로 뭔가를 할 것 같았다.

"교수님은 굉장한 분이세요! 이 은혜를 평생 잊지 않겠습니다."

"잠깐만요. 아직 어떻게 될지 몰라요."

바그너 교수는 세례 증명서를 그에게 건네며 자리에서 일어났다.

"저는 밖에서 기다리겠습니다. 파펜 부인을 진료하시고 난 뒤에 제게 잠시만 시간을 내주시면 정말 고맙겠습니다."

"여기서 기다리시라고 하고 싶습니다만, 바그너 교수님. 폰 파펜 부인이 왔을 때 별로 좋지는 않을 것 같네요."

"제 걱정은 하지 마십시오. 부인이 병원에서 나가고 나면 박 사님께 다시 오겠습니다."

막시밀리안은 튀르키예 곳곳에서 찾아와 병원 정원에서 쭈그 리고 앉아 순서를 기다리는 처량한 시골 사람들 사이를 돌아다 녔다. 주위를 제대로 살펴볼 여유가 없었다. 모두 문제가 있어 보이긴 했지만, 어느 것에도 주의를 기울일 수가 없었다. 그에 게 중요한 건 시간이 빨리 지나가는 것, 그 기다림을 인내할 수 있는 힘을 내는 것뿐이었다.

잠시 뒤, 경찰의 호위를 받는 검은색 차가 병원에 도착했고, 그 차에서 경호원들과 함께 폰 파펜 부인이 내렸다. 병원장과 사무장이 그녀를 병동 입구 계단 앞에서 맞이했다. 두 사람은 최고의 예의를 갖추며 병원 건물 안으로 그녀를 안내했다. 몇 시간이고 어쩌면 며칠이고 줄 서서 기다리는 사람들과는 반대 로, 폰 파펜 부인은 도착하자마자 기다릴 필요 없이 바로 병원 건물로 들어가는 것을 보고 막시밀리안은 기뻤다.

막시밀리안은 기다리고 또 기다렸다…… 그도 정원에 있는 시골 사람들처럼 쭈그리고 앉아보려고 했지만 몇 분 지나지 않 아 다리에 쥐가 났다. 어떻게 그 자세로 몇 시간씩 며칠씩 있을 수 있는지 막시밀리안은 도저히 이해가 되지 않았다. 어쩌면 튀 르키예 시골 사람들을 다른 나라 사람들과 구분하는 가장 큰 특 징이 이것일지도 모른다는 생각을 했다.

얼마 동안 기다렸을까. 얼마 뒤 폰 파펜 부인이 나왔고, 병원 장과 사무장이 그녀가 타고 온 차까지 배웅을 나왔다. 숩미는 그녀가 올 때도, 갈 때도 밖에 나오지 않았다. 막시밀리안은 긴장한 채로 그의 방으로 갔다.

두 사람은 한동안 말없이 서로를 바라봤다. 에크슈타인은 꽤나 지쳐 있는 것 같았다. 상태가 좋지 않아 보였다. 막스는 물어보기가 두려웠다. 부정적인 대답을 듣는다면 견딜 수 없으리라는 생각이 들었다.

에크슈타인이 말했다. "바그너 교수님, 제가 해야 할 일은 했습니다. 폰 파펜 부인에게 교수님 아내분의 세례 증명서를 전달했고, 관심을 가져달라고 부탁했습니다. 해결하겠다고 하더군요. 진료실을 나가기 전에 내게 감사의 인사를 하기에, '그럴 필요 없습니다. 나디아 카타리나에게 신경을 써주시면 그게 저에 대한 감사를 대신하는 겁니다'라고 했습니다. 내게 약속을 했어요. 이제 제가 할 수 있는 일은 없습니다, 교수님. 모든 게 신의 손에 달렸습니다."

한참을 더 말없이 서로를 바라봤다. 에크슈타인은 숨을 들이켜더니 말을 이었다.

"아내분과 건강하게 다시 만나시길 진심으로 빌겠습니다."

막시밀리안은 어떻게 감사해야 할지 몰랐다. 몇 발자국 다가가 그에게 손을 내밀고 악수를 했다. 그리고 아무 말 없이 그의 방을 나왔디.

그날 저녁, 막시밀리안은 열차를 타고 이스탄불로 돌아왔다. 곧바로 에리히에게 가서 그날 있었던 일을 이야기했다. 이젠 기다리는 것 말고는 할 수 있는 게 없었다.

막시밀리안은 아우어바흐, 에크슈타인 또 자기에게 도움을 준 다른 유대인들이 진심으로 고마웠다. 독일은 그들 유대인의 삶을 파괴했고 일가친척을 죽였지만, 이들은 막시밀리안과 같은 '순수 혈통' 독일인을 도와주는 것에 전혀 주저하지 않았다.

하루하루가 마치 몇십 년이나 되는 것처럼 길게 느껴졌다. 여러 곳으로부터 소식이 오기를 기다렸지만, 제대로 된 소식은 들리지 않았다. 그러던 어느 날, 나디아의 부모님이 루마니아가 독일에 점령당한 이후 처형되었다는 소식을 들었다. 그들은 한 건물에 감금당했던 모양이었다. 그러고는 서너 명씩 무리를 지어 풀어줬는데, 사실 풀어준 게 아니라 풀어주는 것처럼 속여서 사람들을 밖으로 나오게 한 다음 정육점 갈고리에 매달아서 죽였다는 것이었다.

마침내 나디아에 관한 소식이 도착했다. 계산해보니 막시밀리안이 앙카라에서 돌아온 지 3주가 지난 뒤였다. 그에게는 30년과 같은 시간이었다. 슘미가 나디아의 소식을 막스에게 전했다.

나디아는 살아 있었다. 다하우 수용소에 있었고, 유산으로 아이를 잃었다고 했다. 폰 파펜이 나디아를 수용소에서 나갈 수 있게 했고, 세례 증명서를 전한 다음 고향인 루마니아로 보냈다는 소식이었다.

정보는 이게 다였지만, 막시밀리안은 기뻐서 하늘을 날 것 같았다. 나디아가 살아 있고 죽음의 수용소에서 탈출했다는 소식은 기적과 같았다. 이젠 그녀가 있는 루마니아 주소를 알아내서 그녀를 이스탄불로 데려오는 일이 남아 있었다. 하지만 그건 이전의 과정에 비하면 아무것도 아니었다.

막스는 며칠 동안 행복에 젖어 있었다. 나디아에 관해 아직 다른 소식은 듣지 못했지만 그조차도 그가 느끼는 행복감에 아무런 영향을 주지 못했다. 막시밀리안은 더 이상 뭐가 필요하겠냐고 생각했다. 나디아가 수용소에서 나왔다. 게다가 세례 증명서도 받지 않았는가. 공식적으로 가톨릭 신자임을 증명할 수 있게 되었다.

마음 같아선 당장이라도 루마니아에 가고 싶었지만, 그럴 수는 없었다. 루마니아는 나치의 통치하에 있었다. 유대인은 아니었지만 그 또한 나치의 적에 포함되었다. 그가 루마니아로 가는 것이 나디아에게 도움이 되지 않을 게 뻔했다.

하지만 일은 잘 진행되고 있었다. 나디아를 한시라도 빨리 이스탄불로 데려와서 그간 겪었던 모든 고통을 잊을 수 있도록 사랑으로 꼭 안아주고 싶었다. 그날 저녁, 얼마나 신이 났던지 막스는 바이올린을 꺼내, 나디아의 사진 앞에서 오랜만에 세레나데를 연주했다. 연주가 끝나니 사진 속의 나디아가 더욱 환하게 웃는 것 같았다. 그리고 한 번 더, 이번에는 사진 속 나디아와 눈을 똑바로 맞추며 연주를 했다.

그때 현관문을 두드리는 소리가 들렸고, 그는 바이올린을 탁자 위에 내려두고 문을 열었다. 아래층 이웃이 찾아온 것이었다. 이스탄불에 정착한 스파라드 유대인* 가족인 아르디티 부부였다. 그들은 500년 전 에스파냐에서 이스탄불로 이주해 온 사람들의 후손이었다. 그들의 얼굴에는 주저하는 듯한 미소가 보

---

* 스파라드Sefarad 유대인: 15세기 말 에스파냐의 종교재판을 피해 북아프리카와 오스만제국으로 피신한 유대인.

였다.

"여기서 바이올린 소리가 들려서요." 찾아온 이유를 설명한 마틸다 아르디티 부인은, "연주를 듣고 싶어서 왔어요"라고 말했다.

막시밀리안은 예의를 갖춰 인사를 하고 그들을 집 안으로 맞았다. 그리고 손님들이 자리에 앉기까지 기다렸다가 바이올린을 들고 세레나데를 연주했다.

곡이 끝나고 나서 막스는 세레나데에 대한 이야기와 나디아 그리고 자신이 겪었던 일을 그들에게 들려줬다. 감정이 격해져 말하기 힘든 지경에 이른 로베르 아르디티 씨는 한 번 더 연주해달라고 막스에게 손짓을 했다. 세레나데를 두번째 들으면서 부부는 눈물을 흘렸다.

막시밀리안이 바이올린을 다시 탁자에 놓자, 아르디티 씨는 천천히 일어나서 밖으로 나갔고, 그의 부인은 막스와 담소를 나누기 시작했다. 그녀는 나디아가 오면 곁에서 도와주겠다고 했다. 이스탄불을 소개해주고 낯설어하지 않도록 도움이 되겠다고 했다.

아르디티 씨는 레드 와인 한 병을 들고 다시 왔다. 아래층 자기 집에서 와인을 가져오는 참이라서 그리 오래 걸리지는 않았다. 모두 나디아를 위해 건배를 했다. 아르디티 씨는 국제 철강 무역을 하는 재미난 사람이었다.

나디아가 유산했다는 것을 듣고는 슬퍼했지만, 그런 걸 생각할 때가 아니라고 했다. 어쨌든 아이는 다시 생길 것이라고 위로의 말을 전했다.

아르디티 부부는 루마니아에서 나디아를 찾는 문제에 대해 상당히 희망적이었다. 로베르 아르디티는 막시밀리안을 도와주겠다고 나섰다. 그는 루마니아와 몇 건의 사업을 하고 있었고, 사업 파트너들을 통해 나디아를 찾아서 데려오는 게 가능할 것 같다고 했다. 하지만 어디서 그녀를 찾는단 말인가?

막시밀리안은 이때까지 수집한 단편적인 정보를 알려주었다. 아르디티 씨는 종이와 펜을 가져다 달라고 부탁했다. 그는 메모를 하면서 여러 질문을 했다. 나디아의 부모님 이름, 성, 고향 동네 이름, 연락이 가능한 장사를 하는 친척들까지……

막시밀리안은 모든 질문에 대답했다. 그가 물어보지도 않은 것에 대해서도 알려주었다. 나디아의 부모님이 나치들에게 어떻게 처형당했는지도 말해줬고, 그들이 살았던 집 주소도 일러줬다.

그날 이후로, 아래층 이웃과 막시밀리안은 자주 만났다. 막시밀리안은 이 부부와 만나는 게 좋았다. 로베르 아르디티는 나디아를 찾기 위해 자신이 어떤 노력을 하고 있는지 막스에게 알려줬다. 성과가 없었던 노력에 관해 이야기할 때도 농담을 빠뜨리지 않았다. 감상적이면서도 재미난 사람이었다.

어느 날, 아르디티 씨가 계단을 뛰어서 올라왔다. 숨을 가쁘게 내쉬면서 문을 두드렸고 흥분을 감추지 못하고 있었다. 바이올린 연주를 듣고 함께 와인을 마신 그날 이후로 약 두 달이 지난 뒤였다. 문이 열리자 막시밀리안이 말할 기회도 주지 않고 나디아를 찾았다는 기적 같은 소식을 전했다.

나디아는 고향으로 갔고 아버지의 옛 친구인 루마니아 재단사 곁에서 일을 시작했다는 소식이었다. 하지만 상황은 나빴다. 루마니아에 거주하는 유대인들에 대한 학살이 번져나가고 있었다. 나디아를 가능한 한 빨리 루마니아에서 탈출시켜야 했다.

그래서 막시밀리안은 나디아에게 편지를 보내기로 했다. 그는 그때까지 모아두었던 모든 돈을 달러로 바꿔서 봉투에 넣었다. 나디아에게 전달해달라는 부탁과 함께 아르디티 씨에게 전했다. 그는 돈과 소지하고 있는 세례 증명서를 이용해서 나디아가 이스탄불로 오도록 도움을 받을 수 있는 몇몇 이름을 전달할 계획이었다.

한 달 뒤, 루마니아에 있는 무역상으로부터 소식이 도착했다. 나디아가 돈과 편지를 받았고, 콘스탄차 항구에서 출발하는 배를 타고 이스탄불로 올 것이라는 소식이었다.

막스에게 이 소식이 도착했을 때는 그 배가 출발하기 닷새 전이었다. 이틀 정도 항해한다면, 늦어도 일주일 후면 나디아는 이스탄불에, 그녀의 집에, 막스의 곁에, 그들의 침실에 누워 있게 될 것이었다.

마틸다 아르디티 부인은 그녀가 오는 것을 축하하기 위해 집을 꾸미고, 환영 파티를 하자고 제안했다. 음식은 전부 아르디티 부인이 도맡기로 했다. 막스는 얼마나 기뻤던지 아르디티 부부에게 계속 키스를 했다.

다음 날 막시밀리안은 이 기적 같은 소식을 대학에 있는 튀르키예인과 독일인 친구들에게 전했다. 모두 막시밀리안에게 축하의 말을 건넸다. 나디아가 오면, 막시밀리안은 그녀와 함께 안젤로 론칼리 신부와 숨미를 찾아갈 생각이었다. 그는 매일 집을 청소했고, 꽃으로 꾸몄다.

무척이나 들떠 있던 그 일주일은 끔찍할 정도로 느리게 지나 갔다. 120시간 남았을 때, 막스는 이제 힘든 날은 끝나가고 있 다고 생각했다. 몇 개월 동안 계속된 이별과 악몽 같은 날들이 끝나고 있었다. 72시간이 남았을 때에는 견딜 수 없을 정도로 흥분해 있었다. 열일곱 시간이 남자, 이제 더 이상 견딜 수 없을 것 같다고, 이렇게 긴 시간을 기다릴 수 없다고 불평하기 시작 했다.

사실 나디아가 이스탄불에 도착하기까지 몇 시간이 남았다는 계산은 그의 추정에 근거한 것이었다. 그것도 낙관적인 추정. 열두 시간이 남았다고 생각하고 있던 막시밀리안은 이스탄불해 협의 흑해로 연결되는 출구 쪽인 텔리바바의 묘 근처에서 나디 아를 기다리기 시작했다. 이 언덕에서는 이스탄불해협과 흑해의 장관, 야생의 풍경을 한 번에 내려다볼 수 있었다. 나디아가 탄 배는 여기를 통과해야 했다.

막시밀리안은 나디아가 올 때까지 계속 같이 다니는 조건으 로 택시를 대절했다. 택시 운전기사인 렘지가 함께 기다리기로 했다. 렘지는 담배를 피웠고, 막시밀리안은 망원경을 들고 수평 선을 응시했다.

그러는 동안, 경계 근무를 서던 군인들이 그들을 제지하면서 가까이 다가왔다. 제2차 세계대전 중이다 보니 이 언덕에서 주 변을 살피는 두 사람을 의심한 것 같았다. 그러나 그들은 막시 밀리안의 이야기를 듣고서는 아무 말도 하지 않았다.

다음 날, 막스가 망원경으로 주변을 살피는데, 흑해에서 이스탄불해협을 향해 다가오는 배 모양의 실루엣이 눈에 들어왔다. 그는 흥분한 마음으로 배가 더 가까이 오기를 기다렸다. 실루엣이 또렷해질수록 아주 오래되고 낡은 배라는 것을 알 수 있었다. 그런데 뭔가 이상해 보였다. 배가 고장이 난 게 분명했다. 그 배는 작은 배에 의해 예인되는 중이었다. 갑판은 어지럽게 사람들로 꽉 차 있었다. 그래서 그것이 배인지 아닌지 확신이 서지 않았다. 배가 더 가까워질 때까지 간신히 인내하며 기다렸다. 결국 배가 해협에 가까워졌고 망원경으로 선명을 읽을 수 있었다. 스트루마!

그랬다, 기다리던 배가 온 것이었다. 마침내 나디아가 튀르키예 해역에 도착한 것이었다. 막스와의 거리는 1~2킬로미터 남짓이었다. 배가 가까워지자 망원경으로 사람들을 구별할 수 있었다. 막시밀리안은 나디아를 볼 수 있을까 하는 조바심에 빠졌지만, 그 많은 사람 속에서 나디아를 찾을 수는 없었다.

배의 앞머리 부분이 정말로 두 사람과 가까워졌다. 폐선처럼 낡은 배 위에 있던 사람들은 매우 지쳐 보였고, 꼴이 말이 아니었다. 갑판에는 겹겹이 사람들로 가득했다. 막시밀리안은 실눈을 뜨고 살폈지만 나디아를 좀처럼 찾을 수가 없었다.

해안 도로를 따라 배와 이동 방향을 같이하며 택시는 달리기 시작했다. 그 배는 톱하네 연안에서 멈췄다. 막시밀리안은 택시에서 내렸다. 렘지도 그의 바로 뒤에 서 있었다. 배로 가서 나디아를 데리고 오기 위해 작은 모터보트를 빌리기로 했다. 렘지가 모터보트 주인들과 이야기를 했고, 막스는 모터보트에 올라 배로 향했다.

그 배는 거의 침몰할 것 같아 보였다. 나디아를 한순간이라도 빨리 태워서 예쁜 집으로 데려가는 것 외에 다른 목적은 없었다. 그러나 해안 경비정이 그들이 배에 접근하는 것을 막았다. 손짓으로 '돌아가세요!'라고 명령하고, 호루라기를 불었다. "검역 중, 검역 중!"이라며 소리도 쳤다. 할 수 없이 보트 일행은 다시 돌아와야 했다. 아마도 검역과 여권 검사를 하는 것 같았다.

하지만 몇 시간이 흘렀는데도, 아무런 변화가 없었다. 막시밀리안은 항만 관리청을 찾아갔다. 신분증을 보여주고 국장과 면담을 요청했다. 국장은 스트루마의 실제 행선지는 팔레스타인인데 기관 고장으로 이스탄불항에 정박했다고 설명했다.

"아내는 이스탄불에서 내릴 겁니다, 팔레스타인에 가지 않을 거라고요. 아내를 하선시킬 수 있겠죠?" 막스가 물었다.

"아니요!" 국장은 고개를 저었다. "저희에게 어떤 승객도 하선시켜서는 안 되고, 어느 누구도 접근시키지 말라는 지시가 있었습니다."

몇 시간이 남았는지를 헤아리며 지냈던 그날들을 견디고 나서 이런 문제에 부딪히니 그는 참을 수가 없었다. 하지만 막시밀리안은 곧바로 정신을 차렸다. 수많은 위기를 넘기다 보니 이런 문제와 마주할 때엔 인내심이 필요하다는 걸 알았다. 어찌되었건 이 문제도 하루 이틀이면 해결될 것이라고 생각했다. 나디아는 이스탄불에 왔고 나머지는 쉬운 일이었다.

하지만 날이 지나도 아무도 배에서 내리지 못했다. 이렇게 시간이 흐르는 동안 승객들은 프랑스어로 '소베누(우리를 구해주세요)'와 '이미그랑 주이프(유대인 난민)' 같은 글을 써서 플래카드를 내걸었다. 기이한 상황이 벌어지고 있었다. 막시밀리안은 미칠 것 같은 심정이었다. 나디아가 바로 자신의 옆에 와 있었지만 그녀를 볼 수가 없었다. 도저히 이해할 수 없었다.

다음 날, 막시밀리안은 총장을 만나러 갔다. 그는 이 상황에 대해 설명하고 총장에게 도움을 청했다. 총장은 항만 관리청의 고위 인사인 사득 씨를 만나볼 것을 권했다. 총장은 권하는 데서 그치지 않고, 그와 면담을 할 수 있도록 약속을 잡아주었다.

사득 씨는 막시밀리안을 환대했다. 커피를 대접하고, 스트루마호에 대해 설명을 해줬다.

1867년 영국의 뉴캐슬 조선소에서 건조한 스트루마호는 파나마 선적이었다.

이 배는 판델리스라는 그리스인의 콤파니아 메디테라네아 데 바포레스 리미타다 회사 소속이었다. 바루흐 콘피노라는 유대인이 운영하고 있었다.

1941년 루마니아의 이아시라는 도시에서 4천 명의 유대인이 학살당하자, 루마니아에 거주하던 모든 유대인이 탈출할 방법을 찾고 있었다. 그즈음 신문에 사진과 함께 광고가 실렸는데, 콘스탄차항에서 출항하는 '초호화 스트루마호'가 팔레스타인으로 향한다는 내용이었다. 광고에는 퀸메리호의 화려한 연회장과 선실 사진이 도용됐다.

승선권은 어마어마하게 비쌌다. 1인당 천 달러. 이 비용을 감당할 수 있는 769명이 승선권을 구매했다. 어떤 가족의 경우에는 천 달러만 겨우 모을 수 있어서, 아이들 중 한 명만 뽑아 그

아이만 살리는 결정을 해야 했다.

스트루마호의 실물을 본 승객들은 아연실색했다. 폐선에 가까운 배의 모습을 본 승객들이 항의하자, 선주는 실제로 타고 갈 배는 루마니아 해역 바깥에서 기다리고 있다고 말해 승객들을 진정시켰다. 그렇지만 그 말이 거짓이었음은 얼마 지나지 않아 만천하에 드러났다.

승객들은 생선 상자 속 생선들처럼 배에 채워졌다. 갑판에 다 수용되지 못한 승객들은 갑판 아래, 산소가 부족한 곳에서 지내야 했고, 하루에 겨우 15분 정도만 갑판 밖으로 나와 신선한 공기를 마실 수 있었다. 먹을 것도 제대로 없었다. 게다가 배가 콘스탄차에서 출항하고 나서 엔진이 고장을 일으켰고, 이스탄불해협에 근접했을 때는 엔진에 균열이 발생했다. 구조 요청을 받은 튀르키예 구조선이 스트루마호를 예인해서 사라이부르누까지 끌고 온 상황이었다.

"이 상태로는 배가 팔레스타인까지 갈 방법이 없습니다. 아마 수리를 한 뒤에야 갈 수 있을 겁니다." 사득 씨는 이렇게 말하면서 스트루마호에 관한 이야기를 마쳤다. 막시밀리안은 물었다.

"그럼 어떻게 되는 겁니까?"

"기다려야죠."

"하지만 제 아내는 이스탄불로 오고 있었습니다. 아내를 배에서 데려와야 해요."

"유감입니다만 데려오실 수 없습니다."

"왜 안 된다는 겁니까?"

"정부가 명확하게 지시를 내렸습니다. 배에서 어느 누구도 내리게 해서는 안 된다고 말입니다."

막시밀리안은 무슨 말을 해야 할지 몰랐다. 앉은자리에서 양손을 펼치거나, 양손을 앞으로 뻗으면서 안절부절못했다. 사득 씨도 눈썹을 추켜올리면서 고개를 옆으로 숙이고, 중간중간 어깨를 살짝 치켜세웠다. 자기가 한 말을 대변하는 행동은 아니었다. 말할 수 없는 것에 대한 표현이었다.

날이 갈수록 이 문제를 언론이 다루기 시작했고, 진실이 언론을 통해 공개되었다.

튀르키예 정부는 배에 타고 있는 승객들의 진짜 목적이 팔레스타인으로 가는 것이 아니라 이스탄불에서 내리는 것이라고 믿고 있었다. 그리고 전쟁이 한창인 와중에 769명의 유대인을 수용할 의향은 없었다. 튀르키예 정부는 배의 엔진을 수리해서 배가 팔레스타인으로 계속 항해하도록 하고 싶었다. 그러나 이번에는 영국 정부가 이를 허락하지 않았다.

당시 팔레스타인은 영국이 점령하고 있었고, 아랍인들과 우호 관계를 유지하기 위해 팔레스타인으로의 유대인 이주를 제한하던 상황이었다. 영국은 튀르키예 정부에 스트루마호가 계속 항해하지 못하게 하라는 엄청난 압력을 넣고 있었다. 튀르키예 정부는 승객들 중에 스파이가 포함되어 있을 것이라고 의심했고, 전시에 이 유대인들을 수용하면서 위험 부담을 안고 싶어 하지 않았다.

막시밀리안은 망원경을 들고 매일 톱하네로 갔다. 나디아를 찾으려고 애썼다. 그러면서 자신이 읽고, 들었던 뉴스들에 대해 생각했다. 영국 정부는 왜 이 불쌍한 사람들을 막아서는가, 튀르키예 정부는 왜 이 사람들을 병원이나 요양 시설에 수용하지 않는가?

영국이 아랍과 잘 지내기를 원하고, 튀르키예가 배에 스파이가 있다고 의심하는 것 같은 국제적인 문제가 나디아와 무슨 관련이 있단 말이지? 말도 안 되는 국가 간 힘의 충돌 때문에 사람들이 서로 만나지 못하고 고통을 받고 있었다. 인간의 행복은 파워게임 사이에서 그저 가련한 하나의 이야깃거리에 지나지 않았다.

막시밀리안은 택시 운전기사 렘지에게 말했다.

"당신도 봤지 않소, 그 어떤 권력도 결백하지 않아."

렘지는 막시밀리안이 망원경으로 보고 있던 곳을 눈을 찡그려가며 한 번 더 유심히 살폈다.

램지는 "보입니다"라고 말했다.

렘지는 막시밀리안이 봤지 않았냐고 말한 그 무언가가 배에 꼭 있을 거라고 믿었다. 대학에서 학생을 가르치는 사람이 헛소리를 하지는 않았을 테니 말이다.

막시밀리안은 거의 두 달 동안 매일 그랬던 것처럼, 그날도 망원경을 들고 대절한 택시로 톱하네를 찾았다. 자신은 육지에서, 승객들은 배에서 대책 없이 기다리고 있었다. 그렇지만 이번에는 다른 종류의 조급함이 느껴졌다. 그는 다시 시계를 봤다. 시간이 좀처럼 가지 않자 한동안은 시계만 뚫어지게 바라봤다.

그날 신문에는 두 명의 청년이 배에서 바다로 뛰어내려 탈출을 시도했지만, 결국 붙잡혀 다시 배로 돌려보내졌다는 내용이 보도되었다. 막시밀리안은 이런 사건이 벌어진 것을 직접 목격하지는 못했다. 막시밀리안이 목격하지 못한 건 어찌 보면 너무나 당연했다. 하루의 모든 시간을 여기서 이렇게 망원경만 보면서 보낼 순 없었다. 그는 학교에도 출근해야 했고, 일도 해야 했다. 그러면서도 당장이라도 그 배에 달려갈 수 있도록 모든 생활을 배에 맞춰서 하고 있었다.

처음에는 배에 공무원 외에는 어느 누구도 승선이 허락되지 않았다. 그러나 얼마 지나지 않아 이스탄불 유대인 단체가 승객들을 도와도 된다는 허가를 받았다. 배의 엔진은 육지로 옮겨져 수리를 받기 시작했다. 유대인 단체가 배에 드나들면서 배에 있는 사람들에게 식료품과 약품을 날랐다.

이들 덕분에 배에 관해 더욱 상세한 정보가 나오기 시작했다. 막시밀리안은 하나뿐이던 화장실이 막혔고, 전염병이 돌기 시작했다는 소식을 듣게 되었다. 배에는 이제 더 이상 먹을 것이 남아 있지 않았다. 배에 오르는 사람들은 아기들의 울음소리와 여자들의 흐느끼는 소리, 남자들의 "우리를 구해줘!"라는 고함을 들어야 했다.

그 외침이 육지까지 들려오는 날도 있었다. 이스탄불 사람들은 스트루마호에서 들리는 이 외침을 듣고 도움을 주고자 했지만, 정부의 명령으로 배에 접근할 수가 없었다.

바그너 교수가 배에 접근 허가를 받은 사람들의 이름을 알아내는 건 그리 어렵지 않았다. 시몬 브로드와 리파트 카라코였다.

아르디티 부부를 통해 그들과 직접 만날 수 있었다. 바그너 교수는 브로드 씨에게 자신의 상황을 설명하고 편지를 나디아에게 전달해줄 것을 부탁했다. 인정 많은 그는 "그러죠"라고 흔쾌히 수락했고, 편지를 자기 주머니에 넣었다.

24시간 정도 지난 후, 바그너 교수는 가슴을 졸이며 3시가 되기를 기다리고 있었다. 시계도 보지 않고 오랫동안 참은 뒤 다시 시계를 내려다봤다. 그래, 이제 2분 남았다. 그는 어제 편지로 나디아에게 나와 있어달라고 했던 곳을 살펴봤다. 그녀가 거기에 있었다. 나디아!

그녀는 여위었고 피로해 보였지만 여전히 아름다웠다. 막스는 가슴이 찢어지는 것 같았다. 나디아가 그의 편지를 받은 것이었다. 막스는 그녀를 더 자세히 보기 위해 목을 앞으로 쭉 내밀고 망원경을 가까이 당겼다. 다른 사람들의 얼굴에 비해 나디아의 얼굴이 훨씬 더 뚜렷하게 보였다. 그녀는 오랫동안 갑판으로 나오지 않았던 것 같았다. 막스는 이제껏 그녀를 찾기 위해 모든 노력을 다했는데도 많은 사람 속에서 그녀를 찾을 수가 없었다. 하지만 마침내 그녀가 그곳에 있는 걸 보았다. 나디아의 아름다운 얼굴을 아무리 봐도 만족이 되지 않았다.

나디아가 막스에게 먼저 손을 흔들어 보였고, 곧이어 키스를 보냈다. 망원경을 들고 있는 걸 보고 막스라는 걸 나디아가 알아차린 것 같았다. 혹시 편지를 전달한 사람들이 망원경을 찾으라고 한 것일까? 아니면 배에서 바로 알아본 것일까?

막스는 손을 뻗어 올려 흔들기 시작했다. 그녀에게 키스를 보냈다. "당신을 사랑해!"라고 소리쳤다.

그렇다, 나디아가 그를 확실히 본 게 맞았다. 그녀도 손을 흔들었다.

막스는 다음 날 다시 시몬 브로드를 찾아갔다. 막스는 주체하기가 힘들었다. 브로드가 건네는 종잇조각을 받아 들었는데, 루마니아어 단어가 쓰인 노란색의 영수증 같은 종이였다. 막스는 뒷면에 있는 아내의 글씨를 바로 알아봤다. 흥분한 상태에서 서둘러 적은 것이었다. "날 기다려줘요! 나디아가."

브로드는 배 안의 상황이 갈수록 나빠지고 있다고 했다. 전염병이 돌았고, 사망자가 발생할 것을 걱정했다.

"그럼, 제가 뭘 하면 될까요, 브로드 씨?" 막시밀리안이 물었다.

"튀르키예 정부의 고집을 꺾을 수가 없습니다. 유일한 방법이 엔진을 하루라도 빨리 고친 다음, 연료를 보충해서 운항을 계속하도록 하는 겁니다."

"하지만 그것도 영국이 허락하지 않고 있잖아요."

"예, 저의 동료들이 런던에서도 로비를 펼치고 있습니다. 영국 정부와 접촉할 수 있는 방법을 찾고 있습니다. 여기서는 대사관 측과 만나고 있습니다. 상황이 나쁘지만 다른 방법이 없습니다."

막스는 기가 차서 큰 소리를 내며 웃었다. 엄청나게 화가 났다.

"이 일이 제가 생각했던 것보다 훨씬 더 어렵군요. 몇백 미터

밖에 떨어져 있지 않은 나디아를 만나는 게 세계 정치문제가 돼버리다니."

브로드와 헤어진 뒤 막스는 이스탄불 대학교를 향해 걷기 시작했다. 무엇을 할 수 있을지 생각했다. 숩미도 도움이 되지 못할 것 같았다. 론칼리 신부에게는 희망을 걸어볼 수 있을 것 같았다. 어쩌면 그가 세례 증명서를 소지한 '기독교인'을 배에서 데려올 수도 있을 것이다. 신부를 찾아가 설명했지만, 불행히도 그는 도와줄 수 없다고 했다. 론칼리 신부도 매우 상심이 컸다. 그도 이 문제를 해결하려고 벌써 시도를 해봤지만, 어떤 결과도 얻지 못한 상황이었다.

막시밀리안이 사라이부르누에 나가 있던 어느 날, 작은 모터보트를 이용해 스트루마호에서 육지로 몇 명의 민간인을 데리고 오는 것을 목격했다. 그는 흥분해서 운전기사인 렘지에게 모터보트를 가리켰다. 렘지도 놀라서 자리에서 벌떡 일어났다.

막스의 마음속에 아주 미묘한 감정이 일었다. 무엇보다도 몇 명의 사람이 구출되었다는 건 아주 기뻐해야 할 일이었다. 그러나 다른 한편으로는 배에 남은 사람들은 어떤 느낌일까, 하는 생각이 들었다. 의심의 여지 없이 모두들 보트를 탄 사람들 대신 자기가 나갔으면 하는 마음이었을 것이다. 나디아는 어떤 감정으로 보트를 타고 육지로 나오는 사람들을 지켜보았을까? 보고는 있었을까?

다음 날 막스는 모터보트를 타고 육지로 나온 사람들에 대한 이야기를 들었다. 튀르키예 사업가인 베흐비 코치가 스탠더드오일 회사의 루마니아 지사장 마틴 세갈과 그의 아내 그리고 두 자녀를 구해낸 것이었다.

이틀 뒤에는 보트가 여자 환자 한 명을 태우고 육지로 나왔다. 막스는 시몬 브로드로부터 그 여자가 출산이 임박한 임산부이며, 하혈로 인해 발라트에 있는 오르-아하임 병원에 입원했다는 사실을 전해 들었다. 막스는 이스탄불 대학교 의과대학 교수 친구들에게 부탁해서 오르-아하임 병원의 병원장과 면담 약속을 잡았다.

병원은 할리츠 지역의 해변에 자리하고 있었다. 막스는 자신을 환영해준 병원장에게 아내가 그 배에 있고, 병원으로 이송된 임산부를 만나 배 안의 사정을 듣고 싶다고 말했다. 묘한 상황이었다. 독일인이 유대인 단체를 일일이 찾아다니면서 도움을 청하고 있었다. 세계대전이 한창이던 그 당시 분위기로는 독일 스파이라고 의심받는 것이 지극히 정상이었지만, 무슨 이유에서인지 모두들 막스를 그렇게 대하지 않았다.

몇 시간 뒤, 막시밀리안은 조용한 걸음으로 배에서 이송된 환자의 병실로 들어갔다. 그녀는 자고 있었다. 팔에는 링거를 꽂은 채였다. 하혈로 인해 유산을 한 상태였다. 그는 병실 한쪽에 서서 그녀가 깨어나기를 가만히 기다렸다. 갸름한 얼굴에 검은색 머리카락, 하얀 피부의 젊은 여자였다. 얼굴은 많이 야위었고, 양 볼은 처졌으며, 눈 밑에는 검게 다크서클이 있었다. 이 얼굴이 바로 배에 있는 사람들이 어떤 상황에 놓여 있는지를 보여주는 산 증거였다.

그녀가 마침내 눈을 떴다. 그녀의 이름은 메데아 살로모비치였다. 너무나도 운이 좋게 그녀는 독일어를 할 줄 알았다. 외국어 학교에서 교육을 받았고, 영어, 프랑스어도 아주 능숙했다.

그녀의 시선이 막시밀리안에게서 멈췄다. 아마도 그가 어떤 의사였는지 생각해내려고 하는 것 같았다.

"죄송합니다, 살로모비치 부인, 제가 깨웠나 보네요."

그녀는 아무런 반응을 보이지 않고 한동안 막스를 바라봤다. 여윈 얼굴에 꽤나 커 보이는 검은 눈동자가 그의 얼굴만 뚫어지게 보고 있었다. 속눈썹은 눈동자에 그림자를 드리울 만큼 길었다.

그녀는 막스를 보고 또 보더니 들릴 듯 말 듯 한 힘없는 목소리로 말했다.

"안녕하세요, 바그너 씨!"

막스는 뭔가로 머리를 얻어맞은 것 같았다. 메데아가 그를 알고 있을 리가 없었다.

그녀가 몇 마디를 더 했다. 더 정확히 말하자면, 무슨 말을 하려고 했다. 그러나 너무 작은 소리라 도저히 알아들을 수가 없었다. 막스는 자신의 귀를 메데아의 입 가까이에 갖다 댔다.

"나디아가 저를 많이 도와줬어요. 통증이 가라앉도록 애를 많이 써줬어요." 그녀가 말했다.

메데아는 호흡을 가다듬었다. 많이 지쳐 있어서 잠시 쉬려는 것 같아 보였다. 그러고는 막스의 손을 잡았다. 여윈 얼굴에서 너무나 커 보이는 그녀의 검은 눈동자가 막스의 두 눈만을 응시하고 있었다.

"저에게 항상 당신 이야기를 했어요. 사진도 보여줬어요, 그래서 전 이미 당신을 알고 있었답니다. 한시라도 빨리 그 지옥에서 그녀를 구해내세요. 그곳이 어떤 상황인지 당신께 말씀드릴 수도 없을 정도랍니다. 그녀를 구해주세요, 그러지 않으면 죽을 겁니다. 죽어요, 죽어. 제 남편도 거기 있어요."

이 말을 하는 그녀의 표정 없는 얼굴에 눈물이 흘러내려 볼을 적셨다. 그녀는 쉬지 않고 계속 반복해 말했다. "그녀가 죽어요, 구해주세요, 제 남편도 구해주세요." 갈수록 작아지는 목소리로 이 말을 반복하다 그녀는 의식을 잃었다. 기절을 했거나 기력이 없어 잠든 것 같았다.

그때 병실로 들어온 의사가 공손하게 막시밀리안을 병실 밖으로 데리고 나갔다.

막시밀리안은 병원에서 더욱더 비참해진 채로 나왔다. 견딜 수 없는 절망감에 빠졌다. 하지만 처음부터 자신에게 약속했던 다짐을 끝까지 잃지 않을 거라고 마음을 다잡았다. 나디아가 겪었던 재앙을 떠올리며 막스는 절망감에 빠져 있지 않기로 했다. 나디아를 위해서 강해져야 했고, 싸워나가야 했다. 그들이 겪은 고난을 회상하기 위한 시간은 앞으로도 충분했다. 그래서 그는 울지 않았다. 아직 눈물을 보일 때가 아니었다.

언론은 영국과 튀르키예 정부 간의 회담에 관해서 보도했다. 영국 총리 처칠은 스트루마호가 계속 항해하는 것을 절대 용납하지 않겠다고 밝혔다.

정확히 70일이 지난 어느 날이었다. 막시밀리안이 망원경으로 배를 보고 있던 순간 수많은 경찰이 배에 오르는 모습이 보였다. 무슨 일이 벌어질 게 분명했다. 갑판에 있던 승객들은 저항했지만, 경찰은 승객들을 강제로 갑판 아래 선실로 몰아넣고 밤에서 잠가버렸다. 그리고 닻줄을 끊어버렸다. 예인선이 스트루마호를 끌고 가기 시작했다. 배의 선수를 흑해 방향으로 돌리고 앞으로 나아갔다. 충격적인 상황이었다. 배가 엔진도 닻도 없이 왔던 곳인 흑해로 끌려가고 있었다.

렘지도 충격을 받았다. 렘지는 마치 막시밀리안이 그 광경을 목격하지 못하기라도 한 것처럼 망원경으로 스트루마호만 지켜보고 있던 그의 어깨를 잡고 흔들었다. 렘지는 예인되고 있는 배를 가리켰다.

두 사람은 배를 쫓아 택시로 이스탄불해협을 따라 흑해 부근까지 갔다. 그곳에서 이스탄불해협이 흑해와 연결되는 출구 오른편으로 배를 끌고 가는 것이 보였다. 그러니까 리바와 쉴레 방향이었다.

그들은 시내로 다시 돌아왔다. 막시밀리안은 곧바로 페리선을 타고 아시아 대륙 쪽으로 건너가려 했다. 그는 스트루마호를 최대한 빨리 찾고 싶었지만, 렘지는 다음 날 아침에 가자고 한참 동안 그를 설득했다. 밤에 가는 건 아무런 도움이 되지 않았다. 그 어둠 속에서 차가 다닐 수 있는 길과 모래사장을 구분하기도, 배를 찾기도 불가능했다. 게다가 차를 실을 수 있는 페리선도 밤에는 운항하지 않았다. 결국 그들은 새벽 4시에 출발하기로 약속했다. 이렇게 해서 막시밀리안은 그 순간 평생 자신을 괴롭히며 후회 속에서 허우적거리게 만들고, 자기 삶을 암흑 속으로 몰아넣어 버린 잘못된 결정을 내렸다.

그날 밤, 그는 집에서 꼼짝 않고 지옥 같은 고통 속에서 아침을 기다렸다. 다음 날 이른 아침, 막시밀리안과 렘지는 첫 페리선을 타고 아시아 대륙 쪽으로 건너가서는 쉴레 방향으로 이동했다.

두 사람은 바다가 보이는 언덕에서 내려, 망원경으로 배를 찾았다. 쉴레 근처 욤곶에서 스트루마호를 찾을 수 있었다. 마치 버려진 배 같았다. 배를 예인하던 선박은 보이지 않았다. 그들은 해변으로 내려갔다.

그날, 그에게 59년 후 그 자리로 다시 와서 바이올린을 연주할 것이라고 이야기했다면 그도 믿지 않았을 것이다. 두번째 그곳에 왔을 때, 그 해변에 있던 모텔은 당연히 지어지기도 전이었다.

막시밀리안은 뛰어서 해변으로 내려갔다. 어부들에게 자기를 스트루마호로 데려가 달라고 했다. 어부들은 기상이 나쁘고 파도도 높다며 잠시 머뭇거렸지만, 그중 한 명이 꽤 많은 돈을 받는 조건으로 막시밀리안의 제안을 받아들였다.

막시밀리안은 어선에 올랐다. 렘지는 해변에서 기다리겠다고 했다. 어선은 파도랑 싸우면서 스트루마호를 향해 나아가기 시작했다. 나디아를 만나기까지 정말 얼마 남지 않았다. 계속 흔들리는 작은 어선에서 막시밀리안은 일어나 쉬지 않고 소리쳤다.

"나디아, 나디아! 내가 왔어, 끝났어, 이제. 힘든 날은 다 지나갔어."

주변에 경찰도, 접근을 막는 조치도 없었다. 아무리 늦어도 30분 후면 나디아와 다시 해변으로 돌아가서 택시를 타고 집으로 갈 것이었다.

어선을 몰던 어부는 계속 막시밀리안을 제지했다. 어부는 외국어로 소리 지르는 이 남자가 바다에 빠질까 봐 두려워하고 있었다. 그가 막시밀리안의 팔을 잡고 앉히려 한 바로 그 순간, 엄청난 폭발음과 함께 스트루마호가 폭파되었다.

끔찍한 광경이 벌어진 후, 한순간에 세상의 모든 소리가 사라진 듯했다. 공중에는 사람의 몸뚱이와 나뭇조각 들로 가득했고, 배는 매우 빠른 속도로 침몰하고 있었다.

폭발에 겁을 먹은 어부는 재빨리 뱃머리를 돌렸고, 빠른 속도로 해안을 향해 배를 몰았다. 막시밀리안은 작은 어선에서 앞뒤로 뛰어다녔다.

그는 "멈춰!"라고 소리쳤다. "다시 돌아가, 다시 돌아가!"

어부는 그의 말을 듣지 않았지만, 막시밀리안은 돌아가야 한다고 마음을 먹었다. 막시밀리안은 어부를 덮쳤다. 두 사람은 한동안 뒤엉켰다. 그러다 어부가 바다에 빠져버렸다. 배에 혼자 남은 막시밀리안은 어선을 침몰하는 배 쪽으로 몰기 위해 키를 급하게 돌렸다. 그러자 어선은 전복되었고 그도 바다에 빠져버렸다.

바닷물은 얼음장 같았고, 파도는 막시밀리안을 계속 해변으로 밀어냈다. 막시밀리안은 폐에 찌고 차가운 바닷물이 들어간 것을 느꼈다.

눈을 떴을 때, 막시밀리안은 자신이 어디에 있는지 의아했다. 무슨 일이 있기에 내가 이 사람들 사이에 있는 거지? 머리에서부터 물을 뒤집어쓴 저 남자는 왜 저렇게 미친 듯이 행동하는 걸까? 놔두면 분명히 자신에게 덤벼들어 그를 갈기갈기 찢어놓을 것 같았다. 다른 사람들도 화가 나 있었다. 몇몇은 친구들을 말리고 있었고, 다른 몇몇은 자기들끼리 고함을 질렀다.

더 정확히 말하자면, 막시밀리안은 그 흥분하고 분노한 사람들이 고함치는 것을 볼 수는 있었지만, 들을 수는 없었다. 아무런 소리도 들리지 않았다. 그러다 갑자기 소리가 들려왔다. 먼저 성난 파도 소리가, 그다음으로 분노에 찬 고함이 들렸다. 고개를 들어보니, 펼쳐진 바다 위로 수많은 조각이 떠다니고 있었다. 산산조각이 난 배의 잔해들과 함께 승객들의 짐들 그리고 떨어져 나간 시체 조각들도 높은 파도 사이에서 나타났다 사라졌다를 반복했다.

그러던 와중에 한 떼의 사람들이 나타났다. 그들은 공무차량을 타고 와서 여러 장비를 이용해 구조 작업을 벌였다.

막시밀리안은 목이 찢어질 것처럼 소리 지르며 자리를 박차고 일어났다. 옷에서 물이 흘러내렸고, 그는 바다로 뛰어가기 시작했다. 바다로 겨우 한두 발자국 들어갔을 때, 누군가가 그를 잡았다. 얼음장 같은 바다로 들어와서 막시밀리안을 붙잡은 사람은 그도 아는 사람이었다. 가까운 친구인 그가 왜 가로막는 것이지? 왜 놔주지 않는 거지? 렘지! 운전기사 렘지…… 많은 날을 함께하면서 서로를 이해하지 못할 때도 있었지만, 아픔과 희망을 함께 나눴었다. 그런데 지금은 왜 막시밀리안이 배의 잔해가 있는 곳으로 가는 걸 막는 걸까? 왜 이해하지 못하는 걸까? 네댓 명의 남자가 렘지를 돕기 위해 곁으로 다가왔고, 막시밀리안을 모래사장으로 끌고 나왔다. 막스는 이들 누구에게도

404

화가 나지 않았지만, 렘지에게는 무척 화가 났다. 그는 추위와 분노, 고통으로 떨고 있었다. 그리고 한 번씩 소리쳤다.

"나디아아아아아아!"

그때 경찰이 왔고, 막시밀리안에게 수갑을 채운 다음 이스탄불로 이송했다. 그는 경찰에게 쉬지 않고 튀르키예어로 물었다.

"구조된 사람이 있습니까? 구조된 사람이 있냐고요?"

"한 명이 구조됐습니다." 그들이 답했다.

배의 승무원을 제외한 769명 중 한 명일 거라고 막시밀리안은 생각했다. 구조된 사람이 나디아이기를 간절히 기도했다. 하지만 아니었다. 다비드라는 이름의 젊은 남자만 구조되었다. 나머지는 모두 사망했다. 이 사실을 알고 막시밀리안은 경찰서에서 고함을 지르기 시작했다.

"살인자들, 살인자들, 살인자들!"

경찰은 그를 경찰서 지하실에 있는 유치장에 가뒀다. 바닥과 벽은 축축했고, 심한 곰팡냄새가 났다. 머리 위에서는 계속 밝은 백열등이 그를 비추고 있었다. 유치장에는 창문이 없어서 밤인지 낮인지 알 수 없었다. 막시밀리안은 상태가 위중한 정신병 환자처럼 행동했다. 한 번씩 일어나 머리를 규칙적으로 벽에 박았다. 쿵, 쿵, 쿵 하는 소리가 났고, 이마는 피범벅이 되었다. 피를 닦아야 한다는 생각은 들지도 않았다. 그는 경찰이 가져온 식사를 거부했고 축축한 바닥에서 웅크린 채 누워 있었다. 눈을 감으면 배가 폭발하던 순간과 하늘로 솟구쳐 오르던 사람들이 보였다. 폭발 순간에 나디아는 어디에 있었을까? 배 난간을 붙잡은 채, 내가 가까이 다가오기만을 기다리고 있었을까? 마지막 식사는 무엇이었을까? 마지막 순간 무슨 생각을 했을까? 무서워할 시간이라도 있었을까? 바다로 솟구쳐 날아간 사람들 중에 그녀도 있었을까? 순간적으로 죽었을까, 아니면 차가운 바다에서 오랫동안 버텼을까?

그는 이런 생각을 하다가 일어나서 머리를 규칙적으로 벽에 부딪혔다. 쿵, 쿵, 쿵 소리가 유치장에 울렸다.

경찰이 그를 심문하는 순간에도 그랬다. 어떤 질문에도 제대로 답을 하지 못했고, 답하는 것도 알아들을 수 없었다.

그냥 소리만 질렀다.

"평생을 이 사건을 이야기하고 다닐 거야! 이 살인 행위를 온 세상에 알릴 거야!"

그날이 2월 24일이었다.

시간이 흐른 뒤에야 스트루마호의 침몰, 더 정확히 격침 사건이 사람들 사이에서 많이 회자되었다. 서로 다른 다양한 주장이 나왔다. 튀르키예에서 어뢰를 쏘았다고 주장하는 사람들이 있었는가 하면, 독일이 침몰시켰다고 주장하는 사람도 있었다. 이스탄불해협에서 쉴레로 예인하면서 아무도 모르게 스트루마호에 폭탄을 설치했다는 말도 들렸다.

세월이 흐른 뒤 프랑크푸르트 검찰의 지시를 받은 한 독일 조사관이 진실을 밝혀냈다. SC 213 소련 잠수함이 스트루마호에 어뢰를 발사한 것이었다. 스탈린이 흑해에서 확인되지 않는 모든 선박을 격침하라는 명령을 내렸기 때문이었다. 데네즈코 대위가 함장으로 있는 소련의 잠수함은 아침 무렵 스트루마호를 발견하고는 몇 번의 무선신호를 보냈다. 그러나 스트루마호가 응신을 하지 않자, 어뢰로 침몰시켰던 것이다.

경찰은 막시밀리안을 유치장에서 풀어준 다음 집으로 데리고 갔다. 외출 금지 명령을 내리고 입구에 보초를 세웠다. 그러고는 그에 대한 수사를 계속 진행했다.

그리고 며칠 뒤, 막시밀리안은 갑작스럽게 추방 명령을 받았다. 어느 나라로 가기를 원하느냐는 질문에 그는 "미국"이라고 답했다.

막시밀리안은 미국으로 가기 위한 준비가 전혀 되어 있지 않았다. 짐을 챙길 시간조차 없었다. 그가 작곡한 나디아를 위한 세레나데의 악보도 이스탄불에 두고 온 자기 짐들 사이에 있었다. 그는 출국 직전에 대학으로 전화해서 자신의 짐을 아르디티 부부에게 맡겨달라고 부탁했다.

이스탄불을 떠날 때, 그는 이곳에 59년이 지난 뒤에야 돌아오리라는 걸 알지 못했다. 그런 생각조차 하지 못했다. 사실 그의 머릿속에는 아무 계획이 없었다.

미국으로 간 후, 그는 오랫동안 튀르키예와 관련된 어떤 곳과도 연락을 취하지 않았다. 자신의 짐도 찾지 않았다. 그곳에서 수개월 동안 병원에 입원했고, 독한 약을 복용하면서 정신과 치료를 받았다. 의사들은 과거와의 단절을 원했다.

치료는 잘 진행되었다. 막스는 많이 좋아졌고, 일상도 되찾았다. 하지만 그에게 온 편지 한 통으로 인해 순식간에 만신창이가 되어버렸다. 나디아가 보낸 편지였다.

여보,

이 불행한 여자 그러니까 메데아가 이 편지를 당신께 전하더라도 절대 슬퍼하지 마세요. 그녀가 당신께 뭐라고 하든 믿지 마세요. 왜냐하면, 이 젊은 여자는 임신과 병으로 아주 위태로운 상황이랍니다. 배 안에서의 환경이 다른 사람들보다 그녀에게 크게 영향을 미쳤어요. 당신이 안심하라고 이 말을 하는 게 아니에요. 믿어도 돼요, 난 아주 괜찮아요. 여기서 나갈 수 있을 거라는 것도 알아요.

이틀 전 고개를 하늘로 향하고 눈을 감았어요. 그리고 신에게 계시를 내려달라고 빌었답니다. 눈을 떴을 때 텅 빈 하늘을 보게 될까 무서웠지만 그렇지 않았어요. 신께서 나의 소원을 들었나 봐요. 바로 내 머리 위에 브이 자로 날아가는 새들의 무리를 보았답니다. 어찌나 대형을 잘 유지하고 날아가던지, 한 마리도 그 대형을 흩트리지 않았어요. 앞에 날아가는 새에 바짝 붙지도 않고, 정확한 간격을 유지하면서 정확한 브이 자를 그리며 날고 있었어요. 그래요, 바로 내 머리 위에서 날고 있었어요. 그 순간 나는 '이건 기적이야'라고 생각했어요.

당신과 나 그리고 모든 인간의 주인이신 신께서 내게 하늘로부터 승리의 계시를 보내신 거예요. 내 마음은 감사와 환희로 가득 차 있답니다. 단지 느끼는 것만 아니라, 확신하건대 반드시 여기서 나가 당신을 만날 거예요. 정말 듣고 싶었던 당신의 세레나데 연주를 기대할게요.

같은 도시에서 서로 가까이 있다는 걸 알고 있고, 같은 공기를 마시고 있다는 사실에 난 행복해요.

우린 조만간 만날 거예요, 서로에게 그동안 있었던 일을 다 이야기하도록 해요.

하지만 절대 슬퍼하면 안 돼요. 난 괜찮아요. 건강하고, 따뜻하게 지내고 있고, 굶지도 않아요.

당신을 만나게 될 날을 간절히 기다리며,

당신의 아내 나디아

나디아는 막시밀리안에게 쓴 편지를 메데아에게 전한 것이었다. 배에서 병원으로 이송된 이 여자를 막스가 찾아갈 것임을 알았던 것이다. 그러나 메데아는 생사를 오갔고, 그 편지를 막시밀리안에게 전할 수가 없었다. 그녀는 나중에 완쾌된 후 팔레스타인으로 가기 전에 나디아의 편지를 병원에 맡겼다.

병원 관계자들은 이스탄불 대학교로 이 편지를 보냈다. 대학 총장실에서 막시밀리안 바그너 교수의 미국 주소와 근무하는 대학을 알아내는 데는 꽤 많은 시간이 걸렸다. 나중에서야 바그너 교수를 임용하기로 한 하버드 대학교로 이 편지가 전달되었다. 하지만 바그너 교수가 병원에 입원해 있었기 때문에 편지는 바로 전달될 수 없었다.

그가 보스턴의 한 병원에 입원해 있을 때, 마침내 편지가 그에게 전달되었다. 만약 의사들이 그 편지에 대해 사전에 알았더라면 편지가 전달되는 것을 틀림없이 막았을 것이다. 왜냐하면 그 편지를 읽고 난 뒤, 그는 믿을 수 없을 정도로 깊고 어두운 내면의 세계로 빠져버렸고, 그의 정신은 오랫동안 돌아오지 않았다.

그는 눈이 창밖을 향해 있었고, 잠꼬대하듯 계속 중얼거렸다.

"갈게!" 그가 말했다. "갈게 나디아, 갈게."

그러고는 편지에 적힌 세레나데를 기억해내려고 했다. 하지만 뒤엉켜버린 기억의 심연에서 단 한 장의 악보도 꺼내지 못했다.

다시 이야기로 돌아가서……

15

동양 문학에서 아주 자주 만나게 되는 형식으로, 당신은 막 시밀리안과 나디아의 가슴 미어지는 이야기를 읽어보았을 것이다. 파리두딘 아타르*의 작품에서나 천일야화에서 그리고 메스네비**에서처럼 책의 한 부분이지만, 따로 분리된 한 이야기로 읽을 수 있게 배치하는 방법은 널리 쓰인다. 물론 전문 작가가 될 생각이나 동양 문학을 대표하고자 하는 욕심은 없다. 그렇지만 이 미천한 설명을 덧붙이는 이유는 내가 선호하는 전통적인 방식이고 이런 방식을 따른다고 해서 문제가 되지는 않을 거라고 보기 때문이다. 이제 중단되었던 곳에서부터 이야기를 다시 이어갈까 한다.

---

* 파리두딘 아타르(Farīduddīn Aṭṭār, ?1146~1221): 중세 페르시아의 시인이자 이슬람 수피교도.
** 메스네비mesnevi: 2행으로 된 이슬람 고전 시의 형태.

다음 날 아침, 나는 놀랄 정도의 활기찬 기운을 느끼며 잠에서 깼다. 짧게 잤는데도 피곤하지 않았다. 케렘을 학교에 보낸 뒤 외교부로 메일을 보냈다. 이스탄불 대학교 소속이었던 교수와 1942년 발생한 '유감스러운' 스트루마 사고에 대한 책을 집필했는데, 이 사고와 관련하여 외교부 자료실 열람을 허가해줄 수 있는지 문의했다.

긍정적인 답변이 오리라고 기대하지는 않았지만, 시도는 해보고 싶었다. 어쩌면 이렇게 세월이 흘렀으니 당시 자료를 공개하는 것이 문제가 되지 않는다고 판단하는 국장을 만날 수도 있지 않을까 하는 생각이었다.

잠시 뒤, 나는 서둘러 밖으로 나왔다. 가볍게 눈이 흩날리고 있었다. 돌무쉬를 타고 베야즈트로 향했다. 매일 학교로 출근하던 길과 똑같은 길이었지만, 이번에는 행선지와 목적이 달랐다.

복잡한 광장에서 내린 후, 주머니에서 종이를 꺼냈다. 막시밀리안 바그너 파일에서 본 추방 명령서의 복사본이었다. 그 명령서가 중요했던 이유는 막시밀리안의 당시 집 주소가 기록되어 있었기 때문이다.

베야즈트 광장에 있는 몇몇 카페는 오스만 시대의 '물 담배'에 대한 대중의 관심을 다시 불러일으키고 있었다. 이 카페들은 학생과 관광객 들로 만원이었다. 나는 평생 한 번도 물 담배를 피워본 적이 없었지만, 언젠가는 피워보고 싶었다. 물을 통과해서 빨려 들어오는 연기가 어떨지 궁금했다.

광장에 나란히 자리한 간이음식점 앞을 지나는데 수죽*이

들어간 토스트 냄새가 풍겼다. 그 냄새는 내 의지와 무관하게 나를 그 자리에 붙들어 놓았다. 그러고 보니 집에서 아무것도 먹지 않은 채 나왔다. 나는 작은 흰색 플라스틱 탁자들 중 한 곳에 앉았다. 그러고는 토스트와 아이란*을 주문하면서, 손에 들고 있는 주소를 보여주며 나십 골목이 어디에 있는지 물었다. 그 종업원은 그런 골목을 알지 못했지만, 간이음식점 옆에 있는 상점의 나이 지긋한 주인은 알 것 같았다.

나는 토스트를 먹고 난 뒤 상점으로 가 진열대 뒤에 있던 나이 많은 주인에게 그 골목을 물었다. 그는 한참을 생각하며 이마를 긁더니, "생각이 날 것 같은데…… 모르겠네. 여기 많은 골목의 이름이 바뀌는 바람에. 제일 좋은 방법은 마을 동장한테 가서 물어보는 거요, 아가씨"라고 답하며, 동장이 있는 곳을 알려줬다.

그러나 동장도 나십 골목을 몰랐다. 동장이 모르는 골목이 있을 수 없을 테니, 주소가 잘못 기록되었거나, 상점 주인이 말한 것처럼 골목의 이름이 바뀐 것이 분명했다. 동장과도 그럴 가능성에 대해서 말했다. 동장은 속이 터질 정도로 행동이 느렸지만, 도움을 주고 싶어 하는 사람이었다. 그는 오래된 등록 명부를 펼쳐서 뒤적거리더니 결국 나십 골목을 찾아냈다. 지금 도로명으로는 악도안 골목이었다.

나는 동장 사무소에서 나와 악도안 골목으로 가면서 이렇게

---

* 수죽sucuk: 말발굽 모양의 튀르키예식 발효 소시지.

* 아이란ayran: 요구르트에 물을 섞어 마시는 튀르키예의 전통 음료.

지명을 계속 바꾸는 습성에 대해 생각해봤다. 왜 골목이며, 도로며, 광장, 마을의 이름은 그대로 남아 있지 않는 걸까? 왜 계속 바꾸는 거지? 과거로부터 도피하려는 걸까? 모든 것을 처음부터 다시 시작하려는 걸까?

에리히 아우어바흐는 과거를 바꾸고자 하는 이 나라의 문제들을 보고 뭐라고 했을까? 발터 벤야민에게 보낸 편지에서 이런 '과도한 변화 욕구'에 대해서도 언급했을까? 우리는 모르는 사이에 끊임없이 탈피 중이었다. 비잔틴으로부터 해방, 오스만 제국으로부터 해방, 아랍 문화로부터 해방…… 이제는 새로운 유행인 '케말리즘*으로부터 해방!'까지. 푸른 연대를 숨기고, 스트루마를 숨기고, 아르메니아인 학살을 숨기고.

한때는 튀르키예에 왜 이렇게 에레일리라는 지명이 많을까 의문을 품은 적이 있었다. 콘야주에도 에레일리, 마르마라 지역에도 에레일리, 흑해에도 에레일리! 나중에 찾고 찾다 보니 이 말이 고대의 이름에서 따온 '이라클리온'에서 유래되었다는 것을 알게 되었다. 마치 볼루처럼. 볼루, 이네볼루, 티레볼루, 사프란볼루와 같은 소도시의 이름은 사실 그리스어로 '도시'를 뜻하는 '폴리'라는 단어에서 온 것이었다.

과거를 이토록 쉴 새 없이 새롭게 정의하는 나라가 또 있을까 하고 생각하던 중에 악도안 골목을 발견했다.

작고, 관리가 안 된 건물들로 가득 찬 짧은 골목이었다. 돌로

---

* 케말리즘Kemalizm: 세속주의를 근간으로 한, 튀르키예의 국부 케말 아타튀르크의 이념.

포장된 길이 울퉁불퉁한 아주 오래된 골목이었다. 신식 건물 사이에 군데군데 오래된 목재 가옥이 있었지만, 모두 폐가 수준이었다. 페인트칠은 벗겨지고 나무 벽은 검게 변했어도, 2층 창이 돌출된, 한때는 아름다웠을 것 같은 집들이었다.

아래쪽으로 걸어가서 17호 건물을 찾아보니 일본 타일로 외장을 한 누추한 건물이 보였다. 막스와 아르디티 가족이 살았던 건물은 아니었을 것이다. 보아하니 이 골목 역시 과도한 도시 이주가 낳은 심각한 부작용을 앓았다. 옛날 집들을 허물고 그 자리에 새로운 건물을 짓고 있었다. 튀르키예에서 주소를 찾는 사람에게 가장 좋은 안내소이자, 모든 골목마다 하나씩 있는 구멍가게에 물어보는 것 말고는 더 이상 다른 방법이 없었다. 나는 구멍가게로 가서 '아르디티' 가족을 아는지 물어보았다. 가게 내부에는 벽마다 아랍어 기도문이 걸려 있었다. 가게에는 긴 턱수염에, 꽉 끼는 흰색의 페즈*를 머리에 쓰고 손에는 염주를 들고 있는, 독실한 이슬람 신자로 보이는 노인이 있었다.

"아가씨, 우리는 카이세리에서 와서 5년 전에 이 가게를 열었다오. 이 동네의 옛날 일은 몰라요. 그래도 우리 손님 중에 여기 오래 산 유대인들이 있어요. 아마도 그 사람들이 아가씨에게 알려줄 수 있을 것 같군요."

노인은 딸을 불렀다. "퀴브라, 퀴브라…… 이 손님을 유대인 할머니 댁까지 데려다줘."

---

* 페즈Fes: 쇼트 비니 같은 이슬람 남성이 쓰는 모자.

진열대 뒤에서 무늬가 들어가 있는 히잡으로 머리를 야무지게 싸맨, 가녀린 얼굴에 마른 체형의 젊은 여자가 나왔다. 그녀가 외투를 입는 동안, 가게 주인 할아버지는 내게 "뭐라도 대접하고 싶은데 아가씨, 뭘 마시겠소?"라고 물었다.

나는 감사하다는 인사를 하고, 마시지 않겠다고 답했다. 그러자 노인은 작은 마분지에 인쇄된 아랍어 기도문을 내밀었다.

"이걸 가지고 다녀요 아가씨. 아예텔-퀴르시*라네. 그러니까 알라신의 말씀이오. 이 도시에서 모든 사고와 재앙, 악마의 눈으로부터 아가씨를 보호해줄 거요. 꼭 지니고 다녀요."

모르는 여자를 보호하고, 챙겨주고 싶어 하는 '어른'의 태도를 보여준 노인 덕분에 마음이 한결 놓였다. 튀르키예에 사는 전통이 오래된 많은 가족처럼 이들도 좋은 사람이었다.

나는 퀴브라와 함께 가게를 나섰다. 몇 집을 건너 오래된 집들 중 한 곳에 도착했다. 퀴브라는 아주 오래된 나무 대문에 달린, 손으로 돌려서 소리를 내는 초인종을 울렸다. 2층 창문에서 할머니 한 분이 고개를 내밀고는 우리를 쳐다봤다.

"퀴브라 너니? 내려갈게 아가." 그녀가 말했다.

아주 두드러지는 독특한 억양의 튀르키예어였다. 문이 열리자, 마른 체구에 나이는 지긋하고 외모와 억양으로 봐선 스파라드 유대인이 확실해 보이는 할머니가 나왔다. 동네 무슬림 주민이 그녀를 '마담'이라고 부른다는 건 이미 들어서 알고 있

---

* 아예텔-퀴르시Ayete'l-Kürsi: 『쿠란』 2장의 255번째 구절. 알라는 그 무엇과도 비교할 수 없는 존재임을 설파하는 내용이다.

었다. 목에 걸린 가는 사슬 안경 줄에 연결된 안경이 그녀의 코에 얹혀 있었다. 그녀는 고개를 숙여 안경 너머로 우리를 바라보았다.

"어서 와요, 어서 와."

퀴브라는 상황을 설명했고, 자기는 다른 일이 있다며 돌아갔다. 가기 전에, "필요하신 게 있으세요, 이모?"라며 퀴브라가 물었다.

마담은 "없단다, 얘야. 고마워 예쁜이"라고 답했다.

그러고는 나를 집 안으로 안내하면서, "아주 좋은 파밀리아* 예요, 저 사람들"이라며 그 가족들에 관해 이야기했다. "내가 궁둥뼈가 아파서 편하게 밖에 못 나다녀요. 전화를 하면 퀴브라가 내가 원하는 걸 다 가져다줘. 아, 그리고 명절에 사탕이나 로쿰** 나눠 먹는 것도 절대 안 잊어버리지."

이런 나눔은 옛 이스탄불의 보편화된 생활 방식 중 하나였다. 그 좋았던 시절의 흔적이 이제는 사라져버렸지만.

마담은 나를 작은 거실로 안내했다. 그녀의 집에서는 그 집만의 특유한, 옛 시절을 떠올리게 하는 냄새가 풍겼다. 수작업으로 문양을 깎아서 만든 아주 오래된 티 테이블 위에는 많은 사진 액자가 놓여 있었다.

"커피를 줄까요?" 그녀가 물었다.

"아뇨, 신경 안 쓰셔도 됩니다." 내가 답했다.

---

* '가족' '가정'을 뜻하는 말로, 스파라드 유대인들이 사용했던 라디노어로 보인다.
** 로쿰lokum: 튀르키예식 젤리.

"내가 아침에 커피를 마시지 않았거든요. 같이 마셔요."

잠시 후 그녀는 작고 얇은 잔에 담긴 근사한 향을 풍기는 거품 가득한 커피 두 잔을 쟁반 위에 들고 왔다. 커피 잔 옆에는 작은 물 잔 하나씩과 장미 향이 나는 로쿰이 하나씩 놓여 있었다. 전형적인 이스탄불의 오랜 커피 접대 방식이었다. 그 흔한 '카페' 어디에서도 이런 걸 찾아볼 수가 없었다. 사람들은 왜 이 좋은 전통을 버리고 인스턴트커피를 마실까. 게다가 맛까지 이상한 커피를 말이다.

사실 이유는 분명했다. 세계 곳곳에 사는 서로 다른 성격을 지닌 수십억의 사람이 같은 종류의 음식과 음료를 좋아해야 하고, 같은 양식의 옷을 입어야 하고, 같은 형태의 삶을 살아야만 한다. 그래야 다국적 거대 기업들이 자기 상품을 세계 어디서든 팔 수 있을 테니…… 어쩌면 더 무서운 건 이런 시스템이 지역 문화를 파괴하고 있다는 사실이다. 이런 생각에 잠겨 있다가 문득 이런 나 자신이 우스웠다. 지난주부터 내가 마치 '노스탤지어 전문가'라도 된 것 같았다.

모두들 '마담'이라고 부르는, 내 앞에 있는 이 우아한 부인의 이름은 라셀 오바디아였다. 그녀는 500년 동안 이스탄불에서 살고 있는 스파라드 유대인 중 한 사람이었다. 그들은 이사벨과 페르난도 시대*의 종교재판을 피해 1492년 카디스항을 출발한 오스만제국의 배를 타고 이스탄불로 왔다. 같은 날 밤, 같

---

* 에스파냐의 통일과 이후 강성기로 이어지는 15세기 말~16세기 초 무렵을 뜻한다.

은 항구에서는 대양을 건너 인도로 갈 계획이었던 크리스토퍼 콜럼버스라는 탐험가의 배도 출항했다.

마담 오바디아는 라디노어* 억양이 섞인 튀르키예어를 썼는데 말씨가 귀여웠다. 사진 속에 있는 사람들을 소개해줬고, 5년 전 사별한 남편의 외모를 칭찬했다. 너무 외로운 모양이었다. 그녀는 이야기를 나눌 대상을 찾고 있었던 것 같았다.

"마담 오바디아, 제 이름은 마야 두란입니다. 이스탄불 대학교에서 일하고 있어요. 제가 여쭤볼 게 있어 왔습니다. 혹시 전에 이 골목에서 사셨던 아르디티 가족을 기억하시나요?"

그녀의 두 눈은 생각에 잠긴 것 같았다. 오랜 세월 동안 겹겹이 쌓여온 뒤섞인 기억 속에서 아르디티라는 이름을 찾아내려고 골똘히 천장을 바라봤다.

"아르디티, 아르디티……" 그녀가 중얼거렸다.

나는 덧붙여 말했다. "마틸다와 로베르 아르디티예요." 그녀가 기억해낼 수 있도록 돕고 싶었다. "옛날에 17호 집에서 살았답니다."

내 말을 들은 그녀의 얼굴이 갑자기 환해졌다.

"그래에에에. 어떻게 기억을 못 하겠어. 마틸다 부인. 내가 젊었을 때 그 부인이 내게 테두리에 뜨개질을 한 손수건을 주셨어. 아주 좋은 파밀리아였어, 그 사람들. 아아아주 좋은!"

"지금 어디에 계시는지 아세요?"

"그분들 나보다도 더 나이가 많아. 아마 로베르 씨는 돌아가

---

* 라디노Ladino어: 스파라드 유대인의 언어.

셨을 거예요. 마틸다 부인은 양로원에 있다는 이야기를 들은
적이 있어요. 아마 나이가 90이 넘었을걸."

"혹시, 살아 계실까요?"

"글쎄요."

"어느 양로원에 계세요?"

"예쁜 아가씨, 난 몰라요. 이스탄불이 얼마나 많이 변했는
데, 얼마나. 옛날에 이 동네가 어땠는지 아가씨는 모를 테니 말
이야."

보아하니 다시 옛날이야기를 시작할 것 같았다.

"제발요 마담, 마틸다 부인을 찾는 일이 제겐 중요합니다. 좀
더 생각해보시면 안 될까요?"

"왜 찾는 거죠, 이 파밀리아를?"

"설명드리자면 길어요. 제가 일하는 대학과 관련된 조사를
하고 있습니다. 그분께 물어볼 게 있어서요."

"내가 질문에 대답해줄게요. 내가 많이 알아요. 내가 노트르
담 드 시온을 다녔거든요."

"감사합니다만 그 가족과 관련된 것입니다. 부탁드리면 안
될……"

"그럼 잠깐만. 아마 우리 이지가 마틸다 부인에 대해서 이야
기한 적이 있었던 것 같은데. 이지에게 물어봐야겠네."

그녀는 구석의 티 테이블 위에 있는 구식의 검정 에릭슨 전
화기로 향했다. 먼저 전화기 위에 있던 레이스가 달린 덮개를
벗기고 수화기를 들고서는 천천히 다이얼을 돌리기 시작했다.

이지라고 하는 사람과 어찌나 생소한 언어로 통화를 하는지

도무지 알아들을 수가 없었다. 어떤 문장은 에스파냐어, 어떤 건 프랑스어, 또 어떤 건 튀르키예어였다. 그녀가 통화하는 동안 이스탄불 스파라드 유대인들에 관한 재미난 이야기가 생각났다.

그들은 1492년에 이스탄불로 왔기 때문에 이제는 에스파냐에서 많이 쓰지 않는 세르반테스 시대의 에스파냐어를 썼다. 그 시대의 언어와 단어 들을 연구하기 위해 마드리드에서 한 언어학자 그룹이 이스탄불을 방문해서는 그들에게 다양한 질문을 했다고 한다. 질문이 정치에 관한 것으로 이어지면서, 이스탄불에서 편안하게 지내느냐는 질문을 했고, 이에 한 스파라드 유대인은 튀르키예어 반, 에스파냐어 반이 섞인 말로 이런 대답을 했다고 한다.

"라스 메셀레스 델 휘퀴멧, 노 모스 카르스야모스."* 그러니까 "우리는 정부가 하는 일에 간섭하지 않습니다"라는 대답이었다.

이스탄불 대학교에서 몇몇 교수가 농담 식으로 웃으며 한 이야기지만, 라셸 부인도 이지라고 하는 사람과 딱 이런 식으로 대화하고 있었다.

"그래 지기, 오 르부아.**" 그녀가 이렇게 말하고 전화를 끊었다.

---

* 메셀레스, 휘퀴멧, 카르스야모스는 외국인이 발음하는 튀르키예어를 표기한 것이다. 튀르키예어에 에스파냐어가 섞인 말로 이해는 할 수 있지만 튀르키예어 문법과 철자법에 맞지 않는 표현이다.

** 오 르부아au revoir: '안녕'이라는 뜻의 프랑스어.

그러고는 내게 "마틸다 부인을 찾았어요. 하르비예에 있는 아르티기아나 양로원에 있나 봐. 잠깐, 어제 만든 밀크 푸딩 좀 가져올게요"라고 말했다.

"아니에요, 괜찮습니다. 제가 좀 급해서요. 제게 정말 많은 도움을 주셨어요, 마담 라셀. 안녕히 계세요." 나는 이렇게 말하고, 그녀를 추억과 불치의 외로움 속에 홀로 남겨둔 채 그 집에서 나왔다. 그녀가 "잘 가, 또 와요!"라며 날 배웅하는데, 얼굴에는 설명할 수 없는 쓸쓸함이 떠올랐다.

광장을 향해 걷다 보니 이스탄불 대학교 정문이 보였다. 비록 일주일이지만 대학 건물로 들어가지 않아도 된다고 생각하니 자유가 느껴졌고, 마음에 활기가 샘솟는 것 같았다. 나는 돌무쉬를 타고 하르비예로 향했다. 아르티기아나 양로원이 어디에 있는지는 몰랐지만, 물어물어 찾아갈 수 있을 것 같았다. 실제로도 그렇게 찾아갔다. 한두 군데 가게에서 길을 물어 찾아가다 보니 어느새 아르티기아나 양로원 앞이었다.

나중에 찾아보니, 아르티기아나는 1838년 술탄 압듈메지드*의 칙령과 2만 쿠루슈**의 하사금으로 세워진 건물이었다. 아르티기아나는 다양한 종교를 믿는 홀로 남은 신자들이 여생을 보내기 위한 대피소이자 보금자리였다. 모두에게 혼자 쓸 수 있는 방이 주어졌다. 본인이 원한다면 자기 짐을 옮겨 와서

---

* 압듈메지드(Abdülmecid, 1823~1861): 오스만제국의 제31대 술탄. 백성들의 시민권을 보장하고 종교에 따른 차별을 없애고자 했다.

** 쿠루슈kuruş: 오스만제국 당시의 화폐 단위.

살 수도 있었다. 낮에는 외출했다가 밤에 돌아오는 것도 가능했다.

내가 입구에 있는 경비원에게 마틸다 아르디티를 찾아왔다고 하자, 나를 3층으로 안내해주었다. 아주 낡은 문짝 위에는 그 방에 머무는 사람의 이름이 적혀 있었다. 쿠윰주얀, 스타브로포울로스, 마브로마티아, 세레로.

이 양로원 안에 어떤 추억이 남아 있는지 누가 알까? 어떤 드라마 같은 사건이, 어떤 재미있었던 일이 그리고 어떤 사랑을 품고 있을지. 한참을 걸어가다 복도 왼편의 한 방문 위에서 아르디티라는 이름을 발견했고, 노크한 뒤 안으로 들어갔다. 침대 위의 한 할머니가 나를 보더니 천천히 몸을 일으켰다.

"어서 오세요." 그녀가 말했다.

"저는 마틸다 아르디티라는 분을 찾고 있어요."

"그분을 왜 찾으시나요?"

"이야기를 좀 나누고 싶어서요."

할머니는 "앉으세요, 그럼"이라고 말했다.

그녀는 창가에 있는 녹색 안락의자를 가리켰고, 나는 그 자리에 앉았다.

"혹시 할머니께서 마틸다 아르디티세요?"

"그래, 맞아요. 사실 모든 게 얼마나 오래된 것 같은지, 이젠 내가 누군지도 기억이 안 나."

"마담, 이걸 받아주세요."

나는 아르티기아나에 오기 전에 길모퉁이의 화원에서 산 보라색 꽃다발을 내밀었다.

"오, 정말 친절도 하셔라. 꽃을 산 지가 얼마나 됐는지 모르겠네요. 한 30년, 아니, 그 두 배는 더 되었을걸?"

"무슨 말씀이세요, 마담 아르디티! 그렇게 연세가 들어 보이진 않으세요."

"아! 이젠 마치 내가 태초부터 살아 있었던 것 같아. 이름이 어떻게 된다고 했죠?"

"마야예요."

"아아, 마야라고 했지! 마야라는 이름 참 좋네. 이즈미르에 살 때 이웃집 딸이 있었는데 그 애도 마야였지. 우린 동갑내기였고, 가장 친한 친구였다오. 아직 살아 있는지 모르겠네."

"마담 아르디티, 뭘 좀 여쭤보고 싶은데요."

"어서 물어봐요!"

"막시밀리안을 기억하세요?"

내 질문에 그녀는 잠시 움직임을 멈추더니, 이미 깊게 잡힌 이마의 주름이 더 깊게 패도록 찡그리며 기억해내려 애썼다. 그러다 얼굴빛이 밝아졌다.

"그래! 막시밀리안. 물론, 당연히 기억나지."

"나십 골목에서 함께 지내던 이웃이셨다는데요."

"그래요, 나십 골목, 맞아요."

자신이 확실히 기억하고 있다는 걸 보여주려 했지만, 몸짓은 약간 억지스러웠다. 그러다 그녀는 잠시 행동을 멈췄다. 기억에 혼동이 온 것 같았다.

"거기 제네바에 있는 나십 골목 맞지?"

"아니에요, 마담 아르디티. 이스탄불에 있는 골목이에요."

그녀는 잠시 생각하더니, 또다시 확신에 찬 듯이 말했다.

"맞아. 이스탄불에 있는, 그래."

"막스를 기억하세요?"

"막스를? 그래, 막시밀리안…… 기억 못 할 리가 없지."

"제게 그분에 대해서 이야기를 좀 해주실 수 있으세요?"

그녀는 내게 윙크를 하더니, 손짓으로 가까이 오라고 했다. 나는 그녀 곁으로 당겨 앉았다. 그녀는 킥킥 대더니 말했다.

"자, 우리 여자 대 여자로 이야기해보자고요. 그 사람 얼마나 자상하던지, 신사인 데다 부자였거든. 약간 바람기도 있었지, 물론. 하지만 그 정도는 다 있잖아! 여자들이 그이를 가만두지를 않았으니까. 내가 젊었을 때는 이스탄불이 정말 아름다웠어요. 막스랑 손잡고 르봉에 케이크를 먹으러 다녔었지. 내가 에클레르* 케이크를 정말 좋아했었거든. 우리는 안 간 곳이 없었지. 러시아 사람들이 개업한 페트로그라드라는 곳이 있었거든. 러시아 여자들이 종업원이었는데, 정말 아름다운 카페였어."

그녀는 다른 것이 생각난 것처럼 잠시 머뭇거렸다. 그러고는 '아니야'라고 하는 듯한 표정으로 말하려던 것을 관둔 것처럼 하고는 말을 이어갔다.

"안 가본 곳이 없었다오. 카를만 시장에서 쇼핑을 했는데, 내 신발은 파치카키스에서 사곤 했거든. 그리고 리온이랑 마예르 백화점도 있었지. 프티샹 백화점에는 연극을 보거나 음악을 들으러 가곤 했어."

---

* 에끌레르éclair: 크림으로 속을 채운 작은 타원형의 페이스트리.

그녀는 뭔가 잊어버린 듯, 한동안 가만히 생각에 잠겼다.

"사랑하는 막스는 자기 것은 아무것도 사지 않았어요. 그이의 양말, 속옷, 내복 같은 건 내가 마예르 백화점에 가서 사 왔었지. 거기에 프리츠라는 곳이 있었거든. 역시 거기도 유대계 독일인의 소유였어. 라자로 프랑코도 거기 있었어. 거긴 문 닫은 지 얼마 안 될 거야. 한 20년 정도. 거기에선 커튼을 팔았었는데. 가정용품이지 그러니까…… 내가 모자를 사는 집이 따로 있었어요…… 제대로 만들 줄 아는 러시아 모자 가게에 갔었거든. 마담 벨라였어, 이름이. 랄레 영화관 위에 있었지. 그리고 마리에타라고 있었어. 거기도 모자 가게였어. 내가 쓰던 모자는 비쌌지, 게다가 아주 좋은 것들이었거든. 좋은 게 아니면 난 안 샀지. 몇 발자국만 걸으면 양장점에 모자 가게가 널렸었어."

그녀가 침묵할 때는 뭔가를 생각하고 있음을 드러내는 표정을 지었다. 그러면서 한편으로는 '기다려요'라는 의미의 몸짓을 보여줬다. 중간에 끼어들지 말아줬으면, 말을 끊지 말아줬으면 하는 의미인 것 같았다. 그녀는 계속 이야기를 이어가려고 서둘렀다.

"내가 클래식 음악을 좋아했거든요. 예를 들면 바흐 같은. 매번 탁심에서 음악을 들었지. 전에는 오페라를 들을 수 있는 곳이 없었어. 노보트니라는 식당이 있었는데, 테페바쉬에 있었지. 대여섯 명의 러시아 형제가 운영하는 곳이었어. 종종 피아노 연주를 하곤 했었어. 거기서 음악을 들었지. 우리는 거기 음식을 좋아했어요. 외식을 하게 되면 항상 거기로 갔었거든. 불행하게도 클래식 음악을 들을 수 있는 곳이 거기 외엔 없었단 말이야. 그리고 공연을 보러 다녔었지. 루빈스타인*이 왔었어, 예후디 메뉴인**도 왔었고. 막스의 팔짱을 끼고 그 공연장에 들어설 때면 내가 여왕이 된 것같이 느끼곤 했어. 매주 화요일이면 친구들과 카드놀이를 했어. 별 것 아닌 카드놀이들이었지. 그런데 마치 중요한 초대라도 받은 듯이 치장을 했었어. 모두 여덟 명이었거든. 매번 다른 옷을 입었고, 고상하게 식탁을 차렸어. 우리가 할 수 있는 최대치를 했던 거지.”

마담 아르디티는 나를 혼란에 빠트렸다. 그녀는 호들갑스럽게, 아니 열정적으로 이야기했다. 하지만 난 그 이야기가 의심스럽기 시작했다. 아마도 그녀는 뭔가 혼동한 것 같았다. 막스를 다른 사람으로 착각한 것 같았다.

“마담 아르디티, 막시밀리안 바그너 교수님에 대해서 이야기하시는 게 확실한가요?”

그녀는 너무나도 확신에 찬 표정으로 “물론이지. 그는 잊어도 그의 음악은 잊을 수 없지”라고 했다.

그랬다, 어쩌면 이 순간에는 제대로 된 사람에 대해 이야기하고 있는 것 같았다.

“세레나데를 기억하세요?” 내가 물었다.

“무슨 말을 하는 거예요, 아가씨? 어떻게 그 곡을 잊을 수가 있겠어! 들을 때마다 날 구름 위로 떠다니게 만든 그 천상의

---

* 아르투르 루빈스타인(Arthur Rubinstein, 1887~1982): 폴란드 유대계 출신의 미국 피아니스트로 20세기 최고의 피아니스트 중 한 명으로 꼽힌다.
** 예후디 메뉴인(Yehudi Menuhin, 1916~1999): 미국 유대계 출신의 영국 바이올리니스트 겸 지휘자.

음악을."

그러고는 가녀린, 하지만 자주 갈라지는 목소리로 멜로디를 읊어갔다. 그러면서 왈츠를 추는 것처럼 몸을 흔들었다. 고개를 끄덕이면서 "라—, 랄랄라—, 라—, 랄라"라며 흥얼거리기 시작했다. 오른팔이 왈츠 박자에 맞춰 공중에서 떠다니는 동안, 닳아서 해어진 퍼스티언* 원피스 소매가 그녀의 팔을 스쳤다. 밖으로 삐져나온 팔은 뼈 위에 남은 커피색의 얼룩진 가죽 조각처럼 보였다. 그 비참한 모습과 너무나도 행복해하는 그녀의 표정에는 사람의 가슴을 아프게 하는 뭔가가 있었다. 그러다 손짓으로 날 불렀다. 나는 자리에서 일어나 그녀에게로 갔다. 그녀는 내 손을 잡았고 꽤나 힘들게 자리에서 일어섰다. 퍼스티언 원피스 속의 쪼그라들고 마른 몸뚱이로 "라 라라"라고 중얼대는 의미 없는 멜로디에 맞춰 내 손을 놓지 않은채 왈츠를 추듯 양옆으로 몸을 흔들었다. 그녀의 중얼거림에서 뭔가를 찾을 수도, 멜로디를 이해할 수도 없었다. 얼마 뒤 나는 견딜 수가 없었다. 끝없이 이어질 것 같은 멜로디를 멈춰야만 했다. 그녀의 육체를 보고 있으면 당장이라도 터져버릴 것처럼 감정이 북받쳤다. 나는 그녀가 다치지 않도록 조심스럽게 침대에 앉혔다.

"마담 아르디티, 막스의 짐이 마담에게 있다고 들었습니다만."

그녀는 짓궂은 윙크를 보내더니, "누구 집에 있겠어, 그럼?"

---

* 면과 양모 혼합의 플란넬 원단으로 만든, 소매가 넓은 원피스.

이라고 했다.

이 노인네는 자기가 막스와 연인 관계였다고 말하고 있지만, 막스가 이야기한 것과 나디아를 기다리던 그의 심리 상태와는 맞지 않는 내용이었다.

얼마 지나지 않아, 나는 마담 아르디티가 모든 걸 혼동하고 있고, 어느 것도 제대로 기억하지 못한다고 결론 내렸다. 나는 절망했고, 자리에서 일어나려던 참이었다. 마침 그때 방으로 들어온 간호사가 "면회 오신 분이 계시네요, 리타 부인. 약 드실 시간입니다"라고 말했다.

"리타 부인이라고요?" 내가 간호사에게 물었다.

간호사는 "예! 리타 부인은 4년째 여기 계세요"라고 답했다.

"저는 마담 마틸다 아르디티를 찾아왔는데요."

"헷갈리신 모양이네요. 마담 마틸다는 저 방에 계세요."

간호사는 왼쪽에 있는 문을 가리켰다. 그러니까 두 개의 방이 연결되어 있었고, 마담 아르디티는 다른 방에 있었다.

속임수를 들킨 그리스계 할머니 리타는 내 얼굴을 쳐다보지도 않았다. 조금 전의 주저리주저리 말하던 모습은 사라지고, 수줍어하는 아이처럼 되어버렸다. 내 눈에는 그런 모습이 너무 귀여워 보였다. 날 속였지만, 저 나이 들고 외로운 여자를 보고 있자니 마음이 아팠다. 나는 그녀 곁으로 가서 손을 잡았다.

"만나 뵙게 되어서 정말 반가웠습니다, 리타 부인. 재미있는 이야기를 나눴네요. 다시 오겠습니다."

기대에 찬 모습으로 그녀는 내 얼굴을 쳐다봤다. "나한테 화 안 났지요?"

"그럼요, 왜 화가 나겠어요? 할머니 이야기를 듣는 게 재미있었어요."

그녀는 "알라신이 함께하길!"이라며 십자가를 꺼냈다.

순간 나는 '이곳이 이스탄불이구나'라고 생각했다. 무슬림의 기도와 그리스 정교의 십자가가 하나로 합쳐진, 서로 그물처럼 엮인 기도와 신앙, 문화의 도시.

가련한 할머니의 볼에 입을 맞추고 안쪽에 있는 방으로 갔다. 마담 마틸다는 같은 방을 나눠 쓰고 있는 이웃처럼 건강이 좋지 않았다. 그녀는 마치 생명이 빠져나간 것처럼 눈이 반쯤 감긴 채 누워 있었다. 이 세상을 한시라도 빨리 떠나고 싶어 하는 것 같은 모습이었다. 그렇지만 영혼을 돌보는 천사가 아직 자리를 지키고 있었다.

"아르디티 부인?"

그녀는 옆으로 돌아누운 채, 얼굴을 베개에 파묻고 있었다. 그 상태로 꼼짝도 하지 않고 오직 눈동자만 움직이며 힘없는 목소리로 물었다.

"왜 그러세요?"

목소리가 얼마나 작은지 겨우 들을 수 있었다. 웅크린 모습이 마치 삐쳐 있는 아이 같았다.

"부인, 저는 이스탄불 대학교에서 일하는 마야 두란입니다. 부인께 물어보고 싶은 것이 있어요."

"물어봐요!"

"1939년에서 1940년 사이에 나십 골목에서 사셨지요?"

"그런데요?"

"그때 이웃에 사시던 분이 계셨다는데요. 막시밀리안 바그너 교수라고 혹시 기억나세요?"

그녀는 또다시 눈동자만 움직이며 나를 이상하다는 듯 바라봤다.

"어떻게 기억을 못 하겠어요! 그런데 그 사람에 대해 뭘 알고 싶은 거예요?"

한시라도 빨리 볼일을 끝내고 편하게 내버려 두라는 듯한 말투였다.

"교수님이 추방되시면서 서류들을 부인 댁에 맡겼다는데요."

"우리 집에 뒀어요."

"혹시 그 서류들은 어디에 있나요, 아르디티 부인?"

"나중에 독일 영사관에서 왔다면서 누가 전부 가져갔다오."

"누구였는지, 이름을 기억하세요?"

"얼굴은 눈에 선해. 길쭉한 얼굴을 한 남자였지. 하지만 내가 이름을 기억해낼 거라고 기대는 말아요. '스'로 시작하는 그런 이름이었던 것 같아."

"스쿠를라였나요?"

그녀는 "세 포시블"*이라고 하며, "이름이 낯설지가 않은데"라고 말했다.

이 할머니는 믿기 힘들 정도로 기억력이 좋았다. 평범한 사람들도 기억하기 힘든 세세한 것까지 다 기억하고 있었다.

아르티기아나 양로원을 나오면서 나는 스쿠를라가 아니라

* 세 포시블C'est possible: 프랑스어로 '가능해요'라는 뜻의 말.

마틸다와 리타에 대해 생각했다. 이런 일에는 경험이 많이 없어서 그리스계와 유대계의 사투리를 구별할 수 없었다. 리타는 날 제대로 속였지만 그래도 그녀가 좋았다.

내가 나이를 먹으면 마틸다가 아니라, 리타처럼 되고 싶었다. 리타는 귀여운 괴짜였고, 뒤죽박죽인 정신으로 신나는 장난을 즐겼다. 불쌍한 마틸다는 너무나 맑은 정신을 배신하는 늙은 몸뚱이로, 모든 것을 인지하는 사형수처럼 죽음을 기다리고 있었다. 나이를 먹으면, 대부분의 경우, 신체와 정신이 동시에 무너지지 않는다. 일반적으로 이 둘 중 하나가 더 생생하게 남는다. 어느 것이 먼저 쇠약해지는 게 더 좋은가 하는 비극적인 질문에 대한 답을 오늘 제대로 배웠다. 정신이 먼저 쇠약해져야 더 행복하게 죽을 수 있다.

불행히도 막스는 이런 행복을 느끼지 못할 것이다. 앞으로 6개월을 또렷한 정신과 고통스러운 기억들 사이에서 죽어갈 것이다. 그를 도와주고 싶었다. 최소한 세레나데 악보라도 찾는다면, 얼마 남지 않은 인생에서 큰 행복이 될 것이다. 아르티기아나를 나왔을 때, 밖에는 눈이 펄펄 날렸다. 큰 도로에는 벌써 눈이 쌓이고 있었다. 지나다니는 사람들의 어깨와 지붕, 길가 나뭇가지에도 눈이 쌓여갔다. 늘 그랬듯이 눈은 보기 흉한 모든 것을 덮어버렸고, 나는 신이 났다. 눈이 내리면 이스탄불은 마치 동화 속 도시가 되었다. 이슬람교 사원, 교회, 유대교 회당, 이스탄불해협의 현수교가 하얗게 뒤덮였고, 옅은 안개가 물결치듯 흘렀다. 이런 날씨에는 이스탄불해협의 푸른 바닷물이 청록색으로 변한다. 지금도 도시는 빠르게 흰 옷으로 갈

아입고 있었다. 할머니가 또 생각났다. 눈은 아나톨리아반도의 담요면서, 이스탄불에서는 동화 속 흰색 망토였다. 적어도 도심의 동네들은 그랬다.

나는 눈을 맞으며 막스의 흔적을 계속 찾아나갔다. 사실 그렇게 멀지 않은 하르비예에서 쉬쉴리까지 걸어갔고, 몇 사람에게 물어 욀체크 골목을 찾았다. 큰길로 연결되는 골목에 자리한 바티칸 대사관을 찾기란 어렵지 않았다. 1849년에 지어졌다는 건 나중에 알게 된 사실이었지만, 오랜 역사를 자랑하는 이 건물은 우아한 건축양식과 아치형 지붕이 있는 정문 때문에 바로 눈에 띄었다.

건물 벽의 안내 팻말에는 알 수 없는 문양 주변으로 '눈티아투라 아포스톨리카'* 라고 쓰여 있었다. 그리고 그 아래 튀르키예어로 '바티칸 대사관 이스탄불 대표부'라고 적혀 있었다. 그러니까 막스가 여기로 와서, 이 문을 지나, 론칼리 신부와 만나서는 나디아를 위해 가톨릭 세례 증명서를 발급 받았던 것이다. 신이시여, 우리가 지금 어떤 도시에서 살고 있다는 말입니까? 갈수록 거세지는 눈 때문에 버스 정류장이나 상점, 캐노피 아래로 몸을 피하는 사람들 중 대체 몇 명이나 이 사실을 알고 있을까요? 1,500만 이스탄불 인구 중 몇이나 이 도시에 얽힌 복잡한 역사를 알고 있을까요?

하지만 나 또한 그 누구를 비난할 권리는 없었다. 일주일 전만 해도 나는 다른 세상에서 살고 있었다. 문학을 전공하고 역

---

* 눈티아투라 아포스톨리카Nuntiatura Apostolica: '교황의 대사관'이라는 뜻.

사를 어느 정도 알았음에도 불구하고, 이런 사실들은 내 일상 밖의 일이었다. 베네치아 도제의 아들이었던 알비세 때문에 베이오울루라는 이름이 생겼다는 걸 알게 된 바로 그곳, '그랑뤼 뒤페라'에서, 그러니까 '이스티크랄 거리'를 걸으면서 어느 누구도 고개를 들어 그 굉장한 건물을 장식하고 있는 조형물은 보지 않았다. 짙은 색의 옷을 입은 수많은 젊은이 또한 케밥, 토스트, 수죽, 라흐마준* 냄새 사이로 길바닥과 서로의 얼굴만 쳐다보며 걷고 있었다. 그러나 지금은 이런 생각을 할 때가 아니었다. 눈을 맞으며 막스의 흔적을 찾아가는 일이 아주 흥미로운 게임이 되어버렸다. 나는 택시를 잡고 운전기사에게 말했다. "할리츠로 가주세요! 오르-아하임 병원요."

할리츠 다리를 건너는데 갈매기들도 덩달아 흥이 오른 것 같았다. 갈매기들은 이제 막 날아오르기 시작했다. 바닷속으로 잠수했다가 나오는 갈매기들은 어쩐지 신나 보였다. 택시는 발라트 방향으로 건너간 후, 해변을 따라 이동하기 시작했다. 왼편으로는 비잔틴제국의 성벽이, 오른편 바다에는 특이한 건물들이 있었다. 그중 가장 흥미로운 건물은 전부 철재로 만들어진 불가리아 교회였다. 불가리아인들은 이 거대한 교회의 모든 구조물을 불가리아에서 제작해 다뉴브강을 통해 이스탄불로 운반했다고 한다.

택시는 얼마 지나지 않아 오르-아하임 병원 앞에서 나를 내

---

* 라흐마준lahmacun: 밀가루 반죽을 동그랗고 얇게 밀고 그 위에 채소와 고기를 얹어 화덕에 구운, 튀르키예의 전통 요리.

려췄다. 해변에는 오래되었지만 아주 멋진 건물이 있었고, 그 옆으로 새로 지어진 현대식 건물도 보였다. 나는 쇠창살로 연결된 정문을 통해 병원으로 들어갔다. 많은 환자 사이를 뚫고 접수창구로 가서, 이스탄불 대학교 총장실에서 왔으며 병원 사무장과 만나고 싶다고 했다.

잠시 후, 중년에 체구가 큰 남자가 다가왔고, 호의적으로 악수를 청했다. 내가 연구 목적으로 왔다고 말하자 아주 흔쾌히 병원 곳곳을 안내하면서 소개하기 시작했다. 오래된 건물 입구에서부터 벽에 많은 사람의 이름과 사진이 붙어 있었다. 이들 중에서 유대인의 이름이지만 계급이 장군인 사람들의 명패를 발견하고 사무장에게 이유를 물어보았다. 사무장은 병원 설립에 기여한 오스만제국의 장군들이라고 답했다. 박사 이자크 몰호 해군 제독, 박사 이지도르 그라비에르 장군, 박사 엘리야스 코헨 장군의 이름 옆에는 아타튀르크의 주치의였던 사무엘 아브라바야 마르마랄르 박사도 자리하고 있었다. 마르마랄르 박사는 국회의원도 역임했다.

사무장의 설명에 따르면, 이 병원은 1898년 압뒬하미드 2세*가 기부한 부지에 건립되었다. 우리가 복도를 다니면서 이런 이야기를 나누는 동안, 우리 옆으로 흰색 가운을 입은 의사들과 간호사들 그리고 분홍색 옷을 입은 나이가 지긋한 부인들이 지나갔다. 그들은 간호사로 근무할 나이대는 아니었다. 게다가

---

* 압뒬하미드 2세(II. Abdülhamid, 1842~1918): 오스만제국의 제35대 술탄. 오스만 술탄 가운데 실권을 장악하고 통치한 마지막 군주였다.

나이가 꽤 많은 사람도 있었다. 그분들이 누군지 사무장에게 물었다. 사무장은 미소를 지으며 답했다.

"분홍 천사들입니다."

사무장은 분홍 천사들에 대해 전부 자원해서 환자들을 돕는 자원봉사자들이라고 설명했다. 그들은 밤낮을 가리지 않고 숭고한 희생정신으로 봉사에 전념했다.

사무장이 자기 방에서 커피를 대접하는 동안, 나는 메데아 살로모비치가 어느 병실에 입원했는지를 물어봤다. 하지만 그는 알지 못했다. 그녀의 이름조차도 들어보지 못했다고 했다. 스트루마호에 대해서 언급하자, 그는 겨우 겉핥기 정도의 지식만 있다고 말했다. 그렇지만 분홍 천사들 중 레일라 부인이 도움을 줄 수 있을 것 같다고 말했다.

사무장은 전화로 레일라 부인을 모셔 오도록 했다. 레일라 부인은 70대였고, 분홍색 옷이 잘 어울렸다. 자기 자신을 온전히 봉사활동에 헌신하고 있었다. 나는 그녀에게 메데아에 관해 물어봤다. 한순간 그녀의 눈에서 초점이 사라지더니 나를 보며 말했다.

"그 사건은 아무도 기억하지 못해요. 더 솔직히 말하면, 누구도 기억하고 싶어 하지 않아요. 그래서 그 이야기는 꺼내지 않았어요. 사실 내가 병원에서 자원봉사를 시작했을 때 이 문제에 관심이 많았어요. 그래서 이 병원에서 오랫동안 일했던 사람들에게 메데아가 어느 병실에 있었는지 물어봤었지요."

그녀의 부드러운 미소를 보고, 나는 용기를 내어 그 병실로 날 데려다 달라고 부탁했다. 사무장에게 감사의 인사를 하고,

레일라 부인과 함께 병원 복도를 걷기 시작하자 나는 흥분되었다. 가슴이 뛰었다. 마치 잠시 뒤 가게 될 그 병실에서 창백한 얼굴의 메데아와 그의 머리맡에서 기다리고 있는 막스를 볼 것 같았다. 물론 그런 일은 없을 것이다. 레일라 부인이 날 데리고 가서 조용히 문턱에서 볼 수 있도록 해준 그 방은 평범한 병실이었다. 안에는 한 할머니가 입원해 있었다. 우리는 환자가 성가시지 않게 문을 닫고 나왔다.

이유는 알 수 없었지만 실망스러웠다. 어쩌면 오지 말았어야 했다는 생각이 들었다. 게다가 앞으로는 내가 이야기를 듣고 상상만 했던 장소를 찾아가는 호기심을 멈춰야만 할 것 같았다. 어쩌면 어떤 사건과 장소는 머릿속으로만 상상하는 편이 실제로 눈으로 확인하는 것보다 더 나을지도 모른다. 나는 레일라 부인에게 진심으로 감사의 인사를 건네고 그냥 가려고 했지만, 그녀는 한사코 분홍 천사들이 만든 장미잼을 내 손에 쥐여주었다.

병원에서 나오니 저녁 무렵이었다. 눈이 온 세상을 덮고 있었다. 집에 돌아가려고 애쓰는 수많은 사람으로 인해 택시 잡기가 너무 어려웠다. 지나가는 택시에 손짓을 보내면서 병원 앞에서 꽤 기다려야 했다. 그러나 한 대도 서지 않았다. 빈 차인데도 불구하고, 빈 차로 있었던 날에 대한 복수라도 하듯, 내 앞을 천천히 지나갔다. 분명 이유가 있겠지. 붐비는 길에서 시간을 지체하지 않고 교통체증이 덜한 큰길로 가려는 것이거나, 아니면 택시를 호출한 주소로 가던 길이었겠지. 하지만 그래도 길가에서 택시를 기다리는 승객들에게 자신의 힘을 과시하는 듯 느껴지는 건 어쩔 수 없었다. 나는 마침내 환자를 싣고 온 택시를 잡아서 집에 돌아올 수 있었다.

나는 저녁 식사를 준비했고, 케렘에게 조금이라도 더 잘 먹이려고 애썼다. 그리고 부엌을 정리하는 등 일상의 일을 마무리했다. 그리고 내 방으로 가서 스트루마호와 관련된 자료의 끝부분을 읽어나갔다.

특히 지난번에 감동한 대목에서 중단했기에, 계속해서 읽고 싶은 마음이 컸다. 그 혹한의 날씨와 고통의 시기에 사람들은 해변에서 스트루마호에 있는 승객들을 위해 장작불을 피워 올렸고, 배에서는 악조건에도 일상이 계속되었다는 부분부터 읽을 작정이었다.

하지만 읽기 시작하자마자 마음속에 비관적인 생각과 인간이라고 하는 생명체에 대한 불신이 차오르기 시작했다. 처음 읽은 자료는 두 청년이 얼음장 같은 바닷물로 뛰어들어 육지에 오르려 했지만, 붙잡혀서 배로 되돌려 보내졌다는 내용이었다.

순간, 계속 읽을지 말지 망설여졌다. 막스가 해줬던 이야기이기도 했고, 케렘이 내용을 잘 모른 채 모으다 보니 자료가 너무 산만한 데다 중복된 것들이 있었기 때문이다.

몇몇 자료는 건너뛰고 빠르게 훑어봤다. 전에 읽었던 것과 막스가 이야기해준 내용들로 인해 이제는 읽고 있으면 머릿속에 당시 상황이 그려졌다.

예를 들면, 승객들이 배의 난간에 서서 배가 해안가로부터 천천히 멀어지는 것을 바라보는 장면이 눈앞에 그려졌다. 마찬가지로, 스트루마호가 큰 폭발음과 함께 폭파되었다는 부분을 읽을 때도 눈을 감게 되었고, 눈앞에 떠오르는 무시무시한 장면을 어떻게 막을 수가 없었다.

그래도 억지로라도 인간이라는 생명체가 지닌 긍정적인 면을 보려고 노력했다.

예로, 스트루마호의 침몰이 항의 시위의 폭발을 불러왔다는 내용을 보았고, 그러면서 마음이 좀 풀어졌다.

다음 부분은 건너뛸 필요가 없었다. 승객들에게 이민 비자 발급을 반대한 자들의 대표 격인 팔레스타인 고등판무관 해럴드 맥마이클 경은 배가 침몰한 일로 유대인 통신사와의 관계가 악화됐다.

스트루마호가 흑해에서 침몰되고 며칠 후, 팔레스타인의 유대인 거주 지역들에 광범위하게 벽보가 나붙었는데, 벽보에는 이렇게 쓰여 있었다.

'영국 정부의 팔레스타인 고등판무관인 살인자 해럴드 맥마이클 경, 스트루마호 이주민 800명의 익사에 원인을 제공한 죄로 수배 중!'

최종 책임자로는 영국의 중동 지역 최고 관리이자, 스트루마호 승객들이 하선하지 못하도록 튀르키예 정부에 압력을 행사한 월터 에드워드 기네스 모인이 지목되었다. 모인 경은 1944년 11월 6일 암살당했다. 사건의 용의자로 체포된 17세의 엘리아후 하킴과 22세의 엘리아후 베트 조우리는 1945년 3월 22일 카이로 형무소에서 교수형에 처해졌다. 두 청년은 재판정에서 살해의 이유를 묻는 말에 이렇게 답했다고 한다.

"우리는 스트루마호에 대한 복수를 했다!"

팔레스타인 신탁통치 고등판무관 맥마이클 경은 1944년 암살 기도를 간신히 피했다.

내가 가진 자료에는 많은 세월이 흐른 후에야 스트루마호의 폭침 원인이 밝혀졌다고 쓰여 있었다.

1960년대 초, 프랑크푸르트 검찰은 스트루마호를 누가 침몰시켰는지를 밝히기 위해 군사 역사학자인 위르겐 로베르 박사를 조사관으로 임명했다. 로베르 박사는 스트루마호와 관련하여, 제2차 세계대전 발발 시점부터 1941년 2월까지 독일 해군의 기록물과 자료를 검토했다.

그가 도달한 결론은 다음과 같았다. 독일의 다뉴브강 잠수함 전단은 이 시기에 흑해로 전개하지 않았다. 불가리아의 바르나에 주둔하던 전함들은 이탈리아 유조선들을 호위하는 임무를 맡고 있었다. 그리고 1942년 2월 20일에서 28일 사이에는 출동 상태도 아니었다. 그러니까 스트루마호가 독일 전함에 의해 격침된 것은 아니었다.

로베르 박사는 조사 과정에서 구소련 해군 군사학과 과장인 엑카조바와 만났고, 그에게서 스트루마호가 침몰한 시기에 SC 213 코드의 소련 잠수함이 그 지역에 있었으며, 이 잠수함이 이스탄불해협으로부터 북북동 14마일 지점에서 1942년 2월 24일에 미확인 선박을 격침했다는 사실을 알아냈다.

다른 자료에서는, 이 시기에 튀르키예 총리였던 레피크 사이담 박사가 1942년 4월 20일 국회 연설에서 이 문제에 대해 언급했다는 내용이 있었다. '우리는 이 문제에 있어 최선을 다했고, 물질적으로나 정신적으로 어떠한 책임도 없습니다. 튀르키예는 다른 국가가 원치 않는 사람들을 국민으로 받아들일 수 없습니다. 우리는 이 정책을 견지하고 있습니다. 이런 이유로 그 사람들을 이스탄불에서 받아들이지 않은 것입니다. 매우 불행하게도, 사고로 인해 그들은 희생되었습니다.'

나는 손에 들고 있던 종이들을 던져버렸다. 더 이상 알아볼 필요가 없었다. 집단 학살이었다, 이 사고는. 영국, 루마니아, 독일, 튀르키예, 구소련 정부가 합작해서 769명의 무고한 사람들을 죽게 했고, 이 문제를 더 이상 거론하지 않기로 하고 덮어버린 사건이었다.

이래서 막시밀리안이 "어떤 정부도 무죄일 수 없다!"라고 했던 것이다.

막시밀리안이 이 범죄의 내막을 밝히고 사건을 은폐하는 장막을 걷어내지 못하도록 그를 추방해버린 것이었다. 세월이 흐르고 예상치 못한 상황에서 그가 튀르키예를 방문하자, 또다시 같은 이유로 정보요원들이 미행한 것이었다. 영국과 러시아가 관심을 보인 것도 이런 연유에서였다.

그렇다면 대학의 조교수였던 막시밀리안과 그저 평범한 학생이었던 나디아는 그들과 무슨 관련이 있다는 건가? 두 사람은 함께 아름답고 조용한 나날을 보내며, 학자로서 업적을 쌓기 위해 연구하고, 아이들을 키우며 행복하게 살았을 텐데.

이런 생각을 하는 동안, 갑자기 머릿속에 세레나데 악보가 떠올랐다. 나는 마음의 결정을 내렸다. 반드시 그 악보를 찾아야겠다고 생각했다. 세레나데 악보를 찾는 일이 세상의 악행, 전쟁, 적 그리고 모든 집권 세력에 저항하는 의미로 다가오기 시작했다.

그동안 수집한 자료에 따르면, 이스탄불 대학교에서 가져간 바그너 교수와 관련된 서류는 세레나데 악보를 포함해서 독일에 있는 나치 기록물 보관소에 있을 가능성이 매우 컸다.

집어 던져버린 바람에 흩어졌던 자료들을 다시 모은 다음 자리에서 일어났다. 부엌에도 정리해야 할 것들이 있었다. 복도를 지나는데 케렘이 컴퓨터 앞에 있는 것이 보였다. 케렘을 무관심 속에 내버려 두고 있는 것이 아닌가, 하는 생각이 머릿속을 스치자 가슴이 아파왔다. 케렘의 곁으로 가서 어깨에 손을 올렸다. 케렘은 전혀 인기척을 느끼지 못한 것 같았다.

"날 좀 도와주겠니?" 케렘에게 물었다.

대답은 안 했지만 고개를 들고 내가 뭘 원하는지를 눈빛으로 물었다.

"나치의 기록물을 어디에 보관하는지 찾아볼 수 있겠니? 그 정보가 꼭 필요해. 나같이 나이 든 사람은 똑똑한 아들처럼 인터넷을 잘 못하잖아."

케렘은 웃었다. 이 말이 기를 살려준 게 분명했다.

케렘에게 물어본 질문에 대한 답을 나도 어느 정도 알고 있었다. 예전에 알아본 적이 있었다. 필요한 추가 정보들과 상세한 내용도 찾을 수 있었다. 나도 인터넷 검색에 꽤 익숙해진 모양이었다. 그렇지만 케렘이 스스로 중요한 사람이며, 내게 도움을 주고 있다고 생각하는 편이 좋을 것 같았다. 솔직히, 케렘의 도움이 결코 적은 건 아니었다.

케렘이 곧바로 검색을 시작하는 걸 보고는 고맙다는 의미로

두 번 가볍게 어깨를 두드려주고 나는 부엌으로 향했다.

잠시 후, 케렘이 나를 불렀다. 그러고는 찾은 내용을 보여 줬다.

기록물은 내가 찾았던 것처럼 독일의 바트 아롤젠이라는 도 시에 있었다. ITS 그러니까 국제 기록물 보관소(International Tracing Service)는 기록물에 대해 다음과 같은 정보를 제공하고 있었다.

1,750만 명에 대한 5천만 건의 기록

26킬로미터에 달하는 서류

232,710미터의 마이크로필름

106,870장의 낱장 마이크로필름

1934년 개소 이후 답변한 질문과 답변 요구 건수 1,180만 건

이곳은 나치 시대의 희생자와 그 가족에 관한 정보를 모은 다음, 그 정보를 희생자의 친인척에게 제공하는 일을 했다. 이 기관이 소장하고 있는 1,750만 명에 대한 자료 가운데 막스와 스쿠를라의 자료도 분명 있을 것이다. 최대한 빨리 바트 아롤 젠으로 가야만 할 것 같았다.

바트 아롤젠은 카셀에서 서쪽으로 45킬로미터 거리에 위치 한 온천 도시였다. 나는 곧장 그곳으로 가고 싶었다. 참기가 힘 들었다. 세레나데 악보를 찾을 수 있다는 희망이 날 흥분시켰 고, 너무나 조바심 나게 만들었다.

그렇지만 난 떠나지 못했다. 다음 날 머리 위로 하늘이 무너 져 내리는 일이 기다리고 있었기 때문이다.

16

전화벨이 비통하게 울렸을 때, 나는 아직 잠들어 있었다. 병가를 내고 휴일의 즐거움을 만끽하는 중이었다.

여기서 수정해야 할 부분을 찾게 되어 다행이다. 잠시나마 복사-붙이기 작업을 멈추고 쉴 수 있는 기회가 생겼다. 기내 좌석에서 이렇게 등과 목덜미가 결려가며 일하는 것이 집에서 이 글 전부를 쓰는 것보다 힘든 것 같다.

이번 여행을 떠나기 전 긴장하면서 글을 쓰는 동안에는 오히려 편했었다. 어쨌든 나중에 수정할 생각으로 빨리 써 내려갔으니까. 하지만 원고의 최종 수정 작업은 짜증스러운 일이다. 한 문장에서 막히면 거기서 멈춰버리게 된다.

지금은 '전화벨이 비통하게 울렸을 때……'라고 쓴 부분에서 멈췄다. 전화벨은 비통하게 울리지 않는다. 늘 똑같이 울리지만 전해 들은 소식에 따라 나중에 벨 소리를 이렇게 묘사하는 경우가 있다. 글 쓰기에 너무 집중하다가, 전화를 받지도 않은 상황에서, 마치 안 좋은 일이 있을 걸 알았다는 듯 써버렸다.

그러나 사실 오늘 다시 기억해봐도, 정말로 그 전화벨 소리는 '비통'했던 걸로 기억된다. 중간에 끼어들어 이런 글을 남기는 게 잠시나마 머리를 식혀주는 것 같다. 계속 이어가 보자.

전화기 너머로 아흐메트의 고함이 들렸다. 잘 지냈냐는 말은 커녕, 아침 인사도 없었다.

"당신 도대체 무슨 짓을 한 거야?" 그는 소리를 질렀다. 아흐메트는 계속해서 "무슨 짓을 한 거냐고? 당신이 우리 모두를 망쳐놨어! 케렘 얼굴을 어떻게 볼 거야. 나는 어떻게 볼 거며, 당신 어머니와 아버지 얼굴을 어떻게 볼 거냐고?"라며 소리쳤다.

"이봐, 진정해봐! 이제 막 일어났는데 도대체 무슨 소리를 하는 건지 하나도 모르겠어."

이 겁쟁이 아흐메트가 어떻게 된 거지? 아흐메트 인생에서 처음으로 음흉함이 분노로 바뀐 순간이었다. 대체 뭐가 아흐메트를 이렇게 만든 거지?

"당신은 부끄럽지도 않아?"

"이봐 아흐메트! 날 화나게 하지 말고 제대로 설명해, 뭐가 문제야? 고함 지르지도 말고!"

"창피한 줄 알아야지, 창피한 줄!"

"뭐라고! 왜 고함을 질러? 미쳤어?"

"당신 아직 신문도 못 봤어?"

"그래 못 봤어, 그게 왜."

"수고스럽겠지만 한번 봐. 엄마라는 사람이, 창피한 줄 알라고. 부끄러운 줄 알아, 부끄러운 줄!"

"빌어먹을, 꺼져!"

나는 전화를 끊어버렸다.

모든 신경이 곤두섰다. 이런 전화로 잠에서 깨는 건 아마도 살면서 겪게 될 가장 기분 나쁜 순간 중 하나일 것이다. 하지만 한편으로는 불길한 호기심이 엄습했다. 아흐메트는 이런 행동을 할 성격의 남자가 아니었다. 뭐가 그를 이토록 미치게 만든 걸까?

나는 침대에서 일어났다. 케렘은 학교에 가고 없었다. 부엌 식탁을 보니, 어제저녁에 준비해둔 아침밥을 먹은 흔적이 보였다. 내가 안 일어났으니, 평소와 달리 "자, 늦겠어"라며 통학버스 시간에 늦지 않도록 재촉하는 일도 없었겠지. 나는 바로 현관으로 달려갔다. 아파트 관리인이 매일 아침 문밖에 신문을 가져다 놓았고, 케렘은 이 신문에 결코 손대는 일이 없었다. 현관문을 열고 신문을 가져왔다. 신문을 훑어봤다. 늘 그렇듯이 정치 뉴스들이 있고, 1면 오른쪽 위에는 아름다운 여자의 사진이 있었다. 2면에는 연예 소식들, 3면에는 살인 사건 소식…… 그러다 5면을 보았다. 중간 크기의 기사가 눈에 들어왔다.

세상이 갑자기 더 빨리 돌아가기 시작했다. 돌고, 돌고, 돌다가 내 머리 위에서 무너져 내렸다. 머리 위로 뜨거운 열기가 솟아올랐다. 내가 본 걸 믿을 수 없었고, 떨리는 손으로 쥐고 있던 신문을 간신히 읽었다.

이스탄불 대학교에서 스캔들

특종

최근 이스탄불 대학교는 크나큰 추문으로 뒤숭숭한 분위기다. 제보에 의하면, 이 대학의 대외 협력을 주관하고 있는 마야 두란(36세)과 지난주 초청 교수 자격으로 방문한 미국인 교수 막시밀리안 바그너(87세) 사이에 적절치 못한 관계가 있었던 것으로 알려졌다.

이 둘은 쉴레 부근의 한 모텔에서 부적절한 상황에서 발각되었다고 전해지며, 같은 대학의 다른 직원 S 씨와 모텔 직원 A 씨는 자신들이 목격한 광경을 '역겹다'라고 표현했다. 그들은 나이 차가 이렇게 많은 두 사람이 같은 침대에서 나체로 있었다고 밝혔다. 이 사건은 대학 관계자들에게 충격을 안겨 줬다.

추문과 관련해 본지가 총장의 의견을 묻자, "관련 직원에 대한 감사에 착수했으며, 의혹이 사실로 밝혀지면 해고할 것"이라고 답했다.

총장의 비서실장은 "학문의 보금자리에서 이런 스캔들이 묵인되는 일은 없을 겁니다!"라고 말했다.

초청 교수 바그너 씨는 출국한 상황이지만 현재 병가를 낸 마야 두란 씨가 이 의혹에 대해 어떤 반응을 보일지 귀추가 주목된다.

나는 충격에 빠졌다. 머리가 깨질 듯 아팠고, 땀이 나면서 손이 떨렸다. 숨을 쉬는 것조차 힘들었다.

귀에는 비명이 들렸다. 누군가가 사력을 다해 비명을 지르고 있었다. 잠시 뒤 그 비명이 내 목에서 나온 것임을 알았다. 손으로 입을 막았다. 속이 메스꺼웠다. 화장실로 뛰어가 토했다. 녹황색의 위액이 나올 때까지 게워냈다.

그 순간 전화벨이 울렸다. 습관적으로 전화를 받았다. "마야 부인"이라고 말하는 여자 목소리가 들렸다.

"네!"

"저는 신문사에서……"

나는 말이 끝나기도 전에 전화를 끊었다. 전화벨이 계속 울렸다. 모두 모르는 번호로부터 걸려오는 전화였다. 전화기 벨 소리를 무음으로 바꿨다. 전화기의 붉은색 불빛이 반짝였다.

나는 내 뺨을 때렸다. 충격에서 벗어나고 싶었다.

이 기사가 인생을 바꿔놓으리라는 느낌을 강렬하게 받았고, 내 존재 자체가 흔들리고 있었다. 그래도 중심을 잡아야 했다. 부엌으로 가서 진한 커피를 내렸다. 억지로 마시기 시작했다. 속이 울렁거렸고, 목구멍까지 가서 더는 넘어가지 않았다. 커피에 우유를 조금 탔고, 그 커피에 비스킷을 담근 다음 부드럽게 해서 먹어보려고 노력했다.

"생각을 정리해, 마야. 정신 차려. 진정해, 진정해."

무슨 짓을 해도, 올가미에 걸린 새처럼 심장이 날뛰는 걸 막을 수는 없었다. 이스탄불 한가운데에 발가벗겨진 채로 내던져 진 것 같았다. 날 진정시키기 위한 방법을 찾아야만 했다. 아침부터 포트와인을 마셔야 하나? 그러나 생각만 해도 속이 울렁거렸다.

순간 약이 떠올랐다. 필리즈가 불면으로 고생하는 밤에 도움이 될 거라며 렉소타닐*이라는 약을 준 적이 있었다. 침대 머리맡 협탁 서랍에 넣어두었지만, 한 번도 복용한 적은 없었다. 나는 침실로 가서 그 약을 꺼내 먹었다. 그러고는 거실을 배회하기 시작했다.

이런 소식은 비밀로 지켜질 수가 없다. 다른 신문에도 보도되었을 가능성이 컸다. 학교에 근무하는 직원들, 교수들, 학생들은 지금쯤 이 기사에 대해 이야기하고 있을 것이다. 여든일곱 살 남자와 서른여섯 살 여자에 대해 수많은 농지거리를 해대고 있을 거다.

케렘은? 케렘을 떠올리자마자 공황 증상이 다시 조여오기 시작했다. 아들 녀석은 신문을 읽지 않았고, 친구들도 나를 몰랐지만, 인터넷으로 기사를 볼 가능성은 있었다.

잠시 뒤, 약효가 나타나는 것 같았다. 마음속의 고통은 그대로였지만, 지금의 상황을 제삼자의 입장에서 생각하기 시작했다. 팔과 입이 마비된 것 같았다. 머리가 가벼워졌다. 침대에 똑바로 누웠다. 한동안 아무 생각 없이 잤다. 협탁에 놓아둔 휴대전화 불빛이 깜빡이는 것이 보였다.

이렇게 얼마나 지났을까, 잠에서 깨어나자 많이 호전된 기분이 들었다. 첫 충격을 잘 넘긴 게 분명했다. 나는 뜨거운 물에 목욕을 하고, 다시 억지로라도 뭔가를 먹었다. 한 번씩 눈물이

---

* 신경안정제의 일종.

쏟아질 것 같았지만 참았다. 하지만 '나를 해치려는 암흑의 인간들이 여기에 있다고 할머니가 말씀해주시는구나'라고 생각하자 눈물을 막을 수 없었다.

나는 다시 정신을 차렸다. 머릿속으로 계획을 세웠다. 쉴레이만이라고 하는 저질 인간 때문에 내 인생이 망하도록 두지 않을 거다. 내가 그 자식보다 더 똑똑하고, 더 배운 사람이잖아. 나는 싸울 생각이었다.

전화기를 들었다. 우선 아침에 전화를 걸어왔던 기자에게 전화를 했다.

"여보세요, 시벨입니다!" 그녀가 전화를 받았다.

나는 "아침에 제게 전화하셨던데요"라고 말했다. 내 이름을 밝히자 그녀는 흥분했다.

"말할 게 있어요." 나는 계속 말을 이었다.

"찾아뵙고 부인과 인터뷰를 할 수 있을까요?" 그녀가 물었다.

"아니요. 그냥 할 말을 하고 싶어요."

"무슨 말씀을 하신다는 거죠?"

"내보내신 기사는 전혀 사실이 아니에요."

"우리가 사실이라고 한 적은 없습니다, 마야 부인. 이스탄불대학교에서 이런 주장이 있다고 보도했을 뿐입니다."

"이봐요, 나는 엄마예요. 열네 살짜리 아들이 있다고요. 부모님도 계시고요. 대령인 오빠도 있어요. 당신들의 이 기사가 가족들의 눈앞에서 날 어떻게 만들었는지 생각해봐요!"

"진정하세요, 마야 부인."

"어떻게 진정해요, 온 나라에 알려지는 수모를 당했는데. 제발 내 말을 실어줘요. 최소한 이 주장이 말도 안 된다고 부인했다는 것만이라도 써줘요."

"저희가 바로 갈 테니 인터뷰를 하시죠. 원하시는 모든 걸 말씀하세요, 그게 더 낫지 않을까요?"

아 멍청하긴! 나는 기자에게 그렇게 하자고 말해버리는 경솔한 짓을 저지르고 말았다.

"메모하시겠어요, 집 주소를 알려드리죠."

"주소는 알고 있습니다, 마야 부인. 바로 출발하겠습니다."

나의 결백을 밝히기 위해서는 이 시험을 거쳐야만 했다. 난 머리와 얼굴을 매만졌고, 거실을 청소했다. 그러다 엄마가 다섯 번이나 전화한 것을 보고 엄마에게 전화를 걸었다.

"엄마!"

"그래 마야! 심장이 멎는 줄 알았다. 어디에 있는 거니, 얘야?"

"엄마 신문에 난 기사 봤어?"

"봤어."

"거짓말이야 엄마, 전부 거짓말이야. 천박한 모략이야!"

"당연히 거짓말이지, 얘야. 내가 널 모르니!"

"곧 기자들이 와, 이 모략을 밝힐 거야. 내일까지 참고 기다려. 아빠는 어때?"

"괜찮아, 다행스럽게도. 그래도 슬퍼하시지 당연히."

"말해줘, 슬퍼 마시라고. 모든 걸 바로잡을 거야. 이런 모함을 한 놈을 고소할 거야."

그 순간 현관문 벨이 울렸다.

"엄마 기자들이 왔어, 끊을게, 나중에 전화할게."

"알라신에게 모든 걸 맡기렴, 얘야."

나는 현관문을 열었다. 검은색 머리카락에 하얀 피부의 젊은 여자가 커다란 사진기를 목에 걸고 있는 젊은 남자와 함께 들어왔다. 사진기자가 오는 바람에 조금 기분이 언짢았지만 어쩔 도리가 없었다. 나는 최대한 강한 의지와 확신이 있는 모습을 보이려 했다.

여기자와 앉아서 이야기를 나누는 동안 젊은 사진기자는 우리 주위를 돌면서 각도를 바꿔가며 사진을 찍었다.

"당신께"라고 나는 말문을 열었다. "이 기사와 소문은 완전히 근거 없는 것이라고 말씀드리고 싶네요. 이번 일에는 저에 대한 모종의 의도와 음모가 숨어 있습니다."

"좋아요, 그럼 누가 당신을 상대로 이런 모함을 한 겁니까?"

"총장님 운전기사인 쉴레이만이에요."

"왜죠?"

"총장님께 부탁드려 달라고 한 것이 있는데, 제가 그렇게 하지 않았다고 화가 난 겁니다. 게다가 초청 교수의 바이올린을 훔치려 했고요. 제가 그 속임수를 밝혀내 바이올린을 찾았고, 본인에게 돌려줬습니다. 이 일 때문에 내게 복수하려는 거예요."

"잠시만요. 교수님이 바이올린을 연주하셨습니까?"

"네!"

"누구에게요, 당신을 위해 연주하셨나요?"

"물론 아니죠."

"좋아요. 그럼, 잘 연주하시던가요? 그러니까 전문가 수준이던가요? 학자가 바이올린을 연주한다니 조금 이상해서요."

"모르겠어요, 많이 듣지 못해서요. 아마도 연주를 잘하셨던 것 같아요. 근데 그 얘기를 하려던 게 아니잖아요."

"바그너 교수의 사진을 봤습니다. 꽤 매력적인 사람이던데요."

"저랑 무슨 상관이죠? 그 외국인이랑 제가 무슨 관계라고!"

"매력적인 남자 같던데 아닌가요?"

"매력적일 수도……, 그래서요?"

"좋아요, 그 사람과 함께 썰레에 가셨습니까?"

"예."

"이 겨울에 왜 썰레에 가고 싶으셨습니까?"

"내가 아니라 그분이 원했어요. 옛 추억을 회상하려고 그랬나 봐요. 총장님 차를 썰레이만이 운전해서 모시고 갔어요."

"그런데 몇 시간을 블랙시 모텔에서 두 분만 계셨다면서요?"

"예, 왜냐하면 총장님의 구형 메르세데스가 종종 그랬던 것처럼 그날도 고장이 났어요. 시동을 걸 수가 없었어요. 썰레이만은 정비사를 데리고 오려고 썰레로 갔었거든요. 그 차가운 날씨에 밖에서 기다릴 수는 없잖아요."

"썰레이만이 나중에 왔다고 하더군요."

"그래요, 나중에 왔어요."

"이 질문을 해서 미안합니다만 두 분이 침대에서 나체로 있으셨다는데, 맞습니까?"

이건 대답할 수가 없었다. 얼어 죽지 않게 하려고 반쯤 벗고 그를 안고 있었다고, 단지 생명을 구하기 위해 그랬다고 한다면 아무도 믿지 않을 게 뻔했다.

조금 전부터 연이은 질문과 대답으로 인터뷰는 빠르게 진행되는 중이었다. 이 질문에 내 답이 곧바로 나오지 않는 걸 의심하지 못하게, 나는 신경질적으로 반응했다. 마치 화를 참기 위해 잠시 멈춘 것같이. 그리고 호통 치는 듯이 말했다. "아니요! 무슨 침대! 어떻게 이렇게 갖다 붙일 수가 있어, 천박한 자식!"

"그러니까 그런 일이 절대로 없었다는 것이죠!"

"없었어요!"

"좋습니다. 우리는 일어날게요. 기사 마감 전에 도착해야죠."

나는 현관문 앞에서 그녀를 잠시 멈춰 세웠다. 그녀의 손을 잡고 눈을 똑바로 쳐다보며 말했다.

"보세요. 우리 둘 다 여자예요. 이 나라에서 여자들에 대한 시선이 어떤지 알고 있잖아요. 저 같은 이혼녀에게는 특히나. 제겐 열네 살 된 아들이 있어요. 같은 여자로서 당신께 부탁드립니다. 저를 이 곤란한 상황에서 구해주세요. 모든 것이 모함이라고 맹세할 수 있어요."

기자는 내 눈을 사랑스럽게 바라봤다. 계속 바쁜 것처럼 행동했지만 그 순간만큼은 여유로웠다.

"전혀 걱정 마세요. 부인을 이해해요. 최선을 다하겠습니다. 힘내세요."

그들이 떠난 후 마음이 조금 편안해졌다. 늦어도 내일이면 이 상황이 정상으로 돌아올 것이다. 나는 "할머니, 어둠 속의 사람들이 가고 밝은 세상의 사람들이 왔어요"라고 말했다. "모든 게 제자리를 찾을 거예요."

나는 엄마에게 전화해서 내일 신문에는 오늘 기사가 정정되어서 나갈 것이라는 기쁜 소식을 전했다. 그러고 나서 마음을 진정시키며 아흐메트에게 전화를 걸었다.

"아침에 내게 퍼부었던 모욕을 전부 당신한테 다시 돌려줄게. 당신이야말로 부끄러운 줄 알아. 누군가의 모함을 핑계로 나를 공격했잖아. 내일 신문이나 사서 읽어봐!"

나는 바로 전화를 끊어버렸다.

그다음으로 타륵에게, 그러고 나서는 필리즈에게 전화를 했다. 그 둘에게도 내게 벌어진 일에 대해 이야기했다.

마지막으로 가장 힘든 통화를 해야 할 순서가 왔다. 총장실에 전화를 걸었다. 네일란에게 총장님과의 통화 연결을 부탁했다. 그녀가 내게 기다리라고 하더니, 나중엔 총장님이 바빠서 통화할 수 없다고 했다.

이런 대응 방식은 내가 잘 알았다. 나도 총장님을 대신해서 많은 사람을 같은 방식으로 처리했으니까. 총장님은 나와의 통화를 원치 않는 것이다.

비서실장의 휴대전화로 전화를 걸었고, 그가 받았다.

"엄청난 음해를 받고 있어요. 가서 모든 걸 해명하고 싶습니다."

그는 비꼬는 듯한 목소리 톤으로 "아프다고 하지 않으셨나요, 마야 부인?"이라고 물었다.

"아픕니다, 그렇지만 더럽혀진 제 명예를 깨끗이 되돌려놓기 위해서라도 일어나야겠어요. 그리고 내일 신문에도 오보를 정정할 겁니다."

"부인에 대해서 자체 감사가 시작됐어요."

"알고 있습니다. 기사를 통해 실장님께서 말씀하신 걸 봤어요. 그래서 저도 직접 진술하고 진실에 대해 말하고 싶습니다."

"그러세요, 하지만 미리 경고하지요. 그렇게 쉽지는 않을 겁니다. 부인에게 불리한 증언이 많아요."

"증언이라고 하시는 게 쉴레이만 그 자식의 모함입니다."

"단지 그것만이 아니에요."

"또 누가 있단 말씀이세요?"

"블랙시 모텔에서 일하는 애랑 페라 팔라스 호텔의 종업원들, 리셉션 근무자들, 룸서비스 게다가 일리야스까지!"

머리를 얻어맞은 것처럼 어지러웠다. 그러니까 제대로 당한 것이었다. 블랙시 모텔에서 있었던 일을 페라 팔라스 호텔에서의 저녁 식사와 막스의 방에서 지냈던 그날 밤과 연결하려는 것이었다.

이 상황에서 내가 무슨 말을 하든지 아무도 믿지 않을 것이다. 그렇지만 반드시 뭔가를 해야만 했다.

"언제 가면 될까요?"

"내일 아침에 오세요! 총장님께서 매우 화가 나셨고, 이 망신을 한시라도 빨리 끝내고 싶어 하시네요."

나는 전화를 끊었다.

상황 파악이 됐다. 대학은 날 해고하려는 것이었다. '망신을 끝내고 싶어 한다'는 건 한 가지 의미였다. 결정은 벌써 내려졌지만 형식적으로 내가 감사를 받아야 하는 절차가 남아 있었다.

사람은 가장 힘든 순간을 맞이했을 때에도 희망을 품으려 한다. 머릿속에서는 빠르게, 그리고 뒤죽박죽 뒤엉킨 가운데 수많은 생각이 들기 시작했다.

'해고된다고 해도 그건 큰 의미가 없어, 다른 일을 찾으면 돼, 어쩌면 더 잘된 일이야. 타륵이 내 돈도 꽤 된다고 했으니, 이 스캔들에서 벗어나기만 한다면야. 내일 신문기사만 정정돼라. 어차피 내 인생을 뿌리째 바꿀 필요가 있었어. 학교 일도 정리하고 마음 놓고 숨이라도 쉬었으면 좋겠다. 다른 도시로 이사를 가도 되지 않을까? 어쩌면 그게 더 좋을지도 몰라. 어떤 것도 중요치 않아. 타륵이 내 돈도 꽤 된다고 했으니, 어쩌면 더 나은 인생을 시작할 수도 있겠어. 이제부터는 더 잘 살 거야. 다른 일도 구하고. 내일 타륵에게 가서 그동안 불어난 내 돈을 받아야지. 공항으로 가서 비행기를 타고 아무도 날 알아보지 못하는 그런 곳으로 가야지. 내일 정정 보도가 나올 거야. 그러면 학교 일을 정리하고 난 뒤, 날씨는 따뜻하고 사람들은 행복한 그런 곳으로 갈 거야. 다른 일을 찾으면 돼.'

머릿속에서는 계속 이런 말들이 맴돌고 있었다. 모든 걸 그만두고 먼 곳으로 가고 싶다는 생각이 마음속에서 점점 커졌다.

그 순간 현관 벨이 울렸고 뜨거운 모래사장을 그리고 있던 나는 현실로 돌아왔다. 집에 온 사람은 내가 이 꿈을 이룰 수 없음을 가장 잘 증명해 보이는 아들 녀석이었다. 나는 여기 남아서 발버둥질할 수밖에 없었다. 삶은 보이지 않는 릴리퍼트*의 밧줄로 이스탄불과 내 주변 여건에 날 묶어놓았다. 한 마리 야생의 새처럼 자유롭게 행동할 수가 없었다. 난 새장에 갇혀 있었다.

케렘이 아무것도 모른다는 건 바로 알 수 있었다. 여느 때와 같은 분위기였다. 식사 후에도 텔레비전을 켜지 않았다. 혹시나 텔레비전 뉴스로 나와 관련된 소식을 내보내고 싶은 누군가가 있을 수도 있으니 말이다. 섹스, 여자, 대학 같은 것이 들어가면 언론은 가만히 있지 않을 것이다.

케렘은 인터넷으로 뉴스를 보지는 않았지만, 모든 가능성에 대비해 케렘에게 바트 아롤젠에 있는 나치 기록물 보관소에 대해 검색해달라고 부탁했다. 혹시 스쿠를라와 바그너 교수와 관련된 정보를 온라인으로 찾을 수 있을까?

이런 건 케렘이 나보다 훨씬 나았다. 케렘은 바로 모니터 앞에 자리를 잡았다.

나는 문자와 사람의 인생 간에 존재하는 이상한 관계에 대해 생각했다. 문자는 자연적으로 만들어진 것이 아니다. 누군가가 발명한 것이다. 그러니까 비행기를 타는 것처럼 자연에 없던 것이다. 그래서 비행기를 타는 것이 두렵다면 문자도 두려운

---

* 릴리퍼트Lilliput: 조너선 스위프트의 『걸리버 여행기』에 나오는 난쟁이들의 나라.

것이다. 클로드 레비스트로스*가 인간성의 후퇴를 문자의 발명과 연결 지은 것이 옳았던 것일까?

가장 무고한 사람의 행동을 글로 표현하면, 특히나 신문의 기사가 되어버리면, 범죄와 연결된 느낌을 준다. 어느 저녁에 집에서 나와 베이오울루에서 한 친구와 만나고 레잔스에서 저녁 식사를 한 뒤 집으로 돌아올 수 있지 않은가. 이것은 세상에서 너무 평범한 행동 중 하나일 뿐이다. 하지만 어느 신문에서, 보고서에서, 경찰 조서에서 같은 행동을 기록할 때에는 범죄 같은 뭔가가 나오는 것이다.

'모 씨는 19시 14분에 집에서 나와 34 AF 6781 번호판을 단 택시를 타고 탁심으로 이동했다. 이스티크랄 거리를 걸었고, 프랑스 영사관 앞에서 다른 모 씨와 만났다. 두 사람은 대로를 걸어서 건넌 다음, 백러시아 사람들이 운영하는 레잔스라는 이름의 식당으로 갔다. 이곳에서 두 시간 머문 이들은 식당 앞에서 헤어졌다. 모 씨는 다시 탁심으로 걸어갔고, 34 ZD 2645 번호판을 단 택시를 타고 23시 27분에 집으로 돌아왔다.'

이런 식으로 말이다. 글이라는 것이 사람의 인생을 망쳐놓을 수도 있고, 그 사람을 범죄자처럼 보이게 할 수도 있으며, 그를 재판에 넘길 수도 있다. 예로, 이런 조작을 다큐멘터리 영상은 할 수가 없다. 그 영상을 본 사람들은 이 만남의 평범함과 얼굴에 드러난 표정, 친밀한 농담을 알아챌 수 있기 때문이다. 그

---

* 클로드 레비스트로스(Claude Lévi-Strauss, 1908~2009): 프랑스의 구조주의 철학자이자 인류학자. 구조주의를 창시했다.

리고 모든 것이 순수한 만남에서 비롯되었다는 것을 알 수가 있다. 그렇지만 글은 사람들의 상상력을 동원해서 가장 깨끗한 행동들에 있지도 않은 의미까지 부여하게 만든다. 신문과 경찰의 공신력이 미치는 가장 무섭고, 가장 파괴력 있는 힘도 이것이다.

하지만 나는 나중에 '문학의 힘도 여기서 나오지'라고 생각했다. '톨스토이도 책을 썼고, 아돌프 히틀러도 글을 썼다. 문제는 글이 아니라, 누가 무슨 목적으로 썼느냐다. 신조차도 자신을 글로 나타내지 않았는가. 좋아, 근데 문자가 만들어지기 전에는 신이 없었다는 말인가?'

나는 침대에 가서 누웠다. 담요 속에서 몸을 웅크렸다. 아주 깊은 곳, 마음속 어느 한 곳이 아파왔고 공포가 온몸을 감쌌다. 조그마한 여자아이일 때, 밤이면 내 방에 드리워진 그림자를 무서운 괴물에 비유하면서 두려움에 떨던 그 시절이 생각났다. 방에서는 뭔가 깨지는 것 같은 소리가 났다. 나는 그때만 해도 나무로 된 가구들이 비틀어지면서 소리를 낸다는 걸 몰랐다. 내 방에 나쁜 사람들이 들어왔다고 생각하고 두려움에 떨었다. 숨 쉬는 것조차 참으며 두 눈을 꼭 감고 기다렸다. 한동안 기다렸다가 침대에서 번개처럼 뛰쳐나가서 할머니 방으로 뛰어갔고, 할머니의 담요 밑으로 기어들어 갔다. 할머니는 나를 꼭 안아주셨고, 내 머리를 쓰다듬으며 날 진정시키셨다.

그날 밤도 같은 공포를 느꼈다. 나쁜 일이 벌어질 것이고, 온 세상에 맞서 나는 혼자였다.

17

편치 못한 선잠과 악몽에 시달리는 밤을 보낸 뒤, 동이 트기 전에 일어났다. 첫번째로 내가 한 일은 현관문으로 가서 신문이 왔는지 확인하는 것이었다. 현관문 고리에 걸린 나일론 주머니는 비어 있었다. 신문은 오지 않았다.

돌아가서 다시 이불 속으로 들어갔지만 잠을 이룰 수가 없었다. 심장이 두근거렸다. 그 순간에 그 약이 떠올랐다. 어젯밤에 왜 생각을 못 한 걸까? 회색의 알약은 네 조각으로 쪼갤 수 있는 것이었다. 필리즈는 4분의 1만 복용하라고 했지만 절반을 먹었다. 두근거리는 가슴을 진정시킬 수 없을 것 같았다.

신문이 이렇게 일찍 오지 않을 것을 알면서도 세 번이나 더 확인했다. 마지막으로 확인했을 때에도 주머니는 역시나 비어 있었지만 계단에서 발소리가 들렸다. 아파트 관리인이 집집마다 문고리에 걸린 주머니에 빵과 신문을 넣고 있었다.

나는 집 안으로 들어와 현관문 뒤에서 기다렸다. 관리인의 발소리가 가까워졌고, 부스럭거리는 소리가 들렸다. 그리고 조용해졌다. 나는 곧바로 문을 열고 주머니를 가지고 들어와 신문을 꺼냈다. 1면에는 나와 관련된 기사는 없었지만, 2면에 있는 커다란 사진을 보고는 머리를 얻어맞은 것처럼 어지러웠다.

당황스러운 웃음을 뱉으며 사진을 보았다. 사진 옆 따옴표 안에는 "아주 매력적인 남자였어요"라는 기사 제목이 있었다. 그 밑으로는, '대학가 스캔들의 핵심 인물인 여자가 본지 기자에게 털어놓다'라는 글이 보였다. 그리고 막스의 사진도 실려 있었다.

기사에는 내 주장이 조금도 실리지 않았다. "매력적인 남자였어요. 바이올린을 아주 잘 켰고요"라고 내가 말했다고 되어 있었다. 이 기사는 사형선고나 다름없었다. 더 이상 내가 속한 집단에서, 현재의 주위 환경 속에서는 살 수가 없게 되었다.

피가 머리끝까지 솟구쳤다. 곧바로 전화기를 들었고, 집으로 찾아왔던 기자인 시벨에게 전화를 걸었다. 아직 출근하지 않았다고 했다. 10분마다 전화를 했다. 네번째 전화를 했을 때, 그녀가 받았다. 나는 목청껏 소리를 질렀다.

"어떻게 내게 이럴 수가 있어요? 당신한테 내가 이런 말을 했어요? 변호사를 찾아갈 거야. 법원 판결로 정정 보도를 하게 만들 거야."

얼마나 분노가 치밀었으면, 얼마나 고성을 지르는지, 무슨 말을 내뱉는지 스스로 통제할 수가 없었다.

사진과 따옴표 속의 인용문으로 기사를 얼마나 잘 꾸며냈는지, 잘생기고 나이 많은 데다 바이올린을 잘 켜는 로맨틱한 교수와 사랑에 빠진 잘 치장한 대학교 교직원이 거기에 있었다.

464

내가 이혼녀라는 걸 특별히 언급하기까지 했다.

　잠시 후 나의 고함 사이로 그녀의 목소리가 들렸다. "죄송합니다. 맞는 말씀이세요, 저도 유감이에요. 제가 보기에도 정정보도 명령을 받아내셔야 할 것 같아요, 정말로요."

　나는 당황스러웠다.

　"그럼 뭐 하려고 이런 나쁜 짓을 한 거죠?"

　"맹세하건대 제 책임이 아닙니다. 말씀하신 그대로 써서 송고했어요. 모자란 것도 넘친 것도 없어요. 제가 쓴 제목은 '모든 게 모함!'이었습니다."

　"그런데, 이렇게 된 거란 말이에요?"

　그녀는 낮은 목소리로 대답했다.

　"데스크에서 이렇게 하는 게 좋겠다고 했나 봐요!" 그러고는 이렇게 덧붙였다. "저는 한낱 기자에 불과해요. 원하는 기사를 송고하면 어떻게 보도될지는 데스크에서 결정합니다."

　"내게 왜 이런 짓을 하는 거죠? 그 사람들이 누군지, 뭘 했는지 난 몰라요. 근데 진실에 대한 존중이란 게 조금도 없어요? 이런 기사가 나가고 나서 이제 나는 어떻게 살란 말이냐고요?" 내가 물었다.

　"맞는 말씀이세요. 솔직하게 말씀드려요, 유감이라는 점 믿어주세요. 가장 좋은 방법은 법원 판결로 정정 보도를 하는 겁니다."

　그녀는 아주 낮은 목소리로 말했다. 나는 그녀의 진심을 믿었다.

　"당신한테 소리 질러서 미안해요."

"괜찮아요. 부인을 충분히 이해합니다."

전화를 끊는데 케렘의 목소리가 들려서 깜짝 놀랐다.

"무슨 일이야, 엄마? 누구한테 소리를 지른 거야?"

"아무것도 아니야. 엄마 일이랑 관련해서 문제가 생겨서……
이리 와, 아침밥 차려줄게."

케렘을 학교에 보낸 뒤 타륵에게 전화를 했다. 지금까지 있
었던 일과 신문사의 입장을 설명했다. 이런 일을 나 혼자 해결
할 수는 없었다.

그는 내가 진정해야 하고, 패닉에 빠지면 안 된다고 말했다.
타륵이 변호사를 선임할 생각이었다. 게다가 그 신문사에 친구
들도 있었다. 보도를 정정하도록 부탁하겠다고 했다.

"마음을 굳게 먹어. 이 나라가 그런 나라잖아, 엄청난 스캔
들도 일주일쯤 지나면 잊혀버려. 믿어도 돼, 아무도 기억 못 할
거야."

"가까운 사람들, 이웃들, 직장 동료들은 기억할 거잖아. 특히
이런 부당한 일은 받아들일 수가 없다고."

"이런, 이런 건 아무것도 아니지, 이 나라에서. 사람을 죽인
놈들도 풀어주고, 성폭행한 놈들도 한두 해 살면 나와. 부당한
것도 아냐! 네가 당한 건 아주 작은 사건에 불과해. 날 믿어."

그는 내 말에 반대하는 것이 아니라, 나를 지지하는 목소리
로 함께 고민하는 것처럼 말했다. 그래도 이런 상황에서 그런
말은 무의미했다.

"불은 떨어진 곳을 태운다고 했어. 내 입장이면 자기도 그렇
게 말 못 했을 거야."

"그 말도 맞아! 그렇지만 내가 한 말도 맞는 말이야."

잠깐 동안 전화기에서 침묵이 흘렀다. 그리고 대화가 이어졌다.

"네가 원하면 함께 인터뷰를 하자. 내가 약혼자고, 널 믿는다고. 그런 일은 없었다고 내가 말할게. 우리 손을 잡고 카메라를 향해 환하게 웃자고."

"절대 하지 마. 모든 게 더 나빠질 거야. 사람들은 '뒈져버려, 마누라도 아니고 약혼녀가 뭐람?'이라고 할 거라고."

"오늘 뭐 할 거야?"

"학교 가야 해. 자체 감사를 받아야 한대."

"나중에 나한테 전화해, 변호사랑 만나게 해줄게. 필요하다면 대학을 상대로 소송을 걸어야지."

이 남자에게 이렇게나 좋은 마음이 있었는지 몰랐다. 사람은 어려울 때 본모습을 알 수 있다. 그래도 내 마음속에는 여전히 걱정이 남아 있었다. 타륵은 기사 내용 모두가 거짓이라고 생각했다. 그래서 대학을 상대로 소송을 하는 것이 옳은 방법이라고 생각한 것이다. 그렇지만 목격자들은 내가 막스와 함께 반나체로 침대에 있었고, 단둘이서 식사를 했고, 그의 방에서 밤을 지냈으며, 게다가 그의 방으로 술을 주문했다고 진술할 것이다. 나는 죄가 없지만, 이걸 누구에게, 어떻게 설명할 수가 있을까……

나는 정장을 차려입고 학교로 갔다. 약 덕분에 조금은 진정되었다. 암묵적인 시선과 조소, 귓속말에 맞설 준비가 되어 있었다.

나는 곧바로 비서실장의 방으로 갔다. 그는 이제 내 가슴에 시선을 두지 않고, 매우 사무적으로 대했다.

"앉으세요, 마야 씨! 우리 학교를 아주 어려운 상황에 놓이게 하셨군요."

"아니요, 전 받아들일 수 없습니다. 보도된 것들은 다 거짓이에요. 저는 잘못한 것이 없습니다."

비서실장은 나와 함께 총장실로 들어갔다. 비서실에 있는 사람들의 시선들 사이에서 나는 어느 누구에게도 인사를 건네지 않은 채, 고개를 똑바로 들고 도도하게 걸어갔다.

총장은 매우 차갑게 행동했다. 총장실에는 몇 명의 교수가 더 자리했다.

비서실장은 "마야 씨는 모든 사실을 인정하지 않습니다. 모든 게 모함이라고 주장합니다"라고 말했다.

총장은 보좌관에게 쉴레이만을 호출하라고 했다. 쉴레이만은 가까운 곳에 있었던 모양인지, 매우 빨리 왔다. 그는 주눅이 들어 움츠리며 총장실로 들어왔다. 두 손을 앞으로 모은 채 기다리면서, 나를 한 번도 쳐다보지 않았다.

총장은 "마야 씨가 당신이 모함을 한 거라고 하는데, 뭘 봤는지 이야기해봐요"라고 쉴레이만에게 말했다.

"맹세코 제 말이 거짓이라면 제 눈이 멀 겁니다. 『쿠란』에 맹세할 수 있어요……"

"맹세하는 건 관두고 뭘 봤는지 그거나 말해봐요." 총장은 쉴레이만을 심하게 나무랐다.

"그날 날이 밝기 전에 쉴레로 출발했습니다. 그 사람이 해변에서 바이올린을 켜기 시작했어요. 미쳤다고 생각했습니다. 그리고 우리는 그 사람이 동사할까 봐 모텔로 데려갔습니다. 차는 고장이 났고요. 저는 쉴레에 정비공을 찾으러 갔습니다. 세 시간 정도 지난 뒤 돌아왔을 때, 이 여자가 그 사람과 침대에서 벌거벗고 있는 걸 봤습니다."

총장은 내게 "이 주장에 대해서 뭐라고 할 말이 있나요?"라고 물었다.

"맞습니다." 나는 대답했다.

내가 아니라고 대답할 거라 예상했던 모든 사람이 당황해했다.

"뭐가 맞는다는 건가요?"

"말한 모든 것이 맞습니다."

그들은 너무 놀라 서로의 얼굴을 바라보았다.

"그럼 잘못을 인정하는군요!"

"아니요, 잘못한 건 없습니다."

"무슨 말이지요, 이건?"

"사건의 요약은 맞지만 의미는 그렇지 않습니다."

"바그너 교수와 함께 침대에 들어갔습니까, 들어가지 않았습니까?"

"들어갔습니다만, 말씀하시는 그런 의미는 아닙니다."

"좋아요, 그럼 뭔가요? 당신 이야기를 들어봅시다."

"자신의 지난날 기억을 되살리기 위해 그분이 저희에게 쉴레로 가고 싶다고 한 그날은 1년 중 가장 추운 날이었습니다. 2월 24일을 기억해보세요. 게다가 북풍이 흑해 해변에 얼마나 심하게 몰아칠지도 상상해보세요. 해변에서 오랫동안 서 계셨던 교수님은 당장이라도 돌아가실 것 같은 상태였습니다. 교수님을 차에 태웠지만 차는 고장이 났습니다. 차가 움직이지 않았고, 난방도 되지 않았습니다. 차에 있는 것이 아무런 도움이 되지 않았습니다. 저희는 교수님을 언덕 위에 있는 한 모텔로 끌다시피 해서 옮겼습니다. 그런데 거기에도 난방 기구는 전혀 없었습니다. 교수님을 겨우 침대에 눕히고 이불을 덮었을 때 온몸이 보랏빛이었습니다. 손은 굳어 있었습니다. 사망 직전이라는 걸 알았습니다."

말이 끊어진 순간, 여기서 쉬면 안 되겠다고 생각하고 나는 말을 이어나갔다.

"그의 목숨을 살리기 위해 침대로 들어가 제 체온을 전달하려고 했습니다. 실제로 도움이 되었고, 목숨을 살릴 수 있었습니다. 그 뒤에는 병원으로 옮겼습니다. 진단서를 보시면 심한 추위에 노출되어 있었다는 것을 알게 되실 겁니다. 손님으로 오신 미국인 교수가 추위로 인해 사망하는 그런 수치스러운 일로 우리 대학이 거론되어서는 안 된다는 생각에, 제가 할 수 있는 최선을 다했습니다. 제가 한 행동은 말씀드린 이것이 전부입니다."

모두가 다시 한번 서로의 얼굴을 쳐다봤다. 총장은 자기 앞에 놓인 종이에 의미 없이 줄을 그어대기 시작했다. 충격을 받은 것 같았고, 무슨 말을 해야 할지 모르는 것 같았다.

"한 가지 더 있습니다, 총장님."

총장은 "뭔가요?"라고 물었다.

"쉴레이만, 그러니까 총장님의 운전기사는 사촌을 취직시키기 위해 총장님께 부탁을 드려달라고 했습니다. 제가 그걸 거부하자 화가 났고, 복수하겠다는 마음을 먹었습니다. 게다가 범죄도 저질렀습니다."

"어떤 범죄를 말하는 거죠?"

"차에 남겨둔 교수님의 골동품 바이올린이 차에 없다고 했습니다. 일리야스가 목격자입니다. 제가 정비소로 가 트렁크 속에서 걸레들로 둘러싸여 있던 바이올린을 발견했습니다. 도둑 맞을 뻔했던 걸 찾아서 교수님께 돌려드렸습니다. 여기 명함이 있습니다. 그 정비소에서 직접 목격한 르자 씨의 명함입니다."

나는 총장의 책상에 명함을 놓았다.

날 가로막고 있던 모든 벽을 다 무너뜨렸다고 느꼈다. 승리를 목전에 두었고, 쉴레이만은 해고될까 두려워서 덜덜 떨기 시작했다.

"범죄 성향이 있는 운전기사의 모함과 사람들의 분노를 불러일으킬 기회만 찾고 있는 신문사의 거짓 보도로 인해 충실하고 정직한 직원의 명예가 더럽혀졌습니다." 나는 계속 말을 이어갔다. "저는 한 아이의 엄마이고, 사회적으로 존중을 받는 직장이 있으며, 교사로 정년퇴직한 어머니와 아버지가 계십니다. 제게 이런 식으로 대하실 거라고는 생각지도 못했습니다."

총장의 생각에 뭔가 변화가 생겼음이 분명하게 드러났다. 자리에서 일어나 내게 사과를 할 것 같았다. 내가 승리했다고 생각하던 그 순간 그놈의 재수 없는 비서실장이 끼어들었다.

"질문 하나 해도 될까요, 마야 씨?"

"그러세요, 실장님."

"바그너 교수가 퇴원하셨을 때에는 건강하지 않으셨나요?"

"건강하셨습니다!"

"페라 팔라스 호텔의 난방은 잘됐을 테고."

그가 이야기를 어디로 유도할지 알았지만 멈칫하는 걸로 부정적인 상황을 만들지 않기 위해서 곧바로 대답을 했다.

"잘됐습니다."

"그러니까 교수님께서 쉴레에서처럼 동사할 상황은 아니었어요."

"예, 아니었습니다."

"좋아요, 그럼 왜 그분의 방에서, 그분의 침대에서 하룻밤을 지내는 걸 선택하셨나요? 그것도 생명을 구하기 위한 것이었습니까?"

"아닙니다."

"마르텔 코냑 한 병도 교수님을 따뜻하게 하기 위해서 주문하신 겁니까?"

"이 모든 것에 대해서도 설명드릴 수 있습니다. 교수님은 큰 고통을 겪으신 분입니다. 이스탄불에 계셨던 시기에 무시무시한 사건을 겪으셨어요. 그 사건을 제게 이야기해주셨고, 저는 그분을 위로하고 싶었습니다."

비서실장이 이번에는 대놓고 내 가슴을 보면서 웃었다. "꽤나 효과적인 위로 방법이군요."

총장을 제외한 다른 교수들도 웃었다. 하지만 총장은 날 아꼈고, 나의 진실함에 대해서도 믿고 있는 것 같았지만, 아무 말도 하지 않았다.

그 순간 이 게임에서 졌다는 걸 알았다. 이젠 내가 뭐라고 해도 믿지 않을 것이었다. 이야기가 성적인 판타지로 변해버렸고, 한번 성적인 프레임으로 비화되면 다른 주장들은 우선순위에서 뒤로 밀려나 버린다.

총장은 말했다. "매우 유감입니다, 마야 씨. 이 사건 이후로 함께 일하는 건 힘들어 보입니다. 오늘까지 부인의 노력에 감사드립니다. 사직서를 내시겠습니까? 아니면 자체 감사 결과에 따른 해고를 선택하시겠습니까?"

왜 그랬는지 모르겠지만, 그 순간에 조금도 지체하지 말아야 한다고 생각하고 즉시 답을 했다.

"사직서를 바로 작성하겠습니다."

총장은 다른 참석자들을 빠르게 한 명씩 쳐다봤다.

"회의를 마칩니다."

나는 조금도 머뭇거리지 않고 바로 일어나서 나와 내 방으로 갔다. 컴퓨터에 있는 워드를 열고 '본인은 부당한 모함의 희생자이며, 학교 이사회가 본인의 변론을 받아들이지 않아 사직서를 제출합니다'라고 사직서를 작성했다. 이 사직서를 프린트하고 서명해서 내 책상 위에 놓았다. 책장에 있던 개인 소유의 책과 책상 위에 있던 케렘의 사진, 시간이 지나면서 서랍 속에 쌓였던 로션, 빗, 비염 치료제 같은 잡동사니들을 챙겼다. 아무에게도 작별 인사를 하지 않고, 다시는 돌아오지 않겠다고 생각하며 건물을 나섰다.

사실 기록물 보관소에 있는 네르민 부인처럼, 진실을 말해주고 작별하고 싶은 사람들이 있었지만, 그 순간에는 그럴 여력이 없었다. 나는 울지 않기 위해 억지로 참고 있었다. 그렇지만 택시에서는 참을 수가 없었다. 나는 훌쩍이며 울기 시작했다.

불쌍한 운전기사는 어찌할 바를 몰라 했다.

"지나갈 거예요, 슬퍼 마세요. 유일하게 해결 방법이 없는 건 죽음뿐이랍니다."

시르케 지역 앞에 도착했을 때 나는 조금 진정됐고, 폭발했던 감정이 안정을 찾았다. 택시 기사는 "손님, 시미트 빵이랑 차라도 사드릴까요?"라고 물었다.

"아니요, 고맙지만 괜찮아요." 내가 말했다.

택시는 갈라타 다리를 건너 카라쾨이로 향하고 있었다. 이스탄불해협을 왕복하는 여객선은 한 척이 도착하면 다른 한 척이 바로 출발했다. 갈매기들도 그 여객선에 따라붙었다. 작은 배에서 팔고 있는 고등어 케밥 냄새가 주위에 가득했다. 택시 기사는 이번에도, "손님, 고등어 케밥을 사 올까요? 드시고 싶으실 것 같은데. 미터기를 끌 테니 걱정 마세요"라고 했다.

"고마워요, 기사님. 정말 고마운데 나를 최대한 빨리 집으로 데려다주면 좋겠어요. 그걸로 충분해요."

인정이 많은 젊은 청년은 힘들어하는 한 여자를 돕기 위해 뭐라도 하려 했지만, 아무 소용이 없었다.

아나톨리아반도의 오랜 관습에 따르면, 모든 고통의 약은 음식이었다. 마음 아픈 일을 얼마나 겪든지 간에 음식만이 유일한 치료제였다. 안타키아에 사시던 외할머니가 돌아가셨을 때, 이웃들은 한 달 동안 우리에게 음식을 못 하게 했다. 이웃들이 순시대로 돌아가며 식사를 준비해줬었다. 음식을 항상 '죽은 사람의 영혼을 위해' 먹었다. 마치 그 영혼들이 우리가 먹은 음식을 받아먹기라도 하는 것처럼.

나는 이런 관습을 오늘날의 물질 만능주의자들의 논리로 판단하고 무시하는 사람들을 보면 화가 났다. 이건 인류가 누군가를 위로하기 위해 수천 년간 발전시켜온 방법 중 하나였고, 내 생각에도 필요한 일 같았다.

집에 도착했을 때, 택시 기사는 돈을 받지 않으려 했다.

"손님, 이런 고통스러운 시기에 어떻게 제가 돈을 받겠습니까! 제 마음입니다, 받아주세요." 그는 고집을 피웠다.

사실 내 고통이 무엇인지 그가 알 방법은 없었고 궁금해하지도 않았다. 그에게 중요한 건 내가 고통스러워한다는 것이었다. 택시비를 주기 위해 나는 택시 기사와 꽤나 실랑이를 벌였다.

집에 짐을 내려놓고 타륵에게 전화를 걸었고, 그는 멋진 재규어를 타고 와서 나를 픽업했다. 신문을 본 이웃들이 무슨 생각을 할는지. 나이 많은 교수에다, 젊고 부자인 남자도 나타났으니 말이다.

타륵은 날 '페이퍼 문'으로 데려갔다. 모든 사람이 가고 싶어 하는 화려한 식당은 피하자고 고집했지만, 그는 듣지 않았다. 그를 알고 있는 종업원들은 "어서 오세요, 타륵 씨!"라며 우리를 맞이했고, 좋은 자리로 안내했다. 종업원이 커다란 메뉴판을 들고 왔다. 나는 타륵에게 메뉴를 정하라고 했다.

그는 정말로 근사한 음식을 골랐고, "요즘 같은 때에는 잘 먹고, 힘을 내야 해"라고 했다. 그도 택시 기사처럼 생각하고 있었다. 한 명은 작은 배에서 살 수 있는 고등어 케밥을, 다른 한 명은 페이퍼 문 같은 세계적인 식당의 음식으로. 종류는 달랐지만 생각은 같았다.

사람들로 가득 차서 항상 붐비던 식당은 텅 비어 있었다. 심각한 경제 위기가 다수의 사업가에게도 영향을 미쳤을 것이다. 식비를 걱정할 정도까지는 아니더라도, 그들은 이런 호사스러운 곳에서 괜히 다른 사람들 눈에 띄어서 책잡히고 싶어 하지 않았다. 없는 사람들이야 어차피 이런 곳에 올 수도 없었다.

타룩과 함께 식당이나 음식, 주위에 앉아 있는 사람들에 대해서 이야기를 나눴지만, 솔직하게는 여전히 마음이 아팠다. 가만히 있는데도 칼이 심장을 찌르고 들어오는 것 같았다. 내가 당한 부당함과 모함이 깊은 상처를 남겼다. 특히나 그 신문사의 행태가 그랬다.

요리가 나온 뒤, 나는 타룩에게 괜찮은 변호사를 찾았는지 물었다.

"좀 진정이 됐어?" 그가 되물었다.

"무슨 소리야, '진정됐어'라니? 조금 전에 직장에서 잘렸고, 언론은 온 나라에 날 망신 줬는데. 아들에겐 뭐라고 해야 할지 모르겠어. 내가 어떻게 진정할 수 있겠어!"

"진정하고 내 말을 잘 들어봐. 아직 변호사랑 이야기 안 했어."

"뭐라고?"

"왜냐하면 이건 변호사가 할 일이 아니야."

"최소한 신문사의 거짓말은 밝혀야지. 정정 보도를 내보내게 해야지. 명예훼손으로 소송을 걸 거야."

대화를 나누던 중 종업원이 음식이 마음에 드는지를 물었다. 우리는 그렇다고 말하고 고맙다고 인사했다. 내가 원해서 우리는 물을 마셨다. 렉소타닐을 복용했는데 와인까지 마시면 어떻게 될지 알 수가 없었다. 타륵은 말했다. "잘 봐, 우리가 변호사랑 이야기를 했다고 하자. 변호사도 정정 보도 요청서를 준비하겠지. 받을 수 있다면 법원에서 정정 보도 명령을 받아낼 거야. 신문사가 원한다면 이걸 실을 테고."

"'원한다면'이라니?"

"신문사는 100일 동안 정정 보도를 유예할 수 있는 권한이 있어. 게다가 신문에 게재하지 않는다고 해도 문제가 안 돼. 벌금 조금만 내면 그만이야. 정정 보도를 했다고 치자. 몇 달이 지난 뒤에 다시금 그 일을 떠올리게 만들 테고, 사람들 입에 오르내릴 거야."

"좋아, 그럼 명예훼손과 피해 보상 소송은?"

"이 나라에서는 아주 간단한 소송도 5년이 걸려. 그다음 대법원도 있지. 대법원 판결은 거기서 몇 년 더 걸리겠지. 만약 파기환송이 되면 모든 걸 처음부터 다시 시작해야 해. 5년 뒤에 재판에서 이기면 뭐 하고, 지면 뭐 할 거야!"

"내 상황이 진짜로 그렇게나 방법이 없는 거야?"

"그래! 불행하게도 그래. 사법 시스템이 막혀 있어, 진전이 안 돼. 그러니까 이런 건 포기하자고. 힘들어질 거고, 마음 아플 거고, 법원에 갈 때마다 이 사건을 다시 떠올리게 될 거야."

"좋아. 그렇다면 이 나라에서 한 개인이 자기 권리를 어떻게 찾을 수 있지?"

그가 간단하고 명확하게 대답했다.

"못 찾지! 30년 동안 판결이 나지 않아서 살인자의 공소시효가 소멸한 적이 있다는 사실을 모르는 거야?"

"30년이라고?"

"그래, 30년."

그의 말에 난 깊은 절망에 빠졌고, 먹던 음식이 목에 걸렸다.

"그럼 난 어떻게 해야 해?"

"먼저, 포크로 장난하지 말고 음식부터 끝내야지. 그리고 집에 가서 푹 잔 다음 내일을 기다려."

"그다음엔?"

"내일 신문에 너에게 유리한 기사가 날 거야. 널 비난한 모든 사람에게 그 기사를 보여주고, 오해가 있었다고 말하면 돼."

"혹시 신문사에 있는 친구와 이야기한 거야?"

"당연하지! 넌 내가 시키는 대로 해. 그다음은 우리가 함께 생각해보지 뭐. 판나코타* 먹을래?"

"아니!"

"티라미수는?"

나는 "아니"라고 대답하고 웃었다.

"왜 웃어?"

"오늘은 모두가 내게 뭘 먹이려고 안달이네. 그나저나 내 돈

---

* 판나코타panna cotta: 이탈리아식 푸딩 디저트의 일종.

은 계속 늘어나고 있는 거야?"

"물론이지."

"좋네, 진짜 필요할 것 같아. 나는 이제 진짜 실업자야."

"걱정 마. 네가 할 일이야 많지!"

타륵이 날 집에 데려다주고 난 후, 나는 거실에 앉아서 오랫동안 생각했다. 이 힘든 시기에 이 친구의 도움은 엄청 큰 힘이 되었고, 마음에 평온을 되찾을 수 있었다. 사실 그는 약간 속물이었다. 고급 시계, 메이커 옷, 근사한 차에 뽐내기를 즐겼다. 게다가 플레이보이였다. 한마디로 내 타입은 아니었다. 가치 평가의 기준이 나와 동일한 사람은 아니었지만, 마음씨가 착했다. 그런 우정 어린 마음씨가 고마웠다.

만약 케렘이 오늘도 무슨 이야기를 듣지 못했다면, 난 아무 말도 하지 않을 생각이었다. 내일 제대로 된 신문 기사가 난 뒤에 이야기를 할 계획이었다. 그것도 기사가 난다면. 전혀 믿을 수 없었지만, 타륵은 꽤나 확신에 차 있었다.

조용한 집에 혼자 앉아 있는데도 나는 외로움을 느끼지 않았다. 거실에 있는 전나무는 이럴 때 쓸모가 있었다. 부엌에서 물병을 가져와 전나무에 물을 줬다. 외할머니가 내 얼굴을 쓰다듬듯이 나는 나뭇잎을 쓰다듬었다.

진정제와 저녁 식사 때문에 졸음이 왔고, 나는 거실에 있는 소파에서 웅크려 잤다. 어젯밤에도 제대로 잠을 이루지 못해 너무 피곤했다.

잠든 와중에 지진이 일어났다고 생각했다. 누워 있던 소파가 내려갔다 솟아올랐고, 엄청나게 흔들렸다. 소파에서 거의 떨어질 뻔했다.

예측되던 대지진이 드디어 온 모양이라고 생각하고 나는 마음을 놓았다. 왜냐하면 모두 다 죽을 테니까, 학교에 있는 사람들도, 신문사에 있는 사람들도. 왠지 몰라도 아들이 죽는다는 생각은 들지 않았다. 행복한 상태로 내 몸이 흔들리고 있었다.

멀리서 난기류, 난기류라고 하는 것 같은 소리가 들렸고, 기내 방송이 나왔다. 누가 내 어깨를 살짝 쳤다.

"부인, 안전벨트를 하세요."

눈을 떠보니, 나를 도와주던 승무원 레나타였다. "난기류 지역에 있습니다. 기내 방송을 못 들으신 모양이네요."

"미안해요."

나는 잠에서 덜 깬 상태에서 안전벨트를 맸다. 거대한 비행기가 흔들리고 있었다. 머리 위에 있는 짐칸에서도 마찰음이 들려왔다. 내가 잠들었던 모양이었다. 창문 덮개는 열려 있었다. 기내는 환했다. 모든 승객의 앞에는 아침 식사 트레이가 놓여 있었다. 흔들리는 비행기에서 오렌지주스나 커피, 차가 쏟아지지 않도록 다들 손으로 잔을 잡았다. 승무원들은 아침 식사 제공을 중단했다. 지난 밤 담요 속에서 서로를 더듬던 커플도 깊고 행복한 잠에서 깨어났다. 얼굴은 반짝반짝 윤이 났고, 서로의 눈을 마주 보았다. '오 젊은 시절의 그 단잠.' 이 말을 누가 했더라? 물론 막스가 한 말이었다.

그에게서 한 통의 이메일을 받았다. 잘 도착했다는 내용이었다. 지난 한 주를 잊을 수 없을 것이라고 했고, 내가 어떻게 지

내는지도 물었다. 나는 '당신 때문에 곤란한 상황입니다'라고
할 수 없어서 간단히 '잘 지냅니다'라고 답을 했다.

18

지난밤에도 약을 먹고 잠들었다. 아침에 일어나니 온몸이 쑤셨다. 근육이 긴장한 탓인지, 아니면 속이 상해서였는지, 꼼짝할 수가 없었다. 기사가 난 뒤로, 아침에 일어나면 사기가 바닥을 쳤다. 뭔가 나쁜 일이 벌어졌고, 엄청난 불행과 마주한다는 느낌이 엄습했다. 뒤이어 칼에 베인 듯한 고통을 느끼며 그 사건을 의식의 영역으로 끄집어냈다. 그날도 그랬다. 베개가 젖어 있었다. 자면서 울었던 건가…… 전혀 몰랐다.

온몸이 아프고 쑤시는 가운데 침대에서 일어났다. 현관문에서 신문을 가져왔고, 기대를 안고 신문을 펼쳤다. 2면에는 별게 없었다. 3, 4, 5, 6, 7, 8면…… 신문 지면을 펼쳤다. 절망에 빠지려던 순간, 12면에 있는 작은 기사를 발견했다.

의혹을 받고 있는 여자로부터 무죄 주장:
나는 무죄다!

이틀째 이스탄불 대학교를 뒤흔들고 있는 스캔들과 관련해 어제 새로운 소식이 전해졌다. 초청 교수인 막시밀리안 바그너와 관계를 맺은 것으로 알려진 대외 협력 책임자 마야 두란은 모든 것이 모함일 뿐이라고 주장했다.

마야 두란은 본지에 다음과 같이 밝혔다. "바그너 교수와는 공식적 접촉 외에 다른 관계는 없었다. 모든 것이 음모와 모함이다. 국제적 명성이 높은 존경받는 교수의 나이와 지위, 그리고 한 튀르키예인으로서 여자임과 동시에 엄마인 나의 책임감을 생각한다면, 진실은 명백하게 밝혀질 것이다. 이 모함에 대해 강한 유감을 표하는 바이다."

나는 기사를 보고 매우 놀랐다. 기사가 난 건 좋았지만, 나는 이런 말을 한 적이 없었다. 튀르키예 여자 그리고 책임감을 아는 엄마라는 말은 나를 더 잘 방어하기 위해 넣은 모양이었다. 그러니까 내가 직접 말하는 것보다 나를 더 잘 방어할 수 있다고 생각한 그들의 결론인 셈이었다. 그나마 다행이었다. 조금은 안심할 수 있게 되었다. 이젠 적어도 내 손에 반박 기사가 있었고, 내가 해고되었다는 내용도 없었다. 언론의 힘이란, 사람을 죽음으로 내몰기도 하고, 천국으로 보내기도 하나 보다.

신문을 내려놓으려는 순간, 읽고 있던 기사 바로 아래에 실린 사진이 눈에 들어왔다. 나에 대한 기사를 보기 전에도 눈에 띄었지만, 그저 아흐메트랑 많이 닮았다고만 생각했었다. 이번에는 좀더 자세히 살펴봤고, 곧 놀라서 몸이 얼어붙어 버렸다. 그래, 그였다! 아흐메트, 내 전남편!

신문에서 그의 사진을 볼 거라고는 전혀 생각지도 못했지만, 첫눈에 그를 알아보지 못했다는 게 믿어지지 않았다. 유심히 살펴보니, 아흐메트의 맞은편에는 지난번 나와 인터뷰를 했던 여기자가 있었다. 아마 이름이 시벨이었을 거다. 아흐메트는 평소와 다름없는 얼굴에, 여전히 두 눈 사이가 가까웠고, 조금 듬성해지긴 했어도 전혀 바뀌지 않은 머리 모양을 하고 있었다. 그렇게 오랫동안 알고 지냈는데도, 마치 모르는 사람 사진을 보는 것같이 느껴졌다. 모두 내가 알고 있는 그대로였는데 표정만은 낯설었다. 잘 아는 사람에게서 전에 한 번도 본 적이 없는 표정을 발견했을 때 생기는 낯선 기분이 매우 강하게 느껴졌다.

뭔가를 이야기하는 순간 촬영된 것 같았다. 입은 조금 벌어져 있고 눈썹은 약간 치켜 올라간 모습이었다. 마주 보고 있는 기자에게 "잠깐만요"라고 하는 듯한 손동작을 취하고 있었다.

나에 대한 기사 아래에 위치한 아흐메트의 사진 밑에도 조금 다른 배경색 위로 기사가 실려 있었다. 나는 흥분한 채로 기사를 읽어 내려갔다.

마야 두란 전남편의 지지 발언

아흐메트 발타즈는 8년 전 이혼한 마야 두란에 관한 주장들을 믿지 않는다며, 본지 기자에게 아래와 같이 밝혔다.

"나는 마야를 아주 잘 압니다. 최근 8년간, 자주는 아니지만 계속 만나왔습니다. 그녀를 아는 어느 누구도 이 모함을 믿지 않을 겁니다. 그녀는 좋은 엄마이자, 신뢰할 수 있는 사람입니다. 원칙적이고, 가치를 존중하며, 책임감이 무엇인지를 아는 여자예요. 물론 이해할 수 없는 몇몇 이슈가 있지만, 문제가 되고 있는 사건과 관련해서 나는 그녀를 전적으로 믿습니다. 게다가 마야는 현재 혼자고, 신세대의 자유로운 여성입니다. 그녀가 어떤 이성과 어떤 관계를 선택하는지에 대해서 여론이 관여할 문제는 아닙니다. 그래도 공식적인 업무로 불과 며칠 만난 노교수와 이런 관계를 맺었다는 주장은 가당치도 않은 말입니다. 믿을 수가 없어요. 저는 그릇된 자들이 그녀를 모함하고 있다는 것을 잘 압니다."

아흐메트가 이런 말을 했다는 게 믿기지 않았다. 마치 나를 잘 아는 누군가가, 난생처음 짓는 표정으로 내 앞에 서서, 낯선 목소리로 말하는 것 같았다.

혹시, 신문사 편집부에서 그의 말을 바꿔 자기들 생각대로 쓴 건 아닐까? 이건 아흐메트의 스타일이 아니었다. 확신에 차 있고, 결단력 있으며, 강한 어조로 이야기했다. 그런데 무슨 이유로 편집실에서 그의 말을 뒤집겠어? 논점을 흐려놓을 목적이었다면 내용을 이렇게 두지는 않았을 것이다.

나는 신문을 내려놓고 전화기를 들었다. 지난번에 걸었던 전화번호를 찾아냈다.

"여보세요, 시벨 기자와 통화할 수 있을까요?"

"예, 접니다."

이번에는 여기자와 단번에 통화가 연결되었다.

"안녕하세요, 마야입니다. 마야 두……"

"아, 안녕하세요, 마야 부인! 보셨죠?"

시벨의 목소리에는 우쭐대는 듯한 어투가 묻어 있었다. 자기에게 고맙다는 말을 하기 위해 전화했다고 생각한 것 같았다.

"예, 물어보고 싶은 게 있어서요, 전남편과 어떻게 만나신 거죠?"

"부인에게 전화했던 것처럼 그분에게도 전화를 먼저 드렸습니다. 처음 전화했을 때에는 문제가 좀 있었습니다. 이해할 수 없는 소리를 들었거든요. 자신과 관련된, 개인적인 문제 같은 것이었는데, 제가 알아들을 수 없는 몇 마디를 하시더니 인터뷰를 거절하셨어요."

"음, 하지만 거기서 그만두진 않으셨겠죠, 당연히."

"예, 계속 연락했습니다. 정확히 말하자면, 부인에 대해 빚을 진 것 같아서, 혹시 도움이 될 만한 기사를 내보내려고 아흐메트 씨와 인터뷰를 생각했었습니다. 하지만 아흐메트 씨가 거절하셔서 다른 일을 하느라고 잊고 있었는데, 한 시간 정도 뒤에 직접 전화를 하셔서 만나길 원하셨어요. 이유는 몰라도 다른 전화번호로 전화를 하셨어요……"

"그럴 리가!"

"왜 놀라시죠?"

"그 사람한테서 기대했던 반응이 아니어서요."

"사실 그날 아흐메트 씨가 평범하지 않은 하루를 보내고 있다는 걸 저도 느꼈습니다. 꽤나 화가 난 것처럼 보였는데도, 냉정을 유지하려고 하는 것 같았어요. 항상 하던 것과는 다른 뭔가를 하고 있는 사람의 행동이란 게 느껴졌습니다."

"기사 내용이나 당신한테 화가 났던가요?"

"아니요, 잘 모르겠어요. 완전히 다른 문제일 수도 있고요."

"그래요, 바쁘실 텐데, 더 이상 시간 빼앗지 않을게요. 마지막으로 묻고 싶은 건, 신문에 실린 그 말들이 정확하게 그 사람이 한 말인가요, 아니면 편집장이 또 자기가 멋대로 쓴 건가요?"

"인터뷰한 내용을 거의 그대로 내보냈습니다." 기자가 웃고 있다는 걸 목소리에서 알 수 있었다. "솔직히, 제가 준비한 기사가 신문에 실릴지 안 실릴지 저도 몰랐습니다. 보니까 다른 기사와 연결해서 실었더군요."

"대단히 고마워요. 제게 많은 도움을 주셨어요."

"무슨 말씀이세요, 저는 제 일을 한 겁니다."

전화를 끊고 나서 정신을 차린 다음, 다시 두 개의 기사를 읽어봤다. 아흐메트의 사진과 말이 여전히 낯설게 느껴졌다. 이런 말을 했다는 것과 공개적이고 용감하게 내 편을 들었다는 것에 대해서는 의심의 여지가 없었다. 마치 한순간에 사람이 변한 것 같았다.

나는 전화기를 손에 들고 잠시 만지작거렸다. 통화 버튼도 건드려봤다. 머뭇거리고 있는 건 무의미했다. 통화 버튼을 눌렀다. 한참 동안 신호가 갔다. 받지 않을 것 같아서 끊으려는데 전화가 연결됐다. 그런데 여자 목소리였다.

"어, 죄송합니다, 아흐메트 씨에게 전화를 했는데요."

"난 엄마예요. 마야 너니?"

전 시어머니의 목소리인 것을 나중에야 알았다. 혹시라도 내가 결례를 한 것일까, 하는 생각이 스쳤다. 이럴 때 제일 좋은 방법은 틈을 두지 말고 바로 대화를 이어가는 것이다.

"어떻게 지내세요?"

"잘 지낸단다, 고맙구나. 넌 어떻게 지내니?"

"감사합니다, 저도 잘 지냅니다."

짧고 묘한 침묵이 흘렀다. 그리고 다시 시어머니가 말을 이었다.

"아흐메트에게 전화했지, 그런데 아흐메트가 없단다. 어제 오후에 나갔어. 그러니까 어제 우리한테 왔다가, 여기다 전화기를 두고 가버렸단다."

오늘 사람들이 날 놀라게 하려고 약속이라도 한 건가! 왜 어제부터 지금까지 휴대전화를 안 찾아간 거야?

"이상하네요. 왜 돌아와서 전화기를 안 가져갔을까요?"

"그게, 지 아버지랑 말다툼이 좀 있었거든…… 아무 일 없을 거야, 와서 가져가겠지."

아버지랑 다퉜단다! 아흐메트가! 그 장면을 눈앞에 떠올릴 수가 없었다. 아버지의 얼굴도 무서워서 못 쳐다보는 겁쟁이가, 아버지와 이야기할 때 말을 더듬을 때도 있던 사람이 어떻게 말다툼을 했다는 걸까?

침묵이 길어져서인지는 모르겠지만, 전 시어머니는 설명을 해야 할 필요성을 느낀 것처럼 말을 이었다.

"우리랑 같이 있었어. 아흐메트에게 전화가 왔었지. 신문사에서 전화를 한 모양인데, 만나자고 했던가 봐. 아흐메트가 공황 상태였어. 아버지 옆에서 전화 통화를 할 때, 너도 알잖니,

원래 조금 흥분하잖아.”

“예, 조금 흥분하죠.”

“만나고 싶지 않다고 말하고 전화를 끊었어. 그런데 문제가 거기서 끝난 게 아니었어. 그이가 이야기를 시작했단다. 그 일과 관련해서, 그 그거……”

“알겠어요, 저랑 관련된 보도 기사 말씀이시죠.”

“그래. 아무튼, 아흐메트가 가버렸어. 그러니까 전화기를 여기다 두고 말이야.”

“그 뒤로 돌아와서 전화기를 안 찾아갔다, 그런 거예요?”

“한 시간 뒤에 전화를 했어. 마지막으로 자기 전화기로 걸려온 전화번호를 묻더구나. 그러고는 다시 전화하지는 않았어. 전화 안 했어.”

이야기를 나눌수록 아흐메트가 신문사와 왜 인터뷰를 했는지가 명확해졌다. 그러니까, 아버지가 나에 대해 부정적인 이야기를 했고, 아흐메트는 이 나이가 돼서야 처음으로 아버지에게 대들었던 것이다. 그러고는 아흐메트가 신문사에 전화를 해 만나자고 한 것이었다. 낯설게 느껴진 사진도 그때 찍은 것이고, 그때 한 말도 확신을 하고 한 말이었다. 그러니까, 결국 자기 의지에 따른 행동을 한 것이었다.

집에서 가장 곤란한 상황에 놓인 사람이 전 시어머니일 것이라는 생각이 들었다. 그 오랜 세월 동안 남편에게 맞춰가며 아이들을 남편으로부터 보호해왔던 여자였다. 그런 분이 아들의 반항적인 행동을 보고 틀림없이 많이 당황했을 것이다.

전 시어머니와는 아주 드물게 만났었다. 그녀는 나에 대해 특별히 어떤 부정적 또는 긍정적 입장을 보이지 않았다. 일반적인 삶의 방식이 그랬다. '노코멘트'라고 할 수 있는 방식. 오랜 세월 동안, 그녀는 단지 남편을 화나게 하지 않으려고 조심하고, 남편을 자기 삶의 중심에 두고 살아오는 데 익숙했다.

마음속으로 갑자기 서둘러야겠다는 생각이 들었다. 내 고민도 한두 가지가 아닌데, 이런 것이나 생각하면서 시간을 보낼 틈이 없었다. 침묵이 길어지며 아무 말 없이 지나간 순간들 때문이었는지 시어머니와의 대화를 마무리하고 전화를 끊는 게 쉽지 않았지만 결국 통화를 끝냈다.

아직 아침이었다. 사방이 밝아오고 있었다. 나는 서둘러 움직이기 시작했다. 빨리 옷을 입고 밖으로 나왔다. 다 팔리기 전에 같은 신문 열 부를 샀다. 어떻게 될지 모르니 보관해둬야겠다고 생각했다. 신문은 여러 가게에서 샀다. 한 곳에서 다 팔려버리면 안 된다고 생각했다. 그 가게에 신문을 사려고 오는 사람들도 신문 기사를 봐야 한다는 생각이 들었다. 모두 집에서 가까운 가게들이었다.

그리고 집으로 와서 따뜻한 물에 목욕을 했다. 모든 게 좀 나아진 것 같았다.

지금도 따뜻한 물에 목욕을 하고 싶다는 생각이 들었다. 그렇지만 8천 미터 상공의 이곳에서 당연히 그럴 수는 없다. 여기선 모두들 기껏 해봐야 좌석 하나만큼의 개인 공간이 있을 뿐이니. 그마저도 온전한 개인 공간이라 할 수 없다. 그래서 사람들은 장시간 여행을 통해 개인 공간의 중요성을 더 잘 이해하는 것일지도 모르겠다.

이제야 알게 된 사실인데, 내가 글을 쓰며 계속해서 목욕에 관해 언급한 것 같다. 하지만 사실이 그렇다. 따뜻한 물 안으로 들어가는 것보다 날 더 평온하게 만드는 것은 없다. 청결이라는 걸 넘어선, 일종의 치료 같은 것이다. 더욱이 힘든 시기라면, 따뜻한 물속에 잠기거나 또는 머리에서부터 아래로 쏟아지는 따뜻한 물을 느끼는 것보다 더 좋은 건 어디에도 없으리라.

대학 다닐 때 읽은 내용인데, 빌헬름 라이히*는 그의 책에서 물을 좋아하는 건, 이불 속에서 태아의 자세로 웅크리는 것처럼 엄마의 자궁으로 돌아가고 싶어 하는 회귀 욕구라고 했다. 가끔씩 세상에 존재하는 나쁜 것들을 보면 다들 정말 그런 회귀 욕구를 느끼지 않나?

지금 목욕을 할 수는 없지만, 이런 생각을 핑계로 이렇게 잠시 쉬는 것만으로도 충분하다.

욕실에서 나와 부재중 전화를 확인했다. 엄마, 필리즈 그리고 타륵의 전화였다. 모두 신문 기사를 봤을 거다. 하지만 나는 세 사람과 나중에 통화하기로 했다.

상자를 열어 커피색의 옛날 앨범을 꺼냈다. 앨범에는 수백 장에 달하는 지난날의 사진이 있었다. 어떤 것은 오래된 흑백 사진이고, 어떤 것은 더 최근에 찍은 컬러사진이었다.

나는 오래된 흑백사진을 더 좋아했다. 흑백사진 속 사람들은

---

* 빌헬름 라이히(Wilhelm Reich, 1897~1957): 오스트리아의 성과학자.

표정이 뭔가 더 드라마틱하고, 명암을 보더라도 더 전문가가 찍은 것처럼 보였다. 어쩌면 흑백사진 대부분이 사진관에서 찍은 것이어서 그럴지도 모른다. 보통 사진사들은 남녀가 일정한 형태의 자세를 잡도록 유도한다.

젊은 여자는 멋진 의자에 앉아 있고, 양복을 입고 넥타이를 한 남자는 여자의 옆에 선다. 남자의 한 손은 격식에서 벗어나지 않은 정도로 의자 뒤에 갖다 댄다. 사람 수가 많은 가족사진의 경우, 어른들은 앞에 줄지어 의자에 앉고 손자들을 품에 안았다. 중년 내지 젊은 사람들은 이 어른들 뒤에 줄지어 선다. 이 연출법은 절대 변하는 법이 없었다. 이것이 튀르키예인들의 사진 찍는 방식이었다.

게다가 어느 누구도 요즘처럼 웃으며 사진기를 보지 않았다. 어쩌면 그때는 사진을 찍으면서 '치즈'라고 말하지 않았을지도 모른다. 요즘 모델들 사진처럼 '구구구'라며 입술을 내밀지도 않았다. 그저 심각한 표정으로 있거나, 입가에 보일 듯 말듯 가벼운 미소를 띠었다. 특히 여자들이 그랬다. 여자들은 대형 사진을 찍는 날이면 머리를 정성스레 빗고, 가장 좋은 옷을 입고, 공들여 치장을 했다.

난 이 앨범들에서 풍기는 분위기가 좋았다. 순진하고, 청순하며, 감성 있는 뭔가를 이 앨범에서 찾곤 했었다. 겨우 몇 개월밖에 안 된 남자아이들은 남자라는 걸 확인시키듯 고추를 일부러 내보이면서 벌거벗은 사진을 찍었다.

사진 뒷면에는 대부분 대각선으로 기울어진 손 글씨로 '인사드리러 와서'라는 글과 날짜가 적혀 있었다. 이 앨범들을 보면 기분이 좋아졌다…… 나는 목욕 가운을 입고 머리에는 수건을 두른 채, 가족 앨범을 보면서 안도감을 느꼈다.

나는 외할머니의 사진을 더 유심히 봤다. 그리고 관공서 제출용으로 찍은 외할머니의 증명사진을 앨범에서 꺼냈다. 할머니의 증명사진도 똑같이 꺼내서 외할머니 사진 옆에 놓았다. 두 명의 젊은 여자가 나란히 있었다. 그리고 서랍에서 내 사진도 꺼내 나란히 놓았다. 세 장의 사진 모두 가위로 배경을 잘라 크기를 줄였다. 그런 다음, 검은색 가죽 지갑 속 투명 비닐로 덮여 신분증을 넣을 수 있도록 된 주머니 속에 이 세 장의 작은 사진을 넣었다. 할머니, 외할머니, 내가 함께 있게 되었다. 바로 옆에는 빈 곳이 있었는데, 혹시라도 운이 좋다면 머지않아 그곳도 채워질 거다. 그 공간에는 나디아의 사진이 들어갈 것이다.

이렇게 해서 고통과 삶을 위한 투쟁을 내 온몸으로 느낀 세 여자와 나는 하나가 되었다. 역사가 이 세 여자의 비명을 틀어막았고, 내 비명도 막으려 했다. 그렇지만 나는 그들의 조용한 비명을 크게 울릴 생각이었다. 나는 '마야'이기도, '아이셰'이기도, '마리'이기도 그리고 아직 사진도 보지 못한 '나디아'이기도 했다. 나는 무슬림이기도, 유대인이기도, 가톨릭이기도 했다. 나는 인간이었다. 너무나 기뻤다. 내 앞에는 힘들지만 불이 밝혀진 길이 놓여 있었다. 마치 '잠자는 7인'*처럼 나는 수백 년

---

* 로마의 박해를 피해 동굴에 숨어 200년을 자고 일어나니 기독교 국가가 되었다는 전설 속에 등장하는 주인공.

간 계속된 잠에서 막 깨어난 것 같았다.

계획을 실행하기 위해서는 먼저 아흐메트와 통화를 해야 했다. 하지만 아흐메트는 전화기를 두고 가버렸다. 노트를 한참 뒤적여서야 집 전화번호를 찾을 수 있었다. 전화를 걸었고 오랫동안 신호가 갔지만, 그는 전화를 받지 않았다.

잠깐 망설이다가 다시 그의 휴대전화로 전화를 걸었다.

전 시어머니가 받으면 이번에는 짧게 이야기하고 끊을 생각이었다.

다행히 아흐메트가 전화를 받았다.

"안녕, 아흐메트. 어떻게 지내?"

"잘 지내. 당신은?"

아흐메트는 걸걸한 목소리로 여느 때보다 더 소심하게 전화를 받았다.

갑자기 화가 머리끝까지 치솟았다. 사실은 좋게 대화를 하고 고민을 털어놓은 다음, 내 계획을 위해 그에게 도움을 청하려고 했었다. 그래도 일단은 인내심을 보이며 대화를 이어가려고 애썼다.

"예상치 못했던 당신 인터뷰를 보고 기뻤어. 고마워."

"그래."

아흐메트의 이 목소리 톤과 대화 방식을 나는 알고 있다. 그의 아버지가 옆에 있는 게 분명했다.

"어디야?"

"집이야. 아버지 집에 있어."

아버지가 집에 없을 거라고 예상하고 휴대전화를 가지러 갔을 것이고, 그 늙은 폭군을 만나자 손발이 오그라들었을 게 분명했다. 자기주장을 펴는 것도 거기까지였을 것이다.

"잘 들어, 당신과 할 이야기가 있어."

"언제?"

"11시에 세 카페에서 봐."

"근데 내가 일이 있어서……"

"일 이야기는 꺼내지 마!" 내가 소리를 질렀다. 아흐메트는 어쩌면 아버지가 들으라고 그랬을지도 모른다. 그렇지만 나는 소리쳤다. "난 여기서 목숨이 달린 문제로 힘들어하는데, 넌 뭐라는 거야! 정확히 11시에 거기서 봐!"

난 알고 있다. 그는 올 것이다. 나는 그를 정말 잘 알았다. 지금쯤 두려움과 궁금증 모드로 들어갔을 거다. 아흐메트를 집으로 오라고 할 수도 있었지만, 그러고 싶지 않았다.

그러고는 타륵에게 전화를 걸었다.

"기사는 마음에 들었어?" 타륵이 물었다.

"응. 그런데 솔직히 내 입에서 나온 말인 것처럼 자기들이 마음대로 쓸 거였다면 내게 전화라도 했어야지……"

"이런, 뭘 해줘도 만족 못 하는구나."

그는 감사의 인사를 기다리고 있었다.

"아니야. 고마워, 도와줘서 진심으로 고마워. 됐지?"

"아니. 그걸 말하려던 게 아니야. 그건 그렇고 네 남자도 세상 용감하더라!"

"내 남자라니?"

"전남편 말이야. 브라보, 진짜!"

"뭐 어쨌든……, 정말로 고마워. 이 힘든 시기에 날 많이 도와줬어. 오늘 돈을 좀 찾아야 할 것 같아."

"물론, 원한다면 언제든지."

"은행에서 마르크를 좀 찾을 수 있을까?"

"물론. 하지만 권하고 싶진 않은데. 요즘 외국환이 너무 올랐어. 튀르키예 리라로 돈을 벌고 있는 중이야. 때가 되면 그렇지 않아도 외환으로 바꿀 생각이야."

"아니. 전부 환전하자는 소리가 아냐. 500마르크면 충분해."

"뭐 하려고?"

"할 일이 있어. 오후에 은행에서 찾을 수 있지?"

"그럼. 2시 이후에 찾으면 돼."

타륵은 신문에 아흐메트의 인터뷰가 실린 것과 관련해서 다른 말은 하지 않았다. 사실 그는 아흐메트와 관련된 이야기를 하는 걸 별로 좋아하지 않았다.

나는 그다음으로 엄마 그리고 필리즈와 통화를 했다. 엄마가 많이 기뻐했다. 엄마도 신문을 서너 장 샀고, 이웃들에게 '봤지, 내 딸이 어떤 모함을 당했는지'라고 하면서 신문을 보여줬을 게 분명했다. 엄마는 아흐메트의 인터뷰를 칭찬하긴 했지만 말투는 냉정했다. 결론부터 말하자면, 오늘 신문 기사가 엄마의 기분을 조금이나마 정상으로 되돌려놓았다.

"애야, 아빠가 얼마나 안심하셨는지 넌 모를 거다. 며칠 밤 못 잤어. 밤마다 거실에서 불을 켰다 껐다 했단다. 사실 절대 믿지 않았지만……"

엄마에게는 학교를 그만두었다는 말은 하지 않았다. 하지만 필리즈는 벌써 알고 있었다.

"너무 마음이 아팠어." 필리즈가 말했다.

"아냐, 그러지 마. 나한테는 잘된 일이야."

"어째서?"

"내가 완전히 새로운 시작을 할 수 있게 됐으니까. 오랜 세월 그 건물을 왔다 갔다 하는 것보다, 총장과 관련된 뉴스를 뒤지는 것보다, 세상에는 더 신기한 일이 있을 거야."

"다른 일을 말하는 거니, 그러니까?"

"다른 인생이지!"

"이해가 안 돼."

"더 창조적이고, 더 다채로운 인생. 더 의미 있는! 이런 생각 때문에 흥분돼, 이해하겠니?"

"아니."

"만나자, 내 계획을 이야기해줄게."

추운 날씨 속에서 쇼핑몰을 향해 걸어가는 동안 결심은 더 굳어졌고 힘이 샘솟는 것 같았다. 신문 기사를 처음 본 날 겪었던 황당한 절망감은 희미해지고 있었다. 특히나 어제의 그 처량함과 택시에서의 오열 같은 건 사라지고 없었다. 다시 떠올리기두 싫었다.

세 카페에 도착하니 아흐메트가 와 있는 것이 보였다. 아흐메트는 자리에서 일어났고, 그 기만으로 가득 찬 표정과 거짓된 친절함으로 내게 의자를 빼줬다. 여기로 올 때 마음속으로는 기대했었다. 아버지 곁을 떠났으니 어쩌면 신문에서 봤던 모습으로 바뀌었을지도 모른다고.

"인터뷰에서 했던 말 진심이었어?"

아흐메트는 무슨 의미인지 모르겠다는 고갯짓만으로 질문의 답을 대신했다. 그는 오랫동안 쌓여온 나의 분노를 유발하는 몸짓과 표정을 하고 내 앞에 앉아 있었다.

"말도 안 되는 기사 때문에 전에는 왜 그렇게 나를 비난했어?" 내가 물었다.

"신문을 보니 다른 생각이 안 들었어."

"어쨌든, 자 내 말 잘 들어."

"뭐 마실래?"

"아무것도 안 마실 거야. 5분만 내 말 들어, 그런 다음 난 일어나서 갈 거야."

뭔가를 결심한 듯한 날 보고 그는 갈수록 어리둥절해하는 것 같았다. 나는 그 모습을 즐기며 그의 눈에 자리한 미심쩍은 시선을 관찰했다.

"나 해고당했어!"

"뭐! 언제?"

"어제."

"이 사건 때문에?"

"그래, 이 모함 때문에."

"아주 유감이야."

"나 때문에 유감일 필요는 없는데, 너 자신한테는 유감일 수 있을 거야!"

"왜?"

"왜냐면 이제 난 더 이상 직장도 월급도 없어. 생활비에 케렘의 학비에 옷이며 먹을 거 사줄 형편도 안 돼. 내가 케렘의 엄마라면 당신도 케렘의 아빠야.”

“그러니까, 양육비를 달라는 거야?”

“아니.”

그는 놀라서 입이 벌어졌고, 얼굴에는 얼간이 같은 표정이 떠올랐다.

“양육비 문제가 아니야. 당신이 해야 할 일은 이거야. 케렘을 데리고 가서 입히고, 학교 보내고, 시험 준비도 시키고, 아프면 간호하고, 케렘의 정신적인 문제를 해결하기 위해 노력하고, 여행 데리고 다니면 돼. 나는 내가 원하는 주말에 케렘을 데리고 다니고, 선물도 사주고 할 테니까.”

“그렇지만 난 남자야, 애를 어떻게 돌보라는 거야?”

“그동안 내가 돌본 것처럼 그렇게 돌보면 돼. 네겐 다른 방법이 없어. 나는 이사 갈 거야. 이스탄불을 뜰 거라고.”

아흐메트가 패닉에 빠졌다는 게 너무나 확연히 드러났다. 내 말을 끊고 질문을 하려고 했지만, 내가 쉬지 않고 말을 이어가는 바람에 그는 기회를 찾지 못했다.

“당신 아이가 길바닥에 나앉는 걸 보고 싶지 않으면 내일 와서 데리고 가.” 이렇게 말하고 나는 자리에서 일어나 나갔다.

나는 정말로, 무척 기분이 좋았다. 뒤를 돌아보지 않아서 그의 표정을 보지는 못했지만 머릿속으로 그려지는 모습만으로도 웃음이 났다. 이제 제대로 골탕을 먹을 거다. 아흐메트는 은행에 있는 내 돈과 계속 돈이 돈을 벌고 있는 상황에 대해 알 리가 없었다.

학교에서의 스캔들과 해고된 상황에 오히려 기뻐해야 할 것 같았다. 나의 내면에서 새로운 여자가 나와 세상과 맞서고 있었다. 힘찬 걸음으로 2층으로 올라갔다. 다른 카페에 앉아서 커다란 잔으로 드립 커피를 마시고 샌드위치를 먹었다. 샌드위치 빵을 직접 만들어서 그런지 아주 맛있었다.

잠시 후 나는 맨 아래층에 있는 여행사로 갔다. 어떤 비행편이 카셀까지 가는지 물었다. 여직원은 컴퓨터 화면을 보더니, "카셀까지는 직항이 없습니다"라고 했다. "두 가지 방법이 있습니다. 프랑크푸르트나 하노버까지 비행기로 가서, 거기서 기차를 타셔야 합니다."

나는 다음 날 출발하는 프랑크푸르트행 이코노미 왕복 항공권을 사고 신용카드로 결제했다. 겨울철이라 할인가로 제공되는 튀르키예 항공의 노선이 있었다. 유럽에 거주하는 500만의 튀르키예인들이 이동하는 시기에는 항공권이 가늠이 안 될 정도로 비쌌다.

여직원은 독일 입국 비자가 있는지 물었다.

"관용여권이 있어요." 나는 대답했다.

학교에 근무하면서 받았던 관용여권이 유용하게 쓰일 것 같았고, 유효기간이 끝날 때까지 이 여권의 혜택을 받을 수 있을 것 같았다. 이 여권으로 셍겐 조약* 가입국들에는 무비자 방문도 가능했다.

---

* 룩셈부르크 셍겐에서 조인된 조약. 총 26개 유럽 국가들이 체결 당사국으로, 당사국 간 국경을 철폐하는 것을 주요 골자로 하고 있다.

나는 오후에 은행에 들러 500마르크를 찾았다. 많은 돈은 아니었다. 어차피 독일에서 그리 오래 있을 건 아니었고, 게다가 신용카드도 가져갈 생각이었다.

그날 저녁 케렘과 이야기를 했다. 적절한 표현으로 내가 겪은 일에 대해 설명했다. 첫 이틀간의 신문이 아니고 마지막 신문을 보여줬다. 그런 다음 이렇게 말했다.

"어떤 경우에는 생각지 않은 일들이 일어난단다. 엄마는 최근 일주일 동안 네가 얼마나 똑똑하고, 얼마나 용감한지 그리고 얼마나 유능한 청년인지를 봤어."

"유능이 뭐야?"

"그러니까, 그러니까…… '똑똑한' 같은 거야. 어디서 뭘 해야 할지를 안다는 것이지."

케렘은 알았다는 듯 고개를 끄덕였다. 나는 계속 말을 이어갔다.

"넌 성숙한 젊은이니까 내가 하는 말을 이해하리라 믿어. 이 모함 때문에 엄마는 직장을 잃었단다."

눈이 커다래진 케렘이 물었다.

"그러니까 엄마를 쫓아낸 거야?"

"응. 그렇게 말할 수도 있지. 내가 볼 때 근본적인 이유는 우리가 엮인 스파이 사건 때문일 거야. 다른 것들은 핑계일 뿐이고."

"그러니까 그 사람이 정말로 스파이였던 거야?"

"아니. 내 생각에는 아닌데, 그렇다고 생각하는 거야. 이제 엄마가 실업자가 됐으니 이 집을 유지하고 생활하는 게 불가능해졌어. 그래서 네가 한동안 아빠랑 살았으면 해. 사실 다른 방법이 없단다."

"얼마 동안?"

"제자리를 찾을 때까지. 여름 방학까지 얼마 안 남았잖아. 여름에는 보드룸에 있는 외할아버지 댁에 같이 가자. 가을부터는 다시 나랑 같이 지내고. 그러니까 겨우 3개월 떨어지는 거야. 그래도 물론 널 자주 보러 갈 거야. 너랑 떨어져서 엄마는 못 살잖아. 어때?"

케렘은 어깨를 으쓱 추켜올렸다.

그러고는 "내가 뭐라고 하겠어?"라고 했다.

가슴이 저려왔다. 사실 성장기에 있는 아이에게 이혼으로 가장 못 할 짓을 했는데, 이제는 엄마와 아빠 사이에서 장난감이 되어버렸다. 그렇지만 이 모두가 케렘에게 더 나은 미래를 준비하기 위한 것이라고 생각하면서 위안을 삼았다. 나는 생활에 큰 변화를 줄 생각이었다. 적어도 한동안 자유롭게 살 필요가 있었다.

난 오랫동안 일했고, 월급으로 생활하며 살았다. 적은 돈을 저축하려고 노력했고, 할부금을 갚아왔다. 이런 식으로 살다 보니 사람이 변했다. 수입이 얼마가 되든 그 수입에 따라 필요의 정도가 정해지고, 그렇게 삶의 수준이 정해졌다. 이 필요들을 충족시키고, 삶의 수준을 유지하는 것이 인생에서 가장 중요한 문제가 되어버린 것이다.

장기 할부와 신용카드로 다음 달과 다음 해의 월급 대부분을 지출한다. 집과 차를 사지 않고, 그러니까 다음 달 월급을 미리 당겨서 쓰지 않고 조금이라도 저축하는 걸 선호하는 사람도 있다. 하지만 결론적으로 우리 같은 사람들, 일을 해서 월급으로 살아야만 하는 사람들로서는 일정 시기 이후에는 안정적인 삶이 가장 중요한 문제였다. 이것이 새로운 삶을 방해하는 가장 큰 장애물이었고, 이것이 삶을 이해하는 방식, 더 정확히 말해 생활 습관의 근원이 되었다.

완전히 내 선택으로 인해 벌어진 일은 아니라고 해도, 최근의 사건들은 내 삶에 혁명을 일으킨 근본 원인이었다. 안정적인 직장에서 일하는 모든 사람처럼 머릿속 한구석에서 키워왔던 자유로운 인생과, 프리랜서가 되는 길로 이제 한 걸음 내디딜 작정이었다. 타륵이 관리하면서 생긴 예상 밖의 수익도 계획에 도움이 되었다. 이젠 더 이상 안정적인 수입이 없어도 괜찮았다. 불안정하고 많지 않은 수입으로도 생활할 수 있었다. 그렇지만 우선적으로 건강보험과 연금보험 같은 문제를 해결해야 했다. 필요하다면, 케렘이 제 아빠의 사회보장 보험의 혜택을 받을 수 있도록 법적인 조치도 생각해둬야만 했다. 이 모든 것이 아주 급한 일은 아니었다. 필요한 일은 할 테지만, 앞으로의 인생에서 소심하게 안정적인 삶을 계속 찾아 헤맬 필요는 없었다.

이 일을 몇 년 뒤에 겪었다면, 이렇게 생각하고 느낄 상황은 못 되었지 싶다. 월급으로 생활하는 기간이 좀더 길어졌을 거고, 나이도 더 먹었을 테니. 아마도 안정된 직장 문제 같은 것을 훨씬 더 중요하게 생각하는 사람이 되어 있지 않았을까.

이런 생각을 할수록 마음속에서 막스에 대한 고마움이 커졌다. 그는 조금도 그럴 생각이 아니었겠지만 내게 정말 엄청나게 좋은 일을 한 셈이었다. 내가 직장을 잃고, 나를 모함하는 기사가 신문에 나게 한 원인을 제공한 것이었다. 말하자면, 내가 이 모든 것을 헤쳐나갈 수 있는 사람으로 바뀌게끔 해준 것이다. 마르딘* 출신의 친구가 해준 일리야스 하브르 이야기처럼 그 덕분에 의미 없는 삶을 사는 것에서 탈출할 수 있는 기회를 잡은 것이다.

잠자리에 들기 전에 꽤 많은 시간 동안 인터넷을 하며 시간을 보냈다. 먼저 독일의 날씨를 확인했다. 전국이 다 추웠다. 모든 곳이 섭씨 0도 또는 그 이하였다. 바트 아롤젠에는 눈이 내리고 있다고 나왔다.

그리고 www.its-arolsen.org라는 웹 주소로 들어가 기록물을 볼 수 있는 조건에 관한 내용을 확인했다. 기록물은 희생자의 친인척과 피해 국가에 제한적으로 공개되는 것이었지만, 연구 목적일 경우 일반인도 볼 수 있었다. 기록물 확인에 돈을 받지는 않았다. 다만 일반 복사나 CD 복사에만 소액의 돈을 받았다. 하지만 기록물을 확인하기 위해서는 신청서를 작성해야 했고, 신청서는 온라인으로 작성이 가능했다.

홈페이지에는 기록물 보관소 구조에 대한 설명과 온라인으로 기록물에 접근이 불가한 이유가 설명되어 있었다. 솔직히 그 부분을 아주 자세히 읽어보지는 않았는데, 몇몇 국가와 체결한 협정 때문인 것 같았다.

---

* 마르딘Mardin: 튀르키예 남동부 지역의 시리아 접경 도시.

나는 신청서 페이지를 열고 공란을 채웠다. 직업란과 직장란에 각각 '연구원'과 '이스탄불 대학교'라고 기입하고 전송했다. 사직서가 수리되려면 어차피 시간이 걸릴 것이고, 그때까지 학교 신분증을 사용하는 데는 문제가 없었다. 적어도 다음 달 초까지는 사직서가 수리되지 않을 게 확실했다.

바트 아롤젠에 있는 호텔을 검색했다. '바트'는 독일어로 욕실을 뜻하고, 그곳은 온천수로 유명한 도시였다. 온천 휴양과 기록물 보관소에서 자료 조사를 하기 위해 온 사람들 때문에 그 주변에는 호텔이 꽤 많았다. 이 계절에는 호텔 숙박비가 높지 않았다. 나는 그중에서 적당한 호텔을 골랐다. 사진으로 봐선 깨끗해 보였고, 온천수까지 사용할 수 있는 란트콤포르트라는 이름의 호텔을 이틀간 예약했다. 내가 정한 호텔은 1박에 47마르크였다. 호텔 예약을 끝내고 여행 가방을 쌌다. 양모 내의와 스웨터도 챙겼다.

다음 날, 아침 일찍 일어나 케렘의 아침 식사를 준비했다. 식탁 위에는 1억 리라를 올려뒀다. 서둘러 거실로 대야 두 개와 물 한 주전자를 들고 갔다. 전나무 화분을 대야에 넣었다. 화분에 물을 듬뿍 준 다음, 대야에도 물을 조금 부었다. 집에 있는 다른 화분들도 나머지 대야에 넣었다. 마찬가지로 화분에 물을 주고 대야에 물을 부어놓았다.

나는 빈 주전자를 들고 거실을 나오려다 멈춰 서서 뒤로 돌았다. 그러고는 전나무의 잎과 가지 들을 쓰다듬었다. 전나무와 작별 인사를 했다. 그리고 케렘의 방으로 갔다. 케렘은 자고 있었다. 나는 허리를 숙여 아들에게 입을 맞췄다.

어제저녁에 엘마스 부인에게 전화를 걸어 일주일에 한 번 청소하러 오는 날 크게 할 일은 없을 테지만, 화분에 물은 줘야 한다고 당부했다. 가방에서 휴대전화를 꺼내 방과 후에 케렘을 데리러 가야 한다는 걸 잊지 않도록 아흐메트에게 메시지를 보냈다.

가장 두터운 외투를 입고 겨울 부츠를 신은 다음, 가방을 들고 집을 나섰다.

새로운 인생이 시작되고 있었다.

19

내가 아주 좋아하는 마르딘 출신의 친구가 있다. 언제 만나서 이야기를 하더라도 유서 깊은 도시 마르딘에 관한 대화로 발전했는데, 그 친구는 마치 어제 있었던 사건을 이야기하듯 "너 그거 아니, 티무르가 아나톨리아반도를 침략했을 때, 유일하게 정복하지 못한 곳이 마르딘 성이야"라고 말하곤 했다. 나도 "축하해. 대단한 영웅들 나셨네"라고 답한 뒤 함께 웃곤 했다.

하루는 친구가 일리야스 하브르라는 이름의 마르딘 사람 이야기를 들려준 적이 있었다.

일리야스에게는 로마의 식당에서 일하는 친척이 있었고, 그는 그 친척을 만나러 로마로 갔다고 한다. 친척들이 매일 일하러 나가자, 일리야스는 밖으로 나가보기로 했다. 그는 로마의 낯선 길을 돌아다녔다. 하루는 공원 같은 아주 근사한 곳을 가게 되었다. 그곳에서 꽃과 나무, 호수 사이로 걷다가 묘지를 발견했다.

묘지는 액자 속에 있는 그림처럼 대리석상들과 색색의 꽃들로 장식되어 있었다. 그런데 그는 비석에 적힌 숫자를 보고 매우 놀랐다. 어떤 비석에는 21일, 또 어떤 비석에는 34일, 또 다른 어떤 비석에는 17일을 살았다고 적혀 있었다. 아무리 이탈리아어를 몰라도 비석에 적힌 숫자가 살았던 날을 의미한다는 건 알 것 같았다. 하지만 묘지의 크기가 아기들의 묘지라고 하기엔 너무 컸다. 그걸 보고 황당하기도 했고, 이해할 수도 없었다. 이탈리아어를 할 줄 모르니 공원 관리인에게 물어보지도 못했다.

그는 집에 돌아와 친척들에게 이 이야기를 했고, 쉬는 날 함께 공원으로 가서 물어봐 달라고 부탁했다.

어느 공휴일, 모두 함께 그 공원으로 갔고, 친척들은 관리인을 찾아서 비석에 적힌 날짜의 의미를 물었다.

"여기는 특별한 묘지예요. 여기에 묻힌 사람들의 비석에는 실제 나이가 아니라, 살면서 행복했던 날이 며칠이었는지가 적혀 있죠. 어떤 사람은 21일 행복했고, 어떤 사람은 37일. 아직 52일을 넘긴 사람은 없네요."

관리인에게 감사의 인사를 하고 그들은 자리를 떠났다. 일리야스는 얼마 뒤 마르딘으로 돌아왔다. 그는 장수했지만 결국 나중에는 병이 들었다. 그는 죽기 직전에 아들들을 불러놓고 이렇게 이야기했다.

"너희들에게 남기고 싶은 유언이 있다. 내 비석에 꼭 이렇게 써라. 일리야스 하브르 죽다. 어머니에게 태어나자마자 곧바로 저세상으로 가다."

마르딘 출신 친구가 해준, 힘들게 살면서 단 하루도 행복한 적이 없었던 이 남자 이야기를 듣고 우리는 함께 웃었다. 프랑크푸르트로 향하는 비행기에서 나는 웃지 않으려 참으면서 그 이야기에 대해 생각해봤다. 한편으로는 내 인생을 돌아봤다. 내 비석에는 며칠을 살았다고 기록해달라고 하지?

살면서 행복한 날이 분명히 있었지만 단지 행복만이 문제는 아니다. 중요한 건 살아가고 있다는 것과 삶이라는 것에 의미와 가치가 있다는 걸 느끼는 것이다. 손에 부케를 들고 하얀 웨딩드레스를 입은 여자의 행복 같은 그런 것을 말함이 아니다. 더 심오한 존재에 대한 물음이고, '내가 세상에 태어난 것에 의미가 있을까? 나는 이 나이 먹은 행성이나 이 행성 위에 살고 있는 사람들에게 아주 조금이라도 도움이 될까?' 같은 이상한 질문에 대한 대답과 같은 것이다.

이렇게 본다면 바그너 교수와 지냈던 날들을 비석에 적으라고 할 수도 있겠다. 고통스러웠음에도 불구하고 내가 가치 있는 사람임을 느끼게 해준 날들이었다. 그는 단지 내 앞에서 모자를 벗고 인사하는 것에 그치지 않고 그 너머를 보여주었다.

나는 프랑크푸르트까지 가는 비행기 안에서 이런 생각과 앞으로의 계획을 떠올리며 시간을 보냈다. 어쩌면 앞으로 더 의미 있는 나날이 될 것 같았다.

공항은 믿을 수 없을 정도로 바쁘게 돌아갔다. 아주 빠르게 달리는 차량이 지나다니는 도로의 교차 지점에 있는 것 같았다. 경유하는 사람들, 도착한 사람들, 출발하는 사람들, 분마다 처리되는 수십 개의 업무들, 청사 안을 울리는 방송과 깜박이는 전광판의 글씨들. 그리고 이런 움직임들 속에서 제각각의 이야기를 살아내는 서로 모르는 사람들. 그들을 보고 있자니 학생 때 만난, 연극에 관심이 많던 한 친구의 말이 생각났다. "모든 사람은 자신의 삶에서 주인공이야."

나는 공항에 있는 서점에서 바트 아롤젠과 그 지역을 소개하는 팸플릿을 구매했다. 에리히 아우어바흐의 책이 있는지 물어봤지만, 영어 책은 고사하고 독일어 책도 없었다. 이런 서점에는 승객들이 시간을 보내거나 여행의 끝 무렵 호텔에 두고 와도 괜찮은 심심풀이용 책들이 대부분을 차지하고 있다.

나는 기차역을 찾아갔다. 먼저 카셀로 간 다음 거기서 환승해서 바트 아롤젠으로 갔는데, 얼어붙은 저지대 평야와 얼음이 된 강, 구름 가득한 하늘, 어디를 가도 질서정연한 독일을 보면서 60년 전의 일을 생각해봤다. 그렇다, 지리적 환경은 운명이라지만 역사 또한 운명이다. 그 시기에 살았던 사람들은 잘못된 시기, 저 끔찍한 20세기에 태어난 대가를 치러야 했다. 같은 세기의 마지막 10년 사이에 태어난 사람들은 복지와 안녕, 자유를 누리고 있었다.

나는 잠깐 졸고 일어나서, 바트 아롤젠의 사진과 역사에 대해 훑어봤다. 솔직히 이렇게까지 아름다운 도시일 거라고는 기대하지 않았다. 바로크 양식의 건물들과 수목들, 공원과 성들이 근사해 보였다. 특히 그로세 알레*는 길 양쪽으로 880그

---

* 그로세 알레Grosse Allee: 동서로 1.6킬로미터를 달리는 넓은 도로로, 약 880그루의 참나무가 여섯 줄로 늘어서 있다.

루의 참나무가 심겨 있는 굉장한 곳이었다. 그렇지만 모든 사진은 봄과 여름에 찍은 것들이었다. 기차가 도착하면 지금 달리는 기차에서 보는 것처럼 모든 곳이 눈으로 덮여 있을 것이다.

1131년 아우구스티누스주의자들이 이곳에 아롤데센이라는 이름의 여자 수도원을 설립했다. 수도원은 1655년에서 1918년 사이 발데크 백작(후에 발데크-피르몬트 공국의 공태자)의 소유지가 되었다. 공국은 1918년 독립한 발데크국의 자격으로 바이마르공화국에 흡수되었다가 1929년 프로이센의 속국이 되었다. (발데크라는 나라가 있었나? 그렇게 쓰여 있는 걸로 봐서는 있었던 모양이다. 나의 무식함이 또 한 번 입증되었다.)

이런 정보도 좋았고 재미있었지만, 내가 정말 관심 있는 건 기록물 보관소가 1946년에 이곳에 건설되었다는 사실이다. 기록물 보관소는 적십자사와 독일 정부에 의해 운영되었다.

바트 아롤젠의 조그마한 역에 내리니 저녁이었다. 날씨가 정말 추웠다. 도착한 날엔 아무것도 할 수가 없었다. 역 앞에서 손님을 기다리던 흰색의 메르세데스 택시 중 한 대에 올랐다. 그리고 얼어붙은 길을 따라 호텔로 갔다. 가로등 아래 인도는 눈으로 반짝였다. 가로등의 불빛 색깔에 따라 길은 푸르스름하거나 노란빛을 띠었다.

나쁘지 않았다. 이 계절에는 한적했다. 가장 좋았던 점은 무료 인터넷 서비스였다. 자그마한 방에 짐을 풀고 로비로 내려왔다. 호텔 식당에서 지역의 특산물이라고 일컬어지는 송어 구이를 먹었고, 벡스 맥주를 마셨다. 그리고 내 방으로 올라가서 이메일을 확인했다. 중요한 메일은 외교부에서 온 답장뿐이었다.

'저희 부처에는 이와 관련한 문서가 존재하지 않습니다.'

사실 예상은 하고 있었다. 영국과 같은 나라의 왕립 전쟁 박물관조차도 스트루마호에서 사망한 수백 명의 희생자를 모른 척하는데, 튀르키예에 이 문제에 대한 공식적인 서류를 요청하다니 순진한 짓이었다. 그렇지만 시도는 해보고 싶었다.

새벽같이 일어난 데다, 비행기와 기차 여행을 해서 그런지 피곤했다. 따뜻한 물로 샤워를 한 다음 깨끗하고 좋은 향기가 나는 이불이 덮인 침대에 몸을 맡겼다. 7시까지 깨지 않고 푹 잤다. 약을 먹지 않았는데도.

아침에 나는 활기차게 호텔에서 나왔다. 택시가 날 국제 기록물 보관소에 내려놓았을 때, 흥분한 탓에 입안이 바짝 말라 있다는 게 느껴졌다. 그곳은 마치 디지털 봉안당 같았다. 전쟁 희생자 수백만 명의 추억과 신상 정보, 사진 들이 이 건물에 있었다.

주위는 매우 조용했다. 건물 앞에 있는 정문 기둥 위에는 ITS라는 표식이 있었다. 정원을 지나 건물로 들어갔다. 접수창구로 가서 엄숙한 분위기를 깨지 않도록 조심하며 어제 신청서를 보냈다고 말했다. 중년의 몸집이 큰 독일인이 공손하게 신분증을 요구했다. 나는 녹색의 관용여권을 내밀었다. 여권에 이스탄불 대학교에서 근무 중이라는 것도 기록되어 있었다. 그는 자기 앞에 놓인 컴퓨터를 통해 내가 보낸 신청서를 확인했고, 내 여권을 복사했다. 그 순간 왜 그랬는지 몰라도, 나는 "유대인 학자들이 저희 대학교에 오셨었거든요"라고 말했다.

할 필요가 없는 말이었지만, 그 남자는 내 말에 미소를 지었다.

"알고 있습니다. 이곳의 규칙에 대해서는 읽어보셨습니까?"

"읽어봤습니다."

"좋습니다. 등록이 끝났습니다. 저를 따라오세요."

복도를 조용히 걸어가면서 더욱 긴장되었다. 마치 묘지 속으로 들어가는 것 같았다. 파일과 서류 들로 가득한 몇 킬로미터 너머로 뻗어 있는 진열대를 볼 것이라고 상상했지만, 직원은 텅 빈 방으로 안내했다. 더 정확히 말하자면 텅 빈 방이 아니라, 책상과 의자 그리고 컴퓨터 들이 있는 방이었다.

창문에서 가까운 책상 의자에 짙은 색의 옷을 입은 남자아이 한 명과 여자아이 한 명이 앉아 있었다. 이곳에서 아이들을 본다는 게 이상했다. 그런데 아이들 외모가 더 이상했다. 아이 같기도 하면서 어른 같기도 했다. 날 그 방에 두고 직원은 돌아갔다. 한동안 뭘 해야 할지 알 수가 없었다. 남자아이가 독일어로 뭐라고 말했다. 꽤나 굵은 남자의 목소리였다. 나는 못 알아들었다고 말했다. 그러자 영어로 "앉으세요. 곧 당신 일을 봐줄 겁니다!"라고 속삭였다.

그와 대화를 나누는 동안 그와 그의 옆에 있는 여자가 난쟁이라는 사실을 알아챘다. 고개가 겨우 책상 위로 올라올 정도였다. 나는 미소를 지으며 감사하다고 인사했다. 잠시 후 방으로 큰 키에 곱슬머리, 마른 체형의 여자가 들어왔다. 그녀는 나와 악수를 하고, 자신을 앙겔리카 트라우프라고 소개했다. 그리고 내가 조사하고자 하는 주제를 묻더니 날 컴퓨터로 데려갔다. 모든 기록물이 이 컴퓨터에 저장되어 있었고, 찾는 사람의 이름을 검색할 수 있었다.

"헤르베르트 스쿠를라."

"희생자의 이름인가요?" 그녀가 물었다.

"아니요, 히틀러의 특사 중 한 명인데, 그의 파일에 있는 몇몇 희생자를 찾고 있습니다. 1930년대에 이스탄불 대학교로 간 교수들요. 특히 막시밀리안 바그너 교수를 찾고 있습니다."

"유대인의 이름이 아닌데요."

"아닙니다. 그렇지만 그도 희생자예요."

그녀는 이 모든 것을 기록했고, 검색을 시작했다.

스쿠를라라는 이름으로 수천 개의 서류가 검색된 결과가 화면에 보였다. 서류 대부분에 머리가 두 개인 독수리 문양 도장이 찍혀 있었다. 앙겔리카 트라우프는 검색 범위를 줄이고 줄여 이스탄불 대학교까지 좁혔다. 잠시 뒤 스쿠를라가 바그너 교수에 대해 작성해 히틀러에게 전달한 바로 그 보고서가 화면에 떴다. 흥분 속에서 화면을 바라봤다. 마치 허버트 조지 웰스*의 타임머신을 탄 것 같았다. 몇 번의 클릭으로 역사가 우리 손에서 살아 움직였다. 하지만 정말 흥분할 일은, 막시밀리안 바그너를 검색하자 기록물이 나왔다는 사실이었다. 그래, 그랬다, 있었다! 스쿠를라가 마틸다 아르디티 부인으로부터 가져갔던

---

* 허버트 조지 웰스(Herbert George Wells, 1866~1946): 영국의 과학소설 작가이자 문학비평가. 『타임머신』『우주 전쟁』등 100여 편의 과학소설을 집필했다.

서류들이 여기에 있었다.

앙겔리카는 이 서류들을 가져오기 위해 방을 나갔다. 나는 어떻게 해야 할지 몰랐다. 몇 차례 손가락 마디를 꺾었고, 오른손 새끼손가락의 손거스러미를 뜯어냈다. 두 난쟁이는 이런 나를 이해와 동정의 눈빛으로 바라보았다.

얼마 뒤 앙겔리카 트라우프는 서류들을 가지고 방으로 들어왔다. 모든 서류를 나와 가장 가까운 책상 위에 놓고는 방을 나갔다. 나는 그 서류가 놓여 있는 책상 의자에 앉았다.

먼저 막스와 관련된 자료를 가까이 당겼다. 발굴 작업을 하는 것처럼 파일 겉장을 아주 조심스레 열었다. 오래된 종이에서 나는 특유의 냄새가 피어올랐다. 독일어 문서들과 메모 사이에서 갑자기 사진이 나왔다. 젊은 막스와 그의 옆에 흑갈색 머리카락의 아름다운 여자가 있었다. 그래, 나디아!

처음으로 나는 나디아를 봤다. 너무 환하고 진실된 표정으로 사진기를 정면으로 바라보았다. 광대뼈가 나왔고 눈썹은 위를 향해 곡선을 그리고 있었다. 막스가 녹색이라고 했던 눈동자는 강한 인상을 주었다. 입술은 거짓 없는 성격임을 표정 속에서 그대로 드러냈다. 그녀 혼자 찍은 사진도 있었다. 이 모든 것은 1942년 나십 골목의 집에서 가져온 것이었다. 믿을 수가 없었다.

나는 난쟁이들 옆으로 갔다. "이것들을 복사할 수 있나요?" 내가 물었다.

남자는 말했다. "물론이죠. 그런데 여기 이 방에서 밖으로 가져 나가는 건 금지예요. 직원에게 말하면 도와줄 겁니다."

"혹시 당신들도 희생자 친척이세요?" 내가 질문했다.

속삭이면서 이야기하는 바람에 대화가 편하지는 않았지만, 여자가 답했다.

"네, 맞아요. 여기에 음료수를 가지고 들어오는 건 금지지만, 그래도 밖에 카페가 있어요. 밖에서 뭐라도 마시면서 이야기해요."

"저도 좋아요. 복사본을 받으면 함께 나가요."

나는 보고 있던 기록물이 놓인 책상으로 다시 돌아왔다. 사진을 찾았다는 흥분 때문에 잠시 놓쳤던 다른 서류들을 살펴봤다.

그리고 순간 뭔가를 발견하고는, 속에서 터져 나오는 환호성을 억지로 참았다. 내가 손으로 입을 막고 있다는 걸 나중에야 알았다.

여기에 있었다. 내 손에. 노랗게 변색된 악보. 선명하게 잉크로 그려진 악보가 아직도 남아 있었다. 그리고 악보 위에는 이렇게 적혀 있었다.

'나디아를 위한 세레나데'
막시밀리안 바그너

나는 두 눈을 감았다. 마음속으로 우주에 존재하는 모든 신과 신의 권능에 감사했다. 눈에서 눈물이 흘렀다. 두 명의 난쟁이는 나의 흥분한 모습을 호의적인 시선으로 바라보았다. '악보를 볼 줄 알았다면.' 나는 생각했다. 학교 다닐 때 악보 보는

516

법을 배울걸. 그랬다면 이 변색된 종이에 남은 사라졌던 멜로디를 읽을 수 있을 텐데.

나는 밖으로 나가 접수 직원에게 복사본을 받고 싶다고 말했다.

직원은 "방에서 기다리세요"라고 했다.

잠시 후에 트라우프 부인이 왔고, 나는 복사하고 싶은 악보와 사진을 가리켰다. 그녀는 모든 기록물을 다시 가져갔고 5분 뒤에 복사본을 들고 왔다.

"비용은 계산대에서 지불하세요." 그녀가 명세서를 내밀었다. 나는 그녀에게 감사의 인사를 하고 말했다.

"죄송합니다만 찾고 있는 주제가 하나 더 있어요!"

그녀는 내 얼굴을 바라봤다.

"푸른 연대!"

"그게 뭡니까?"

"히틀러가 소련을 점령할 때, 크림반도의 튀르키예인들로 구성된 한 개의 연대가 동참했었어요. 상황이 그들에게 나쁘게 전개되자, 독일군과 함께 철수했죠. 북부 이탈리아에 주둔했었고, 오스트리아 수용소에 수용되었다고 하더군요. 나중에 영국이 크림반도 튀르키예인들을 소련에 넘기기로 하자 일부는 자살을 했고, 일부는 소련군에 의해 총살당했어요."

"처음 듣는군요. 특별한 사람을 찾으시는 건가요?"

"예, 외할머니요. 이름은 아이셰지만 당시에는 성을 쓰지 않아서 어떻게 찾아야 할지 모르겠어요."

"제가 도와드리겠습니다. 하지만 먼저 해결하셔야 할 일이 있습니다."

"뭔가요?"

"신청서에 추가로 기록하셔야 합니다."

"왜죠?"

"좀 전의 주제는 연구원의 자격으로 찾으신 거예요. 이제는 희생자 가족으로 찾으시는 겁니다. 이 사실을 신청서에 밝히셔야 하고요."

나는 아무 말도 하지 않았지만, 속으로는 이런 규정이야말로 정말 필요 없는 것이라는 생각이 들었다. 무슨 차이가 있다고? 나는 '이게 독일의 규율인가 보다'라고 생각했다.

어린 시절 독일인들의 규율은 늘 우리에게 본보기가 되곤 했다. 비가 오는데도 잔디에 물을 주는 일을 빼먹지 않는 관리인 이야기처럼, 불필요하고 과장된 예를 들어가며 강조하기도 했었다. 아버지는 종종 규율이 있는 생활은 자유를 줄이는 것이 아니라, 늘린다고 말씀하셨다. 규율은 삶을 체계적으로 만들고, 자유 시간을 늘려주며, 타인의 간섭 없이 자유롭게 살 수 있는 길을 열어주는 것이라고 말씀하시곤 했었다. 의심의 여지 없이 대부분이 맞는 이야기다. 국제 기록물 보관소 직원들이 만약에 이렇게 까다롭게 하지 않았더라면, 절대로 이런 막대한 양의 기록물들이 이용 가능한 수준으로 보관, 유지되지는 못했을 것이다.

나는 다시 접수창구로 갔다. 내가 찾으려는 내용을 설명하고 필요한 사항을 신청서에 추가로 기록했다. 이러는 동안에도 나는 복사물이 들어 있는 봉투를 마치 모세의 십계명이라도 되는 양 소중하게 챙겼다. 나는 다시 방으로 돌아왔다.

두 난쟁이가 자리에서 일어나 아주 정중하게 악수를 하고 자기들을 소개했다. 그들의 키는 내 허리까지밖에 오지 않았다. 그들은 루마니아인이었다. 무엇 때문인지 나는 첫눈에 부부라고 추측했었다. 하지만 그들은 남매였다.

나도 내 소개를 했다. 이스탄불에서 왔다는 말을 듣자 두 사람은 아주 기뻐했다. 우리는 함께 카페로 자리를 옮겼다. 오비츠 씨가 뭘 마시겠냐고 묻더니 자기가 사 오겠다고 고집했다. 나는 그의 여동생과 목재 테이블에 앉아 있었다. 오비츠 씨는 커피와 케이크를 두 개의 쟁반에 담아 왔는데, 내 도움을 끝내 거절했다. 쟁반이 그의 손에서 얼마나 커 보이던지 쏟을 것 같아 무서웠지만 그런 일은 일어나지 않았다.

이 조그만 남자의 경험에서 나오는 성숙된 친절에는 마음을 짠하게 만드는 뭔가가 있었다. 마치 난쟁이로부터 신사적인 행동을 기대하면 안 될 것 같은 그런 마음이 들었다. 하지만 친절이 키랑 무슨 상관이 있지?

커피를 마시며 내가 찾고 있는 내용이 루마니아와도 관련이 있다는 이야기를 했다. 스트루마호에서 죽은 나디아의 사진을 찾게 되어 얼마나 기뻤는지에 대해서도 털어놓았다. 그들도 스트루마호를 알고 있었다.

난쟁이 남매는 자기 조상들에 관한 책을 쓰고 있으며, 그 책 때문에 몇 주째 이곳을 방문하고 있다고 했다. 가족들 중에도 희생자가 있느냐는 내 질문에, "예, 그렇다고 할 수 있죠! 그런데 희생자라고 하면 수용소에서 죽임을 당한 사람들이라고 생각할 수 있어요. 하지만 우리 조상들은 아우슈비츠 수용소에 갔다가 살아 나온 유일한 분들이에요"라고 답했다.

그리고 가족들에 관한 충격적인 이야기를 들려줬다. 그들의 가족 중에는 난쟁이도 있었지만, 보통 키의 사람들도 있었다. 루마니아가 나치에 점령당했을 당시, 일곱 명의 난쟁이 형제들과 두 명의 보통 키를 가진 형제들이 아우슈비츠 수용소에 수감되었다. 그들은 그곳에서 벌거벗겨진 후, 다른 수용자들과 함께 샤워장이라고 생각했던 가스실로 들어갔고 그곳에 가스가 주입되었다.

그러나 '죽음의 천사'라고 알려진 멩겔레 박사가 가스 주입을 중단시켰고, 난쟁이 형제들은 마지막 순간에 목숨을 구했다. 독가스를 조금 마신 그들을 토하게 한 다음 우유를 먹였다.

오비츠 씨가 그 무시무시한 이야기를 하는 동안, 나는 가스실에 있던 사람들이 느꼈을 공포의 순간을 떠올렸다. 먼저 샤워를 하고, 이어서 주입한 가스로 인해 공황 상태에 빠지고, 벌거벗은 몸들로 죽음의 공포 속에서 서로를 부둥켜안은 가족들의 모습이 그려졌다. 가스 주입을 중단하고 가스실로 들어온 나치들과 벌거벗은 난쟁이들을 밖으로 꺼낸 다음, 다시 문을 잠그고 가스를 주입하고……

멩겔레 박사는 유전병 연구의 실험 대상으로 그들을 이용했다. 각기 다른 방에 수감하고 매일 혈액, 골수를 채취했으며, 방사능에 노출시켰다. 귀에 뜨겁거나 찬 물을 붓는가 하면, 눈에는 화학물질을 넣어 눈을 멀게 하기도 했다. 여자 형제들에게는 자궁에 화학물질을 채워 넣기도 했다.

하루는 그들을 벌거벗겨서 동료들에게 보여주기도 했다. 또 다른 날에는 노래를 부르며 코미디 연기를 하게 하면서 영상 촬영을 했고, 재밋거리로 히틀러에게 보여주기도 했다.

이후, 소련의 붉은 군대가 수용소를 점령했을 때 난쟁이들은 풀려났다.

이 키 작은 남자는 평범한 목소리 톤으로 이야기를 들려주었지만 난 온몸이 뻣뻣해지고, 사지에 전율을 느꼈다. 정말 무시무시한 이야기였다. 인간이 이런 짓까지 할 정도로 끔찍한 동물이라면, 살아야 할 이유가 있을까? 내가 바보가 되어버린 것 같았다. 이 큰 건물에 보관된 서류 하나하나에 이들의 사연과 같은 어떤 극적인 일들이 담겨 있을까.

우리는 다시 열람실로 돌아왔다. 앙겔리카 트라우프는 푸른 연대와 관련된 자료가 있지만, 모두 독일어와 러시아어 자료라고 했다. 나는 "사진은 없나요?"라고 물었다. 그녀는 오스트리아 수용소에서 단체로 찍은 사진 한 장이 있다고 답했다. 나는 그 사진과 독일어, 러시아어 자료들의 복사본을 받았다. 그리고 난쟁이 남매에게 작별 인사를 하고 국제 기록물 보관소에서 나왔다.

하루 동안 너무나 많은 감정의 동요를 겪어서 그런지 머리 회전이 둔해진 것 같았다. 나는 곧장 호텔로 향했다. 호텔 리셉션에서 돋보기를 빌려 내 방으로 올라갔다. 오스트리아 델라흐 수용소에서 찍은 사진을 돋보기로 살펴봤다. 사진 속 사람들의 얼굴을 하나씩 훑어봤다. 혹시 외할머니와 외할머니의 가족들을 볼 수 있을까, 하는 생각으로 꽤나 매달렸지만, 그 불쌍하고 비참한 사람들 사이에서 나는 아무도 찾을 수 없었다.

다음 날, 기차와 비행기를 타고 다시 이스탄불로 돌아왔다. 오는 동안 내내 나디아의 사진과 볼 줄 모르는 세레나데 악보를 들여다봤다. 사진과 악보를 손으로 쓰다듬었다. 마치 사람의 영혼을 어루만지는 느낌이 들었다.

여러분에게 양해를 구하고 시간 순서의 흐름을 깨야 할 것 같다. 미래에 내가 번역할 책에서 가져온 글귀를 여기에 인용하고자 한다. 사건의 순서에는 맞지 않는다고 해도 의미상으로는 이 부분에 인용하는 게 적절하다고 느끼기 때문이다.

아우어바흐의 저서들 중 하나인 그의 에세이가 내 눈길을 끌었다. 파스칼에 관해 쓴 에세이의 제목은 '악의 승리'였다. 파스칼의 말을 인용한 아우어바흐의 서문은 내게 많은 영향을 미쳤다. 아우어바흐는 최근 다양한 실례를 통해 알게 된 국가의 만행을 이렇게 설명했다.

정의로운 것을 좇는 것은 옳은 것이고, 가장 강한 것을 좇는 것은 필수 불가결한 것이다. 힘이 없는 정의는 무력하고, 정의가 없는 힘은 압제다. 무력한 정의는 반대에 직면하는데, 이는 항상 사악한 자들이 존재하기 때문이다. 정의가 없는 힘은 규탄을 받는다. 그렇기 때문에 정의와 힘은 공존해야 한다. 그러기 위해서 정의는 강해야 하고, 강한 것은 정의로워야 한다.

정의는 논란이 될 수 있지만, 힘은 쉽게 알아볼 수 있어 논란의 여지 없이 식별된다. 이런 이유로 정의에 힘을 부여할 수가 없다. 왜냐하면 힘은 정의에 반대하고, 자신이 정의라고 말하기 때문이다. 우리가 정의를 강하게 할 수 없기에 강한 것을 정의로 만든다.

아우어바흐는 긴 연구 끝에 국가와 집권을 중요시하는 사람들에 관해 언급하면서 이렇게 말했다.

…… 이 사상가들은 국가를 위해 국가를 요구했거나, 마키아벨리처럼 국가의 활력 앞에서 기뻐했거나, 적어도 홉스처럼 국가가 제대로 수립이 되었을 때 그 시대와 공간에서 살아가는 사람들에게 제공할 이익에 관해 큰 관심을 보였을 것이다. 이 모든 것은 파스칼에게는 무의미했다. 그의 시각으로는 국가 내부에 활기찬 삶이란 존재하지 않는다. 만약 있다면, 그건 태초의 악의적 성향을 띨 것이라고 생각했다. 어떤 국가가 가장 훌륭한 국가가 될 것인지는 관심 밖이었다. 왜냐하면 모두 똑같이 끔찍하기 때문이다.

인용은 여기서 끝내고 중단했던 곳에서부터 계속 이야기를 이어나가려는데 그와 같은 생각이 들었다. '옳은 말이잖아!' 그렇다! 모든 국가는 나쁘다. 사실 국가라는 조직은 악을 지속시키기 위해 존재하는 것이다.

파스칼 만세!

나는 비행기가 착륙하기 전 커피색 지갑을 꺼내 펼쳤다. 비닐 너머로 네 명의 여자가 나를 보고 있었다.

마야, 아이셰, 마리 그리고 나디아!

20

비행기가 이스탄불에 착륙하는 동안 승무원들은 여러 안내 방송을 했다. 방송 중 하나는 이스탄불에 도착한 후 국내선으로 환승하는 승객들에 관한 것이었다. 국내선 환승 승객들 중 세관이 있는 공항으로 갈 경우에는 입국 심사를 그 공항에서 받아야 하고, 세관이 없는 공항으로 갈 경우에는 이스탄불 공항에서 입국 심사를 받아야 한다는 것이었다.

나와는 전혀 관련이 없는, 휴양지로 향하는 관광객들을 위한 방송이었다.

비행기가 고도를 낮추는 동안 이스탄불을 덮고 있는 회색의 답답하고 지겨운 날씨를 보고는 문득 '안 될 게 뭐 있어?'라는 생각이 들었다. 더 이상 집에서 날 기다리는 사람도 없고, 출근해야 하는 직장도 없는데. 둥지에서 벗어난 새가 자유로운 것처럼, 이젠 나도 그렇게 자유로웠다. 나도 곧장 환승해서 보드룸으로 갈 수 있을 것 같았다. 그 많은 일을 겪고 난 지금, 어쩌면 보드룸으로 가는 게 마음에 안정을 가져다줄 것 같았다.

게다가 부모님도 내가 가면 기뻐하실 것이다.

나는 승무원에게 사정을 설명했다. 승무원은 이스탄불에서 입국 심사를 거친 다음 국내선으로 가서 보드룸행 비행기를 타는 방법을 권했다. 그리고 수화물로 맡긴 가방을 이스탄불에서 찾아야 했다.

나는 승무원이 알려준 대로 했다. 국제선 공항에 내려 긴 줄이 늘어서 있는 입국장으로 갔고 가방을 찾아 공항 청사 밖으로 나섰다. 일주일 전, 바로 여기서 업무차 막스를 마중하러 와서 기다렸던 일이 떠올랐다.

나는 국내선 터미널로 이동해서 보드룸행 항공편을 찾아봤다. 1시간 50분 뒤에 출발하는 비행기가 있다는 소식에 기분이 좋아졌다. 나는 항공권을 사고 짐을 부친 다음, 선물 가게에서 부모님의 선물을 샀다. 연락 없이 부모님을 깜짝 방문하는 편이 더 나을 것 같았다.

신문과 잡지를 사서 카페에 앉았다. 신문은 역시나 튀르키예의 암울한 뉴스로 가득했다. 경제 위기, 서로를 비난하는 정치인들, 다른 논설위원을 비난하며 지면을 채우는 논설위원들…… 이런 걸 연이어 보면 사람은 기분이 우울해지고, 비관적인 생각들이 가득 차게 된다.

케렘에게 전화를 걸었는데 받지 않았다. 뭘 하고 있을까, 편하게 지내고는 있을까? 이런 생각을 하지 않으려고 했지만, 그럴수록 양심의 가책이 더 많이 느껴졌다. 죄책감을 느꼈고 케렘이 보고 싶었다. 그렇지만 나도 방법이 없었다. 나의 새롭고 안정된 삶을 위한 이 싸움이 케렘에게도 도움이 될 것이다. 내

아들을 영영 그 인간적이지 못한 아흐메트에게 맡겨둘 생각은 아니었다.

그동안 케렘을 보지 못해서 아흐메트에게 전화를 해볼까도 싶었다. 어쩌면 아흐메트와 통화하면서 케렘과 이야기할 수도 있으니까. 하지만 아흐메트에게는 전화하고 싶지 않았다.

혹시 내가 아흐메트를 부당하게 대우하고 있는 건 아닐까? 그에 대한 감정이 너무 거칠고, 행동이 과도하게 적대적이진 않았나? 그러나 지난날 아흐메트가 내게 했던 짓들을 떠올리고는 조금도 부당하지 않다는 결론을 내렸다. 그렇지만 어쩌면 그도 인생이 송두리째 바뀌는 고통을 겪고 있을지도 모른다. 어쩌면 그의 아버지와의 관계에 이전과는 다른 변화가 시작되었을 수도 있다. 그 나이에 새로운 사람이 되기 위한 길에 첫발을 내딛는 중일 수도 있다. 그리고 앞으로 그가 인생을 어떻게 살아야 할지에 대해 최근의 사건이 크게 영향을 미칠 것이다. 아흐메트를 향한 분노를 조절해서 내가 조금 그를 지지해주는 것이 좋지 않을까?

"가능하지." 나는 자신에게 대답했다. 그렇지만 당장은 그럴 상황이 아니었다. 내 인생이 뒤죽박죽이 되어버렸는데 무슨. 잠시 후 비행기가 이륙할 것이라는 기내 방송이 나왔고, 이 문제는 나중에 생각하기로 했다.

튀르키예 항공의 보드룸행 비행기에서 내 좌석은 비행 방향의 오른편이었다. 그 덕분에 해가 지고 있는 에게해와 아기자기한 해안선들 그리고 날이 어두워지면서 불을 밝힌 배들과 해변을 볼 수 있었다. 가슴이 뻥 뚫리는 것 같았다.

남쪽으로 가는 길은 항상 날 들뜨게 했다. 올리브와 타임,*
바질 그리고 와인의 천국인 에게 지방은 거부할 수 없는 마력
으로 사람을 빨아들였다. 보드룸 공항에 내리자마자 역시나 그
마력에 빠져버렸다. 비행기 승강 계단에서부터 얼굴로 느껴지
는 온화한 공기는 바다에서 오는 해초들의 냄새와 산에서 내려
오는 타임 향과 절묘하게 섞여서 사람을 취하게 만들었다. 나
는 '여기로 오길 잘했어'라고 생각했다.

관광객은 독일인과 영국인이 대부분이었다. 나는 그들과 함
께 짐을 찾았다. 관광객들은 손에 푯말을 든 가이드를 따라 관
광버스에 올랐다. 나는 택시기사와 요금을 흥정했다. 예전에
왔을 때, 미터기를 켜고 가면 요금이 많이 나오는데 흥정을 하
면 적당한 가격으로 합의할 수 있다는 걸 배웠다.

나는 택시를 타고 해변으로 난 길을 따라가면서 창문을 내리
고 깨끗한 공기를 들이마셨다. 사람의 생각이라는 건 정말 알
수가 없다. 이유는 모르겠지만, 그 순간 갑자기 난쟁이 남매가
떠올랐다. 아마도 그들은 국제 기록물 보관소에서의 일상적인
자료 조사를 끝내고 호텔로 돌아갔겠지 하는 생각이 들었다.
화장실에서 볼일은 어떻게 볼까? 발 받침대를 밟고 올라서서?
침대 하나로도 둘이 충분할 텐데. 방 하나를 같이 쓸까? 이런
해괴한 의문이 들었다.

그들이 쓴 책이 영어로 발간되면, 꼭 사서 읽을 생각이다. 참

---

* 꿀풀과의 낙엽 활엽 관목. 줄기의 잎을 약재나 소스의 원료로 쓴다. 우리나
라에서는 '백리향'으로 불리기도 한다.

으로 묘했다. 그들의 조상들은 어쩌면 난쟁이로 태어난 자신들의 운명을 저주했을 것이다. 하지만 후손들은 난쟁이라서 살아남을 수 있었다. 그렇지 않았다면 보통의 키를 가진 다른 사람들처럼 가스실에서 죽지 않았을까.

약점과 단점이 어떤 경우에는 도움이 될 수도 있다. 니체가 약점을 강점으로 바꾸라고 하지 않았던가? 나치들은 니체의 '초인'을 왜곡해서 자신들 사상의 근간으로 삼았다. 내가 전문가는 아니지만, 니체의 글에서 나치 사상에 적합한 '잔혹한 우월 민족' 창조라는 의미가 나올 수 있었다는 게 믿기지 않았다.

그러다 나 혼자서 피식 웃었다. 네가 믿으면 어쩔 것이고, 안 믿으면 어쩔 건데. 주제를 알아야지! 보드룸으로 가는 길에서 나치나 니체, 아우슈비츠의 난쟁이들을 생각한다고 한들. 결과적으로 나는 직장을 잃고, 모든 튀르키예 사람 눈에 창녀가 되어버린 이혼녀일 뿐이다. 하지만 이런 생각조차도 들뜬 기분을 망치지는 못했다. 마음속에는 이미 새로운 시작과 새로운 삶, 새로운 싸움에 관한 결심이 서 있었다. 마야에서 다른 마야가 하나 더 태어나고 있었다.

그러는 동안 보드룸 시내로 향하는 내리막길에 다다랐다. 눈앞에 갑자기 바다 가운데에 있는 근사한 성이 나타났다. 성 요한 기사단이 건설한 그 성은 바다에서 보석처럼 빛났다. 보름달은 아니었지만, 꽤나 차오른 달은 바다 위에서 별들과 함께 반사되었다. 마을에서는 생선 요리와 라크 냄새가 풍겨왔다.

부모님이 계시는 곳은 중류층이 많이 거주하는 주택단지였다. 박봉의 아버지가 주택조합에 가입해서 오랜 세월 조합 할

부금을 납부해왔었다. 그리고 몇십 년이 지난 후에야 날림으로 지은 집 한 채를 가질 수 있게 되었다. 집을 처음 인수했을 때에는 벽이 습기로 젖어 있어서 전기 스위치가 합선이 됐고, 화장실은 막히는가 하면, 방에는 개미들이 들끓었다. 목재로 만든 창은 틀어지면서 닫히지 않았고, 문은 벌레가 지나다닐 만큼 벌어져 있었다. 주방의 싱크대 밑으로는 물이 샜다. 그래도 발코니로 나가면 눈앞에 펼쳐지는 바다 풍경이 모든 근심을 잊게 했다.

해가 거듭되면서 틀어졌던 목재 창과 수도꼭지는 교체했고, 튀어나온 못 때문에 발이 찔리곤 했던 바닥의 나무를 들어내고 트래버틴*으로 덮었다. 연기가 새는 벽난로도 수리했고, 에어컨을 설치했다. 집은 작았지만 아담한 중산층의 가정집 면모를 갖춰갔다.

여름이면 모든 집마다 사람들로 가득 찼다. 다들 집 앞에 펼쳐진 해변의 즐거움을 만끽했다. 아이들은 바다에서 놀았고, 늦은 오후에는 차와 함께 따뜻한 시미트 빵을 즐겼다. 저녁에는 발코니에 라크와 함께 저녁 식사가 차려졌다. 그렇지만 겨울이면 단지 내에 사람이 거주하는 가구는 겨우 대여섯 집이었다. 그들도 대부분 우리 부모님처럼 정년퇴직한 사람들이었다. 다시 계절이 바뀌면 단지 내의 집들은 보라, 분홍, 빨강, 노랑의 부겐빌레아 꽃으로 뒤덮였고, 마을은 근사한 에게 지방의 풍경을 자아냈다.

---

* 온천의 침전물이 가라앉아 생긴 석회암. 정취가 있어 장식 석재로 쓰인다.

택시가 단지 정문을 통과할 때, 나는 이런 것들에 목말라 있었음을 깨달았다. 공기 중에 스며든 진한 바다의 향기는 비행기를 내려오는 계단에서부터 밀려왔다. 단지 안으로 들어서자 막 성년이 되었을 때의 기억이 되살아났다. 어둠이 내리고 바닷물이 짙은 색을 띠면 집집마다 퍼지는 애호박 튀김 냄새가 여름의 상징과 같았다. 어둠이 내리면 모래사장에서 불을 피우고 기타를 치던 그 마법 같은 밤들. 인광을 발하던 바다에서 했던 수영, 첫 연애, 인적 드문 구석에서 몰래 한 키스의 아찔했던 그 맛.

세상에! 그 시절의 인생은 얼마나 아름다웠던지, 그리고 세상은 또 얼마나 쉬웠던가.

내가 예상했던 그대로 엄마는 날 보자 비명을 질렀다.

"오오오오오! 우리 딸이 왔네에에!"

엄마는 내 목을 끌어안았다. 우리 집에선 아버지가 현관문을 여는 일은 없었다. 늘 엄마가 열었다. 엄마가 기뻐서 소리 지르는 것을 듣고는 아버지도 안에서 뛰쳐나왔다.

"나도 좀 안아보자!"라며 두 분은 서로를 밀쳤다.

아버지는 내 볼에 키스를 했다. 이런 걸 보면 내가 응석받이가 되게 하는 뭔가가 집에 있는 것 같다. 지금 내게 꼭 필요한 것들이었다. 집은 적개심 가득한 세상 속에서 날 보듬어줄 수 있는 유일한 곳이었다.

그날 저녁 우리는 집 근처 귤 밭에서 막 따 온, 상큼한 향이 가득한 귤을 먹으며 이야기를 나눴다. 내가 설명할 수 있는 데까지 부모님께 말씀을 드렸다. 사실 두 분은 날 믿고 있었다.

나의 해명을 기다리지도 않으셨고, '그 일 때문에 이웃들 부끄러워서'라는 말씀도 하지 않으셨다. 그저 고마울 따름이었다.

튀르키예에서 대부분의 가족은 이런 문제가 생기면 소설을 써가며 죄가 있는지 없는지 보지도 않고 여자를 비난한다. 특히나 동부 지역 사람들이라면 가족회의를 통해 딸을 살해하는 것도 보편적인 결정이었다. 우리가 그런 가족이었다면, 누군가는 나보고 스스로 목을 매달라고 밧줄을 내밀었거나, 자살한 것처럼 트랙터 바퀴 밑으로 집어 던졌을 거다. 아니면 밭으로 데려가 총을 쏜 다음 그 자리에 묻어버렸겠지. 산 채로 묻힌 여자들도 있다는 기사를 읽은 적이 있다.

튀르키예는 이렇게 모순투성이 나라였다. 가장 전위적인 삶에서 봉건 씨족사회 질서까지 모든 종류의 삶이 혼재했다. 어떤 표준도 적용할 수 없었다. 어떤 때엔 이 나라에 뉴욕도 칸다하르*도 존재하는 것처럼 느끼기도 했는데 사실이었다. 최소한 나는 부모님 문제에서는 운이 좋았다.

다음 날 아침, 동네에서 나는 오렌지와 귤로 만든 잼, 치즈, 올리브로 차려진 아침 식사를 마치고 우리는 집을 나섰다. 아버지의 구식 오펠 자동차를 타고 얄르카바크 시장으로 향했다. 봄 날씨 같았다. 어제 아침까지만 해도 바트 아롤젠에서 뼈까지 시린 혹한과 눈 속에 있었는데 믿기지가 않았다. 길가의 가시금작화와 알로에는 꽃을 피웠다. 이 계절에는 온통 초록으로 물들어 있지만, 여름이면 불볕 태양이 모든 걸 노랗게 말려버

---

* 칸다하르Kandahar: 아프가니스탄 동남쪽에 있는 상업 도시.

렸다.

보드룸반도에 사는 사람들의 가장 큰 재밋거리가 시장에 가는 것임을 나는 알고 있었다. 매일 장소를 바꿔가며 채소, 과일, 옷 시장이 열렸다. 화요일에는 보드룸 시내, 수요일은 권도안, 목요일에는 얄르카바크. 이 큰 시장에 설치된 판매대에서는 다양한 과일과 채소, 치즈, 올리브, 잼, 요구르트, 우유 크림을 팔았다. 시장에는 불단 지역 의류와 밀라스 지역 원단과 같이 아주 값싸지만 질 좋은 수제 직물도 있었다. 다수의 미국 실내 인테리어 전문가가 이 직물들을 사서 뉴욕으로 가져갔고, 소호 같은 곳의 인테리어 제품 매장에서 50배나 비싼 가격으로 팔곤 했다. 시장에는 순한 고양이와 개 들이 돌아다니기도 하고, 골목길 한가운데에서 낮잠을 자기도 했다.

최근 들어 많은 영국인이 이 지역에 정착해서인지, 시장에서 물건을 사는 사람들의 절반 정도가 외국인이었다.

우리가 장보기를 마치고, 아버지가 아주 좋아하는 카페의 정원 나무 아래에 자리를 잡고 차 석 잔과 괴즐레메*를 주문하는데, 전화벨이 울렸다. 학교의 총장 비서실에서 온 전화였다. 내 앞으로 미국에서 소포가 왔는데 어떻게 했으면 좋을지를 물어왔다. 나는 부모님 댁 주소를 불러주고는, 가능하다면 이 주소로 보내달라고 했다. 그리고 자리에서 조금 멀리 떨어져 나와 내키지는 않았지만 아흐메트에게 전화를 걸었다.

---

* 괴즐레메Gözleme: 얇고 넓게 편 밀가루 반죽에 치즈, 감자 등을 넣고 철판 위에서 구운 튀르키예식 파이.

나는 "케렘은 어때?"라고 물었다.

"괜찮아. 나는 엄청 힘들지, 당연히!"

"당신 어떠냐고 물어보는 거 아냐, 내 아들을 물어보는 거지."

"잘 지내, 잘 지낸다고."

"학교는 잘 다녀?"

"응, 통학버스를 해결하지 못해서 내가 데려다주고 데려와."

'그래, 그래야지! 책임감이 뭔지 조금은 배워야지.' 나는 속으로 말했다.

"저녁에 전화할게, 그때 케렘이랑 이야기할게." 나는 전화를 끊었다.

우리 둘 사이는 고양이와 개처럼 재미난 긴장 관계로 변했다. 내가 개처럼 이빨을 드러내면 드러낼수록 그는 더 많이 움츠러들었고, 도망갈 구멍을 찾았다.

나는 이런 긴장 관계가 마음에 들었다. 정오의 한창 따뜻해지기 시작한 햇살 아래에서 마음 편히 앉아 있었다. 그러다 옷을 파는 곳으로 갔다. 집에는 지난여름에 두고 간 옷이 몇 벌 있었지만, 세계적으로 유명한 메이커를 그대로 모방한 짝퉁 티셔츠 세 장과 청바지 하나, 반바지 두 개를 샀다. 전부 다 합쳐서 내가 지불한 말도 안 되는 가격은 유럽에서 러닝셔츠 한 벌도 살 수 없는 돈이었다. 나는 다시 카페로 돌아왔다. 엄마가 그때 달갑지 않은 소식을 전했다.

"얘야, 이런 우연이 다 있구나, 가족 모두가 다 모이겠어. 우리가 일부러 하려고 해도 이렇게 모이지는 못할 거야."

"무슨 일이야, 엄마?"

"내일 네 오빠 식구들이 온단다. 주말을 여기서 보내고 돌아갈 모양이야."

"어디서 묵는데, 엄마 집에서?"

"아니야, 언제는 우리 집에서 잔 적이 있었니? 당연히 군 호텔에서 지내겠지."

보드룸의 가장 아름다운 해변 가운데 하나에 5성급의 군 시설이 있었다. 호텔과 식당, 모래사장이 최고 수준이었다. 오빠 가족은 그곳에서 묵을 예정이었다.

내키지 않았지만, 내가 어떻게 할 수 있는 일이 아니었다.

얇은 망사 커튼을 가볍게 흔드는 오후의 산들바람을 느끼며 나는 잠이 들었다. 모든 곳이 아주 고요했고, 오로지 파도 소리만 들렸다. 엄마가 와서 깨우지 않았다면 더 잤을 것이다. 마치 내가 짊어진 삶의 고단함을 내려놓은 것 같았다. 하지만 차 마실 시간을 놓치면 큰일 나는 줄 아는 엄마가 나를 깨워서는 따뜻한 시미트 빵과 허리가 잘록한 유리 찻잔에 담긴 새빨간 홍차 그리고 치즈가 차려진 식탁으로 데려왔다.

"나 살쪘단 말이야!"

"아니, 내일부터 걸으면 돼, 괜찮아. 넌 젊잖니, 빼면 돼."

튀르키예의 수백만 엄마들은 왜 똑같은 단어를 사용하고, 왜 똑같은 말을 할까 궁금했다.

엄마와 외할머니에 대해서 이야기하고 싶었지만, 그러려면 단둘만 있어야 했다. 왠지 몰라도 아버지와 함께 있으면 조심스러워진다. 아버지는 할머니와 할머니의 과거에 대해서 언급하고 싶어 하지 않는다는 걸 우리가 느끼게끔 행동하셨기 때문이다. 고통스러운 과거를 덮어버렸고 다시는 우리가 열어보지 못하게 할 작정이신 것 같았다.

불문율처럼, 대부분의 가족은 과거의 그 끔찍한 고통을 다음 세대에 넘겨주지 않기 위해 모든 것을 처음부터 다시 시작했다. 우리는 뱀과 전갈 그리고 위험한 웅덩이 들이 있는 뒷마당에서 노는 것이 금지된 꼬마 아이들 같았다. 근대의 아픔은 우리에겐 위험한 뒷마당이었다.

엄마와 이야기를 나누기 위해 엿보던 기회가 그날 밤 아버지가 잠든 뒤에야 찾아왔다. 엄마와 나는 발코니에 앉아 있었다. 밤이 되면 날이 쌀쌀해져서 카디건을 하나씩 걸쳐야 했다. 그날 밤 달은 더욱더 차올랐고, 바다에는 은빛의 길이 나 있었다. 간간이 어둠 속에서 나와 이 은빛 길을 가로지르는 작은 배들이 포세이돈의 유령처럼 미끄러지듯 움직였다.

"엄마, 외할머니의 이름이 뭐야?"

"이런! 아이셰잖아!"

"아니. 난 진짜 이름을 묻는 거야."

엄마는 멈칫하더니 한동안 말이 없었다.

"푸른 연대와 외할머니에게 일어났던 일들, 문에 못질을 한 화물열차와 크즐착착 호수, 나 전부 다 알아 엄마. 왜 전에 이야기 안 해줬어?"

"이런 걸 누구한테서 들었니?" 엄마는 목소리를 아주 낮추며 물었다.

"오빠가 말해줬어."

"오빠가 네게 말하지 말았어야 했어."

"왜?"

"이런 고통스러운 사건을 다시 떠올리는 건 어느 누구에게도 도움이 안 되니까."

"어쩌면 외할머니와 외할아버지는 손자들이 이 이야기를 알았으면 하셨을 거야."

"아니, 원하지 않으셨을 거다." 엄마가 말했다. 하지만 목소리는 언쟁을 하거나 이견을 보이는 사람의 그것과는 다르게 풀이 죽은 것 같았다.

"어떻게 알아, 엄마?"

"원하셨더라면 말하지 않았겠니. 우리들한테도 말하지 않으셨어."

"엄마한테도? 그러니까 이 이야기를 한 번도 안 했다고?"

"한 번 다 같이 이야기했었지. 돌아가신 네 외할머니가 하루는 날 불러서 모든 걸 말씀해주셨단다. 외할머니의 할아버지, 할머니의 이름과 총살당하신 부모님과 드라바강으로 뛰어내린 두 명의 형제분 이름을 적으라고 하셨어."

엄마는 내가 질문하기를 기다리는 것처럼 조용히 계셨다. 그러다 다시 말을 이어갔다.

"엄마의 아빠 그러니까 나의 외할아버지 성함은 셰이트, 외할머니는 아이셰였어. 두 분은 러시아 군인들 총탄에 돌아가셨단다. 형제분들 이름은 외메르와 쿠르반이었지. 그 두 분은 드라바강으로 뛰어들어서 자살하셨어. 내게 그 이름들을 적게 하시더니 돌아가신 분들을 위해 명복을 빌고 불쌍한 사람들을 위해 자선을 베풀라고, 모두 좋은 분이셨다고 하셨단다. 네 외할머니가 글을 모르셨기에 내가 다 적었지."

"다들 튀르키예인이고 무슬림이었죠?"

"그럼!" 엄마가 답했다.

"그럼 엄마, 그런 끔찍한 일이 어떻게 벌어진 거야? 튀르키
예 정부는 왜 그 사람들을 죽음으로 내몬 거야?"

"알 수가 없었단다, 얘야. 그러는 게 좋겠다고 생각한 모양
이지."

"외할머니는 항의하지 않으셨어요?"

"아니, 숙명으로 받아들이셨단다. 그렇지만 내게 가족들의
이름을 적으라고 하시고는 많이 우셨지. 한 분 한 분 모든 돌
아가신 분의 영혼을 위해 기도문을 낭송하셨어."

"알리 외할아버지는 전혀 말씀 안 하셨어, 그럼?"

"응. 아버지는 전혀 말씀이 없으셨단다, 이런 것들에 대해서
는. 말이 없는 분이셨어. 담배만 피우고 계셨지. 전쟁에서 얼마
나 힘든 일을 겪으셨던 건지, 주무실 때도 괴로워하며 신음을
내셨다고 네 외할머니가 말씀하시더구나."

"그래도 크즐착착 호수로 뛰어들어서 외할머니를 구하신 건
대단한 일이야."

"그래." 이 이야기를 시작한 후 엄마가 처음으로 웃었다. "사
랑 때문에 못 할 일이 뭐가 있겠니. 엄마를 얼마나 사랑했던지
마지막 순간조차도 엄마의 얼굴을 보면서 죽고 싶어 하셨어.
엄마의 손을 잡고 엄마의 진짜 이름을 세 번 부르셨고, 엄마의
얼굴에서 눈을 떼지 않으신 채 돌아가셨단다."

"외할머니의 이름을? 외할머니의 진짜 이름을 불렀다고?"

538

"그래, 진짜 이름을."

"그래, 뭐였어, 외할머니의 진짜 이름이?"

엄마는 "예상이 안 되니?"라고 물었다.

"응."

"네 이름을 외할머니가 지으신 건 알고 있지?"

그 순간 온몸이 떨렸다.

"마야!"

"엄마는 엄마의 진짜 이름이 손녀에게서라도 살아남아 있기를 바라셨던 거야."

외할머니가 여생을 사는 동안 입에 담지도 않았고, 누구에게 말한 적도 없으며, 숨겨왔던 이름이 바로 이것이었다. 마야. 나도 어릴 때부터 왜 내게 이런 흔치 않은 이름을 지어줬을까, 생각했었다. 나는 이 이름이 마음에 들었다. 음운조화도 맞았지만 같은 이름을 거의 보지 못해서 좋았다. 학교에서 친구들이 그 유명한 만화영화에 나오는 꿀벌 마야라고 부르는 것도 마음에 들었다.

세 명의 여자 그리고 세 개의 이름이라는 생각이 들었다.

마야는 아이셰가 됐고, 마리는 세마하트가, 나디아는 카트리나가 되었다.

이 세 여자에게는 태어날 때 지어진 이름마저도 허락되지 않았다.

하지만 이들 중에 가장 운이 없었던 사람은 나디아였다. 마야와 마리는 적어도 자신을 사랑한 남자와 결혼해서 자식과 손자를 봤고, 마지막에는 숨겨진 가족 이야기를 젊은 세대에게 들려줄 기회도 있었다.

그나마 가장 운이 좋았던 사람은 외할머니였다. 가족을 끔찍한 사건으로 잃었고, 다른 이름으로 살아야 했지만, 종교와 민족은 속이지 않아도 됐었다. 할머니나 나디아에 비하면 외할머니의 비극적인 상황은 나은 편이었다.

불쌍한 나디아의 일대기는 그녀와 함께 흑해의 짙은 바닷물 아래 묻혔다. 그렇지만 난 그 이야기를 짙은 바닷물 속에서 꺼내 세상에 알릴 생각이었다.

내가 해야 할 일이 그것이었다.

엄마는 잠시 눈물을 흘리더니 침묵했다. 발코니에서 우리는 아무 말도 하지 않은 채 나란히 앉아 있었다. 우리 앞에는 그리스 코스섬의 불빛들이 눈을 깜빡였을 때처럼 아른거렸다. 이렇게 가까운 섬이 다른 나라에 속해 있고, 여권 없이는 갈 수 없다니 이 사실을 받아들이기 쉽지 않았다.

요즘 들어 꽤나 커져버리기 시작한 나의 아나키스트 사상의 영향으로 '젠장맞을 나라들!'이라는 생각이 들었다. '인공적인 국경선으로 사람들을 갈라놓은, 고통의 근원인 국가라는 존재들.'

튀르키예와 그리스 정부는 섬은 둘째 치고 바위뿐인 여기를 두고 전쟁을 할 뻔했다. 하지만 지진이 나면 세관, 국경, 여권도 필요 없이 양국은 동시에 폐허로 변할 뿐인데.

오래전에 읽은 슈테판 츠바이크의 글이 생각났다. 비행기가 발명되자 츠바이크의 세대들은 아주 흥분했고, 세상에서 전쟁이 끝날 것이라고 믿었다고 한다. 비행기는 하늘을 날아다니니

국경을 무시할 것이고, 따라서 국경이라는 것이 없어지고 평화가 오리라고 생각했다는 것이다.

하지만 그 세대들은 몇 년 후, 비행기가 하늘에서 폭탄을 투하해 유럽을 무너뜨리는 것을 보고 충격에 빠졌다. 그것이 지식인들의 낙관론 정치라는 것의 실상이었다.

우리를 덮고 있는 무거운 분위기를 바꾸기 위해 나는 이렇게 물었다. "엄마, 낙관주의자와 비관주의자 이야기를 알아?"

"아니!"

"비관주의자는 '이보다 최악일 수는 없어'라고 투덜거릴 때, 낙관주의자는 '가능해, 더 나빠질 수도 있어'라고 한대. 그럼 말해봐. 엄마는 낙관주의자야, 비관주의자야?"

"세상 쓸데없는 소리! 넌 늘 이런 짓궂은 질문만 해. 어서 일어나, 자러 가자, 많이 쌀쌀해졌어."

21

보드룸의 군 휴양 시설 내 정리 정돈과 청결, 위계질서는 휴양지임에도 불구하고 이스탄불의 사령부에서 본 것과 다르지 않았다. 점심 식사를 위해 해변에 있는 식당을 찾았다. 엄마, 아버지, 나, 오빠 네즈뎃과 새언니 오야 이렇게 다섯 명이었다. 오빠는 주말에 회의가 있었던 모양이었다.

"기회를 잘 잡았죠." 오빠는 미소를 지었다. "오야도 데리고 왔습니다. 여기 날씨 끝내주네요."

"늘 이렇게 날씨가 좋은 건 아니란다." 아버지가 말했다. "그런데 올해는 웬일인지 겨울 없이 지나가네. 계속 봄 날씨 같아."

새언니 오야도 대화에 참여했다.

"아버님, 보드룸에서 겨울이라고 해봐야 뭐 있겠어요? 비가 조금 내리기야 하지만, 해만 떴다 하면 다들 밖으로 나오잖아요."

흰색 정장 상의를 입은 웨이터들은 공을 들여 요리한 해물 요리를 가지고 왔다. 양상추 잎 속에 마요네즈로 모양을 만들고 그 위에 새우를 올려놓은 것이었다. 요리에 장식을 너무 잘 해놓아서 그걸 망칠까 봐 손대는 게 무서울 정도였다.

우리는 바다의 반짝이는 물결을 보면서 식사를 했다. 바로 맞은편에는 보드룸 성이 그 웅장함을 드러냈다. 가족 대부분에서 볼 수 있는 대화들이 우리 사이에도 오갔다. 아이들, 학교, 날씨 이야기 등등. 아무도 정치에 대해서는 언급하지 않았다.

식사 후에는 거품 가득한 튀르키예 커피를 마셨다. 그리고 오빠가 말했다. "마야, 함께 좀 걸을까?"

"그러지 뭐!" 나도 동의했다.

오빠와의 관계가 다른 단계로 접어들었다. 내가 철이 들기 시작할 즈음, 나는 오빠를 아버지처럼 권위적인 사람으로 인식했다. 우리 둘 사이의 나이 차이가 컸기도 했고, 큰 체격에 진지한 성격이었던 오빠를 어려워했기 때문이기도 했다. 그러니까 오빠는 아버지 같은 그런 사람이었다. 그래서 보통의 남매 관계를 유지할 수가 없었다. 다른 남매들처럼 싸우고, 장난치고, 함께 웃고 떠들거나 하는 일은 우리 둘 사이에 없었다. 오빠는 내 공부를 도와줬지만 나와는 거리를 뒀다. 날 사랑한다는 걸 느끼게끔 했지만, 대놓고 표현하지는 않았다. 내게서 늘 진지함과 존중을 기대하는 가족의 징남이었다.

하지만 내가 어른이 되고 나서 우리 관계의 틀이 바뀌기 시작했다. 나는 오빠와 대놓고 언쟁을 벌였고, 오빠의 생각과 삶의 자세를 비난했었다. 읽은 책들 덕에 나는 지적 능력이 발달했고 오빠의 신체적 우위에 비해 지적인 우위를 점하기 시작했다고 판단했다. 하지만 오빠는 그걸 받아들이지 않았다. 그래서 우리 관계는 긴장되었고, 끊어지기 직전까지 갔다가 결국에는 단절되었다.

사실 남매라고 하더라도 서로 오랫동안 보지 못하면 공통의 주제가 없어지고 대화의 기회도 잃게 된다.

서로를 모르는 두 사람처럼, 긴장된 분위기에서 휴양 시설 내에 자리한 작은 해변을 걷기 시작했다.

"어머니와 아버지는 아시니?" 오빠가 물었다.

"뭐에 대해서 아시냐는 말이야?"

"학교에서 있었던 일."

"그래, 아셔."

"뭐라고 하셔?"

"날 믿으시니 모든 게 모함이라는 걸 아신 거지."

"화는 안 내셨고?"

"응, 화내실 일이 없어, 오빠. 모함을 받는 게 그 사람의 죄일 수 있어?"

"그럼 대학에서 해고된 건 알고 계시고?"

"아직 모르셔. 휴가라고 말했는데 내일 이야기하려고."

"오, 마야 너 정말!"

"왜 그래 오빠?"

"너한테 경고했었지, 이 일에서 손 떼라고 말이야. 기억해?"

"당연히 기억하지."

"그런데 넌 내 충고를 듣지 않고, 그 사건들을 들쑤시고 다녔어. 신문에 난 기사나 대학에서 네가 해고된 것이 다 네 사생활 때문이라고 생각하는 모양이구나."

"뭐라고? 그럼 이 모든 것이 스트루마호 사건을 내가 헤집고 다녀서 벌어졌다고?"

"의심의 여지가 없지. 사건에는 보이는 면과 보이지 않는 면이 있어. 어떤 국가도 자신들에게 불리한 것을 허락하지는 않는 법이야."

"스트루마호에 대해서는 영국, 러시아, 튀르키예, 독일, 루마니아가 공범이야."

"네가 말한 게 옳다고 해도, 이 나라들 중 어느 한 나라도 진실이 밝혀지도록 가만히 있지 않을 거야."

"독일만이 죄를 인정했고, 사과를 했지. 모든 걸 독일의 책임으로 떠넘겼어. 그렇지만 이 범죄를 함께 저지른 많은 나라가 있다고."

"잘 봐, 마야. 어찌 됐건 넌 내 동생이야. 그래서 널 보호하기 위해 난 최선을 다하고 있단다. 하지만 부탁할게, 더 깊이 들어가지는 마. 국가를 상대로 싸울 수는 없단다. 어느 누구도 상대가 될 수 없어."

"국가라고 하는 실체는 없어, 오빠. 자기가 국가라고 생각하고, 결정을 내리고 사람들이 죽고 사는 걸 좌지우지하는 양치기들이 맨 위에 있을 뿐이지."

"조용히 해, 마야. 그건 정말 위험한 아나키스트적인 생각이야. 인간 집단은 국가라는 권위 없이는 살 수가 없어. 너 국가 권력이 존재하지 않는 나라를 본 적 있어? 가장 미개한 부족에서 강대국까지 모두 자신들을 인도할 목동이 필요한 거야."

"나도 이런 오빠의 시각을 받아들이지 않을 권리가 있어."

"바쿠닌*이나 크로폿킨** 같은 사람들의 과거 원시적인 생각들이고, 그런 건 유토피아일 뿐이야. 봐 여기 시설을! 모든 것이 얼마나 잘 돌아가냐고. 이걸 오직 하나가 만들어내는 거야. 권위! 여기 휴양소에서 계급과 명령에 대한 복종을 없앤다면, 모두를 자유롭게 풀어놔 준다면 어떻게 될지 상상해봐."

"내가 규범 자체를 완전히 부정하는 건 아니야." 난 오빠의 말을 끊었다. "집단에는 규범도 있어야지. 하지만 한 명의 양치기가 무리를 이끌기 위해 만든 규범은 좋은 면보다는 피해가 더 많다는 거지. 탄압과 계급 구조가 왜 전제조건이어야 하지? 조직화와 조화라는 개념도 있잖아?"

"너 엄청 위험한 사상에 빠졌구나. 최근의 사건으로도 제정신을 못 차리네. 이런 사상을 그 공산주의자 유대인이 네게 심어줬어?"

"누구야 그 공산주의자 유대인이?"

"바그너!"

나는 웃어버렸다.

"왜 웃어?"

"그 사람은 공산주의자도 유대인도 아니야. 오빠 앞에 있던 파일이 그 정도로 거짓된 정보라면, 이 나라는 큰일 났네."

"유대인이 아니라는 건 물론 알고 있어. 말하다 보니 그렇게

* 미하일 알렉산드로비치 바쿠닌(Михаил Александрович Бакунин, 1814~1876): 제정 러시아의 무정부주의자이자 철학자.

** 표트르 알렉세예비치 크로폿킨 공작(Пётр Алексéевич Кропóткин, 1842~1921): 제정 러시아의 지리학자이자 무정부주의자, 철학자.

된 거야. 그 교수들의 대부분이 유대인이었어."

"부인이 유대인이었지. 그래서 어쩌라고?"

"너, 이스라엘이 우리나라에 위협이 되고, 북부 이라크에 있는 쿠르드족과 어떤 관계를 맺고 있는지 모르겠지, 물론. 시오니즘이 뭐고, 국제 전략적인 계산이 뭔지도 모를 테고."

"봐 오빠. 사실 오빠가 뭔가 잘 모르는 것 같아. 막스는 유대인도 공산주의자도 아니야. 단지 독일의 파시즘에 반대했었던 것뿐이야. 그의 아내도 시오니스트가 아니었어. 그녀는 이스라엘이라는 국가가 수립되기도 전에 죽었어. 유대인과 이스라엘, 시오니즘과 유대교를 구별하지 못한다면, 그 세월 동안 오빠 같은 사람들을 잘못 가르쳤다는 말이네."

내가 너무 나간 것일까? 오빠의 눈 밑이 떨리기 시작했다. 그걸 보면서도 나는 개의치 않았다.

"외할머니가 유대인이었어, 오빠?"

"아니, 유대인이랑 무슨 관련이 있어?"

"좋아, 그럼 공산주의자였어?"

"아니지!"

"무슬림 튀르키예 여자였잖아? 외할머니의 가족들도 그랬고."

"그래, 내가 너한테 그 이야기를 했었잖아."

"맞아, 이야기를 해줘서 고마워. 그런데 내가 묻고 싶은 건 이거야. 튀르키예는 이 사람들이 죽도록 내버려 뒀어. 잠긴 화물칸 안의 살려달라는 비명에 귀를 닫아버렸지. 자살하는 사람들과 국경에서 총살당하는 사람들을 보고만 있었어. 그럼, 같

은 피를 나눈 사람들에게 왜 그런 짓을 했지, 오빠? 해명해줄
수 있어?"

"당시 상황이……" 오빠는 이런 말을 중얼거렸지만 당황한
게 분명했다.

엄마와 아버지 그리고 오야는 앉아서 행복하게 과일을 먹는
중이었다. 그들도 가끔씩 우리를 쳐다봤다. 아마도 조금 떨어
진 해변에서 산책하는 남매가 그동안의 회포를 풀고 있다고 생
각하지 않았을까. 큰 키에 건장한 체격, 캐주얼이지만 꽤나 정
장처럼 보이는 차림의 남자와 키가 그 남자의 어깨 정도 오는,
차려입었지만 이런 규정과 절차가 있는 곳에서는 조금 풀어진
것처럼 보이는 옷차림의 여자가 느린 걸음으로 걷고 있었다.
서로의 말을 들을 때는 좀 전에 함께 식사를 했던 테이블을 힐
끗 쳐다보는 이 둘의 모습을 보고 다른 가족들은 아마도 보기
좋은 장면이라고 생각했을 거다.

"내게 설명할 필요 없어." 나는 계속 말을 이어갔다. "외할머
니에게 외할머니의 부모님과 형제들이 왜 죽을 수밖에 없었는
지 오빠 같은 사람이 이야기해줬어야 했는데. 그렇게 하는 게
맞는 거였어. 다행히도 알리 외할아버지가 인간의 도리로 마야
를 구해내셨지. 그러지 않으셨으면 오빠도 나도 이 세상에 없
는 거야. 알리 할아버지도 오빠처럼 군인이었어. 계급이 높지
않았을 뿐이지. 그냥 사병이었지만 난 그분이 자랑스러워, 높
은 계급의 오빠가 아니라. 미안해."

"넌 그래도 균형을 잘 잡아야 해." 오빠는 마지막으로 하는
말임을 강조하는 듯한 태도로 말했다. "내가 널 보호하지 않았

더라면 너한테 더 많은 일이 일어났을 거야. 하지만 제대로 걸리면 나도 널 구해줄 수 없어. 조심해.”

“계획이 있어 오빠. 이걸 글로 쓰려고 해. 군인으로서 어떻게 생각하는지 궁금하네.”

“써!” 오빠는 강한 어조로 답했다.

“전쟁을 결정하는 지도자, 예를 들면, 조지 부시가 전쟁 결정을 내리기 위해서는 어린아이를 직접 죽여야 한다는 조건을 단다면 어떻게 될까? 어찌 되었건 수천 명 아이들에 대한 사형 선고에 서명을 하는 거나 마찬가지잖아. 전쟁을 위해서 자기가 직접 단 한 명의 어린아이를 죽여야 한다면. 괜찮지 않아? 자기들은 따뜻한 사무실에서 서명만 하고, 피 한 방울 보지도 않고 살잖아. 그렇지만 포격으로 수십만 명의 여자와 아이가 죽어. 대통령은 죄가 없고, 명령에 따랐으니 조종사도 죄가 없고, 그럼 도대체 누구한테 죄가 있는 거야, 오빠? 그 사람들을 폭격 버튼이 죽이는 거야?”

더 이상 이 언쟁을 계속할 필요가 없었다. 이 인간을 평생 다시는 보지 않을 생각이었다. 그렇지만 헤어지기 전에 마지막으로 물어볼 게 있었다.

“막시밀리안 바그너 건은 어떻게 됐어?”

“종결됐어. 그가 여기 온 이유가 스트루마호로 튀르키예를 곤란하게 하려는 것이 아니라고 판단됐어.”

나는 웃었다.

“그걸 판단하려고 비밀 요원들이 움직일 필요까진 없었어. 나한테 물어보면 되는 거였는데.”

오빠는 더 이상 참지 못하고 가버렸다. 빠른 걸음으로. 민간인 복장을 하고 있어도 큰 키와 운동한 사람의 건장한 풍채가 드러났다.

그렇게 가버리는 걸 보면서 내가 조금이나마 마음이 아팠었나? 확실치 않았다. 어쩌면 내가 심하게 말을 했을 수도. 특히나 오빠가 알고 있는 사실이 틀렸다는 것에 대해서 말이다. 막스에 관해서 너무나 틀린 이야기를 하는 바람에 나도 참을 수가 없었다.

막스에게 이 일을 설명해야 한다면, 중앙아시아의 '히크메트'* 이야기에서 예를 들면 되겠다고 생각했다.

머릿속에 떠오른 이야기 때문에 웃음이 났다.

어느 날, 무식한 한 선생이 무리 지어 있던 사람들에게 성 요셉에 관해 물었다.

"누이들이 그를 호수에 던졌을 때, 어머니가 나타나 그를 구한 성인이 누구인가?"

유식한 자가 말하길, "어떤 오류부터 고칠까 친구! 먼저 성자가 아니라 예언자시고, 누나들이 아니라 형제들이며, 호수가 아니라 우물에 빠트렸고, 엄마가 아니라 낙타를 타고 가던 대상들이 구했다네" 했다는.

오빠도 그 무식한 선생처럼 막스에게 공산주의자 유대인이라고 했다. 게다가 그렇다고 한들 그게 뭐 어때서?

---

* 히크메트hikmet: '지혜'라는 뜻의 튀르키예어. 철학, 종교, 이슬람 신비주의에서 공통으로 등장하는 가치이다.

집으로 돌아가는 길에 엄마는 "가만 보니까 네 오빠랑 잘 지내는 것 같더라!"라고 말했다.

나는 "응 엄마. 회포를 조금 풀었지. 좋았어"라고 대답했다.

"알라신의 가호가 있으면 조만간 장군 진급을 축하하는 날이 오겠지."

"그래! 좋지. 네즈뎃 장군. 어울리네."

그때 전화벨이 울렸다. 택배 회사에서 온 전화였다. 내게 택배가 왔다고 알리는 전화였다.

나는 아버지에게 택배를 찾으러 가자고 부탁했다. 택배 사무실은 보드룸의 흰색 담들 사이로 작은 자동차만 겨우 다닐 수 있는 골목 안에 있었다. 우리는 5분 거리의 택배 회사에 들렀고, 나는 택배를 찾았다.

집으로 오면서 봉투를 열어보니, 안에서 더 잘 포장된 물건이 나왔다. 그걸 뜯어보자 에어캡 봉투 속에 책 한 권이 있었다.

미메시스:
서구 문학에 나타난 현실 묘사

책 겉장에는 클립으로 끼워진 근사한 카드가 있었다.

사랑을 담아
막스가

그 순간 내가 그를 아주, 아주 많이 그리워하고 있다는 사실
을 깨달았다.

22

그날 저녁 부모님은 날 귀뮈슈뤼크에 있는 한 생선 요리 식당으로 데려갔다. 오빠는 새언니와 함께 공식 만찬에 참석해야 했다. 엄마는 오빠 가족과 저녁을 함께하길 무척이나 바랐다. 하지만 그들이 우리와 함께 저녁 식사를 하는 건 불가능했다.

물론 내게는 좋은 일이었다. 낮에 군 휴양소에서도 만났는데, 저녁 식사를 또 오빠와 같이하는 건 견딜 수 없었다. 살면서 우리 둘 사이에 많은 마찰이 있었지만, 이 정도까지 심한 적은 없었다. 난 이제 더는 우리가 얼굴을 맞댈 일은 없을 거라고 생각했다. 오빠도 나 같은 동생이 있다는 걸 잊어버리는 편이 낫다고 생각할 것이다.

엄마, 아버지와 함께하는 근사한 저녁을 위해 나는 이 문제는 더 생각하지 않으려고 애썼다.

귀뮈슈뤼크에 도착했을 때는 해가 넘어가기 직전이었다. 해변에 줄지어 있는 식당은 손님 맞을 준비를 하던 참이었다. 종업원들은 지나가는 행인들을 식당 안으로 맞이하기 위해 나와 있었다. 식당 앞 진열장에는 농어와 감성돔, 또 이 계절에 가장 맛있는 서대가 줄지어 진열되어 있었다. 보드룸이라고 해도 저녁이면 날씨가 싸늘해서, 실외 공간은 경치를 가로막지 않도록 유리로 덮거나 큰 난로를 설치해놓는 경우가 많았다.

늘 그랬던 것처럼 이 동네의 석양은 기가 막혔다. 바닷가의 어선들 중 하나를 타고 바다로 나가고 싶은 마음을 겨우 억눌러야 할 정도였다. 여기 항구를 나서면 가장 가까운 섬이 그리스의 칼림노스였다. 그 옆에는 작은 레로스섬이, 그다음에는 『성경』의 「묵시록」에 등장하는 파트모스섬이 있었다.

어느 여름, 나는 이 모든 그리스 섬을 여행한 적이 있었다. 레로스섬에 있는 타키스의 환상적인 식당인 밀로스에서 성게를 먹었고, 「묵시록」을 쓴 곳으로 알려진 동굴에도 갔었다.

사실 이 모든 섬이 좋은 기억만 간직하고 있는 것은 아니다. 전쟁 때는 수용소가 건설된 적이 있었고, 이 수용소에서 리초스,* 테오도라키스** 같은 많은 예술인이 고문을 당했다. 이 세상 어디를 가든지 자연의 아름다움과 인간의 포악함은 서로를 마주한다.

『야누스』라는 책에서 인간의 진화가 어딘가에서 멈췄다고 주장했던 아서 쾨슬러***가 옳았던 것 같다. 어떤 엄마도 아이를

---

* 야니스 리초스(Yiannis Ritsos, 1909~1990): 그리스의 시인이자 공산주의자. 제2차 세계대전 당시 그리스 레지스탕스의 활동가였다.

** 미키스 테오도라키스(Mikis Theodorakis, 1925~2021): 그리스의 음악가. 10대 때 반나치 반파쇼 저항운동에 참여했다.

*** 아서 쾨슬러(Arthur Koestler, 1905~1983): 헝가리 태생의 영국 작가, 언론인.

낳으면서 그 아이가 어느 날 죽임을 당할 수도 있다고 생각하지는 않았을 것이다. 모든 사람은 나이를 먹고 자연적인 죽음으로 생을 마감할 것이라고 생각하지만, 수억 명의 사람이 다른 사람들에 의해 죽임을 당한다. 제2차 세계대전 중에만 5천만 명이 목숨을 잃었다. 그것도 세계에서 가장 문명화되었다는 유럽에서 말이다. 괴테와 실러, 베토벤과 단테 그리고 세르반테스의 문명 안에서.

"뭐니 얘야, 또 정신을 딴 데 팔고 있네. 아니면 케렘을 걱정하는 거니?" 엄마가 물었다.

"응, 엄마. 뭐 하고 있을까? 전화해보는 게 제일 좋겠어."

최근 들어 내가 유사 철학병에 걸렸고, 주제넘게 계속해서 인간성에 대한 생각에 빠져 있다고 엄마에게 털어놓을 상황은 아니었다. 정말 케렘에게 전화할 생각도 있었다.

나는 자리에서 일어나 테이블에서 조금 멀리 떨어졌다. 아흐메트에게 전화를 걸어 케렘을 바꿔달라고 했다. 잠시 기다렸다가 아들과 통화를 했다. 나는 잘 지내는지를 물었고, 지금 보드룸에 있는 외갓집에 와 있다고 했다. 3개월 후 너도 여기에 있을 거라고 하고, 함께 카누도 타자고 했다. 많이 보고 싶다고, 아빠가 잘 해주냐고, 날씨는 추운지, 학교에 갈 때 잘 챙겨 입고 가는지, 공부는 잘하고 있는지……

그러니까 엄마가 아들에게 물어볼 수 있는 모든 지겨운 질문을 했고, 이 질문들에 한마디 대답만 들었다.

막 전화를 끊으려는데, 케렘이 다시 말했다.

"학교에서 친구들이 엄마에 대해서 이야기해!"

난 경직되었다.

"뭐라고 그래?"

"엄마랑 아빠 이혼하는 거냐고 물어봐."

"넌 뭐라고 대답했어?"

"벌써 이혼했다고 했어. 그러면 엄마가 할아버지 나이의 남자를 사랑하냐고 물어봐."

"그래서?"

"아니라고 그랬지 물론. 그 사람은 대단한 스파이고 엄마가 그를 추적하고 있다고 했어. 그리고 애들한테 너클이랑 스프레이를 보여줬지. 정보요원들이 우리 집에 갑자기 찾아온 것도 이야기했어. 애들이 미쳐. 기분 죽이더라."

"잘했어 친구! 멋져. 가장 뛰어난 스파이의 얼굴을 마주 보고 당신이 그렇게 대단한 스파이냐고 물어보는 건 웬만큼 용감해서는 할 수 있는 일이 아니지, 솔직히 말해서. 장한 내 새끼. 많이 보고 싶단다. 엄마가 많이 사랑해."

케렘의 목소리와 수다를 들으며 케렘이 기분이 좋다는 걸 알게 된 것만으로도 눈물이 날 정도로 행복했다. 인생이라는 건 정말 희한하다. 내가 해고된 원인이었던 스캔들이 아들을 행복하게 했고, 우리 둘의 관계도 정상으로 돌려놓고 있었다. 마치 난쟁이로 태어나는 불운을 겪은 덕에 살아남게 된 오비츠 가족들처럼.

나는 아주 행복한 마음으로 부모님이 계신 테이블로 돌아왔다. 접시에 놓인 커다란 서대들은 믿기지 않을 정도로 맛있었다. 아들이 편하게 지낸다고 하니 여기서 한동안 지내면서 머리도 식히고, 『미메시스』 번역을 시작할 수도 있을 것 같았다.

"두 분께 중요한 일을 말씀드리고 싶어요. 학교에서 해고됐어요."

엄마도 아버지도 아주 놀라셨다.

"아마도 예상은 하셨겠지만, 제가 받은 모함으로 인해 직장을 잃었어요."

아버지는 "슬퍼 마라 내 딸. 그래도 다른 직장을 찾을 거다"라고 하셨다.

엄마는 "서둘지 말거라! 여기서 머리를 좀 식히고, 안정을 찾도록 해. 케렘도 제 아버지 곁에서 아주 잘 지낸다고 했잖니"라고 하셨다.

"나도 그렇게 생각하고 있어. 책을 번역하려고 해."

"아주 좋구나. 더 안정적인 일이네. 자 건배하자."

우리는 얼음물처럼 차가운 라크가 담긴 잔을 들고 『미메시스』 번역을 위해 건배했다.

내가 말했던 것처럼 난 부모님 복을 타고났다. 우리 부모님은 다른 이들의 부모님보다 특별했다. 아흐메트와 헤어지겠다고 말했을 때도 내 결정에 성숙한 어른처럼 반응하셨고, 날 지지해주셨다.

이런 야단법석의 원인 제공자인 막시밀리안 바그너 교수에 관해 너무나 궁금해하실 것을 난 잘 알았다. 하지만 두 분은 전혀 묻지 않는 자상함을 보이셨다. 두 분의 이런 세심한 배려에 보답하기 위해서 내가 먼저 이야기를 꺼냈다. 막스와 나디아의 이야기와 그들의 사랑, 결혼, 그들의 산산조각이 난 인생과 스트루마호에 대해서 장시간 이야기했다. 마지막으로 교수님이 췌장암으로 운명 직전에 있다는 것과 나디아와 작별 인사를 하기 위해 여기로 왔다는 것까지 말했다. 엄마는 눈물을 참지 못했다.

내 이야기가 끝나고 우리는 오랫동안 침묵했다. 우리 모두생각에 잠겼다. 엄마와 아버지가 당신의 가족에게 일어났던 일을 떠올리고 계시는 건 아닐까 궁금했다. 전쟁의 무시무시한저주는 60년이 지난 후에도 귀뮈슈뤼크의 우리가 앉아 있는식탁에까지 찾아왔다.

다음 날부터 나는 『미메시스』를 번역하기 시작했지만, 겨우이틀뿐이었다. 사흘째 되던 날, 난 급하게 이스탄불로 돌아와야 했다.

이제 이 이야기는 끝을 향하고 있다. 마지막 복사-붙이기와몇몇 작은 수정만 마치면 모든 것이 끝난다. 비행기가 착륙을위해 고도를 낮추기 시작하면 노트북을 꺼달라고 할 것이다.승무원들이 꺼달라고 하기 전에 이 글을 마쳐야 할 것 같다.

기내에 사람들의 움직임이 보였다. 밤에 잠을 잔 사람들과아침 식사를 제대로 마친 사람들이 활기찬 몸짓으로 기내를 돌아다녔다. 모두의 눈에서 생기가 느껴졌다. 내 눈은 아마도 새빨갛게 충혈되었을 거다. 모두들 지루해하는 것 같았다. 화면에 뜬 지도에서는 우리가 탄 비행기가 바다를 지나 아메리카대륙 위를 날고 있었다. 이 사실이 왜 사람들에게 안도감을 주는지는 모르겠지만, 바다가 아니라 육지 위를 비행하고 있다는 걸 알게 되면 사람들은 알 수 없는 영향을 받았다.

승무원들은 미국 입국을 위한 두 장의 서식 용지를 나눠줬다. 나는 이 용지를 작성해야 했다. 이스탄불에 있는 미 영사관에서 비자를 받기 위해 모든 정보와 서류를 제출했는데도 말이다. 미국을 여행하기 위해서는 관용여권을 소지해도 비자를 받아야 했다. 그러니까 지금 똑같은 정보를 또다시 원하는 것이었다.

조종사의 안내 방송에 따라 시계를 맞췄다. 미국 현지 시간은 벌써 오후 2시였다.

『미메시스』를 번역하기 시작하고 사흘째 되던 날, 나는 이스탄불로 다시 돌아와야 했다. 왜 돌아왔는지 이제 그 이야기를 들려줄까 한다.

그날 오후 보드룸에서 나는 발코니에 있는 테이블에 앉아 차를 마시며 번역을 하고 있었다. 앞에 『미메시스』가 놓여 있었고, 겨우 서두 부분을 번역하던 참이었다. 바람이 책장을 넘기지 못하게 펼쳐진 페이지 위에 바닷가에서 주워 온, 속에는 남색의 얼룩이 있는 아주 예쁜 초록색 돌을 올려놓았다. 그러고는 노트북을 열어 바로 번역을 시작했다.

중간에 잠깐 쉬면서 인터넷에 들어가 보드룸에 관한 글을 읽어봤다. 알렉산드로스 대왕이 정복하고 나서 전쟁에 패배한 아다 여왕에게 다시 통치를 맡겼던 이 도시는 세계 7대 불가사의 중 하나인 마우솔로스의 영묘로도 유명했다. 영묘라는 뜻의 '모졸레'라는 단어는 마우솔로스의 무덤에 붙여진 '마우솔레움'

에서 유래한 것이다. 유명한 보드룸 성 내부에는 해저 고고학 박물관이 있다. 매일 아침 산책을 할 때마다 내가 헤로도토스와 같은 땅을 밟고 있다고 생각하면 흥분되었다. 헤로도토스는 이곳 출신인 반면에, 난 이방인이었다. 부모님이 계시는 주택 단지에서 시내를 향해 걷다 보면 보드룸 성은 그 모든 웅장함을 드러내며 눈앞에 나타난다. 성벽과 성의 보루를 보는 것만으로는 만족스럽지 않았다. 한편으로는 보드룸에서 이렇게 시간을 보내고 있으면서 아직까지도 성을 둘러보지 못했다는 것이 믿기지 않았지만 사실이었다. 이곳에 3일간 여행을 온 관광객들조차도 맨 처음 하는 일이 바다를 향해 뻗어 있는 보드룸 성을 구경하는 것이었다. 성안의 해저 박물관도 세계적으로 유명했다.

다음 날 나는 성과 박물관을 구경할 요량으로 보드룸 성을 관광하기로 했다. 나는 가기 전에 인터넷으로 정보를 훑어봤다. 읽어본 바로는 세계에서 가장 오래된 침몰 선박과 그 내부에서 발굴된 유물이 이 박물관에 전시되고 있었다. 3,300년 전 침몰한 배에는 '울루부룬 침몰선'이라는 발견된 장소의 이름이 붙여졌다. 초기 청동기 시대에 길이 15미터 향나무로 만들어진 리키아* 시대의 배였다.

말이 쉽지, 기원전 14세기에 침몰했고, 해저에서 1999년까지 발견되기를 기다리고 있었다는 뜻이다. 배 내부에는 코발트색과 청록색 또 연자주색의 유리 덩어리와 고대 이집트인들이 사

* 리키아Lycia: 고대 그리스의 도시.

용했던 흑단 나무, 온전한 상아와 조각난 코끼리 상아, 소라 껍데기, 악기로 사용되었을 것으로 추정되는 거북이 등껍데기 그리고 금속들과 많은 수의 타조 알이 있었다. 배에 적재된 화물 중에는 제조품들도 있었다. 키프로스에서 만들어진 도자기 램프, 고대 팔레스타인의 장신구, 은팔찌와 은발찌, 손잡이 없는 금 술잔, 마노석, 금, 타일, 유리구슬, 오리 모양의 경첩이 달린 날개가 덮개 기능을 하는 두 개의 화장품 보관함과 하마 이빨로 만든 피리도 있었다. 이 모든 것이 보드룸 성에서 전시되는 중이었다. 내일은 꼭 3,300년 전 유물이 전시된 이 박물관에 가볼 생각이다.

그날 밤, 나는 꿈속에서 파도에 떠밀려 다니는 뱃전에서 하마 이빨로 만든 피리를 부는 난쟁이를 보았다. 복잡한 생각이 만들어낸 꿈이었다.

다음 날 아침, 보드룸 성으로 향했다. 수천 년의 세월이 할퀴고 간 흔적이 고스란히 남은 돌로 만들어진 꼬불꼬불한 길을 지났다. 그리고 정말 어두운 해저의 분위기를 자아내는 박물관으로 들어갔다. 하얀 피부의 젊은 가이드가 관광객 무리를 이끌고 박물관에 관해 설명하고 있었다. 나는 그 무리의 뒤를 따랐다. 너무나 굉장한 곳이었다. 수천 년 동안 물속에 가라앉아 있었던 배와 그 속에서 나온 낯선 유물들이 내 머릿속에 자리한 시공의 차원을 뒤흔들어놓았고, 혼란과 혼돈 속으로 끌어당겼다.

나는 울루부룬 침몰선을 보면서 그런 생각이 들었다. 스트루마호는 어떤 상태일까? 침몰된 흑해에서 삭아버렸을까?

3,300년 된 배도 눈앞에 있는데 59년 전에 침몰한 배가 왜 없어지겠어? 스트루마호 캠페인을 벌일 수는 없는 걸까? 이것이 내 인생의 새로운 목표들 중 하나가 될 수 있을까?

박물관 밖으로 나오기 전에 아름다운 목소리로 설명을 하던 전문가에게 이런 의문들을 물어봤다. 나는 먼저 스트루마호에 관해 들어본 적이 있느냐고 물었다.

"당연하죠. 해양 분야에서 일하는 사람들 사이에서는 유명한 침몰선이에요, 스트루마호는."

"3,300년 된 배가 발견되었다면, 59년 전의 스트루마호도 찾을 수 있겠네요?"

"물론이죠!"

"그럼 왜 탐사를 하지 않죠?"

"수중 탐사를 했어요. 못 들으셨어요?"라며 질문이 돌아왔다. "신문에 나왔는데, '해탐협'에서 몇몇 친구가 작년에 찾았어요."

"못 들어봤어요. '해탐협'이 뭐예요?"

"해저탐사협회라고 합니다."

"그분들의 이름을 제게 알려주실 수 있으세요?"

"물론입니다. 안 될 이유가 없죠."

박물관을 나서는 내 손에 스트루마호 탐색을 위해 잠수했던 두 명의 잠수부 이름과 전화번호가 적힌 종이가 쥐어 있었다. 심장이 쿵쾅거렸다. 스트루마호의 진실에 한 걸음 더 접근하는 순간이었다.

23

비행기가 이스탄불 상공에서 고도를 낮췄다. 공항 활주로의 혼잡 때문에 비행기는 선회하기 시작했다. 먼저 흑해로 향했고, 킬요스 상공에서 다시 선회한 다음, 이스탄불해협을 지나 마르마라해 해안에 도달했다. 나는 창문을 통해 아래에 있는 괴물처럼 커져버린 도시를 구경했다. 이스탄불은 짙고 오염된 구름 아래에 있었다. 천만 명의 사람과 수백만 대의 차에서 뿜어내는 매연이 도시 위에 유독가스 층을 이루었다. 수백만 채의 위반 건축물이 이스탄불 주위를 둘러싼 모습이었다. 우리 비행기는 30분 동안 선회한 후에야 겨우 착륙을 할 수 있었다.

이렇게 중요한 이유가 아니었다면 보드룸 같은 천국을 두고 이스탄불의 더러운 공기 속으로 돌아오는 일은 바보나 할 짓이었다. 이스탄불로 돌아가기로 한 결정은 부모님께도 탐탁지 않은 깜짝 뉴스였지만, 딸의 엉뚱한 짓에 적응이 된 터라 크게 잔소리하시지는 않았다. 어쨌든 몇 달 후면 케렘과 함께 다시 보드룸으로 오리라고 생각하셨을 것이다.

나는 공항에서 택시를 잡았다. 유럽 횡단 고속도로를 한 시간 반 정도 달려 집에 도착했다. 참 이상했다. 열쇠로 문을 열고 들어가는데 한순간 마치 내가 아무 곳에도 가지 않은 듯했다. 바트 아롤젠도 난쟁이들도, 보드룸도 모두 꿈같았다. 도스토옙스키는 유럽에서 상트페테르부르크로의 귀환을 옛날에 신던 슬리퍼를 신는 것 같다고 했다. 나도 꼭 그런 기분이었다.

내가 처음 한 일은 거실에 있는 전나무와 화분을 살피는 것이었다. 문제는 없었다. 집을 떠날 때 대야에 넣어두었던 화분을 꺼내는 일은 나중으로 미뤘지만, 잊지 않고 전나무를 살펴봤다. 전나무 화분을 약간 흔들었고, 잎을 쓰다듬었다. 그리고 자리에서 일어나 내 방으로 갔다. 빠른 동작으로 여행 가방을 열고 옷을 정리했다. 그리고 마침내 이렇게 서두르는 이유인 그 일을 해결할 차례가 되었다. 가방에 있던 메모지를 꺼내 해저탐사협회의 레벤트 씨에게 전화를 걸었다.

그는 스트루마호를 수중 탐사한 팀의 팀장이었다. 침몰한 스트루마호의 잔해와 수중 탐사에 관해 알고 싶어서 직접 만나고 싶다고 용건을 전했다. 그는 내가 누구인지 알아보기 위해 몇 가지 질문을 했다. 이번에는 이스탄불 대학교를 들먹이지 않았다. 신문 기사를 읽었을 수도 있고, 이스탄불 대학교와 관련이 있는 사람일 수도 있었다. 어찌 될지 모르니 프리랜서 연구원이라고 나를 소개했다. 나는 혹시 가능하다면 수중 탐사와 배의 상태에 대해 알고 싶다고 했고, 사진이나 동영상을 찍은 것이 있으면 보고 싶다고 했다.

"그렇다면 함께 잠수했던 동료들도 부르죠. 브리핑 해드리겠습니다." 그는 친절하게 대답했다.

그는 자신의 사무실 주소를 알려줬다. 우리는 내일 만나기로 약속했다.

나는 밖으로 나가고 싶지 않았다. 책상에 앉아서 『미메시스』 번역을 계속했다. 막스가 간 이후로 마음속에 자리 잡은 공허함과 인생무상의 감정은 말로 다 표현할 수 없는 것이었다. 스트루마, 나디아 그리고 제2차 세계대전과 관련이 없는 모든 것이 무의미했고, 지루했다. 이런 기억과 번역에 몰두하지 않는 시간에는 그 무엇도 마음속의 공허함을 채우지 못했다. 나는 전혀 다른 사람이 되었다.

그러다 뭔가가 떠올랐다. 1970년대에 「홀로코스트」라는 이름의 드라마가 제작되었고, 그 드라마가 독일 텔레비전에서 방영되었다는 것을 어디서 읽은 적이 있었다. 독일 국민이 텔레비전 앞에서 드라마를 시청했고 눈물을 흘렸다는 것이다. 이처럼 알려지지 않고 회자되지 못한 고통스러운 진실이 텔레비전 드라마를 통해 공개되었다. 매우 중요한 사실이었다. 독일 사람들이 스스로를 나쁘게 표현한 드라마를 방영했다는 건 솔직히 박수를 받아야 할 일이었다.

이 드라마에 관한 뉴스와 사설을 찾아보던 당시, 나는 튀르키예 국영 텔레비전이 방영을 금지했다는 사실을 인터넷을 통해 읽은 적이 있었다. 그러니까 독일인들은 자신들에게 불리한 드라마를 방영했지만, 이 문제와 전혀 관련이 없는 튀르키예인들은 이 드라마의 방영을 금지한 것이었다. 아마도 그때 수천 번이나 '세상에, 뭐 이런 이상한 나라가 다 있어!'라고 생각했던 것 같다. 나는 외투를 걸치고 쇼핑센터에 있는 DVD 판매점으로 갔다. 드라마 「홀로코스트」가 있는지 물어봤지만 그곳에는 없었다. 가게에 있던 젊은 점원은 「홀로코스트」 대신 「인생은 아름다워」라는 영화를 추천했다.

"이게 더 재미있습니다."

재미있다고? 좋긴 한데, 나는 재미난 것을 찾고 있는 게 아닌데! 젊은 사람들 눈에 영화, 음악, 책, 텔레비전이란 이제 단지 재미를 위한 것이었다. 모든 것에서 재미를 찾았다.

DVD를 산 다음 카페에 가서 라테를 주문했다. 나는 혼자서 생각했다. '새로운 세상에서는 재미가 문화를 대신하고 있네.' 그 순간, '정신 차려. 바보 같은 짓 그만해!'라며 생각을 바로잡았다. '넌 철학자도 아니고 학자도 아니잖아. 인간성 문제를 해결하려는 짓은 그만두고, 조그마한 네 인생 문제나 해결해.'

손에 든 DVD 표지에 쓰여 있는 글을 읽어봤다. 그리고 집으로 돌아와서는 저녁이 될 때까지 즐겁고 고통스러운 감정들 사이를 오가며 영화를 시청했다.

점원이 '재미있다'며 추천했는데, 사실 그건 이 영화에 대한 부당한 평가였다. 그래, 재미있었지만 이 영화에는 더 중요한 메시지가 있었다. 영화를 보면서 더 아름다운 인생을 정말로 갈구하는 사람들은 가장 힘든 여건 속에서조차 그 길을 찾는다는 생각이 들었다. 자기가 처한 여건 속에서 가능한 가장 아름다운 삶을 살려고 노력하고, 그것을 위해 모든 기회를 살리며, 새로운 기회를 만들어내는 사람들…… 우리는 단지 더 아름다운 세상을 위해 싸우는 이들의 진심만을 믿을 수 있었다. 그들만이 불가능을 가능으로 만들 수 있었다. 불가능한 삶을 극복하기 위해 주어진 여건을 바꾸고, 세상을 바꾸기 위해 들고 일어나는 건 그들만의 권리였을지도 모른다.

영화에 나오는 부자간의 관계도 내 마음을 흔들어놨다. 그날 밤 케렘이 집에 온 이후에도 계속 머릿속에서 이 부자 관계가 생각났다. 아들 녀석에게 관심과 애정을 보일 때도, 혹시 그 영화를 본 영향 때문이 아닌가, 하는 생각이 들었다.

하지만 그런 건 아니었다. 난 늘 케렘을 사랑했고, 애지중지했다. 케렘이 열이라도 나면 아침까지 꼼짝 않고 머리맡을 지켰다. 사춘기 문제에 대해서도 케렘에게 최대한 도움을 주려고 했고, 엄마의 몫과 아빠의 몫을 다 도맡았다.

식사를 준비하는 동안, 나는 케렘에게 도와달라고 했다. 케렘은 컴퓨터를 켜지 않았다. 케렘이 큰 도움이 되었다고 말할 수는 없지만, 부엌에서 내 옆을 지켰고 식사도 기분 좋게 했다. 케렘의 이런 모습을 보고 있자니 너무 기뻤다! 우리의 천편일률적인 삶이 케렘에게는 정말로 지겨웠던 게 분명했다. 일상에서의 변화가 케렘에게 도움이 된 것이었다.

케렘과 대화 중에 아흐메트의 랄레라는 여자 친구가 종종 집에 다녀가고, 게다가 머지않아 결혼할 것임을 알게 되었다. 아흐메트는 이 문제에 대해 케렘과 벌써 이야기를 나눈 모양이었다. 이 이야기를 듣고도 티끌만큼의 질투심이 일지 않았다. 정반대로 나는 기뻤다. 그렇지만 불쌍한 랄레는 자기에게 무슨 일이 벌어질지 모르고 있겠지.

케렘이 자고 가겠다고 해서 기분이 좋았다. 엄마와 아들이 오랜만에 한 지붕 아래에서 함께 밤을 보냈다. 다음 날 아침, 나는 케렘에게 예전처럼 콘플레이크를 먹였고 목도리를 단단히 매어준 후 학교까지 데려다줬다.

그런 다음, 해저탐사협회의 레벤트 씨와 그의 동료들을 만나러 갔다. 내가 협회 사무실에 들어서자 그들은 한 명씩 자신을 소개했다. 모두 네 명이었다. 나는 모두와 악수를 나누고 만나서 반갑다는 인사를 했다. 스트루마호 탐사에 관한 이야기를 듣게 된다고 하니 흥분된다고 솔직히 털어놓았다.

그들은 스트루마호와 관련해서 왜 그렇게 관심을 보이는지 물었다. 나는 간략하게나마 아내를 그곳에서 잃은 막스에 관해 이야기했다.

나는 먼저 이 탐사를 위해 어떻게 허가를 받았는지 물어봤다. 그들은 서로를 쳐다보며 웃었다. 너무 힘들게 허가를 받았고, 허가를 받는 데만 몇 년이 걸렸다고 했다.

스트루마호가 침몰한 지점에서 어부들의 그물이 자주 침몰선에 걸린 모양이었다. 그 지역의 어부들은 침몰선에 '유대인 배'라는 이름을 붙였다고 했다. 해저탐사협회 회원들은 3년 가까이 역사 기록과 자료 연구를 하면서 스트루마호가 침몰했을 것으로 추정되는 지점을 선정했다고 말했다. 어부들과도 만나서 그물이 자주 걸리는 지점을 찾아냈고, 그 지점을 음파 탐지기로 탐색 작업을 했다.

잠수부들은 스트루마호와 유사한 세 척의 침몰선이 있는 것으로 추정하고 직접 확인하는 작업과 영상을 촬영하기 위해 잠수를 했다. 흑해 수중의 제한된 가시거리와 장애물이 많은 해저 지형 그리고 강한 해저 조류와 겨울철 낮은 수온 등의 악조건 속에서 탐사를 진행했다고 했다. 최종적으로 다른 어떤 침몰선보다 우선 길이 46미터에 폭 6미터인 이 침몰선 탐사에 집중했다는 설명이었다.

레벤트 씨의 다음과 같은 말에 나는 감동했다.

"이 배는 저희에게 그냥 침몰선이 아니었습니다. 해저 묘지였지요. 그곳에서 사망한 분들에게 예의를 갖춰야 했습니다. 아주 조심스럽게 탐사를 해야만 했습니다. 그래서 길어졌지요. 일반적인 촬영 방법과 잠수 기술을 사용할 수 없었습니다."

나는 이 네 남자를 아무 말 없이 경외심 가득한 눈으로 바라봤다. 우리는 이처럼 이상한 세상에 살고 있었다. 한쪽에는 권력에 대한 집착으로 사람들의 삶을 망쳐놓는 미개인들이 있는가 하면, 다른 한쪽에는 레벤트 씨처럼 도덕적 가치를 존중하는 사람들이 있었다. 한쪽은 야만, 다른 한쪽은 도덕적 원칙.

마침내 해저탐사협회는 기술 잠수팀과 침몰선 탐사 그룹의 지원을 받아 2000년 7월 16일에 본격적인 탐사에 돌입했다. 스트루마호는 이스탄불해협에서 북쪽으로 6마일, 73~80미터 해저에서 발견되었다.

"그 어떤 잠수팀도 우리가 스트루마호에 예의를 갖춘 것처럼 하지는 못했을 겁니다. 마치 수백 명의 영혼이 그곳에 있는 것 같았어요. 잠수 중 뿌옇게 된 수경을 통해 갑판에서 아이들이 돌아다니는 모습이 보이는 것처럼 착각할 정도였습니다. 동료들도 그랬으리라는 걸 느낄 수 있었지요."

레벤트 씨의 차분한 말투와 절제된 몸짓에도 불구하고, 그의 내면에 자리한 뜨거운 열정이 느껴졌다.

테이블에 몸을 기대고 있던 큰 키에 안경을 쓴 동료도 그의 말을 거들었다.

"배가 우현 쪽으로 기울어져 있었습니다. 정말로 해저 묘지처럼 보였었거든요. 아니면 우리가 사연을 알고 있어서 그렇게 느꼈을 수도 있습니다. 침몰선을 탐사할 때는 그 배에서 사망한 선원들을 생각하기 마련인데, 스트루마호는 우리에게 정말 달랐어요. 배에 손상을 입히지 않기 위해서 어떤 곳도 파헤치지 않았습니다. 침묵을 깨트리지 않았어요."

이 말이 끝나자 방 안은 조용해졌다. 어느 누구도 입을 열지 않았다. 마치 묘지 앞에서 묵념을 하는 것 같았다. 이 청년들의 손이 스트루마호에 닿았고, 스트루마호를 잠에서 깨우지 않고 어루만지고 온 것이었다.

그들은 내게 촬영한 영상을 보여줬다. 스트루마호는 시야가 흐린 해저에서 옆으로 누워, 배의 모든 곳이 해저 생물들로 뒤덮인 채로 잠들어 있었다. 드나드는 물고기도 산소통을 멘 잠수부들도 알아채지 못한 채.

나는 DVD 복사본을 내게 줄 수 있는지를 물었다. 그들은 다음 날 준비가 될 테니 와서 찾아가라고 했다. 묘한 감정 속에서 해저탐사협회 사람들과 헤어졌다. 나는 집으로 돌아왔다. 그날 내가 본 것들을 기록하기 위해 컴퓨터 앞에 앉았다.

다음 날 나는 다시 보드룸으로 돌아갔다.

나는 두 달 동안 번역에 집중했고, 지난 일들을 회상했다. 그리고 가족들과 함께 시간을 보냈다. 조용하고 좋은 날들이었다. 숙면을 했고, 저녁 무렵에는 해변으로 산책도 나갔다. 엄마의 맛있는 음식과 더 먹으라는 강요로 인해 체중은 2킬로그램이나 불었다. 『미메시스』는 절반 정도 번역을 마쳤다. 이것 외에는 언급할 만한 중요한 일은 없었다.

두 달이 지난 어느 날 밤, 이메일을 확인하던 중 낸시 앤더슨이라는 이름의 모르는 사람으로부터 온 메일을 발견했다.

막시밀리안 바그너 교수의 옛 조교라고 밝힌 그녀는 교수님이 병원에 입원했으며 상태가 위중하다고 했다. 이 소식을 대학의 지시로 바그너 교수의 가까운 지인들에게 전달하는 업무를 맡게 되었다고 쓰여 있었다. 병이 예상보다 더 빨리 악화한 모양이었다.

나는 책상 앞에서 한동안 꼼짝 않고 앉아 있었다. 어떻게 해야 할지 생각해봤다. 그리고 이런 생각을 하는 나 자신에게 놀랐다. 내가 할 일은 분명했다. 당연히 미국으로 가서 교수님을 만나야 했다. 이것 말고 뭐가 있겠어? 나는 낸시에게 답장을 보내면서, 연락해줘서 고맙다고 했다. 그리고 교수님을 뵈러 가겠다고 알렸다.

나는 바로 타륵에게 전화를 걸었다. 미국 영사관에 아는 사람이 있는지 물어봤다. 아주 급하게 비자를 받아야 했다. 더 이상 대학을 이용할 수는 없었다. 실업자로 미국 비자를 받기란 불가능했다.

뭐든지 척척 해결하는 타륵은 흔쾌히 말했다. "쉬워. 자기를 우리 회사 직원이라고 하면 돼. 미국인들은 브로커들한테 환장하거든. 미국으로 자주 가는 것도 좋아하고. 비자가 빨리 나오게 할 수 있어, 걱정 마.”

나는 “돈이 좀 필요할 것 같아. 이번에는 달러야”라고 말했다.

“문제없어. 자기가 원할 때 은행에 들러서 찾아. 이제 저녁 식사 같이할 자격은 되는 거지?”

나는 웃었다. “자격 있어. 근데 미국 다녀와서.”

“오케이, 바이!”

한참 동안 기내 방송이 이어졌다. 비행기가 착륙을 위해 고도를 낮추고 있으니 모든 전자 기기의 전원을 꺼달라고 당부하는 내용이었다. 좌석을 바로 세우고, 트레이 테이블을 접어달라는 방송도 반복되었다.

승무원 레나타도 지나갈 때마다 눈짓으로 노트북을 꺼야 한다는 메시지를 보냈다.

나는 친근한 미소를 보내면서 검지를 세워 1분만 더 달라고 부탁했다. 딱 1분만 더. 그녀는 다가와서는 심각한 표정으로 “끄셔야 합니다”라고 했다.

“마지막 문장을 쓰고 있어요.”

내 손가락은 자판 위를 날아다니는 것처럼 움직였다.

잠시 후면 내려서 가방을 찾은 다음 택시를 타고 곧바로 매사추세츠 종합병원으로 갈 것이다. 세레나데 악보와 침몰한 스트루마호의 DVD 영상을 집어넣은 내 가방을 들고 교수님의 병실이 어디인지 물어보겠지.

막스가 나를 보면 어떻게 할까? 게다가 내 손에 있는 세레나

데 악보를 본다면? 그리고 DVD를 전해줘야지······ 60년간 잠
들어 있는 스트루마호의 모습을.

　로그아웃!

　서두르는 바람에 몇몇 단어에 오타가 있는 건 알지만······ 승
무원이 내 옆에서//*! 떨어지질······

에필로그

후추나무를 본 적이 있는가? 웨딩드레스처럼 늘어진 가지들로 둘러싸인, 바람이 불수록 매캐한 냄새가 나는 붉은색 열매가 달린 커다란 후추나무를.

아니면 초록 잎들을 보는 것만으로 사람에게 치료의 힘을 불어넣는 알로에 베라는 어떤가.

그리고 부겐빌레아. 어떤 곳에서는 사람들이 이 꽃에 '신부화관'이라는 이름을 붙이기도 한다. 부겐빌레아는 엄청난 색색의 향연을 펼치기도 하는 꽃이다.

이 모든 것이 전부 내 앞에 있다. 바다는 오후의 햇살을 반사하는 마법의 거울 같았다. 커튼을 흔들어놓는 가벼운 바람은 산에서 타임과 소나무 향을 실어왔다.

집 안의 방 한곳에서는 초보자가 켜는 바이올린 소리가 들린다. 활은 현 위에서 문짝의 마찰음을 연상시키는 소리를 내며 움직이고 있다. 어쩌면 이 소리를 고문의 소리라고 할 수도 있겠다. 듣는 사람들은 분명 고문일 것이다. 모든 악기는 배우는 과정이 끔찍하지만 바이올린은 그 어떤 악기와도 비교 불가다.

나는 행복했다, 너무나 행복했다.

소녀가 어른이 되는 과정은 언제 끝이 나는 걸까? 첫 생리를 했을 때? 18세가 되면? 결혼하면? 흰머리가 나면?

내가 보기엔 그 어느 것도 아니다. 소녀는 어른이 되지 못한다. 몇 살이 되든 절대로 스스로가 어른이 되었다고 느끼지 못한다. 그러다가 내면의 욕구와 흥분으로 가득 찬 소녀로 마지막 숨을 거둔다.

그렇지만 변화는 겪는다. 인생이 그 소녀를 지속적으로 바꿔놓고, 이 변화에는 너무나 뻔한 주연배우가 있다. 남자다. 뒤돌아보면 아흐메트조차도 나를 성숙하게 만들었다는 걸 나는 인정한다. 타륵의 영향은 더 적었지만 그래도 그의 덕도 있다. 하지만 내 성격에 가장 큰 변화를 가져다준 사람은 고령의 한 남자였다. 우리 사이에는 어떤 사랑도, 성관계도, 나라도, 언어도, 공통된 게 없었다. 정말 잠깐 알게 된 남자였다.

지금은 다른 마야가 존재한다. 더 안정되고, 더 사랑스럽고, 더 이해심 깊은 마야.

최근 들어 아흐메트마저도 이해하려는 모습에 나 자신도 놀라곤 한다. 더 정확히는 아흐메트를 이해할 때의 내 모습에서. 그도 다른 모든 사람처럼 문제가 있었다. 그는 나를 사랑했고, 아들도 사랑했다. 어쩌면 우리 관계가 이렇게 된 데에는 신경질적인 내 성격도 한몫을 했다.

진짜 신경질적인 사람은 신경질적이라는 말을 인정하지도 않을 테고, 인정할 수도 없을 것이다. 진실과 대면하기 위해서는 그런 정신 상태에서 벗어나야만 한다.

과거의 마야에게 존재했던 불안감은 이 험한 세상에서 이빨을 드러내도록 강요했고, 틈이 보이지 않게 단단한 보호막으로 스스로를 둘러싸게 만들었다. 오랫동안 케렘을 질타했었지만, 사실 케렘을 그렇게 만든 건 나였다. 나는 과도하게 케렘을 감시했고, 인생의 모든 순간과 주변의 사람들을 통제하려고 했던 젊은 여자일 뿐이었다. 하지만 인생은 혼란스러운 선택의 길들로 이루어져 있고, 어디로 가야 할지는 모든 사람이 각자 결정을 내려야만 한다.

나는 기분 좋게 담배를 한 대 물었다. 이 문장을 쓰는 이 순간 내 작품을 감탄하며 바라보고 있다.

제목을 화려하고 굵은 글씨로 썼다.

미메시스
서구 문학에 나타난 현실 묘사

번역: 마야 두란

다음 장에 이탤릭체로 쓰인 이 글이 눈에 들어왔다.

이 번역본은 단지 역자에게만 소중한 책이 아닙니다. 저의 삶에서 선과 악을 구별할 수 있는 깊은 사고를 갖게 해주신 존경하는 교수님 막시밀리안 바그너 박사와 그의 사랑하는 아내 나디아 카타리나 바그너에게 이 책을 헌정합니다. 소망

하건대 두 분 모두 해저 묘지에서 영면에 드시길.

몇 개월간 작업하며 이 번역서만 마무리한 건 아니었다. 막스와 나디아, 마리와 마야의 인생 발자취를 담은 책도 마무리지었다. 보스턴으로 가는 길에 이전에 써뒀던 글을 복사-붙이기를 해서 편집하고, 중간중간 필요한 내용을 추가해서 쓴 이 책은 에필로그를 마지막으로 끝을 맺게 될 것이다.

레나타의 조급해하는 시선을 느끼며 힘들게 마무리 지으려 했던, 그리고 그렇게 서두르다 보니 오타가 난 마지막 문장도 손대지 않을 생각이다. 이 글은 전문적으로 책을 집필하려는 시도가 아니라, 속마음을 털어놓는 고백이자, 알리고 싶은 소망이기 때문이다. 그래서 교정을 거쳐야 하거나, 완벽해야 하거나, 문법과 오타를 고쳐야 할 필요도 없다. 그렇게 하면 마치 이 글이 전문적인 서적이 되어버리고, 진솔함에서 뭔가를 잃어버릴 것 같았다. 그래서 이 책을 펴낼 출판사에 내 글이 미숙하고 오류투성이라고 해도 어떤 문장도 수정하지 말라고 부탁할 생각이다(물론 책으로 출판해주겠다는 곳을 찾는다면).

이 글의 제목을 어떻게 붙일까, 많이 생각했다. '막스와 나디아' '세 여자의 이야기' '특별한 인생' '해저 묘지' 같은 많은 제목이 떠올랐다.

사실, 수천 년 동안 작가들은 돌고 돌아 그리스 비극의 기본 테마에서 벗어나지 못하지 않았나? 사랑, 분노, 복수, 욕망, 질투, 운명……

셰익스피어도 같은 테마에 대해서 썼고, 통속 소설들도 마찬가지다. 바라보는 시각에 따라 문제를 어떻게 서술해가느냐에 달려 있을 뿐이다. 내겐 이런 걱정은 없다. 어떤 일을 겪은 내가 그걸 그대로 종이에 옮겼으니.

다만 서술상 주 내용에서 분리하여 하나의 사건에 집중하는 방식을 썼는데, 그 바람에 분리된 부분이 별로 중요하지 않다고 생각할까 봐 걱정이 된다. 이란인 피르다우시*가 약 1천 년 전에 쓴 서사시 『샤나메』**의 서두에 이런 말이 있다. 해야 할 말은 다 했고, 새로이 언급해야 할 만큼의 가치 있는 말은 남아 있지 않으니, 뭔가 더 말하기보다는 말을 잘하는 것이 중요하다고 말이다.

나는 아름다운 이야기라서가 아니라, 이 일을 꼭 알려야겠기에 이 책을 썼다.

솔직히 이런 이유들은 중요하지 않다. 내가 쓰고 싶었던 유일한 책을 끝냈다는 사실이 중요하다.

책의 서문에 폴 발레리의 그 유명한 「해변의 묘지」라는 시의 일부를 인용할까 생각 중이지만, 아직 결정을 내리지는 못했다. 두고 봐야겠다. 삶에서 모든 것은 심리 상태와 직결된다.

책을 쓰던 당시는 두 사람을 제외하고 책에 등장하는 주요 인물은 다 돌아가신 뒤였다. 막스와 나만 생존해 있었다. 이젠

---

* 피르다우시(Firdawsi, ?940~?1020): 고대 그리스의 호메로스와 비견되는 페르시아 문학의 거장.

** 『샤나메Shāh-nāmeh』: 피르다우시가 35년에 걸쳐 이란 민족의 전설과 역사를 집대성한 장편 서사시.

나 혼자 남았다. 막스는 영원히 잠들었다.

레나타의 짜증 섞인 경고로 노트북을 닫아야 했던 곳에서부터 이야기를 이어가야 할 것 같다.

보스턴 로건 국제공항에서 입국 심사와 또 다른 지겨운 과정을 마치고 나서, 나는 택시를 타고 곧바로 매사추세츠 종합병원으로 향했다. 가방을 두기 위해 예약한 호텔을 들르는 시간 낭비는 하고 싶진 않았다. 막스가 어떤 상황인지 알고 있었으니까.

매사추세츠 종합병원을 찾아가 병문안을 허락받는 과정은 생각보다 수월했다. 방문객을 허용하는 요일과 시간 외에는 어느 누구도 허락하지 않는 것 같았다. 하지만 내가 이스탄불에서 왔고, 공항에서 바로 병원으로 온 것이 확연히 드러나는 행색이 병원 관계자들의 마음을 움직였던 것 같았다. 그들은 곧바로 나를 교수님이 계시는 4층 병실로 안내했다.

막스의 얼굴빛은 창백했고, 얼굴은 여윈 것 같았다. 그럼에도 불구하고 그 가느다랗고 균형 있는 선의 얼굴을 보자마자 내가 그를 얼마나 그리워했었는지 또 한 번 진심으로 느낄 수 있었다. 그의 얼굴에는 연민과 존경을 불러일으키는 인간적인 면모가 드러났다. 나를 보자 그의 눈동자는 미소를 머금었다. 그는 기력이 없는데도 침대에서 몸을 일으키려고 했다. 나는 그의 곁으로 가서 어깨를 눌러 일어나지 못하게 막으며 볼에 키스를 했다.

"낸시가 당신이 올 거라고 이야기했다오. 여기까지 올 필요는 없다고 말했지만, 솔직한 말은 아니었어. 당신이 정말로 와 줬으면 했지. 마지막으로 한 번만 봤으면……" 그가 말했다.

"마지막으로 한 번만이라고요?"

"그래요. 마지막으로 한 번. 이제 더 이상 숨길 것도 없지. 난 죽어가고 있다오. 다르게 생각하면 고통이 끝나는 거지. 이 모든 게 당신한테 새로운 소식은 아니니까. 이스탄불에서부터 알고 있었잖소."

"아니요. 저한테 아무 말도 안 하셨잖아요."

막스는 웃었다.

"내가 순진한 사람일 수도 있지만 그것도 모를 정도로 순진한 건 아니라오, 마야." 그가 말했다. 그리고 이렇게 덧붙였다. "병원에 입원한 이후로 나를 대하는 당신의 행동이 변했다는 걸 내가 몰랐다고 생각했나요?"

"지금 그런 건 중요하지 않아요, 교수님!" 나는 바로 정정했다. "막스…… 어쩌면 과거의 기억을 끄집어낼지도, 어쩌면 상처를 헤집을지도 모르지만 당신께 지난날의 추억을 가져왔답니다."

"어떤 추억을?"

"나디아에 관한 추억을요!"

그는 소스라치게 놀랐다. 나는 조금 걱정이 됐지만, 죽어가는 사람의 건강에 무슨 차이가 있겠나 싶었다.

나는 병상 아래쪽에 걸터앉아 가방을 열고 코팅을 한 「나디아를 위한 세레나데」 악보의 복사본을 꺼내 건넸다.

그는 악보를 받고는 믿지 못하겠다는 듯, 기적을 건네받은 것처럼 악보를 뚫어지게 바라봤다. 왼쪽 눈에서 한 방울의 눈물이, 오직 한 방울의 눈물이 흘러내렸다. 그르렁거리고 쉰 목소리로 혼자서 중얼거리듯 멜로디를 읊어나가기 시작했다. 그리고 고마워서 어찌할 바를 모르는 눈빛으로 나를 바라봤다.

"이건 기적이야! 이걸 어디서 찾은 거예요, 마야?"

나는 마틸다 아르디티 부인을 만났던 것이며, 스쿠클라와 바트 아롤젠에 있는 기록물 보관소와 그곳에서 찾은 자료들에 관해 이야기해줬다. 그리고 가방에서 사진들을 꺼내 그에게 보여줬다.

그 순간 간호사 한 명이 들어와서는 교수님은 안정을 취해야 한다면서, 원하면 내일 다시 와도 된다고 말했다. 그렇지만 막스가 내가 입을 열 기회도 주지 않고 외쳤다. "제발! 제발 있게 해주시오. 내게는 정말 중요한 추억들을 가져왔소. 제발 부탁해요. 우리만 있도록 해줘요."

너무나 진심과 신뢰가 담긴 진중한 음성으로 부탁하다 보니, 간호사도 아주 중요한 상황임을 이해한 것 같았다. 간호사는 우리만 있도록 두고 병실 문을 닫았다. 막스는 사진에 몰두했다. 나는 창가로 향했다. 밖에는 어둠이 내리고 있었다. 유리창에 병실 안 풍경이 반사되었다.

뒤로 돌아서지 않았는데도 유리창을 통해 막스를 볼 수 있었다. 그는 이 사실을 몰랐다. 막스는 나디아의 사진을 가슴에 품고는 그렇게 가만히 있었다. 독일어로 뭐가 말했지만 뭐라고 했는지는 알 수 없었다. 얼마 뒤 그는 내게 감사하다고 했다.

"이게 전부가 아니에요, 막스. 하나가 더 있어요."

그는 흥분해서 물었다. "뭐가요?"

"어쩌면 많이 슬퍼하실 수 있어요. 하지만 한 가지를 더 보여드려야 할 것 같아요. 나디아의 묘를 방문하시는 것과 다름 없을 겁니다."

나는 가방에서 노트북을 꺼내 그에게로 가져갔고, 그의 가슴 위에 놓았다. 그리고 DVD를 틀었다. 잠시 뒤 화면에 침몰된 스트루마호가 나왔다. 막스는 숨도 쉬지 않은 채 시선을 화면에 고정했다.

흑해의 바다 밑 어둠 속에서 잠수부들의 전등이 스트루마호의 선체를 비추었고, 선체 외벽과 문짝이 떨어져 나간 출입구, 갑판 그리고 깃대까지 환하게 드러났다. 녹이 슨 배는 갑각류, 해초류 등 해저 생물들로 뒤덮여 있었다. 잠수부의 카메라가 스트루마호의 선체 내부로 진입하자 나디아가 걷고 앉아 있었던 그리고 그녀의 손이 닿았던 자리와 편지를 썼던 장소 들이 우리 눈앞에 펼쳐졌다.

이건 마치 묘지, 해저 묘지에 잠수하는 것 같았다. 해저 바닥에는 부서져 흩어진 소지품들이 있었다. 잠수부들이 확인하기 위해 손을 뻗자 바닥의 모래가 일어 앞을 보는 것이 불가능해졌다. 막스도 나도 아주 묘한 감정에 사로잡혔다. 육지에 있는 묘지에는 직접 들어갈 수 없지만, 해저 묘지는 이렇게 들여다볼 수가 있었다.

막스는 60년 뒤에 이 배를 다시 마주했고, 해안가에서 몇 날 며칠 지켜보기만 했었던 배의 깃대와 뱃전, 조타실을 뼈대만 남은 상태로 다시 보았다. 물속의 시계는 흐렸고, 수많은 작은 물고기와 간혹 큰 물고기가 보였다. 배의 모든 것이 그곳에 있었다, 사람들만 빼고. 그 순간에 무시무시한 생각이 머리를 스쳤다. 이 물고기들의 조상(알을 낳는 물고기들의 이전 세대를 '조상'이라고 할 수 있을까?)들이 769명과 그 사람들과 함께 있던 나디아를…… 어쨌든…… 나는 곧바로 생각을 다른 방향으로 돌렸다.

DVD가 끝났고, 병실에는 무거운 침묵이 흘렀다. 나는 무슨 말을 해야 할지, 어떻게 해야 할지 몰랐다. 노트북을 닫았다. 노트북을 가져와 가방에 넣었다. 막스는 내 행동을 보지 못하는 것 같았다. 두 눈을 맞은편 벽 한 점에 고정하고 꼼짝하지 않았다. 그 순간, 내가 그곳에 있을 필요가 없을 것 같다고 느꼈다. 마치 막스와 나디아 사이를 파고들고, 막스가 혼자 있는 것을 방해하는 것만 같았다. 나는 외투와 가방을 챙겨서 발꿈치를 들고 조용히 병실에서 나왔다. 병실 문을 등 뒤로 가만히 닫았다.

병원을 나와 호텔로 가는 동안 엄청난 불안감이 엄습했다. 혹시 내가 잘못한 것은 아닐까? 임종을 앞둔 사람의 상처에 생채기를 내려고 그 먼 이스탄불에서 보스턴까지 온 건 아니잖아? 서서히 마음속에 크나큰 후회가 밀려왔다. 이 연로한 사람에게 얼마나 생각 없이 무례한 행동을 한 거야!

눈으로 뒤덮인 데다 밤에 내린 서리가 얼어붙은 길을 지나 호텔로 향했다. 택시 운전기사는 회전문을 통해 밖으로 나온 호텔 직원에게 내 여행 가방을 넘겼다. 작고 썩 마음에 들지는 않지만 청결한 내 방으로 올라가 여행 가방을 풀었다. 그런 다음

피로에 시달리며 계속 생각났던 따뜻한 욕조에 몸을 담갔다. 욕조에 목욕용 소금으로 거품을 내고, 그 거품 속으로 들어갔다.

30분 후, 나아진 기분으로 룸서비스 메뉴를 훑어봤다. 나는 뭔지도 모르는 클램차우더* 수프를 주문했다. 수프는 따뜻하고 맛있었다.

그러나 마음속 불편한 감정을 억누를 수는 없었다. 나는 깊은 슬픔 속에서 잠들었다. 시차와 감정의 동요로 매시간 깨는 바람에 이번에도 약으로 불면을 해결했다. 약 덕분에 아침까지 숙면을 할 수 있었다.

앞으로 할 일도 없고, 의미도 없는 날들만 남아 있었다. 나는 뭘 해야 할지 몰랐고, 나 자신이 마음에 들지 않았다. 내가 한 실수 때문에 엄청난 스트레스를 받았다. 밖으로 나가 산책을 하려고 했지만, 날씨가 너무 추웠다. 숨 쉬는 것조차 고통스러웠다. 나는 택시를 잡았고 하버드 대학교로 가자고 했다. 운전기사가 내 발음을 못 알아들은 것 같았다. "케임브리지로요?" 택시 기사가 물었다. '뭔 소리래?' 나는 속으로 중얼거렸다. 영국에 있는 케임브리지 대학교랑 하버드가 뭔 상관이 있는데? 그런데 알고 보니 하버드가 있는 지역의 이름이 케임브리지였다. 말이 많은 운전기사가 이걸 알려주는데 나는 웃음이 났다. 나는 보스턴에 처음 와서 그 사실을 몰랐다고 했다.

그날 대부분의 시간을 이 전설적인 대학의 학과들과 도서관,

---

* 대합이나 가리비, 절인 돼지고기 또는 베이컨, 양파, 셀러리, 감자, 당근을 넣고 끓인 미국의 수프 요리.

대학 클럽을 구경하면서 보냈다. 스톤 홀에서 중동 지역과 관련된 학술회의가 있을 것이라는 공지를 보았다. 외부인에게도 공개되는 행사라기에, 그곳에 들러 이슬람과 서구 세계에 대해 발표하는 걸 들었다. 일레인이라는 이름의 아주 예쁜 직원이 내가 자리를 잡도록 도와줬다. 발표에 큰 관심이 가지는 않았다. 우리가 잘 알고 있는 내용에 대한 언급이 이어졌다. 사실 최근 들어 모두들 이슬람에 관해 이야기하고 있었다.

내가 누군지 물어볼까 봐 이스탄불 대학교 직원 명함을 외투 주머니에 챙겨두고 있었지만, 어느 누구도 물어오지 않았다. 나는 가보고 싶은 곳들을 돌아다녔다. 심지어 점심시간에는 많은 학생 무리를 따라 식당에도 갔다. 쟁반을 들고 음식을 받기 위해 줄을 섰다. 학생들은 아주 편하고 자유롭고 행복해 보였다. 사귀는 커플들은 바로 표시가 났다. 질투가 나지 않았다면 거짓말일 것이다. 이렇게 밝은 분위기가 마음에 들었지만, 아무리 다른 곳으로 신경을 돌려도 막스가 생각나면 가슴이 저렸고, 마음이 불편했다. 그날은 그렇게 지나갔다.

다음 날 아침, 병동 담당 간호사인 바버라가 전화를 했다. 교수님이 찾는다고 했다. 나는 황급히 병원으로 갔다. 그의 병실에 들어서자마자 그가 내게 화가 난 것이 아님을 바로 알 수 있었다. 어찌나 친근하고 사랑스럽게 바라보던지 말로는 설명할 수 없을 정도였다. 그는 내 두 손을 잡고 감사의 인사를 했다. 그는 그렇게 먼 곳에 가서 고생스럽게 자신의 소중한 악보와 사진 들을 찾아내고, 보스턴까지 그걸 가져와 줘서 너무나 감동했다고 말했다. 세레나데와 나디아의 묘지 그리고 어떤 의미로는 자신의 젊은 시절까지 다시 가져왔다고 했다. 그는 매우 만족해했다. 그것도 너무나.

"당신이랑 알게 된 것이 내 인생에 이토록 큰 영향을 줄 거라고는 생각지도 못했다오." 그가 말했다.

내 마음속에서는 '살았다!'라는 탄성이 나왔다. 나는 그를 화나게 하고, 상심하게 만들었다고 확신하고 있었다.

그는 아주 놀랄 만한 이야기를 꺼냈다. 내가 그에게 많은 도움을 줬고, 그의 인생에서 아주 친밀하고 특별한 사람이 되었기에 한 이야기였을 것이다. 그는 내게 마지막으로 아주 중요한 부탁을 하나 했다.

"이걸 많이 생각했어요. 당신에게 이렇게 책임을 지우는 게 옳은 것인지 스스로에게도 물어봤어요. 그렇지만 어떻게 되든 말은 해야겠다고 결심했다오. 당신은 거절할 수 있어요. 만약 당신이 안 하겠다고 해도 정말로 원망하지 않을 거요. 당신을 이해하니까."

그는 어쩔 줄 몰라 하는 것 같았다. 스스로를 쥐어짜면서도 하고 싶은 말을 꺼내지 못하고 있었다.

"제가 뭐든지 하리라는 것을 아시잖아요, 막스. 제발 말씀하세요. 주저하지 마시고."

그러자 그는 입을 열었고, 나는 얼어버렸다. 거부하기란 불가능했지만 부탁을 들어주기에는 너무나 힘든 일이었다.

병실로 의사들이 들어오는 바람에 나는 밖으로 나가 있을 수밖에 없었다. 아래층의 카페로 가서 라테 한 잔을 마셨다. 어떻게 해야 할지 답을 찾을 수 없어 고민에 잠겼다.

오후에 막스를 다시 볼 수는 없었다. 바버라에게 막스의 상태가 어떤지 물었지만, 아무런 이야기도 해주지 않았다. 그러나 표정과 희망을 포기한 눈빛에서 상황을 알 수 있었다. 막스에게는 아주 짧은 시간만이 남아 있었다. 그를 아주 잠깐만 볼 수 있었던 것도 그 때문이었다. 통증을 줄이기 위해 대부분의 시간을 약으로 재우고 있었다.

다음 날 나는 그를 만나고 싶었지만 만날 수 없었다. 그다음 날도 그랬다. 3일째 되던 날, "그를 볼 수 있을까요?"라고 전화로 묻자, 바버라가 말했다. "그를 다시 보시기는 어려울 것 같습니다. 아침에 운명하셨습니다. 대단히 죄송합니다."

상황을 알았음에도 불구하고, 머리를 뭔가에 얻어맞은 것 같았고, 멍해졌다. 속으로는 '확실해요?'라고 물어보고 싶었지만, 멍청한 질문 같아서 입을 열지는 않았다.

나는 침대에 누워 눈을 감았다. 그를 처음 만난 순간부터 오늘까지의 일들을 하나씩 떠올렸다. 어떤 순간에는 웃음이 났고, 또 어떤 순간에는 슬픔이 밀려왔다.

다음 날 낸시에게서 전화가 왔고, 나를 만나고 싶다고 했다. 나는 호텔에서 만나자고 했고, 그녀는 저녁 무렵 일을 마치고 호텔로 왔다. 그녀 곁에는 커다란 상자가 놓여 있었다.

목소리만 듣고는 아주 젊은 여자일 것이라고 생각했는데, 50대의 금발이었다. 호텔의 어두침침한 바에서 스카치위스키를 한 잔씩 마셨다. 나는 얼음을 탔고 그녀는 스트레이트로 마셨다. 우리는 막스를 위해 잔을 들었다. 잠시 뒤에는 이틀 후 있을 장례식에 대해서 이야기를 나눴다. 낸시는 자리에서 일어나기 전에 "교수님이 이걸 당신께 전해주라고 하셨어요"라며 곁에 있던 큰 상자를 내밀었다.

　나는 당황해하며 그 상자를 받았다. 상자를 열어보려고 하자 그녀가 손을 뻗어 열지 못하게 막았다. 그녀를 보내고 난 뒤에 나는 방으로 올라왔고, 궁금해서 상자를 열어봤다. 상자 안에서 바이올린 케이스가 나왔다. 이스탄불을 두 번이나 왔다 갔던, 쉴레이만이 훔치려고 했던 그 바이올린이 그 안에 있었다.

　상자 속에는 교수님이 직접 쓴 편지가 든 봉투도 있었다. 봉투 위에 '케렘 발타즈'라고 쓰인 걸 보고 나는 깜짝 놀랐다. 봉투는 봉해져 있지 않았다. 나는 편지를 꺼내 읽어보았다. 막스는 '케렘에게'라고 시작하는 편지에서, 케렘을 만나 매우 좋았고, 80년 동안 간직했던 이 바이올린을 케렘에게 선물로 줄 수 있어서 아주 기쁘다고 했다. '모든 면에서 능력이 분명히 보이는 젊은 친구'가 바이올린을 배워 이 악기에 다시 생명을 불어넣어 주면 너무 기쁠 것 같다고도 했다. 그는 편지에 튀르키예어로 이렇게 서명을 남겼다.

　　가장 위대한 스파이
　　막스

　이걸 보고는 내가 훌쩍이는 것인지, 웃는 것인지 모를 그런 반응을 보였던 것 같다.
　"아, 막스. 아, 사랑하는 막스!"

다시 오늘. 지금 후추나무 아래에서 이 글을 쓰는 중에 집 안에서 바이올린 소리가 들린다. 케렘이 틀림없이 막스의 바이올린을 고문하는 모양인지 귀가 찢어질 것 같았다.

보드룸에서 여름 방학을 보내는 동안 케렘에게 바이올린 선생님을 구해줬다. 보드룸 출신의 선장과 결혼하고 이곳에 정착한 네덜란드인 여자 음악 선생님이었다. 케렘은 운이 정말 좋았다. 멋지고 오래된 바이올린도 갖게 되고, 아주 훌륭한 네덜란드인 선생님도 찾았으니.

게다가 막스의 편지는 나와 아흐메트가 도와줄 수 없는 자신감을 케렘에게 심어줬다. 그 편지와 선물을 받은 후부터 케렘은 행동이 바뀌고 세상을 보는 눈이 변했다. '가장 위대한 스파이'의 선물이 전혀 다른 인생의 길을 열어준 것이다. 케렘은 예술 고등학교에서 공부하고 싶다고 했다. 그리고 외갓집 식구들과 이웃들이 넌더리를 낼 정도로 밤낮으로 바이올린을 켜기 시작했다.

보스턴으로 다시 돌아가자면, 바그너 교수가 사망하고 이틀 뒤, 나는 먼저 대학교에서 또 화장장에서 진행된 장례식에 참석했다. 하버드 대학교 강당에서는 막스에 관한 아주 감동적인 추도사가 이어졌다. 그의 친구들은 막스의 학자로서의 면모와 인간적인 면들을 기리고, 함께 공유했던 추억을 이야기했다.

추도사 명단에는 나도 포함되었다. 내 이름 옆에는 이스탄불 대학교라고 적혀 있었다. 내가 이스탄불 대학교에서 해고된 것을 막스는 몰랐기 때문이다. 나는 연단에 올랐다.

"이 자리에서 막시밀리안 교수님의 가까운 친구분들과 훌륭하신 학자들께서 추도사를 하셨습니다. 저는 그분들의 말씀에 보탤 것이 없습니다." 나는 추도사를 시작했다. 하루 전날 밤에 이 추도사를 써뒀었다.

"제 부족한 영어를 너그럽게 들어주신다면 여러분에게 그의 이스탄불에서의 시절에 대해 짧게 말씀드리고 싶습니다. 사랑하는 교수님께서는 1939년, 1940년, 1941년 사이에 거주하셨던 도시를 몇 개월 전에 다시 방문하셨습니다. 이 기회로 저는 그와 같은 훌륭한 분을 만날 수 있었습니다. 단지 바그너 교수님뿐만 아니라, 나치 독일에서 탈출해 이스탄불 대학교에서 근무하셨던 다른 학자들의 노고에 대해서도 알 수 있는 기회가 되었습니다."

매우 조용한 분위기에서 연설을 하면 그 말이 더 중요하게 들리곤 한다. 그래서였는지 모르겠지만, 목소리가 약간 떨리고 있다고 느꼈다. 그래도 개의치 않고 계속 말을 이어나갔다.

"저의 대학에서 하신 연설과 개인적인 말씀에서 바그너 교수님은 아주 중요한 문제에 대해 언급하셨습니다. 헌팅턴 교수님의 '문명의 충돌'과 에드워드 사이드의 '무지의 충돌'이라는 개념에 '선입견의 충돌'이라는 자신의 의견을 추가하셨습니다. 교수님은 서로에 대해 선입견을 지닌 집단들이 저지른 파멸과 재앙을 제2차 세계대전 기간 동안 실제로 겪으셨으며, 견딜 수 없는 고통을 받으셨습니다."

나는 잠시 동안 침묵하며 앞에 있는 청중의 고요에 귀를 기울였다.

"이 위대한 사람의 행적을 기리고 존경을 담아 추모하면서, 만약 그가 우리 곁에 있었다면 꼭 기억하고 싶어 했을 한 분에 대해 언급하고자 합니다. 그의 사랑하는 아내 나디아 카타리나 바그너가 바로 그분입니다. 이 독일인과 유대인 부부의 사랑은 세상의 모든 선입견보다 더 강한 인간적 관계였습니다. 두 분의 행적이 우리 모두의 앞길을 밝혀주시기를."

추도식이 끝나자 이름도 모르는 키가 작거나 크거나, 마르거나, 안경을 쓴, 금발이거나 흑발인 수많은 사람이 와서 뜨거운 관심을 보였다. 무슬림 여자가 이런 추도사를 했다는 것에 놀랐을지도 모른다. 우리가 나이지리아 사람을 세네갈 사람과, 말리 사람을 나미비아 사람과 구별 못하듯이, 한국인과 중국인 그리고 캄보디아인을 구분하지 않고 극동 사람이라고 하는 것처럼, 서양인들도 튀르키예인, 아랍인, 이란인, 아프가니스탄인을 구분하지 않고 모두 무슬림이라고 하고, 같은 문화를 공유한다고 생각한다. 아니면, 내가 선입견에 빠져서 모든 서양인이 우리에게 선입견이 있다고 생각하는 것일 수도 있다.

대학에서 화장장으로 이동했다. 교수님은 가톨릭 신자였지만, 종교적인 장례식을 원하지 않았다. 화장장에 있는 좌석에 모두들 착석했다. 모두 50명 정도였다. 앞에 있는 단상 모양의 대리석 위에는 아이작 뉴턴이라고 쓰여 있었다. 검은색 옷을 입은 사람들이 관을 운반해서 대리석 위에 놓았다. 여기서도 추도식이 있었다. 관 옆에 수많은 붉은색 카네이션이 놓였다.

그리고 내 평생 잊지 못할 순간이 왔다. 한 여학생이 바이올린과 함께 대리석 연단 위로 올라갔고 막시밀리안 바그너가 작곡한 세레나데를 연주했다. 나중에 알고 보니 하버드 음대 학생이었다.

나는 주머니에서 조그마한 디지털 녹음기를 꺼내 녹음 버튼을 눌렀다. 세레나데 전곡을 나도 처음 들었다. 나는 두 눈을 감았다. 쉴레의 폭풍이 몰아치는 해변에서 막스가 이 곡을 연주하려고 애쓰던 장면이 눈앞에 떠올랐다. 정말 아름다운 곡이었다. 나디아가 받은 감동이 이해됐다. 슈베르트의 세레나데를 듣고도 큰 충격을 받았던 나디아가 자신을 위해서 만든 이 곡을 처음 들었을 때 어떤 기분이었을지 어느 누가 상상할 수 있을까? 세레나데 연주가 끝나자 모두들 침묵의 예를 보이며 앉아 있었다. 박수는 치지 않았다.

그리고 차례대로 일어나 관 앞에서 묵념을 했다. 내 순서가 오자, 나는 관에 카네이션을 놓았고, 고개를 숙이면서 마음속으로 말했다. '안녕 막스. 마지막 소원을 이뤄드릴게요.'

묵념이 끝나자 관 아래에 있던 대리석이 움직이기 시작했다. 마호가니 관이 아래에 있는 화장장으로 내려갔다. 막스가 불꽃을 향하고 있을 때 나는 그곳에서 나왔다.

이젠 더 이상 보스턴에서 할 일이 남아 있지 않았다. 프랑크푸르트로 향하는 비행기가 자정에 이륙할 것이라 그 시간까지는 여유가 있었다. 나는 호텔로 가서 떠날 준비를 했다. 낸시가 저녁 식사를 같이하려고 내가 있는 호텔로 왔다. 호텔 식당에서 가볍게 저녁을 먹었고, 막스에 관해 이야기를 나눴다. 그녀는 식사비를 계산하겠다고 고집했다.

그리고 차로 나를 공항까지 데려다줬다. 탑승 수속을 하는 곳까지 그녀가 함께했다. 그리고 소지하고 있던 상자와 서류를 내게 건넸다. 낸시는 매우 감사하다는 인사를 나누고, 나와 악수를 한 다음 돌아갔다. 건네받은 상자를 들고 나는 세관으로 향했다.

그곳에 있던 직원에게 상황을 설명했다. 그는 나를 특별한 장소로 안내했다. 흑인인 세관 직원이 왔다. 상자가 금속 소재인지 아닌지를 물었다. "아니요. 마호가니예요." 나는 답했다.

"금속은 안 됩니다. 열어보시겠어요?"

세관 직원은 먼저 테이블 위에 놓은 상자에 대한 서류를, 그다음에는 종이 상자를 열어 확인했다. 사방을 에어포켓으로 싼 직사각형 함을 꺼내 테이블 위에 놓았다.

마호가니 함의 앞면에는 세로로 파란색의 타원형 무늬가 있었고 그곳에 두 마리의 하얀 비둘기가 조각되어 있었다. 예술 작품 같았다.

세관 직원은 "어느 분의 골분이 안에 들어 있습니까?"라고 물었다.

"하버드 대학교의 막시밀리안 바그너 교수님의 골분입니다."

"어디로 가져가십니까?"

"그분의 유언에 따라 이스탄불로요."

"친척이신가요?"

"아닙니다."

"여권을 보여주시겠어요?"

"물론이죠."

세관 직원은 한동안 여권을 보더니 "무슬림이시겠네요?"라고 물었다.

"예!"

"당신 종교에서는 시신을 화장하는 게 죄가 아니던가요?"

"어쩌면요. 잘 모르겠지만 그럴 수도 있어요. 이스탄불에는 화장장이 없거든요."

그 직원에겐 아주 이상해 보였을 것이다. 독일 이름의 가톨릭 신자인 교수의 뼛가루를 가지고 가는 무슬림 여자. 어쩌면 속으로 '세상이 세계화됐다고 하지만 이 정도까지일 줄이야'라고 탄식했을 것이다. 하지만 내가 조금 정색하고 기분 나쁜 듯한 태도를 보이자 더 이상의 질문은 하지 않았다. 그는 다시 자신의 일에 집중했다.

"사망 진단서는 있으신가요?"

"예, 여기 있습니다."

낸시에게 받은 노란색 서류 봉투를 내밀었다.

"좋아요, 국제 화장 증명서는요?"

"모두 봉투 안에 있습니다."

그는 이 서류들을 확인한 뒤 바이올린도 검사했다.

"됐습니다. 모든 것이 구비된 것으로 보입니다. 저의 질문이 기분 나쁘셨다면 사과드립니다."

"아니에요. 그런데 왜 그렇게 관심이 많으시죠?"

"왜냐하면 저도 무슬림입니다." 세관 직원이 대답했다. 바로 이어서 그는 "엘함뒬리라흐!"*라고 덧붙였다. 아마 그는 자신

---

* 엘함뒬리라흐Elhamdülillah: "신이시여 감사합니다!"라는 뜻.

이 죽고 난 뒤에 화장을 못 하게 할 것이다.

나는 마호가니 함을 조심스레 에어포켓 사이로 집어넣었고, 상자를 챙겨서 탑승 대기 장소로 갔다.

비행하는 동안 노트북을 켜지 않았고, 글도 쓰지 않았다. 식사를 위해 트레이 테이블을 열어야 하는 순간을 제외하고는 막스의 골분함을 계속 들고 있었다. 마치 그 함을 손에 들고 있으면 막스와의 추억이 더 생생해지는 것 같았다. 아타튀르크 공항에서 그가 모자를 벗고 자신을 소개하던 순간부터 마지막 순간까지 함께한 모든 일을 하나씩 떠올렸다. 이러는 동안 아주 묘한 감정에 사로잡혔다. 손에 골분함을 들고 있다는 걸 알면서도, 마치 막스가 어디에선가 살아 있는 것 같았다. 웃고 있었고, 미소를 지었으며, 이야기하고 있었다. 함 속에 있는 건 그가 아니었다. 그 많은 지식과 경험, 사랑, 기쁨, 고통과 추억이 이 작은 함 속에 들어갈 수는 없었다. 이성은 이런 일이 있을 수 있다고 인정해도, 감정은 거부하고 있었다.

프랑크푸르트에서는 환승 통로를 이용해 이스탄불행 비행기를 탔기 때문에 세관을 거치지 않았다. 나는 탑승을 위해 얼마간 대기했다. 막스는 1939년 이후로 독일에 가지 않았지만 골분이 되어 두 시간 동안 과거의 자기 나라에 와 있었다.

얼마나 기가 찬 일인가! 막스는 자신의 뼈를 독일이나, 부모님의 묘지, 라인강 또는 뮌헨의 지금은 누구의 집이 되어 있을지 모르는 옛날 집에 뿌려달라고 하지 않았다. 그의 인생은 그 작은 흑해의 해변에서 끝났다. 이제 미뤄졌던 장례식이 거행될 것이다.

이스탄불 세관에서는 내가 가져간 상자에 대해 어느 누구도 묻지 않았다. 나는 택시를 타고 집으로 갔다. 마호가니 함을 테이블 정중앙에 올려두었다. 그 옆에는 바이올린을 놓았다.

나는 목욕을 하고 약을 먹은 다음 잠자리에 들었다.

다음 날 나는 택시를 잡아타고 쉴레로 향했다. 운전기사에게 길을 알려줘 가며 그 모래사장이 있는 샛길을 찾았다. 해변으로 향하는 길에 있던 작은 언덕에 도착하자 운전기사에게 차를 세워달라고 했다. 우리가 있는 곳에서는 보이지 않지만, 나는 알고 있었다. 그 작은 언덕 뒤는 바다였다. 바닷가까지 차로 가기보다는 걷기로 했다. 그렇게 하면 운전기사가 언덕 뒤에 있을 테고, 나를 보지 못할 것이었다. 나는 막스와 나디아, 이렇게 셋만 있고 싶었다.

지난번의 끔찍한 추위와는 달리 날씨가 좋았다. 햇빛은 반짝였고 바다도 잔잔했다. 쉴레의 어부들이 말하는 것처럼 '얼마나 잔잔한지 개미도 바닷물을 마실 정도'였다.

운전 기사에게 기다려달라고 하고, 함을 들고서 해변을 향해 걸었다. 내 왼편에 있는 볼품없는 블랙시 모텔에는 눈길도 주지 않았다. 곧장 해변으로 갔다. 나는 주머니에서 녹음기를 꺼내 재생 버튼을 누른 다음 모래사장 위에 놓았다. 하버드 대학교의 여학생이 연주한 세레나데가 울려 퍼지기 시작했다. 단단히 잠겨 있는 마호가니 함의 뚜껑을 열었다. 안에 든 가루는 겨우 함의 절반 정도만 차 있었다. 그 큰 사람이 이 정도로 적은 양의 골분이 된다는 것에 놀랄 뿐이었다.

"안녕, 막스." 나는 작별 인사를 하고 함에 든 가루를 흑해에

쏟았다.

뼛가루는 살랑거리는 바람을 타고 모래 위의 새하얀 거품 속에 뒤섞였고, 바닷물에 젖어 짙은 색을 띠더니 모래사장으로 밀려왔던 파도와 함께 바다를 향해 쓸려나갔다.

나는 '교수님이 나디아에게 가는구나'라고 생각했다.

세레나데의 2절이 연주되고 있었다.

손에 들고 있던 텅 빈 함도 바다에 던졌다. 함은 잔잔하게 물결치는 바다 위에서 신나게 춤을 추는 것 같아 보였다.

그리고 나는 모래사장에 드러누웠다. 파란 하늘에는 하얗고 옅은 구름들이 지나가고 있었다. 가끔 시야에서 갈매기들이 들어왔다 사라졌다. 새들은 빠른 속도로 지나쳤다. 나디아가 막스에게 썼던 편지가 떠올랐다. 모든 것이 잘될 것이라는 계시를 찾기 위해 하늘을 봤다고 했었다. 그리고 새 떼를 본 것도.

'혹시, 이 중요한 순간에 내게도 나디아처럼 계시가 보이지 않을까?'이렇게 생각하며 나는 눈을 감았다. 잠시 뒤 눈을 떴지만 아무것도 보이지 않았다.

세레나데 연주는 끝났고, 가벼운 바람 소리와 듣기 좋은 바다의 출렁거림 외에 다른 소리는 들리지 않았다. 눈꺼풀이 내려왔다. 세레나데가 다시 재생되기 시작했다. 녹음기를 연속 재생으로 해둔 모양이었다.

잠깐 졸았던 것 같다. 눈을 떴을 때, 머리맡에 어떤 남자가 서서 나를 보고 있었다. 자는 모습을 들키면 부끄럽다는 마음이 든다. 나도 그런 마음으로 일어나 앉았다. 그 순간 머리맡에 서 있던 남자가 누군지 알 것 같았다. 블랙시 모텔에 있던 그

길쭉한 얼굴에 턱이 뾰족한 이상한 아이였다.

"잘했어요, 누나!" 그가 말했다.

"뭘 잘했다는 거니?"

"임무를 완수했다고요."

"뭘?"

"교수님을 영면에 들게 하셨어요. 나디아의 곁에 잠들게 하셨네요."

"네가 그걸 어떻게 알고 있니?"

"사실 제가 더 많은 걸 알고 있지만, 누나가 그걸 감당할 수 있을까 해서 이야기를 할까 말까 결정을 못 내리겠어요."

상황이 얼마나 해괴한지 머릿속이 멍해졌다. 이 아이가 어떻게 이런 말을 하는 거지? 누구지? 아니면 정보기관에서 거기다 심어둔, 우리를 감시하도록 한 요원인가?

"너 누구야?" 내가 말했다.

"말해도 믿지 못할 텐데요!"

"그래도 말해봐!"

"아니, 못 믿을 거예요. 놀랄 텐데."

"왜?"

"왜냐하면 누나의 마음이 아직 준비가 안 됐기 때문이에요."

"믿을게, 약속하지, 믿을게. 내게 말해봐, 넌 누구니?"

그는 잠시 생각하고 망설이더니, 물었다.

"웃지 마요, 안 웃을 거죠?"

"약속할게. 웃지 않을 거고, 못 믿는다든지 그런 거 없어. 나한테 말해봐, 너 누구니?"

그는 주위를 둘러보고 내 귀를 향해 몸을 숙였다.

"난 저승사자야." 그가 속삭였다.

속에서는 웃음이 터져 나왔다.

"봐, 내가 말했잖아!" 그 아이가 말했다.

"무슨 일이야?"

"웃었잖아."

"안 웃었어."

"하지만 속으로는 웃었어."

"네가 그걸 어떻게 아니?"

"말했잖아. 나는 저승사자라고. 모든 걸 알지만 받아들일 마음의 준비가 된 사람들에게만 비밀을 말해주지. 보아하니 누나의 마음은 아직 아니야. 아니었으면 더 신기한 것들도 이야기해줬을 텐데."

그 아이는 뒤돌아서 블랙시 모텔을 향해 걷기 시작했다. 나는 그 뒤를 따랐다. 그 아이보다 더 빨리 걸었다. 뛰기까지 했지만 천천히 걷는 그 아이를 따라잡을 수 없었다. 우리 사이의 거리는 더 멀어졌다.

결국에는 내가 포기했다. 모래 위에 무릎을 꿇고 말았다.

그 아이는 멈췄고, 내 곁으로 왔다.

"알고 있어? 당신은 아주 이상한 여자야. 세상에서 가장 이상한 여자야."

"왜?"

"어느 누구도 저승사자에게 서라고, 가지 말라고 하지 않거든."

"하지만 나 때문에 온 건 아니었잖아."

"맞아. 너 때문에 온 건 아니었지. 넌 아직 때가 안 됐어. 왜 날 불러 세웠어? 원하는 게 뭐야?"

"제발 말해줘. 내게 모든 걸 말해줘."

"마음의 준비가 안 됐다고 했잖아."

"이제 준비됐어, 말해줘, 제발 말해줘."

나는 울음이 터져 나오기 시작했다.

"이 눈물이 말보다 더 믿음이 가는걸." 그는 재미있다는 듯 말했다. "모두들 처음에는 동의하지 않지만 결국에는 믿게 돼. 사실 다른 방법이 있겠어?"

"말해줘!"

"좋아. 사실 막스의 사망일은 2월 24일이었어. 블랙시 모텔에서 동사할 거였지. 모든 걸 그것에 맞춰놨었어. 나도 그래서 거기에 있었고."

나는 무슨 말을 해야 할지 몰라 그를 바라보았다. 그도 한동안 내 눈을 바라보다, 다시 말을 이어갔다.

"너도 알다시피 나디아도 2월 24일에 죽었어. 아내가 없는 이 세상에서의 고독을 막스는 더 이상 견딜 수가 없었지. 나한테는 아주 쉬운 일이었거든."

"그런데?"

"그런데 네가 내 계획을 망쳐놨지. 그의 체온을 올려서 네가 다시 살려낸 거야. 죽어가던 몸이 오랜 세월이 지난 뒤 사랑을 기억한 거지. 사랑과 죽음은 서로 적이거든."

"사마르칸트에서 죽은 관리 이야기를 하는 거야? 그러니까 저승사자와 약속을 했던?"*

"아니, 난 이야기를 안 하지, 이야기는 너의 머릿속에 있는 거야."

"아니 잠깐만. 그럼 너도 이야기의 한 부분인 거야. 너도 내 머릿속에 있는 거였어."

"그래 이제 이해했군. 네 마음이 이제야 이야기를 풀어놓을 준비가 됐어!"

그는 큰 소리로 웃으며 내 곁에서 멀어졌다.

모래사장 위에 놓여 있던 녹음기에서 세레나데가 한 번 더 재생되기 시작했다. 나는 자리에서 일어났다. 옷과 머리에서 모래를 털었다. 모래사장에서 녹음기를 가져왔다. 운전기사가 아직도 나를 기다리고 있으려나? 아니면 블랙시 모텔로 가서 저승사자에게 택시를 불러달라고 해야 하나?

함이 있는지 둘러봤지만 해안가에는 없었다. 먼 바다로 밀려 갔을 것이다.

"안녕 막스, 안녕 나디아."

나는 지금까지 알게 된 일과 내가 겪은 바를 세상에 알리기로 마음먹었다. 듣는 사람이 있어야 이야기도 존재하는 것이니까.

---

* 한 관리가 저승사자를 보고는 바그다드에서 사마르칸트로 도망갔지만 실은 저승사자가 그를 데려갈 곳이 사마르칸트였다는 내용의, 중동지역에서 전래되는 이야기를 말한다.

문학작품과 음악으로 저항하고 호소한
튀르키예 국민 작가이자 음악가 리바넬리

리바넬리의 생애

줄퓌 리바넬리는 1946년 튀르키예의 콘야Konya에서 태어났다. 검사였던 아버지의 직장 문제로 어린 시절 이사를 자주 다녔다. 이 시기는 튀르키예 여러 지역의 다양한 문화를 경험하는 기회가 되었고, 음악과 튀르키예 전통 악기 사즈Saz에 관심을 보이기 시작했다. 고등학교 시절 조부모와 함께 앙카라에서 살았는데, 학창 시절을 보냈던 앙카라에 대한 기억들이 『내 쌍둥이 형제 이야기Kardeşimin Hikayesi』(2013) 등 그의 작품에 자주 등장하는 이유도 그 당시의 추억 때문이다. 줄퓌 리바넬리는 고등학교 시절부터 문학에 심취했고, 특히 헤밍웨이의 작품에 매료되었다. 습작을 시작한 것도 이때부터이다. 그의 청년기는 반전, 자유주의를 내세운 68운동이 전 유럽으로 확산되고, 튀르키예에서도 68세대로 불리는 좌파 진보운동을 주도한 청년 지식인들이 대거 배출되던 시기였다. 줄퓌 리바넬리는 당시 진보 서적을 펴내는 작은 출판사를 운영했는데, 이 시기에 친분을 쌓았던 대부분 진보 성향의 문학인과 지식인 들이 그의 철학과 사상에 많은 영향을 미쳤다.

1971년 튀르키예의 군사 쿠데타 이후 군사정권에 의한 세 번의 체포와 구금 뒤, 1972년 또다시 수배가 되자 위조 여권으로 독일로 도피하였다. 1974년 사면 복권이 되고 1976년 일시 귀국했으나 불안정한 정국으로 이후로도 11년간 해외에서 망명 생활을 했다. 망명 시기에 그의 정서를 지배했던 고독과 고국에 대한 향수가 첫 단편소설인「아라파트의 한 아이Arafat'ta Bir Çocuk」에서처럼 여러 작품과 음악에 영향을 미쳤다. 망명 시절 시작한 음악 활동을 통해 몇 장의 음반을 해외에서 발매했고, 영화 OST 작업도 해외에서 처음 시작했다. 초창기 그의 음악은 튀르키예에서 한동안 금지곡이 되기도 했다. 이후 본격적인 음악 활동을 하면서 약 300곡의 자작곡과 30편의 영화 OST에 참여하는 음악가로 크게 성장하였다. 그러나 지난 2016년 쥘퓌 리바넬리의 음악 인생 50주년 기념 앨범「한 세대에서 다른 한 세대로Livaneli 50. Yıl Bir Kuşaktan Bir Kuşağa」의 발매를 마지막으로 작곡 및 음반 제작 활동을 중단했다. 2017년 튀르키예의 한 TV 채널(CNN-Türk) 인터뷰에서 '소설 집필에 집중하기 위해 다른 활동들을 정리했다'고 밝힌 바 있다. 그는 2016년 이후 집필 활동에만 전념하고 있다.

쥘퓌 리바넬리는 정치에도 적극적으로 참여했는데, 1994년 지방선거에서 좌파 진보 정당의 후보로 이스탄불 시장 선거에 나섰으나 낙선했다. 2002년 총선에서는 중도좌파 성향의 공화국민당 국회의원으로 당선됐다. 그러나 공화국민당 총재 선출을 앞두고 2005년 구태의연한 공화국민당 지도부를 강하게 비판한 뒤 탈당했다.

2011년 『세레나데』를 출간한 직후 쥴퓌 리바넬리는 한 일간지와의 인터뷰에서 "이 작품에서도 등장하는 '어떤 권력도 결백하지 않다'라는 자신의 생각을 바꿔보기 위해 정치에 뛰어들었지만, 바꿀 수 없다는 걸 알고 정치판을 떠났다"라고 밝혔다.

쥴퓌 리바넬리는 정치와 예술은 극과 극이라고 말한다. 그는 언론 인터뷰에서 "정치에서는 본인의 생각과 다르더라도 필요하다면 이야기해야만 합니다. 예술의 기본 원칙은 사회에 충격을 준다고 하더라도 진심을 전하는 것이지요. 그래서 세계 어느 곳에도 정치가로 성공한 예술가는 없습니다"라고 했다. 그리고 "내 인생에서 정치는 막을 내렸다"라는 말과 함께 대선 후보로 등록을 기대한 지지자들에게 정치 은퇴를 공개적으로 선언했다.

쥴퓌 리바넬리가 정계를 떠났음에도 불구하고, 2002년부터 집권한 친이슬람 성향의 정부에 반대하는 계층에게는 여전히 세속주의와 진보 진영을 대표하는 지식인으로 존경받고 있다.

2017년에 앙카라, 2019년에는 이스탄불에 쥴퓌 리바넬리 문화원이 세워졌다. 앙카라의 문화원에는 그의 음악과 문학 인생에 크게 영향을 미친 좌파 시인 나즘 히크메트(Nazım Hikmet, 1902~1963)의 동상과 리바넬리의 동상이 함께 세워져 있다.

리바넬리의 작품 속 주제와 형식의 특징

그는 1978년 첫 단편인 「아라파트의 한 아이」 이후, 2023년 현재까지 한 권의 영문 소설을 포함해 모두 17권의 장·단편 소설과 19권의 수필, 시나리오, 동화, 악보집 등을 집필했다. 모더니즘적인 그의 작품에는 1960년대의 사회주의 이념과 철학, 1970년대의 망명 생활에서의 경험 등이 배어 있다.

그의 작품에 지배적으로 등장하는 주제들은 두 카테고리로 나눠볼 수 있다. 개인적이고 철학적인 측면에서 주로 사용되는 주제가 여성, 가족, 자유, 사랑, 자기중심적 사고, 과거에 대한 향수, 소통의 부재, 분노 등이라고 한다면, 사회적인 측면에서 다루는 주제는 종교, 정치, 권력, 죽음, 관습, 전쟁, 학살, 퇴보하는 사회, 예술 등이다. 대부분의 작품에서 이런 요소들이 복합적으로 나타난다.

『세레나데』에서도 위의 요소들 대부분이 등장한다. 이혼 후 양육비를 받지 못한 채, 14세의 사춘기 아들을 혼자서 키우는 36세의 엄마인 마야를 통해, 보수적인 이슬람 문화가 지배적인 튀르키예에서 수동적이고 자기방어적으로 살아갈 수밖에 없는 여성이 60년 동안 잊지 못한 사랑의 흔적을 찾아 튀르키예를 방문한 87세의 독일계 미국인 교수와의 만남을 계기로 겪게 되는 내면의 변화를 묘사하고 있다. 마야는 노교수를 도와주다 가족사의 비밀과 제2차 세계대전 중 유대인들에게 자행된 박해와 학살 그리고 직간접적으로 유대인의 학살을 묵인하고 동조한 여러 국가가 숨기고 싶어 하는 역사를 들춰가면서 점차 변해가는 자신을 발견한다. 마야가 그동안 자신을 억눌러왔던 세상에 저항하며 자유를 찾아가는 과정과 함께, 국가권력의 순수성에 대한 질문을 통해 잔혹한 인류 역사의 이면이 드러난다.

쥘퓌 리바넬리의 작품 속 주인공은 대부분 여성이다. 보수적인 이슬람 문화권에서 절대적인 약자라고 할 수 있는 여성을 통해 작품의 배경이 된 시대와 사회를 표현한다. 그는 "여성과 예술가는 단순하고 구체적이거나, 눈에 보이는 사실 또는 편견이 아니라, 직감으로 세상을 본다"고 말한다. 또한 여성을 말하지 않는 것은 인류의 절반에 대해 입을 닫는 것이나 마찬가지라는 생각을 하고 있다. 작품 속 여성의 심리 묘사를 보면 여성에 대한 공감 능력이 돋보인다.

내가 날씨가 나쁘다고 하면, 단지 날씨만 이야기하는 게 아님을 알아채는 게 그렇게 어려워? 이렇게 사는 데 지쳤어, 라는 식의 말을 꼭 해야만 하는 거야? 일이 많아, 하면, 날 책임져줄 남자를 필요로 한다는 걸 알아챌 누군가가…… 네가 내 곁에 있었으면 좋겠다는 말을 직접 하지 않았다고 해서, 이 비가 나까지 축 처지게 만든다는 말을 어떻게 못 알아먹는 거지? 단도직입적으로 "날 안아줘"라고 말하고 나서 날 안아주는 게 무슨 의미가 있어!

쥘퓌 리바넬리 작품의 특징은 액자 구조 기법을 많이 사용한다는 점이다. 이야기 속에서 또 다른 이야기가 바뀐 화자와 시점으로 서술되는데,『세레나데』에서도 이런 기법이 여러 번 등장한다. 특히, 막시밀리안 바그너 교수의 과거 회상 부분이 액자 구조 형식으로 상당히 많은 분량을 차지하고 있다. 바그너 교수의 과거 기억에 대한 진실성을 강조하고자 한 것으로,『내 쌍둥이 형제 이야기 *Kardeşimin Hikayesi*』라는 작품에서도 동일한 형식의 기법이 사용되었다.

바그너 교수가 과거의 기억을 더듬는 장면에서 등장하는 사건과 인물들 대부분은 실제이며, 실존했던 인물들이다. 그리고 마야와 그의 오빠인 네즈뎃 대령 간의 대화에서도 그동안 튀르키예에서도 알려지지 않았던 실제 사건들이 등장한다. 쥴퓌 리바넬리는『세레나데』를 집필하면서 방대한 양의 사료를 수집하고 고증을 거쳤으며, 자료 수집과 고증에 도움을 준 이들에 대한 감사의 말을 책 뒷부분에 남기기도 했다.

『세레나데』가 출간된 2011년, 작품 속에 등장한 아르메니아인 학살, 푸른 연대, 스트루마호 사건 등 역사 속에 묻혔던 진실이 언론을 통해 재조명되면서 큰 반향을 불러일으켰다.

예술의 본질은 진보라는 믿음

쥴퓌 리바넬리는 전쟁의 혼란 속에 정치권력과 국가가 얼마나 잔인하고 비열한지를 실제의 사건을 통해 적나라하게 보여주고자 했다. 그의 작품 중 정치권력에 대한 혐오와 반전 평화주의 사상이 가장 잘 드러나는 소설이 바로『세레나데』라고 할 수 있다.

제2차 세계대전 중 튀르키예는 나치 독일에게 크롬과 같은 전시 필수 광물을 제공하면서도, 나치의 박해와 학살을 피해

도피처를 찾던 유대인 교수들과 지식인들에게는 망명을 허용했고, 튀르키예 국립대학교와 국가기관에서 일할 수 있는 기회를 제공했다. 이들을 통해서 튀르키예는 서구화, 현대화를 이끌어갈 고급 인력을 양성할 수 있었다. 그러나 유대인 난민을 태운 스트루마호에 대해서는 너무나도 정치적이고 비인간적이었다. 작가는 이런 튀르키예 정부의 이중성에 대해서도 숨김없이 묘사했다.

튀르키예는 아르메니아인들에게 했던 것과 마찬가지로, 같은 튀르키예 민족인 푸른 연대에도 잔혹했다. 중립을 선언했지만 제2차 세계대전에서 독일의 승리를 내심 기대했던 튀르키예 정부는 크림반도의 튀르키예계 민병대인 푸른 연대가 독일의 편에서 러시아와 싸우도록 비밀리에 지원했다. 독일의 패전으로 전쟁이 끝이 나고 러시아가 푸른 연대를 반역죄로 처벌하기 위해 신병 인도를 요구하자, 튀르키예 정부는 그들을 튀르키예 국경을 통해 러시아에 인계했고, 국경을 넘자마자 전원 처형당했다.

쥘퓌 리바넬리는 모든 권력은 살인을 통해 생명을 유지, 연장한다고 말한다. 정치권력과 국가에 대한 그의 혐오가 작품 곳곳에서 드러난다.

"모든 권력이 살인을 자행한단 말씀이신가요?"

"그럼요! 집권은 탄압이지요. 통제할 수 없는 권력이라면 더더욱."

"좋습니다. 그럼 좋은 사람들이 집권을 하면요?"

"그런 일은 없어요!"

"왜요?"

그는 고통스러운 미소를 지으며 이렇게 말했다.

"좋은 사람들은 권력을 잡을 수 없어요. 권력을 잡았다고 해도 권력이 그 사람들을 물들게 하고, 잔인하게 만드니까요."

나는 웃었다.

"죄송합니다만 교수님, 교수님께서는 히틀러 때문에 그러시는 것 같은데요. 모든 권력이 살인을 자행한다니요. 그러니까 이상하게 들리시겠지만, 제가 권력을 잡으면 사람을 죽일 거라는 말씀이신가요?"

그는 내 어깨를 잡고 눈을 똑바로 응시했다.

"물론! 당신도 죽일 거예요. 집권을 하기 위해서는 다른 방법이 없으니까. 옛날에는 더 공개적으로 했고, 지금은 더 비밀스럽게 하겠지요."

그는 내 어깨에서 손을 내리고는 좀 더 부드러운 목소리로 말을 이었다.

"간접적으로 죽이는 거지요. 어떤 형태로든 당신이 죽음의 원인이 되는 거라오. 당신 권력은 살인을 통해서 연장될 거요. 지금은 그런 짓을 할 사람이 아닐지 모르지만, 권력을 쥐게 되는 길은 험한 길이라오. 길고 긴 길이고, 사람을 바꿔놓는 길이기도 하지요. 하지만 당신이 권력을 잡을 준비가 되었을 때에는 당신도 이미 충분히 변했을 테니, 그 길을 끝낼 수 있게 될 거요."

쥘퓌 리바넬리는 마야와 그의 오빠 네즈뎃 대령과의 대화를 통해 튀르키예공화국 수립 이후 다민족 국가인 튀르키예가 지금까지도 매듭짓지 못한 튀르키예 민족과 튀르키예라는 국가의 개념에 대해서도 자신의 생각을 드러내고 있다.

국민을 하나의 정체성으로 묶으려는 시도는 세계 곳곳에서 번번이 실패로 끝났다. 튀르키예에서 국가와 민족의 개념이라는 것은 모든 사회문제의 시작이고 그 배경이다. 아르메니아 문제가 그렇고, 쿠르드족 문제가 그렇다. 쥘퓌 리바넬리는 이 점을 통찰하고 있다. 그는 튀르키예의 국부 무스타파 케말 아타튀르크(Mustafa Kemal Atatürk, 1881~1938)의 '튀르키예공화국을 건설한 튀르키예에 사는 사람이 튀르키예 민족이다'라는 말에 전적으로 동의한다. 쥘퓌 리바넬리는 21세기를 '다양한 정체성을 지니는 시대'라고 말한다. 또 정체성은 통일의 대상이 아니며, 다양성의 인정이 시대정신이 되어야 한다고 설파한다.

"…… 오스만제국이 멸망하자 어떤 사람들은 발칸반도에서, 어떤 사람들은 캅카스에서, 또 어떤 사람들은 중동에서 왔어. 모두들 학살에서 살아남은 사람들이야. 아홉 곳이나 되는 전선에서 싸웠던 사람들이지. 그래서 가족이나 가문이 뒤죽박죽이 된 거고."

"맞아, 그래도 우리는 이 모든 사람을 튀르키예인이라고 부르잖아!"

"민족의 개념이 아니라, 튀르키예인이라는 단어는 학살에서 살아남아 아나톨리아반도로 피신해 온 사람들의 공동체를 말하는 거야. 새로운 인생, 새로운 국가, 새로운 국민. 중앙아시아에 정착한 튀르키예 민족을 이야기하는 게 아니야."

오스만제국처럼 다양한 문화, 종교, 언어로 구성된 국가 공동체에서 서로 다르지 않은 하나의 튀르키예 민족을 만들어내야 했던 노력이 이런 현상도 낳았으리라. 그래서 국가가 튀르키예인이라는 정체성에 대해서 그토록 민감했던 것이다. 오빠의 말을 빌리자면, 우리는 다른 민족들처럼 우리의 나라를 건설한 것이 아니었다. 그러니까 정확하게는 민족국가가 건설된 것이 아니라, 국가가 민족을 만들어낸 것이었다. 새로이 건설된 튀르키예공화국은 국가민족이라는 표현이 더 맞는 말 같았다. 이 때문에 국가를 비판하는 것은 민족을 공격하는 것이나 다름이 없었고, 용서받을 수 없는 행위였다.

쥴퓌 리바넬리는 언론과의 인터뷰에서 "예술의 본질은 진보다"라고 말하면서 문학이 세상을 바꿀 수 있다고 얘기한 적이 있다. 과거의 종교전쟁과 현재의 서구와 이슬람 세계의 충돌도 중동의 사막에서 만들어진 책(성경)에서부터 시작된 것이며, 종교가 있기 이전에 책은 존재했고 신조차도 문구를 통해 사람을 설득했기에, 책은 전향의 힘을 지닌다고 했다. 그는 책이 사회집단도 바꿀 수 있다고 말한다.

1978년 첫 단편소설을 발표한 이후 쥴퓌 리바넬리가 50년 이상의 음악가로서의 삶과 40년 이상의 작가로서의 인생을 통해 내린 답은 결국 세상을 바꿔야 한다는 것이었다. 음악으로,

정치에 직접 참여를 통해, 그리고 이제는 문학으로 세상을 바꾸고자 한다. 그래서 그는 다른 활동을 정리하고 집필에 몰두하고 있다.

『세레나데』는 출간 3일 만에 5만 부가 판매되었으며, 현재까지 약 130만 부의 판매를 기록하고 있다. 『세레나데』 출간과 함께 튀르키예에서 영화 제작을 위한 움직임이 있었지만, 민감한 문제를 다루고 있는 만큼 튀르키예 제작사 단독으로는 지지부진했다. 2017년부터 튀르키예, 미국, 독일 3국의 공동 제작을 위한 논의가 시작되었으니 스크린을 통해서도 『세레나데』를 접하게 될 날도 머지않았다.

『세레나데』는 영어와 독일어로 번역되어 미국과 독일에서도 출간되었다.

작가 연보

1946 튀르키예 콘야 출생.

1971 튀르키예 군사 쿠데타에 반대해 세 차례 구속, 군 형무소
     에 수감됨.

1972 스웨덴으로 도피.

1973 첫 음반 「튀르키예 혁명가Chant Révolutionnaires Turc」 발매.

1974 사면 복권됨.

1975 음반 「세상을 악당이 지배할 순 없다Eşkiya Dünyaya Hükümdar
     Olmaz」 발매.

1976 튀르키예로 일시 귀국했으나 이후로도 11년간 해외에서
     망명 생활을 함.

1978 음반 「나즘의 노래Nazım Türküsü」 발매. 영화 「버스The Bus」
     의 OST 참여. 첫 단편소설 「아라파트의 한 아이Arafat'ta Bir
     Çocuk」 발표.

1981 민요 연구서 『과거에서 미래로 튀르키예 민요Geçmişten
     Geleceğe Türküler』(튀르키예어, 독일어) 출간.

1982 음반 「마리아 파란두리가 부르는 리바넬리의 노래Maria
     Farandouri Livaneli söylüyor」 발매. 그리스에서 올해의 음반으
     로 선정됨.

1983 영화 「욜Yol」의 OST 음반 발매. 음반 「선택Eine Auswahl」
「섬Ada」 발매.

1986 쥘퓌 리바넬리의 음악 인생 10주년 기념 음반 「리바넬리,
10년의 멜로디Livaneli/10 Yılın Ezgisi」 발매. 음반 「고난의 시
절Zor Yıllar」「아기의 탄생Ho geldin Bebek」 발매.

1987 수필집 『세상이 변할 때Dünya Değişirken』 출간. 음반 「하늘은
모두의 것이다Gökyüzü Herkesindir」 발매. 영화 「땅은 철 하
늘은 동Yer Demir Gök Bakır」의 시나리오 집필 및 연출.

1988 영화 「안개Sis」 연출.

1990 뉴에이지 음반 「십자로Crossroads」 발매. 시나리오집 『안개
Sis』 출간.

1991 소설 『평범한 머리를 가진 자들의 천국Orta Zekalılar Cenneti』
발간.

1992 시사 비평 『독재자와 광대Diktatör ve Palyaço』 출간.

1993 음반 「4시 당신은 부재 중Saat 4 Yoksun」 발매. 영화 「바실리
스크Şahmaran」의 음악, 시나리오, 연출, 제작을 담당.

1994 지방선거에 중도좌파인 공화국민당 소속으로 이스탄불 시
장 출마, 낙선. 사회평론 「사회주의는 죽었는가?Sosyalizm
Öldü Mü?」 발표.

1996 교향시 음반 「야누스Yanus」 발매. 소설 『독사 눈의 섬광
Engereğin Gözünde Kamaşma』 발간. 유네스코 명예 대사로 임
명됨.

1997 그리스 음악인 테오도라키스와 공동으로 음반 「함께
Together」 발매. 음반 「전설적인 공연들Efsane Konseler」 발매.

발칸 문학상 수상.

1998 악보집 『리바넬리의 자작곡들 *Livaneli'nin Besteleri*』 발간. 음반 「내 숨결을 너의 숨결에 Nefesim Nefesine」 발매.

1999 뉴에이지 랩소디 음반 「런던 심포니 오케스트라가 연주하는 리바넬리 London Symphony Orchestra Plays Livaneli」 발매. 음반 「잊히지 않은 사람들 Unutulmayanlar」 발매.

2001 음반 「최초의 튀르키예 민요들 İlk Türküler」 발매. 소설 『한 마리의 고양이, 한 사람, 하나의 죽음 *Bir Kedi, Bir Adam, Bir Ölüm*』 발간. 유누스 나디 문학상 수상.

2002 공화국민당 소속으로 국회의원 당선. 소설 『행복 *Mutluluk*』 출간.

2003 대담집 『고르바초프와 혁명에 관한 대화 *Gorbaçov'la Devrim Üstüne Konuşmalar*』 발간.

2006 영문 소설 『블리스 *BLISS*』, 소설 『레일라의 집 *Leyla'nın Evi*』 출간.

2007 자전적 소설 『내 사랑 인생 *Sevdalım Hayat*』 발간.

2008 소설 『마지막 섬 *Son Ada*』 출간.

2009 오르한 케말 문학상 수상.

2010 영화 「작별 *Veda*」의 음악, 시나리오, 연출을 담당. 이 영화의 OST 음반 발매. 시나리오 「작별, 어떤 우정에 관한 이야기 Veda Bir Dostlu un Öyküsü」 발표. 수필집 『예술은 길고 인생은 짧다 *Sanat Uzun Hayat Kısa*』 출간.

2011 소설 『세레나데 *Serenad*』 출간.

2012 만화 『하렘 *Harem*』, 수필집 『문학은 행복이다 *Edebiyat*

Mutuluktur』출간.

2013 소설『내 쌍둥이 형제 이야기*Kardeşimin Hikayesi*』출간.

2014 동화『마지막 섬의 아이들*Son Adanın Çocukları*』출간. 프랑스의 레지옹 도뇌르 훈장 수훈.

2015 소설『콘스탄티니예 호텔*Konstantiniyye Oteli*』출간.

2016 튀르키예의 위대한 작가 야샤르 케말에 관한 연구서『눈으로 독수리를 사냥하는 작가 야사르 케말*Gözüyle Kartal Avlayan Yazar Yaşar Kemal*』출간. 쥴퓌 리바넬리의 음악 인생 50주년 기념 앨범「한 세대에서 다른 한 세대로*Livaneli 50. Yıl Bir Kuşaktan Bir Kuşağa*」발매. 동화『내 친구와의 작별*Arkadaşıma Veda*』출간.

2017 소설『불안*Huzursuzluk*』『엘리아와 여행*Elia ile Yolculuk*』, 동화『아타튀르크의 발자취를 따라서*Atatürk'ün izinde*』출간.

2018 단편「그림자들Gölgeler」발표.

2019 수필집『바람은 늘 젊다*Rüzgarlar Hep Gençtir*』, 동화『모자 *apka*』출간.

2020 시집『하늘은 모두의 것이다*Gökyüzü Herkesindir*』, 산문집『우리를 떠나보내려는 강*Bizi Sürükleyen Nehir*』출간.

2021 소설『어부와 아들*Balıkçı ve Oğul*』출간.

2022 소설『호랑이 등에서*Kaplanın Sırtında*』출간.

기획의 말

세계문학과 한국문학 간에 혈맥이 뚫려,
세계–한국문학의 공진화가 개시되기를

21세기 한국에서 '세계문학'을 읽는다는 것은 무엇을 뜻하는가? 자국문학 따로 있고 그 울타리 바깥에 세계문학이 따로 있다는 말인가? 이제 한국문학은 주변문학이 아니며 개별문학만도 아니다. 김윤식·김현의 『한국문학사』(1973)가 두 개의 서문을 통해서 "한국문학은 주변문학을 벗어나야 한다"와 "한국문학은 개별문학이다"라는 두 개의 명제를 내세웠을 때, 한국문학은 아직 주변문학이었다. 한데 그 이후에도 여전히 한국문학은 주변문학이었다. 왜냐하면 "한국문학은 이식문학이다"라는 옛 평론가의 망령이 여전히 우리의 의식을 장악하고 있었기 때문이다. 그렇게 생각하고 그렇게 읽고, 써온 것이었다. 그리고 얼마간 그런 생각에 진실이 포함되어 있는 것도 사실이었다. 그러나 천천히, 그것도 아주 천천히, 경제성장이나 한류보다는 훨씬 느리게, 한국문학은 자신의 '자주성'을 세계에 알리며 그 존재를 세계지도의 표면 위에 부조시키고 있었다. 그런 와중에 반대 방향에서 전혀 다른 기운이 일어나 막 세계의 대양에 돛을 띄운 한국문학에 위협적인 격랑을 밀어붙이고 있었다. 20세기 말부터 본격화된 '세계화'의 바람은 이제 경제적 재화뿐만이 아니라 어떤 나라의 문화물도 국가 단위로만 존재할 수 없게 하였던 것이니, 한국문학 역시 세계문학의 한 단위라는 위상을 요구받게 되었던 것이다.

그러니 21세기 한국에서 세계문학을 읽는다는 것은 진정 무엇을 뜻하는가? 무엇보다도 세계문학이라는 개념을 돌이켜 볼 때가 되었다. 그동안 세계문학은 '보편문학'의 지위를 누려왔다. 즉 세계문학은 따라야 할 모범이고 존중해야 할 권위이며 자국 문학이 복종해야 할 상급 문학이었다. 그리고 보편문학으로서의 세계문학의 반열에 올라간 작품들은 18세기 이래 강대국의 지위를 누려온 국가의 범위 안에서 설정되기가 일쑤였다. 이렇게 해서 세계 각국의 저마다의 문학은 몇몇 소수의 힘 있는 문학들의 영향 속에서 후자들을 추종하는 자세로 모가지를 드리워왔던 것이다. 이제 세계문학에게 본래의 이름을 돌려줄 때가 되었다. 즉 세계문학은 보편문학이 아니라 세계인 모두가 향유할 수 있도록 전 세계 방방곡곡에서 씌어져서 지구적 규모의 연락망을 통해 배달되는 지구상의 모든 문학이라고 재정의할 때가 되었다. 이러한 재정의에는 오로지 질적 의미의 삭제와 수량적 중성화만 있는 게 아니다. 모든 현상학적 환원에는 그 안에 신성한 가치를 향해 나아가고자 하는 지향성이 움직이고 있다. 20세기 막바지에 불어닥친 세계화 토네이도가 애초에는 신자유주의적 탐욕 속에서 소수의 대국 기업에 의해 주도되었으나 격심한 우여곡절을 겪으며 국가 간 위계질서를 무너뜨리는 평등한 교류로서의 대안-세계화의 청사진을 세계인의 마음속에 심게 하였듯이, 오늘날 모든 자국문학이 세계문학의 단위로 재편되는 추세가 보편문학의 성채도 덩달아 허물게 되어, 지구상의 모든 문학들이 공평의 체 위에서 토닥거리는 게 마땅하다는 인식이 일상화까지는 아니더라도 최소한 정당화되고 잠재적으로 전망되는 여건을 만들어내게 되었던 것이다.

또한 종래 세계문학의 보편문학적 지위는 공간적 한계만을 야기했던 게 아니다. 그 보편문학이 말 그대로 보편성을 확보했다기보다는 실상 협소한 문학적 기준에 근거한 한정된 작품 집합에 머무르기 일쑤였다. 게다가, 문학의 진정한 교류가 마음의 감동에서 움트는 것일진대, 언어의 상이성은 그런 꿈을 자주 흐려왔으니, 조급한 마음은 그런 어둠 사이에 상업성과 말초적 자극성이라는 아편을 주입하여 교류를 인공적으로 촉진시키곤 하였다. 이제 우리는 그런 편법과 왜곡을 막기 위해서, 활짝 개방된 문학적 관점을 도입하여, 지금까지 외면당하거나 이런저런 이유로 파묻혀 있던 숨은 걸작들을 발굴하여 널리 알리고 저마다의 문학을 저마다의 방식으로 감상할 수 있는 음미의 물관을 제공해야 할 것이다. 실로 그런 취지에서 보자면 우리는 한국에 미만한 수많은 세계문학전집 시리즈들이 과거의 세계문학장을 너무나 큰 어둠으로 가려오고 있었다는 것을 절감한다.

이와 같은 인식하에 '대산세계문학총서'의 방향은 다음으로 모인다. 첫째, '대산세계문학총서'의 기준은 작품의 고전적 가치이다. 그러나 설명이 필요하다. 이 고전은 지금까지 고전으로 인정된 것들에 갇히지 않는다. 우리가 생각하는 고전성은 추상적으로는 '높은 문학성'을 가리킬 터이지만, 이 문학성이란 이미

확정된 규칙들에 근거한 문학성(그런 문학성은 실상 존재하지 않거니와)이 아니라, 오로지 저만의 고유한 구조를 통해 조직되는데 희한하게도 독자들의 저마다의 수용 기관과 연결되는 소통로의 접속 단자가 풍요롭고, 그 전류가 진해서, 세계의 가장 많은 인구의 감성을 열고 지성을 드높일 잠재적 역능이 알차게 채워진 작품의 성질을 가리킨다. 이러한 기준은 결국 작품의 문학성이 작품이나 작가에 의해 혹은 독자에 의해 일방적으로 결정되는 것이 아니라, 세 주체의 협력에 의해 형성되며 동시에 그 형성을 통해서 작품을 개방하고 작가의 다음 운동을 북돋거나 작가를 재인식시키며, 독자의 감수성을 일깨워 그의 내부에 읽기로부터 쓰기로의 순환이 유장하도록 자극하는 운동을 낳는다는 점을 환기시키고 또한 그런 작품에 대한 분별을 요구한다.

이 첫번째 기준으로부터 두 가지 기준이 덧붙여 결정된다.

둘째, '대산세계문학총서'는 발굴하고 발견한다. 모르거나 잊힌 것을 발굴하여 문학의 두께를 두텁게 하고, 당대의 유행을 따라가기보다는 또한 단순히 미래를 예측하기보다는 차라리 인류의 미래를 공진화적으로 개방할 수 있는 작품을 발견하여 문학의 영역을 확장할 것을 목표로 한다. 이는 또한 공동선의 실현과 심미안의 집단적 수준의 진화에 맞추어 작품을 선별한다는 것을 뜻한다.

셋째, '대산세계문학총서'가 지구상의 그리고 고금의 모든 문학작품들에게 열려 있다면, 그리고 이 열림이 지금까지의 기술 그대로 그 고유성을 제대로 활성화시키는 방식으로 진행되는 것이라면, 이는 궁극적으로 '가장 지역적인 문학이 가장 세계적인 문학'이라는 이상적 호환성을 추구한다는 것을 가리킨다. 이는 또한 '대산세계문학총서'의 피드백에도 그대로 적용될 것이다. 즉 '대산세계문학총서'의 개개 작품들은 한국의 독자들에게 가장 고유한 방식으로 향유될 터이고, 그럴 때에 그 작품의 세계성이 가장 활발하게 현상되고 작용할 것이다.

이러한 기준들을 열린 자세와 꼼꼼한 태도로 섬세히 원용함으로써 우리는 '대산세계문학총서'가 그 발굴과 발견을 통해 세계문학의 영역을 두텁고 넓게 하는 과정 그 자체로서 한국 독자들의 문학적 안목과 감수성을 신장시키는 데 기여할 것을 기대하며, 재차 그러한 과정이 한국문학의 체내에 수혈되어 한국문학의 도약이 곧바로 세계문학의 진화로 이어지게끔 하기를 희망한다. 이는 우리가 '대산세계문학총서'를 21세기의 한국사회에서 수행하는 근본적인 소이이다. 독자들의 뜨거운 호응을 바라마지않는다.

'대산세계문학총서' 기획위원회

대산세계문학총서